I0582418

Abenteuer in Brad

Bücher 4 - 6

von

Tao Wong

Übersetzt von Tamara Peiter

Copyright

Dies ist ein fiktionales Werk. Namen, Charaktere, Unternehmen, Orte, Ereignisse und Begebenheiten sind entweder Produkte der Fantasie des Autors oder werden in fiktiver Weise verwendet. Jede Ähnlichkeit mit tatsächlichen lebenden oder toten Personen oder tatsächlichen Ereignissen ist rein zufällig.

Dieses E-Book ist nur für den persönlichen Gebrauch lizenziert. Dieses E-Book darf nicht weiterverkauft oder an andere Personen weitergegeben werden. Wenn Sie dieses Buch mit einer anderen Person teilen möchten, erwerben Sie bitte für jeden Empfänger ein zusätzliches Exemplar. Wenn Sie dieses Buch lesen und es nicht gekauft haben, oder es nicht nur für Ihren Gebrauch gekauft wurde, gehen Sie bitte zu Ihrem bevorzugten E-Book-Händler und kaufen Sie Ihr eigenes Exemplar. Danke, dass Sie die harte Arbeit dieses Autors respektieren.

Copyright © 2022 Tao Wong. All rights reserved.
Übersetzt von Tamara Peiter
Copyright © 2022 Felipe deBarros Cover Artist
Copyright © 2022 Sarah Anderson Cover Designer

Ein Starlit Publishing Buch
Herausgegeben von Starlit Publishing
PO Box 30035
High Park PO
Toronto, ON, Canada
M6P 3K0

www.starlitpublishing.com

Ebook ISBN: 9781778550669
Broschiert ISBN: 9781778550676

Bücher in der Serie Die Abenteuer in Brad

Das Geschenk eines Heilers

Das Herz eines Abenteurers

Die Seele eines Dungeons

Der Ruf der Arena

Das Bündnis des Abenteurers

Die Stille des Waldes

Die Anforderungen einer Gilde

Die Gefahren einer Hauptstadt

Ein königliches Ende

Inhalt

Der Ruf der Arena

Buch 4 der Abenteuer in Brad

Kapitel 1

Durch ein einfaches Metalltor getrennt vom Heldentrio lag der drei Meter lange, grün leuchtende, geschuppte und gedrungene Erpel dösend in der von Mana erleuchteten Höhle. Umgeben von kaltem Stein schlummerte der Erpel unruhig vor sich hin, die Stille wurde nur durch das langsame Tröpfeln von Wasser unterbrochen, das in der Ecke eine Pfütze bildete. Das Trio beobachtete, der Erpel gähnte träge und zeigte das Innere seines rosafarbenen Mauls, das mit Reihen von scharfen, tödlichen Zähnen gefüllt war.

„Diese Überraschungen gefällt mir nicht", sagte Omrak leise, während sich das Trio rückwärts vom Metalltor entfernte. Der riesige blonde Nordländer griff über seine breiten Schultern und zog sein großes Zweihandschwert aus der Scheide, um die Klinge zu begutachten.

„Gut, es ist nur ein einzelner Dungeon-Champion", sagte Daniel Chai, während er seinen Schild zurechtrückte. Seine Plattenrüstung klirrte leicht, als er sich bewegte, und der kleinere, schmaläugige und flachnasige Abenteurer fügte hinzu: „Ich mag die Abwechslung, nachdem ich gegen all diese Echsen gekämpft habe."

„Pech gehabt", zischte Asin, ihr pelziger Schwanz peitschte neben ihr, während ihre Katzenohren zuckten und krallenbewehrte Hände die Erde kneteten, auf der sie hinter ihnen ihr Umfeld beobachtete. Ihr kurzer Mantel bedeckte ihren Körper und half ihr, sich in den Schatten zu verstecken, die sie instinktiv gefunden hatte, wodurch ihr dunkles Fell nicht auffiel.

„Ich stimme Heldin Asin zu", knurrte Omrak. „Ein Erpel ist wesentlich zäher als das, womit wir es bisher zu tun hatten."

„Zu schwer für uns?", fragte Daniel, dessen Augen sich noch mehr zu Schlitzen verengten. Obwohl er kein Anfänger-Abenteurer mehr war, wusste Daniel, dass er immer noch neu im Abenteurerleben war. Es war noch nicht einmal zwei Jahre her, dass er seinen Lebensstil als Bergmann hinter sich gelassen hatte.

„Für uns Helden? Nein. Wir sollten in der Lage sein, diesen Gegner zu besiegen", sagte Omrak mit neuer Zuversicht. Der Teenager ließ ein Grinsen aufblitzen und schwang träge das Schwert in seiner Hand, während er sich aufrichtete. „Ich rate nur zur Vorsicht, um übermäßiges Selbstvertrauen zu zügeln. Ein Held muss sich selbst kennen."

Asin schnaufte leicht, ihr Rücken wölbte sich und ihr Schwanz richtete sich für eine Sekunde auf, während sich ihre Katzenohren nach unten neigten. Daniel hustete zur gleichen Zeit, um das sprudelnde Lachen zu stoppen. Omrak sagte ihnen, dass sie nicht übermütig sein sollten. Daniel ertappte sich dabei, wie er lächelte, der Anflug von Besorgnis verblasste.

„Fang an", sagte Asin und ging hinüber zu dem hölzernen Hebel, der das Tor steuerte. Sie betrachtete ihre Freunde ein letztes Mal, um ihre Zustimmung zu erhalten, bevor sie an dem Hebel zog. Daniel schob sich nach vorne, seine schwere Armbrust in der Hand, ein kugeliger Bolzen im Anschlag.

Mit einem Kreischen hob sich der Flaschenzug unter dem Klirren von Ketten. Als das Geräusch in der Höhle widerhallte, erwachte der Erpel aus seinem Schlaf. Er drehte seinen langen, gewundenen Hals in Richtung der Geräuschquelle und fauchte Omrak an, der gerade dabei war, sich unter der aufsteigenden Blockade hindurchzuducken.

„Kommt. Lass uns kämpfen und unsere Würdigkeit beweisen!", brüllte Omrak seine Herausforderung und hielt die Aufmerksamkeit des Ungeheuers aufrecht, während er darauf zuging. Sein einfacher schwarzer Lederpanzer aus Monsterhaut war der einzige Schutz des Nordländers. Im Gegenzug brüllte der Erpel seine Herausforderung zurück.

„Gut", flüsterte Daniel, die Armbrust eng an seine Schulter gepresst, während er in die Hocke ging. Er drückte sanft den Abzug, die Armbrust schlug zurück, als er das offene Maul des Monsters anvisierte. Ohne sich dessen bewusst zu sein, hielt Daniel den Atem an, als der Bolzen durch die Luft wirbelte, das offene Maul verfehlte und in den Hals der Kreatur einschlug. Eine kleine Explosion entstand, als der explosive Bolzen auslöste, Schuppen abriss und das Monster erneut zum Schreien brachte.

„Verfehlt!", lachte Asin und schleuderte ein Messer unter der Hand. Das Messer glühte, während es durch die Luft flog, als Asin den *Durchbohrenden Schuss* aktivierte und das Wurfmesser sich in das Maul des Erpels bohren ließ. Das Monster brüllte, der Schmerz ließ die Kreatur um sich schlagen. Sein langer Schwanz schwang herum und raste wie das Ende eines Katapults auf Omrak zu, der nach vorne gestürmt war, um den Abstand zu verringern.

Omrak knurrte, als er den Angriff abblockte, das Schwert angewinkelt haltend, als der Schwanz gegen die Waffe und seinen Körper prallte. Die Füße des riesigen Nordländers rutschten nach hinten, gruben sich in den Boden und warfen Erde auf, bevor der Schwung des Monsters schließlich zum Stillstand kam. Omraks Schwert glühte leicht unter seinem Geschick, der Schwanz des Erpels war von dem geblockten Schlag eingekerbt, die Schuppen zerquetscht, und das Blut begann zu tropfen. Asin nutzte das kurzzeitig verlangsamte Anhängsel und sprang am Körper der Kreatur hoch, bevor sie sich in die Luft schleuderte. Die Messer unter sich haltend, landete sie mit einem Aufprall auf dem Rücken des Monsters. Der Erpel bäumte sich vor Schmerz auf und brüllte noch einmal, um die Catkin abzuwerfen, während sie ihre Füße um seinen Körper schlang.

„Was war das?", rief Daniel, während er vorwärtsstürmte, seine Armbrust ablegte und seinen verzauberten Hammer und Schild zog. Als der Erpel seinen Kopf in seine Richtung schwang, schlitterte er und kämpfte auf losem Sand und glattem Stein um Halt.

Asin ignorierte den ungläubigen Ausruf ihres Partners und war zu sehr damit beschäftigt, eine Schuppe vom Rücken des Monsters zu hebeln. Selbst während sie das tat, sprangen Wellen aus Elektrizität von ihrem Körper in den des Erpels. Die verzauberten Armschienen, die sie trug, zogen kontinuierlich Elektrizität aus der Umgebung und ihrer Aura und erdeten sie im Körper ihres Gegners.

Omrak knurrte und schwang sein Großschwert mit beiden Händen, als er auf den Erpel einschlug. Wut durchströmte seinen Körper, weil er im Gegensatz zu seinen Freunden ignoriert wurde, und der Nordländer schlug zu, wieder und wieder, und tauschte Wildheit gegen Geschicklichkeit. Selbst als er sich nach einem Stolpern wieder aufrichtete, überstreckte er sich und war gezwungen, sich zu Boden zu werfen, um einer greifenden Klaue zu entkommen.

Daniel kämpfte sich auf die Beine und rannte nach vorne, konzentrierte sich und löste sein Skill *Schildschlag* aus. Die Attacke schleuderte den ausladenden Kiefer des Monsters in die Luft, während er mit den Füßen nach vorne stieß. Mit schnellen Schritten schwang Daniel den Stachel seines Hammers in die freiliegende Wunde im Hals des Erpels, als sich der Kopf durch den ersten Angriff zurückzog. Der Stachel versank fast bis zum Anschlag, bevor er herausgerissen wurde, und kurz darauf folgte eine Flut von Blut.

Der Erpel zischte vor Schmerz und schwang seinen Kopf in Daniels Richtung. Diesmal konnte Daniel ihn nicht rechtzeitig abblocken, der Schlag schleuderte ihn über den Boden und er landete an der Wand. Auf dem Boden liegend stöhnte Daniel auf, dankbar, dass die Plattenrüstung, die er trug, den Großteil des Aufpralls abfederte. Er konzentrierte sich für einen Moment und ließ ein *Zeichen des Heilers* auf seinen Körper wirken, um den Heilungsprozess zu starten und die beginnenden Prellungen und Zerrungen zu behandeln.

„Nein, dein Kampf ist mit mir!", brüllte Omrak, als der Erpel versuchte, sich auf Daniel zu stürzen. Sein Schrei löste seinen Skill *Herausforderung des Nordens* aus und lockte die unwillige Gestalt des Erpels dazu, ihn erneut anzugreifen. Mit gesenktem Kopf schlug er mit seiner Vorderklaue zu, wurde aber von Omraks Großschwert geblockt.

Grinsend stand Daniel auf und rückte seinen Helm zurecht, bevor er loslief und Omraks fortgesetztem Spott und Asins Gejaule lauschte, während ihre Verzauberungen ihren Tribut am Körper des Monsters einforderten. *Zeit, das zu beenden*, dachte Daniel.

***

Als der Erpel ein letztes Gebrüll von sich gab und fast auf Omrak zusammenbrach, atmete Daniel erleichtert aus. Asin versuchte, sich vom Boden abzustützen, doch Daniel drückte sie mit einer Hand wieder nach unten.

„Leg dich verdammt noch mal hin!", knurrte Daniel. „Ich muss erst deine Hüfte richten, wenn du nicht willst, dass sie schief heilt."

„Das tut weh!", jaulte Asin, fügte sich aber. Ihre Krallen kneteten den losen Sand, während sie sich auf den Leichnam des großen Dungeon-Champions konzentrierte. Der Champion glühte für einen Moment, sein Körper brach auseinander, als das Mana, das ihn zusammenhielt, sich auflöste. Mit einem leichten Klirren fiel der blaugraue Manastein auf den Boden und ließ Asin fast wieder aufstehen. Nur ein blitzartiger Schmerz, als Daniel ihre Hüfte richtete, hielt sie auf.

„Ah, hier ist die Truhe!" Omrak trampelte fröhlich zur Truhe hinüber und auf Asins goldgefüllten Schatz zu. Mit einer unvorsichtigen Bewegung öffnete Omrak die Truhe, die Neugierde trieb ihn an. Zu spät bemerkte Daniel die Unachtsamkeit des Nordländers, als die Truhe eine Gaswolke in Omraks Gesicht entließ. Hustend und sich das Gesicht abwischend, taumelte Omrak zurück.

„Idiot. Du sollst erst nachsehen!", knurrte Daniel, als er den Zauber *Kleine Heilung (II)* auf Asin beendete, bevor er zu Omrak hinüberging. „Halt still." Mit geschickten Bewegungen packte Daniel den Nordländer an seiner Ledertunika und spritzte ihm Wasser ins Gesicht.

„Held Daniel. Ich kann nichts sehen", sagte Omrak, seine Stimme höher als normal, fast panisch.

„Ist schon gut. Halte einfach still", sagte Daniel beruhigend. Eine Hand bewegte sich, um den Arm des blonden Riesen zu ergreifen, der nötige Hautkontakt, den Daniel brauchte, um seine Gabe auszulösen. So nannte es die Gesellschaft – eine Gabe –, aber für Menschen wie Daniel, die mit einer unerklärlichen Kraft geboren wurden, war sie oft eine Last – denn jede Gabe hatte ihren Preis.

Als Daniel seine Gabe in Omraks Körper entsandte, strömte eine Flut von Informationen in seinen Geist. Die leicht gezerrte Kniesehne. Der verstauchte Knöchel. Der Ballenzeh, der an Omraks Fuß wuchs. Das Gift, das in Omraks Augen eingedrungen war und die Nerven blockierte, die das Sehen ermöglichten. All das und noch mehr drängte sich in Daniels Bewusstsein. Es bedurfte nur eines sanften Stupses, der geringsten Kraftanstrengung, um den Heilungsprozess zu beginnen. Und alles, was es Daniel kostete, war eine Erinnerung, ein Moment seines Lebens. Daniel spürte, wie sie ihm wieder entglitt wie ein Aal aus der Hand eines Kindes.

„Jetzt komm her." Daniel führte Omrak an die Wand und setzte den Mann sanft hin. „Dein Augenlicht wird in Kürze zurückkehren. Bis dahin bleibst du sitzen und denkst darüber nach, was du getan hast, du großer Trottel."

„Ich bitte um Entschuldigung, Held Daniel", grummelte Omrak und wippte beschämt mit dem Kopf.

„Keine Fallen", verkündete Asin triumphierend hinter den beiden, nachdem sie sich die Zeit genommen hatte, die einst versperrte Truhe zu begutachten. Die Catkin griff hinein und fischte einen einzigen Gegenstand heraus – ein gebogenes Messer in einer Scheide. Bei näherer Betrachtung bemerkte die Gruppe Runen, die darauf hinwiesen, dass die Waffe wahrscheinlich verzaubert war.

„Nur eins?", fragte Daniel, wobei sich Enttäuschung in seine Stimme mischte. Immerhin hatte Karlak ihnen zwei Gegenstände in der letzten Truhe gegeben.

„Eins", nickte Asin, die Ohren leicht nach unten gerichtet, den Schwanz hängen lassend.

„Was! Gibt es nur einen Schatz?", rief Omrak, als er sich auf die Füße stieß und mit den Händen vor sich herumfuchtelte.

„Setz dich", schnauzte Daniel Omrak an. „Und ja, es gibt nur einen."

„Glaubst du, die Falle hat das andere zerstört?", fragte Omrak schuldbewusst.

„Nein", sagte Asin schnippisch, bevor sie zu dem Nordländer hinüberging und den Manastein aus seinem Beutel nahm.

„Was...? Bist du das, Asin?", sagte Omrak und klopfte auf seinen gerade geleerten Beutel. „Warte! Du hast nur den Stein genommen, richtig? Asin?"

„Sie ist weg", seufzte Daniel und schüttelte den Kopf. Zum Glück hatte der Peel-Dungeon einen Ausgang aus der Höhle des Dungeon-Champions.

Das ersparte es dem Team, auf dem Weg aus dem Dungeon nach dessen Beendigung durch die vorherigen Ebenen zu wandern.

„Warum ist sie gegangen?", fragte Omrak stirnrunzelnd, als er sich zu der Stelle drehte, an der Daniel saß. „Habe ich etwas falsch gemacht?"

„Nein. Wir haben nur einen Zeitplan. Die Gilde macht in Peel früher zu, schon vergessen?", erklärte Daniel geduldig. Da er nichts Besseres zu tun hatte, holte Daniel seinen Hammer heraus und begann mit dem mühsamen Prozess der Reinigung seiner Waffe. Als die Stille länger wurde, nur unterbrochen durch das Zischen von Stoff auf Metall, räusperte sich Omrak.

„Ja?", sagte Daniel.

„Kannst du mir eine Geschichte erzählen?", fragte Omrak und errötete leicht.

„Eine Geschichte?", sagte Daniel.

„Oder einfach reden", sagte Omrak hastig. „Es ist nur, im Dunkeln im Dungeon zu sitzen..."

„Tut mir leid", sagte Daniel beschämt. Natürlich fühlte sich Omrak etwas unsicher. Sie hatten die letzten fünf Tage damit verbracht, sich durch die Ebenen des Peel-Dungeons zu kämpfen, gegen schlaue Echsenkreaturen, die Fallen stellten, wegliefen und das Team anderweitig bedrängten. Als ihre Vorhut hatte Omrak am meisten unter den ständigen Scharfschützenangriffen gelitten.

„Mein Großvater hat mir einmal diese Geschichte erzählt, über die Gottheit Hanna. Kennst du sie?" Auf Omraks Nicken hin fuhr Daniel fort. „Das war vor langer Zeit. Lange bevor Ba'al in Brad einbrach, als es noch keine Dungeons gab und der Krieg der Unsterblichen noch nicht ausgefochten worden war. Es war eine friedlichere Zeit, als Erlis' Kinder zahlreich waren und mit ihr in ihrem Silberpalast lebten. Gut, Hanna war, und ist es immer noch, schelmisch. Anstatt zu Hause zu bleiben, schlich sie sich oft zu unserer Ebene hinunter, um mit den Tieren zu toben.

An diesem Tag fand sie ein Pferd, dessen Fell das reinste Weiß war, bis auf das Blut, das es befleckte, und die Wunden, aus denen das Blut stammte. Hanna eilte vorwärts, fasste das Pferd an der Seite und fragte es, was geschehen sei. Eine einzige Berührung an den Wunden und Hanna zog ihre Hand zurück, denn die Wunden waren vergiftet. Vergiftet mit einer Substanz, die Hanna noch nie gesehen hatte. Aber Hanna war eine Göttin, eine kleine Göttin vielleicht, aber eine Gottheit, und so schwor sie, das Pferd zu heilen."

Gefangen in der Geschichte, vergaß Daniel, seinen Hammer abzuwischen. Stattdessen wurde er in eine einfachere Zeit zurückversetzt, als es nur seinen Großvater und ihn gab. Eine Zeit, in der das Klingeln der Spitzhacken aus den Minen erklang, das nicht enden wollende Knarren der Räder, wenn sie neues Erz herausrollten. Eine friedlichere Zeit.

„Hanna brachte Kräuter mit, die jedes Gift bei Berührung heilen konnten. Blumen, die, wenn sie zerdrückt und gemischt wurden, den Körper reinigten. Zaubersprüche, sanft gesungen, um Gifte auszutreiben. Aber nichts funktionierte, kein Kraut, keine Blume, kein Zauberspruch wirkte. In ihrer Verzweiflung durchsuchte sie den Schlamm, zog Blutegel heraus und setzte sie auf die Wunde. Diese Blutegel saugten, tranken das faulige Gift aus der Wunde und fielen zuckend zur Seite. Und trotzdem eiterte die Wunde und das Pferd starb langsam."

„Sicherlich ist es nicht gestorben?", sagte Omrak, den Kopf zu seinem Freund geneigt. Das war eine Geschichte, die er nicht kannte.

„Geduld, mein Freund. Die Geschichte ist noch nicht zu Ende. Als alle Hoffnung verloren schien, als das Tier am Boden lag, kam Hanna auf eine letzte, verzweifelte Idee. Sie streckte ihren eigenen Arm aus und schlitzte ihn mit ihrem Messer auf. Ihr Blut fiel und vermischte sich mit dem Gift. Schließlich, endlich, verließ das Gift das Tier, verdrängt von Hannas göttlichem Blut. Und so wurde das Pferd geheilt. Aber an diesem Tag geschah ein weiteres Wunder. Denn göttliches Blut vermischte sich mit sterblichem, und durch Hannas Opfer verwandelte sich das Pferd. Denn nun wuchs auf seinem Kopf ein einzelnes Horn, eine Facette des Göttlichen."

„Ein Einhorn!", rief Omrak. „Göttliche Kreaturen, allen heilig."

„Ja, ein Einhorn", sagte Daniel mit einem Lächeln.

„Das war eine gute Geschichte", sagte Omrak mit einem Lächeln. „Und ich glaube, ich kann wieder sehen. Zumindest so viel, dass wir rausgehen können."

„Gut. Freut mich, dass sie dir gefallen hat", sagte Daniel mit einem Lächeln, während er zu seinem Freund hinüberging und ihm beim Aufstehen half. Gemeinsam verließen die beiden langsam den Dungeon. Dennoch konnte Daniel nicht umhin, sich an den letzten Teil der Geschichte zu erinnern, den Teil, bei dem Omrak ihn unterbrochen hatte. Denn die Gifte, die durch das göttliche Blut vertrieben wurden, würden sich mit den Blutegeln, die zuvor gefallen waren, vereinigen. Und zusammen würden sie mutieren und die ersten Dämonengeborenen erschaffen. Kreaturen, die einen Manastein – das Blut des Göttlichen – in ihrem Körper trugen, der ihnen Form gab.

***

Als es später am Abend ruhiger geworden war, hatte Daniel endlich Zeit, seine Benachrichtigung zu überprüfen. Als er im Bett lag, musste er lächeln. Endlich! Er hatte endlich sein zehntes Level erreicht und Zugang zur Abenteurer-Spezialfertigkeit *Inventar* erhalten. Dazu musste er sich nur durch den gesamten Dungeon von Peel schleifen, den Dungeon-Champion töten und die Belohnung für den Abschluss des Dungeons erhalten. Zugegeben, er hätte seine Gabe vielleicht nicht für dieses Kind einsetzen sollen...

Mit einer schnellen Handbewegung teilte Daniel seine freien Attributpunkte zu und schob seine Gedanken beiseite. Erledigt war erledigt. Zwei auf Intelligenz, je einen auf die körperlichen Attribute. Er war schließlich immer noch ein Frontkämpfer, und während Willenskraft ihm erlaubte, den Schmerz und die Angst, die ihn heimsuchen konnten, durchzustehen, war das, was das Team mehr brauchte, regelmäßige Heilung. Das war es zum Teil, was sie im Spiel hielt.

Zufrieden mit seiner Entscheidung schnippte Daniel mit der Hand und rief seinen Charakterbildschirm auf, um ihn im Detail zu überprüfen.

Name: Daniel Chai (Fortgeschrittener Abenteurer)	Rasse: Mensch (männlich)
Klasse: Abenteurer Level 10 (33 %)	Unterklassen: Level 7 (Bergmann) (14 %)
Leben: 296	Ausdauer: 296
Mana: 217	
Attribute	
Stärke: 28	Beweglichkeit: 25
Verfassung: 31	Intelligenz: 23
Willenskraft: 20	Glück: 15
Skills	
Waffenloser Kampf: Level 3 (93/100)	Keulen (Novize): Level 4 (37/100)
Bogenschießen: Level 2 (88/100)	Schild (Novize): Level 2 (64/100)
Ausweichen: Level 9 (03/100)	Kampf-Sinn: Level 9 (18/100)
Wahrnehmung (Novize): Level 1 (06/100)	Bergbau: Level 7 (78/100)

Heilen (Novize): Level 2 (48/100)	Kräuterkunde: Level 3 (42/100)
Schleichen: Level 2 (29/100)	Kochen: Level 4 (13/100)
Singen: Level 2 (14/100)	
Skillfertigkeiten	
Doppelschlag	Schildschlag
Perins Schlag	Schwachstellen finden
Kartografie (II)	Inventar (Abenteurer Spezial)
Zaubersprüche	
Kleine Heilung (II)	Zeichen des Heilers (I)
Gaben	
Berührung des Märtyrers – Der Zaubernde kann sich selbst oder andere durch Berührung und Konzentration heilen und opfert dafür einen Teil seines Lebens. Die Kosten variieren je nach Ausmaß der geheilten Verletzungen.	

Kapitel 2

Das Trio zog weiter, da Peel für die Abenteurergruppe keinen Reiz mehr darstellte, nicht mehr, seit sie den Anfänger-Dungeon gemeistert hatten. Sie waren sich einig, dass sie Asins und Daniels erste Reise wiederholen und nach Silverstone gehen würden. Die große Dungeonstadt beherbergte nicht nur einen, sondern gleich zwei fortgeschrittene Dungeon – Aramis und Porthos. In Silverstone gab es zahlreiche Abenteurergilden, Zauberer und Schmiede. Alles, was sich ein Trio von eifrigen jungen Abenteurern wünschen konnte.

„Das ist eine sehr große Stadt", sagte Omrak, seine Augen leicht glasig, während er seinen Hals ständig von einer Seite zur anderen reckte. Dreimal so groß wie Karlak war Silverstone sowohl ein wichtiger Handelsknotenpunkt als auch eine Dungeonstadt. Am Zusammenfluss dreier Hauptstraßen erbaut und durch den nahe gelegenen Fluss Arq weiter gestärkt, beherbergte die Stadt Karawanen und Händler aus dem ganzen Land. Sogar das Betreten der Stadt war einfach, man musste nur seine Abenteurerkarte zeigen, bevor man eingelassen wurde.

In unausgesprochenem Einvernehmen führten Asin und Daniel den jungen Riesen abwechselnd an seinem Ellbogen um die zahlreichen Fußgänger herum. Das Gehen in der Stadt war nichts für schwache Nerven, auch wenn Silverstone ein funktionierendes Abwassersystem hatte. Zu den Gefahren für Fußgänger gehörten zu schnell fahrende Wagen, Arbeiter und Angestellte, die tonnenschwere Lasten auf ihren Schultern trugen, und Haustiere verschiedener Art. In einer Stadt, deren Wirtschaft durch die Anwesenheit von zwei Dungeons angetrieben wurde, war die Verwendung und Haltung von Kriegshunden, wilden Echsen, Hungerkäfern und anderen, eher exotischen Haustieren nicht ungewöhnlich.

Daniel und Asin hatten das bei ihrem ersten Besuch nur vage wahrgenommen. Jetzt, als alte Hasen in der Stadt, hatten sie begonnen zu erkennen, dass es noch vieles gab, dem keiner von ihnen wirklich Beachtung geschenkt hatte. Aus der Nähe betrachtet verblasste das strahlend saubere, weiße Bild der Stadt – der weiße, isolierende Lehm, der auf Schulterhöhe mit Schmutz verschmutzt war. Ständiges Auftragen und Reinigungszauber taten wenig, um die laufende Abnutzung durch Zehntausende von Zivilisten zu stoppen, die zusammengedrängt ihr Leben lebten.

Als sie durch die Stadt liefen, rieb sich Asin die Nase, abgelenkt durch den Gestank und den ständigen Lärm. Ihre erweiterten Sinne waren nach der relativen Stille in der Wildnis wieder unter Beschuss und zwangen die Catkin, sich neu zu orientieren. So lag es an Daniel, die Führung zu übernehmen, als er die Gruppe zu dem Gasthaus führte, in dem sie einst übernachtet hatten. Leider wurde bald klar, dass es schwierig sein würde, in diesem oder einem anderen Gasthaus zu übernachten.

Immer wieder wurden sie aus einem Gasthaus geworfen, bevor sie sprechen konnten, ihre Rucksäcke und ihr von der Reise gezeichnetes Äußeres waren ein deutlicher Hinweis auf ihre Bedürfnisse. Als sie schließlich verzweifelt eine besonders verständnisvolle ältere Gastwirtin fanden, beugte sich Daniel über die Theke und fragte klagend: „Welches Turnier?"

„Oh, du armer Junge. Du hast nichts davon gewusst?", tadelte ihn Erin, die Gastwirtin. „Vor einem Monat hat die Abenteurergilde angekündigt, dass in drei Wochen ein Turnier stattfinden wird. Artos soll in drei Monaten wiedereröffnet werden."

„Ich habe noch nie von diesem Artos gehört", grummelte Omrak leise.

„Gut, du bist ziemlich jung, also ist das kein Wunder", sagte Erin. „Das war vor dreißig Jahren der letzte Schrei. Und fünfzig davor. Und fünfzig davor. Es wird alle fünfzig Jahre eröffnet, weißt du?"

„Aber…“, sagte Daniel stirnrunzelnd, die Brauen zusammengezogen, während er nachrechnete.

„Oh ja, es ist ein großes Rätsel, warum der Dungeon jetzt eröffnet wird. Aber alle Magier sagen, dass er ganz sicher geöffnet wird, also veranstalten wir das Turnier früher. Alle fortgeschrittenen Abenteurer wurden informiert!“, zwitscherte Erin.

„Nicht fair“, sagte Asin mit einem Knurren und drehte ihre Schnurrhaare. „Fortgeschritten.“

„Oh papperlapapp. Natürlich ist es fair“, sagte Erin. „Es gibt drei Erfahrungsstufen, und jeder wird entsprechend der jeweiligen Stufe zugeteilt. Die Gilde hat sogar angekündigt, dass es dieses Jahr insgesamt sieben Plätze geben wird. Das sind zwei Plätze für fortgeschrittene Abenteurer, die gerade erst anfangen. Wie, na ja, ihr.“

Die Gruppe tauschte schnell Blicke aus, ihr Interesse war geweckt. Das waren gute Nachrichten für sie. Wenn so viel Aufhebens um einen solchen Ort gemacht wurde, mussten die Belohnungen natürlich auch gut sein. Auch wenn das Turnier ein vorübergehendes Unterbringungsproblem verursacht hatte, da Abenteurer aus dem ganzen Land zusammen mit Händlern, Alchemisten, Trainern und anderen unterstützenden Klassen, die von der Veranstaltung profitieren wollten, hierher strömten.

„Bist du sicher, dass du keinen Platz für uns hast?“, fragte Daniel und schenkte ihr seinen besten Welpenblick. Asin stieß ein leises Schnauben aus, aber Erin, die dem Charme des kleinen verlorenen Jungen verfiel, den Daniel auf ältere Frauen ausstrahlte, schmolz leicht dahin.

„Nun, ich habe einen Dachboden…“, wich Erin aus.

„Wir werden ihn nehmen.“

„Es ist ein bisschen zugig, und es wurde nicht geputzt…“

„Wir werden ihn nehmen.“

„Und ich habe kein Bettzeug...“

„WIR NEHMEN IHN!“, brüllte Omrak, seine Stimme versehentlich zu laut. Anstatt verlegen zu schauen, lächelte Erin den riesigen blonden Mann nur begeistert an.

„Okay, ihr werdet ihn nehmen. Die Miete beträgt ein Silber pro Tag für jeden von euch“, sagte Erin mit einem Lächeln, während sie sich abwandte, um den Dachbodenschlüssel zu holen. „Bezahlt im Voraus.“

Die Gruppe zischte unisono, der hohe Preis raubte ihnen für eine Sekunde den Atem. Die meisten Arbeiter verdienten nur ein einziges Silber für ihre Arbeit an einem Tag. Aber dann wiederum ergab es Sinn. Die Stadt war randvoll, war größer als Karlak und hatte zwei fortgeschrittene Dungeons in sich. Natürlich war sie auch teurer.

„Kommt ihr?“, rief die kurvige Wirtin, die Hand auf dem Treppengeländer, als die drei Abenteurer langsam zur Besinnung kamen. Mit einem schnellen Kopfschütteln schnappte sich das Trio ihre Taschen und folgte ihr nach oben. Das Trio hatte zwar Zugriff auf die Abenteurer-Klassenfertigkeit *Inventar*, aber diese war immer noch stark eingeschränkt und konnte nicht all ihre Habseligkeiten aufnehmen. Zumindest nicht auf dem Niveau, das sie im Moment hatten.

Stunden später standen sie auf dem frisch gereinigten Dachboden, ihre Schlafsäcke auf frischem Stroh ausgebreitet, ein kleiner Haufen mit den Habseligkeiten des Gasthauses in einer Ecke und ein größerer Haufen Gerümpel neben der Falltür. Asin stand in der Ecke mit einem frisch herbeigeschafften Topf Wasser, einer Bürste und einem Handtuch und putzte sich eifrig das Fell. Omrak stand an der Falltür und hielt Daniel die Arme hin, um ihm das nächste Stück Gerümpel zu reichen, welches der Riese wegtragen sollte.

„Ich werde zurückkommen!", grunzte Omrak, als er die zerbrochene und halb verrottete Truhe in beide Hände hob.

„Ich werde hier sein. Und frag Erin nach dem Abendessen!", rief Daniel. So hatte sich Daniel seinen ersten Tag zurück in Silverstone nicht vorgestellt. Aber als er sich umdrehte und die nun saubere Behausung begutachtete, betrachtete er es als anständig verbracht. Wenigstens hatten sie, im Gegensatz zu so vielen anderen, einen Platz zum Ausruhen.

Und morgen hatten sie einen Dungeon zu bewältigen!

***

„Was soll das heißen, wir dürfen nicht in den Dungeon?", fragte Daniel und verschluckte sich fast an seinen Worten.

„Dein Gildenausweis ist für Silverstone ungültig", sagte die Wache am Eingang des Dungeons; er klang gelangweilt.

„Aber ich habe ihn in Karlak aktualisiert!", protestierte Daniel. „Und ich habe diesen Dungeon schon einmal betreten!"

„Du wurdest zwar von einem registrierten Mitglied gebracht, aber du selbst bist nicht qualifiziert. Du musst die Abenteurergilde besuchen und deine Einstufung erhalten. Das hier ist Silverstone", betonte die Wache, fast so, als könnte allein der Name den Unterschied zwischen ihrer großen Stadt und einer kleinen Anfänger-Dungeon-Stadt wie Karlak unterstreichen.

Daniel seufzte und gab es schließlich auf, die Wache davon zu überzeugen, sie hereinzulassen. Er murmelte etwas vor sich hin und führte seine Freunde zur Gildenhalle. Es schien, als hätte das Leben eines fortgeschrittenen Abenteurers wesentlich mehr Regeln, als er erwartet hatte. Nach weiterem Nachdenken nickte Daniel zustimmend mit dem Kopf. Da der Unterschied zwischen der Fortgeschrittenen- und der Meisterklasse so groß war, ergab es Sinn, dass die Gilde die Abenteurer stärker kategorisieren wollte. Es ergab sogar Sinn, warum Anfänger-Abenteurer im Allgemeinen nicht in diese Kategorie aufgenommen wurden – viele Anfänger-Abenteurer kamen nie über diesen Rang hinaus. Viele kamen nicht einmal über die ersten paar Ebenen eines Anfänger-Dungeons hinaus, da sie die Gefahr und Gewalt dieses Lebensstils als zu groß für ihre körperliche Verfassung empfanden. Es ist besser, die Entwicklung auf diejenigen zu konzentrieren, die sich wirklich weiterentwickeln wollen.

Da sie schon viele Male in der Gildenhalle von Silverstone gewesen waren, waren weder Asin noch Daniel von dem Anblick, der sie begrüßte, schockiert. Doch für Omrak, der immer noch mit der Größe der Stadt zu kämpfen hatte, war die üppige und prächtige Halle eine Offenbarung. Obwohl der Nordländer schon wusste, dass das Abenteurerdasein ein einträgliches Geschäft war, verstand er zum ersten Mal konkret die Reichweite und den Reichtum, über den die Gilde verfügen konnte.

Die Gildenhalle von Silverstone war ein dreistöckiges Gebäude, das zwei normale Bauplätze einnahm, mit zwei separaten, massiven Eingängen und einem eingezäunten Hof für das Training, der hinter der Halle selbst angelegt war. Wenn man bedenkt, dass die Halle mitten in der Stadt gebaut wurde, verstand sogar der ungehobelte Nordländer, dass eine solche Nutzung von Land teuer war. Das Gebäude selbst lag oberhalb des Bodens, mit breiten, geländerlosen Treppen, die zu den beiden Eingängen führten. Das Gebäude selbst war, wie viele andere auch, mit dem gleichen weißen Lehm verkleidet, der die Menschen im Inneren isolierte. Im Gegensatz zu anderen Gebäuden schimmerten jedoch in regelmäßigen Abständen Verzauberungsrunen über das Gebäude, die dafür sorgten, dass der Lehm und das Gebäude selbst sowohl geschützt als auch sauber waren. Dadurch stach die gesamte Gilde in dieser überfüllten Stadt noch mehr hervor. Schon früh am Morgen strömten Abenteurer in rasantem Tempo aus den Eingängen, viele von ihnen voll bewaffnet und gepanzert, während geschäftstüchtige Händler ihre Waren und Dienstleistungen feilboten.

„Komm schon", drängte Daniel Omrak und riss den blonden Mann aus seiner Trance. Omrak nickte entschlossen und folgte den beiden schnell.

„Warum gibt es zwei Eingänge?", fragte Omrak. Der scharfsinnige Nordländer hatte bereits bemerkt, dass ein Eingang weniger beliebt war. Viele der Abenteurer, die durch diese Türen gingen, waren sowohl weniger teuer gekleidet als auch weniger gut ausgerüstet und trugen oft leichtere Rüstungen als die Abenteurer, die durch den beliebteren Eingang gingen.

„Quests und Dungeons. Wir sind auf dem Weg zum Eingang des Dungeons", erklärte Daniel seinem Freund.

„Ah! Ich erinnere mich, dass Heldin Asin und Held Daniel von ihren herausragenden Taten in Silverstone sprachen!", sagte Omrak krähend.

„Ja, hervorragend", sagte Daniel, und sein Gesicht wurde etwas leer, als er sich an einen besonders denkwürdigen Vorfall mit einem Alchemisten erinnerte. Nie wieder würden sie Versuchskaninchen sein.

Im Inneren der Gildenhalle führte eine lange Schlange zu einer vertrauten Szene. Unabhängig von der Größe und dem Standort schienen Abenteurergilden immer gleich auszusehen und sich gleich anzufühlen. Eine einzige Schlange, die zu Tischen oder Schaltern führte, an denen gestresste Gildenangestellte auf die Abenteurer warteten, um Beute und Manasteine entgegenzunehmen. Über den Schreibern standen die Verwalter, die sich um mögliche Probleme kümmerten, seltene Beutestücke begutachteten und im Zweifelsfall die Preise für Manasteine bestätigten. Darüber hing ein großes Schild, das den aktuellen Kaufpreis für die gängigsten Beutestücke und Manasteine anzeigte.

In der Schlange stehend, schaute sich das Trio neugierig um und versuchte, neues Wissen aufzusaugen. Für die Neulinge gab es eine beträchtliche Anzahl von Dingen zu überprüfen und zu lernen. Die Art der Waffen, die üblicherweise verwendet werden, zeigte sowohl die Art der Dungeon-Umgebungen und Monster, die sie treffen könnten, als auch die Spezialisierungen der Trainer in der Stadt selbst.

Das Schwert war, wie immer, eine beliebte Waffe, obwohl Daniel eine überdurchschnittlich hohe Anzahl von Personen bemerkte, die Streitkolben und Hammer trugen. Es gab sogar ein paar Abenteurer, die solche stumpfen Waffen als Sekundärwaffen trugen. Das bedeutete wahrscheinlich, dass es entweder eine übermäßige Menge an Skeletten oder schwer gepanzerten Monstern gab. Im Gegensatz zu Karlak wurden kürzere Piken, Quartierstäbe und Speere von einigen Gruppen getragen, ein Hinweis darauf, dass enge und oft beengte Quartiere unwahrscheinlich waren – zumindest in einem der Dungeons. Schließlich hatten alle Gruppen mindestens eine, wenn nicht mehrere Fernkampfwaffen. Nach Asins und Daniels Erfahrung war das wahrscheinlich, um mit den fliegenden Kobolden und anderen weitreichenden und fliegenden Monstern fertig zu werden.

Auch die Rüstung erzählte ihre eigene Geschichte. Kein einziger Abenteurer in Sicht war ohne eine Art von Rüstung, sei es leichteres und beweglicheres unbehandeltes Leder oder ein Kettenhemd oder sperrige und schwerere Verteidigungsausrüstung wie Daniels Plattenrüstung. Daniel bemerkte abwesend, dass selbst hier sein kompletter Satz Eisenplatten selten war, da die meisten Abenteurer entweder leichtere Kost bevorzugten oder zu vollen Stahlplatten übergegangen waren. Dennoch zeigte die überwältigende Präsenz solcher Rüstungsteile die größere Gefahr, die von diesen Dungeons ausging.

Asin hingegen war die Erste, der das Vorherrschen von verzauberter Ausrüstung bemerkte. Im Gegensatz zu den Anfänger-Dungeons, wo die meisten Abenteurer höchstens ein Stück verzauberte Ausrüstung hatten, trugen die Abenteurer in diesem Gebäude oft mehrere Ausrüstungsgegenstände. Am häufigsten sah man eine Art Accessoire, Schutzausrüstung und eine verzauberte Waffe. Omrak, der keine solche Ausrüstung trug, war ein ungewöhnlicher Anblick, dessen Anwesenheit seine Neuheit unterstrich.

Die Zusammensetzung der Teams war als Indikator weniger nützlich. Schließlich konnten Teams verletzte, kranke oder anderweitig unpässliche Mitglieder haben, die nicht in der Gildenhalle anwesend waren. Nur wenige Teams hatten den Luxus, einen Heiler zur Verfügung zu haben, und mussten daher entweder mit Schmerzen und Verletzungen weiterkämpfen, kostbare und teure Heiltränke verwenden oder ohne dieses Mitglied auskommen. Außerdem wurde nicht jedes Teammitglied für den Verkauf von Manasteinen und Beute benötigt. Da die meisten Abenteurer eine genaue Vorstellung vom Wert der gesammelten Waren hatten – und das damit verbundene Vertrauen, das das gegenseitige Beschützen mit sich brachte –, war es üblich, die Einnahmen später in einer bequemeren Umgebung zu verteilen.

Insofern war es für Daniel keine Überraschung, als er Teams von zwei, drei oder sieben Personen sah, die in der Reihe oder davor standen. Dennoch konnte man ein paar Dinge feststellen. Die Zusammensetzung der Abenteurer in Silverstone war vielfältiger als in Karlak. Fernkampfwaffen, Stangenwaffen und Schwertkämpfer waren weit verbreitet, aber auch leichter gekleidete Abenteurer, von denen viele deutlich weniger muskulös zu sein schienen als ihre Landsmänner. Es handelte sich um sich schnell bewegliche Kämpfer wie Asin oder möglicherweise um Zauberwirker oder ihresgleichen

– Individuen, die sich die Macht von Erlis direkt zunutze machten. Doch wie die meisten Dinge, die mit Magie zu tun hatten, waren sie selten. Selbst in der höhlenartigen Halle der Gilde konnte Daniel nur etwa ein Dutzend solcher Individuen ausmachen.

Die Beute, die diese Abenteurer mit sich führten, erzählte ihre eigene Geschichte. Während Manasteine weiterhin die Haupteinnahmequelle für die meisten Abenteurer im Dungeon waren, konnten auch Beutestücke erscheinen. Manchmal waren diese Beutestücke nutzlos – man denke da an die Koboldschäfte von Karlak –, aber wie die Rudelratten, die sie waren, brachten die Abenteurer oft alles mit, was sie auch nur für halbwegs profitabel hielten. Und so sahen sie vor ihren Augen Teppichrollen, Obsidianklemmen, klebrige Eiersäcke und sogar einen lebenden Fisch auf den Beutetischen liegen. Die Schreiber, an solche Szenen gewöhnt, zuckten nicht einmal mit der Wimper und riefen nur bei einigen wenigen Gelegenheiten um Hilfe bei der Bewertung.

Das Letzte, was dem Trio auffiel, war die Menge an Gildenabzeichen. Einige waren Abzeichen, mit denen Asin und Daniel ein wenig Erfahrung hatten – der Kranz aus roten Rosen für die Red Roses, ein einfaches grünes Rotkehlchen auf blauem Hintergrund, die verschnörkelten Abzeichen der Burning Fields – aber es gab mehr, viel mehr. Die Abzeichen waren alle einfach, leicht zu merken und zu verarbeiten. Ein Totenkopf mit gekreuztem Schwert und Streitkolben, ein einzelnes Paar Katzenaugen, violette Flammen auf einem schwarzen Feld, sieben einfache Steine. Es waren so viele, dass es eher eine Überraschung war, einen Abenteurer ohne Gildenabzeichen zu sehen, als umgekehrt.

„Der Nächste!" Die Stimme des Schreibers unterbrach Daniels Überlegungen. Gemeinsam eilten die drei Abenteurer nach vorne zu dem wartenden Bürokraten.

„Ja?", sagte der Beamte ungeduldig.

„Wir sind neue fortgeschrittene Abenteurer. Haben gerade Peel und Karlak verlassen. Müssen wir registriert werden?"

„Registriert und geprüft", sagte der Schreiber. „Hand auf den Ball. Ein Goldstück Registrierungsgebühr. Du bekommst dein Prüfkit, sobald du bezahlt hast. Geh durch die Hintertür zum Trainingsfeld und gib ihn Seth."

Widerwillig übergab Daniel das Goldstück und sah zu, wie die Kristallkugel aufleuchtete und ihn für sein neues Zuhause, die Abenteurergilde in Silverstone, registrierte.

„Wer ist Seth?"

„Der Mann hinter dem Tisch", schnaubte der Schreiber, schob die Goldmünze beiseite und reichte ein einfaches Holzbrett, auf dem eine Waage abgebildet war. „Der Nächste!"

Daniel hielt inne, unsicher für einen Moment, aber er trat zur Seite, als der Beamte ihm einen ungeduldigen Blick zuwarf. Asin trat schnell vor, flüsterte das Wort „Dasselbe" und erhielt die gleiche Behandlung. Anstatt sich an den Tisch zu drängen, ging Daniel zur Hintertür, um auf seine Freunde zu warten.

***

„Neulinge unter den Abenteurern, was? Wir können das auf zwei Arten machen", sagte Seth, als das Trio ihm ihre Prüfkits anbot. Jetzt, wo sie hier waren, war es offensichtlich, warum der Schreiber der Meinung war, dass die Erklärung, wer Seth war, keiner weiteren Worte bedurfte. Er war der einzige Schreiber im hinteren Bereich und als Schildkrötenkind extrem auffällig.

„Zwei Arten?", fragte Omrak. „Ich will keine Almosen."

„Nordländer, nicht wahr?", sagte Seth mit einem Rollen seiner riesigen Augen. „Hier werden keine Almosen verteilt. Wir sind die Gilde der Silverstone-Abenteurer. Nein, die erste Art ist einfach. Ich zeichne euch als rote, fortgeschrittene Abenteurer aus, und ihr könnt sofort mit dem Erforschen beginnen."

„Rot?", fragte Daniel, Asin nickte leise hinter ihm.

„Rot ist die niedrigste Form. Wir benutzen ein Farbsystem, um die Abenteurer zu kategorisieren. Es gibt Rot, Orange, Gelb, Grün, Blau und Weiß. Ihr könnt auf zwei Arten in eurer Farbstufe aufsteigen. Entweder erreicht ihr das nötige Level im Dungeon – die Dungeon-Level-Standards sind jeweils im Foyer des Dungeons ausgehängt – oder ihr kommt zur Prüfung hierher zurück. Das ist Option zwei", sagte Seth.

„Prüfung?", fragte Omrak und neigte seinen Kopf in Richtung der Trainingsfelder. Seine Augen funkelten schon bei dem Gedanken, sich selbst zu testen.

„Prüfung", sagte Seth. „Dafür ist das Goldstück gedacht. Aber um den Test richtig durchzuführen, müssen wir euch informieren, dass ihr euch verletzen könnt. Faire Warnung."

„Das ist wenig besorgniserregend", sagte Omrak, eine Hand über dem Kopf, während er seine Armmuskeln anspannte. „Held Daniel ist ein mächtiger Heiler."

„Heiler, was?", fragte Seth und reckte seinen langen Hals, um Daniel mit plötzlichem Interesse anzustarren. „Nun, das ändert die Sache. Je nach deinen Zaubersprüchen könnten wir dich sofort in den gelben Rang hochstufen!"

Daniel stöhnte innerlich auf, während Asin viel direkter war, als sie Omrak mit ihrer Klaue stieß und ihn anglotzte. Der Teenager war bereits gewarnt worden, nicht über Daniels Fähigkeiten zu sprechen. Da

Magieanwender selten waren und insbesondere Heiler extrem gefragt waren, hatte Daniel bereits die Machtspielchen und die Mittel, die die Gilden einsetzen würden, um einen Heiler zu bekommen, erlebt. Trotzdem war die Katze aus dem Sack.

„Ich bin nicht gerade ein Heiler. Ich habe ein paar Heilzauber, aber nicht die Klasse", sagte Daniel und korrigierte das Missverständnis.

„Welche Zaubersprüche?", sagte Seth, wobei etwas von seinem anfänglichen Enthusiasmus nachließ.

„*Kleine Heilung II* und *Zeichen des Heilers*", berichtete Daniel.

„Und dein Level?"

„Zehn."

„Wirklich?", sagte Seth, nun leicht überrascht. „Und du hast einen Anfänger-Dungeon gesäubert?"

„Das habe ich", sagte Daniel und deutete auf seine Freunde. Omrak, dem dieses Gespräch zu langweilig geworden war, war zum Trainingsgelände gewandert, wo er lautstark seine Absicht verkündete, die Prüfung für die Fortgeschrittenenklasse abzulegen. Ein paar Abenteurer, die auf dem Gelände trainierten, warfen dem großen Nordländer wütende Blicke zu, als er stolz damit prahlte. Nur wusste Daniel, dass Omraks Lautstärke nichts mit Stolz oder dem Wunsch, seine Taten öffentlich zu verkünden, zu tun hatte, sondern mit langen Jahren des Lebens auf kargen, windgepeitschten Bergen. Asin war Omrak gefolgt, wahrscheinlich ebenso sehr aus Neugierde wie aus dem echten Wunsch, sich selbst zu testen. „Ich habe Karlak tatsächlich mit ihnen abgeschlossen. Und Peel haben wir auch gerade abgeschlossen."

„Ah, gutes Team also", nickte Seth. „Gut, du hast vielleicht nicht die gleiche Anzahl an Zaubern, und du bist ein bisschen unterlevelig, aber ich denke, hmm... Ich könnte dir wahrscheinlich Orange anbieten. Wenn du mehr willst, müsstest du einen Test machen."

„Orange", murmelte Daniel. „Kann ich darüber nachdenken?"

„Sicher. Es ist deine Entscheidung", sagte Seth, als er Daniel wegwinkte. Daniel nickte dankend und ging hinüber, um seinen Freunden zuzusehen, wobei er nicht vergaß, einen Schluck aus seiner Feldflasche zu nehmen.

Die beiden Neulinge begannen bereits, auf Herz und Nieren geprüft zu werden. Auf einem eingezäunten, schmutzigen Sparringplatz stand Omrak einem Monster von Nahkämpfer gegenüber, einem Typen, der so groß war, dass es den blonden Nordländer wie einen Durchschnittsmenschen aussehen ließ. Mit einem langen, mit Stahl umwickelten Stock versuchte Omraks Gegner, den Nordländer in den Boden zu prügeln. Jeder Schlag zwischen den beiden war so heftig, dass die Angriffe über den Hof schallten und Omrak kaum in der Lage war, unter dem Ansturm stehen zu bleiben. Doch egal, wie schnell oder wie hart sein Gegner zuschlug, Omrak schaffte es immer, sein Schwert rechtzeitig zum Blocken in Position zu bringen.

In einer anderen Ecke lief Asin einen Hindernisparcours mit gespannten Seilen, tiefen Gruben, schwankenden Seilbrücken und drehenden Steinen. Die ganze Zeit über musste Asin Ziele angreifen – wenn sie das nicht tat, wurde die Catkin von der Aufsichtsperson, die am Rande des Parcours entlanglief, angegriffen.

„Schließt du dich uns an?" Die Sprecherin war eine ältere Frau in ihren Vierzigern, die eine Augenklappe über einem Auge trug und in eine enge Ledertunika gekleidet war, die die einschüchternde Anzahl von Muskeln, die ihren Körper bedeckten, zur Schau stellte. Als sie bemerkte, dass Daniels Aufmerksamkeit auf sie gerichtet war, reichte sie ihm die Hand. „Angie."

„Daniel", antwortete er und schüttelte ihre Hand.

„Und, wirst du?"

„Ich beobachte nur für den Moment."

„Wirklich. Du lässt dir also von einem Bürokraten vorschreiben, wie stark du bist?"

Daniel lächelte über die Herausforderung in Angies Stimme. „Scheint so, als wäre ich genauso stark, wie ich bin, ob ich den Test mache oder nicht. Der einzige Unterschied könnte die Farbe meiner Bezeichnung sein."

„Har", lachte Angie und klopfte sich vergnügt auf den Oberschenkel. „Das ist eine ziemlich reife Sicht der Dinge. Erstaunlich für jemanden, der so jung ist."

„Ich bin nicht so jung", protestierte Daniel. Leider waren Menschen mit seiner eigenen ethnischen Abstammung in Brad selten, was oft dazu führte, dass er fälschlicherweise für jünger gehalten wurde, als er war.

„Für mich sind das die meisten von euch Kindern", sagte Angie und kicherte. „Aber in einem Punkt irrst du dich. Wenn ihr den Test macht, werdet ihr garantiert etwas lernen. Es könnte dir sogar das Leben retten."

„Oh?", sagte Daniel, fasziniert. „Was?"

„Nun, wenn ich es dir sagen würde, was wäre dann der Sinn des Tests?", sagte Angie mit einem Lächeln. Nach einem Moment ging Daniel schließlich auf ihre Bitte ein.

„Guter Mann. Komm schon." Angie zeigte auf einen leeren Sparringring und rollte mit den Schultern, als sie den Ring betrat.

„Warte. Ich kämpfe mit dir?"

„Gibt es ein Problem?", fragte Angie, und die drohende Miene der einäugigen Dame ließ Daniel plötzlich schlucken und den Kopf schütteln. Er hatte sowieso nie Probleme, wenn, dann waren es nur Überraschungen. Als sie ihn anglotzte, eilte Daniel schnell nach vorne, während er seinen Hammer und Schild vom Rücken zog. Er begann bereits, seine Entscheidung zu bereuen.

***

„Aufgeben!", krächzte Daniel laut und spuckte den Sand aus, der in seinen Mund gelangt war. Die Beine über seinen Rücken gespreizt, hatte Angie seinen Waffenarm hinter seinem Rücken hochgedrückt, während sie seinen Körper in den Sand presste, ihr Gewicht drückte auf den Rücken des jüngeren Mannes.

„Achtzehn Sekunden", sagte einer der Umstehenden lakonisch. „Du hast es schlimmer gemacht als beim letzten Mal."

„Denk daran, klopf einfach auf meinen Körper, wenn du nicht sprechen kannst", erinnerte Angie Daniel, während sie von ihm abstieg und ihm auf die Beine half.

„Bist du sicher, dass das der Test ist?", beschwerte sich Daniel, während er seine Schulter drehte, um den Schmerz darin zu beseitigen. Schon jetzt konnte Daniel die zahlreichen blauen Flecken spüren, die seinen Körper bedeckten. Die Plattenrüstung schützte zwar vor Stößen und Schlägen, aber sie war auch brutal unangenehm, wenn er hinfiel und sich die Kanten bei jeder Landung in seinen Körper gruben und blaue Flecken verursachten. Und sie schützte auch nicht davor, dass Angie seinen Körper wie eine Strohpuppe verdrehte und zerrte.

„Das ist mein Test", sagte Angie mit einem Lächeln. „Noch einmal?"

Daniel starrte Angie an und fragte sich, wie oft er noch auf den Boden geworfen werden würde. Bei dem breiten, sadistischen Grinsen konnte Daniel nur seufzen. Es schien, als wäre die Antwort „eine Menge". Trotzdem bückte sich Daniel, um seine Waffen aufzuheben, und nahm wieder seine Kampfhaltung ein. Wenn es eine Sache gab, die Daniel hatte, dann war es seine Sturheit. Entweder man entwickelte als Bergmann eine sture Ader oder man verließ die Klasse. Unter der Erde zerbrachen die Schwachen und Zögerlichen.

***

„Kleine Heilung", flüsterte Daniel unter seinem Atem und nutzte die stimmliche Komponente, um seinen schwimmenden Geist zu fokussieren. Nachdem er sich auf die Knie gerollt hatte, musste Daniel innehalten, denn die Welt brauste in seinen Ohren wie das Meer an einem windigen Tag.

Die leichte Wärme des Manas, das seinen Körper verließ, und der kalte, heilende Druck seines Zaubers, der eine Sekunde später in ihn eindrang, halfen ihm, sich zu konzentrieren. Er fühlte, wie sich etwas verschob, ein leichtes Knacken in seinen Ohren, als sich die Trübung in seinen Gedanken auflöste. *Gehirnerschütterung. Ich habe eine Gehirnerschütterung.*

„Oh Scheiße, habe ich dich zu hart geworfen?", sagte Angie und bückte sich. „Mist, die werden mich wieder anmeckern..."

„Ich... komme schon klar. Ich heile mich einfach selbst", krächzte Daniel, der noch immer nicht realisiert hatte, dass er laut gesprochen hatte. Khy'ras Stimme kam zu ihm und erinnerte ihn.

„Verwende niemals einen Heilzauber bei einer Hirnverletzung, wenn du die Wahl hast. Die Wahrscheinlichkeit, dass die Verletzung dauerhaft wird, ist extrem hoch. Unsere Zaubersprüche sind kein Ersatz für tatsächliche Heilung, selbst das Zeichen des Heilers beschleunigt den Heilungsprozess zu sehr. Es ist besser, sich die Zeit zu nehmen, die Wunde richtig zu behandeln und sie natürlich heilen zu lassen", hatte Khy'ra in einem ihrer Gespräche gesagt, nach einem besonders langen Abend in der freien Klinik, die sie zusammen in Karlak betrieben hatten. Der nächste Teil war der, an den sich Daniel deutlich erinnerte, denn in ihrer Stimme lag eine leichte Ungläubigkeit, eine Ehrfurcht, die sie für seine Gabe

empfunden hatte. *„Deine Gabe aber, die sollte in Ordnung sein. Nach dem, was du mir erzählt hast, kannst du spüren, was falsch ist, und es direkt beheben."*

Seine Gabe. Wieder sah Daniel in sein Inneres und fand die Stelle, an der seine Gabe lebte. Er zog daran, konzentrierte sich auf seinen Geist, auf seine Verletzung. Wie Khy'ra angedeutet hatte, „fühlte" er das Falsche, die Prellungen und Verletzungen, die beginnende Entzündung, weil er so oft umgeworfen worden war. Es bedurfte nur der leichtesten Stöße, der kleinsten Anwendung von Wärme, um den Schaden zu vertreiben, seinen Geist zu klären.

„Wäre schön, ein Heiler zu sein. Wenn wir einen Heiler hätten, müsste ich nicht..." Angie verstummte und schüttelte ihre Gedanken sichtlich ab. „Bist du schon fertig?"

„Ich brauche nur ein bisschen mehr Zeit", sagte Daniel leise und konzentrierte sich wieder, während er sein Mana herbeirief für *Zeichen des Heilers*, ein Heilungszauber, der seine Regeneration beschleunigte und seinem Körper erlaubte, die zahlreichen anderen Verletzungen zu heilen, die sich im Laufe des Kampfes angesammelt hatten. Sogar der kleine Schaden, den er in seinem Kopf durch die Gabe nicht beseitigt hatte, würde durch diesen großflächigen Zauber behoben werden.

„Gut, wir sind fertig. Ich bin beeindruckt. Siebzehn Mal. Die meisten geben nach dem elften Mal auf", sagte Angie. „Als ob irgendwie die Zahl zehn die richtige Zahl wäre, die sie schlagen müssten, um als taff zu gelten."

Daniel lachte leicht, als er langsam auf die Füße kletterte. Angie hatte es mit Schild und Streitkolben bewaffnet jedes der siebzehn Male mit ihm aufgenommen, und jedes Mal hatte sie ihn auf den Rücken gelegt, bevor sie seinen angreifenden Arm mit vollendeter Leichtigkeit packte und kontrollierte. Sie war ausgewichen, gesprungen, hatte zugeschlagen und war über ihn geklettert wie ein besonders anhänglicher Affe, immer einen Schritt vor Daniel. Bei all den siebzehn Malen hatte Daniel nur eines gelernt – sich nicht von ihr anfassen zu lassen. Denn in dem Moment, in dem sie ihre Hände an ihm hatte, war der Kampf vorbei.

„Was war das?", fragte Daniel, als die beiden die Arena verließen, um einer anderen Gruppe den Vortritt zu lassen. Als Daniel an den wartenden Abenteurern vorbeikam, klopften ihm Hände auf die Schulter, um ihm zu gratulieren. Auch stimmliche Ermutigung wurde hinzugefügt, obwohl auch ein Hauch von schadenfroher Belustigung mitschwang. Daniel spürte, dass es vielleicht die Art war, die der Riese empfand, wenn er sah, dass ein weiterer Sieg auf der Liste stand.

„Lopak", sagte Angie. „Das ist ein Kampfstil, in dem ich als Kind ausgebildet wurde. Er konzentriert sich darauf, die Gliedmaßen und den Körper des Gegners zu kontrollieren, um ihn zu besiegen."

„Aber es ist doch viel gefährlicher..." Daniel unterbrach sich und blickte auf seinen Schild und seinen Streitkolben, die in ihrem Kampf kaum von Nutzen gewesen waren.

„Har! Natürlich ist es das. Ich empfehle dir nicht, deine Waffen wegzugeben. Nur, dass es sich lohnt, zu wissen, was zu tun ist, wenn der Gegner zu nah ist, als dass du sie führen könntest", sagte Angie mit einem Nicken. „Du wärst überrascht, wie oft dich so ein kleines Wissen retten kann."

Jetzt, da er nicht mehr auf sein eigenes Leiden konzentriert war, bemerkte Daniel, dass Omrak gerade allen seine Kraft vorführte, indem er in einer Ecke einen Zirkel aus Hebe-, Zug- und Trageübungen durchlief. Daniels erfahrene Augen erkannten, dass Omrak den Kampf nicht unbeschadet überstanden hatte und seine Bewegungen etwas steifer waren als sonst. In einer anderen Ecke machte Asin Sparring mit Omraks früherem Gegner. Obwohl Sparring vielleicht das falsche Wort war, da Asin durch die Arena rannte, ihre Messer warf und auf andere Weise den Abenteurer bedrängte, der versuchte, sie zu fangen.

„Deine Freunde machen sich gut", sagte Angie, die sah, wohin Daniels Aufmerksamkeit gelenkt worden war. „Noch seid ihr alle Rot, aber in ein paar Wochen könntet ihr euch für Orange qualifizieren. Wenn deine Catkin noch ein paar verzauberte Teile hätte, vielleicht sogar schon jetzt."

Daniel nickte bei ihren Worten. Asin war ohne Zweifel die Schnellste und Wendigste in der Gruppe. Sie schien auch einen sechsten Sinn dafür zu haben, woher Angriffe kommen würden, eine Tatsache, die Daniel und Omrak in ihren Sparringsitzungen frustrierte. Wäre da nicht die Tatsache, dass sie Schwierigkeiten hatte, andere zu verletzen, würde Daniel sie zweifellos für die gefährlichste der Gruppe halten.

„Na, worauf wartest du denn noch?", sagte Angie, klopfte Daniel auf den Rücken und deutete auf den Hindernisparcours. „Du bist noch nicht fertig."

„Aber..."

„Kein Aber. Kein Herumwarten, bis deine Heilung beendet ist", sagte Angie mit einem Schnauben. „Man hat nicht immer den Luxus, sich im Dungeon zu heilen."

Stöhnend schritt Daniel zum Hindernisparcours hinüber, ein Gefühl des Grauens durchzog ihn bereits. Er hasste Hindernisparcours. Wenigstens, so tröstete er sich, waren sie nicht so schlimm wie Rätselräume. Rätseldungeons konnten mit Ba'al zur Hölle fahren.

✳✳✳

Stunden später starrte das Trio auf die einfache rote Hülle, die nun ihre Gildenkarten bedeckte. Die anderen Abenteurer nannten es ein Abzeichen, aber in Wirklichkeit war es eine einfache Stoffhülle, in der ihre Karten aufbewahrt wurden. Eine physische Erinnerung für die Welt, dass die Gruppe nicht nur fortgeschrittene Abenteurer waren, sondern auch die niedrigsten der niedrigen in dieser Gruppe.

Trotzdem musste das Trio grinsen, als sie zurück zu ihrem Dachboden in der Einsamen Kerze schritten. Es mag nicht viel gewesen sein, aber jetzt hatten sie ein Ziel. Und die Möglichkeit, am nächsten Tag den Dungeon zu betreten.

***

Später am Abend fand sich Daniel in einer Ecke sitzend wieder, eine Kerze war die einzige Beleuchtung, während er akribisch an dem Brief vor ihm arbeitete.

Liebe Khy'ra,

wir sind jetzt in Silverstone. Wir haben endlich den Peel-Dungeon geschafft, und ich habe Level 10 erreicht! Jetzt habe ich das Level, das zu meinem Status als fortgeschrittener Abenteurer passt. Die Stadt ist, wie bereits erwähnt, sehr groß. Omrak lief den ganzen Tag mit großen Augen durch die Gegend. Es war eigentlich ganz lustig, auch wenn wir ein paar Taschendiebe abwehren mussten. Ich bin mir nicht sicher, ob er es bemerkt hat.

Wir wohnen derzeit in der Einsamen Kerze. Die Gastwirtin ist nett; sie erinnert mich sehr an Elise. Grüße sie bitte von mir, ebenso wie Litzburn und Liev.

Apropos Liev, wieso wusste ich nicht, dass er der Gildenmeister ist? Ging das nur mir so? Er hat sich nie aufgespielt; ich dachte nur, er sei ein älterer Angestellter. Ich glaube nicht, dass ich so mit ihm gesprochen hätte, wenn ich es gewusst hätte.

In Silverstone hat die Abenteurergilde ein Trainingsgelände, das mit alten Abenteurern besetzt ist. Ich habe heute eine sehr seltsame Frau getroffen, die mich immer wieder zu Boden zwang für unsere Tests. Ich bin jetzt offiziell ein Abenteurer Level Orange der Fortgeschrittenen-Klasse. Sie wollten mir den gelben Rang wegen meiner Heilungszauber geben, aber ich habe abgelehnt. Es fühlt sich ein bisschen falsch an, nur weil ich ein bisschen Wissen darüber habe. Es fühlt sich unverdient an.

Ich weiß, du hast mich immer wieder davor gewarnt, wie nützlich Heilen ist. Wie wichtig es ist. Aber es kommt mir einfach seltsam vor. Das Heilen zu lernen, sogar das Zeichen des Heilers von dir, fühlte sich nie verdient an.

Es tut mir leid. Du hast wahrscheinlich schon genug von mir gehört. Ich vermisse dich. Ich hoffe, die Dinge laufen gut. Grüß alle von mir.

In Liebe
Daniel

Daniel starrte auf das, was er geschrieben hatte, und musste eine Grimasse ziehen. Es hörte sich an, als würde er jammern. Aber Papier war teuer und was er geschrieben hatte, war die Wahrheit. Khy'ra wusste es sowieso besser, sein Gejammer, seine Beschwerden zu ignorieren. Er war sicher, dass sie zwischen den Zeilen lesen würde.

Kapitel 3

Morgen. Es würde ein herrlicher Morgen werden, dachte Omrak, als er leichtfüßig vor der Einsamen Kerze auf und ab hüpfte. Wie immer waren sowohl Asin als auch Daniel langsam und ließen sich Zeit, das Gebäude zu verlassen, weil, nun ja, weil sie so waren. Omrak wäre frustriert, wenn es nicht so viel zu sehen gäbe!

Selbst am Morgen, so früh und so regnerisch wie es war, war in Silverstone viel los. In den letzten fünf Minuten war sich Omrak sicher, dass er mehr Menschen gesehen hatte – mehr verschiedene Menschen –, als es in seinem ganzen Dorf gab. Da waren der Bäcker und sein Gehilfe, die hart daran arbeiteten, das sehr gefragte frische, ungesäuerte Brot herzustellen. Sie machten sogar diese leckeren süßen Brötchen, die fast so schnell verkauft wurden, wie sie aus dem Ofen kamen, zu einem unverschämten Preis von zehn Kupfer.

Die Straße hinunter kamen Bauern und Arbeiter aus dem nahe gelegenen Dorf, die ihre Produkte auf den Markt bringen wollten. Es gab so viele Bauern, dass die Stadt mehrere Märkte hatte, die jeden Tag stattfanden. Engagierte Krämer kauften auch diese Waren von verschiedenen Bauern und verkauften die Produkte für ein wenig Bequemlichkeit an die hungrige Bevölkerung weiter. Der Überfluss war so groß, dass Omrak in der letzten Nacht sogar gesehen hatte, wie einige Lebensmittelhändler vollkommen gute Lebensmittel wegwarfen – Lebensmittel, die nur ein wenig verdorben waren.

„Omrak!" Daniel rief nach ihm, und Omrak wandte sich von den Leuten ab und grinste seinen Freund an. „Raus aus dem Regen. Oder zieh dir wenigstens etwas über den Kopf."

„Ah, Held Daniel, das ist ein wunderbares Wetter. Warum willst du dich davor verstecken?", sagte Omrak, schüttelte den Kopf und lehnte sich zurück, um den Regenguss noch einmal zu genießen.

„Weil es dir dann schlecht geht und du dich erkältest", sagte Daniel und schüttelte den Kopf. Omrak lachte nur ungestüm, noch mehr, als er Daniel darüber murmeln hörte, dass ihm der Verstand fehlte, um aus dem Regen zu kommen. Asin schnaubte, fest eingewickelt in einen glatten, wasserabweisenden Wollmantel. Anstatt sich an dem Streit zu beteiligen, hatte sich die junge Catkin auf den Weg zu ihrem Ziel gemacht.

Ihr Ziel. Omraks Grinsen wurde breiter, als er vorwärtsschritt und kaum bemerkte, wie die kleineren Südländer alle versuchten, ihm aus dem Weg zu gehen. Sie würden heute zu einem neuen Dungeon gehen. Porthos sollte es sein. Was für ein seltsamer Name. Aber Südländer waren allgemein sehr seltsam. Das Land war so oft erobert, geteilt und zurückerobert worden, dass viele Namen von Orten aus anderen Königreichen stammten. Aber gerade deshalb war Brad so interessant.

„Denk daran, Omrak, wir werden heute nur die erste Ebene erkunden. Vielleicht schaffen wir es nicht mal bis zum ersten Aufseher. Es ist eine sehr große Ebene, und obwohl wir einen Ebenenkristall gekauft haben, ist er bei der Art, wie sich die Gänge bewegen, nicht so nützlich, wie du denkst. "

„Natürlich", grummelte Omrak zustimmend. Dennoch konnte Omrak bei der Erwähnung des Ebenenkristalls nicht umhin, einen Blick auf Daniels Taille zu werfen. Der Kartenkristall war ein erstaunliches Stück Magie, auch wenn sie in Massenproduktion hergestellt wurden und in einem Monat aufgeladen werden mussten. Er hatte sie fast ihr gesamtes verbliebenes Gold gekostet. Aber damit musste sich das Team keine Sorgen mehr machen, sich in der riesigen ersten Ebene zu verirren. Schließlich erforderte Daniels äußerst nützliche Kartierungsfähigkeit, dass er den besagten Ort vorher tatsächlich besuchte. Und da sich die Gänge angeblich bewegten, würden frühere Wege nicht mehr unbedingt zutreffen.

Dieses Mal wurde das Trio nicht am Tor aufgehalten, nachdem sie ihre neu erworbenen Abzeichen gezeigt hatten. Die Wachen wünschten ihnen sogar alles Gute, ein Segen, den Omrak herzlich erwiderte. Vor dem silbernen Portal hüpfte Omrak noch einmal auf die Beine und begann eine Reihe langer, langsamer Dehnübungen, um die Macken und Schmerzen in seinem Körper zu verbannen. Anstatt das kostbare Mana seines Freundes Daniel zu verbrauchen, hatte Omrak beschlossen, auf die Heilung zu verzichten. Letztendlich war es besser für seinen Körper, sich allmählich an die Belastung anzupassen, die er ihm auferlegte. Magie, so nützlich sie auch sein mochte, war kein Ersatz für harte Arbeit!

„Uff!", stöhnte Omrak, als er durch das Portal trat und sofort nach vorne ging, um sich seinen Freunden an der Ecke der Plattform anzuschließen, auf der sie sich befanden. Das Portal hatte einen Teil seiner Körperwärme auf dem Weg dorthin abgesaugt, ein Nebeneffekt des Durchnässens bis auf die Knochen, und ließ ihn leicht frösteln.

„Wunderschön! Erinnert mich an zu Hause. Bis auf die Gleise. Und die schwebenden Plattformen. Und das Fehlen von Krähen und Harpyien", sagte Omrak zu seinen Freunden, während er den Anblick vor ihm genoss. Wie der Nordländer erwähnt hatte, bestand die erste Ebene von Porthos aus einer einzigen, weitläufigen Höhle, deren Boden und Decke mit bloßem Auge nicht zu erkennen war. Tief hängende Wolken schwebten durch die Höhle und verdeckten gelegentlich schwebende Steinplattformen, während unter ihnen ein nicht enden wollender Nebel waberte. Steinerne Stege, manche breit genug, um mit einer Karawane darauf zu fahren, andere kaum groß genug, damit eine einzelne Person darauf gehen konnte, verbanden die Plattformen. Das nicht enden wollende Ächzen des sich bewegenden Steins hallte unaufhörlich durch die Höhle, während sich die Stege auf mysteriöse Weise bewegten und neue Plattformen ohne Sinn und Verstand verbanden.

„Genau. Also, nichts wie nach Hause", sagte Daniel mit einem Lächeln. Er hatte sich bereits seines Reisemantels entledigt und seine Armbrust geladen. Omrak warf einen Blick auf die Fernwaffe und setzte schnell seinen Helm auf, um seinen Kopf zu bedecken, sowie einen metallenen Ringkragen um seinen Hals. Es war nicht so, dass Daniel ein schlechter Schütze war. Es war vielmehr so, dass er ein schrecklicher Schütze war. Und doch hielt er daran fest, diese Waffe zu benutzen.

„Nun gut. Ich werde führen", verkündete Omrak und zog sein Schwert aus der Scheide auf seinem Rücken. Zuerst war die Gruppe dicht gedrängt mit anderen Abenteurern, die die Ebene erkundeten, aber als sich die Gänge teilten und wieder teilten, verblasste die anfängliche Menschenmenge langsam und ließ das Trio allein zurück, bis auf eine andere Gruppe ein paar hundert Meter hinter ihnen.

Gerade als die Gruppe über einen ein Meter breiten Gehweg schritt, starteten die Dungeon-Monster ihren ersten Angriff. Ein Dutzend Kobolde kam kreischend aus den Wolken herab –geschuppte, warzige Gestalten, die auf fledermausartigen Flügeln herabglitten. Die Monster waren meist schwarz mit Rottönen, die Krallen, spitze Ohren und scharfe, nadelartige Zähne hervorhoben.

„Kobolde!", rief Asin, eine Sekunde bevor Omrak und Daniel sich zu Wort meldeten. Die Catkin hatte bereits die Messer in der Hand und schätzte die Flugbahn der Angreifer ab, bevor sie warf.

Omrak hatte seine eigenen Beile, aber diese Wurfäxte waren ihm zu kostbar. Anstatt Geld dafür zu verschwenden, seine Waffen möglicherweise für immer zu verlieren, zog es Omrak vor, diese Monster aus der Luft zu schlagen. Als sich ihm ein Trio von Kobolden näherte, stürzte sich Omrak mit einem plötzlichen Sprung in die Luft, wobei sein Angriff alle überraschte. Mit einem schnellen Schwertschwung erwischte er zwei der drei Kobolde, die den Angriff anführten, und trennte in einem Fall einen Teil eines Flügels ab, im anderen Fall riss er den Körper auf. Um sich nicht aus dem Kampf herauszuhalten, schlug der dritte Kobold eine Klaue nach Omraks Gesicht, was durch ein plötzliches Ducken vereitelt wurde. Trotzdem hinterließ der Angriff eine leichte Narbe auf seiner Schädeldecke.

Als Omrak wieder landete, knurrte er und schüttelte das Monster, das noch immer am Leben war, von seiner Klinge und trat nach vorne, um schnell auf die kämpfende Kreatur zu treten. Hinter ihm schaffte es der verletzte Kobold, gerade so auf der Kante des Stegs zu landen, bevor er seine Flügel einrollte und losrannte, um sich auf Asin zu stürzen.

„Nein. Du gehörst mir!" Brüllend löste Omrak seine Fähigkeit *Champion des Nordens* aus. Überall um ihn herum drehten sich die Kobolde, die vorbeigeflogen waren und zurückkehrten, und die, die bereits mit seinen Freunden beschäftigt waren, um und griffen den Nordländer an. Omrak ging in die Hocke und knirschte mit den Füßen auf dem Boden, um sich vorzubereiten.

Selbst als der nächste Kobold sich auf ihn stürzte, hatte Omrak Zeit, sich auf seine Freunde zu konzentrieren. Daniel raste an Asin vorbei, während er seine eigenen Angreifer verfolgte. Seine langsamen und schweren Schritte waren nicht schnell genug, aber Asin hatte die Gelegenheit genutzt, die Beine der fliehenden Gegner anzugreifen, sie zu lähmen, Sehnen zu durchtrennen und die Monster anderweitig zu verkrüppeln. Das gab Daniel Zeit, aufzuholen und seine eigenen Angriffe zu starten, wobei er seine Armbrust wegwarf, und auf dem Weg liegen ließ.

Omrak hatte keine Gelegenheit mehr, die Aktionen seiner Freunde zu begutachten, als er sein Schwert in großen, schleifenförmigen Mustern schwang. Die Bewegung selbst sollte keine Kobolde treffen, sondern sie fernhalten, ablenken und verärgern, während seine Freunde mit den

Angreifern fertig wurden. Natürlich konnte Omrak angesichts von fast acht Feinden zu diesem Zeitpunkt nicht alle Angriffe abwehren, vor allem nicht die, die von hinten kamen.

„Stellt euch mir, ihr Feiglinge!", brüllte Omrak, als er einen weiteren Schnitt auf seinem Rücken spürte, direkt unterhalb des Saums seiner Ledertunika. Omrak knurrte, als er sich herumdrehte, ein leichtes rotes Glühen durchzog seinen Körper. Das war sein anderes Skill, die *Wut der Berge*, die ihn übernahm. Es gab ihm Kraft, gab ihm Geschwindigkeit und gab ihm sogar eine leicht erhöhte Verteidigung gegen Angriffe.

„Gute Arbeit, Omrak!", rief Daniel, als er den letzten Kobold niedergestreckt hatte und dann nach vorne stürmte, um mit seinem *Schildschlag* einen weiteren zu betäuben. Er schlug schnell zu, während Asin auf einen ahnungslosen Kobold sprang und sich in die Luft warf, um einen weiteren Kobold zu erstechen und auf seinen Körper zu drücken. Ihre Augen weiteten sich, als die Kreatur in einem verzweifelten Versuch, wegzukommen, sich in der Luft drehte und sie von den Füßen und von der Plattform riss.

„Asin!", rief Omrak in Panik. Instinktiv stieß der Nordländer sein Schwert nach vorne, dorthin, wo sie fiel. Asin drehte sich und wich dem Stoß aus, griff aber mit ihren Pfoten nach der Klinge, wobei ihre Dolche unter sie fielen. Mit einem Grunzen und einer Bewegung, die ihn fast zu Fall brachte, schwang Omrak sein Schwert, um die Catkin zurück auf die Plattform zu bringen.

Anstatt ihn in Ruhe zu lassen, stürzten sich die verbliebenen Kobolde auf Omrak. Mit ausgefahrenen Klauen rissen sie an seinen leicht gepanzerten Beinen und kletterten hoch, um an seinen Armen zu zerren. Das rote Glühen durchflutete seinen Körper weiter, und zum ersten Mal löste Omrak sein neues Skill aus.

„*Ruf des Blitzes!*", brüllte Omrak, das Rot um seinen Körper löste sich auf, als es sich in einer Explosion von Blitzen entlud. Die Kobolde, sowohl die an seinem Körper als auch die in der Nähe, waren geschockt, der Angriff traf und betäubte sie. Omrak nutzte den kurzen Moment des Aufatmens, um sein Schwert auf einen geschockten Kobold niederprasseln zu lassen und ihn in zwei Hälften zu spalten. Asin stand wieder auf ihren Füßen und stach einem anderen wiederholt in die Nieren, während sie ihn fest an sich drückte und Daniel einen anderen mit Schild und Hammer zu Boden schlug. Innerhalb weniger Augenblicke waren die restlichen Kobolde getötet und ließen die Abenteurer schwer atmend und blutend zurück.

„Du bist wieder verletzt", tadelte Daniel und schüttelte den Kopf. Ein Moment der Konzentration erlaubte es Daniel, das *Zeichen des Heilers* auf Omraks Körper anzuwenden, bevor der kleinere, schmaläugige Abenteurer begann, Omraks Wunden auf eher profane Weise zu behandeln. Die Kombination weltlicher, einfacher Heilpraktiken half seinen Zaubern, effektiver zu sein, und stellte sicher, dass, selbst wenn Wunden nicht vollständig geheilt wurden, sie nicht schlimmer wurden.

„Neues Skill?", fragte Asin, während sie den Gang entlanglief und nach Manasteinen suchte.

„Ja!", sagte Omrak mit Stolz. „Es war meine Wahl bei meinem letzten Levelaufstieg. Aber es erfordert Wut, um es zu benutzen. Je mehr Wut ich habe, desto größer ist der Effekt."

„Nützlich", bestätigte Daniel, während er Omraks Bein einwickelte. Omrak drückte unterdessen auf eine hartnäckige Wunde in seinem Oberarm, um die Blutung zu stillen, während er darauf wartete, dass der Zauber seine Wirkung tat. „Also, lass uns darüber reden, was passiert ist. Und was wir nicht wieder tun werden. Zum Beispiel springen."

Sowohl Omrak als auch Asin duckten sich verlegen und nahmen die Ermahnung schweigend hin, bevor sie Daniels Perspektive des Kampfes zuhörten. Bald, das wusste Omrak, würde er an der Reihe sein, zu sprechen.

***

Die Schufterei, wie Daniel es nannte, dauerte Stunden. In gemeinsamer Absprache hatte die Gruppe geplant, die erste Hälfte des Tages mit Erkundungen und die zweite Hälfte mit dem Rückweg zu verbringen. Während dieser Zeit lag ihr Hauptaugenmerk darauf, ihre Kampfskills und ihre Koordination gegen eine neue Art von Feind zu entwickeln. Die Zeit, die man sich jetzt nahm, um zu lernen und langsam voranzukommen, bedeutete weniger Schmerz und Gefahr. Es war eine harte Lektion, die er lernen musste, überlegte Omrak. Eine, die er sich geweigert hatte zu lernen, bis er sich mit Asin und Daniel zusammengetan hatte.

Vielleicht war es ihr Mangel an Kraft. Asin war begabt und geschickt, schnell mit ihren Messern und sehr scharfsinnig. Aber es fehlte ihr an Kraft, um den stark gepanzerten Kreaturen zu schaden. Den übermäßig großen Monstern. Ob es nun Crawler oder Oger waren, Asin kam im Kampf gegen solche Monster schnell an ihre Grenzen. Daniel hingegen war stark – für einen Südländer –, aber ihm fehlte die Fähigkeit, seine Gegner zu überwältigen, oder der Mut zum direkten Schlagabtausch. Daniel war eine Felsenschildkröte, eine, die sich unter ihren schützenden Panzer kauerte und gelegentlich nach ihrem Feind biss. Felsenschildkröten waren schwer zu töten, aber leicht zu überrumpeln. Es war nur oft besser, ihnen auszuweichen, als sie zu verärgern.

Doch trotz aller Vorsicht, trotz all der Zeit, die sie damit verbrachten, den Kampf miteinander zu üben, sowohl auf schmalen Gängen als auch auf festen Plattformen, hatten ihre Planungen dieses Szenario nicht berücksichtigt.

„Bist du sicher, dass das der Weg war, den wir gekommen sind?", brummte Omrak.

„Ja", sagte Daniel und blickte sich auf der leeren Plattform um. Außer dem einzigen Steg, den sie benutzt hatten, um hierher zu gelangen, gab es keine weiteren. In kurzer Entfernung, kaum vier Meter, befand sich eine weitere Plattform. Aber der Weg dorthin war nirgendwo in Sicht. „Da sind wir hergekommen."

„Also, machen wir einen Rückzieher?", fragte Omrak und rieb sich das Kinn. Das hatten sie schon viermal getan, auf der Suche nach einem neuen Weg zurück. Nur durch Glück und ein wenig gutes Raten hatten sie es geschafft, ihre jetzige Position zu erreichen.

„Es sind vier Meter...", sagte Daniel langsam. Bei dem gestrigen Test hatte der gepanzerte Abenteurer diese Distanz mit Anlauf überbrücken können. Wenn Daniel jetzt seine Rüstung ablegte, sollte die Entfernung kein Problem sein. Abgesehen davon, dass die Plattform nicht besonders groß war. Ein Fehler würde sie garantiert zu Fall bringen.

„Seil", zischte Asin und holte das Utensil bereits aus ihrem Rucksack. Einen Moment später hatte sie eine Reihe von Metallankern in der Hand und starrte zielsicher auf den Hammer in Daniels Hand.

„Hey, das ist eine Waffe, weißt du. Kein Werkzeug", protestierte Daniel und umklammerte seine verzauberte Waffe. Asins Schnauben und ihre ausgestreckte Hand verrieten ihren Standpunkt dazu.

„Komm, Held Daniel. Wir müssen alle etwas opfern", sagte Omrak und nahm Daniel sanft die Waffe ab. Gemeinsam befestigten er und Asin schnell eine Reihe von Ankerpunkten am Boden und fädelten das Seil hindurch. Asin war innerhalb von Sekunden mit dem Verknoten fertig und sprang ohne ein Wort in die Ferne. Sie hatte sich nicht einmal die Mühe gemacht, mit Anlauf zu springen, ihre kräftigen Beine angewinkelt unter ihr, als sie durch die Luft schwebte.

„Das wird in Tränen enden", murmelte Daniel, aber auf Omraks Drängen hin machte er sich bereit. Anstatt seine Rüstung komplett auszuziehen, nahm Daniel nur den Helm, den Brustpanzer und die Schulterpanzer ab, um ein wenig mehr Flexibilität zu haben. Danach schlüpfte er in den Beingurt, den Omrak aus dem neu gefundenen Seil gemacht hatte, und schnürte ihn fest um seine Taille.

„Keine Angst, Held Daniel, ich werde dich sichern", sagte Omrak mit einem Grinsen.

„Genau. Keine Angst", sagte Daniel. „Es ist ja nicht so, als würde ich mich von einem vollkommen sicheren Ort über einen ungewissen Abgrund stürzen."

„Nein, tust du nicht", sagte Omrak. „Du springst von einer Plattform."

Daniel seufzte und wich noch ein paar Meter zurück, bevor er nach vorne sprintete. In letzter Sekunde sprang er ab und legte die Strecke mit Leichtigkeit zurück. Zu leicht, denn er flog an Asin vorbei und landete zu drei Vierteln auf der Plattform, wobei er mit seinen gestiefelten Füßen vergeblich versuchte, seinen Schwung aufzufangen. Omrak grinste, als er Daniels Eskapaden beobachtete, beide Hände bereits am Seil. Mit einem starken Ruck zog er das Seil zurück und brachte Daniel nur wenige Zentimeter vor dem Fall zum Stehen.

„Aua!", schrie Daniel, als er fiel. Die geprellte Hüfte umklammernd, atmete Daniel ein paar Minuten lang ein und aus. Hinter ihm kicherte Omrak, während er das Seil entknotete und es dann unter seinem Arm zusammenbündelte. Omrak machte ein paar Schritte zurück, rannte und sprang und landete sicher auf der Plattform. Für einen Moment sackte die

Plattform ein paar Zentimeter ab, eine Bewegung, die alle drei Abenteurer blass werden ließ, bevor sie sich wieder aufrichtete. Es gab zwar fallenreiche Gänge, aber von einer fallenreichen Plattform hatten sie noch nie gehört. Andererseits, dachte Omrak zynisch, hatte jede Gruppe, die eine solche erlebt hatte, wahrscheinlich nicht überlebt.

„Leichter als Luft", knurrte Asin leise.

„Die Verzauberung?", fragte Omrak.

„Ja."

„Aye, das scheint ein vernünftiger Vorschlag zu sein", sagte Omrak, während sie alle zusammen über den Rand spähten. Dennoch fragte sich ein Teil von Omrak, ob es wirklich einen Boden gab. Immerhin war das ein Dungeon. Mit einem Achselzucken seiner breiten Schultern verwarf Omrak die Angelegenheit. Es war besser, in einem Dungeon zu sterben, als zu Hause zu verhungern, weil der Winter so hart war. „Kommt. Wir haben viel zu sehen!"

***

„Held Daniel?", rief Omrak und runzelte die Stirn, als er sich umdrehte, um den Mann zu finden, der still und in einiger Entfernung hinter ihnen stand und in den Nebel hinunterspähte. Omrak lächelte leicht, froh, dass seine Gruppenmitglieder nicht unter Schwindelgefühlen litten, im Gegensatz zu einigen anderen, die er beobachtet hatte.

„Da unten ist etwas", sagte Daniel leise.

„Da unten?" Omrak runzelte die Stirn und lehnte sich über die Kante. Alles, was seinem Blick begegnete, waren wabernde Nebelschwaden, Wolkenbänke von sanftem Weiß, die gelegentlich zur Seite waberten, um andere, niedrigere Plattformen zu zeigen. Aber die waren alle weit weg. „Die Plattformen?"

„Nein. Gut, ja. Eine Plattform, glaube ich. Oder etwas anderes", sagte Daniel mit einem Stirnrunzeln. „Es ist direkt unter uns."

Asin ging in die Hocke und stützte sich mit einer Hand auf dem Boden ab, um nachzusehen. Omrak spähte ebenfalls, sah aber nichts und beschloss, den Himmel im Auge zu behalten. Sie waren zwar nahe genug am Eingang, dass es unwahrscheinlich war, dass die Kobolde sie angreifen würden, aber man konnte nie wissen. Vielleicht stießen sie zufällig auf eine kürzlich wiedererwachte Gruppe.

„Land", knurrte Asin nach einem langen Schweigen, das Omrak vor Langeweile fast zum Hüpfen brachte.

„Also, ich sehe nichts", sagte Daniel erleichtert. Er ging nach vorne, um mit Asin zu reden. „Etwa fünfzehn Meter?"

„Neunzehn", sagte Asin.

„Wir haben etwa dreißig Meter langes Seil...", begann Daniel.

„Warum?", fragte Asin und runzelte die Stirn. Sie konnten vielleicht hinuntersteigen, aber wieder hinaufzukommen, würde schwierig werden. Neunzehn Meter Seil senkrecht nach oben zu klettern, ohne Hilfe, würde anstrengend sein.

„Ich dachte, ich hätte eine Truhe gesehen", erklärte Daniel.

Asins Gesicht hellte sich daraufhin sichtlich auf und sie beugte sich so weit vor, dass Daniel vor Angst um sie den Atem anhielt. Omrak selbst spürte den Sog einer Truhe und spähte über die Seite, sah aber immer noch nichts als Nebel. Ebenentruhen spawnten zufällig in einem Dungeon, blieben verfügbar, bis sie gefunden wurden, und respawnten dann einen Tag später. Sie enthielten immer einen großen Manastein, einen, der mindestens eine Stufe höher war als die, die man regelmäßig in den Monstern fand, die

die Ebene durchstreiften. Man glaubte, dass Panqua diese Ebenentruhen erschaffen hatte, um Abenteurer in jede Ebene zu locken, damit sie umherstreiften und so die Monster säuberten.

„Wir sollten nicht alle nach unten gehen", sagte Daniel langsam und rieb sich in Gedanken das Kinn. Ein Problem mit Ebenentruhen war, dass sie oft in der Nähe des Ebenen-Champions spawnten – in diesem Fall ein Koboldaufseher. Das Team war wahrscheinlich nicht bereit, den Aufseher selbst zu bekämpfen. Aber bis jetzt hatte die Gruppe ihn noch nicht gesehen. In einer Ebene wie dieser konnte Nähe nicht viel bedeuten.

„Ich werde gehen", sagte Omrak entschlossen. Schon zog er sein Schwert aus der Scheide und holte das Seil aus seinem Inventar. „Asin, Anker?"

„Ja", sagte Asin, holte schnell Daniels Axt und hämmerte die Stacheln in den Boden. Mit besorgter Miene bereitete Daniel seine Armbrust vor, während er den Himmel beobachtete. Mit geübter Leichtigkeit ließ Omrak sich einen Gurt anlegen und am Seil befestigen, mit dem er seinen Abstieg verlangsamen konnte. Nachdem er das Seil und die Verankerungen überprüft hatte, rutschte Omrak die Kante hinunter, wobei er mit einer Hand langsam die Geschwindigkeit seines Abstiegs kontrollierte, während er sich mit der anderen am Seil stabilisierte. Es bedeutete immer noch, dass er erheblich schwankte, Winde und Bewegungen seines Körpers warfen ihn von einer Seite zur anderen, aber es war ertragbar. Es erinnerte Omrak an die Tage in den Bergen, als er mit seiner Familie kletterte, um abgestürzte Schafe zu bergen oder Bergkatzen zu jagen.

„Lacht er etwa?", fragte Daniel Asin ungläubig, seine Worte wurden von einem Windwirbel aufgefangen und zu Omrak hinuntergetragen. Eine Veränderung des Windes sorgte dafür, dass Omrak Asins Antwort nicht hörte. Aber ja, er hatte gelacht. Welcher echte Held würde das nicht tun?

Der Nebel verschlang ihn nur allzu bald, seine Freunde verschwanden, während er sich weiter nach unten begab. Seine Sicht war blockiert, Omrak konnte sich nur auf seine Sinne und sein Urteilsvermögen verlassen, während er immer weiter hinabstieg. Im Nebel waren gelegentliche Kreischgeräusche zu hören, gedämpft wie das langsame Ächzen von sich bewegendem Gestein. Wie aus dem Nichts tauchte eine Felswand auf, die sich einen Meter vom Nordländer entfernt bewegte, um sich mit einer anderen Plattform zu verbinden. Mit trockenem Mund zwang sich Omrak, wieder zu schlucken. Von einem Steinsteg getroffen zu werden und zu sterben, wäre nicht sehr glorreich. Wenn auch ungewöhnlich, zumindest das.

Mit einem dumpfen Schlag landeten seine Füße auf dem Boden. Schnell zog Omrak sein Schwert vom Rücken und drehte sich suchend um. Nichts. Keine Feinde, keine Kreaturen. Da er sich ständig umdrehte und keinen Bezug zum Weg über ihm hatte, konnte Omrak nur langsam im Kreis gehen, während er nach der Truhe suchte. Der Nordländer ließ das Seil, das immer noch an seinem Körper befestigt war, hinter sich herlaufen, während er suchte.

Die schlichte Holztruhe lag in einer kleinen Mulde, leichter Tau bedeckte ihr Äußeres. Mit einem Stirnrunzeln erkannte Omrak, dass Asin nicht hier war, um deren Sicherheit zu überprüfen. Dennoch war seine frühere Erfahrung noch deutlich in seinem Kopf. Nach einem langen Moment streckte Omrak sein Schwert aus, legte die Schneide gegen den Spalt und stieß die Truhe auf, bereit, jederzeit zurückzuspringen. Als keine Explosion oder Giftwolke erschien, schritt Omrak hinüber, um den Manastein zu holen. Er war, anders als die von den Kobolden gewonnenen, von beeindruckender Größe. Als erfahrener Abenteurer konnte Omrak erkennen, dass er vom gleichen Seltenheitsgrad war wie die Steine, die die Kobolde hatten, aber mindestens dreimal so groß.

„Ja", sagte Omrak mit einem Grinsen. Das würde ihnen helfen, um ihre leeren Geldbörsen wieder aufzufüllen. Mit einer Bewegung verstaute er ihn in seinem Inventar, bevor er sein Schwert wegsteckte. Das war besser gelaufen, als er gedacht hatte.

Es war ein Gedanke, den Omrak Augenblicke später bereute, als die Kobolde ankamen. Auf halber Höhe des Seils, seine Muskeln bereits müde von dem quälenden Aufstieg, das Seil ständig schwingend, als der Wind auffrischte, hatte er keine Möglichkeit, sich zu verteidigen.

„Vorsicht!", knurrte Omrak. Daniel, der von oben schoss, schickte fast einen Armbrustbolzen durch Omrak statt durch einen Kobold, wobei sich seine miserable Zielgenauigkeit wieder einmal bemerkbar machte. Schlimmer noch, Daniel schien die sich schnell bewegenden Kobolde überhaupt nicht treffen zu können. Omrak blutete bereits aus Dutzenden von kleinen Schnitten, die die Kobolde in seinen Körper rissen, als sie vorbeiflogen.

„Tut mir leid!", rief Daniel, als er die Armbrust wieder auf den Boden legte und versuchte, sie neu zu laden.

„Vergiss das Schießen. Zieh mich hoch!", schrie Omrak.

„Aber –" Daniel zögerte eine Sekunde lang, bevor er den Gedanken verwarf, die Armbrust auf den Boden fallen ließ und das Seil ergriff. Mit einem Ruck begann er, seinen Freund hochzuziehen, wobei sich ein konzentrierter Blick auf seinem Gesicht abzeichnete. Neben dem stämmigen Abenteurer schleuderte Asin ihre Wurfmesser mit voller Wucht, um die Kobolde von dem Duo oben fernzuhalten.

Mit dem Ziehen von Daniel stieg Omrak nun schneller auf. Aber der blonde Riese konnte nicht anders, als sich zu fragen, wie lange sein junger Freund das durchhalten konnte. So stark er auch sein mochte, es war noch ein weiter Weg. Als ein weiterer Kobold an Omraks Schulter riss, gab er diese

Gedanken auf und nahm eine Hand weg, um sich eine Axt zu schnappen. Mit dem verknoteten und umgedrehten Seil konnte er sich mit einer Hand festhalten. Das gab ihm die Freiheit, mit der anderen Hand seine Waffe zu schwingen und sich ein wenig zu verteidigen.

„Hör. Auf. Dich. Zu. Bewegen", grunzte Daniel, die Knöchel weiß gegen das Seil.

„Ich verteidige mich!", grunzte Omrak im Gegenzug. Ein gut platzierter Schlag riss einen Flügel ab. Aber das Glück hielt nicht lang, denn ein Kobold stieß seine Klauen in Omraks linken Bizeps und riss an dem Muskel. Sein Arm war kraftlos, und Omrak begann, nach unten zu rutschen. Sein Fall wurde erst gestoppt, als er seine Axt fallen ließ, um mit der nun freien Hand nach dem Seil zu greifen.

„Asin!", rief Daniel eindringlich. Die Catkin versetzte den beiden Kobolden, die sie bedrängten, einen bösartigen Tritt, der sie zurückschrecken ließ und ihr eine Sekunde Zeit gab, über die Kante zu spähen. Als sie Omraks prekäre Position sah, warf sie ihr Messer hinunter und aktivierte ihr Skill *Messerfächer*. Die plötzlich vervielfachten Projektile fielen um den Nordländer herum, wobei eines seine strampelnden Füße durchbohrte und ein anderes es schaffte, einen Kobold im Rücken aufzuspießen.

„Noch zwei Meter", grunzte Daniel vor sich hin. Sein Blick war leicht distanziert geworden, die Bedürfnisse des Augenblicks zwangen ihn, sich zu konzentrieren. Ein Kobold, der Asins Ablenkung als Gelegenheit nutzte, landete hinter Daniel und stieß seine Klaue vergeblich nach vorne. Der mehrschichtige eiserne Brustpanzer bot Daniel ausreichend Schutz, vor allem gegen ein Monster, das allein aus Instinkt kämpfte.

Als das obere Ende des Stegs in Sicht kam, warf Omrak seine Hand schnell darüber und nutzte den Schwung, um sein eigenes Bein darüber zu schwingen. Da Omraks Gewicht nicht mehr auf dem Seil lastete, taumelte Daniel nach hinten und entschied sich in einem Bruchteil einer Sekunde, sich mitreißen zu lassen. Seine in eine Rüstung gekleidete Gestalt fiel, überraschte den Kobold hinter ihm und zerquetschte das kleinere, geflügelte Höllenmonster unter ihm.

Um ihre leichte Beute betrogen, stürzten sich die Kobolde wütend auf das Trio und ignorierten die Vorsicht und ihren geflügelten Vorteil. In den nächsten Minuten kämpfte das Trio Rücken an Rücken und wehrte rasiermesserscharfe Klauen und gezackte Zähne ab. Am Ende waren die erfahreneren und besser ausgerüsteten Abenteurer siegreich, wenn auch nicht ohne Verletzungen.

„*Zeichen des Heilers*", sagte Daniel mit einem Stöhnen und wandte den Zauber auf Asin an, als er sie berührte. Die leicht gepanzerte Catkin, die gezwungen war, auf engem Raum zu kämpfen, hatte einen langen Schnitt quer über ihre Brust, der stark blutete, und einen weiteren entlang ihres Oberschenkels. Beides hätte in einer anderen Umgebung genäht werden müssen, aber da magische Heilung zur Verfügung stand, drückte Daniel die Wunde zu, bevor er sie fest verband. „Beweg dich für ein paar Minuten nicht. Lass den Spruch wirken."

„Wie viel hast du noch?", fragte Omrak, nachdem er die Wunde um seinen Bizeps abgebunden hatte. Auch er hatte den billigeren Zauber bereits auf sich wirken lassen.

„Ich habe genug für eine weitere *Kleine Heilung*", sagte Daniel. Beide Gruppenmitglieder verstanden jedoch, warum er sich weigerte, sie noch zu benutzen. Da das Mana fast ein Viertel des Tages brauchte, um sich vollständig zu regenerieren, konnte Daniel es sich nicht leisten, den Zauber zu verschwenden, falls eine weitere schwerere Wunde auftrat. „Sag mir wenigstens, dass da wirklich eine Truhe war."

„Da war eine. Und sie war nicht mit Fallen versehen!", sagte Omrak gut gelaunt. „Ich habe den Manastein."

„Gut. Sehr gut", seufzte Daniel und setzte sich wieder hin, die Augen halb geschlossen.

Omrak, der die Erschöpfung seines Freundes bemerkte, verstummte, nachdem er der Gruppe den Rücken zugewandt hatte. Zusammen saß das Trio auf dem Steg und hielt Ausschau nach Ärger. Trotzdem ertappte sich Omrak dabei, dass er lächelte. Sie hatten einen Ebenen-Manastein und etwas mehr als zwei Koboldsteine. Eine sehr anständige Ausbeute für einen einzigen Tag.

Kapitel 4

„Ihr seid das neue Team, nicht wahr?“

Die Stimme durchbrach das friedliche Intermezzo des Trios, als sie neben dem Kamin in der Einsamen Kerze saßen. Das Feuer wurde nicht angezündet, da der Herbst gerade anfing, sich bemerkbar zu machen und die dicht gedrängten Körper innerhalb des Gasthauses und die anhaltende Hitze des Tages ausreichten, um das Gasthaus warm zu halten. Zu warm für den Nordländer. Vor ihnen lag eine Spezialität aus Silverstone, ein Gericht namens „Pizza“, das sowohl Asin als auch Daniel schon einmal probiert hatten und für gut befanden. Dieses Gasthaus schien jedoch eine Unmenge an Käse hinzugefügt zu haben.

„Ich schätze schon?“, sagte Daniel und runzelte die Stirn, als er den Sprecher betrachtete. Mit einer Körpergröße von knapp über eins fünfzig hätte Daniel ihn vielleicht für einen Zwerg gehalten, wenn er nicht schon einmal ein tatsächliches Mitglied dieser Art getroffen hätte. Nein, das war nur ein kleineres, sehr gebräuntes Individuum mit einem ordentlich getrimmten Ziegenbart und schlechten Manieren.

„Gut. Ich bin der Vizegildenmeister der Seven Stones. Wir brauchen einen Heiler. Wir zahlen dir ein Gehalt, egal ob du erkunden gehst oder nicht, und Silber für jedes Mitglied, das du heilst. Außerdem bekommst du doppelte Anteile für jede Gildenerkundung, an der du teilnimmst“, sagte der kleine Mann.

„Ähh...“ Daniel blinzelte und starrte den Gildenmeister ausdruckslos an.

„Lass dich nicht von diesem Betrüger einlullen“, unterbrach eine heisere, verführerische Stimme Daniel, bevor er etwas Weiteres sagen konnte. Die Sprecherin war eine ältere Dame, wahrscheinlich Mitte dreißig, gekleidet in ein enges Kleid und ein gepanzertes Mieder. Daniel bemerkte abwesend, dass ihr Kleid wirklich nicht viel schützen würde, so wie es ihre Brüste hochhielt. Aber vielleicht sollte es das auch gar nicht, wenn man bedenkt, dass fast alle Männer im Raum auf die Sprecherin konzentriert waren. Immerhin waren sie im Moment nicht im Dungeon. „Nicole Novak. Zunftmeisterin der Bent Nails."

„Bent Nails?", fragte Daniel und blinzelte.

„Das ist eine Frauengruppe", sagte der Vizegildenmeister der Seven Stones schnippisch. „Die nehmen keine Männer."

„Wir nehmen die meisten Männer nicht. Die meisten sind brutal und nervig und dumm", sagte Nicole, während sie ihr Gegenüber prüfend ansah.

„Ich bin nicht wirklich auf der Suche nach einer Gilde", sagte Daniel und unterbrach die beiden.

„Sei nicht dumm. Das sagen alle, bevor sie merken, wie schwer es ist, ohne eine Gilde voranzukommen. Wir haben spezielle Deals mit Händlern, Zugang zu Alchemisten und Zauberern für spezielle Tränke, Karten und Tagebücher über all diese Dungeons. Du wirst dreimal so schnell vorankommen, als wenn du es allein machst."

„Trotzdem..."

„Lass es sein, Gadi", sagte Nicole. „Er will offensichtlich nicht mit dir arbeiten." Zu Daniel gewandt, beugte sich Nicole über den Tisch und warf dem jungen Mann einen Blick zu, als sie fortfuhr. „Aber denk bitte auch an uns. Wir machen Ausnahmen für außergewöhnliche Individuen. Und ich kann dir sagen, dass du eines bist. Und ich weiß, dass viele meiner Mitglieder sich schon darauf freuen, dich kennenzulernen..." Asin räusperte sich und brach damit die plötzliche Stille, die sich über den Tisch gelegt hatte. Nicole richtete sich auf, lächelte Asin an und neigte den Kopf zu ihr. „Und deine Freunde können wir auch jederzeit aufnehmen."

„Oh, du schamlose...", begann Gadi und hielt dann inne, als die Wirtin neben ihm auftauchte. Die kurvige Frau lächelte ihn breit an. Der

Vizegildenmeister wandte sich ihr zu und schenkte ihr ein angestrengtes Lächeln. „Nicht böse gemeint."

„Dies ist ein Gasthaus. Ihr seid hier alle willkommen – wenn ihr etwas kauft", sagte Erin spitz.

„Ich habe einen Tisch", sagte Gadi eilig und deutete zu seinen Freunden hinüber. „Ich gehe dann mal wieder hin."

Erin lächelte weiterhin breit, als Gadi sich eilig zurückzog. Als sie sich zu Nicole umdrehte, stellte sie fest, dass die Gildenmeisterin ebenfalls die Gelegenheit genutzt hatte, um zu verschwinden. Nachdem die Störenfriede beseitigt waren, wandte sie sich Daniel zu. „Du bist also ein Heiler, ja?"

„Ja...", sagte Daniel langsam.

„Gut für dich. Wenn die Gilden dich belästigen, schrei einfach. Ich lasse nicht zu, dass sie ihre Rekrutierungen oder anderes Gesindel in mein Gasthaus bringen", sagte Erin fest. „Und ich will nicht sehen, dass ihr sie reinbringt. Hört ihr?"

„Ja, Ma'am", sagte Daniel eilig.

„Guter Junge. Du und deine Freunde seid ruhig und ordentlich, also bin ich froh, euch hier zu haben", sagte Erin ein letztes Mal, bevor sie sich beeilte, um die nächste drohende Krise in ihrem Gasthaus zu bewältigen. Diese beinhaltete anscheinend einen Mangel an Bier.

„Ich fühle mich unzulänglich", sagte Omrak mit einem Kichern. „Es scheint, dass meine Kraft nicht ausreicht, um Aufmerksamkeit zu erregen."

„Heiler", sagte Asin einfach und zeigte auf Daniel. Und dann, um ihren Standpunkt zu unterstreichen, griff sie hinüber und stupste Omraks linken Arm an, wo der Verband seine noch heilende Wunde bedeckte. „Nützlich."

„Stimmt. Und das tat weh", sagte Omrak und riss seinen Arm von Asin weg. Ohne die Zaubersprüche, einschließlich des letzten, den Daniel versprochen hatte, später am Abend zu verwenden, war es unwahrscheinlich, dass sich das Trio morgen in den Dungeon wagen würde. Es würde mindestens eine Woche dauern, bis sie nach ihrem letzten Kampf ausreichend geheilt waren, um es zu versuchen. Genügend Heiltränke zu kaufen, um dasselbe zu tun, hätte fast den gesamten Gewinn dieses Streifzugs zunichtegemacht.

„Teilen?", fragte Asin.

„Nein. Lass uns das oben machen", sagte Daniel nach kurzem Überlegen. Während sie damals in Karlak ihren Verdienst oft im Freien geteilt hatten, war die Gemeinschaft dort viel kleiner und enger zusammengewachsen. Hier waren sie alle Fremde. Es war besser, auf Nummer sicher zu gehen.

„Okay." Asin nickte. Nach einem Moment fischte sie einige Münzen heraus und legte sie als Bezahlung auf den Tisch. Daniel nickte, während er versuchte, sein Gähnen zu verbergen. Er war ebenfalls erschöpft. Das Heilen und das Wirken so vieler Heilzauber war ermüdend.

***

„Ich denke, wir sollten zuerst einkaufen gehen", sagte Daniel am nächsten Morgen beim Frühstück leise. Anstatt in der überfüllten Gaststätte zu essen, hatte das Trio seine Schüsseln mit Haferflocken und einer Platte mit Speck und Eiern abgeholt und auf den Dachboden gebracht, nachdem sie gefräßig versprochen hatten, die Schüsseln anschließend wieder herunterzubringen.

„Einkaufen?", fragte Asin, langsam mit dem Schwanz wedelnd.

„Nun, ich würde gerne sehen, was andere Leute tun, um mit den Kobolden umzugehen. Und ich möchte die Preise für die Leichter-als-Luft-Verzauberungen erfahren", erklärte Daniel. „Gibt es irgendetwas, das ihr alle braucht?"

„Mehr Messer", sagte Asin und tätschelte ihr Messergeschirr. Das war zwar immer noch voll, aber Daniel wusste, dass sie fast die Hälfte der Messer, die sie gestern geworfen hatte, verloren hatte.

„Eine Axt wäre gut. Und vielleicht eine stabilere Hose", sagte Omrak und blickte auf die Beinkleider, die er gestern Abend gestopft hatte. „Und wir sollten den Dolch identifizieren."

„Okay. Es sieht so aus, als hätten wir einen Plan. Zusammen oder...?" Daniel unterbrach sich unsicher.

„Aufteilen", antwortete Asin sofort.

„Ich würde Gesellschaft begrüßen", sagte Omrak gleichzeitig. Daniel warf einen Blick auf den Jungen, der untypischerweise etwas nervös aussah. Nach einem Moment wurde Daniel klar, dass Omrak wahrscheinlich nervös war – das war eine sehr große Stadt. Besonders für jemanden, der die meiste Zeit seines Lebens in einem winzigen Dorf in den Bergen verbracht hatte.

„Dann wird Asin sich auf den Weg machen, und Omrak und ich werden einkaufen gehen", sagte Daniel und lächelte. „Wir werden uns heute frei nehmen. Vielleicht können wir heute Nachmittag ein bisschen trainieren."

Asin nickte kurz und leckte den letzten Rest ihrer Haferflocken auf, bevor sie aus dem Dachboden krabbelte. Daniel runzelte leicht die Stirn, neugierig, warum die Catkin so erpicht darauf war, alleine loszuziehen, aber nach einem Moment entschied er sich dagegen. Freunde oder nicht, sie hatte ein Recht auf ihre Privatsphäre.

„Kommt, lasst uns fortfahren!", sagte Omrak, während er auf den Resten des Specks kaute. „Ich freue mich auf die Erkundung dieser großen Stadt."

„Ja. Das auch", sagte Daniel und rieb sich das Kinn. „Wir sollten allerdings vorher Erin fragen, wohin wir gehen sollen."

„Wie du wünschst, Held Daniel."

***

„Verzauberungen? Hmmm...“, brummte Erin und klopfte sich mit dem Holzlöffel gegen die Seite ihres Gesichts. „Nun, ich habe ein paar Verzauberungen für die Küche gemacht, aber sie sind nicht wirklich die, die du willst. Du suchst doch *Leichter als Luft* oder *Fliegen*, oder? Machst du den Porthos Dungeon?“

„Ja, Ma'am.“

„Gut, dann hängt es davon ab, wie viel du ausgeben willst. Wenn du etwas Billiges und Brauchbares willst, ist Millicents in der Magic Road die richtige Adresse. Wenn du aber etwas willst, das länger als ein paar Monate hält, solltest du mit Poe unten in der Barbary Street sprechen.“

„Was die Kosten angeht...“

„Wie viel würde das kosten, verehrte Gastwirtin?“, grummelte Omrak über Daniel hinweg.

„Har. Verehrte Gastwirtin“, sagte Erin mit einem Grinsen. „Millicent hat vorgefertigte Stiefel mit der Verzauberung drauf, ab etwa zwanzig Goldmünzen pro Stück, soweit ich weiß. Poe fertigt alles auf Bestellung an, also müsst ihr euch noch ein bisschen gedulden. Bei ihm sind es mindestens fünfzig Goldstücke.“

Daniel hustete und tastete unbewusst nach seinem Beutel. Nicht, dass er heutzutage so viel darin aufbewahrte, dank seiner Fähigkeit zur Inventarisierung. Diese Fähigkeit machte Taschendiebstähle bei Abenteurern viel weniger verlockend, was natürlich der Grund war, warum die meisten Abenteurer ihren Reichtum dort lagerten. Selbst nach all der harten Arbeit und dem erfolgreichen Verlauf der letzten Nacht hatte er nur noch sechs Goldstücke.

„Das ist zu teuer. Ich fürchte, ich werde die erste Ebene ohne solche Hilfsmittel bezwingen müssen", verkündete Omrak unverblümt. „Vielleicht sollten wir zuerst den Waffenschmied aufsuchen, Held Daniel."

„Ich würde sie trotzdem gerne besuchen", konterte Daniel und wandte sich dann wieder an Erin. „Danke für deine Empfehlungen."

„Kein Problem", sagte Erin mit einem Wink ihrer Hand. Sie eilte zurück in ihre Küche, um nach ihrem Eintopf zu sehen, während die beiden Abenteurer das Gasthaus verließen, immer noch darüber streitend, welchen Ort sie zuerst besuchen sollten.

***

Das Schmiedeviertel war eine ziemliche Wanderung entfernt, im südöstlichsten Teil der Stadt gelegen, wo die vorherrschenden Winde den ständigen Rauch über den Fluss Arq oder nach Süden hinaustrugen. Das hielt den größten Teil der Stadt frei von dem nicht enden wollenden Rauch der Schmieden und machte damit die meisten Menschen glücklich. Die einzige Ausnahme waren die Kohlehändler, die durch die Stadt selbst fahren mussten, um zu ihren größten Kunden zu gelangen. Glücklicherweise hatte der Stadtrat von Silverstone vor langer Zeit eine halbkreisförmige Straße gebaut, die außerhalb der Stadt verlief und groß genug war, dass die Wagen aneinander vorbeifahren konnten. Doch wie Menschen nun mal sind, beschwerten sich die Kaufleute trotzdem.

Anstatt den halben Tag damit zu verbringen, zum Schmiedeviertel zu laufen, zogen es die beiden vor, mit einer der vielen öffentlichen Kutschen zu fahren, die die Hauptstraßen entlangfuhren. Die großen gepanzerten Kutschen waren mit einem Kupfer pro Fahrt zwar teuer, aber sie bewegten sich schnell und schienen bei ihren endlosen Runden durch die Stadt nicht müde zu werden. Natürlich hielten die Kutschen nie an, sodass die Fahrgäste auf- und abspringen mussten. Trotzdem fanden sich die beiden in einer kurzen Stunde auf den Straßen des Viertels wieder und schauten den arbeitenden Schmieden zu, wie sie Aufträge erfüllten.

„Weg hier, Abenteurer. Eure Straße ist da unten", sagte eine mürrische Händlerin, als sie sich an den beiden langsam gehenden Abenteurern vorbeischob. Entsprechend gezüchtigt, eilten die beiden in die nächste Straße, wo, wie versprochen, Schmiede und Rüstungsschmiede an Waffen und Rüstungen arbeiteten.

Die beiden schlenderten wachsam durch die Straßen, höchst interessiert an dem, was vor ihnen geschaffen wurde. Zu Daniels Überraschung zeigte Omrak ein großes Maß an Wissen über Schmiedekunst und kommentierte oft die verwendeten Methoden.

„Mein Vater schickte mich immer zu Onkel Graz, wenn er und meine Brüder auf der Jagd waren. Also habe ich den Blasebalg bedient und ab und zu ein paar Nägel gemacht", erklärt Omrak. „Ich bin kein Experte, und die meisten meiner Arbeiten waren kaum akzeptabel. Mein Herz schlug nie für Stahl."

Daniel nickte und verstand Omraks Standpunkt. Mehr noch, er wusste, dass Omrak sich wünschte, eines Tages in sein Dorf zurückzukehren, das Land neben dem Familienhof zu kaufen und sich als Bauer niederzulassen.

„Also, wonach suchst du?", fragte Daniel und warf einen Blick auf Omraks Hose.

„Hmm... Kettenhemd oder Schuppenpanzer. Wahrscheinlich wäre eine in Leder eingenähte Kette am besten", antwortete Omrak Daniel und fuhr mit einer Hand über seine Beine. „Ich mag die Einschränkung durch die Platten nicht. Es ist zu heiß."

„Wem sagst du das“, murmelte Daniel. Da die beiden heute nicht in den Dungeon gehen würden, trug Daniel seinen alten ledernen Brustpanzer. Selbst dann musste er gelegentlich über seine Stirn streichen und aus seiner Feldflasche trinken. Gemeinsam schlenderten die beiden weiter die Straße hinunter und kommentierten verschiedene Waffen und Rüstungen.

„Ich fürchte, wir werden hier nicht finden, wonach wir suchen“, sagte Omrak nach einer Weile. Die beiden waren schon die halbe Straße hinuntergegangen und hatten noch keine Hose gesehen, die dem entsprach, was Omrak sich wünschte. Das Naheliegendste, was sie gesehen hatten, war ein rockähnliches Objekt aus gebändertem Metall, das den größten Teil von Omraks Oberschenkeln bedeckte, aber immer noch seine Waden für Angriffe offenließ.

„Vielleicht sollten wir fragen?“, schlug Daniel zögernd vor. Es war ziemlich offensichtlich, dass die Schmiede und Lehrlinge extrem beschäftigt waren und es nicht mochten, gestört zu werden. Dennoch nahmen die beiden ihren Mut zusammen und hielten an, um einen bestimmten Lehrling zu fragen, der sich gerade abkühlte.

„Panzerhosen?“, schnaubte der Lehrling und schüttelte den Kopf. „Wir nähen hier nicht. Wir haben hier gute, solide Stahlhosen, Beinschienen und Poleyns, aber wir verkaufen einige unserer Kettenhemdteile an die Schreiber oben im Norden. Ihr findet sie neben den –“, der Lehrling spuckte es fast aus, „Lederarbeitern.“

„Danke“, sagte Daniel. Da ihre wichtigsten Bedürfnisse geklärt waren, drehten die beiden um und fuhren zurück in den Norden, jedoch nicht bevor Omrak einen Ersatz für sein Beil gekauft hatte. Er gab sogar noch etwas mehr aus und kaufte ein weiteres als zusätzliche Reserve, um es aufzubewahren.

„Ich sehe hier mehr Beastkin", sagte Omrak, als die beiden sich wie angewiesen weiter nach Norden bewegten. Als sie sich dem Gebiet näherten, das weiter vom Fluss entfernt war und näher an den Schneidern, gab es sicherlich mehr Beastkin, die in den Schmieden arbeiteten.

„Keine Überraschung", sagte Daniel mit einem Seufzer. Es war zwar unwahrscheinlich, dass es sich um einen Fall von offenem Speziesismus handelte, aber Daniel wusste aus seinen Gesprächen mit Khy'ra und Asin, dass es leicht war, Mietgesuche zu „verlieren" oder sich für die Vermietung an andere, weniger bestienartige Spezies zu entscheiden. Die Kriege mit den Beastkin und deren gerüchteweise Verbindungen zu Ba'al wirkten sich auch noch Hunderte von Jahren später auf die Interaktionen zwischen Menschen und Beastkin aus. Als Omrak Anzeichen von Interesse zeigte, senkte Daniel seine Stimme und erklärte, wie die Welt funktionierte – so wie es ihm von den Älteren und Erfahreneren erklärt wurde.

„Ich mag solche Gebaren nicht", sagte Omrak schließlich und entschlossen. „Man sollte nach der Stärke seiner Waffen, der Ehre seiner Worte und der Tiefe seines Mutes beurteilt werden. Alles andere sollte verblassen."

„Nein, ich auch nicht", stimmte Daniel zu. „Deshalb bin ich auch etwas zögerlich, was die Gilden angeht. Einige von ihnen nehmen keine Beastkin auf. Andere behandeln sie wie Abenteurer zweiter Klasse."

„Wir sollten solche Orte nicht betreten", sagte Omrak fest, bevor er plötzlich grinste. Dann eilte Omrak davon wie ein Kind, das kostenlose Süßigkeiten entdeckt hatte, und ließ Daniel kopfschüttelnd zurück. Manchmal beneidete Daniel Omrak um seine Fähigkeit, die Dinge so einfach zu sehen. Aber zumindest in diesem Punkt stimmte er mit dem Nordländer vollkommen überein. Er würde seine Freundin nicht für mickrige materielle Vorteile im Stich lassen.

Was Daniel Omrak gegenüber nicht erwähnte, was ihm aber durch den Kopf ging, war seine Gabe. Wenn die Gilden jetzt um ihn konkurrierten, mit seiner mickrigen Heilungsfähigkeit, war ihre Reaktion, wenn sie von seiner Gabe erfuhren, wahrscheinlich noch größer. Es wäre das Beste, nur einer Gilde beizutreten, der er wirklich vertrauen konnte. Eine, die Daniels eigene Abneigung, seine Gabe zu sehr auszunutzen, schätzen und verstehen würde. Andernfalls könnten die Konsequenzen unvorstellbar sein.

„Komm, Freund Daniel. Passt mir diese Hose?", brüllte Omrak und seine laute Stimme durchbrach sogar das Klirren von Metall und das Zischen von kochendem Wasser. Daniel wurde rot im Gesicht und eilte hinüber, bevor Omrak noch etwas Peinliches sagen konnte, das die ganze Stadt hören konnte.

***

„Bist du Millicent?", fragte Daniel, Stunden später, als die beiden endlich das Schmiedequartier mit einem Paar gutsitzender Schuppenhosen und einem Fetzen Würde weniger verlassen hatten.

„Kommt darauf an, wer fragt. Wenn es der große Muskelprotz hinter dir ist, kann ich es bestimmt sein", sagte die alte Frau und musterte Omrak begierig. Omrak errötete bei der Aufmerksamkeit und wich schützend zurück, während er die Arme vor der Brust verschränkte. Das ließ Millicent nur noch breiter grinsen.

„Wir hatten gehofft, uns ein Paar Stiefel mit dem Zauber *Leichter als Luft* ansehen zu können", sagte Daniel, als er vor Millicent trat.

„Ja, ja. Ihr seid neue Abenteurer, die den Porthos-Dungeon machen. Wahrscheinlich habt ihr alle nicht einmal genug Gold, um euch ein einziges Paar zu kaufen", sagte Millicent mit einem Schnauben und winkte mit der

Hand zu einer Ecke des Ladens. „Die neuen Schuhe sind dort, aber wenn du dich umdrehst, wirst du einige der gebrauchten sehen, die ich zurückkaufe und weiterverkaufe. Die Verzauberungen werden natürlich vor dem Verlassen des Ladens aufgefrischt."

„Gebraucht?" Daniels Stimme wurde daraufhin tatsächlich leicht aufgeregt. Die konnte er sich vielleicht leisten. Mit einem Nicken und Lächeln wandten sich Daniel und Omrak den Stiefeln zu, die hübsch nach Größen geordnet waren. Leider schien das die einzige Organisation zu sein, die von einfachen knöchellangen Stiefeln bis hin zu oberschenkelhohen Stücken mit Absätzen reichte. Mit ihren unterschiedlichen Größen teilten sich die beiden schnell auf, um nach möglichen Optionen zu suchen.

Daniel hatte es viel einfacher mit sechs verschiedenen Optionen, aus denen er wählen konnte. Während alle brauchbar waren, waren einige mehr abgenutzt als andere, und alle kosteten mindestens sieben Goldmünzen. Das teuerste Paar war mit neunzehn Münzen fast so teuer wie ein neues Paar.

Omrak hingegen hatte unter dem ständigen lächelnden Blick von Millicent nur ein Paar in seiner angeblichen Größe gefunden. Aber ein einfacher Test zeigte, dass der Träger viel schlankere Waden hatte, was Omrak dazu zwang, den Rest des Ladens zu durchstöbern. Der blonde Riese stellte bald fest, dass der Großteil des Ladens auf diesen einen Zauber ausgerichtet war, mit Umhängen, Stiefeln und Anhängern, die alle den gleichen Zauber enthielten. Es waren überraschenderweise nur wenige Umhänge verfügbar, während die verkauften Anhänger alle neu waren.

„Eure Auswahl an Umhängen ist gering", sagte Omrak unverblümt, während er mit dem Finger auf ein bestimmtes Wollstück zeigte.

„Keine große Nachfrage. Umhänge werden bei Kämpfen leicht beschädigt", sagte Millicent und schüttelte den Kopf. „Ich habe die Verzauberungen in der Nähe des Kragens angebracht, aber trotzdem wollen nur wenige erfahrene Abenteurer verzauberte Umhänge. Ich habe jetzt Anhänger, die man ewig tragen kann."

„Für immer?", fragte Omrak und runzelte die Stirn. „Ich habe von Konflikten zwischen Verzauberungen gehört."

Millicent schnaubte leicht bei diesen Worten. „Oh sicher, wenn du ein Dutzend oder mehr tragen willst, musst du vorsichtig sein, wie sie deine Aura und dich selbst beeinflussen. Vor allem, wenn du ein Mananutzer bist. Ein großer Mann wie du schwingt sicher nur das Schwert, oder?" Auf Omraks Nicken hin lächelte sie. „Du kommst wahrscheinlich mit acht oder neun durch, bevor es ein Problem wird. Dein Freund da drüben, der Heiler? Er muss vorsichtiger sein."

„Ich verstehe nicht, warum", sagte Omrak.

„Zerbreche dir nicht deinen hübschen kleinen Kopf", sagte Millicent. „Wenn du an den Anhängern interessiert bist, kann ich jederzeit einen Deal mit dir aushandeln. Du kannst im Laden helfen, bis es abbezahlt ist."

„Hast du keine Angst, dass ich einfach abtauchen werde?", fragte Omrak und runzelte die Stirn.

„Ich würde mir zuerst deine Abenteurerkarte holen, mein Lieber", sagte Millicent mit einem Gackern. „So alt bin ich noch nicht."

„Ich war mehr besorgt über meinen möglichen Tod", korrigierte Omrak sie. „Ich würde nie nehmen, was mir nicht gehört."

Millicents Grinsen wurde bei Omraks Worten nur noch breiter. Als sie sich hinüberbeugen wollte, um Omrak weitere Anhänger zu zeigen, trat Daniel schnell an Omraks Seite und zog an seinem Ellbogen. Als der blonde Riese ihn ansah, winkte Daniel ihn zu sich herunter und flüsterte ihm ins Ohr. Einen Moment später wurde Omraks Gesicht knallrot, bevor er sich umdrehte und den Laden stampfend verließ.

„Musstest du mir den Spaß verderben?", fragte Millicent und starrte Daniel an. Eine Hand kam unter ihrem Tresen hervor und hielt einen Zauberstab, den sie lässig bewegte.

„Das musste ich. Das musste ich wirklich", sagte Daniel und trat zurück. „Gut, ich kann mir noch nichts leisten. Ich komme ein andermal wieder."

„Nein, das wirst du nicht. Aber dein Freund ist willkommen", sagte Millicent bissig.

„Ja, Ma'am. Ich sage ihm Bescheid", sagte Daniel, während er hinaushuschte. Draußen sah er die Straße auf und ab, bevor er seinen blonden Freund endlich fand. Als er ihn einholte, blickte Omrak geradeaus und weigerte sich, Daniel in die Augen zu sehen. *Tja, das war ein nicht so toller Einkaufsbummel,* dachte Daniel. Trotzdem, wenn sie schon mal hier auf der Magic Road waren, sollten sie in der Lage sein, jemanden zu finden, der den Dolch identifizieren konnte.

Mit diesem Gedanken im Hinterkopf begannen die beiden, die Straße entlangzugehen und den Ladenbesitzern dort Fragen zu stellen. Schnell wurde den beiden klar, dass die meisten Ladenbesitzer genau das waren — Ladenbesitzer. Nur sehr wenige hatten Zauberer im Haus, und die wenigen, die einen hatten, weigerten sich, ohne Termin mit ihnen zu sprechen. Sie näherten sich dem Ende der Straße und hatten gerade einen heruntergekommenen, spärlichen Laden betreten, in der verzweifelten Hoffnung, jemanden zu finden, als sie dem Gnom begegneten.

Der Gnom saß auf einem Hochstuhl, grübelte über einer einzelnen Armschiene, zwickte vorsichtig an dem Golddraht, der sie zusammenhielt, und war ganz in seine Arbeit vertieft. Rosafarbene, kurz geschnittene Haare und eine lederne Handwerkerschürze zusammen mit großen, klobigen Handschuhen und einer Schutzbrille bedeckten das Gesicht der Zauberin.

Die beiden standen still und respektvoll an der Seite und warteten darauf, dass sie fertig wurde.

Mit einem leichten Ausatmen setzte der Gnom die Zange ab, lehnte sich zurück und streckte sich. Als sie das tat, sah sie die beiden und zuckte zusammen, wobei sie einen leisen Aufschrei ausstieß, als sie aus dem Gleichgewicht geriet und vom Stuhl fiel. Die beiden Abenteurer hasteten nach vorne, Omrak und Daniel entschuldigten sich ausgiebig, während der Gnom sofort wieder aufstand.

„Entschuldigung, Entschuldigung, Entschuldigung! Ich habe euch Kunden nicht gesehen! Was kann ich für euch tun? Sara Vorfix zu euren Diensten!", sagte Sara aufgeregt. „Wir haben im Moment nicht viel auf Lager, aber wenn ihr Auftragsarbeiten braucht, kann ich euch die besten Preise der Stadt geben!"

„Wir brauchen eine Identifizierung", sagte Omrak, zog das verzauberte Messer heraus, das sie in Peel erworben hatten, und legte es auf den Tresen.

„Oh." Entkräftet hörte Sara auf, vor Aufregung zu hüpfen. Trotzdem griff sie nach dem Messer und zog es aus der Scheide, zog eine Vergrößerungslinse aus ihrem Gürtel und begann die Untersuchung. Nach zwanzig Minuten nickte sie schließlich, fast zu sich selbst. „Das war langweilig."

„Pardon?"

„Es ist eine langweilige Verzauberung. *Der Fluch der Schlange*", sagte Sara. „Gift. Es ist ein sich langsam aufbauendes Gift, sodass es mit jedem Schlag stärker wird."

„Ah", nickte Daniel und warf dann einen Blick auf Omrak. Die beiden seufzten, denn sie wussten, dass es keine besonders nützliche Verzauberung war. Zumindest für sie. „Kaufst du verzauberte Waffen?"

„Ja", begann Sara enthusiastisch und ließ dann plötzlich nach: „Aber ich habe im Moment kein Geld dafür."

„Oh."

„Ich könnte es auf Kommission nehmen?", sagte Sara langsam, ihre Augen weit und hoffnungsvoll. „Ich könnte euch ein besseres Angebot machen."

„Das..." Daniel und Omrak tauschten Blicke aus und bemerkten, wie schäbig der Laden aussah. Dennoch hatte Daniel ein gutes Gefühl bei dem Gnom. „Gut, vielleicht. Wie wären die Bedingungen?"

Grinsend beugte sich Sara vor und begann mit den Verhandlungen. Kurze Zeit später verließen die beiden den Laden, einen verzauberten Dolch weniger und mit einem neuen Vertrag in der Tasche. Im Ladeninneren war Sara bereits damit beschäftigt, zu putzen und sich darauf vorzubereiten, die neue Waffe auszustellen, offensichtlich temperamentvoller als je zuvor. Nachdem sie ihre Geschäfte im magischen Sektor abgeschlossen hatten, beschlossen die beiden, zum Trainingsgelände zu gehen.

***

„Willkommen zurück, Jungs!", begrüßte Seth die beiden, als sie hereinschritten. „Hier, um das Gelände zu nutzen?"

„Ja, Sir", sagte Daniel. „Wir hoffen, dass wir vielleicht mit einem der Trainer sprechen und mit ihnen für die Taktik sprechen können bezüglich der ersten..."

„Ebene von Porthos", beendete Seth für Daniel und lächelte. „Natürlich willst du das. Das macht dann zwei Silber."

Nachdem die beiden die Münze übergeben hatten, wurden sie zu Quinn geführt, einem älteren Mann, der über ein Buch hinwegschielte. Um den

Mann herum standen eine Vielzahl von Kisten und Probengläsern, viele mit erkennbaren Beutestücken.

„Ja?", sagte Quinn.

„Uns wurde gesagt, Sie könnten uns mit den Kobolden helfen?", sagte Daniel, unsicher, was dieser Mann tun konnte.

„Richtig, richtig. Kobolde. Es sind immer die Kobolde", murmelte Quinn. Mit einem Schnippen klappte er das Buch zu und schob es unter den Tisch, bevor er sich der Truhe zu seiner Rechten zuwandte. Innerhalb von Sekunden hatte er ein überraschend vollständiges Kobold-Exemplar herausgeholt, dessen Körper leicht glühte.

„Hier haben wir einen gewöhnlichen Höllenwichtel. Wie ihr seht, ist dieses Exemplar mit einer Größe von einem Meter durchschnittlich für seine Art. Höllenkobolde sind bekannt für Angriffe mit ihren scharfen Klauen und dafür, dass sie Beutetiere, die sie verärgert haben, beißen. In der Wildnis sind die Höllenkobolde dafür bekannt, dass sie Krankheiten und andere infektiöse Substanzen unter ihren Nägeln tragen, aber die im Dungeon, die keine solche Quelle haben, sind unbedenklich. Abenteurer sollten sich jedoch immer vor ihren fliegenden Angriffen in Acht nehmen, da die Kobolde dazu neigen, verstümmelnde Manöver durchzuführen. Wie ihr hier sehen könnt, sind die Flügel der Kobolde ähnlich wie die der dunklen Flügelfledermaus mit Schwimmhäuten zwischen den dünnen Gliedmaßen. Anders als bei der dunklen Flügelfledermaus gibt es keine Zehen am Ende des Flügels..."

Eine halbe Stunde später gingen die beiden Abenteurer mit einem benommenen Gesichtsausdruck von Quinn weg, direkt in die Arme des lächelnden Waffenmeisters, der sie zu seiner Ecke des Trainingsgeländes führte. Dort waren eine Reihe von Waffen ausgelegt, bereit, für Trainingszwecke ausgeliehen oder getestet zu werden.

„Hattest du ein gutes Gespräch mit Quinn?", sagte der Waffenmeister neckisch. „Mach dir keine Sorgen; du kannst ihn immer dazu bringen, dir alles zu erklären, was du nicht verstanden hast."

„Ich... danke", murmelte Daniel und starrte die Waffen an.

„Mateo", ergänzte der Waffenmeister auf Daniels Zögern hin. „Und gerne. Lass uns über Taktik und Waffen sprechen, jetzt, wo du etwas über die Kobolde weißt."

„Äh..."

„Gut, was weißt du über sie?", sagte Mateo ungeduldig.

„Sie fliegen. Leichte Knochen, damit sie fliegen können. Wenig Körperfett, hoher Stoffwechsel", wiederholte Daniel. Im Gegensatz zu Omrak hatte er mit seinem eigenen Wissen über Biologie, das er durch das Studium der Heilkunde erworben hatte, einen bedeutenden Teil von dem verstanden, worüber Quinn gesprochen hatte. Er litt nicht mehr unter dem Ansturm der Informationen und begann, wirklich nachzudenken. „Sie werden schnell müde."

„Stimmt", sagte Omrak und erinnerte sich an vergangene Schlachten. „Sie landen nach ein paar Durchgängen."

„Und sie sind wegen der Knochen leicht zu verletzen. Ihre Haut ist straff gespannt, besonders entlang der Flügel. Nicht viel Elastizität", sagte Daniel.

„Sieh an, sieh an. Du hast zugehört", sagte Mateo mit einem Lächeln. „Das ist auch wahr. Zu viele Abenteurer bekämpfen sie, als würden sie eine Harpyie bekämpfen, aber das ist nur eine Verschwendung von guten Pfeilen." Mateo streckte die Hand nach dem Tisch aus und hob eine seltsam aussehende Armbrust hoch. Anstatt eines einzelnen, schmalen Schaftes, in dem ein Bolzen saß, war ein hohler Zylinder angebracht. Ein langer Schnitt verlief entlang des Zylinders und ermöglichte es, den Bogen zu spannen, indem man das Ende der Bogensehne zurückschob, die mit etwas im

Zylinder selbst verbunden zu sein schien. „Das hier ist ein Steinbogen. Man benutzt diese", eine Hand zeigte auf eine Reihe ähnlich großer Felsen, die von silbergrünen Adern durchzogen waren, „darin. Lädst ihn, zielst und feuerst. Achte nur darauf, dass du ihn ein wenig nach oben gerichtet hältst, die Steine können herausrollen, wenn du nicht aufpasst."

„Knallsteine", sagte Daniel und identifizierte die Steine sofort. Das war natürlich nicht die offizielle Bezeichnung, aber bei den Bergmännern war er unter seinem umgangssprachlichen Namen am besten bekannt.

„Du weißt von ihnen", sagte Mateo leicht überrascht.

„Ich war mal ein Bergmann." Daniel runzelte die Stirn und erinnerte sich an seine Erfahrung mit diesen Steinen. Sie waren eine ungewöhnliche Erscheinung in den Bergen, hatten aber die Tendenz zu explodieren, wenn sie zu hart angeschlagen wurden. Die Steine selbst waren solide; es war die Ader aus silbergrauem Metall, die Probleme verursachte. Wenn man mit einer Ader aus saugfähigem Gestein konfrontiert wurde, mussten die Bergleute entweder langsam um die Ader herum arbeiten, das Flöz aufgeben oder auf die Ankunft eines erfahreneren Bergmanns warten.

„Gut, das erklärt einiges. Die Scherben sind nicht groß, und der Steinbogen ist gegen die meisten anderen Monster nutzlos, aber die Kobolde im Flug werden leicht ausgeknockt und zu Boden gebracht. Wenn man sie damit trifft, zerfetzen ihre Flügel und zwingen sie zur Landung", sagte Mateo. „Die andere Möglichkeit ist natürlich Tank und Spank."

„Tank und Spank?", sagte Daniel mit einem Stirnrunzeln. Als Antwort zeigte Mateo auf die großen Turmschilde.

„Tanke die Angriffe, warte, bis die Kobolde müde werden. Und dann versohlst du ihnen den Hintern, wie den ungezogenen Jungs, die sie sind."

„Ah…" Omrak ging zu den Turmschilden hinüber und hob sie hoch. „Ich mag solche Utensilien nicht. Aber wenn die Kobolde mir nicht direkt gegenüberstehen, ist das vielleicht eine akzeptable Vorgehensweise."

„Das ist die richtige Einstellung! Wir vermieten diese ganze Ausrüstung auch. Man muss natürlich eine Kaution hinterlegen, nur für den Fall, dass man stirbt, aber es ist billiger, als sie direkt zu kaufen. Du wirst feststellen, dass sie in der nächsten Ebene nicht mehr so gebraucht werden", sagte Mateo, jetzt ganz geschäftlich.

„Danke. Ich denke, das werden wir", sagte Daniel, während er den Steinbogen hochhob.

„Ich bin froh, dass ihr jungen Leute das ernst nehmt. Die meisten anderen verstehen nicht, was einen großen Abenteurer ausmacht."

„Nur Mut!", sagte Omrak enthusiastisch.

„Vorbereitung", sagte Daniel leiser und erinnerte sich an eine der ersten Unterhaltungen, die er je hatte.

„Das ist richtig. Vorbereitung. Mut kann man kaufen. Vorbereitung ist der Schlüssel!", sagte Mateo und klatschte Daniel auf die Hand. „Ich sehe große Dinge in deiner Zukunft, junger Mann. Wenn du überlebst."

Kapitel 5

„Glaubst du, er hat uns gesehen?", fragte Daniel, während sie den Koboldaufseher in der Ferne beobachteten. Der Aufseher befand sich auf einer besonders großen Plattform, die von einer Horde Kobolde geschützt wurde. Die ganze Gruppe schien faul herumzuliegen und gelegentlich in Kämpfe auszubrechen, während sie auf eine unglückliche Abenteurergruppe warteten. Von einer höher gelegenen Plattform aus schaute das Trio auf die Gruppe herab und zog sich langsam zurück, während sie über ihre Optionen nachdachten. Es war erst eine Woche seit ihrem ersten Besuch in der ersten Ebene von Porthos vergangen, und obwohl die Gruppe es geschafft hatte, im Kampf gegen die Kobolde etwas Selbstvertrauen zu gewinnen, sollten sie es aus Vorsicht noch nicht mit dem Aufseher versuchen.

„Ja", sagte Asin und zeigte auf ihn. Die sich zusammenbrauende Szene des Chaos, in welcher der Aufseher die Kobolde in Aktion trat und sie plattmachte, hinterließ ein Gefühl des Grauens in Daniels Magen. Schnüffelnd drehte sich Asin um und sah sich um, bevor sie hinzufügte. „Rieche nur die."

„Es scheint, als müssten wir kämpfen", sagte Omrak und ging nach vorne zu der Stelle, wo der Steg mit der Plattform verbunden war, auf der sie sich befanden. Er stützte den Turmschild auf den Boden und ließ ihn für den Moment ruhen, während er wartete.

„Ba'als Tränen", fluchte Daniel und spannte den handgehaltenen Steinbogen wieder an. Das war sein zweiter, denn er hatte festgestellt, dass die schwereren Bögen ihm weniger nützten. Tatsächlich hatte sich Daniel in die Waffe verliebt – seine miserable Treffsicherheit wurde durch die Explosivität des Geschosses deutlich kompensiert. Er musste die Kobolde nicht treffen, sondern nur den Schuss in ihre Nähe bringen, um Schaden anzurichten.

Im Gegensatz zu den beiden hatte Asin weder ihre Waffen noch ihren Kampfstil geändert. Was sie jedoch trug, war ein neuer verzauberter Harnisch, der die Messer, die sie daraus zog, ständig durch die in ihrem Inventar ersetzte. Es war eine mächtige Verzauberung, eine, die sie erst heute zu tragen begonnen hatte. Daniel war etwas überrascht, als er ihn sah, da er wusste, wie teuer so eine Verzauberung sein konnte – und die Tatsache, dass Asin selbst vor nicht allzu langer Zeit eine von Tevfik gekauft hatte. Andererseits stand es ihm nicht zu, ihr vorzuschreiben, wie sie ihr Geld ausgab. In jedem Fall war Asin nun weniger besorgt, dass ihr mitten im Kampf die Messer ausgehen könnten, und ihre Effektivität im Umgang mit den Kobolden war gestiegen.

„Kommen", sagte Asin und lenkte Daniels Aufmerksamkeit zurück. Die Herde der Kobolde hatte sich in der Luft einmal geteilt und kam aus drei Richtungen auf die Gruppe zu. Der erste flog direkt vor dem Aufseher, der sich Zeit ließ, auf das Trio zuzugehen. Der zweite und der dritte versuchten jeweils, die Gruppe zu flankieren.

Ohne ein Wort zu sagen, nahmen alle drei Abenteurer die Ecken eines Dreiecks ein, sodass jeder von ihnen genug Platz hatte, um bei Bedarf zurückzutreten, während sie warteten. Es würde nicht lange dauern, bis die ersten Kobolde, die direkt vor ihnen kamen, eintrafen. Omrak brüllte die *Herausforderung des Nordens,* um ihre Aufmerksamkeit auf sich zu lenken und sie zu zwingen, seinen erhobenen Turmschild anzugreifen. Tief unter dem angewinkelten Schutz zusammengekauert, konnten die Kobolde nur abstürzen, springen oder ausweichen, je nach ihrer eigenen Natur. Ein besonders mutiger Kobold landete auf dem Schild selbst und versuchte mit seinen Klauen, den Schutz zu entfernen. Es war eine Aktion, die sein Leben beenden würde, denn Omrak machte einen schnellen Schritt nach vorne und rammte den Schild und den Kobold in einen anderen, wodurch beide Kobolde in den Nebel stürzten.

Kurz darauf trafen die anderen geflügelten Angreifer ein. Daniel schoss und lud so schnell er konnte und zog während des Kampfes Steine aus dem sorgfältig entworfenen Bandelier über seiner Brust. Nach Daniels Einschätzung war das der sicherste Ort, um explosive Steine aufzubewahren – direkt vor dem größten und stärksten Stück Rüstung, das er hatte. Sicherlich besser als um seine Taille. Steine flogen aus der Armbrust, einige explodierten ein paar Meter von Daniel entfernt und zersprangen in Scherben, die kleineren Steine klangen wie heftiger Regen auf einem Metalldach, als sie an seiner Rüstung zerschellten. Die meisten Steine explodierten ein paar Meter von ihm entfernt, um die fliegenden roten Monster zu treffen und zu verletzen.

Asin war auf ihrer Seite konzentriert, ihre Hände schnippten regelmäßig aus, während sie präziser arbeitete. Jeder Angriff traf entweder einen Kobold oder zwei, während sie ihr Skill *Messerfächer* auslöste. Die Angriffe zielten oft auf Kobolde, die etwas weiter vorne und über dem Rest standen und deren plötzliche Bewegungslosigkeit oder zerrissene Flügel für weiteres Chaos am Himmel sorgten. Im Gegensatz zu Daniels verstreutem Vorgehen oder Omraks Steinmauer fielen ihre Kobolde und blieben unten.

„Aufseher!", rief Omrak. Der blonde Riese konzentrierte sich und zog den großen Schild zurück in sein Inventar, sein Gesicht zeigte Anstrengung, weil er sein Mana auf so eilige Weise benutzt hatte. Doch von dem lästigen Schutz befreit, nutzte Omrak die Gelegenheit, seinen Gegner anzugreifen.

„Verdammt noch mal, Omrak!", knurrte Daniel, als sein Freund ein Loch in ihre Verteidigung riss. Wenigstens hatte er gewartet, bis die erste Gruppe weg war, sodass die beiden eine Chance hatten, sich zu erholen. Daniel ließ einen weiteren Stein fallen und zog die Sehne zurück, während er nach einer guten Stelle zum Zielen suchte. Als er sie einen Moment später gefunden hatte, hob er die Waffe und löste sie aus, wobei ihm die Arme bereits von der ständigen Bewegung schmerzten. Um Zeit zu sparen, hatte Daniel seinen Schild in der linken Hand behalten, was ihn zwang, das zusätzliche Gewicht zu tragen, während er seine Armbrust lud.

„Los!", fauchte Asin, während sie einen Schritt zur Seite machte, um ihre Position anzupassen. Mit einer Handbewegung hatte sie zwei Messer in der Hand, die sie bereit und tief hielt, während sie sich hinhockte und die Kobolde beäugte, die sich wieder zu einem Schwarm zusammengefunden hatten.

Daniel knurrte, befolgte aber ihren Rat und vertraute darauf, dass Asin die Dinge regeln würde, während er den nun leeren Steinbogen fallen ließ. Daniel griff nach seinem Gürtel und zog seinen Hammer heraus, während er zusah, wie Omrak einen Schnitt quer über seinen Rücken erhielt, wobei die Peitsche des Aufsehers eine brennende Spur auf dem Körper des Nordländers hinterließ, wo er noch ungeschützt war. Als er zu seinem Freund hinüberging, um ihm zu helfen, nahm sich Daniel die Zeit, ein *Zeichen des Heilers* auf ihn zu wirken.

„Seite an Seite", sagte Daniel, als er ankam, und fing die Peitsche hoch auf seinem Schild ab, während Omrak keuchte. „Ich gehe zuerst; du gehst einen Schritt hinter mir."

„Ich schaffe das."

Ohne Omrak Zeit zu geben, zu argumentieren, stürmte Daniel vorwärts, den Schild hochhaltend. Omrak knurrte, folgte einen Schritt hinter ihm und wartete auf seine Gelegenheit. Die Peitsche des Aufsehers wirbelte im Gegenzug schneller und schlug immer wieder nach Daniel. Doch Daniels Plattenpanzer und Schild absorbierten den Großteil der Angriffe. Die, die zwischen den Lücken durchschlüpften, hinterließen nur brennende und stechende Schnitte. Geschützt von seinem Freund, schloss Omrak die letzten Meter in einem Energiestoß auf und umging Daniel, als der Aufseher versuchte, sich zurückzuziehen, um seine Waffe voll auszunutzen.

Zurückgelassen von dem sich schnell zurückziehenden Aufseher – und Omrak, der dicht bei ihm blieb, sein Schwert schwang und die Versuche der Kreatur, zu entkommen, vereitelte –, sackte Daniel auf ein Knie und keuchte vor Anstrengung. Es dauerte nur einen Moment, bis das Geräusch eines Handgemenges hinter ihm seine Aufmerksamkeit wieder auf seine Catkin-Freundin lenkte. Asin rang und kämpfte mit dem letzten halben Dutzend Kobolde, die sich an ihrem Körper festkrallten, und ignorierte dabei die Stromstöße und die Ablenkung durch ihren Anhänger gleichermaßen.

„Asin!", rief Daniel, Besorgnis in den Augen, während er nach vorne eilte. Zum Glück war der Rückweg wesentlich schneller und ohne die Gefahr, ein Auge zu verlieren. Als er sich näherte, löste Daniel *Schildschlag* aus, während er in den Haufen von Körpern krachte, der seine Freundin am Boden hielt. Seine Bewegung ließ ein paar Kobolde herumfliegen, deren leichtere Körper der Masse des stämmigen, gepanzerten Abenteurers nicht standhalten konnten. Ein Schmerzensschrei zeigte an, dass sie vielleicht nicht die Einzigen waren.

Als Nächstes wurde der *Doppelschlag* ausgelöst, der es Daniel ermöglichte, schnell ein weiteres Paar Kobolde zur Seite zu fegen. Ein besonders großer Kobold, der auf Asins linker Hand saß, drehte sich und knurrte Daniel an, seine Zähne waren rot vor Blut. Diesem Kobold verpasste Daniel *Perins Schlag*, seine Gabe *Schwäche finden* leitete seinen Körper so, dass er auf die Seiten seiner Rippen zielte, wo seine Lungen waren. Der Angriff sprengte das Monster von der wütenden Catkin und nahm einen weiteren Kobold mit. Im nächsten Moment hatte sich Asin zusammengerollt und jaulte vor Schmerz.

„Runter!", knurrte Asin und deutete auf Daniels Füße.

„Wa... Entschuldigung!", sagte Daniel und schlurfte schnell zur Seite, als er seinen Fuß von ihrem Schwanz entfernte. Sofort wickelte er sich um ihren Körper, nur das Ende, auf das getreten wurde, rollte sich nicht richtig ein. Aber Daniel hatte keine Zeit, sich darauf zu konzentrieren, da sich die letzten paar Kobolde von ihrem Schock erholten. Die beiden stürzten sich begierig auf die verbliebenen Kobolde, Hammer und Messer blitzten auf, als sie ihnen das Leben nahmen, bevor es endlich vorbei war.

Omrak und der Aufseher kämpften immer noch in der Ferne gegeneinander. Der übergroße muskulöse Kobold mit seinen winzigen Flügelnoppen hatte seine Peitsche gegen seine Klauen eingetauscht, um den Nordländer zu packen. Omrak wiederum hatte seine eigene Waffe fallen lassen, sodass die beiden sich auf dem sandigen Boden wälzten.

„Meinst du, wir sollten helfen?", fragte Daniel Asin, während die beiden hinübergingen. Ihr Atem war schwer, als sie versuchten, sich zu beruhigen. Asin hinkte, ein Auge war durch Blut verklebt, wo ein Schlag einen Teil ihrer Stirn weggerissen hatte. Ein hastiger Verband hielt die Haut an Ort und Stelle, während Daniels *Zeichen des Heilers* an ihr wirkte. Seine *Kleine Heilung* hatte bereits geholfen, ihre Schmerzen und Verletzungen zu lindern.

„Gefährlich", sagte Asin, dem Daniels Sinn für Humor im Moment offensichtlich nicht gefiel. Er testete seinen Knöchel, weil er es irgendwie geschafft hatte, ihn zu verdrehen, und begann vorwärtszujoggen, wobei er die beiden beobachtete. Er konnte bereits spüren, wie sein Skill wirkte und seine Gedanken leitete. Als er nahe genug war, sprang Daniel und schrie laut auf, kurz bevor er neben den beiden landete, wobei der Hammer bereits nach unten ragte.

Als Daniels Hammer den Hinterkopf des Aufsehers traf, breitete sich ein weißer Blitz über den Aufseher aus. Er hüllte die Kreatur in das Licht ein und tanzte einen Moment lang, bevor er wieder in den Hammer absorbiert wurde. Neben seinen normalen Runen erschien eine neue, die stilistisch wie ein Kobold aussah.

Der Angriff, angetrieben durch Daniels Sprung und sein Skill, hatte den Aufseher genau getroffen, während Omrak das Monster festhielt. Der Aufseher, der durch wiederholte Schläge und ein paar Schnitte bereits verletzt war, gab sein letztes bisschen Leben auf und zerfiel in blaue Flecken, als Omrak zusammenbrach und seine Hände neben sich ausbreitete. Überall auf den unbedeckten Teilen seines Körpers bluteten sowohl leichte als auch tiefe Kratzer.

„Zeichen des Heilers", flüsterte Daniel und benutzte erneut die Stimmkomponente, um Omrak zu heilen. Danach zwang er sich, aufzustehen. Asin war in die Nähe geklettert, um sich den Manastein zu schnappen, und ging dann wieder weg, da sie plötzlich deutlich mehr Energie hatte, um die restlichen Steine aufzuheben.

„Warum bist du gegangen?", fragte Daniel, sobald er wieder zu Atem gekommen war. Da er wusste, dass Asin diesen Aspekt der Erforschung genoss, war Daniel dankbar für die Chance, sich auszuruhen und seine eigenen Verletzungen zu überprüfen. Es war das Beste, es sofort zu tun, bevor das Adrenalin nachließ und er bemerken würde, dass er schon seit Ewigkeiten blutete, ohne es zu merken.

„Die Waffe des Aufsehers war zu lang. Ich hätte euch beide nicht schützen können, wenn ich geblieben wäre", sagte Omrak und gestikulierte dorthin, wo die Waffe überraschenderweise nicht verschwunden war. Asin jagte weiter durch die Gänge und hob die Steine auf.

„Das ist ziemlich schlau", sagte Daniel. Im Eifer des Gefechts hatte Daniel diesen Faktor nicht erkannt.

„Ich auch nicht", sagte Omrak plötzlich und grinste. „Erst als du dich zu mir gesellt hast, ist mir klar geworden, warum ich es für richtig halte."

Daniel seufzte und stützte seinen Kopf auf das kalte Metall seiner Rüstung. *Verdammt noch mal, Omrak. Ich war gerade dabei, deine Entscheidung zu respektieren.*

„Was war das mit deinem Hammer?", fragte Omrak und wechselte das Thema.

„Oh! Die Verzauberung wurde endlich ausgelöst", sagte Daniel fröhlich. Er hob seine Hand und teilte die Informationen der Waffe mit seinem Freund.

Stahlspitzhammer

Schaden: 8 - 12 + .5 Stärke + 2 Qualitätsbonus

Dauerhaftigkeit: 47/50

Gegenstandsklasse: Verzaubert

Qualität: Gut (+2 Bonus auf Schaden)

Verzauberung: Hilfe von oben (1/1 Beschwörung gespeichert). Der Hammer hat eine Chance von 0,1 %, eine Kopie eines angegriffenen Monsters in ihm zu speichern. Jede gespeicherte Beschwörung kann nur einmal verwendet werden. Die Beschwörung hält 5 Minuten lang an.

„Ah! Das hatte ich mich auch schon gefragt", stimmte Omrak zu. Asin kam zurückgewandert, verstaute die Peitsche und setzte sich dann neben die beiden und kaute auf einem harten Zwieback.

„Entschuldigung. Ich hätte es dir wahrscheinlich sagen sollen, aber bis jetzt ist nichts gespeichert. Ich hatte wohl kein Glück", sagte Daniel seufzend. „Ich hätte schwören können, dass ich das schon ein paar hundert Mal erlebt habe."

„Pech gehabt." Asin nickte zustimmend. „Nein, wie Glücksverzauberungen. Hartnäckig."

„Aber die Auswirkungen sind so viel größer!", sagte Omrak und deutete auf den Hammer. „Wir haben jetzt einen Aufseher, den wir benutzen können."

„Einmal", konterte Asin.

Als er sah, wie die beiden zu streiten begannen, gluckste Daniel vor sich hin und holte etwas Wasser und sein eigenes Mittagessen heraus. Sein Körper begann leicht zu zittern, als das Adrenalin ihn verließ. Gut, sie hatten ihren ersten Aufseher erledigt. Auch wenn sie noch nicht in die nächste Ebene gekommen waren.

***

„Champion-Manastein der ersten Ebene. Acht Gold, zwei Silber", verkündete die Schreiberin nach einem kurzen Blick, schob ihn beiseite und berührte dann die Peitsche. „Aufseherpeitsche. Ungewöhnlicher Drop. Wir können dir sieben Silber dafür geben."

„Sieben?", jaulte Asin empört auf.

„Sie ist nicht verzaubert. Die meisten Leute kaufen sie wegen des Souvenireffekts vor Ort. Wir verschiffen einige in den Süden – dort gibt es einen Markt für Peitschen", antwortete die Schreiberin sofort, unbeeindruckt von Asins Protest. „Du kannst sie behalten und versuchen, sie woanders zu verkaufen. Wir verhandeln nicht."

„Verkaufen", sagte Asin geschmacklos. Die Angestellte zeigte nicht einmal ein Flackern der Überraschung, als sie die Peitsche beiseite zog und sich dem kleinen Stapel von Koboldkrallen und Manasteinen zuwandte.

Schon bald hatte sie die Einnahmen des Teams zusammengezählt und übergab sie.

„Es war mir ein Vergnügen, mit dir Geschäfte zu machen, Abenteurerin. Wir sehen uns beim nächsten Erkundungsdurchgang", sagte die Schreiberin wie auswendig, während Asin zu dem wartenden Paar zurückstapfte. Asins Ohren zuckten, der Schwanz peitschte hinter ihr hervor, während sie überlegte, ob sie zurückgehen und dieser Frau die Meinung sagen sollte. Dann, als sie bedachte, wie sehr ihr das im Hals wehtun würde, entschied sich Asin dagegen. Die Gilde würde sich sowieso nicht ändern, nur weil eine bestimmte Catkin der Meinung war, dass sie eine zu große Gewinnspanne erzielten. Immerhin wusste Asin, dass derselbe Manastein nach der Veredelung für mindestens den vierfachen Preis verkauft werden würde. Aber da es königlich verordnet war, dass Manasteine aus einem Dungeon nur in der Gilde verkauft werden durften, konnte sie nichts dagegen tun.

„Wie haben wir uns geschlagen?", fragte Daniel.

Anstatt zu sprechen, hielt Asin Daniel den Zettel hin. Ein kurzer Blick war alles, was Daniel brauchte, aber Omrak, der den Zettel nach ihm nahm, hatte Mühe, ihn zu lesen. In den letzten Monaten hatten die beiden Omrak das Lesen beigebracht, obwohl es nur langsam voranging, da der Nordländer versuchte, sich nur die gängigsten Symbole einzuprägen. Aus irgendeinem Grund hatte er mehr Mühe, als er sollte. Zumindest aus der Sicht von Asin.

So etwas Seltsames – dass diese Menschen anderen ihrer Art erlauben, Analphabeten zu sein. Die Beastkin mochte viele Fehler haben, aber allen Beastkin wurde das Lesen beigebracht. Die Beastkinschrift, wenn nicht Brad, aber meistens beides. Ohne ihre Schriftsprache konnte die Kommunikation zwischen den Beastkin schließlich leicht scheitern. So viele Beastkin hatten ihre eigenen Clansprachen, dass es ohne eine gemeinsame Schrift und eine gemeinsame Sprache ein Rezept zum Scheitern war.

„Nicht schlecht", sagte Daniel. „Zurück zum Gasthaus?"

„Viel zu tun", sagte Asin und schüttelte den Kopf. In ihrer eigenen Ecke bei der Gildenhalle war Asin froh, die Münzen nach Gefühl aus dem Beutel zu ziehen und ihnen ihren Anteil zu reichen.

„Oh, okay", sagte Daniel. Während sein Gesicht keine Spur von seiner Enttäuschung zeigte, hätte die plötzliche Veränderung in seinem Geruch es der Catkin genauso gut zurufen können. Ein Teil von Asin fragte sich, ob Daniel merkte, wie deutlich seine emotionalen Veränderungen für sie waren. Dennoch gab sie keine Erklärung ab, sondern winkte den beiden zum Abschied zu.

Omrak und Daniel brauchten sowieso mehr Zeit miteinander, dachte Asin. Da sie beide Nahkämpfer waren, gab es erhebliche Überschneidungen in ihren Rollen im Team. Bis jetzt war es relativ gut gelaufen, aber sie konnte den aufkeimenden Konflikt spüren. Er hatte sich abgeschwächt, seit die beiden mehr Zeit miteinander verbrachten, allein, in der Stadt, und das war etwas, das nach Asins Meinung gefördert werden sollte.

Es half auch, dass sie ihre eigenen Dinge zu tun hatte.

Eine Stunde später fand sich Asin in der südwestlichen Ecke der Stadt in der Nähe der Mauern wieder. Dieser Teil der Stadt war heruntergekommener und trockener als die meisten anderen, was seine Bewohner dazu zwang, regelmäßig nach draußen und in den Norden der Stadt zu gehen, um frisches, sauberes Wasser zu holen. So war es nicht verwunderlich, dass die Straßen von Wasserfässern gesäumt waren, die das wenige Regenwasser auffingen. Aber im Gegensatz zu den meisten anderen Vierteln gab es in den Vierteln der Beastkin keinen Müll und keine Abfälle auf den Straßen. Stattdessen war die ganze Gegend mit dem Geruch von Gewürzen erfüllt, die gekocht und getrocknet wurden.

„Asin", rief Tevfik dem Catkin-Mädchen zu, einen Moment, bevor er seine Hand um ihre Taille schob. Sie wirbelte herum und knurrte ihn an, während sie sich vergeblich bemühte, seinem Griff zu entkommen. Er gluckste und hielt sie leicht fest, bevor er ihr einen Kuss auf die Lippen drückte und sie mit seinen Schnurrhaaren kraulte. „Guter Tag?"

„Sehr gut. Ich habe die Fährte des Aufsehers aufgenommen und das Team zu ihm geführt. Habe heute gutes Gold gemacht", sagte Asin mit einem Schnurren und rumpelte fröhlich in Catkin vor sich hin. Die Sprache war viel tiefer, viel knurriger, und beinhaltete deutlich mehr Körpersprache, was perfekt zu dem bestienartigen Catkin-Mädchen passte.

„Ich bin überrascht, dass Daniel zugestimmt hat, gegen ihn zu kämpfen", sagte Tevfik mit zusammengekniffenen Augen. *„Ich hatte gedacht, er wäre vorsichtiger."*

„Ich muss Mulla bezahlen", sagte Asin und wich der Frage aus. Natürlich war Daniel vorsichtiger. Vielleicht weil er ihr Heiler war, war er immer vorsichtig. Deshalb hatte sie es ihm auch nicht gesagt, sondern ihn zu ihrer Wahl geführt.

Tevfik, der ihr Ausweichen spürte, seufzte, ging aber nicht weiter auf das Thema ein, sondern folgte dem Mädchen, das zu dem affenartigen Zauberer huschte. *„Du weißt, dass Mulla bereit ist, zu warten, oder?"*

„Weil du es garantiert hast. Und ich kann jetzt bezahlen", sagte Asin fest und stürmte in die Heimwerkstatt des Monkeykin. Bald darauf war die Catkin wieder draußen, leise Flüche in Brad folgten ihr.

„Was ist dieses Mal passiert?"

„Ich habe ihn beim Putzen erwischt", sagte Asin achselzuckend. Sie beäugte Tevfik und erinnerte sich an das erste Mal, als sie sich am zweiten Tag beim Einkaufen wiedergesehen hatten, wobei er auf den kleinen Aufruhr aufmerksam geworden war, den sie verursacht hatte. Im Laden eines menschlichen Zauberers, wo ihre Unfähigkeit zu sprechen den Besitzer

verärgert hatte. Es war Tevfik, der sie mit Mulla bekannt gemacht hatte. Und danach, nun ja, wäre es unhöflich gewesen, sein Angebot zum Abendessen abzulehnen.

„Hast du darüber nachgedacht, was ich gesagt habe?", fragte Tevfik leise, als die beiden zu ihrem Lieblingsrestaurant gingen. Eines, das richtiges Beastkin-Essen kochte – Fleisch, eingewickelt in Brot, mit mehr Fleisch und Gewürzen.

„Ja. Nein", sagte Asin und schüttelte den Kopf. Tevfik hatte ihr angeboten, ihr zu helfen, einige der Manasteine auf dem Schwarzmarkt zu verkaufen, einem Markt, der von befreundeten Beastkin betrieben wurde. Natürlich nicht zu viele, es wäre zu offensichtlich gewesen, wenn sie keine Steine mehr einbringen würden.

„Warum?"

„Meine Freunde vertrauen mir. Das wäre falsch", sagte Asin.

„Du nimmst ihnen nichts weg. Du kannst sie einfach bei anderen Dingen einsparen und die Differenz später ausgleichen", sagte Tevfik. *„Das mache ich mit meiner Gruppe auch. Ich lege sogar noch ein wenig dazu. Sie wissen, dass die Regierung uns Steine zum eineinhalbfachen Preis verkauft. Das ist nur eine kleine Ausgleichszahlung. "*

„Nein", sagte Asin und schüttelte den Kopf. Tevfik hatte zwar recht, und das wusste sie, aber es stimmte auch, dass, wenn sie bei so etwas erwischt wurde, das ganze Team betroffen sein würde. Das konnte sie ihren Freunden nicht antun.

„Entschuldigung", sagte Tevfik sofort und wippte mit dem Kopf. Als sie sich dem belebten Restaurant näherten, zeigte er auf einen Tisch. *„Schau, ein Tisch!"*

∗∗∗

„Das Turnier? Es findet jetzt in weniger als zwei Wochen statt. Wenn ihr mitmachen wollt, solltet ihr euch bald anmelden", sagte Nicole zu Daniel und Omrak. Die Gildenmeisterin hatte die beiden allein sitzend vorgefunden und setzte sich prompt zu zwei jungen Damen, die sie begleitet hatten. Die eine, eine Frau in einem Ensemble aus Bluse und Pluderhose gekleidet, saß neben Daniel, die andere, eine hochgewachsene, schlaksige Rothaarige, hatte neben Omrak Platz genommen, sodass Nicole zwischen den beiden jungen Leuten saß. Nach der anfänglichen Unbeholfenheit hatten Nicoles soziale Fähigkeiten und das Anzapfen von alkoholischem Mut alle entspannt.

„Aber was soll es denn sein? Puzzles? Geschicklichkeitsvorführungen? Ein Arenakampf?", fragte Daniel beharrlich.

„Oh, Arenakampf", sagte Nicole. „Für die Noobs: Ihr werdet gegen gefangene Monster kämpfen. Wenn du in der Quest-Sektion nachsehen würdest, würdest du sehen, dass die Questoren alle gackernd herumlaufen und erschöpft sind von der schieren Anzahl an Gefangennahme-Quests, die sie erhalten haben."

„Wir kämpfen mit Monstern?" Daniel runzelte die Stirn, das hatte er nicht erwartet.

„Natürlich, das werdet ihr. Ihr seid Abenteurer. Das ist es, was wir tun!", sagte Nicole mit einem Schnauben.

„Außer, dass sie die Blauen und die Weißen gegeneinander kämpfen lassen", wies Emma, die in Pluderhosen gekleidete Brünette, darauf hin. „Sie haben nur Angst, dass ihr Roten euch gegenseitig verletzen könntet. Sie haben nicht genug Verteidigungszauber." Während sie das sagte, fummelte Emma an einem Ring an ihrem Finger herum.

„Das auch! Aber die Gilde will auch, dass du mehr Übung bekommst. Eine gute Gelegenheit, gegen seltsame und merkwürdige Dinge zu kämpfen, gegen die man sonst vielleicht nie eine Chance hätte", sagte Nicole mit einem Nicken.

„Diese Angelegenheit ist mir ein Rätsel. Kann der Artos-Dungeon nicht sowohl für die höchsten als auch für die niedrigsten Ränge der fortgeschrittenen Klassen geeignet sein?", fragte Omrak.

„Bei den Göttern, ich liebe es, wie du redest", stöhnte die Rothaarige, Sara, als sie sich in Omraks große Arme lehnte. Wieder errötete Omrak und starrte geradeaus.

„Artos ist etwas Besonderes. Als dritter Dungeon ist er meistens verschlossen, weshalb die meisten Leute sogar vergessen, dass er Teil der Stadt ist. Viele Abenteurer kommen und gehen, ohne ihn jemals zu betreten. Normalerweise ist es auch kein sehr großer Dungeon. Um ihn zu betreten, muss man ein Portal benutzen, an dem ein Mondsteinschlüssel hängt. Man kann bei Artos einstellen, welche Ebene man betritt", erklärte Nicole. „Da das Portal nur für eine begrenzte Anzahl von Teams funktioniert, müssen wir es einschränken. Aber jedes Team muss seine Ebene säubern. Wenn nicht, bekommen wir beim nächsten Mal, wenn er sich öffnet, nur eine Dungeon-Pause."

„Und deshalb das Turnier", sagte Daniel. „Um die Besten zu finden."

„Genau."

„Nein", sagte Emma zur gleichen Zeit.

„Emma..."

„Oh, komm schon; du weißt, dass das Blödsinn ist. Sie könnten einfach die durchschnittliche Auszahlung als Richtlinie verwenden, um zu sehen, welches Team das beste in jedem Level ist. Vielleicht mit ein bisschen Urteilsvermögen für die Teams, die gerade mit Verletzungen zurückkommen. Aber das tun sie nicht", sagte Emma. „Warum glaubst du das, hm? Es geht um das Gold. Das Turnier ist eine Goldgrube für die Gilde und die königliche Familie. Das ist auch der Grund, warum alle Gewinner Preise bekommen."

„Das ist, ähm...", begann Daniel und stoppte, nicht sicher, wie er antworten sollte.

„Ja, gut. Nenn mich verrückt. Das tut jeder, aber ich habe recht", sagte Emma schnippisch, verschränkte ihre Arme und schmollte.

„Ich habe nicht..."

„Lass sie einfach, Daniel", sagte Nicole und warf Emma einen unglücklichen Blick zu. „Sie ist nur wütend. Aber mit einer Sache hat sie recht. Es gibt Preise fürs Gewinnen, und die Erfahrung ist es wert. Du wirst feststellen, dass du eine Menge lernst, egal ob du gewinnst oder verlierst."

„Und unsere Gewinnchancen?", fragte Daniel neugierig.

„Sehr niedrig", schnauzte Emma. „Du bist Rot. Wenn ihr nicht der Beste in eurer Kategorie seid, habt ihr keine Chance zu gewinnen."

„Oh...", seufzte Daniel.

„Ah, aber unsere Trainer sagten, wir wären kurz davor, zu Orange überzugehen", sagte Omrak stolz. Daraufhin gurrte Sara, was Omrak leicht erröten ließ, aber dieses Mal weniger.

„Wenn ihr euch jetzt anmeldet, habt ihr zwei Wochen Zeit, euch vorzubereiten. Die meisten der teilnehmenden Teams haben bereits damit begonnen, ihre Erkundungen zu verlangsamen. Keiner will sich vor dem Turnier verletzen", sagte Nicole und schaute Daniel eindringlich an.

„Das ist ein weiterer Grund, warum das Turnier eine schlechte Idee ist. Lässt die Monster anwachsen", murmelte Emma leise, von der Mehrheit ignoriert. Doch Daniel hörte es und machte sich eine mentale Notiz – er erwartete mehr und mehr Monster, je näher sie dem Start des Turniers kamen.

Kapitel 6

„Und das war's. Ihr seid registriert", sagte Seth und tippte auf das Formular vor ihm. „Die Gruppe von DAO ist jetzt Teil der Listen für die erste Kategorie. Ihr wisst, dass ihr gegen härtere Monster antreten werdet, je mehr ihr kämpft, richtig?"

„Das tun wir", sagte Daniel.

„Gut. Dann ist mein Job hier wirklich erledigt", sagte Seth. „Apropos, ich habe gehört, dass deine Gruppe gestern den Weg nach unten gefunden hat?"

„Ja. Wir sind eigentlich hier, um danach zu fragen", sagte Daniel mit leichter Beklommenheit.

„Ein Abenteurer, der heute vorbereitet ist, ist ein Abenteurer, der morgen lebt", sagte Seth mit einem Lächeln. „Ein Silber für jeden."

Das Trio bezahlte schnell, bevor sie, zum Leidwesen von Daniel und Omrak, zu Quinn geführt wurden. Asin, die das Zögern spürte, sah zwischen den beiden hin und her, folgte ihnen aber. Was hätte sie denn sonst tun sollen?

***

„Ihr probiert schon die zweite Ebene des Porthos-Dungeons aus, was?", sagte Mateo mit einem Lächeln, als er das Trio musterte. Noch während er sprach, strichen seine Hände über den Turmschild und den Steinbogen, den die Gruppe zurückgebracht hatte, und prüften mit erfahrenen Griffen, ob es Probleme gab.

„Ja. Wir haben das Briefing von Quinn schon bekommen", sagte Daniel.

„Und was haltet ihr davon?", fragte Mateo.

„Höhlen. Kleine Waffen. Karlak", sagte Asin mit ihrer üblichen Schärfe.

„Das, ähm... stimmt", sagte Mateo, leicht verwirrt von der Catkin. „Es ist ein Höhlensystem, also denke ich, dass eure Erfahrung in Karlak etwas helfen würde. Was noch?"

„Höllenhunde. Einzel-, Doppel- und Dreifachkopf für den Ebenen-Champion. Sie atmen Feuer, also müssen wir vorsichtig sein und unsere Salamander-Mäntel benutzen", sagte Daniel. „Vier Beine, schnell beweglich, Krähenfüße und Bolas."

„Sprecht ihr alle so?", sagte Mateo mit einem halben Lächeln. „Aber ja, ihr habt wieder recht. Der Nächste."

„Lichter", antwortete Omrak. „Es gibt keine Lichter."

„Wieder richtig. Also, was bedeutet das?", fragte Mateo.

„Wir brauchen Licht", sagte Omrak einfach.

„Und...?"

„Wir tragen es."

Mateo unterdrückte ein Stöhnen und wandte sich an Daniel, der antwortete. „Zwei Dinge. Die Höllenhunde sehen im Dunkeln, also wird jedes Licht, das wir mitbringen, sie zu uns führen. Außerdem wollen wir nicht gegen die Höllenhunde kämpfen, wenn eine unserer Hände Laternen trägt."

„Richtig", sagte Mateo. „Mit Öl gefüllte Laternen, wenn feuerspeiende Monster in der Nähe sind, sind auch eine schlechte Idee. Habt ihr sonst noch etwas vergessen?"

Das Trio starrte sich einen Moment lang gegenseitig an, während sie sich das Hirn zermarterten. Als sie alle den Kopf schüttelten, schnaubte Mateo.

„Na ja, ihr habt es gut gemacht", sagte Mateo spöttisch und traurig zugleich. „Aber ihr habt die Fallen vergessen. Genauer gesagt, die Steinschläge."

„Diese…" Daniel erschauderte bei Mateos Worten. Das war eine besonders fiese Falle, eine, von der der Ex-Bergmann wahrscheinlich Albträume haben würde.

„Sie sind nicht wie echte Minensteinschläge. Sie werden vom Dungeon eingerichtet, deshalb sind sie nicht so gefährlich, weil er nur eine begrenzte Anzahl von Steinen freisetzt", sagte Mateo. „Mana hat Felsen geschaffen, die nach einer Weile verschwinden."

„Sie verschwinden?", fragte Daniel mit Überraschung.

„Natürlich. Wie sollten sonst die Gänge frei werden?"

„Ähm… Arbeiter?"

„Wir sind kein einfacher Dungeon mit einfachen Arbeitern. Sicher, wir haben genug Bauern auf den ersten paar Ebenen, aber die Gilde hat nicht genug Geld, um fortgeschrittene Abenteurer zu bezahlen, die Felsabbrüche zu beseitigen. Selbst in Karlak haben eure Leute die Crawler-Spucke nicht ohne Grund abgebaut", sagte Mateo. „Nein, die Felsen sind mit Mana durchtränkt, damit sie in der Nähe bleiben, wenn sie mit der Decke verbunden sind. Wenn sie fallen, verlieren sie diese Verbindung und brechen zusammen."

„Theoretisch könnte also jemand überleben, bis es verschwunden ist?", sagte Omrak.

„Har. Wenn du deinen Atem für ein paar Stunden anhalten kannst, sicherlich", sagte Mateo. „Ihr könnt entweder Einweg-Mana-Unterbrechungstränke von Alchemisten kaufen oder ein paar Mana-Unterbrechungsstäbe von uns anmieten. Deren Einsatz ist zwar auf Fälle wie diesen beschränkt, aber es könnte euch das Leben retten."

„Wie viel?", fragte Asin und kam direkt auf den Punkt.

„Die Kaution beträgt zehn Goldmünzen. Die Mietdauer ist eine pro Woche", antwortete Mateo.

Alle drei Abenteurer zuckten daraufhin zusammen. Doch auch ohne die Zaubertränke kaufte die Gruppe ein paar nützliche Gegenstände aus dem Abenteurerladen, wie zum Beispiel Metallkrähenfüße, die mit einer zentralen Metallkugel verbunden waren. Das war zwar teurer, sorgte aber dafür, dass das Team die Krähenfüße nach dem Gebrauch einfach einsammeln konnte, anstatt sie herumliegen zu lassen, damit ein unglückliches Team später darüber stolpern würde. Eine Handlung, die zu Geldstrafen führen konnte, wenn sie als Täter ermittelt wurden.

Zusätzlich wurden Glühsteine gekauft, Manasteine, in die einfache Runen eingraviert waren, um das umgebende Mana zur Energiegewinnung zu nutzen. Sie waren außerhalb einer manareichen Umgebung völlig nutzlos, aber perfekt für das Erforschen von Dungeons. Daniel brauchte natürlich keinen zu kaufen, da er seinen eigenen verzauberten Stein hatte, der nur wiederholt durch Mana aufgeladen werden musste. An der Kleidung festgenäht, gaben die Leuchtsteine insgesamt genug schwaches Licht ab, um es Abenteurern zu ermöglichen, im Notfall zu sehen, wohin sie gingen. Und als letzte Anschaffung kaufte die Gruppe eine viel teurere Mana-Laterne. Die Runen waren nicht auf dem Stein selbst, sondern auf der Laterne eingraviert und nutzten die Kraft des Steins, um die Umgebung zu beleuchten. Zum Schluss kauften sie jeweils eine Flasche Mana-Auflösungsflüssigkeit.

Alles in allem gab das Team all seine gesparten Einnahmen der letzten Woche aus, um sich nur für die nächste Ebene zu rüsten. Es war ein deprimierender Zustand, den Abenteurer auf der ganzen Welt verstanden. Um mehr Gold zu verdienen, musste man in tiefere Ebenen gehen. Um in tiefere Ebenen zu gelangen, brauchte man bessere Ausrüstung. Um bessere Ausrüstung zu bekommen, musste man Gold ausgeben. Und so setzte sich der Kreislauf unaufhörlich fort. Selbst diejenigen, die sich entschieden, bestimmte Ebenen zu bewirtschaften, mussten Unterhalt und Wartung bezahlen, während sie zusahen, wie ihr Level-Wachstum stagnierte.

***

Dunkelheit. Das war der erste Gedanke, der Daniel in den Sinn kam, als die Gruppe das Portal verließ. Er trat zur Seite, um anderen Gruppen zu erlauben, unbehelligt durchzukommen, und wartete im Schutzraum, während die um seinen Körper herum angebrachten Glühlichter begannen, sich mit dem umgebenden Mana zu versorgen. Glücklicherweise gab es in der sicheren Zone auch ohne seine eigenen Glühlichter ein paar verstreute Beleuchtungspunkte, die die Ankömmlinge begrüßten und ein wenig Licht spendeten.

Asin hatte sich im Gegensatz zu Daniel und Omrak dafür entschieden, ohne die Beleuchtung der Leuchtsteine zu gehen, und zog es vor, sich auf ihre größere Lichtempfindlichkeit und die von ihren Freunden abgegebene Umgebungsmenge zu verlassen. Während Daniel und Omrak ihre Augen und Steine anpassen ließen, schlich sie voraus. In der Dunkelheit warteten die beiden auf die Rückkehr ihrer Freundin.

„Blockiert", sagte Asin nach langer Zeit und deutete auf zwei Tunnel, die kurz hintereinander aus der Kammer führten.

„Lass das!", schnauzte Daniel und erholte sich erst jetzt von seiner Überraschung, als die schwarzpelzige Catkin neben ihm erschien. Die einzige Antwort von Asin war ein breites Grinsen.

„Also gut. Probieren wir es mit dem da?", sagte Daniel und zeigte darauf. Es gab fünf Ausgänge aus der Portalkammer, von denen bekannt war, dass sie jederzeit blockiert werden konnten. Auch ohne einen Abenteurer, der sie auslöste, gab der Dungeon gelegentlich diese Steinschläge frei und veränderte die Karte der Ebene. Es wurde die Theorie aufgestellt, dass es eher auf die tatsächliche Unfähigkeit des Dungeons zurückzuführen ist, mehr als eine bestimmte Anzahl solcher Fallen zu beherbergen, als auf ein programmiertes Design. Aber wie bei vielen Dingen, die mit der Entstehung des Dungeons zu tun haben, war es reine Spekulation.

Asin zuckte nur mit den Schultern, offensichtlich hatte er nicht mehr Ahnung als Daniel. Nach einem kurzen Blick auf die Karte in Omraks Händen, machte sich das Trio auf den Weg. Die Ebene selbst war seltsam, da der Eingang fast mittig auf der Karte platziert war. Die Wege durch den Dungeon kreuzten sich, manchmal führten sie in Sackgassen, manchmal versperrten Steinschläge die etablierten Routen und zwangen die Gruppen, einen neuen Weg zu finden. Um die Ebene noch anspruchsvoller zu machen, mussten die Abenteurergruppen insgesamt fünf verschiedene freischaltbare Edelsteine sammeln, um sie zu verlassen und in die nächste zu gelangen. Mit einer vollständigen Sammlung von Edelsteinen konnte eine Gruppe von fünf Personen nach unten transportiert werden. Da die Edelsteine seelengebunden an ihre Besitzer waren, gab es einen kleinen, aber beständigen Markt von Abenteurern, die sich kleineren Gruppen anschlossen, um eine Ebene hinunterzureisen.

„Asin, geh nicht zu weit weg", rief Daniel besorgt, als er die Catkin wieder einmal aus den Augen verlor. Für den Moment hatte das Trio beschlossen, die Ebene nur mit den kleineren Leuchtsteinen zu versuchen. Die kleineren Steine warfen weniger Licht ab, wodurch sie in der Dunkelheit besser versteckt bleiben konnten, aber es war schwer zu sehen. Daniel hatte der Gruppe zwar gezeigt, wie sie die Steine an ihren Helmen befestigen und ihre Beleuchtung mit ein paar einfachen Metallverrenkungen einstellen konnten, aber seine Bergmannstricks waren in einem Kampf vielleicht nicht so nützlich. Sicherlich hatte Karlak nie das gleiche Problem mit seinen managetränkten Wänden.

„Ich hasse Höhlen", brummte Omrak hinter Daniel, während er sich durch einen besonders engen Durchgang zwängte. Selbst in den größeren Gängen fühlte sich der große Nordländer oft unangenehm eingeengt. In diesen engen Gängen wurden seine Arme, Schultern und seine Brust aufgerieben, wenn er sich durch sie hindurchzwängte. Manchmal musste die Gruppe auf Händen und Knien kriechen, obwohl keine der Passagen ein Kriechen auf dem Bauch erforderte. Es schien, als hätte selbst Panqua Grenzen, was das Ausmaß des Leidens anging, das er fortgeschrittenen Abenteurern zufügen wollte.

„Verstehe ich", sagte Daniel und brummte leise, als er sah, wie die wendige und flexible Catkin vor ihm verschwand, jetzt, da die beiden aufgeholt hatten. Aus Erfahrung hatte Daniel beschlossen, den Großteil seiner Schuppenpanzerstücke zu Hause zu lassen, damit er sich leichter an Hindernissen vorbeiquetschen konnte.

Ihr erster Kampf fand eine Stunde nach ihrem Aufbruch statt. Asin lief voraus, um nach Fallen zu suchen, und wurde von den Höllenhunden angegriffen, die sich aus den Höhlennischen, in denen sie geruht hatten, auf sie stürzten. Mit kaum genug Platz, um ihre Messer zu schwingen, konnte die Catkin nur rückwärts krabbeln, während sie das Quartett von Bestien abwehrte und um Hilfe jaulte.

„Asin!", rief Daniel und stürmte vorwärts, seinen Schild vor sich haltend. Zuerst konnte er nur den gelegentlichen Blick auf eine Klinge erhaschen, das Aufblitzen großer grüner Augen und bösartiger roter Augen. Dann: Feuer. Daniel blinzelte vor Schmerz, als ein Höllenhund Feuer auf Asin spuckte, und stürmte weiter, als die Beastkin aufjaulte.

Glücklicherweise absorbierten die Salamander-Umhänge, die das Trio trug, den Großteil der Flammen, als Asin diesen schützend hochzog. Die Umhänge selbst waren eine notwendige Anschaffung für Karlak, und so hatten zum Glück alle drei ihre eigenen. Anstatt aus echter Salamanderhaut bestanden die Umhänge aus einem gewebten, dichten Material, das Flammen und Hitze mit Leichtigkeit ableitete.

Unglücklicherweise bedeuteten die Angriffe der Höllenhunde und einige weniger als ideal umgesetzte Flickarbeiten von vorher, dass es Löcher gab – Löcher, die es den Flammen erlaubten, an offenem Fell und Haut zu lecken. Asin ließ sich zu Boden fallen und rollte sich schnell hin und her, um die Flammen zu löschen. Eine Bewegung, die sie anfällig für die Bisse und Klauen der Höllenhunde machte.

Daniel stützte sich auf seinen Schild, seine Augen tränten noch immer von der plötzlichen Veränderung der Intensität, und stürmte auf die Gruppe zu. Da er nicht wusste, wann er sein Skill auslösen sollte, konnte er nur seinen Vorwärtsschwung und sein größeres Gewicht nutzen, um die Monster zur Seite zu stoßen. Der Aufprall erst eines, dann eines anderen Monsters auf seinen Schild raubte Daniel den Schwung und ließ ihn auf den Boden schleudern, während er versuchte, das Gleichgewicht zu behalten. Seine fuchtelnden Arme schafften es, versehentlich einen weiteren Höllenhund beiseitezuschlagen, und die Biester konzentrierten sich nun auf ihn.

„Hab' dich!", sagte Daniel und knurrte Asin seine Unterstützung zu, als er Hammer und Schild herumschwang und sich im Raum drehte, während er nach den Monstern suchte. Die Kreaturen wichen zurück, zwei von ihnen kauerten sich hin, während sie ihre Flammen vorbereiteten.

„Nein, ich!", brüllte Omrak und sprach seine *Herausforderung des Nordens* aus. Sogar Daniel drehte sich um und starrte auf den riesigen Nordländer, der von den rot glühenden Feuern der Höllenhunde umrahmt wurde.

Blondes Haar, das aus seinem Helm entwichen war, reflektierte das Rot der Flammen, während die Beile in seinen Händen herausfordernd glitzerten und der Nordländer vor Kampfeslust breit grinste. „Kommt!"

Feuer. Beide Höllenhunde entfesselten es gegen Omrak. Omrak wiederum hatte eine Ecke des Umhangs angehoben und verbarg sein Gesicht und einen Teil seines Körpers vor den Flammen, selbst als diese um ihn herumwirbelten. Ein dritter Höllenhund lag am Boden und würgte, als Asin ihr Messer aus seiner Kehle zog, Blitze zuckten um seinen Körper, als die Catkin ihre Rache an ihm vollzog. Der letzte Höllenhund raste rechtzeitig durch die sterbenden Flammen, um sich auf Omraks Kehle zu stürzen, sobald der Nordländer seine Arme senkte.

„Ich bin dran", knurrte Daniel und trat nach vorne, wobei er seinen Helm unter der Hand trug. Er griff mit *Perins Schlag* in dem Moment an, in dem er zuschlug, und warf den Höllenhund in seinen Freund hinein, als Daniels Angriff seine Rippen zermalmte. Daniel trat nach vorne und setzte die Kante seines Schildes als Nächstes auf das Gesicht der kämpfenden Kreatur an, um einen *Schildschlag* auszulösen, der das Monster betäubte. Als die beiden Höllenhunde am Boden lagen und nicht mehr stehen konnten, schlug er gnadenlos auf die Kreaturen ein.

Omrak, der von dem plötzlichen Angriff des Höllenhundes überrascht wurde, konnte den Klauen der Kreatur nicht ausweichen. Er fiel auf den Rücken und das Monster zerfleischte wild seinen Hals, aber der Kragen um seine Kehle schützte ihn vor ernsthaften Schäden. Dennoch spritzte Blut und hüllte den Nordländer in Rot, als er der Kreatur mit einer Hand ins Gesicht schlug, während er sie mit der anderen am Ohr festhielt. Schon bald betäubte die überwältigende Kraft des Riesen – unterstützt durch seine Fähigkeit *Geringe Stärke* – die Bestie, sodass Omrak sie mit Leichtigkeit von sich herunterrollen und sie weiter angreifen konnte, diesmal mit seinem Beil.

Blut floss und spritzte warm gegen Omraks verbrannte Haut, bevor die Kreatur langsam in blaue Lichtmoleküle zerfiel.

„Omrak!", rief Daniel, als er hinüberging. Er hatte bereits Asin mit *Zeichen des Heilers* belegt und wiederholte den Vorgang, als sein Freund schließlich zu Daniel herüberkam, um ihn zu berühren.

„Ich bitte um Entschuldigung, Held Daniel! Ich wurde von einem Felsvorsprung erwischt", sagte Omrak mürrisch und runzelte die Stirn. „Wie ist das passiert?"

„Hinterhalt", sagte Asin und hob die verschiedenen Manasteine auf. Sie humpelte nach vorne, ihr Oberschenkel war an den Stellen bandagiert, wo sie zerfleischt worden war. Selbst unter dem Zauber blutete es noch leicht.

„Ich denke, wir sollten enger zusammenbleiben", sagte Daniel und schaute sich stirnrunzelnd um.

„Ja", sagte Asin leise und sackte nach einem Moment in eine Ecke, als der Schmerz ihren Starrsinn überholte. Daniel schnitt eine Grimasse und legte eine Hand auf sie, um den Schaden abzuschätzen, bevor er sich entschied, eine *Kleine Heilung (II)* auf sie zu wirken. Besser auf Nummer sicher gehen als etwas bedauern.

***

Die Zeit verging schnell, während sich das Trio einen Weg hineinbahnte. Die Höllenhunde griffen weiterhin an, manchmal mit reichlich Vorwarnung, während sie die Gänge hinunterstürmten und ihre Feindschaft aufheulten. In diesen Momenten wurden Krähenfüße und Bolas eingesetzt, und die Monster waren gezwungen, ihren Ansturm zu unterbrechen und sich einen Weg nach innen zu bahnen, um ihre Flammenangriffe mit kurzer Reichweite einzusetzen. Auf dem Weg dorthin sorgten Asins und Omraks Wurfwaffen dafür, dass die Höllenhunde bluteten, während Daniel seine Angriffe und Aufladungen so terminierte, dass sie diejenigen störten, die versuchten, sie zu verbrennen. Mit Monstern, die ihre Anwesenheit ankündigten, kam das Trio gut zurecht.

Es waren diejenigen, die auf der Lauer lagen, die in dunklen Nischen über den engen Gängen lauerten oder tief in kleineren, in den Felsen versteckten Gängen hockten, die das Trio um ihr Leben kämpfen ließen. Manchmal starteten diese Monster ihre Angriffe, bevor sie sich davonschlichen und die Abenteurer eher belästigten, als dass sie versuchten, den Kampf zu beenden. Nach dem zweiten Angriff dieser Art einigte sich das Trio darauf, die größere Laterne zu benutzen und Omrak zu erlauben, sie höher zu halten, um die Umgebung besser zu beleuchten. Durch die Verwendung und die Reflexion der Laterne wurden sie zwar mehr bedrängt, war aber weniger anfällig für Hinterhalte.

Das Trio hatte bereits Erfahrung im Umgang mit Höhlen und hatte für eine lange Zeit im Dungeon gepackt. Es waren nicht die Monster, die die größte Herausforderung darstellten, sondern die Umgebung. Gelegentlich würde die Gruppe auf andere stoßen, oft an natürlichen Engpässen. Hier musste die Gruppe warten, bis die anderen das letzte Hindernis passiert hatten, oft im Gänsemarsch. Ob es sich um ein besonders enges Loch, eine Wand, die erklommen werden musste, oder einen extrem engen Durchgang handelte, an solchen Stellen sammelten sich oft Gruppen. Zu solchen Zeiten nutzten andere Gruppen die Anwesenheit der anderen, um sich auszuruhen, unruhigen Schlaf zu bekommen oder Mahlzeiten zu kochen.

In einer solchen Höhle, in der sich eine kleine Wasserlache sammelte, durch die die Abenteurer waten mussten, traf die Gruppe auf eine Art Bekannten.

„Ihr seid Daniel und Asin, nicht wahr?", sagte der lächelnde, muskulöse Blonde zu ihnen. Er war, dachte Daniel neidisch, traditionell gutaussehend. Ein scharfer Kiefer, gut geformte Augenbrauen und ein blitzendes Lächeln zusammen mit einem perfekt symmetrischen Gesicht und einem schlanken, aber muskulösen Körper, der kaum von der Rüstung verdeckt wurde, die er trug, zierten den Sprecher.

„Ja. Woher weißt du das?", fragte Daniel.

„Es gibt nicht viele Catkin- und Guidong-Eingeborene in dieser Gegend. Ich bin Bartosz", antwortete er und bot seine Hand an.

Daniel runzelte die Stirn, stand auf und schüttelte sie. „Daniel, wie du weißt. Und das sind Asin und Omrak."

„Ah, Omrak." Bartosz schüttelte als Nächstes den beiden anderen die Hand und rief am Ende aus, während er den Nordländer musterte: „Du musst ein Neuzugang sein. Niko hat dich nicht erwähnt."

„Niko." Daniels Lippen pressten sich zusammen, als er Bartosz anstarrte. Natürlich hätte das kleine Green-Robin-Emblem auf seiner Brust Daniel verraten sollen, wo sein Bündnis lag. „Er hat von uns gesprochen?"

„Ich habe euch bei denen erwähnt, die in den unteren Ebenen arbeiten", sagte Bartosz und gestikulierte zurück zu seiner Gruppe, die mit der Zubereitung einer Mahlzeit beschäftigt war. „Möchtet ihr euch uns anschließen?"

„Gewiss", nickte Omrak schnell mit dem Kopf, bevor er, ohne zu zögern, hinüberschritt. „Ich habe noch etwas Rindfleisch für den Topf!"

„Omrak...", begann Daniel und seufzte. Schon plauderte der freundliche Nordländer mit der Gruppe, den Braten in der Hand.

„Mach dir keine Sorgen. Wir versuchen nicht, dich zu rekrutieren. Niko hat euch zwei nur als freundlich bezeichnet", sagte Bartosz und fügte dann mit einem Blick in die Runde, um sicherzugehen, dass niemand sonst in der

Nähe war, hinzu: „Ihr werdet feststellen, dass nicht jede Gilde so freundlich ist. Zu viel Konkurrenz, weißt du."

„Weiß ich", sagte Daniel, immer noch misstrauisch. Zu seiner Überraschung starrte Asin Bartosz einen Moment lang an, bevor sie sich zu Omrak schlich. Daniel runzelte die Stirn und fragte sich, woher der Sinneswandel kam – schließlich war sie zuvor extrem wütend auf Tevfik gewesen. Dennoch wäre es unhöflich von ihm, die Einladung abzulehnen, da seine beiden Freunde am Herd standen.

„Was kocht ihr?"

„Fleisch und Brot", sagte Bartosz mit einem Achselzucken. „Das Übliche. Ich glaube, Reka gibt heute noch ein paar Zwiebeln dazu, und Jojo-Sprossen."

„Hört sich an, als hättest du das ein bisschen satt", sagte Daniel.

„Wir sind jetzt schon seit drei Tagen hier unten. Und das ist alles, woran alle gedacht haben", Bartosz verzog das Gesicht. „Ich mag Fleisch. Und Brot. Aber nach so vielen Tagen..."

Daniel gluckste und klopfte Bartosz auf die Schulter. Er konnte bereits die Gewürze riechen, die Asin aus ihrem Vorrat geholt hatte, Chili und Paprika, die das Essen beleben würden. Wenn es sie nicht umbrachte. In jedem Fall würden Freunde, sogar Freunde mit eigennützigen Absichten, hier unten nützlich sein.

Kapitel 7

„Ich bin überrascht, dich hier zu sehen", sagte Seth und beäugte Daniel, der schon früh am Morgen angekommen war. Der junge Mann trug nur seinen Brustpanzer, obwohl er wie immer seinen Schild und seinen Hammer bei sich trug. „Ich dachte, du würdest dich auf die zweite Ebene konzentrieren."

„Wir sind gerade von unserer zweiten Erkundung zurückgekommen. Fünf Tage im Dungeon sind ein bisschen viel", sagte Daniel mit einer Grimasse. Sie hatten gestern ein paar Stunden damit verbracht, sich an das stärkere Licht im Freien zu gewöhnen, als sie herauskamen und blinzelten wie alte Greise.

„Har", sagte Seth und schüttelte den Kopf. „Eine gute Entscheidung, nicht reinzugehen. Du kommst vielleicht vor dem Turnier nicht mehr raus."

„Das ist der andere Grund", sagte Daniel und blickte zurück auf die extrem überfüllten Trainingshöfe. Anders als sonst war der Trainingshof neben der Abenteurergilde voll. Da der Hof für registrierte Abenteurer reserviert war, nahmen neuere und billigere Abenteurer seine Dienste in Anspruch, während erfahrenere Abenteurer oft private Trainer anheuerten oder einen der vielen privaten Trainingsplätze besuchten. „Viel los heute."

„Anstrengende Woche", sagte Seth mit einem Achselzucken. „Wen willst du denn sehen?"

„Angie, wenn sie frei ist? "

„Angie?", sagte Seth mit großen, überraschten Augen. „Du meinst die einäugige Angie? Bist du sicher?"

„Ja, diese Angie", sagte Daniel. „Gibt es noch eine andere?"

„Nein. Hm, du bist einer von denen", sagte Seth. „Ein Silber. Und sie ist frei."

Daniel schüttelte verwundert den Kopf, als er die Münze bezahlte und zu Angie geleitet wurde. Die muskulöse Trainerin stand neben einem der Trainingsplätze, wo sie die Auszubildenden im Inneren aufzog. Daniel musste ein leichtes Lächeln unterdrücken, ihre ständigen Kommentare über ihren Mangel an Fitness, Beweglichkeit und gesundem Menschenverstand waren humorvoll. Zumindest für ihn.

„Angie?", rief Daniel, als er näher kam.

„Oh, Scheiße, ich bezahle dich... oh, hey. Du bist doch dieser Heiler-Typ!", sagte Angie und wischte sich den besorgten Blick aus dem Gesicht. „Was machst du denn hier?"

„Training", sagte Daniel, als er ihren Zettel hochhielt. Angies Auge weitete sich leicht, bevor sie in ein Grinsen ausbrach.

„Har! Ich wusste, dass du schlau bist. Komm, wir lassen die beiden Verlierer in Ruhe", sagte Angie schnippisch. Ihr Trainer, ein älterer Mann, der einen Schild und ein Schwert neben seinen Füßen stehen hatte, warf Daniel einen dankbaren Blick zu, bevor er sich wieder seinen Schülern zuwandte. Nachdem Angie gegangen war, begannen sie nachzulassen, was den Trainer dazu brachte, zu schreien.

„Wohin gehen wir?", fragte Daniel.

„Um einen Platz zum Üben zu finden, natürlich", sagte Angie mit einem Schnauben. „Ich habe dich also dazu gebracht, das Raufen zu lernen, was?"

„Nun, ich würde gerne lernen, wie man nicht so viel verliert", sagte Daniel und schnitt eine Grimasse.

„Gut, es gibt nicht viel, was ich dir in so kurzer Zeit beibringen kann, aber wir werden zumindest den Grundstein legen", sagte Angie und rieb sich das Kinn. Nachdem sie einen abgelegenen Platz gefunden hatte, wies sie als Nächstes auf Daniel. „Zieh dich aus."

„Hm? Ich..."

„Deine Rüstung, Dummkopf. Es sei denn, du magst blaue Flecken", sagte Angie. Daniel errötete leicht, fügte sich aber, während Angie weiterredete. „Gut, ich sollte dir ein paar Dinge sagen. Erstens ist das, was ich dir beibringen werde, zunächst am effektivsten gegen Humanoide. Außerdem werde ich dir hauptsächlich Prinzipien, Ideen und Konzepte beibringen, nicht so sehr spezifische Bewegungen. Es wird länger dauern, bis du es gelernt hast, aber das bedeutet, dass du, sobald du es verstanden hast, einige dieser Fähigkeiten gegen Monster einsetzen kannst."

„Monster?", sagte Daniel und runzelte die Stirn.

„Jupp", sagte Angie grinsend. „Wie Gelenksperren. Es ist egal, ob es ein Hund, ein Qimm oder ein Kobold ist, wenn er ein Gelenk hat, bewegt er sich in eine bestimmte Richtung. Man muss nur wissen, in welche Richtung man sie verletzen muss. Ach ja, das sollte selbstverständlich sein. Raufe dich nicht mit Schleimen, Egel, Quallen und dergleichen."

„Das haben schon Leute versucht?", sagte Daniel und versuchte, sich vorzustellen, wie das gehen würde. Sein Verstand sträubte sich.

„Ich hatte schon einige dumme Schüler", sagte Angie sachlich.

„Oh", sagte Daniel leise, unsicher, wie es weitergehen sollte.

„Da du ein Heiler bist, überspringe ich meinen üblichen Vortrag über Gelenke, Sehnen, Nerven und dergleichen. Jetzt gib mir deine Hand...", fuhr Angie fort und ignorierte die Unbehaglichkeit der Situation, während sie zu Daniel hinüberging. Vorsichtig streckte Daniel seine Hand aus, und sie ergriff sie, zog ihn schnell zu sich heran und drehte ihn. „Das Erste, was du tun willst, wenn du zupackst, ist, ihnen das Gleichgewicht zu nehmen. Taumelnden Personen fehlt eine Basis, was bedeutet, dass sie nicht so viel Kraft aufbringen können, um dich zu treffen. Natürlich, wenn sie Klauen haben, Elementare sind oder Stacheln haben, ist das weniger ein Problem für sie. Aber..."

✳✳✳

Stunden später saß Daniel auf dem Boden und stöhnte leise. Angie war unerbittlich gewesen, denn ihre Philosophie war, dass etwas Gefühltes leichter zu lernen war als etwas Gesprochenes. Das demonstrierte sie mit jeder Gelenkmanipulation, jeder Sperre, jedem vermittelten Stück Weisheit an Daniel. Sobald sie über die Grundlagen hinaus war, ließ sie Daniel die Bewegungen an ihrem Körper ausprobieren. Aber es ließ Daniel immer noch wund und schmerzend zurück, besonders da Angies häufigster Refrain war: „Komm drüber weg oder heile dich selbst. Und jetzt komm, mach das noch mal." Wenn Daniel sie dann nicht richtig festhielt, flüchtete sie und zeigte ihm eine neue, innovative Methode, ihn zu demütigen.

„Also, ich weiß, wir haben uns amüsiert, aber das Silber war nur für zwei Stunden", sagte Angie, während sie sich auf einen Stuhl setzte und einen Schluck aus einem Flachmann nahm. Selbst von hier aus konnte Daniel den Rotwein riechen, der darin enthalten war.

„Tut mir leid. Ich werde Seth später bezahlen", sagte Daniel. „Oder ich könnte –"

„Nee, wenn du sagst, dass es dir gut geht, glaube ich dir."

Daniel nickte dankend, froh, dass er einfach warten konnte, bis sein Körper aufhörte zu schmerzen. Ohne dass Angie es wusste, hatte er seine Gabe ein wenig angezapft statt eines Zaubers, wie sie erwartet hatte. Hauptsächlich, um gerissene Muskeln und verdrehte Gelenke zu reparieren und deren Heilungsgeschwindigkeit zu erhöhen. Den Muskelkater und die Erschöpfung ließ er in Ruhe.

„Wie kommt –", begann Daniel und hielt dann inne, unsicher, ob es taktvoll war, weiterzumachen.

„Wie kommt es, dass ich nicht mehr Schüler habe?", sagte Angie und seufzte. „Die meisten Leute würden lieber Dinge schlagen. Und sie denken, sie können einfach Dinge schlagen, bis ein Freund vorbeikommt und sie rettet. Vielleicht würden sie für ein paar Lektionen vorbeikommen, um ein paar Fluchtmanöver zu lernen. Ein paar Wege, um rauszukommen und wieder aufzustehen, aber hauptsächlich geht es um Schlagen, Schlagen, Schlagen."

„Ah", sagte Daniel mit einer Grimasse. Das war ja schließlich auch das, was er hier lernen wollte.

„Es ist okay. Ich hab's verstanden. Auf deinem Level sind die meisten deiner Skills waffenbasiert. Es ist schwer, einen *Spalter* ohne Schwert zu benutzen. Oder einen *Schildschlag* ohne einen Schild", sagte Angie. „Du musst dich an deinen Skills orientieren. Aber, weißt du, mit ein bisschen mehr Training, wenn du aufstehst? Du könntest ein oder zwei Gliedmaßen brechen, den Bastard zu Boden bringen. Sie davon abhalten, dich oder deinen Freund zu verletzen."

„Wie viel mehr Training?", fragte Daniel mit einem Stirnrunzeln. Das klang... vernünftig.

„Ein paar Monate", sagte Angie. „Für einen Humanoiden. Vielleicht noch ein paar mehr, um sich daran zu gewöhnen, es gegen Nicht-Humanoide einzusetzen."

„Oh...", sagte Daniel und hielt inne, als er über ihre Worte nachdachte. Er war erst zweiundzwanzig, also schien es ihm einschüchternd, ein halbes Jahr damit zu verbringen, eine Reihe von Skills zu erlernen, die nur am Rande nützlich waren. Andererseits war es ein Skill, das er brauchen würde, vielleicht für den Rest seiner hoffentlich langen Karriere.

„Na, hast du dich ausgeruht?", fragte Angie und hüpfte wieder auf die Beine, während sie jeden Zweifel beiseiteschob. „Wir haben heute noch mehr zu lernen. Wenn du das Geld dafür hast, meine ich."

„Das habe ich", bestätigte Daniel mit einem Nicken. In der Ecke bemerkte Daniel, dass Omrak ebenfalls trainierte. Er war vor einer Stunde angekommen, um zu lernen, wie er sein Schwert besser führen konnte. Sie hatten schließlich nur noch ein paar Tage bis zum Turnier.

***

Die letzten paar Tage vergingen in einem Dunst aus Training. Daniel stolperte immer wieder erschöpft zu ihrem Gasthaus zurück, um sein Essen aus Erins wartenden Händen zu nehmen. Manchmal allein, manchmal mit seinen Freunden, verzehrte Daniel schweigend mehrere Portionen der Mahlzeit, bevor er nach oben stolperte, um zu schlafen. Nur weil die Gilde über Badehäuser verfügte, war er überhaupt vorzeigbar, seine Erschöpfung war so groß, dass Daniel nie auf die Idee gekommen wäre, sich auf den Weg in ein anderes Gebäude zu machen.

Zu Daniels Erstaunen schaffte es Omrak irgendwie immer, später aufzubleiben als er, und verbrachte zumindest ein paar Stunden länger im Gemeinschaftsraum, um zu trinken und anderweitig mit neu gefundenen Freunden zu feiern. Trotz der attraktiven Preise, die das Turnier bot, nahmen nicht alle Gruppen daran teil. Sie zogen es vor, ihre Münzen zu sparen und die ruhigeren Ebenen zu nutzen, um Quests und ihre Erkundungen zu erledigen.

Asin hingegen war noch rätselhafter und verbrachte ihre Tage mit dem Training außerhalb der Gilde. Auf Nachfrage gab sie nur an, dass sie einen Trainingsort im Beastkin-Viertel gefunden hatte. Daniel bemerkte, dass sie nicht sprechen wollte, und ließ die Sache auf sich beruhen, auch wenn die Neugierde an ihm nagte.

Dennoch saßen alle drei am Tag vor dem Turnierbeginn in dem überfüllten Gasthaus. Viele der anderen Abenteurer, die an dem Turnier teilnehmen wollten, nahmen sich den Tag ebenfalls frei, um ihre Körper ausheilen zu lassen und nicht zu riskieren, dass sie sich am Tag vor dem Ereignis eine kleine Verletzung zuziehen. Das sorgte dafür, dass Erin und ihre Mitarbeiter an diesem Tag extrem beschäftigt waren, um den Bestellungen nachzukommen. Selbst wenn Daniel ihre Körper heilen konnte, konnte er nichts für ihren Geist tun, und so nahm auch das Team den Tag frei – schließlich hatten sie die gesamten letzten Wochen damit verbracht, ihr Bestes zu geben, um aufzuholen.

„Wie habt ihr alle abgeschnitten?", fragte Daniel neugierig.

„Ich habe meine Zweihandwaffenfertigkeit verbessert", sagte Omrak stolz und grinste. „Ihr steht vor einem Novizen 4, der ein Zweihandschwert führt."

„Schön", sagte Daniel. „Das gibt dir mehr Optionen, wenn du das nächste Mal ein Level aufsteigst, richtig?"

„Ja", nickte Omrak. „Ich bin gespannt, welche Möglichkeiten es gibt. Es müsste allerdings schon extrem attraktiv sein, um mich von *Spalter* wegzubringen."

„Har", gluckste Daniel. Er wusste, dass Omrak schon seit einer Weile nach dem mächtigen Einzelschlag-Angriff lechzte. Er hätte ihn schon früher genommen, aber der Bedarf an einem Skill zur Kontrolle der Menge hatte für die Gruppe Vorrang gehabt. Es war ein Opfer, das Daniel voll und ganz zu schätzen wusste. „Gut, wir werden es herausfinden."

„Ja, das werden wir", sagte Omrak, dann grinste er. „Vielleicht werden wir im Turnier gleichziehen."

„Vielleicht." Daniel zuckte mit den Schultern. Die Einführung neuer Monster gab den Kämpfern normalerweise einen Erfahrungsschub, was einer der Gründe war, warum das Turnier so beliebt war. Natürlich war „normalerweise" das wichtige Wort. Wenn ein Abenteurer nicht genug Erfahrung im Kampf sammelte – sei es durch einen schnellen Kampf oder einfach durch mangelnde Wahrnehmung –, würde er diesen Bonus nicht bekommen. „Asin?"

„Aufgelevelt. Neuer Skill. *Knochenbrecher*", sagte Asin.

„Du hast einen Level gewonnen?", sagte Daniel erstaunt.

„Fast. Dungeon. Freund", sagte Asin achselzuckend.

„Wirklich, ein Freund hat dich in den Dungeon gebracht", sagte Daniel wieder langsam. „Den wir noch nicht kennen."

„Eifersüchtig?", fragte Asin, ihre Ohren bewegten sich und ihr Schweif richtete sich hinter ihr auf. Daniel runzelte die Stirn, als er den Unmut in ihrem Schweif las, und hielt inne, um über ihre Worte nachzudenken. Warum war sie wütend?

„Nein. Nicht eifersüchtig. Nur besorgt", sagte Daniel langsam und betrachtete seine eigenen aufgewühlten Gefühle. „Und überrascht. Ich hätte nie gedacht, dass du so einen Freund für dich behalten würdest."

Asin schnaubte leicht bei Daniels Worten, ihre Nase rümpfte sich. Die Stille dehnte sich, aber langsam entspannte sich ihr Schwanz und begann wieder zu wackeln. Schließlich tauchte sie den Kopf in den Becher und sagte noch ein Wort, ganz leise. „Tevfik."

„Tevfik!", rief Daniel, dann senkte er verlegen die Stimme. Nicht dass es jemand gehört hätte, die zahlreichen Gespräche um sie herum übertönten seinen eigenen Ausruf. „Tut mir leid. Ich war nur überrascht."

„Was ist ein Tevfik?", fragte Omrak und drehte sich um, um seine beiden Freunde anzustarren.

„Oh. Hmm..." Daniel hielt inne, als ihm klar wurde, dass die beiden den Catkin aus ihren Geschichten über Silverstone ausgelassen hatten. Immerhin war Tevfik eher eine persönliche Angelegenheit als die Sache des Dungeons. „Er war Asins... ähm... Freund?"

„Freund", antwortete Asin mit einem festen Nicken. „Ist."

„Oh. Ihr seid wieder zusammen. Natürlich seid ihr das", sagte Daniel und schüttelte den Kopf. Ein Anflug von Sorge stieg in ihm auf, darüber, dass seine junge Freundin sich wieder einmal zu viel vorgenommen hatte. Er erinnerte sich daran, wie ihr Vater ihm *vorgeschlagen hatte*, in Karlak ein Auge auf seine Tochter zu werfen, und Daniel konnte nicht anders, als sich Sorgen um sie zu machen. Als Asin ihn anfunkelte, zog er den Kopf ein und machte sich eine Notiz, die Sache im Auge zu behalten.

„Glückwunsch!", sagte Omrak, klopfte Asin auf die Schulter und stieß die schlanke Catkin fast von ihrem Stuhl. Sie knurrte Omrak an, der nur lachte.

„Du?", sagte die Catkin und beugte sich dann vor, wobei sie leicht schnupperte. „Sara?"

„Es ist nichts passiert!", sagte Omrak und sprang fast in seinem Stuhl auf, als er hastig sprach. „Nichts. Wir haben uns nur unterhalten."

„Du weißt, dass sie mehr tun will, als nur reden, oder?", sagte Daniel, seine Lippen leicht zu einem Lachen verzogen.

„Das..." Omrak errötete und starrte dann direkt auf Daniel, als dieser das Thema wechselte. „Was hast du gelernt?"

„Es ist in Ordnung, über diese Dinge zu reden, weißt du, das ist ganz natürlich – besonders für uns Abenteurer", sagte Daniel, dessen Augen vor Humor funkelten.

„Was. Hast. Du. Gelernt."

Leise glucksend ließ Daniel das Thema fallen. „Ich habe die letzten Tage damit verbracht, mit Angie Grappling zu trainieren – unbewaffneten Kampf eigentlich –"

Seine beiden Freunde runzelten leicht die Stirn über Daniel, der schnaubte: „Ich bin nicht so extrem stark oder wendig wie manche Leute. Das gibt mir mehr Möglichkeiten, wenn ich auf dem Rücken liege. Meine

Waffenloser Kampf-Skills haben sich dadurch weiterentwickelt, zusammen mit meinem *Kampfsinn*."

Mit diesen Worten wurde die Gruppe still. Schließlich war es Omrak, der das Thema ansprach, das allen auf der Seele lag. „Können wir gewinnen?"

„Das werden wir morgen herausfinden", antwortete Daniel.

Auch Asin zuckte mit den Schultern, bevor sie der Kellnerin zuwinkte und ihr drei Becher mit Bier abnahm. Sie bezahlte schnell die Kellnerin, die bereits auf dem Weg zurück zur Bar war, und Asin hob ihren Becher zu ihren Freunden.

„Sieg."

„Sieg!" Die beiden jubelten ihr zu und leerten ihre Becher. *Was auch immer morgen passierte, zumindest würde es interessant werden*, dachte Daniel.

Kapitel 8

Um einen reibungslosen Ablauf zu gewährleisten und sicherzustellen, dass das Turnier rechtzeitig endete, wurden die Kämpfe für die Gruppen der niedrigsten Level zuerst abgehalten. Auf diese Weise konnte die größtmögliche Anzahl an Kämpfern so schnell wie möglich durch die Arena geführt werden. Die Kämpfe wurden auch so geplant, um sicherzustellen, dass die Abenteurer genug Zeit hatten, sich von kleineren Verletzungen zu erholen, bevor sie im Falle eines Sieges Artos betraten.

So fand sich das Trio inmitten einer großen Menge von anderen Gruppen wieder, die alle die Konkurrenz misstrauisch beäugten. Einige Gruppen, die die Anspannung ignorierten, sprachen fröhlich miteinander und gruppierten sich in deutlichen Massen. Die meisten dieser Gruppen waren älter, hatten eine bessere Ausrüstung und trugen Abzeichen der größeren Gilden der Stadt.

Für Daniel war das nicht wirklich überraschend. Wenn das Team die erste Ebene nicht überstürzt hatte, konnte jede andere Gruppe leicht ein paar gute Monate brauchen, um sie vollständig zu überwinden, vor allem, wenn man Verletzungen und Erholungszeiten einbezog. Viele Gruppen würden nur selten sofort in das nächste Level aufsteigen, selbst wenn sie es könnten, und so viel wie möglich von ihren Errungenschaften abzwacken. Die zweite Ebene, so hatten Daniel und sein Team herausgefunden, würde noch schwieriger sein. Selbst mit ihren Vorteilen rechnete Daniel nicht damit, dass sie die Ebene des Dungeons in weniger als drei Monaten schaffen würden. Das war mit, wie Daniel meinte, reichlich Zeit zum Ausruhen – aber er wusste auch, dass ihre Gruppe eine Arbeitsmoral hatte, die nur wenige andere zu haben schienen. Zu viele Abenteurer begnügten sich damit, genug für ein paar Monate Spaß und Erholung zu verdienen, bevor sie eine Pause einlegten. Vielleicht lag es daran, dass Daniel gezwungen war, so lange zu warten, dass er das allgegenwärtige Rauschen der Zeit spürte.

„Herzlich willkommen", rief eine laute Stimme, als ein Mann in Weste und mit Stock auf einer für ihn aufgestellten Box stand. „Mein Name ist Jules Sherred. Ich werde heute der Ringmeister und Ansager sein. Zunächst einmal danke ich euch, dass ihr so früh gekommen seid. Gleich werden meine Leute damit beginnen, euch alle auf eure jeweiligen Warteräume zu verteilen. Aufgrund der Anzahl der teilnehmenden Gruppen werdet ihr in Fünfergruppen kämpfen. Die erste Runde wird ein Zeitkampf sein. Wenn ihr es nicht schafft, eure Monster in den vorgesehenen fünf Minuten zu besiegen, kommt ihr nicht in die zweite Runde."

Jules schwieg und begnügte sich damit, das Gemurmel eine Weile anschwellen zu lassen, bevor er die Hand hob. Ob es nun Geschicklichkeit oder ein Skill war, einen Moment später erhielt er Schweigen. „Ich verstehe eure Bedenken, aber unser Platz und unsere Zeit sind begrenzt. Je nach der Anzahl der Gruppen, die die erste Runde bestehen, müssen wir für die zweite Runde ein Ausscheidungsformat durchführen. Sobald wir eine annehmbare Anzahl von Gruppen erreicht haben, werden wir ein Punktesystem einführen, bei dem die Gruppen mit der höchsten Anzahl von Kills und Clears ausgewählt werden, um Artos zu betreten."

Erneut begann ein Murren, aber diesmal gab Jules kein Signal, dass es aufhören sollte. Stattdessen sprang Jules von der Box und verschwand wieder in der Arena. Im nächsten Moment strömten Schreiber aus der Arena, alle mit stilisierten Steintafeln in der Hand. Als die Schreiber endlich ihre Gruppe erreichten, bemerkte Daniel, dass diese Steintafeln mit Verzauberungen beschriftet waren.

„Team?"

„DAO", antwortete Omrak.

Der Schreiber strich mit dem Finger über die Tafel, Namen erschienen und verschwanden, während der Zauber die Anzeige veränderte. Nachdem er ihren Eintrag gefunden hatte, sagte der Schreiber: „Raum C8. Geht hinein, wendet euch nach links und betretet den dritten – noch mal, der dritte – Gang, den ihr auf eurer rechten Seite findet. Und jetzt wiederholt das."

„Raum C8. Links und dann der dritte Durchgang rechts", sagte Daniel. Ohne ein Wort drehte sich der Angestellte um und ließ das Trio zurück.

„Ich schätze, wir haben unseren Marschbefehl", sagte Daniel und gestikulierte, dass das Team reingehen sollte.

Gemeinsam betrat das Trio die Arena und ging mit anderen Teams schweigend durch die mit Manasteinen beleuchteten Steinkorridore. Jetzt, wo sie in der Arena selbst waren, stieg die Spannung, jede Gruppe wurde leiser, während sie zu ihren Räumen gingen. Es war eine unangenehme, wenn auch nicht völlig unerwartete Überraschung, als sie feststellten, dass sie sich den Raum mit drei anderen Gruppen teilen würden. Die Gruppe nahm ihre eigene Ecke und richtete sich leise ein.

Innerhalb einer Stunde konnte das Team die gedämpften Gespräche des Publikums hören, als sie die Arena betraten. Selbst wenn sie sich unter der Arena befanden, hallten der Lärm und die Bewegung durch den Raum. Es war keine Überraschung; die Arena hatte den ersten Tag des Turniers absichtlich zu einem extrem niedrigen Preis angesetzt, um den Parteien nicht nur Aufmerksamkeit zu verschaffen, sondern auch, um das Stadion zu füllen. Schließlich würden die Kämpfe, die gezeigt werden sollten, im Vergleich zu den blauen und weißen fortgeschrittenen Abenteurern deutlich weniger Anziehungskraft haben.

In weiteren zwei Stunden waren die ersten Rufe aus der Menge zu hören, als die Veranstaltung begann. Zu diesem Zeitpunkt hatten sich viele der Gruppen bereits hingesetzt und beschäftigten sich, wie es ihrer Persönlichkeit entsprach. Überall um das Trio herum lasen die Abenteurer, naschten, schärften und pflegten immer wieder ihre Waffen, und eine

Gruppe amüsierte sich beim Kartenspielen prächtig. Asin war damit beschäftigt, mit ihren Messern zu jonglieren, während Omrak zusah und sein Schwert reinigte. Daniel selbst hatte sich der Lektüre zugewandt und las ein Buch über pflanzliche Produkte und deren Verwendung, um sein Wissen über Heilung zu erweitern. Doch trotz all seiner Disziplin ertappte sich Daniel dabei, dass er immer wieder dieselbe Seite las.

„Wann sind wir endlich dran?", sagte Daniel, während er seinen Finger in das Buch legte.

Es gab ein paar zustimmende Grunzer auf Daniels verärgerten Ausruf, aber bald darauf trat Stille ein. Sie warteten immer noch.

***

„Komm schon, Omrak", sagte Daniel, und seine wachsende Verärgerung überlagerte seine Worte.

„Mmmpphhfffblrgh!", murmelte Omrak und trank einen Schluck aus seiner Feldflasche, während das Trio auf den Sand der Arena hinauseilte. Endlich waren sie an der Reihe, und zwar zu einem denkbar ungünstigen Zeitpunkt, denn das Trio hatte gerade mit dem Mittagessen begonnen. Anstatt das Essen beiseitezulegen, stopfte sich Omrak die Fleischpastete in den Mund, während sie dem Schreiber hinterhereilten.

Es war dieser Anblick – der eines riesigen blonden Nordländers, dessen Backen mit Essen vollgestopft waren und der ein mächtiges zweihändiges Schwert trug, angeführt von einer Catkin in einem kurzen Mantel und einem vollständig bekleideten, Eisenplatten-Panzer tragenden Abenteurer –, der das Publikum begrüßte. Das Gebrüll der Aufregung verebbte ein wenig, als die Menge diesen seltsamen Anblick aufnahm, besonders als Daniels stolperte und er stehen blieb, als er hereinkam.

So viele Menschen. Das war alles, woran der junge Abenteurer denken konnte. Omrak schien unter der Aufmerksamkeit der Menge zu glühen, streckte seinen Rücken durch und winkte allen zu, während Asin alles ignorierte, um sich auf die andere Seite des Stadions zu konzentrieren. Um sie herum deutete nur ein leichter blauer Schimmer darauf hin, dass sie magisch von den anderen Gruppen in der sandigen Arena abgetrennt waren, von denen einige in einen verzweifelten Kampf verwickelt waren.

„… Dreigestirn, DAO!" Jules' Stimme dröhnte und durchbrach irgendwie das Gebrüll der Menge. „Und ihnen gegenüber stehen… nun, ihr habt es erraten. Kobolde!"

„Daniel!", zischte Asin, ihr Schwanz schlug dem jungen Mann ins Gesicht. Daniel blinzelte, als er sich wieder konzentrierte, und blendete die Menschenmenge aus, als sich die Türen öffneten und ein Dutzend Kobolde herauskamen; kleine, schlaksig aussehende Kreaturen ohne Fell, die Dolche und grobe Speere trugen. Anders als die Kobolde in Karlak sahen diese Monster besser genährt und verrückter aus.

„Kobolde. Har! Das wird einfach", sagte Omrak, als er den letzten Rest seiner Mahlzeit heruntergeschluckt hatte. „Ich werde mich selbst um sie kümmern." Mit einem Lachen rannte der große Nordländer los, sein Schwert an der Seite.

„Nein…", knurrte Asin und schüttelte den Kopf, während sie ihm nachlief. Innerhalb von Sekunden hatte sie den Nordländer überholt, die Messer erschienen bereits in ihrer Hand, als sie auf Wurfweite herankam.

Daniel zog eine Grimasse, als er sah, dass es keine Strategie geben würde. Gut, das war okay. Es waren nur Kobolde. Als er ebenfalls Anlauf nahm, fand sich Daniel hinter seinen Freunden wieder, die ohne ihn losgezogen waren, was ihn dazu zwang, zu versuchen – und zu scheitern –, mit seiner Plattenrüstung aufzuholen.

Noch während er rannte, sah Daniel, wie Asin ihre Dolche warf und die Waffen sich ausdehnten, als sie *Messerfächer* auslöste. Kobolde duckten sich, blockten und wichen dem Angriff aus, alle bis auf ein Unglücksmonster, das dem Angriff falsch auswich. Aber es hatte seinen Teil dazu beigetragen, da es die Monster verteilte, damit Omraks rücksichtsloser Angriff in ihre Mitte gelangen konnte. Mit einem Lachen begann Omrak, sein Schwert in großen, schleifenförmigen Angriffen zu schwingen, die die Kobolde weiter spalteten.

Gebellte, gutturale Befehle kamen aus dem Mund eines der größeren, älter aussehenden Monster. Innerhalb von Sekunden hatte sich die Gruppe neu formiert. Ein Trio von Speerträgern stand plötzlich vor Omrak und bedrängte ihn mit ihren Speeren, während sich der Rest abspaltete, um Asin und Daniel anzugreifen. Der Anführer der Kobolde selbst stürmte auf Asin zu, sein Körper schien an Größe zuzunehmen, als er sie mit seinem Schwert angriff, gefolgt von der Mehrheit der übrigen Gruppe. Ein weiteres Paar mit ihren eigenen Kurzschwertern konzentrierte sich auf Daniel, als dieser ankam.

„Danke", knurrte Daniel, während er sich unter seinen Schild kauerte und den Schlag einsteckte. Anstatt langsamer zu werden, nutzte Daniel den Angriff und den Moment der Verwundbarkeit, um einen *Schildschlag* auszulösen, der das Schwert aus der Hand der kleineren Kreatur riss. Bevor er jedoch aus dem Moment der Schwäche Gewinn schlagen konnte, stürzte sich der andere Kobold mit einem Stich in sein Gesicht auf ihn.

„Nein, du sollst kämpfen…" Omrak kam stotternd zum Stehen, ein leuchtend grüner Speer stieß direkt auf sein Gesicht zu. Sein Versuch, die *Herausforderung des Nordens* heraufzubeschwören, wurde von einem anderen Skill unterbrochen, und Omrak war gezwungen, den Angriff abzublocken, was ihn für einen Stich eines anderen Speerträgers ungeschützt ließ. Dieser

Angriff glitt von seiner Rüstung ab und verletzte den Nordländer, der sich daraufhin drehte, um mit dieser Bedrohung fertig zu werden.

„Sie setzen Skills ein!", rief Daniel, um sein Team zu warnen, und machte große Augen. Wie Omrak war Daniel überrascht gewesen, dass sie Kobolde ausgewählt hatten, um mit den Abenteurern der Fortgeschrittenenklasse fertig zu werden, aber die Tatsache, dass diese nicht aus dem Dungeon stammenden Kobolde Skills benutzen konnten, erklärte vieles. Die Tatsache, dass sie zusammenarbeiteten, das Trio auseinanderhielten und die Aufmerksamkeit auf das am wenigsten gepanzerte Mitglied richteten, tat es ebenfalls.

„Hilfe!", rief Asin, als sie sich vor einem weiteren Schnitt duckte, ihre Arme und ihr Oberkörper bluteten bereits. Sogar ihre verzauberte Halskette glühte, überanstrengt, wie sie war, da sie den Winkel der Angriffe in letzter Sekunde veränderte, als der Kobold-Anführer den Vorteil der Gruppe durch das Ausschwärmen zur Catkin stärkte.

„Verdammt", knurrte Daniel und beschloss, es zu riskieren. Er konzentrierte seine Angriffe auf den zweiten Kobold, der ihm gegenüberstand, drehte dem anderen größtenteils den Rücken zu und begann seine Waffe zu schwingen, um seinen Gegner zurück in Richtung der Umzingelung von Asin durch seine Kameraden zu treiben.

Ein Schlag prallte an seinem Rücken ab und ließ Daniel ein wenig taumeln. Diese Bewegung erlaubte es seinem Gegner vorne, nach vorne zu springen und mit seinem erhobenen Waffenarm zuzustoßen, der auf seine ungeschützten Körperstellen zielte.

„Hab ich dich!" Daniel schlug seinen Schild nach vorne, löste *Schildschlag* aus und schlug das Monster nach hinten. Ein bisschen zu langsam, denn der kalte Stahl grub sich in seinen Arm und hinterließ eine lange Furche. Daniel wusste, dass es später wehtun würde, aber im Moment war es eine

Ablenkung. Als der Kobold sich erholte, trat er zur Seite und löste *Perins Schlag* aus, um das Monster in Asins Umkreis stürzen zu lassen.

Ihre Linie war durchbrochen, die Kobolde fielen zurück, um sich zu erholen. Doch anstatt wegzuspringen, sprang Asin mit einem Knurren auf ihren Anführer zu. Sie blockte seinen reflexartigen Angriff mit einem Messer, während sie den Knauf ihres anderen Dolches benutzte, um den Kopf des Monsters zu zertrümmern und in diesem Moment *Knochenbrecher* auszulösen, während Blitze aus ihren verzauberten Armschienen in ihn einschlugen. Der Kobold fiel nach hinten, betäubt mit einer neuen Beule am Kopf, während Asin den Angriff fortsetzte und ihre Dolche tanzten.

Die Kobolde knurrten, als sie sich bewegten, um ihren Anführer zu beschützen, aber Daniel machte einen schnellen Schritt nach vorne und positionierte sich, um die meisten zu blocken, während er *Doppelschlag* auslöste, um die Kobolde fernzuhalten und sie herumzujagen. Hinter ihm heulte Omrak auf, als er das momentane Chaos ausnutzte, um einen Kobold zu zerteilen, dessen Leiche zuckend zu Boden fiel, bevor er sich um seine beiden anderen Angreifer kümmerte. Schon leuchtete ein rotes Licht über seinen ganzen Körper, während blutende Wunden seine Arme bedeckten und Blut aus einer verletzten Schulter rieselte.

Ein vorgetäuschter Schlag lockte einen Kobold heran, nah genug, dass Daniel mit seinem Hammer zuschlagen und seinen Arm brechen konnte. Ein anderer Kobold stieß sein Schwert in die Lücke, die durch Daniels Angriff entstanden war. Der Angriff des Kobolds glitt mit einem Klirren von Metall auf Metall an der Rüstung des Abenteurers entlang, was Daniel zusammenzucken ließ. Während er sich erholte, warf sich ein dritter Kobold auf das Bein des stämmigen Abenteurers und versuchte, ihn zu Fall zu bringen.

Eine dumme Aktion, wenn man den Größenunterschied und Daniels kürzlich erfolgtes Training bedenkt. Er krümmte seinen Körper leicht, um sein Gewicht zu verlagern, machte einen Ausfallschritt und ließ dann die Kante seines Schildes auf den Hinterkopf des Kobolds prallen, wodurch das kleinere Monster zusammenbrach. Doch trotz all seiner Heldentaten konnte Daniel die Kobolde nicht davon abhalten, um ihn herum zu strömen und seine Freundin anzugreifen. Dennoch hatte er ihr genug Zeit verschafft, um den Kobold-Anführer am Boden liegen zu lassen, der an seinem Blut erstickte.

„Keine mehr!", brüllte Omrak, nachdem er einen weiteren seiner Kobolde mit einem Ausfallschritt aufgespießt hatte. Sein Angriff hatte ihm einen Speer im Bein eingebracht, aber da beide Kobolde nicht angreifen konnten, nutzte Omrak den Moment, um sein Skill auszulösen. Sofort wandten sich alle Kobolde der neuen Bedrohung zu, angezogen von der durch den Skill ausgelösten Herausforderung.

„Meiner", knurrte Daniel, als er seinen Hammer in die Rippen eines fliehenden Kobolds schleuderte. Eine Sekunde später holte er erneut aus, um dem Monster den Garaus zu machen, während Asin einem anderen Kobold einen Dolch mit dem Skill *Durchbohrender Schuss* in den Rücken schleuderte.

Als sich die verbliebenen Kobolde um Omrak scharten, löste er sein neues Skill aus. Die rote Lichtwolke formte sich zu Blitzen, die in jedes Monster um ihn herum einschlugen. Die Kobolde schrien vor Schmerz und in einigen Fällen starben sie durch den Angriff, was den Abenteurern eine kurze Atempause verschaffte, um den Kampf zu beenden. Da sowohl der Anführer als auch seine Skill-schwingenden Brüder tot waren, war es ein Leichtes, die restlichen Monster zu erledigen.

Daniel stöhnte, als er sich vorbeugte und langsam atmete, während er versuchte, Luft zu holen. Selbst der Geruch von verschüttetem Blut, zerrissenen Eingeweiden und entleerten Gedärmen reichte nicht aus, um ihn vom tiefen Atmen abzuhalten. In einem anderen Teil der Arena bemerkte Daniel ein paar Abenteurer, die sich nicht beherrschen konnten und sich übergaben, da sie mit dem Blut und dem Durcheinander der erschlagenen Monster außerhalb des Dungeons nicht umgehen konnten. Daniel dankte im Stillen seinen Glückssternen, dass ihre früheren Erfahrungen mit Quests und dem Krieg ihre Gruppe bis zu einem gewissen Grad an solche Vorführungen gewöhnt hatten.

„Und DAO beendet die erste Runde in vier Minuten und dreiundzwanzig Sekunden", verkündet Jules. „Glückwunsch! Und jetzt räumt die Arena."

Noch während Jules sprach, eilten Bedienstete mit Schubkarren hinaus, um die Leichen wegzukarren. Auf die gezielten Ermahnungen hin machte sich das Trio auf den Weg nach draußen, wobei alle drei humpelten und sich nur mühsam bewegten. Als sie hinausgingen, konnte Daniel nicht umhin, einen letzten Kommentar zu hören.

„Nutzlos. Mit diesen Verletzungen werden sie nicht über die zweite Runde hinauskommen."

Kapitel 9

„Stirb, Ungeziefer! STIRB!", schrie Omrak, als er sein Schwert in den Rücken der Giftkakerlake schlug. Die Kreatur drehte und wendete sich, ihr Rücken flachte unter dem Schlag ab und ihre Flügel und ihr Panzer brachen unter den wiederholten Angriffen auseinander.

Neben dem Nordländer war Daniel damit beschäftigt, die Beine einer weiteren Kakerlake zu zerquetschen, wobei sein Schild von dem ausgespuckten Gift der Monster tropfte. Mit jedem verkrüppelten Bein wurde das Ungeheuer weiter verlangsamt. Die Hälfte der Beine war bereits zertrümmert, eines hing gerade noch am seidenen Faden, als das Monster versuchte, zu ihm zu kriechen.

Asin, die sah, dass die beiden mit ihren Monstern fast fertig waren, rannte zurück zur Gruppe, sprang und drehte sich, um ein Paar Messer kreischend durch die Luft zu schicken, als sie *Durchbohrender Schuss* auslöste. Die Angreiferin flog durch die Luft, um die Monster, die sie weggeführt hatte, weiter zu sich zu locken. Als sie landete, sprintete die Catkin an Omrak vorbei, bevor sie mit stolzgeschwellter Brust zum Stillstand kam.

„Gute Arbeit, Asin!", rief Daniel, während er sich tief duckte und den herannahenden Biss der Kakerlake auf seinem Schild abfing, bevor er ihn hochhob und mit einem Unterhandschlag *Perins Schlag* auslöste. Durch den Angriff angehoben, fiel die Kakerlake auf den Rücken und wurde von Daniel ignoriert, während er sich in den Kampf gegen das neu eingetroffene, blutende Paar neben Omrak stürzte.

Zu sehr außer Atem, um zu antworten, keuchte Asin nur in der Ecke, ihre Hände zitterten, als das Gift durch ihre Adern floss. Ihr Dolch fiel ihr aus den gefühllosen Fingern, was sie zu einem leichten Wimmern zwang. *Blödes Gift,* fluchte Asin. Sie war einem Angriff größtenteils ausgewichen, nur um von einem weiteren Angriff des Monsters getroffen zu werden.

Wenigstens hatte sie es geschafft, eines der drei zu töten, die sie abgelenkt hatte, während die beiden mit den anderen Monstern fertig wurden.

Als die Welle des Schmerzes verging, blickte Asin auf und sah, wie ihre Freunde die letzten Kakerlaken erledigten. Mit zusammengekniffenen Lippen zog sie ein weiteres Messer und warf es auf das umgestürzte Monster, wobei der Wurf in den weichen Unterleib der Kreatur einschlug. Doch es gab nicht auf, was die Catkin frustriert knurren ließ. Während sie nach einem weiteren Dolch tastete, schritt Omrak mit seinem Schwert heran, um es in die hilflose Kreatur zu stechen, Daniel legte eine Hand auf sie.

„Halte still", murmelte Daniel und wirkte erst *Kleine Heilung (II)* und dann *Zeichen des Heilers*. „Ich danke dir. Das wäre ohne deine Ablenkung viel schwieriger gewesen."

Als Asins Kopf langsam wieder klar wurde, schnüffelte sie an sich selbst und jaulte vor Wut. Sie stank, und die verdammte Arena auch. Nach drei verschiedenen Runden im Turnier mit mehreren Gruppen, die die Arena benutzten, begannen sogar die Reinigungszauber, die das Personal benutzte, in ihrer Wirksamkeit zu versagen.

„Zauberspruch?", sagte Asin, nachdem ihr klar geworden war, dass Daniel seine Magie in der Öffentlichkeit eingesetzt hatte. Bislang hatte er sich zurückgehalten, bis sie außer Sichtweite waren.

„Das macht nichts. Wenn die Menge und unsere Konkurrenten es noch nicht gemerkt haben, haben sie nicht aufgepasst", sagte Daniel und half Asin, wieder hinauszuhumpeln.

Asin seufzte und betrachtete die verschiedenen Körperteile. Sie war versucht, eine dieser Leichen zu zerlegen, um ihre Giftsäcke zu finden. Aber natürlich hatten sie nicht die Zeit, das zu tun. Und auch nicht das Recht dazu. Die Leichen waren Eigentum der Arena. In der Tat war das vielleicht der enttäuschendste Aspekt dieses Turniers – das Fehlen von Manasteinen oder anderen Einnahmen.

Wäre da nicht die Tatsache, dass sie eine anständige Summe mit ihren Wetten verdient hatte, wäre Asin noch mehr verärgert gewesen. Bei dem Gedanken an die Münze, die in Tevfiks Hand auf sie wartete, begann der Schwanz der jungen Catkin wieder träge zu wiegen. Mehr Münzen...

***

„Ihr seid nur so gut, weil ihr einen Heiler habt", knurrte ein Abenteurer später am Abend, als das Trio die Arena verlassen hatte und an ihrem Tisch in der Einsamen Kerze saß. Die Arena hatte es geschafft, einen weiteren Kampf für die meisten Gruppen hineinzuquetschen, sodass das Team nun insgesamt vier Siege hatte. Noch sechs Kämpfe und sie würden fertig sein.

„Entschuldige?", sagte Daniel und sah zu dem wütenden Abenteurer auf.

„Ich sagte, ihr schummelt, weil ihr einen Heiler in eurer Gruppe habt", sagte der Abenteurer und spuckte seitlich aus. Daniel runzelte die Stirn, als er den Mann anstarrte, der Anfang dreißig zu sein schien und in eine einfache, mit Nieten besetzte Ledertunika gekleidet war. Eine Narbe verlief über eine Seite seines Gesichts, hinunter zum Hals, und um seinen Arm war ein frischer, neuer Verband, der noch ein wenig blutete. „Ihr habt kein Geschick, keine Taktik. Ihr stürmt einfach rein und kämpft!"

„Ist das nicht unsere Aufgabe?", fragte Omrak, während er aufrichtig verwirrt aussah. „Ich fürchte, ich verstehe nicht, wie wir sonst unsere Gegner besiegen sollen."

„Taktik. Weitreichendes Feuer, ein Schildwall, Kontrolle über die Menge und Schaden-über-Zeit-Angriffe. Zermürbe sie, schütze dich!", spuckte der vernarbte Abenteurer die Worte fast aus. „Du, du! Du bist das Schlimmste.

Du stürzt dich einfach auf sie und kassierst dann die Treffer, damit du deinen Skill einsetzen kannst!"

Erneut erschien Erin in der Nähe des aufkeimenden Ärgers und lächelte den Abenteurer an. „Devin, vielleicht ist das nicht der richtige Zeitpunkt? Ich weiß, du bist verärgert, dass du aussteigen musst, aber es ist nicht ihre Schuld, oder?"

„Pah!", sagte Devin, als er seinen Arm von Erins Berührung wegzog. „Jede andere Gruppe, die so viel Schaden genommen hat wie sie, müsste sich zurückziehen. Sie wurde erst heute vergiftet!", sagte Devin und deutete auf Asin. „Und hier ist sie und isst fröhlich vor sich hin."

Als Antwort zischte Asin Devin nur an, bevor sie sich wieder ihren Mund vollstopfte. Die Catkin war ausgehungert, wie man an den leeren Tellern um sie herum sehen konnte. Der ständige Missbrauch der Heilzauber in den letzten Tagen hatte die Vitalität der Catkin erschöpft. Das war etwas, was Daniel ein wenig beunruhigte – jeder Kampf verlangte von ihnen, nahezu perfekt in Form zu sein, aber auch Magie hatte ihre Folgen.

„Und ich habe gehört, dass Maria und Vasco auch beide vergiftet sind", sagte Erin mit Mitgefühl in der Stimme. „Aber sie werden in ein paar Tagen wieder gesund sein, wenn sie sich ausruhen."

„Aber wir können da nicht reingehen, nicht so verletzt", sagte Devin mit einer Grimasse. „Und wir werden keine guten Heiltränke für die geringe Chance verschwenden, dass wir gewinnen."

„Ich weiß, ich weiß", sagte Erin, legte erneut ihre Hand auf den Arm des vernarbten Abenteurers und führte ihn sanft zu seinem Platz zurück. „Warum hole ich dir nicht ein Glas heiße Milch, hm? Vielleicht gemischt mit etwas Kowla-Blut für deinen Arm?"

„Nun, ich mag Milch..."

Omrak saß still da und starrte immer noch dorthin, wo die Gruppe hingegangen war, bevor er sich mit gerunzelten Brauen an Daniel wandte. „Schummeln wir etwa?"

„Es gibt keine Regeln, die besagen, dass wir keine Heilzauber benutzen dürfen", sagte Daniel fest. „Und falls du es noch nicht bemerkt hast, benutzen auch andere Gruppen zwischen den Kämpfen Heiltränke."

„Aber..."

„Wir kämpfen so gut, wie wir es können", sagte Daniel. „Wir könnten versuchen, mehr Fernkampfwaffen zu benutzen, aber ich bin schlecht im Zielen. Und du hast zwei Beile. Ich bin lieber bereit, wenn sie sich uns nähern, als auf dem Weg dorthin vielleicht einen zu töten. Und dein Skill ist nützlich."

Asin nickte bei Daniels Worten, bevor sie hinzufügte. „Keine Skills. Benutzen, was wir haben."

„Nun gut", gab Omrak etwas besänftigt zurück. Als ein weiterer Teller mit Rippchen eintraf, grinste der blonde Riese und konzentrierte sich darauf, seinen hungrigen Körper zu füttern.

Selbst Daniel, dessen Magen gefüllt war, griff nach einem weiteren Stück. Er würde sie alle später mit seiner Gabe untersuchen. Doch während Daniel in die Rippen biss, dachte er darüber nach, was gesagt worden war. Ihr Trio von Abenteurern war buchstäblich das kleinste Team auf dem Spielfeld. Die meisten anderen Gruppen waren mindestens zu fünft, manchmal sogar bis zu sieben Mann stark. Das gab ihnen eine größere Auswahl an Zaubern, Verteidigungen und Skills, die sie einsetzen konnten.

∗∗∗

„Was sind das für Dinger?", knurrte Omrak, während er auf die flatternden Monstrositäten starrte, die langsam über der Arena kreisten. Da ihr Ausgang durch einen unsichtbaren Schild blockiert wurde, wandte sich die Schar der Monster den Abenteurern zu, die sie unten beobachteten.

„Shabaz, laut Jules", sagte Daniel abwesend, während er fortfuhr, die Armbrust zu laden, die er aus seinem Inventar gezogen hatte. Neben seinen Füßen lagen ein paar andere Bolzen, bereit für seinen Einsatz. Obwohl es ein Wunder wäre, wenn er eine Chance hätte, sie tatsächlich zu benutzen.

„Aber was tun sie?", knurrte Omrak. Die goldenen Vögel, die eine Entscheidung getroffen zu haben schienen, zogen ihre Flügel an und begannen, die Gruppe im Sturzflug zu attackieren.

„Kommen", sagte Asin, während sie ein Stück von den beiden weghuschte. Omrak, der den Sinn ihres Handelns erkannte, entfernte sich ebenfalls von Daniel, während er seine Beile vorbereitete. Jetzt wünschte er sich wirklich, er hätte wieder einmal den Turmschild.

Asins *Messerfächer* flogen als Erstes heraus und wurden von einem Puls aus goldenem Licht abgelenkt. Die weggestoßenen Dolche fielen um die Gruppe herum. Omraks Axt, die langsamer und ein wenig hinter Asin herflog, konnte der Ablenkung des ersten Vogels entgehen, wurde aber vom zweiten weggeschlagen. Hinter seiner Armbrust kauernd, wartete Daniel, als die Vögel sich näherten, und hielt das Feuer zurück, bis er sicher war, dass er treffen konnte.

Als er sich bereit machte, den Abzug zu betätigen, blitzte erneut Gold auf. Noch bevor er verschwand, wiederholten sich ein zweiter, dritter und vierter Blitz in schneller Folge. Die Goldblitze, die jetzt ganz nah an der Gruppe waren, zwangen die Abenteurer dazu, die Augen zusammenzukneifen, da ihre Körper von den Angriffen erschüttert wurden. Keiner war besonders schädlich, nicht mehr als ein besonders harter Schlag, aber einer, der ihren ganzen Körper betraf, unabhängig von ihrer Rüstung. Und das wiederholte sich leider, bis alle acht Vögel ihr Skill eingesetzt hatten und davonflogen.

„Verdammt", fluchte Daniel, dessen Augen nach den visuellen Angriffen immer noch damit kämpften, sich zu konzentrieren. Als er die Initiative wiedererlangte, war der Schwarm schon wieder am Himmel und machte sich bereit für die Rückkehr.

„Timer", knurrte Asin, während sie mit ihren Messern hantierte.

„Verdammt noch mal. Deshalb haben sie das mit einem Timer versehen. Ich glaube nicht, dass man von uns erwartet, dass wir sie alle töten", sagte Daniel. Für ihr Team würde dies sicherlich ein herausfordernder Kampf werden.

Getreu seinen Erwartungen hatte es das Trio nach Ablauf der fünf Minuten nur geschafft, einen einzigen Vogel zu erlegen. Indem das Trio zusammenarbeitete, hatte es seinen kombinierten Angriff so zeitlich aufeinander abgestimmt, dass er begann, bevor die Vögel die Angriffsdistanz für ihren Schildzauber erreicht hatten, was die Kreaturen dazu zwang, sich zu entscheiden, ihre Gaben zu verschwenden oder zu versuchen, auszuweichen. Dass Asin einen letzten *Durchbohrenden Schuss* hinter Omraks Wurf versteckt hatte, war der Angriff gewesen, der die Tötung erzielte.

Als das Trio düster zu einer Reihe von Buhrufen und Spott zurückging, konnten sie nicht umhin, über ihre weiteren Unzulänglichkeiten nachzudenken.

***

Später am Abend fiel Erin die Kinnlade herunter, als sie die drei Abenteurer aus der Arena zurückkehren sah, wobei der große Nordländer von seinen beiden Freunden begleitet wurde. Sein Bein war geschient und bandagiert worden und wurde hochgehalten, während sie ihn zum nächsten freien Tisch brachten.

„Was ist passiert?", fragte Erin und blickte auf den Bruch hinunter. Als langjährige Gastwirtin in Silverstone wusste Erin, dass ein solcher Bruch wahrscheinlich das Ende ihres bemerkenswerten Laufs bedeutete. Dass ein Trio von Abenteurern mit rotem Rang es so weit geschafft hatte, war unglaublich. Viele erfahrenere, größere und besser ausgerüstete Gruppen waren bereits aus dem Turnier ausgeschieden, da die kumulierten Verletzungen und die Risiken mit jedem Kampf zunahmen. Wie es aussah, war nur noch ein Tag im Turnier übrig, an dem vier Kämpfe angesetzt waren. In der Tat ein zermürbender letzter Tag. Sogar Erin, die sich normalerweise bei solchen Spektakeln langweilt, hatte vor, sich wenigstens ein paar anzusehen.

„Omrak entschied sich für einen Gegenangriff auf die Thyreophora", sagte Daniel mit einem Kopfschütteln.

„Es hat funktioniert!", protestierte Omrak und stöhnte, als Daniel den Nordländer nicht allzu sanft auf den Stuhl fallen ließ.

„Auf Kosten deines Beins!", fauchte Daniel zurück. „Du hast sie vielleicht mit deiner Ladung betäubt, aber jetzt bist du verletzt."

„Ich brauche nur etwas Heilung", protestierte Omrak.

„Es ist ein großer Knochen!", schnauzte Daniel, dann holte er tief Luft. „Gebrochene Knochen sind nicht so einfach zu heilen. Die Heilzauber, die ich kenne, richten ihn nur ein bisschen gerade. Man könnte damit laufen, aber ein guter Schlag und man ist erledigt. Und das nächste Mal, wenn es bricht, könnte es zersplittern. "

„Du könntest..."

Asins Krallen gruben sich in Omraks Schulter, was den Riesen dazu brachte, den Mund zu halten.

Erin sagte nichts und verhielt sich weiterhin unbeteiligt an der Situation. Es war ihr klar gewesen, dass hinter Daniel und seiner Heilung mehr steckte als seine selbsterklärten Heilzauber. Sonst hätte die Gruppe unmöglich so gut zusammenpassen können, wie sie es getan hatte. Aber als Gastwirtin ging sie das nichts an. Abenteurer hatten immer Geheimnisse, egal ob es sich um einen mächtigen Zauber oder ein Artefakt aus längst vergangenen Zeiten handelte. Das Wichtigste war, dass es weder die Stadt noch ihr Gasthaus gefährdete. Alles andere ging sie nichts an.

„Ich werde mein Bestes tun", sagte Daniel, wandte sich ab und winkte mit einer Hand zum Abschied. „Ich gehe ein paar Kräuter holen."

„Oben?", sagte Asin und sah flehend zu Erin, die seufzte. Wenigstens aßen sie viel und bezahlten ohne Streit.

Eine Stunde später fand der junge Heiler Erin in der Küche, wo sie die Tassen und das Besteck für den abendlichen Ansturm vorbereitete. Schon jetzt war das Gasthaus überfüllt.

„Erin? Ich habe mich gefragt, ob ich etwas kochendes Wasser und einen Topf haben könnte?", fragte Daniel, eine Hand umklammerte einen Beutel mit Kräutern.

„Natürlich. Darla!", rief Erin und wies das Dienstmädchen an, bevor sie sich an Daniel wandte. „Warte einfach an der Bar. Sie wird es für dich herausbringen."

„Danke schön."

„Werdet ihr euch aus dem Turnier zurückziehen?", fragte Erin.

„Ich weiß es noch nicht", sagte Daniel und rieb sich das Kinn. „Wir wollen es nicht, aber morgen gibt es vier Kämpfe."

„Und eine weiterer Bruch würde deinen Freund dazu zwingen, eine echte Pause zu machen", beendete Erin. Wieder bemerkte sie etwas in den Augen des Jugendlichen, lehnte es aber ab, es zu kommentieren.

„Ja. Es ist ein Risiko", murmelte Daniel. „Meinst du, du könntest sie das für fünf Minuten ins kochende Wasser legen lassen?" Er hielt den Beutel mit den Kräutern hoch.

„Natürlich." Erin hob die Kräuter auf und ging in die Küche. Ein kurzer, neugieriger Blick hinein zeigte die übliche Kräutermischung, die sie erwartet hatte. Trotzdem ging Erin weiter und dachte über den Blick in Daniels Augen nach. Irgendwie bezweifelte sie, dass die Party morgen ausfallen würde. Vielleicht würde sie ein paar Münzen darauf setzen, dass sie das Turnier beenden würden.

***

„Halt still, du großer Brocken", knurrte Daniel, während er die Stöcke um Omraks Körper festzog. „Dein Schwert in sein Maul zu stecken und es zu erzürnen..."

„Muss ich das trinken?", beschwerte sich Omrak, als der Schmerz nachließ.

„Ja. Es wird den Heilungsprozess unterstützen. Es wird meiner Gabe auch etwas geben, worauf sie zurückgreifen kann, wenn ich sie später benutze."

„Aber es schmeckt wie Roc-Kot!"

„Dann hör auf, solche Risiken einzugehen", schnauzte Daniel und hielt dann fast sofort eine Hand hoch. „Sorry. Nicht fair. Wenn du ihn nicht angegriffen und ihm dein Schwert ins Maul gestoßen hättest, hätten wir nicht gewonnen. Diese Rüstung war lächerlich."

„Entschuldigung akzeptiert, natürlich, Held Daniel. Aber du bist ungewöhnlich aufgebracht."

„Besorgt", antwortete Asin für Daniel.

„Morgen wird es uns gut gehen", sagte Omrak und legte eine Hand auf Daniels Schulter.

„Dumm. Nein. Gabe."

„Asin hat recht. Wenn ich meine Gabe bei dir einsetze, nun, ich fürchte, einige Leute könnten es erraten", sagte Daniel.

„In Wahrheit, Held Daniel, verstehe ich deine Angst in dieser Angelegenheit nicht", sagte Omrak.

„Hm. Na ja, wenn du denkst, dass die Gilden jetzt hartnäckig waren, werden sie noch hartnäckiger sein, wenn sie merken, was meine Gabe bewirken kann", sagte Daniel. „Aber es ist nicht nur das. Lords und Ladys, reiche Kaufleute und weniger schmackhafte, aber mächtige Individuen – sie alle würden sich dafür interessieren. Die Fähigkeit, fast alles heilen zu können..."

„Mächtig", sagte Asin leise. „Könige. Königinnen. Jeder."

„Genau", sagte Daniel, dunkle Schatten in den Augen, als er sich an seine Vergangenheit erinnerte.

„Ah. Und die Kosten für dich wären für sie eine Bagatelle", sagte Omrak. Als er dann auf sein Bein hinunterblickte, spannten sich seine Lippen, bevor er sich entschied. „Sprich deinen Heilzauber. Ich werde mich bemühen, vorsichtiger zu sein."

„Das wird nicht passieren", sagte Daniel und lehnte das Angebot sofort ab. „Entweder wir lassen den Kampf ausfallen und lassen dich richtig heilen, oder wir machen es richtig. Du wirst nicht mit einem Streichholzbein da rausgehen."

„Held Daniel..."

„Richtig", sagte Asin, legte eine Hand auf Omraks Schulter und schüttelte den Kopf, als er weiter zu protestieren versuchte. Omrak seufzte und senkte den Kopf, bevor er eine Grimasse schnitt, als Asin ihm die giftige Kräutermischung an die Lippen hielt. Wie auch immer die Entscheidung ausfiel, das Trinken der Mischung war der richtige Weg.

Kapitel 10

„Wir geben auf!", rief Daniel sofort, nachdem die Tür aufgerollt war und den Salamander-König und sein Trio von Wachen enthüllt hatte. Selbst auf der anderen Seite der Arena konnte er die Hitze spüren, die von dem Vierergespann ausging. Es gab nichts, was sie hatten, was die Salamander aufhalten konnte, bevor sie ankamen, und selbst wenn sie ihre Umhänge ausgerüstet hatten, waren sie dazu gedacht, plötzliche Flammenausbrüche aufzuhalten. Nicht die andauernde Hitze, die diese Kreaturen ausstrahlen. Lieber wegrennen als sterben.

Dahinter rollten die Türen auf, als Daniel und das Team sich zurückzogen. Gelegentlicher Spott brach aus, aber zum größten Teil blieb das Publikum still. Das war eine Dungeonstadt. Und wenn die meisten Zuschauer keine Abenteurer waren, so kannten sie doch jemanden, waren mit jemandem verwandt, der in diesem Geschäft tätig war. Sie wussten um die Gefahren, die das Abenteurertum mit sich brachte, und dass manchmal die richtige Entscheidung diejenige war, die einen zur Flucht zwang. Dennoch war es gut, dass es noch andere Teams zu sehen gab, denn die Menge richtete ihre Aufmerksamkeit auf Gruppen, die willig genug, mutig genug oder einfach geschickt genug waren, um es mit den Salamandern aufzunehmen.

„Wie viele sind das?", sagte Daniel fast rhetorisch, als die Dompteure die Salamander leise einsammelten und sie zurückdrängten, um auf das nächste Team zu warten.

„Zwei", antwortete Asin, als sie zurück in den Warteraum gingen. Das Trio war mürrisch, jeder dachte über den letzten halben Tag nach.

Die ersten paar Kämpfe an diesem Tag waren gut gelaufen. Oder zumindest so gut, wie man es erwarten konnte. Da sie ihre Netze aus Karlak mitgebracht hatten, war die Gruppe in der Lage gewesen, mit den Schattenkatzen in ihrem ersten Kampf einfach genug fertig zu werden und nur leichte Verletzungen zu erleiden. Genug, dass Daniel nur Asin mit einem *Zeichen des Heilers* versehen musste. Omrak hingegen musste verletzt in den nächsten Kampf gehen, und Daniel war vorsichtig, den Körper des Nordländers nicht zu sehr zu belasten.

Der zweite Kampf des Tages war anstrengender, da die Gruppe von dem Laksha – einer gehörnten, affenähnlichen Kreatur mit Flügeln und grobem braunen Fell, das eine Schutzschicht auf seinem Körper bildete – bis zum Äußersten getrieben wurde. Das Monster war, trotz seiner Größe von zwei Metern, flink und gerissen. Flügelschläge drängten Asin zurück, wenn sie versuchte, ihm in den Rücken zu fallen, während plötzliche Ausfallschritte und seine Klauen sich in sein Ziel bohrten. Wenn es sich umzingelt fühlte, flog das Monster wieder in die Höhe. Nur weil die Kreatur nicht in der Lage war, längere Zeit in der Luft zu bleiben, konnte das Team es nach einem langen Kampf endlich zur Strecke bringen.

Nun saß das Trio in dem bis auf sie leeren Warteraum. Alle anderen Teams hatten entweder versagt, waren ausgestiegen oder in ihren eigenen Raum umgezogen. Ohne ein Wort überprüfte Daniel leise all ihre Verbände und zwang die Gruppe, die mitgebrachten Kräutermittel zu trinken, bevor er sich selbst setzte. Während seine eigenen Wunden schmerzten, hatte er im Stillen viele der tiefen Verletzungen verschlossen. Ein Vorteil, wenn man seinen eigenen Körper und seine Gabe besser versteht als jeder andere – er konnte es sich leisten, sich mit geringeren Konsequenzen zu kurieren. Und trotzdem...

Ein Kuss. War es sein erster Kuss? Es war der erste, an den er sich erinnern konnte, aber sicher hatte Lorelei ihn schon vorher geküsst. Oder er sie. Da waren sie, versteckt hinter dem Geräteschuppen, und knutschten, während ihr Vater seinen Verdienst versoff. Er konnte fühlen, wie diese Erinnerung verschwand, ein halb erinnerter Moment, der an seinem Herzen zerrte, als er ihm entglitt.

„Gewinnen?", fragte Asin und sah die Gruppe an.

„Ich weiß es nicht, Heldin Asin", sagte Omrak mit gerunzelter Stirn. „Die Monster, denen wir begegnet sind, waren sehr unterschiedlich. Ich muss annehmen, dass andere Gruppen ihre eigenen Herausforderungen hatten."

„Verloren. Zweimal", sagte Asin mit hängenden Ohren.

„Aye", stimmte Omrak zu.

„Die Spitzengruppe hatte seit gestern nichts mehr verloren", sagte Daniel leise und schüttelte den Kopf. „Ich dachte, wenn wir heute alle unsere Kämpfe gewinnen, haben wir vielleicht eine Chance. Aber..."

„Salamander. Böse", sagte Asin. „Richtig weglaufen."

„Ich weiß." Daniels Faust ballte sich, als er sprach. „Wenn wir eine Chance haben wollen, müssen wir den nächsten Kampf gewinnen."

Ein zustimmendes Gemurmel erhob sich von seinen Freunden. Freunde, für die er eine Menge geopfert hatte, Erinnerungen und Erfahrungen, seine Sicherheit. Es ärgerte ihn zu denken, dass es für nichts sein könnte – aber besser nichts als der Tod. Denn den konnte er nicht heilen.

***

„Und der DAO gegenüber steht ein Stamm rothäutiger Orks!", brüllte Jules. „Wie ihr gesehen habt, sind diese Orks aggressiv, bösartig und vor allem auf Blut aus! Sie werden ihr Leben für die Abenteurer geben. Die DAO sollten sich dieses Mal besser auf einen richtigen Kampf einstellen!"

„Orks." Daniels Lippen kräuselten sich, die Erinnerung an die verdammten Ungeheuer, denen sie gegenübergestanden hatten, kehrte zurück. Natürlich waren es grünhäutige Orks gewesen, Kreaturen, die *weniger* wild waren als die, denen sie jetzt gegenüberstanden. Rothäutige Orks waren dafür bekannt, Nomaden zu sein, Monster, die aufgrund eines vergangenen

Streits aus den Orkstaaten verbannt wurden. Sie plagten beide Nationen mit ihrer Anwesenheit – sie griffen an, plünderten und belästigten auf andere Weise kleinere Siedlungen.

„Skills", sagte Asin besorgt, ein Messer in der Hand. „Armbrust."

„Einverstanden", sagte Daniel. Anders als zuvor hatte er die Armbrust in der Hand und bereits geladen. Dieser spezielle Armbrustbolzen sah anders aus als die anderen, mit einem bauchigen Kopf, in dem sich eine kleine Flasche mit Flüssigkeit befand. Es war einer seiner letzten explosiven Bolzen – der andere war benutzt worden, um mit den Thyreophora fertig zu werden.

„Ich werde Wache halten", sagte Omrak und kauerte sich hin, während er wartete. Um die Heilung seines Beins zu verdecken, hatte Omrak eine statischere Position eingenommen und hielt sich näher am Team, um die Wächter zu täuschen.

Als die Türen aufgerollt wurden, hob Daniel seine Armbrust. Dennoch hielt er sich mit dem Schießen zurück, bis die Orks in der Arena waren, denn er wusste, wenn er die Arena absichtlich beschädigte, würde er später dafür bezahlen müssen. Doch fast sofort stürmten die Rothaut-Orks auf die Gruppe zu, was Daniel dazu veranlasste, eilig den Abzug zu betätigen.

Die Armbrust verschob sich leicht, nicht viel, aber nur ein wenig, und anstatt in der Mitte der Gruppe zu treffen, explodierte sie zur Seite. Glücklicherweise erwischte die falsche Flugbahn einen der sieben rothäutigen Orks mit voller Wucht und die Trankflasche zerbrach beim Aufprall. In Sekundenschnelle dehnte sich die durch das Skill komprimierte Flüssigkeit aus, verteilte sich über den Ork und bespritzte einen anderen in seiner Nähe. Als der Trank mit der Luft in Berührung kam, ging er in Flammen auf und ließ den ersten Ork schreien und sich wälzen, während er den anderen unglücklichen Feind ablenkte.

„Verdammt", fluchte Daniel und musterte die Entfernung. Die Orks überbrückten die Distanz zu schnell, als dass er nachladen konnte, und so warf Daniel die Armbrust hinter sich und griff nach seinem Hammer an der Schlaufe an seinem Gürtel, während er auf Omrak zuging.

Asin begann, ihre Messer auszuschleudern, und zielte mit *Durchbohrender Schuss* auf einen schlankeren weiblichen Ork hinter ihr. Ein Brüllen, fast höhnisch, zwang die Augen des Trios, sich auf den massiven, anführenden Ork zu richten. Unwillkürlich stürzten sich Daniel und Omrak auf die Kreatur, Wut und Geschicklichkeit vernebelten ihr Urteilsvermögen. Sogar Asin richtete ihre Würfe auf sie, *Durchbohrende Schüsse* durchschlugen in schneller Folge einen hastig erhobenen Arm und den Magen.

„Stirb!", heulte Omrak, als er sein riesiges Schwert nach dem Monster schwang. Mit einem verächtlichen Schwung blockte der Ork den Angriff ab. Sein höhnisches Gesicht wurde etwas ernster, als ihre Klingen aufeinandertrafen und der Ork zurücktrat, als er mit der Kraft des jungen Nordländers fertig wurde.

„Wie er es gesagt hatte", knurrte Daniel, als er einem Schwertschlag eines anderen Orks auswich und den Panzer-Ork mit einem *Schildschlag* zurückwarf. Bevor er sich erholen konnte, landete ein erster Angreifer mit Dreads und einer gezackten Klinge einen Treffer in Daniels Schulter. Der Angriff glühte rot und spaltete sogar das Metall von Daniels Rüstung, aber zum Glück hatte der Schlag schon einen Großteil seiner Kraft verloren, als er sein Fleisch erreichte. Selbst dann noch öffnete sich Daniels Griff um seinen Hammer unwillkürlich, als der Schmerz seinen Arm hinunterschoss und der Riemen das Einzige war, was ihn am Fallen hinderte. Immerhin lenkte der Schmerz Daniels Gedanken in neue Bahnen.

Ein weiterer Hieb, diesmal ohne Kraft, fegte auf Daniel zu. Er wich zurück und blockte den Angriff mit seinem Schild ab, während er sich selbst mit *Kleine Heilung (II)* verarztete, die die Wunde teilweise schloss und es ihm ermöglichte, den Hammergriff wieder zu greifen.

„Zu mir!", brüllte Omrak und verspottete die Gruppe mit seinem Skill *Champion des Nordens.* Gezwungen, Omrak anzugreifen, wandten sich die Orks davon ab, Asin zu erreichen und Daniel anzugreifen, und richteten stattdessen ihre Aufmerksamkeit auf den Nordländer. Innerhalb von Sekunden begann das Blut zu fließen, da Omrak nicht in der Lage war, alle Angriffe zu stoppen.

Die Pause gab Asin jedoch einen Moment Zeit, um sich zu erholen, eine Pause, in der sie nach unten stürmte und einen Ork mit *Rückschlag* in Kombination mit *Knochensplitter* betäubte, wodurch das große Monster in die Knie ging. Asin hockte sich bereits über ihn, um ihn zu erledigen. Daniel, dem eine Gnadenfrist gewährt wurde, löste *Doppelschlag* aus und griff seinen eigenen abgelenkten Gegner an. Als der Ork sich erholte und zu Daniel zurückschwang, drehte sich der Abenteurer und schlug seinen Schild gegen einen Nachzügler, der die Flammen von vorher endlich gelöscht hatte. Leider schluckte der schildtragende Ork den Köder nicht, sondern konzentrierte sich weiter auf Omrak.

Ein Block und eine Riposte von Omrak öffneten die Brust eines Gegners, ein Gegenangriff, der Omrak kostete, als der Panzer mit seinem Schwert seinen Kopf traf. Der Nordländer fiel zurück, Blut floss aus einem tiefen Schnitt, während er sein Schwert schwenkte, um die anderen Orks abzuwehren. Um den Nordländer herum pulsierte ein tiefrotes Licht, ein sicheres Zeichen für den Schaden, den er erlitten hatte, selbst als das Blut seine Beine hinunterlief.

Brüllend auf Orkisch stürzten sich der Panzer und seine drei Landsleute auf Omrak. Die Klinge des Riesen wurde von einem der Orks aufgefangen und festgehalten, während die anderen ihn abstechen wollten. Anstatt zurückzuweichen, blitzte Omrak die Monster mit einem blutgetränkten Grinsen an, als er *Ruf des Blitzes* auslöste und Elektrizität aus seinem Körper tanzte, um alle vier seiner Gegner zu treffen.

Nachdem er seinen eigenen Gegner zu Boden geschlagen hatte, drehte sich Daniel ein wenig zu spät um. Unerwartet, in Eisen gehüllt, sprang Omraks Geschick auf ihn zu, elektrisierte den Heiler und ließ ihn zu Boden fallen. Aus dem Augenwinkel sah Daniel, wie Asin frustriert zischte, bevor sie sich auf einen der geschockten Orks stürzte.

Als Daniel wieder zu sich kam, waren alle Orks bis auf einer am Boden – der riesige Panzer. Doch statt Omrak, der dem rothäutigen Ungetüm gegenüberstand, war es Asin. Omrak lag auf dem Boden, umklammerte seine Brust und lief blau an. Daniel zauberte erneut eine *Kleine Heilung (II)* auf seinen Freund und drückte sich auf die Beine, nur um zu sehen, wie Asin einen Schlag mit der Rückhand auf den Körper bekam, der sie von den unsichtbaren Arenawänden abprallen ließ.

„Nein...“ Daniel sprintete vorwärts, den Kopf tief gesenkt, als er das Monster in die Knie zwang, kurz bevor es seine Klinge herunterschwang. Selbst dann hörte er noch einen Schmerzensschrei von Asin, bevor die beiden zusammen auf den Boden krachten.

Bald kämpften die beiden um die Kontrolle, Daniels kleinerer und kompakter Körper, der in eine Rüstung gekleidet war, drückte auf den größeren und stärkeren Ork. Doch die Lektionen, die Angie ihm beigebracht hatte, erwiesen sich als nützlich, und seine neuen mageren Skills reichten aus, um den Ork davon abzuhalten, aufzustehen. Kraft schlug jedoch Geschicklichkeit, und Daniel wurde schließlich zur Seite geworfen, der Riese mit einer Hand auf dem Boden, während er nach seiner Waffe suchte.

Zischend tauchte Asin von hinten auf, stieß ihr Messer in die Spitze der Handfläche und drückte das Monster zu Boden. Ein weiteres Messer zielte auf seine Kehle, aber der Panzer schlug Asin zur Seite und ließ die Catkin umherschleudern. Es war genug Zeit für Daniel, sich zu erholen, genug Zeit für ihn, um mit *Perins Schlag* und dann einer Kombination anderer Skills auf das gefangene Monster einzuschlagen. Letztendlich starb das Monster, als Daniel seinen Schild hob, um erneut zuzuschlagen.

Mit einem Seufzer der Erleichterung sackte Daniel auf den Boden, Erschöpfung überkam ihn. Zu viele Einsätze seiner Skills wurden in den letzten Sekunden unbedacht vergeudet. Ein törichter Zug, der nirgendwo anders als in der Arena stattfand. Als Daniels Atmung langsam zurückkehrte und das Pochen des Blutes in seinen Ohren nachließ, erkannte der Abenteurer, dass er Wellen von Gebrüll hörte, Gebrüll der Zustimmung.

„Wir haben gewonnen", sagte Omrak, während er herüberhumpelte, ein Bein – das falsche Bein – von einer Schnittwunde hinter sich herschleifend, die Hand über die Rippen geklemmt.

„Ja", antwortete Asin, während sie sich mühsam aufsetzte. An einem Arm blutete immer noch ein tiefer Schnitt, den sie festhielt, das Blut sammelte sich und tropfte von ihren Fingern. Mit einer Grimasse goss Daniel mehr Mana in seine Heilzauber und ließ sie zuerst auf Asin wirken, bevor er die beiden näher zu sich winkte, damit er sie berühren und das *Zeichen des Heilers* wirken konnte.

Wieder einmal, überlegte Daniel, als sie unter den Freudenschreien und dem Gebrüll der Menge langsam aus der Arena taumelten, hatte er es geschafft, dem größten Teil des Schadens zu entgehen. Vielleicht sollten sie in eine stärkere Rüstung für Omrak investieren.

Kapitel 11

„Es tut mir leid“, sagte Jules, als er den Warteraum der Gruppe betrat, in den sie zurückgekehrt waren, um ihre ausrangierte Ausrüstung abzuholen. Zu erschöpft, um sie für die Preisverleihung zu tragen, hatte das Trio ihre Ausrüstung hier abgelegt, nachdem sie wiederholt versichert hatten, sich um sie zu kümmern, und versprochen hatten, sie zu reinigen und sogar zu reparieren. Es war ein zu gutes Angebot für die Gruppe gewesen, um es abzulehnen, und so hatten sie unbewaffnet und ungepanzert an der Zeremonie teilgenommen.

„Ihr wart sehr nah dran. Aber die anderen fünf Teams, die vor euch lagen, haben es geschafft. Nachdem zwei nach den heutigen Kämpfen nicht mehr wählbar sind und ihr das dritte Team wart“, zuckte Jules mit den Schultern. „Nun, es gibt nur zwei Plätze. Und beide Teams haben wirkungsvolle Heiltränke verwendet, um sicherzustellen, dass sie völlig unverletzt sind. Was man von euch, fürchte ich, nicht behaupten kann.“ Bei Letzterem schickte Jules einen starren Blick zu Omrak, der unter der Musterung errötete. „Trotzdem habt ihr die beste Leistung von allen Teams im roten Bereich gezeigt. Wie ich höre, werdet ihr hochgestuft, sobald ihr in die Gilde zurückkehrt.“

„Danke“, sagte Daniel und tat sein Bestes, um seine Enttäuschung zu verbergen. Es war nicht die Schuld des Ringmeisters. Er leitete schließlich nur die Kämpfe. Trotzdem tat es weh es, das Finale so knapp zu verpassen.

„Ihr könnt davon ausgehen, dass eine große Anzahl von Gilden jetzt hinter euch her sein werden“, sagte Jules. „Nach einer solchen Leistung könnte jeder von euch jeder Gilde beitreten, in die er möchte. In manchen Fällen zu sehr großzügigen Bedingungen.“

„Ich weiß“, sagte Daniel und winkte die Worte ab.

Jules Lippen pressten sich für einen Moment zusammen. „Gut, ihr könnt gerne noch ein wenig auf eure Ausrüstung warten, aber sobald sie eintrifft, wären wir euch dankbar, wenn ihr das Gelände räumen könntet. Wir haben noch zwei weitere Turniere zu erledigen."

„Natürlich", sagte Daniel. Mit ein paar weiteren Verabschiedungen ließ der Ringmeister das Trio in mürrischer Stille sitzen. Eine frustrierte, mürrische Stille.

***

Später am Abend fand Nicole das Trio von Abenteurern sitzend vor, während sie ihre Getränke mit einem neuen Catkin zu sich nahmen. Die Gildenmeisterin seufzte und gab Emma und Sara ein Zeichen, ihr zu folgen. Emma schnitt eine Grimasse, aber Sara hüpfte hinüber, um Omrak eine tröstende Umarmung zu geben. Sofort hellte sich der Nordländer bei ihrer Anwesenheit sichtlich auf.

„Kopf hoch", sagte Nicole und ließ sich auf den Stuhl neben ihnen fallen. „Du hast doch noch deine Preise bekommen, oder?"

„Fünfter Platz", sagte Asin und rümpfte die Nase, wobei ihre Schnurrhaare zuckten.

„Das war eigentlich eure Platzierung", sagte Emma bissig. „Ihr habt nur deshalb den dritten Platz bekommen, weil die anderen beiden Teams zu verletzt waren."

„Das wissen wir", sagte Daniel und schüttelte den Kopf. „Es ist nur enttäuschend."

„Natürlich, das ist es. Vor allem, weil du dich entschieden hast, deine Gaben zur Schau zu stellen", schnaubte Emma. „Schummelnder Heiler."

Nicoles Augen verengten sich leicht, als sie bemerkte, wie Daniel und Omrak bei der Erwähnung des Wortes Gabe zusammenzuckten, aber sie erholten sich beide fast sofort wieder. Es ging so schnell, dass sie es vielleicht gar nicht bemerkt hätte, wenn sie nicht darauf geachtet hätte.

„Wir waren nicht die Einzigen", sagte Daniel und runzelte die Stirn. „Ich habe mindestens sieben andere Teams gezählt..."

„Elf", sagte Nicole. „Es gab elf Teams in der dritten Stufe, die Heiler hatten. Davon waren drei Schamanen und Ärzte, die beschleunigen, aber nicht magisch heilen können."

Daniel nickte bei ihren Worten, während Omrak, der an der Seite saß, die Augen vor Schreck geweitet hatte. Asin schnaubte leicht, rollte ihren Kopf noch einmal an Tevfiks breite Brust und rieb ihre Wange daran.

„Es ist das, was wir dir vorhergesagt haben, Daniel", knurrte Tevfik leise. „Heiler sind selten. Priester sind natürlich die besten, aber so wenige von ihnen sind Teil eines Abenteurerordens. Diejenigen, die verfügbar sind, werden oft sofort zu höherrangigen Teams hinzugefügt."

„Genau", sagte Nicole. „Deshalb solltest du einer Gilde beitreten. Wir könnten dich sofort in unser Sekundärteam aufnehmen, und du bekämst die Chance, Artos zu besuchen. Selbst wenn du nicht das richtige Level hast, bin ich sicher, dass wir sie überzeugen können. "

„Und meine Gruppe?", fragte Daniel und blickte zu seinen Freunden.

„Nun, sie können nicht nach Artos kommen, aber danach können sie sich anschließen. Wir werden dann noch weitere Mitglieder in dein Team aufnehmen wollen, aber das ist doch keine große Sache, oder?", sagte Nicole mit einem Lächeln. „Wir haben wirklich vielversprechende Abenteurer, darunter einen Magier, der dieses Jahr zu uns gestoßen ist."

„Ihr seid nicht die einzige Gilde mit tollen Kandidaten", mischte sich Tevfik ein und warf Nicole einen Blick zu. „Wir sind keine kleine, abgeschottete Gilde wie andere. Und du hast bereits Freunde in unserer. Wir lassen dir sogar die Wahl, wenn du mehr Leute in deinem Team haben willst.

Wir bitten nur darum, dass du uns bei einigen der schweren Verletzungen hilfst. Der Gildenmeister sagt, wir können entweder ein Gehalt oder Akkordarbeit für deine Hilfe machen."

„Du wärst ein Narr, wenn du eine dieser kleinen Gilden nehmen würdest", unterbrach Gadi die Gruppe, die Hände in die Hüften gestemmt. „Seven Stones ist eine der größten Gilden im Land. Im Gegensatz zu anderen haben wir sogar Niederlassungen in anderen Städten. Das bedeutet freie oder billige Unterkunft, Ausbildungsmöglichkeiten, vergünstigte Einkäufe bei angeschlossenen Händlern und Schmieden und sogar einen Notfallfonds. Frag doch mal deine Freunde, wie viel sie anbieten können."

Sowohl Nicole als auch Tevfik verstummten bei Gadis Aufzählung von Vorteilen und blickten auf den Tisch oder weg von Daniel. Das war Antwort genug für den jungen Abenteurer. Doch, bevor er ein weiteres Wort sagen konnte, unterbrach ihn eine träge, fast gelangweilte Stimme.

„Ach, komm schon, Gadi. Es ist ja nicht so, dass die Seven Stones die größte Gilde sind." Der Sprecher trat hinter Gadi hervor, der unbewusst für den älteren Mann zur Seite trat. Bekleidet mit einer Weste, einem Hemd mit weiten, schlaffen Ärmeln und einer engen Lederhose, trug der Sprecher einen Ziegenbart und ein Grinsen, als er erst Asin und dann dem Rest des Teams die Hand reichte. „Monsieur Labeau. Gildenmeister der Burning Fields. Vielleicht habt ihr schon von uns gehört."

„Gildenmeister der Silverstone-Niederlassung", murmelte Gadi.

„Oh, ja, offensichtlich." Labeau warf Gadi einen verächtlichen Blick zu. „Ich bin sicher, Daniel und seine Freunde haben das verstanden."

„Das haben wir", sagte Daniel, dessen Kehle plötzlich trocken war. Seinen Freunden ging es nicht viel besser. Mit großen Augen starrten sie Labeau und das leuchtende, verzauberte Abzeichen an seiner Weste an. Sogar ihr Gildenabzeichen war besser, verschnörkelter. Es war kaum zu übersehen, dass er von den Burning Fields sprach, der größten und berühmtesten Gilde in Brad. Sie hatten mehr Fortgeschrittenen- und Meisterklassen-Gruppen als jede andere Gilde. Sie hatten den Nekrosenschwamm-Dungeon und die Knochenebene gesäubert, die Ebenen kartiert und erforscht, um die definitiven Guides zu schreiben. Sie waren die Gilde, die den legendären Krieger Hernando Masquez und die Magierin Cher beherbergte.

„Gut, ich muss sagen, ich war beeindruckt von deinem Auftritt. Du hast Mumm und ein gewisses Verständnis für deine Skills. Mit dem richtigen Training, Unterstützung und Ausrüstung würde ich erwarten, dass du dich gut entwickelst", sagte Labeau. Eine Hand tauchte in seine Tasche und zog einen kleinen hölzernen Zettel im gleichen Design wie sein Abzeichen heraus. „Ich würde mich freuen, mit so begabten Menschen wie euch allen zu sprechen. Zeigt einfach dieses Abzeichen, wenn ihr kommt."

„Danke, Held Labeau", grummelte Omrak, nahm das Geldstück und steckte es ein. Labeau lächelte sie alle an, bevor er sich abwandte, um hinauszugehen. Als er ging, wurde die Gruppe etwas leiser, da die plötzlichen Aktionen des Abenteurers die Gruppe erschreckten.

„Willst du sie nicht mehr für dich gewinnen?", rief Emma spöttisch zu Gadi, als er sich zum Gehen abwandte.

„Was soll das bringen? Die verdammten Burning Fields sind interessant. Jeder geht zu ihnen", sagte Gadi und verzog das Gesicht zum Spucken. Er hielt inne, als er Erin erblickte, und schluckte vorsichtig. „Sei einfach vorsichtig. Bei so einer großen Gilde verirrt sich jemand Talentiertes wie du sehr leicht."

„Ist das nicht unser Satz?", sagte Tevfik mit einem halben Lächeln, während er Gadi beobachtete, wie er davonstapfte. Ein paar Augenblicke später kam Erin an ihren Tisch mit Bechern voller Bier.

„Ihr habt noch viel mehr Besucher, aber ich habe sie hingehalten. Ich dachte mir, ihr wollt etwas Ruhe haben, aber ihre Visitenkarten liegen alle hinter dem Tresen. Ich würde empfehlen, dass ihr bald anfangt, mit ihnen zu reden – ich führe ein Gasthaus, kein Gesellschaftshaus", sagte Erin und lächelte.

„Danke, Erin", sagte Daniel, der kurz darauf von seinen Freunden gegrüßt wurde. „Wir wollen nur in Ruhe trinken. Wenigstens für heute."

„Gut, dabei können wir euch helfen", sagte Nicole und grinste. „Na ja, ein bisschen. Wir haben ja bald alle unsere eigenen Spiele."

Omrak starrte, machte dann ein Gesicht und nickte den Gildenmitgliedern zu. „Wir entschuldigen uns. Das ist uns entfallen, aber es ist wahr. Wir wünschen euch viel Glück."

„Danke, Omrak", sagte Nicole, die kurz darauf von den anderen gegrüßt wurde. Sara, die sich um Omraks Arm geschlungen hatte, kicherte nur leicht.

„Ein Toast also auf zukünftige Siege!", bot Tevfik an und hielt seinen Becher hin.

„Auf zukünftige Siege."

„Siege."

„Hört, hört!"

Daniel lächelte leicht, als er seinen Becher leerte, ihn abstellte und seinen Blick über den Tisch schweifen ließ. Vielleicht war es gar nicht so schlecht, zu verlieren. Sie hatten Freunde, Angebote und ja, zwei Dungeons, die sie noch beenden mussten. Vielleicht war es ja doch nicht so schlimm.

***

Als die anderen später am Abend gegangen waren und das Team auf den Dachboden zum Ausruhen zurückgekehrt war, fand Daniel Asin, die ihn mit ihren großen jadefarbenen Augen anstarrte.

„Was?"

„Geh. Artos", sagte Asin und deutete auf Daniel.

„Ich müsste einer Gilde beitreten", sagte Daniel und schüttelte den Kopf. „Und das könnte bedeuten, euch zu verlassen."

„Vielleicht", sagte Asin achselzuckend und zeigte dann nach draußen. „Oranges Team. Kein Heiler."

„Ah..." Daniel hielt inne und dachte darüber nach. Es stimmte. Und dieses Team hatte noch vier andere. Vielleicht würden sie sie als Ergänzung aufnehmen. Doch etwas störte Daniel. „Willst du dich Tevfik nicht anschließen?"

Asin erstarrte, ihr Schwanz hörte sogar auf zu schwingen. Langsam begann er wieder, als Asin leise antwortete. „Schön. Aber Daniel Freund. Gabe. Daniels Wahl."

„Das ist..." Daniel hielt inne und fühlte sich plötzlich peinlich berührt von dem Vertrauen, das ihm entgegengebracht wurde. „Ich danke dir."

Asins Achselzucken war alles, was sie als Antwort gab, und die Catkin steuerte auf die verhangene Ecke zu, um sich umzuziehen. Daniel seufzte und legte sich wieder hin, während er über ihre Worte nachdachte. Mit einer Geste warf Daniel schließlich einen Blick auf die Benachrichtigungen, die sich im Laufe des Tages angesammelt hatten. Die ersten waren nur mäßig interessant, Skillsteigerungen durch eine Vielzahl von Kampfskills. Bessere Optionen für Schild, Streitkolben und Kampfsinn, besseres Ausweichen. Frustriert zuckte Daniel mit den Händen, als er sie alle wegwischte, bevor er die letzte Benachrichtigung fand. Wie er erwartet hatte – er hatte ein Level dazugewonnen. Mit einem Lächeln stellte Daniel seine Attribute ein und überprüfte seine Skills. Im nächsten Level würde er einen weiteren Skill gewinnen.

Name: Daniel Chai (Fortgeschrittener Abenteurer)	Rasse: Mensch (männlich)
Klasse: Level 11 Abenteurer (02 %)	Unterklassen: Level 7 (Bergmann) (2,5 %)
Leben: 311	Ausdauer: 311
Mana: 229	
Attribute	
Stärke: 29	Beweglichkeit: 25
Verfassung: 31	Intelligenz: 24
Willenskraft: 20	Glück: 16
Skills	
Waffenloser Kampf: Level 8 (07/100)	Keulen (Novize): Level 6 (37/100)
Bogenschießen: Level 3 (01/100)	Schild (Novize): Level 4 (24/100)
Ausweichen (Neuling): Level 1 (17/100)	Kampf-sinn (Anfänger): Level 2 (48/100)
Wahrnehmung (Novize): Level 2 (19/100)	Bergbau: Level 7 (78/100)
Heilen (Neuling): Level 2 (98/100)	Kräuterkunde: Level 3 (48/100)
Schleichen: Level 2 (34/100)	Kochen: Level 4 (13/100)
Singen: Level 2 (14/100)	
Skillfertigkeiten	
Doppelschlag	Schildschlag
Perins Schlag	Schwachstellen finden
Kartografie (II)	Inventar (Abenteurer Spezial)
Zaubersprüche	
Kleine Heilung (II)	Zeichen des Heilers (I)
Gaben	

Berührung des Märtyrers – Der Zaubernde kann sich selbst oder andere durch Berührung und Konzentration heilen und opfert dafür einen Teil seines Lebens. Die Kosten variieren je nach Ausmaß der geheilten Verletzungen.

Daniel seufzte und sah sich seine Gewinne an. Es schien so schleppend voranzugehen, aber wenn man bedenkt, dass es erst ein paar Monate her war, seit sie Karlak verlassen hatten, war es eine anständige Menge an Erfahrung. Es war unwahrscheinlich, dass er diese Art von Fortschritt fortsetzen konnte – der Dungeon-Bonus von Peel, die neuen Monster, die sie bekämpften, waren alles kurzfristige Zugewinne. Jetzt würde er wieder zum langsamen Schuften zurückkehren. Bei dem Gedanken an das Schuften und an Artos schlief Daniel langsam wieder ein. Vielleicht. Vielleicht konnten sie einen Weg hinein finden...

Kapitel 12

„Du bist der Heiler, nicht wahr?"

Es hatte Daniel einen halben Tag gekostet, die Gruppe am nächsten Morgen aufzuspüren. Es war nicht so, dass sie besonders schwer zu finden waren, nur dass die Stadt besonders groß war. Die Tatsache, dass es drei Gasthäuser namens Bent Copper gab, hatte nicht geholfen. Daniels Beine schmerzten, er war müde und ein wenig mürrisch, nachdem er auf seiner Suche nach der Gruppe alle drei Gasthäuser aufgesucht hatte, sodass es ihn für einen Moment in Rage brachte, wenn der etwas korpulente Anführer der Gruppe so mit ihm sprach.

„Das bin ich", sagte Daniel.

Noch einmal musterte er die Gruppe und überlegte, was er über sie wusste. Gerardo Buchanan war der stämmige brünette Anführer, ein Nahkämpfer, der mit Schwert und Schild kämpfte. Wie Daniel hatte auch er eine verzauberte Waffe, aber seine fror die Monster bei Kontakt ein. Es waren seine Klinge und ihr Fernkämpfer – Casey –, die mit den Salamandern fertig geworden waren. Caseys Bogen war ebenfalls verzaubert und konnte eine Vielzahl von verzaubertem Schaden anrichten, kostete aber angeblich Manasteine, um ihn zu aktivieren. Schweigend beobachtete ein dunkelhäutiger Mann in einer Robe mit einem Paar langer, dünner Schwerter an seiner Seite das Spielgeschehen. Daniel hatte Farhad in der Arena gesehen, wie er die Schwerter schwang und sprang, während er zuschlug. Es war nur zu schade, dass sie nicht verzaubert waren, obwohl es den Anschein hatte, dass zumindest seine Roben es waren.

Rita war ihre Späherin, die Version von Asin im Team. Von der Gruppe war die Helbing die freundlichste, sie lächelte Daniel an, während sie auf einem erhöhten Hocker saß und mit ihren winzigen Beinen müßig strampelte. Die Helbing war etwa so groß wie ein menschliches Kleinkind mit etwas mehr Kraft und deutlich mehr Koordination. Obwohl Helbings in der allgemeinen Bevölkerung ungewöhnlich waren – sie fanden das Leben in von Menschen und Beastkin gebauten Städten unangenehm –, stellten sie eine überraschend große Minderheit unter den Abenteurern dar. Zumindest im Vergleich zu ihrer Einwohnerzahl.

„Wir nehmen dich mit", sagte Gerardo schlicht. Farhad beäugte Daniel mit einem verächtlichen Blick, bevor er sich abwandte und an seinem Glühwein nippte.

„Verzeihung?"

„Du bist hier, um nach einem unserer drei Plätze zu fragen, richtig? Die maximale Gruppengröße ist sieben, vielleicht acht, hat man uns gesagt", antwortete Gerado.

„Oh. Ich schätze, ihr habt viele Anfragen bekommen?", fragte Daniel, die Lippen leicht zusammengepresst. Verdammt.

„Viele? So ziemlich den ganzen Vormittag", sagte Rita, ihre Stimme quietschend hoch. „Wir haben große und kleine Gilden, die uns Gold anbieten. Verdammt, sogar unser Gildenmeister wollte die Plätze reservieren."

„Ah..." Daniel verzog das Gesicht, als ihm klar wurde, dass ihre Gilde natürlich wollte, dass er anderen half. Es war schon unglaublich großzügig von ihnen, ihm einen Platz anzubieten.

„Problem?", fragte Gerardo und sah Daniels Gesichtsausdruck.

„Ich wollte mein Team mit deinem verbinden", antwortete Daniel, bevor er den Kopf schüttelte. Bei diesen Worten drehte sich Farhad um und sah ihn wieder an, auch wenn Daniel weiterredete. „Es tut mir leid, dass ich eure Zeit verschwendet habe."

„Warte. Du lehnst die Chance ab, Artos zu machen? Das verstehen deine Freunde doch sicher?", sagte Casey und wedelte mit der Hand. „Da soll es doch nur so von Monstern wimmeln. Ich habe gehört, dass man in einem Durchgang fast fünfzig Gold verdienen kann!"

„Fünfzig? Ich habe gehört, es waren eher hundert", sagte Rita.

„Ich denke, das ist für das Team", sagte Casey mit einem Stirnrunzeln.

„Ich nehme trotzdem einen Hunderter für das Team", sagte Rita mit einem Lächeln. „So viel verdienen die Orangen und Gelben jetzt bei einem Lauf. Bei dem Betrag könnte ich sogar noch eine Verzauberung hinbekommen."

„Ich weiß, oder? Ich dachte an einen..."

Gerardo klopfte auf den Tisch, um seine beiden Freunde zu beruhigen, und rollte leicht mit den Augen über Daniel. Daniel gluckste, er hatte schon andere wie diese Gruppe getroffen und mit ihnen gesprochen. Es könnte sogar schön sein, Gefährten zu haben, die mehr als nur ein paar Worte auf einmal sprachen.

„Es tut mir leid, das kann ich nicht tun. Wir sind, na ja... ihr wisst schon, ein Team."

„Loyalität ist wichtig", sprach Farhad schließlich und seine Augen funkelten zustimmend. „In allen Dingen."

„Richtig...", sagte Daniel und beäugte den Abenteurer. „Gut, ich werde euch nicht länger stören. Ich danke euch für eure Zeit. ”

„Wo wohnst du?", fragte Gerado und hielt Daniel auf, bevor er ging.

„Die Einsame Kerze", antwortete Daniel automatisch.

„Gutes Gasthaus", antwortete Gerado. Daniel zögerte noch einen Moment, aber da er keine Erklärung dafür bekam, warum Gerado fragte, winkte er zum Abschied und ging. Es war zumindest den Versuch wert gewesen.

***

„Held Daniel! Wir haben dich heute Morgen vermisst. Asin und ich sind losgezogen, um uns den Kampf in der Arena anzusehen und unsere Belohnung abzuholen", sagte Omrak, während er einen kleinen Beutel zu Daniel hinüberschob. Der stämmige Abenteurer hob den Beutel sofort auf, bevor er ihn in sein eigenes Inventar schob. Die zehn Goldmünzen darin waren zwar kein großes Vermögen für einen Abenteurer, aber es war immer noch genug, um andere zu töten.

Dieser Gedanke ließ Daniel amüsiert schnauben. Vor etwas mehr als einem Jahr hatte er sich noch damit gequält, eine einzige Goldmünze zu sparen. Und jetzt dachte er darüber nach, wie unzureichend zehn waren. Aber bei den Anforderungen für besser verzauberte Ausrüstung, besseren Schutz, Zahlungen für Reparaturen und Training war das wirklich wenig.

„Ich bin nur durch die Stadt gelaufen. Ich habe mich nicht darauf gefreut, anderen Leuten beim Kämpfen zuzusehen", sagte Daniel. „Zu viel Gemetzel auf diesem Boden."

Asin warf Daniel daraufhin einen Blick zu. Die Catkin hatte genug Zeit mit ihm verbracht, um zu wissen, wie schlecht diese Ausrede war, dachte Daniel. Wahrscheinlich roch sie auch sein Ausweichen, soweit er wusste. Omrak hingegen grinste nur, zufrieden damit, die Antwort für bare Münze zu nehmen.

„Ah, das war schade", sagte Omrak. „Du hast viele große Schlachten verpasst."

„Wirklich jetzt? Wem sagst du das", sagte Daniel und winkte der Tavernenwirtin zu, um ein Ale und sein Abendessen zu bekommen.

Omrak brauchte keine Ermutigung und begann mit einer Geschichte über die Schlachten, die sie beobachtet hatten, und über sein eigenes Verständnis der Dinge. Bald bedauerte Daniel, dass er die Action verpasst hatte. Es schien, dass man vom Zuschauen wirklich eine Menge lernen konnte.

Vielleicht war das Wichtigste davon die Tatsache, dass ihre kleine Gruppe wirklich expandieren musste. Viele der Taktiken, die Omrak beim Beobachten gelernt hatte, funktionierten nur mit mehr Leuten. Fast ausnahmslos hatte jedes Team mit einem Heiler einen Zauberwirker in ihrer Mitte, wobei die Magier ihnen zahlenmäßig leicht überlegen waren. Auf den blauen und weißen Levels hatte fast ein Viertel der Teams Magieanwender in irgendeiner Form.

Teams im mittleren Bereich, die gelb- und grün-zertifizierten Teams, konnten eine Mischung von Mitgliedern haben, mischten aber oft ihre Klassen mehr. Jedes Team hatte mindestens einen, wenn nicht mehr engagierte Fernkämpfer. In Kombination mit einem Zauberer konnten sie ihren Gegnern oft erheblichen Schaden zufügen, bevor sie dazu kamen, Formationen aufzubrechen und ihren Teams in vielen Begegnungen einen Vorteil zu verschaffen.

„Tiermeister", unterbrach Asin Omraks enthusiastische Erzählung über ein weiteres Nahkampfteam.

„Oh ja! Da war ein Tiermeister drin. Er hatte eine Schattenkatze und ein Wildschwein, die für ihn arbeiteten. Es war unglaublich! Die drei haben es ganz allein mit der halben Skelettbande aufgenommen", schwärmte Omrak. „Sie haben sich seinetwegen fast so gut geschlagen wie das Führungsteam. Natürlich, der, ähh..."

„Fallensteller", überlieferte Asin.

„Er hat auch sehr geholfen. Sein Geschick, diese Draht- und Netzfallen so schnell auszulegen, war erstaunlich. Er hat ein weiteres Viertel der Horde aufgehalten, während der Rest seiner Freunde die anderen zerschlagen hat", sagte Omrak und schüttelte den Kopf. „Ich weiß nicht, ob sie in einem

Dungeon nützlich wären, aber ich weiß, dass mein Dorf sich geehrt fühlen würde, einen so fähigen Fallensteller zu haben."

„Questoren", sagte Asin spitz als Erklärung. Daniel nickte und nahm sie beim Wort. Es ergab Sinn; ein Tiermeister und einen Fallensteller in der Wildnis mit einem Ranger wäre eine tödliche Kombination für wilde Monster. Nicht unbedingt das Team, das er in einen Dungeon bringen wollte – zumindest nicht solche wie Karlak oder Porthos mit ihren engen Korridoren.

„Meint ihr, wir brauchen mehr Leute?", fragte Daniel, als die beiden endlich zum Ende kamen und ihre Beschreibungen des Sortiments an verzauberten Waffen und erstaunlichen Skills endlich endeten. Wieder einmal wünschte sich Daniel, er wäre dabei gewesen – Pfeile, die kreischten, Zauber, die Ranken wachsen ließen und Sand so locker machten, dass Monster bei ihrem ersten Schritt einsanken, ein Schild, der Licht so hell reflektierte, dass es Gegner betäubte, und eine Rüstung, die ihren Träger in Eis hüllte –, all das klang unglaublich.

„Es scheint weise zu sein. Ich fürchte, unsere Gruppe ist nicht ausreichend", sagte Omrak. „Obwohl du dich bemüht hast, deine Armbrust zu schwingen, ist sie für unsere Bedürfnisse unzureichend."

Daniel duckte sich daraufhin mit einer Grimasse. Die Waffe war langsam, unhandlich und in den meisten Fällen nur für einen einzigen Schuss gut. Sie war besser als nichts und konnte, wenn sie Glück hatten, einen einzelnen Gegner ausschalten. Aber sie war unzureichend.

„Magier", sagte Asin und klopfte sich auf die Brust.

„Du bist ein Magier?" Das ergab für Daniel offensichtlich keinen Sinn, aber es schien das zu sein, was sie behauptete.

„Nein. Ich will Magier", stellte Asin klar.

„Oh. Tun wir das nicht alle?", sagte Daniel mit einem halben Lächeln. Aber Magier waren schwer zu finden – fast so selten wie Heiler.

Der Blick, den Asin Daniel zuwarf, war voller Mitleid. Die Catkin wartete ruhig darauf, dass der stämmige Abenteurer verstand.

„Oh..." Daniel hielt inne. „Sie würden sich uns anschließen wollen, weil wir einen Heiler haben, oder?"

Asin nickte zufrieden, beugte sich dann aber dicht vor und flüsterte ein einziges Wort. „Gabe."

Daniel seufzte, als er sich zurücklehnte. Wieder einmal kam es auf seine verdammte Gabe an. Es war der Grund, warum sie so eine kleine Gruppe hatten, warum sie nicht nach mehr gesucht hatten. Omrak aufzunehmen war ein Moment der Freundlichkeit gewesen, ihn von Daniels Gabe wissen zu lassen, war erst nach Wochen der Zusammenarbeit geschehen. Zum Glück war es selten, dass sie seine Fähigkeit wirklich brauchten. Vielleicht konnten sie das wieder tun.

Aber eine Beziehung, vor allem eine, die so sehr auf Vertrauen beruhte wie die ihre, mit einer Lüge – oder zumindest einer Halbwahrheit – zu beginnen, war kein guter Anfang.

„Ich denke, wir werden es riskieren müssen", sagte Daniel schließlich und war froh, dass seine Freunde zu demselben Schluss gekommen waren wie er. „Schon bald werden wir mehr Hilfe brauchen."

Nachdem die Entscheidung gefallen war, stürzte sich das Trio auf das Essen. Vielleicht schon bald würden sie kein Trio mehr sein.

***

In der Abenteurergilde war es am nächsten Morgen überraschend ruhig. Es schien, dass die Anziehungskraft des Turniers viele der Abenteurer weiterhin beschäftigte. In der Stille war Daniel einmal mehr von der schieren Größe des Gebäudes beeindruckt. Selbst mit einem großen Teil, der für den Tresorraum und andere Lagerbereiche gesperrt war, war das Gebäude immer noch doppelt so groß wie eine typische Scheune. Da nur wenige Abenteurer kamen, standen die Angestellten in kleinen Gruppen herum und nutzten den seltenen Moment der Muße, um zu tratschen und sich auszutauschen.

„Verzeihung?", sagte Daniel, als er sich einem der besetzten Schreibtische näherte, an dem ein junger Angestellter seinen Papierkram bearbeitete.

„Ja?"

„Ich habe mich gefragt, wohin ich gehen soll, um über die Eröffnung einer Gruppe zu posten?"

„Falscher Raum. Es ist im Quest-Teil. Da ist eine Tafel", antwortete die gelangweilte Stimme des Schreibers sofort, ohne von seinem Papierkram aufzuschauen.

„Danke", sagte Daniel, drehte sich um und ging los. Er ging keine drei Schritte, bevor eine Stimme rief.

„Daniel Chai?"

„Ja?", sagte Daniel und drehte sich um, um die Sprecherin anzusehen. Die ältere Frau, die Vorgesetzte des Schreibers, wenn Daniel sich richtig erinnerte, löste sich von der Gruppe, mit der sie gesprochen hatte.

„Der Gildenmeister möchte mit dir sprechen", sagte die Aufseherin. Sogar Daniel konnte den Titel in ihrem Wort hören.

„Mir?" Daniel quietschte fast. Er hatte zwar mit Liev in Karlak zu tun gehabt, aber das waren eben auch Liev und Karlak.

„Ja. Komm mit." Die Aufseherin drehte sich um und ging hinter die Tische, öffnete eine Tür und führte Daniel durch den Korridor. Neugierig schaute sich Daniel um, war aber größtenteils enttäuscht, wie fade und langweilig der Korridor war. Abgesehen von der Fülle an Manalichtern sah der Korridor nicht anders aus als jeder andere, vielleicht mit mehr Türen im besten Fall.

„Sir, Abenteurer Chai", kündigte die Aufseherin Daniel an, als sie den Raum betraten, nachdem sie hereingebeten worden waren. Das Zimmer des Gildenmeisters war etwas interessanter, etwas mehr das, was Daniel an einem so sagenumwobenen Ort erwartet hatte. Ein Plüschteppich, von dem Daniel erkannte, dass er von einem Schreckensbär stammte, lag unter seinen Füßen, während an den Wänden zahlreiche Trophäen von Monstern hingen. Die Krallen einer sehr großen Schattenkatze, die Flügel eines Hippogreifs, der ausgestopfte Schlund eines Megakrokodils. An der Rückwand neben dem Fenster stand außerdem ein Bücherregal, das selbst aus dieser Entfernung vor Kraft strahlte. Und überall um ihn herum konnte Daniel die Verzauberungen spüren, die diesen Raum schützten und bewachten.

Der Gildenmeister selbst war ein kleiner Mann, mit dem Alter noch kleiner geworden. Eine Brille auf seiner großen, knolligen Nase umrahmte buschige weiße Augenbrauen und strähniges Haar. Doch selbst im Sitzen trug der Gildenmeister ein Gefühl von verborgener Gewalt in seinem Körper, das sein fleißiges und älteres Wesen kaum verbergen konnte.

„Gut. Komm herein, Abenteurer Chai. Oder darf ich dich Daniel nennen?", fragte der Gildenmeister und wies mit einer Geste auf den Platz gegenüber seinem mit Papier überladenen Schreibtisch. Daniel konnte sich beim besten Willen nicht an den Namen des Gildenmeisters erinnern – jeder bezeichnete den Mann bei den wenigen Gelegenheiten, bei denen er überhaupt angesprochen wurde, nur mit seinem Titel. Für Leute mit demselben Level wie Daniel könnte er genauso gut ein König sein für das, was er mit seinem Leben zu tun hatte.

„Daniel ist in Ordnung, Sir", sagte Daniel und nahm den angebotenen Platz ein.

„Gut, gut. Also, ich habe dieses Papier hier", murmelte der Gildenmeister und schob die Stapel ein paar Minuten lang vor sich her, bevor er aufgab. „Irgendwo. Ein Brief, in dem ich gebeten werde, ein Auge auf dich zu werfen. Gut, das ist nicht ungewöhnlich – du wärst überrascht, wie viele Adlige denken, ich sei hier, um auf ihren kostbaren Sohn oder ihre Tochter aufzupassen –, aber stell dir meine Überraschung vor, wenn er von einem vertrauten Kollegen kommt. Und dann auch noch mit dem Namen eines Abenteurers von einigem Renommee."

Danach hielt der Gildenmeister inne und wartete offensichtlich darauf, dass Daniel etwas sagen würde. Doch unsicher, wie er war, konnte Daniel nur schweigen. Es war offensichtlich, dass der Brief von Liev geschrieben worden war und wenn er sich nicht irrte, auch von Khy'ra.

„Also habe ich nachgeforscht. Und ließ meine Leute ein Auge auf dich werfen. In drei Wochen warst du fast die ganze Zeit im Dungeon", sagte der Gildenmeister und tippte sich an die Lippen. „Und dann war da noch diese Vorführung in der Arena."

Wieder dehnte sich das Schweigen aus, keine der beiden Parteien war bereit, sich zu rühren. Als Daniel sich immer noch weigerte, zu sprechen, lächelte der Gildenmeister leicht.

„Deine Gabe, sie ist sehr mächtig." Daniel zuckte leicht zusammen, bevor er sein Gesicht beruhigen konnte. Trotzdem wusste er, dass er sein Ass verspielt hatte. Nicht, dass der Gildenmeister nicht davon gewusst hätte. Schließlich gab es wahrscheinlich irgendwo einen Bericht über die Heilung des Meisters.

„Wie ich höre, hast du in der Vergangenheit schlechte Erfahrungen mit dem Adel gemacht", sagte der Gildenmeister leise und mit aufmerksamen Augen.

Diesmal konnte Daniel seine Überraschung nicht unterdrücken, als er herausplatzte: „Woher wusstest du das?"

„Wir sind die Gilde der Abenteurer, mein Junge", sagte der Gildenmeister mit einem Schnauben. „Es gibt nur wenig, was wir nicht lernen können. Mit deiner Erfahrung wäre ich auch vorsichtig. Und es ist kein Wunder, dass du danach ein Abenteurer werden willst. Wir haben ein gewisses Maß an Autonomie, das viele andere nicht haben."

„Das ist nicht der Grund, warum ich mich entschieden habe, ein Abenteurer zu werden, Sir", protestierte Daniel. Sicher, es hatte einen gewissen Einfluss auf seine Wahl, aber der Traum, die Welt zu sehen, sich in Dungeons herauszufordern und Monster zu besiegen, Ba'als Gift zu besiegen, das war schon als Kind sein Traum gewesen.

„Hmm... gut. Ich hasse diejenigen, die uns in die Arme laufen und denken, wir würden sie vor ihren Sünden beschützen. Wir sind Abenteurer und keine Feiglinge", antwortete der Gildenmeister. „Aber deine Gabe – du weißt, dass sie gemeldet werden wird. Die Tatsache, dass es so lange verschwiegen wurde, könnte in gewisser Hinsicht sogar als Verrat angesehen werden."

„Ich –"

„Ganz ruhig. Noch weiß es keiner." Der Gildenmeister zuckte mit den Schultern. „Es ist ja nicht so, dass schon jemand Wichtiges gestorben ist, den du hättest retten können. Aber es wird eine Zeit kommen, in der das passieren wird. Und wenn deine Gabe gebraucht wird, was wirst du dann tun?"

„Ich habe mich nie geweigert, die zu heilen, die in Not sind. Ich kann nur nicht... Ich kann kein ausgehaltener Mann sein. Nicht schon wieder", sagte Daniel und sah dem Gildenmeister in die Augen. „Ich weigere mich, herumzusitzen und darauf zu warten, dass sich jemand verletzt, und ich weigere mich, mein Mana oder meine Gabe einzusetzen. Es ist ein verschwendetes Leben..."

„Vergeudet, wenn du deinen König rettest?"

„Und wenn ich es nie muss?", schoss Daniel sofort zurück. „Keiner kann in die Zukunft sehen."

„Das reicht für mich", sagte der Gildenmeister abrupt und grinste. Er griff in seine Schublade, zog einen Ring heraus und warf ihn Daniel zu.

„Was...?"

„Es ist ein Signalring. Er ist erst aktiv, wenn wir ihn brauchen, damit er deine anderen Verzauberungen nicht beeinträchtigt. Wenn du gebraucht wirst, können wir dich damit finden."

„Ihr... legt mich an die Leine?", sagte Daniel langsam und starrte auf den Ring in seiner Hand.

„Betrachte es als eine Möglichkeit für uns, dich bei Bedarf zu kontaktieren. Im Gegenzug werden wir diejenigen besänftigen, die dich eingesperrt sehen wollen", sagte der Gildenmeister. „Es wäre allerdings einfacher, wenn ich wüsste, wie hoch der Preis für deine Gabe ist."

„Das...", begann Daniel und zuckte dann mit den Schultern.

Der Gildenmeister zog eine Grimasse, ließ das Thema aber fallen und fuhr mit der Hand noch einmal über den Tisch. „Noch eine Sache. Ich weise dir zwei weitere Mitglieder für dein Team zu. Einen Magier und einen Ranger." Daniels Augen weiteten sich und er fragte sich, woher der Gildenmeister von ihren Plänen wusste. Bei Daniels Reaktion blähten sich die Nasenflügel des Gildenmeisters. „Glaubst du, ich bin in meine Position gekommen, weil ich hinter einem Schreibtisch gesessen habe? Jeder Narr kann erkennen, was dein Team braucht."

Daniel hustete daraufhin und senkte verlegen den Kopf. Natürlich würde er genauso gut, wenn nicht sogar besser als sie wissen, was sie brauchten.

„Gut. Eine letzte Sache noch. Dein Team geht nach Artos."

„Wie...?"

„Gilden. Meister." Der alte Mann lachte, dann winkte er mit der Hand und entließ den jungen Abenteurer eindeutig. Daniel ging hinaus, verwundert und ein wenig verwirrt, aber allmählich mit wachsender Freude. Auch wenn er mehrfach gescheitert war, schien es, dass sie es doch noch nach Artos schaffen würden. Er konnte es kaum erwarten, seinen Freunden davon zu berichten.

Bei diesem Gedanken beschleunigte Daniel seine Schritte. Wenn er sich nicht beeilte, würde er das Turnier wieder verpassen.

Das Bündnis des Abenteurers

Buch 5 der Abenteuer in Brad

Kapitel 1

Die fünfköpfige Abenteurergruppe durchquerte die erste Ebene von Porthos – einem der drei Dungeons von Silverstone – vorsichtig, die Köpfe langsam nacheinander schwenkend, während sie ihre Umgebung überprüften. Der zwei Meter breite steinerne Gang, den sie entlanggingen, verband eine magisch angehobene Plattform mit einer anderen und verlief über den leeren Raum in einer schwindelerregenden Höhe. Nebelschwaden verbargen und enthüllten weitere Plattformen und Gänge unter ihnen. Gelegentlich wurde das Kreischen eines Kobolds oder das leise Geplauder ihrer Unterhaltung zu der Gruppe hinaufgetragen.

Eine stämmige Gestalt in einfachem braunen und grünen Leder bewegte sich an der Spitze der Gruppe, den Bogen in der einen Hand, ein Trio von Pfeilen in der anderen. Gelegentlich blieb sie stehen und ging tief in die Hocke, während sie auf den Boden starrte, bevor sie sich mit einer kleinen Handbewegung wieder erhob und weiterging. Braunes Haar, grob kurz geschoren entlang des Schädels, umrahmte ein Paar tiefbraune Augen, eine leicht gebogene Nase und dünne Lippen. Eine kleine Narbe teilte eine Augenbraue und ließ die jugendliche Rangerin düsterer wirken.

„In diesem Tempo werden wir diese Ebene nicht räumen", grummelte Omrak, der große blonde Barbar aus dem Norden, während er hinter der Rangerin herging. Er hielt sein massives Zweihandschwert in der Hand und auf der Schulter ruhend. Neben seiner verzauberten, weichen Ledertunika trug er ein Trio von Wurfäxten, die von einem einfachen Ledergamaschenrock gehalten wurden. An einem seiner stämmigen Beine hing ein Kurzschwert, das trügerisch klein wirkte, beinahe wie ein großes Messer, das an seinen Oberschenkel geschnallt war.

Der Rangerin versteifte sich leicht, bevor sie sich in ihrem ursprünglichen langsamen Tempo weiterbewegte. Daniel rieb sich mit seiner Schildhand die Nase, was ihm kurz die Sicht versperrte. In seiner anderen Hand ruhte der

Felsenbogen lässig und wartete darauf, dass Daniel die Spezialwaffe lud und abfeuerte, während er direkt hinter Omrak ging. Er sah zu dem Jugendlichen hinüber und entschied sich – wieder einmal – dagegen, den Barbaren zu bitten, leiser zu sprechen.

„Wir sind hier, um zu lernen, zusammenzuarbeiten, Omrak. Nicht, um die Ebene zu räumen", tröstete Daniel den Nordländer sanft. „Mir wäre es lieber, wir würden das hier lernen als in Artos. Wenigstens kennen wir hier die Gefahren."

„Eine gute Entscheidung", stimmte der Magier zu, der direkt neben Daniel ging. Er drehte sich zur Seite und lächelte Daniel einschmeichelnd an, während er mit einer Hand voller Ringe auf ihre Umgebung zeigte. Daniel bemerkte wieder das überraschend schwielige und vernarbte Paar Hände, ein Kontrast zu dem feinen Aussehen, das andere Magier oft zur Schau stellten. Dunkles, glänzendes Haar und ein Bart zierten den Magier. Das Haar wurde von der winkenden Hand wieder zurückgestrichen, nachdem er fertig gestikuliert hatte. „Obwohl die Geschwindigkeit unserer Begleiterin sehr langsam ist."

„Fallensuche", sagte Asin, das einzige Catkin-Mitglied der fünf. Ihr Schwanz wedelte träge hinter ihr, während sie zehn Schritte hinter der Gruppe die Umgebung beobachtete, da ihre scharfen Sinne das Gespräch zwischen dem Trio aufgeschnappt hatten. Im Gegensatz zu dem schwer bewaffneten und gepanzerten Paar trug die Catkin eine leichte Lederrüstung, die ihren Oberkörper bedeckte, und einen kurzen Mantel. Kreuz und quer über ihren Körper verliefen Wehrgehänge mit Wurfmessern. Weitere Wurfmesser waren an ihren Oberschenkeln und Oberarmen befestigt, und zwei größere Messer waren an ihren Hüften für den Nahkampf zu finden.

„Aber es gibt nur einen Typ von Fallen auf dieser Ebene", sagte Omrak. „Wir sollten den Kampf suchen!"

„Wenn du weiterhin so laut bist, werden wir das sicher tun", erwiderte der Magier mit einer Grimasse und wandte sich wieder seiner Seite des Ganges zu, um nach Ärger Ausschau zu halten.

„Ich bin leise, Rob", zischte Omrak eindringlich und ging sogar so weit, sich umzudrehen, um den Magier anzustarren. Stattdessen begegnete er Daniels ruhigen braunen Augen.

„Augen nach vorne, Omrak. Du weißt es besser", sagte Daniel. Der Nordländer errötete, nickte aber, drehte sich wieder um und beeilte sich, sich wieder in die Reihe einzuordnen, wobei er sowohl den leeren Himmel als auch die nebligen Wolken unter sich betrachtete. Schließlich erreichte das Quintett eine größere, stabilere Plattform, wo Daniel eine Hand hochhielt, um die Gruppe zum Halt zu bringen.

„In Ordnung. Ich denke, das reicht für den Moment. Ich danke dir, Tula", sagte Daniel. Die Rangerin wippte leicht mit dem Kopf, akzeptierte Daniels Worte, was ihn leicht zum Lächeln brachte. Tula amüsierte ihn, denn die junge Frau war außerhalb des Dungeons eine fröhliche, freimütige Frau. Aber sobald sie im Inneren waren, war sie genauso ruhig und wortkarg wie Asin. „Es sieht so aus, als ob deine Fähigkeiten, Fallen zu finden, langsamer sind als die von Asin. Vielleicht liegt es daran, dass sie mehr für die Außenwelt geeignet sind. Wie auch immer, ich würde gerne unsere Positionierung anpassen."

„Endlich", brummte Omrak.

Die Blondine ignorierend, sprach Daniel weiter. „Asin, du gehst nach vorne. Omrak wird drei Meter hinter ihr sein. Tula, du und Rob werdet in der Mitte sein, um Fernkampfunterstützung zu gewährleisten. Ich übernehme die Rückseite."

Nachdem die Gruppe ihre neue Formation bestätigte hatte, lächelte Daniel. Bis jetzt hatte es zumindest keine größeren Konflikte zwischen den verschiedenen Persönlichkeiten gegeben. Glücklicherweise waren sie alle fortgeschrittene Abenteurer und als solche hatte jeder ein gewisses Maß an Erfahrung in Dungeons. Die Idioten, die tollkühnen Hitzköpfe und diejenigen, die nicht im Team arbeiten konnten, kamen nicht oft über Anfänger-Dungeons hinaus.

„Lasst uns hier zehn Minuten ausruhen, und dann versuchen wir, den Ebenen-Champion zu holen."

Omrak grinste bei diesen Worten breit, während die anderen nur bestätigend nickten. Die Gruppe verteilte sich, um jeweils eine Ecke der Plattform zu beobachten, griff nach ihren Wanderrationen und zog aus ihrem Inventar Wasser und eine einfache Mischung aus Nüssen, Früchten und Trockenfleisch hervor. Daniel bemerkte, dass Tula zwar nicht die eigentliche Abenteurer-Klasse besaß, aber ein eigenes Skill, das es ihr erlaubte, ihre Habseligkeiten bequem in der kleinen Schultertasche an ihrer Seite zu verstauen.

„Verzaubertes Halten?", fragte Asin. Ihr Kopf neigte sich neugierig zur Seite, als sie sah, wie Rob seine Rationen aus einem Anhänger an seiner Brust zog.

„Ja", sagte Rob und berührte den Anhänger. „Ein Geschenk meines Meisters." Es lag der Hauch einer Warnung in seiner Stimme, ein Zeichen dafür, dass die Gier nach diesem Gegenstand erhebliche Konsequenzen durch einen wütenden Magiermeister nach sich ziehen würde.

„Teuer?", fragte Asin.

„Sehr sogar. Verzauberte Arbeiten wie diese sind sehr gefragt, weil sie ein bedeutendes Verständnis von räumlicher Magie erfordern", sagte Rob. „Es ist ein Spezialgebiet und teuer in der Entwicklung. Mehr noch als andere Formen der Verzauberung."

Daniel nickte langsam. Er fragte sich abwesend, ob Raummagie eine Spezialisierung einer Klasse war, die auf Level 20 verfügbar wurde, oder ob es nur ein Schwerpunkt war. Natürlich fragte er nicht danach, denn Klassen konnten ein heikles Thema sein. Besonders die Fokussierten waren empfindlich, wenn es um Level ging. Die Fokussierten waren Leute wie Tula, die seit ihrer Volljährigkeit eine einzige Klasse erhalten und beibehalten hatten, eine Wahl, die sie getroffen hatten, als ihre ursprüngliche *kleine* Klasse aufgegeben worden war. Dies ermöglichte es den Ehrgeizigen, signifikante Levels zu gewinnen, da sie ihren Erfahrungsgewinn nicht auf mehrere Klassen *aufteilen* mussten. Es reduzierte jedoch die Vielfalt der Skills, auf die sie Zugriff hatten, und machte es einfacher, ihre Stärke zu erfassen, wenn ihre Levels bekannt waren. Aus diesem Grund waren Diskussionen über Klassen und Skills im Detail ein Gräuel für die Ehrgeizigen.

In Wahrheit betrachtete Daniel die Fokussierten als die Glücklichen – in der Lage, einen Beruf zu wählen, wenn sie das Alter der Volljährigkeit erreichten, anstatt dass ihnen einer aufgezwungen wurde wie den meisten Bauern, Bergleuten und denen der unteren Klassen. Sicherlich gab es auch fokussierte Bergleute, aber sie waren eher ein Fall der Umstände als der Wahl. Sie trugen ihren Status sicher nicht zur Schau. Nicht, dass Tula oder Rob das getan hätten. Noch nicht.

Das Gespräch verstummte bald darauf, das Quintett kaute und trank schnell, während sie ihre Körper ruhen ließen. Es war Tula, die als Erste die ankommende Horde bemerkte – ein Schwarm von einem Meter großen, rothäutigen Kreaturen mit schwarzen Klauen und netzartigen Flügeln. Tula stieß einen leisen Warnruf aus, während sie schnell aufstand, ihren Bogen in die Hand nahm und nach einem Pfeil griff, der mit der Spitze im Boden steckte.

„Zwei Dutzend", berichtete Tula, während sie die Augen zusammenkniff. Sie runzelte leicht die Stirn und entdeckte einen viel größeren Kobold, der hinter dem Schwarm rothäutiger, schwarzkralliger Flugmonster zurückblieb. Schnell zog sie die Sehne an ihre Wange und feuerte ab. Sie griff sofort nach einem zweiten Pfeil, während die Rangerin ihr erstes Skill, **Pfeilsturm**, aktivierte.

Das war das erste Mal, dass Daniel die Gelegenheit hatte, das Skill der Rangerin zu beobachten. **Pfeilsturm** erzeugte aus einem einzigen Pfeil mehrere temporäre Kopien, die je nach Wunsch des Anwenders in einer weiten oder engen Anordnung um das Original flogen. Mit der Zeit und Erfahrung würde Tula in der Lage sein, diese unbeständigen Pfeile besser zu ihrem Ziel zu lenken, aber für den Moment flogen sie unkontrolliert in einer breiten Formation auf die Kobolde zu. Trotzdem war der Schwarm Kobolde gezwungen, mit seinen winzigen Flügeln auszuweichen, um den eintreffenden Geschossen auszuweichen, wobei nur zwei verletzt wurden, einer davon tödlich. Dennoch gab der Angriff den anderen Abenteurern die nötige Pause.

Die Armbrust gegen seine Schulter gelehnt, atmete Daniel aus, bevor er den Abzug betätigte. Der Steinbogen war eine modifizierte Armbrust, die explosive Felsen in die Luft schleudert und winzige Splitter in Richtung der Kobolde fliegen lässt. Für größere Kreaturen war die Waffe nicht mehr als ein Ärgernis, aber für die kleineren Kobolde mit ihren zerbrechlichen Flügeln konnte sie tödlich sein, wie Daniel demonstrierte. Als der Abenteurer abfeuerte, wich ein Trio der Kobolde bereits zur Seite aus und stand dicht gedrängt zusammen, um den anfänglichen Angriff von Tula abzuwehren. Das Krachen des durch die Luft fliegenden Steins und das Kreischen der Kobolde begleiteten sich gegenseitig, als die Steine die dünnen

Membranen der Flügel der Kreaturen zerfetzten. In der nächsten Sekunde wurde das Monstertrio spiralförmig in den Abgrund befördert.

Mit den beiden speziellen Fernkampfwaffen entfesselt, schlugen die Kobolde schneller mit ihren Flügeln, flogen im Kreis und formierten sich, um die Gruppe anzugreifen. In diesem Moment trafen sie auf die nächste Verteidigungsschicht der Abenteurer. Zuerst blitzten Asins Wurfmesser im blassblauen Manalicht des Dungeons auf und trafen die Monster zielsicher in der Brust. Jedes Messer war mit einer kleinen Ladung von den mit Blitzen verzauberten Armschienen der Catkin geladen, die die Monster lange genug lähmte, damit Omrak sein übergroßes Schwert schwingen konnte, um die abgelenkten Monster aufzuschlitzen, die in seine Klinge glitten.

Sobald die verbleibenden Kobolde es an Omrak vorbei geschafft hatten, war Daniel mit seinem Schild bereit, Rob und sich zu verteidigen. Statt seinen Steinbogen fallen zu lassen, konzentrierte sich der Abenteurer im Moment auf die Verteidigung, in der Hoffnung, einen zweiten effektiven Schuss mit der Waffe abfeuern zu können, sobald die Kobolde vorbeikamen.

Zusätzlich aktivierten sich um Rob herum sternförmige, verzauberte Stacheln, die nach vorne flogen und die nächstgelegenen Kobolde anvisierten. Selbst ein letzter Ausweichversuch der Monster war zu langsam, sodass jeder der beiden verzauberten Abwehrpfeile in die Brust der Monster ein- und wieder austreten konnte. Zusammen bahnten sich die beiden Pfeile ihren Weg durch die Luft um den Magier herum. Diese letzte Verteidigung schreckte alle außer die tapfersten Monster ab und zwang sie zum Rückzug. Diejenigen, die sich weigerten, wurden von Daniel mit seinem Schild beiseite geschlagen.

Die Monster, die zu Boden gingen, wurden von den Abenteurern schnell erledigt, indem sie den Tod durch Messer, Schwert oder Stiefel in Kauf nahmen. Gemeinsam machte das Quintett kurzen Prozess mit dem überdurchschnittlich großen Koboldschwarm. Als sich die Kobolde in blaue Staubkörner auflösten und winzige Manasteine zurückließen, atmete Daniel erleichtert aus. Wenigstens stach niemand einem anderen in den Rücken. Wörtlich oder im übertragenen Sinne.

„Meins!", knurrte Asin Rob an, der gerade dabei war, ein paar gelootete Manasteine in einem Beutel an seiner Seite zu verstauen.

„Das ist ein Gruppenbeutel", sagte Rob, auf den Tonfall der Catkin hin streckte er seinen Rücken durch. „Ich habe meine persönlichen Gelder davon getrennt."

„Eigentlich lassen wir Asin die Steine generell lagern und **nachvollziehen**", sagte Daniel zögernd.

„Das ergibt keinen logischen Sinn. Wenn die Catkin in eine Falle tappt oder ihr Leichnam auf andere Weise nicht mehr auffindbar ist, würden wir unsere gesamten Einnahmen verlieren", protestierte Rob. „Es ist unlogisch, unsere Sammlung nicht aufzuteilen."

„Na ja, das haben wir doch schon mal gemacht", murmelte Daniel. Er zog eine leichte Grimasse, weil ihm klar wurde, dass er nicht wusste, wie er Rob den Grund für diese Regel erklären sollte. Zumindest nicht, ohne seine langjährige Catkin-Freundin womöglich zu beleidigen. Immerhin hatte er Asin erlaubt, die Steine zu sammeln, weil sie das gerne tat. Und Omrak hatte nie protestiert, er war ein unkomplizierter Mensch. Danach war es einfach zur Gewohnheit geworden.

„Traditionen sind nur Fesseln der Vergangenheit", sagte Rob. „Ich bin nicht davon überzeugt, dass es notwendig ist, dass unsere Späherin – das schwächste Mitglied unserer Gruppe – mit dem vollen Umfang unserer Einnahmen betraut wird."

„Hör mal, lass uns für den Moment unsere Gruppenregeln beibehalten und Änderungen besprechen, sobald wir aus dem Dungeon draußen sind", sagte Daniel.

„Nun gut. Mein Protest bleibt jedoch bestehen", sagte Rob, bevor er die Steine aus seinem Beutel fischte und sie Asin reichte. Sie nahm sie vorsichtig von Rob und betrachtete die beiden sorgfältig, bevor sie nickte und sie in ihren eigenen Beutel steckte. Asin war so sehr auf die Steine konzentriert, dass sie das Schürzen von Robs Lippen nicht bemerkte, als sie die magischen Objekte anstarrte.

Tula tippte mit dem Fuß auf den Boden. Das leichte Geräusch und die Bewegung veranlassten die erfahrenen Abenteurer, sich umzusehen. Die Frau nickte in Richtung des nächsten Ganges, bevor sie die anderen erwartungsvoll ansah. Als diese die Stirn runzelten, zeigte sie auf Asin und dann auf den Weg, bevor sie wieder starrte.

„Oh", sagte Omrak und verkündete lautstark seine plötzliche Erleuchtung. „Die Frau wünscht, dass wir weitermachen!"

Tula zuckte bei dem lauten Nordländer zusammen und warf dem blonden Riesen einen Blick zu, der selbstvergessen lächelte. Daniel zuckte zusammen, als er die Nebenhandlung bemerkte, winkte aber Asin vorwärts. Die Catkin nickte mit einem Schnüffeln und trottete zum nächsten Gang hinüber, bückte sich schnell, um nach Gefahren zu suchen, bevor sie in einem deutlich schnelleren Tempo als Tula vorwärtsging.

Omrak folgte Asin grinsend, nachdem er ihr ausreichend Platz gelassen hatte. Die beiden Neuankömmlinge warfen sich einen Blick zu und tauschten eine kurze Sekunde der Kameradschaft aus, bevor auch sie folgten und Daniel hinter sich ließen, um über die neue Gruppendynamik nachzudenken.

***

Stunden später fand das Quintett endlich den Ebenen-Champion. Oder, in ihrem Fall, fand der Koboldaufseher sie. Ein paar Plattformen hinter ihnen hatte ein schwebender Gang sich mit ihrer Route verbunden und so einen plötzlichen und völlig unerwarteten Weg zu ihnen geschaffen. Durch den neu geschaffenen Steg kam der Ebenen-Champion von hinten über eine Plattform, die über der Gruppe schwebte. Seine einschüchternde, muskulöse, aber glücklicherweise flügellose Präsenz wurde von Daniel bemerkt, bevor die Gruppe überrascht werden konnte. Trotzdem waren die Abenteurer nicht in der Lage, ihre Position zu halten, und versuchten, ihre Formation anzupassen.

Daniel visierte mit seinem Steinbogen an und war kaum in der Lage, einen einzigen Schuss auf die ankommende Koboldgruppe abzufeuern, die dem Ebenen-Champion vorausging. Hinter ihm schickte Tula einen Pfeil nach dem anderen in die Gruppe, wobei sie ihr Skill **Pfeilsturm** zurückhielt, bis die Kobolde fast bei den drei hinteren waren, und die Phantompfeile in einem breiten Sperrfeuer abfeuerte. Der Angriff überraschte viele der Kobolde, tötete einige und störte andere, sodass sie zur Beute von Robs Stacheln wurden.

Rob versteckte sich hinter Daniels breiterem Körper und duckte sich tief hinter den gepanzerten Abenteurer, während er weitere verzauberte Gegenstände aus seinen Beuteln holte. Er ignorierte die kleineren Kobolde und rollte einen kleinen Ball vor der Gruppe in Richtung des entgegenkommenden Ebenen-Champions. Die Kugel hüpfte über einen unsichtbaren Felsen und fiel fast von der Kante des Ganges herunter, bevor sie zum Stillstand kam. Die schwarze und eisengemusterte Stahlkugel schimmerte im unbeständigen blauen Licht der Dungeonbeleuchtung.

„Bei Erlis' Tränen, das war knapp", murmelte Rob vor sich hin.

Dann fischte Rob eine zweite, kleinere Kugel heraus und warf sie nach vorne, nachdem er eine kurze Beschwörungsformel geflüstert hatte. Die Kugel rollte vorwärts, entfaltete sich nach drei Sekunden und explodierte in einer kleinen Metallwolke. Aus den zerbrochenen Eisenteilen wuchsen schnell Eiszapfen auf dem Boden, und auf dem Weg tauchten plötzlich stachelige und gefrorene Krähenfüße auf.

Zu diesem Zeitpunkt waren die meisten der verbliebenen Kobolde bereits an der Gruppe vorbeigeflogen und hatten kleinere Schnitte und blaue Flecken an ihnen hinterlassen. Die Kobolde, die nicht in Position waren, schlugen nun mit ihren Flügeln, um an Höhe zu gewinnen, oder versteckten sich unter dem Weg, um sich der Gruppe wieder zu nähern. Anstatt den Kobolden eine Atempause zu gönnen und ihnen die Möglichkeit zu geben, in Ruhe anzugreifen, brüllte Omrak und löste sein Skill aus – die *Herausforderung des Nordens.* Die Kobolde, wütend und angelockt durch den mächtigen Spott, hörten auf, nach einer Position zu suchen, und stürzten sich auf Omrak, in der Absicht, den Nordländer sofort zu töten.

Viele von denen, die sich näherten, wurden beiseite geschlagen, andere wurden von Asins Wurfmessern durchbohrt, die nach vorne stürmte, um Omrak zu helfen. Bei so vielen Angreifern löste Asin ihre eigene Multi-Waffen-Fähigkeit aus, den *Messerfächer*, und erzeugte einen Sprühregen aus Wurfwaffen, der schockierende Ergebnisse lieferte.

„Die gehören uns, Freund Daniel!", brüllte Omrak und schwang sein riesiges Zweihandschwert herum, wobei seine Arme durch die kleinen Schnitte zu bluten begannen. Als er sich weitere Verletzungen zuzog, aktivierte sich Omraks Wut-Skill und ein langsam zunehmendes rotes Glühen umgab seinen Körper.

„Verstanden!", rief Daniel zurück und gab Omrak Antwort, ohne sich umzudrehen.

Als der große Aufseher die erste von Robs Kugeln passierte, explodierte die verzauberte Falle. Sie entfesselte eine Wolke winziger Sporen in die Luft, die der Aufseher einatmete. Ein verirrter Windstoß wehte einige der Sporen in Richtung des Trios und überraschte Daniel und Tula. Beide schafften es, sich vor dem Einatmen der Sporen zu schützen, aber fast sofort begannen Daniels Augen zu tränen und zu jucken.

„Schließt eure... oh, vergesst es", sagte Rob, der zu spät verstanden hatte, was geschah. Der Zauberer selbst hatte eine neue Schutzbrille aufgesetzt, die sein Gesicht schützte.

Mit einem Knurren wirkte Daniel das *Zeichen des Heilers* bei sich selbst und dann bei Tula an. Er war dankbar, dass der Aufseher in seiner plötzlichen teilweisen Blindheit und seinem Hustenanfall in das Krähenfuß-Feld gestolpert war. Als der Heilimpuls des Zaubers wirkte, stellte Daniel fest, dass seine Augen weniger juckten und tränten. Dennoch erlaubte die Verzögerung beim Wirken beider Zauber dem Aufseher, nahe heranzukommen und seine Peitsche um seinen Körper zu wirbeln, um ihn anzugreifen.

Rob, der die Ablenkung seines Kameraden bemerkte, gestikulierte mit seinen Händen und übernahm die direkte Kontrolle über seine verzauberten Waffen. Die Stacheln flogen nach unten, einer wurde von der Peitsche beiseite geschleudert, lenkte seine Flugbahn aber so ab, dass Daniel ihn mit seinem Schild auffangen konnte. Der zweite schoss nach vorne in Richtung des Aufsehers, nur um durch eine Neigung des großen Körpers des Aufsehers abgewehrt zu werden.

„Ba'als Segen!", fluchte Daniel, als er den Steinbogen auf den Boden fallen ließ und seinen Hammer herauszerrte. Er machte einen Schritt nach vorne und blieb dann stehen, als er merkte, dass er es nicht wagte, sich dem Aufseher über den Boden voller Fallen zu nähern.

„Richtig", mahnte Tula, die ihre Augen fest zusammenkniff, als sie einen Pfeil aus ihrem Kurvenbogen direkt auf den Aufseher abfeuerte. Der Pfeil schimmerte in blauem Licht, als die Rangerin ihr Skill **Durchdringender Schlag** einsetzte. Der Pfeil flog zu schnell, als dass er ihm hätte ausweichen können, und durchbohrte die linke Schulter des Aufsehers.

Da Daniel den Rand der Fallenzone mit seinem Schild verteidigte und sowohl Rob als auch Tula den Aufseher aus der Ferne bedrängten, war der Ebenen-Champion gezwungen, sich zu ducken und den Angriffen auf engem Raum auszuweichen. Da er keinen Schwung über den Boden voller Fallen aufbauen konnte, war der Ebenen-Champion nicht in der Lage, an Daniels Schild und Hammer vorbeizukommen. Er litt unter den gelegentlichen surrenden Schlägen der Stacheln und den bogenförmigen Pfeilschüssen von Tula, die in seinen Rücken einschlugen. Da die Abenteurer keine andere Wahl und bereits Erfahrung im Kampf gegen das Monster hatten, erschlug die Gruppe den Ebenen-Champion schnell und überließ es Asin, den hinterbliebenen Manastein und später die Ebenentruhe, die sie auf der ursprünglichen Plattform gefunden hatten, aufzusammeln.

Nach Erfüllung ihrer kurzfristigen Aufgabe trottete die Gruppe zum nächstgelegenen Ausgang – in diesem Fall der Eingang zur zweiten Ebene, der gleichzeitig als Portal zum Ausgang diente. Während sie den Rückweg antraten, musste Daniel an die Dinge denken, die er später zu seinen neuen Gruppenmitgliedern sagen musste.

Kapitel 2

„Das war kein komplettes Desaster", sagte Daniel zur Gruppe, als sie sich um ihren Tisch in der *Einsamen Kerze* versammelten. Für die Gruppe war ein Brotteller mit einem spätherbstlichen Kompott aus Himbeeren und Direbeeren bereitgestellt. „Für unseren ersten Durchgang haben wir die Ebene abgeräumt – das war gut."

„Ein Mindestmaß an Kompetenz würde ich erwarten", entgegnete Rob mit einem Schnauben. „Bei der letzten Schlacht hätte ich fast einen Stachel verloren."

„Komm schon, Rob." Ein freundlicher Ellbogen stieß den Magier in die Seite, als Tula die Gruppe anlächelte. „So schlimm war es nicht. Und du warst es, der uns vergiftet hat."

„Und ich habe den Aufseher abgelenkt!"

„Ja. Wenigstens hast du keine Koboldschwärme auf uns gehetzt, weil du zu laut warst", sagte Tula mit einem Augenrollen.

„Es wäre schlecht, noch mehr Kobolde anzulocken", sagte Omrak zustimmend, seine laute Stimme dröhnte durch die Taverne. Nachdem er die letzten Monate im Gasthaus verbracht hatte, drehte keiner der Stammgäste mehr den Kopf bei dem lauten Nordländer.

„Du", sagte Asin und stieß Omrak mit einer verlängerten Klaue in die Seite. Omrak zischte und wich vor dem scharfen Schmerz zurück, nachdem er seine „spießige und aufdringliche" Ledertunika beim Verlassen des Dungeons abgelegt hatte.

„Freund Daniel hat gerade sein Mana aufgebraucht, um mich zu heilen", sagte Omrak, während er sich reflexartig die Arme rieb. „Wir sollten ihn nicht zwingen, noch einmal zu arbeiten."

„Und du", Rob zeigte auf Asin und dann auf Tula, „ihr beide müsst mehr reden."

„Schwer!", protestierte Asin und rieb sich die Kehle.

„Gefährlich", sagte Tula und schüttelte den Kopf. „In der Wildnis kann ein verirrtes Geräusch Unheil bringen. Die Wildnis ist nicht wie der Dungeon. Es gibt keine Ebenen, die wirklich gefährliche Monster fernhalten."

„Aber wir sind nicht in der Wildnis", fügte Daniel hinzu. „Könntest du nicht ein bisschen mehr reden? Nicht jeder versteht die Handzeichen der Ranger." Tatsächlich, überlegte Daniel, verstand das außer Tula keiner von ihnen. „Es würde uns helfen zu verstehen, was du siehst."

„Schlechtes Training schafft schlechte Gewohnheiten", stimmte Tula an, bevor sie den Kopf schüttelte. „Zumindest hat Min das immer gesagt. Und im Dungeon gibt es wenig zu sagen. Ich habe alle richtig gewarnt, oder nicht?"

„Ja", stimmte Asin sofort zu und wedelte mit dem Schwanz hinter sich herum. Die Catkin fixierte den Magier mit ihren großen grünen Katzenaugen, als sie ihn herausforderte, ihrer Tatsache zu widersprechen.

„Bah! Beim Abenteuer geht es um mehr als nur darum, die richtigen Gefahren zu finden und sich gegenseitig darüber zu informieren. Es geht darum, eine Gruppe zu bilden; eine Gruppe von Mitstreitern, auf die man sich verlassen kann. Wie die Sieben!", sagte Rob. „Wie sollen wir in der Stille solche Bindungen entwickeln?"

„Das tun wir nicht", sagte Tula. „Ich bin auf Befehl hier. Keiner weiß, wie die Umgebung in Artos diesmal sein wird. Meine Skills und mein Training sind außerhalb der Dungeons am besten aufgehoben, und ich werde dort schneller sein als Hursa beim Verlassen einer Bank, wenn das hier vorbei ist."

Daniel schnaubte bei Tulas Worten, denn die Vorliebe des jungen Gottes für Diebstähle war bekannt. Dass Hursa von den meisten Bewohnern in Brad nur selten angerufen wurde, hatte eher mit dem Wunsch zu tun, seine wankelmütige Aufmerksamkeit zu vermeiden, sodass die Verehrung des Gottes sehr spärlich ausfiel. Allerdings erinnerte sich Daniel daran, wie die Händler, die sie eskortiert hatten, darüber sprachen, wie manche Dörfer an den alten Bräuchen festhielten und allen acht Göttern Opfergaben darbrachten.

„Zauberer Rob hat recht. Wir müssen zusammenarbeiten. Bei einem oder mehreren Dungeons ist unsere Aufgabe als Abenteurer nicht einfach“, sagte Omrak. „Vertrauen ist wichtig unter Axtbrüdern. Aber Blutvergießen ist die größte Bindung von allen.“

„Apropos Vertrauen“, sagte Tula und beäugte als nächstes Asin. „Was soll das, Asin alle Steine zu geben? Traut ihr uns nicht zu, dass wir unsere Anteile ordentlich abliefern?“

„Nein.“

„Nein was?“, sagte Rob verärgert, während er den Bierkrug, den er gerade in die Hand genommen hatte, auf den Tisch knallte. „Nein, du vertraust uns nicht, oder nein, du vertraust uns doch?“

„Ja“, sagte Asin. Daniels Lippen zuckten, als er bemerkte, wie der Schwanz der Catkin hinter ihr zischte und ihre Ohren hin und her zuckten.

„Du...“

„Was Asin damit sagen will, ist, dass wir euch vertrauen. Es ist nur, na ja, es ist, wie wir die Dinge angehen. Asin ist sehr gut darin, mit den Händlern zu feilschen, wenn wir die Steine außerhalb der Gilde verkaufen müssen, sie hat die Kontakte. Und anstatt dass wir an schlechten Tagen alle zur Gilde gehen müssen“, schaltete sich Daniel ein, bevor es noch schlimmer wurde, „ist das Feilschen etwas, das sie gerne macht, und es gibt dem Rest von uns Zeit, unser eigenes Ding zu machen.“

„Was zum Beispiel?“

„Ich trainiere", sagte Omrak und klopfte sich auf die Brust. „Oder besuche die Docks – obwohl Silverstone so etwas nicht hat –, um mehr Münzen zu verdienen. Daniel verbringt seine Zeit damit, die Armen zu heilen."

„Weltverbesserer", sagte Tula mit einem Grinsen. Aber es lag auch ein Hauch von Bewunderung in ihrer Stimme.

„Nicht unbedingt, na ja. Es ist eine gute Übung für meine Skills", sagte Daniel und versteckte sich dann hinter seinem hastig erhobenen Krug.

„Nun, ich glaube nicht..." Rob hielt inne, als er von Elise, der Wirtin, unterbrochen wurde, die mit dem Essen ankam. Sie begann, Teller vor den Abenteurern abzustellen, und bot sowohl Omrak als auch Asin eine doppelte Portion Lammkeule an. Nachdem Elise sich vergewissert hatte, dass der Tisch keine weiteren Gäste benötigte, ging sie. Aber nicht, bevor sie Daniel einen besorgten Blick zuwarf, den der Abenteurer völlig übersah.

„Ähm", sagte Rob. Als er feststellte, dass keiner der anderen ihm Aufmerksamkeit schenkte, wiederholte er sich lauter. Als die anderen etwas genervt und hungrig ihn anstarrten, nickte Rob. „Wir sprachen über die Verteilung der Manasteine."

„Ach, lass es doch! Wenn wir Asins Körper verlieren, haben wir wahrscheinlich sowieso größere Probleme", sagte Tula mit einer Bewegung ihres Messers. Dann senkte sie den Kopf wieder, konzentrierte sich auf ihr Essen und warf einen Seitenblick auf Omrak und seinen aufgetürmten Teller neben ihr.

„Aber..."

„Ich glaube, du bist hier überstimmt, Rob", sagte Daniel. „Wir haben Asin – oder die Manasteine – in all der Zeit, in der wir Abenteuer erlebt haben, noch nie verloren. Ich bezweifle, dass sich daran etwas in Zukunft ändern wird."

Rob brummte, schwieg aber und stocherte in seinem Essen herum. Für den Rest des stillen Abendessens schwieg er mürrisch, während die hungrigen Abenteurer ihre Teller verschlangen. Erst als alle ihre Teller beiseitegeschoben hatten, sah sich Daniel um und sprach langsam.

„Also. Omrak ist laut – er wird daran arbeiten. Tula und Asin müssen ein bisschen mehr kommunizieren, damit Rob und alle anderen beruhigt sind. Vielleicht können wir ein paar der gängigeren Ranger-Zeichen lernen?“, sagte Daniel, und als Tula nickte, nickte er zurück. „Und Rob wird klarer darin sein, welche Art von Verzauberungen er einsetzen wird und wie sie wirken. Habe ich etwas vergessen?“

„Ich habe keine Korrekturen für dich gehört, Freund Daniel“, sagte Omrak. „Ich würde mir wünschen, diese von unseren geschätzten Kollegen zu hören, bevor wir diese Diskussion beenden.“

Tula warf einen Blick auf Rob und dann auf den Rest der Gruppe, bevor sie beide Hände nach oben hob. „Über Daniel kann ich mich nicht wirklich beschweren. Ich habe allerdings noch nie mit einem Heiler zusammengearbeitet, also bin ich hier nicht besonders erfahren. Er ist nicht der beste Kämpfer, den ich je kennengelernt habe, aber er ist nicht schrecklich.“

„Ich schon. Mit einem Heiler gearbeitet, meine ich“, sagte Rob, richtete sich leicht auf und blähte seine Brust auf. „Ein paar Mal sogar. Daniels Methoden unterscheiden sich von denen des Priesters und des Kräuterkundigen, mit denen ich mich zuvor beschäftigt hatte. Keiner von beiden ist an die Front gegangen.“

„Nun ja, wir haben nicht genug Leute, als dass ich das vermeiden könnte“, rechtfertigte sich Daniel.

„Und warum ist das so?“, fragte Rob mit einem Schnauben. „Es gibt keinen Grund, nicht einen sechsten einzustellen. Sicherlich wäre es einfach, einen weiteren Nahkämpfer zu finden. Von dieser Sorte gibt es ein Dutzend."

„Aufteilung niedrig", knurrte Asin.

„Bist du deshalb mit drei Personen unterwegs gewesen?", fragte Tula neugierig.

„Nicht nur das", sagte Daniel und senkte den Kopf. Der wahre Grund – dass sie seine Gabe geheim halten mussten – war jedoch etwas, das sie ihren neuen Teamkollegen nicht anvertrauen wollten. Noch nicht. „Wie ihr schon gemerkt habt, dauert es ein bisschen, ein Team zu organisieren."

„Bei der Art, wie ihr arbeitet, sicherlich", sagte Rob mit einem Nicken. „Nicht alle Teams sind so methodisch."

„Es hat uns ermöglicht, die Dungeons zu räumen", sagte Daniel und runzelte leicht die Stirn.

„Anfänger-Dungeons. Fortgeschrittene Dungeons, wie du schon bemerkt hast, erfordern eine größere Anzahl von Personen. Wenn auch nur, um mit der größeren Anzahl von Monstern fertig zu werden. Und den Ebenen-Champions."

Daniel nickte, denn er wusste, dass ihr Vorankommen, selbst heute mit den neuen Mitgliedern, schneller war als das, was die drei bisher erlebt hatten. Natürlich hatten die beiden bis jetzt noch nicht wirklich von seinen Fähigkeiten als Heiler profitiert – die Fähigkeit, tagein, tagaus in einen Dungeon zu gehen. Teams mit einem Heiler hatten den Vorteil, dass sie Hilfe im Haus hatten, was die Kosten des Teams reduzierte und ihnen die Möglichkeit gab, sich mit besseren Waffen und Rüstungen auszustatten sowie konstante Arbeit zu ermöglichen. Viele der von Rob erwähnten Abenteurergruppen hatten eine große Anzahl von Teammitgliedern, um mit dem Mangel an Heilern umzugehen – was ihnen erlaubte, die Mitglieder zu rotieren, um das Team im Abenteuer zu halten.

„Tja, ich werde mich nicht in die hinteren Reihen begeben", entschied Daniel schließlich, um seinen Standpunkt deutlich zu machen. Robs Lippen zogen sich zusammen, aber der Zauberer nickte schließlich und akzeptierte Daniels Aussage. „Also, wenn es..."

„Endlich zurück vom Diebstahl eines weiteren Ortes?", rief Gerardo, als der beleibte Abenteurer herüberstapfte, sein Schwert an der Seite, die dunklen Augen blitzten vor Wut. Hinter ihm schritt Farhad, der doppelschwingende Kämpfer mit olivfarbenen Augen, die vor Zorn funkelten, während seine Robe hinter ihm herflatterte.

„Gestohlen? Wir haben nichts gestohlen!", sagte Tula wütend und stand auf.

„Oh, denkst du nicht? Was denkst du, woher dein Platz in Artos kommt?", knurrte Gerardo.

„Also, Gerardo, das ist nicht ganz fair", rief Rita, die neben dem Quintett auftauchte, während sie aus Asins Becher trank. „Der Gildenmeister hat versprochen, dass wir eine Chance haben, wenn ein dritter Platz frei wird." In ihrer Stimme lag gutmütiger Sarkasmus, während sie sprach. „Sie haben uns also nicht den Platz gestohlen, sondern uns nur verlegt."

„Ich...", stotterte Daniel vor sich hin, als ihm klar wurde, wo ihr Slot herkam. „Ich wusste nicht..."

„Natürlich nicht. Nur, weil du ein Heiler bist." Gerardo zur Seite. In dem Moment, in dem er den Spuckeklumpen losließ, erschien Elise neben ihm, die Hände in die Hüften gestemmt.

„Und das ist genug. Raus!"

„Du..."

„Du hast in mein Gasthaus gespuckt, Orange. Raus hier", knurrte Elise. Die Bloody Blades waren nur ein Team mit dem Rang Orange, genau wie Daniels Team. Nur eine Stufe über den bloßen roten Teams.

„Das hat nichts..."

„Ich sagte raus! Deine **Einladung ist widerrufen!**", schnauzte Elise. Gerardos Augen weiteten sich, als er plötzlich hochgehoben und aus dem Gasthaus geschleudert wurde. Die Türen öffneten sich für den Abenteurer von selbst, während sein Körper aus eigener Kraft durch die Luft flog. „Der Rest von euch kümmert sich um eure Manieren. Oder ihr könnt gehen."

Das andere Abenteurerpaar von den Bloody Blades starrte das Quintett an, bevor es schnaubte und hinter seinem Anführer herlief. Daniel zuckte zusammen und öffnete den Mund, um ihn dann wieder zu schließen, als er erkannte, dass das Trio das Recht dazu hatte. Auch wenn es nicht beabsichtigt war, so war es doch offensichtlich, dass der Gildenmeister diese Entscheidung getroffen hatte, die sogar die Ergebnisse der Arena außer Kraft setzte und ihrem Team eine neue Reihe von Feinden bescherte.

Dennoch, dachte Daniel schuldbewusst, würde er den Slot nicht zurückgeben. Artos sollte ein riesiger Dungeon sein, und ihn zu räumen, war wichtig – sowohl für ihren Ruf als auch für ihren Geldbeutel.

„Gut, das hätte besser laufen können", sagte Rob, während er den Raum beäugte, der nun ihren Tisch mit leichter Feindseligkeit betrachtete.

„Ja...", murmelte Tula und duckte ihren Kopf nach unten, als ob sie versuchen würde, in ihren Stuhl zu versinken.

„Morgen", sagte Asin fest und schien die Gruppe zu ignorieren.

„Wir sollten mit der Gilde sprechen", grummelte Omrak und übernahm Asins Führung. „Wir brauchen Training, um weiter als Team arbeiten zu können. Und vielleicht zusätzliche Ausrüstung."

„Keine furchtbare Idee. Ich könnte eine Pause vom Dungeon gebrauchen", sagte Rob und nickte.

„Oh, wir gehen rein, wenn wir können", korrigierte Daniel Rob und sah, wie der Zauberer bei dieser Äußerung zusammenzuckte. „Aber das wird davon abhängen, wie hart sie mit uns trainieren."

Bei diesen Worten zuckte Rob noch mehr zusammen.

***

Der Weg zur großen, weitläufigen, zweigeschossigen Abenteurergilde, die das Zentrum der Stadt dominierte, dauerte nicht lange. Als einer der Hauptanziehungspunkte der Stadt gab es mindestens vier Hauptstraßen, die auf das Gebäude zuführten, und ein halbes Dutzend weitere, die in der Nähe des Gebäudes endeten. Im Gegensatz zu Karlak, der kleinen Abenteurerstadt, in der das Trio seine Karriere begonnen hatte, gab es in Silverstone neben den Dungeons noch andere wichtige Industrien. Dennoch war es ohne Zweifel so, dass die Abenteurergilde eine große Bedeutung für die Stadt und ihre Wirtschaft hatte. Allein die Straßen, die zu dem Gebäude führten, lieferten reichlich Beweise für diese Tatsache, da die Ladenbesitzer ihre Waren an die vorbeiziehenden Abenteurer verhökerten.

„Nein, Omrak", sagte Daniel, packte den Ellenbogen des riesigen Abenteurers sanft und zerrte den Nordländer mit Gewalt von einem Stand am Straßenrand weg. „Wir halten nicht an, damit du einkaufen kannst."

„Aber das Pulver, das sie anbieten, sorgt für eine Erhöhung der Hitzebeständigkeit!", argumentierte Omrak.

„Zerkleinerte Juha-Blätter sind der Hauptbestandteil dieser Beutel", sagte Rob, während er neben den beiden herging. „Eine offensichtliche alchemistische Mischung."

„Juha-Blätter?"

„Das ist eine Pflanze, die man am häufigsten in den östlichen Sümpfen findet", sagte Daniel. „Du kannst die Blätter kaufen, ganz, für etwa zwei Kupfer pro Beutel. Und du bekommst immer noch eine anständige Menge der Hitzebeständigkeitseffekte. Sehr nützlich für diejenigen, die an einem Hitzschlag leiden."

„Dann..."

„Es schützt nicht vor Verbrennungsschäden", sagte Rob mit einem Rollen der Augen. „Hitzebeständigkeit ist nicht gleichzusetzen mit Verbrennungsbeständigkeit. Das eine betrifft deine Fähigkeit, hohe Temperaturen auszuhalten. Das andere ist plötzlich, schmerzhaft und vernarbend."

„So funktioniert der Vergleich nicht", meldete sich Tula von ihrer Seite. Daniel bemerkte abwesend, wie die Rangerin sich für die Mitte der Gruppe entschieden hatte und sich von den Rändern der Menge fernhielt, während sie gingen.

„Es ist gut genug für unseren barbarischen Begleiter", antwortete Rob.

„Aber warum sollte jemand einen solchen Gegenstand verkaufen, wenn er in den kommenden Dungeons keinen Nutzen hat?", beschwerte sich Omrak klagend.

„Aus demselben Grund, aus dem sie dir die *verzauberten* Fallensteller, den *Flachmann des unendlichen Weins* und dieses verfluchte verknotete Seil verkauft haben", sagte Daniel. „Weil du Geld hast und sie es haben wollen."

„Der Flachmann *ist* unendlich", protestierte Omrak.

„Der Wein ist so schlecht, dass wir ihn als Essig verwenden", fügte Daniel hinzu. „Und er fließt mit einer Geschwindigkeit von einer Tasse pro Stunde aus. Es ist gut, dass Erin uns erlaubt hat, es gegen deine Monatsmiete einzutauschen."

Omrak zog eine Grimasse, nickte dann aber und verstummte. Trotzdem dauerte es nur zehn Minuten, bis der blonde Riese ein weiteres Geschäft entdeckte. Doch dieses Mal war sogar Daniel fasziniert, als er auf das halbe Dutzend Ringe starrte, die unter dem Glasbehälter schimmerten.

„Ringe zur Wasseratmung", las Daniel für Omrak laut vor. Sein Freund arbeitete immer noch daran, lesen zu lernen, und so war Daniel in Fällen wie diesem mehr als glücklich, ihm zu helfen. „Und auch ein anständiger Preis für verzauberte Ausrüstung."

„Du hast ein gutes Auge", sagte der Händler, als er aus dem Laden kam. Er strich sich über seinen langen Bart und lächelte breit. „Ich verkaufe alle diese Ringe als Set."

„Ein Set?" Daniel runzelte die Stirn und betrachtete den Preis. Etwas mehr als dreißig Gold für das Set aus sechs Ringen. Das bedeutete, dass jeder Ring fünf Gold kostete? Wenn man bedenkt, dass die verzauberten Armschienen, die er einmal in Auftrag gegeben hatte, zwölf Gold gekostet hatten – und das waren nur die Materialkosten – waren diese Ringe ein Schnäppchen. In der Tat, fast ein zu großes Schnäppchen.

„Zu billig", mischte sich Asin ein und zeigte auf die Ringe. „Warum?"

Die Lippen des Ladenbesitzers pressten sich für den kürzesten Moment zusammen, als er die Beastkin entdeckte. Aber als Ladenbesitzer, der auf Abenteurer abzielte, überwand er sein eigenes Vorurteil schnell und antwortete Asin. „An den Ringen ist nichts auszusetzen, wenn du das glaubst. Sie sind nur etwas speziell in ihren Anforderungen."

„Ja?"

„Nun, die Ringe..."

„Müssen in Verbindung miteinander verwendet werden", unterbrach Rob. „Allein sind sie nutzlos. Der Zauberer hat wahrscheinlich versucht, beim Verzaubern Kosten zu sparen, und hat einen einzigen Ritualkreis verwendet, den er nicht verändert hat, um mehrere Ringe unterzubringen. So verband das Ritual jeden der Ringe."

„Wer bist du?", fragte der Ladenbesitzer und sah Rob stirnrunzelnd an. „Woher weißt du das?"

„Eine einfache Schlussfolgerung aus der Betrachtung der rituellen Glyphen", antwortete Rob mit einem Schnauben. „Die Ringe sind nicht einmal die Kosten für ihre Grundmaterialien wert. Und die waren minderwertig."

„Minderwertig!", zischte der Ladenbesitzer beleidigt und zeigte mit den Fingern. „Geh. Diese Ringe sind nichts für dich. Und du kannst es vergessen, noch einmal in meinem Laden einzukaufen. Ihr alle!"

„Aber...", begann Daniel zu protestieren, der Ladenbesitzer schnaubte und wandte sich von dem Abenteurer ab. Daniel runzelte die Stirn, gab aber schließlich auf und ging davon, während er Rob einen verärgerten Blick zuwarf. Der Zauberer zuckte nur mit den Schultern, während Asin den Kopf hinter den beiden schüttelte und mit dem Schwanz wedelte, als sie sich schließlich auf den Weg zur Gilde machten und sich durch die Menschenmassen drängten.

Kapitel 3

Die Abenteurergilde war ein großes Gebäude, das erhöht über den umliegenden Gebäuden lag, mit einer Reihe von breiten Treppen, die zu dem cremefarbenen Bau und den Eingangstüren führten. Das Gebäude selbst bestand aus zwei Haupteingängen, die Abenteurer, die zu jedem Eingang einströmten, unterschieden sich in Form und Art. Questoren nahmen den Eingang, der der Gruppe am nächsten lag – Individuen, die sich auf die Erledigung von Anfragen aus der Bevölkerung konzentrierten. Tula, als Rangerin, würde mit diesem Bereich bestens vertraut sein. Beim anderen Eingang lag die *wahre* Arbeit der Abenteurer, dort traten die Erforscher ein, die Dungeon-spezifische Hinweise und Quests abholten oder einfach nur Dungeon-Beute abgaben. Es war zwar möglich, Dungeon-Beute außerhalb der Gilde zu verkaufen, aber der einzige legale Ort, um Manasteine zu verkaufen, war dieser. Kein Wunder also, dass die meisten Abenteurer den leichten Verlust in Kauf nahmen, um alles an einem Ort zu verkaufen.

Die Gruppe stapfte die Treppe hinauf und betrat den zweiten Eingang. Daniel schenkte der Benachrichtigungstafel leichte Aufmerksamkeit, da er neugierig war, ob es zusätzliche Updates zu den Dungeons gab. Er wischte sofort die Notizen über Aramis weg, da er nicht genug Zeit oder Kontext hatte, um die Details zu verstehen, und konzentrierte sich auf die Updates für Porthos. Als er nichts Neues sah, beschleunigte er den Prozess. Währenddessen betrachteten Asin und Rob hinter ihm die angezeigten Preise für die Manasteine und die Dungeon-Beute, während Tula und Omrak einfach nur die Leute beobachteten.

Das Quintett erregte bei seinem Auftritt leichte Aufmerksamkeit. Die Hinzufügung des Selkies –Rob –, der Catkin und des riesigen Omrak machte ihre Gruppe etwas einzigartig, besonders mit dem Ruhm, den das Team durch die Arenakämpfe erlangt hatte. Doch zu Daniels Überraschung stellte er fest, dass sich keines der Gildenmitglieder ihnen näherte. Um genau zu sein,...

„Wir sind überhaupt nicht angesprochen worden. Von anderen Gilden", klärte Daniel seine Freunde auf.

„Wusstest du das nicht? Der Gildenmeister hat darum gebeten, dass das Team vor unserem Eintritt in Artos nicht gestört wird", meldete sich Tula zu Wort. „Nicht, dass ich die Gilde wechseln würde", fügte sie hinzu und tippte auf das kleine Emblem eines krausen Efeustocks, das auf der Brust ihrer Tunika aufgenäht war.

„Welche Gilde ist das?", fragte Omrak und deutete auf das Emblem von Tula.

„Die Western Ivy", antwortete Tula. „Sie bestehen hauptsächlich aus Rangern, Spähern und Explorern. Wir sind meist eher aus freien Stücken Questoren als aus Notwendigkeit. Aber versuch mal, das einer Durchschnittsgilde zu erklären." Tula rollte mit den Augen. „Neeein... wir müssen alle die Dungeons abräumen, um als *echte* Abenteurer zu gelten."

Asin runzelte die Stirn und legte bei Tulas Gezeter den Kopf zur Seite, bevor sie sich näher heranschlich. „Gehen?"

„Und wohin gehen? Wir benötigen noch verzauberte Ausrüstung und Manasteine. Der billigste Weg, beides zu bekommen, ist, der Abenteurergilde beizutreten", sagte Tula mit einem Schnauben. „Und es ist ja nicht so, als wäre das nicht schon einmal versucht worden. Aber jeder ist es gewohnt, seine Quests bei der Gilde abzugeben."

Daniel nickte, als Tula einen weiteren Aspekt der Welt erläuterte, die er noch nicht kannte. Als sie das Gespräch beendeten und Tula sich weiterhin über die Verbände und die Gilde beschwerte, verließen sie den hinteren Teil des Gebäudes, wo sich das Trainingsgelände befand.

Dort fanden sie Seth, die Beastkin-Schildkröte, die den Haupttrainingsschalter bediente. Er faulenzte unter der Markise und beobachtete seinen Bereich mit halb geschlossenen Augen. Die Schildkröte grinste, als sich die Gruppe näherte, und er setzte sich auf und neigte den Kopf von einer Seite zur anderen, als er die Neuankömmlinge entdeckte.

„Wie ich sehe, habt ihr euch endlich entschlossen, zu kommen!“, sagte er, während er drei gelbe Zettel herauszog und sie auf seinem Tisch nach vorne schob. „Ihr drei, gebt eure orangefarbenen Zettel zurück.“

Daniel hielt kurz inne, und während er zögerte, schritten seine Freunde an ihm vorbei, um die Hüllen in die Hand zu nehmen, ihre eigenen Abenteurerkarten aus ihrem Inventar zu ziehen, um sie mit einfachen Hüllen zu ersetzen. Daniel tat es ihnen bald darauf gleich, wobei er sich leicht aufplusterte, bis er feststellte, dass beide seiner neuen Gefährten grüne Hüllen auf den Karten hatten, die sie Seth zeigten, als das Gespräch auf den eigentlichen Grund ihrer Reise hierherkam.

„Teamtaktik?“ Seth rieb sich das Kinn gedankenverloren. „Ich nehme an, ihr wollt Taktiken, die ihr in Artos lernen und anwenden könnt?“ Auf das fast gleichzeitige Nicken der Gruppe hin grinste Seth. „Nun, ich habe genau den richtigen Trainer für euch, aber es wird euch nicht gefallen.“

„Es ist Angie, nicht wahr?“

„Es ist Angie.“

Daniel stöhnte auf, als sich seine geäußerte Vorahnung bewahrheitete. Es war nicht so, dass er die ältere, einäugige, muskulöse Trainerin nicht mochte. Es war nur so, dass er verstand, wie brutal ihre Trainingsmethoden waren. Dennoch konnte er sich vorstellen, dass die erfahrene Abenteurerin perfekt für ihre Bedürfnisse geeignet war. Keiner der anderen Trainer würde sie hart genug drängen, um ihnen die Taktik beizubringen, die sie brauchten.

„Wie viel?“

„Wollt ihr sie für eine Woche haben?", fragte Seth.

„Wollen wir?" Daniel wandte sich an die Gruppe, unsicher, wie sehr sie einen tatsächlichen Trainer brauchten und wie viel von den vermittelten Taktiken sie dann im Dungeon anwenden konnten. Schließlich war Training gut, aber es ging nichts über den Druck der tatsächlichen Anwendung, damit es Klick machte. Oder die Fehler in ihren Anwendungen aufzuzeigen.

Seth klopfte auf den Tisch und lenkte Daniels Aufmerksamkeit zurück, während die Gruppe brummte und über die verschiedenen Vorzüge der Buchung eines Trainers für die gesamte Zeit und die Aufteilung der Trainingszeiten diskutierte. Als ihre Aufmerksamkeit wieder auf ihn gelenkt wurde, lächelte Seth.

„Warum mache ich es dir nicht leichter? Der Gildenmeister hat angedeutet, dass er euer Training subventionieren wird, wenn ihr schlau genug wärt zu kommen. Für jeweils ein Gold könnt ihr also eine Woche lang so viel mit Angie trainieren, wie ihr braucht", sagte Seth. Er sah Daniel direkt an und warf dem Heiler einen bedeutungsvollen Blick zu. Als Daniel den Turtlekin nur ausdruckslos anstarrte, fuhr Seth fort. „*Angie* bekommt natürlich die volle Bezahlung für ihre Zeit in dieser Woche. Die ganze. Für jeden von euch."

„Oh." Daniel wurde aufgeheiterter, als er den Hinweis verstand. Ja, natürlich. Angie war immer knapp bei Kasse, sie hatte ein leichtes Alkoholproblem und ein größeres persönliches. Ihre ruppige Art und ihre harten Trainingsmethoden führten dazu, dass nur wenige Abenteurer bereit waren, mit der erfahrenen Abenteurerin zu arbeiten. „Hier ist mein Gold."

„Ich finde, es sollte eine Gruppenentscheidung sein", brummte Rob, fischte dann aber auch ein Goldstück heraus. „Aber es ist ein guter Deal."

Omrak übergab seine Zahlung natürlich wortlos, ebenso wie Asin. Obwohl die Catkin dies mit einem leichten Zucken tat. Damit stand Tula allein da und starrte die Gruppe an.

„Tula?"

„Wir könnten mehr sparen", sagte Tula und runzelte die Stirn. „Ich bin nicht überzeugt, dass das eine gute Verwendung unserer Mittel ist."

„Angie ist sehr gut. Seth hat es gesagt", Daniel deutete auf die Schildkröte, „und er hat uns nicht in die Irre geführt."

„Trotzdem sollten wir uns vielleicht zuerst unsere anderen Optionen ansehen..."

„Und Stunden damit verbringen, alle zu befragen?" Daniel schüttelte den Kopf und zeigte auf die vier. „Wir haben schon bezahlt. Du bist überstimmt, glaube ich."

Tula starrte den Heiler an und dann in die Runde, bevor sie die Lippen zusammenpresste. Sie zog die Goldmünze heraus und warf sie Seth zu, wobei sie leise vor sich hinmurmelte.

„Das ist der Grund, warum ich Gruppen hasse."

Daniel tat so, als hätte er ihre Worte nicht gehört, nahm den Trainingsgutschein von Seth dankend entgegen und machte sich auf den Weg zum Trainingsgelände. Zeit, ihre Trainerin zu finden.

✳✳✳

Angie war leicht zu finden. Die um die vierzig Jahre alte Abenteurerin lehnte an einem der Holzpfosten, die das Trainingsgelände abgrenzten, und beobachtete ein Paar erfahrener Abenteurer, die mit zwei Streitkolben aufeinander einschlugen. Ihr einzelnes Auge leuchtete, der Schweiß durch die Hitze der Sonne ließ die gebräunte und muskulöse Haut unter ihrer einfachen Ledertunika hervorblitzen.

„Angie?", rief Daniel, als sie sich näherten. Angie drehte sich um und grinste, als sie Daniel sah, winkte ihm zu und verließ ihren Posten. Die Kämpfer schienen sich nicht daran zu stören und setzten ihren Sparringkampf ohne Pause fort.

„Daniel. Zurück für mehr?", sagte Angie, als sie den Zettel in seiner Hand betrachtete. Daniel gluckste nur und warf den Zettel zu der Abenteurerin, die den Fang verpatzte und ihn fallen ließ. Als sie sich bückte, um ihn aufzuheben, steckte sie ihn ein und schoss nach vorne, wobei sie Daniel überraschend um beide Beine erwischte und ihn zu Fall brachte. Seine Freunde zerstreuten sich schnell, obwohl Daniel die Kante von Robs Schienbein erwischte, als er zu Boden ging.

„Aua!", stöhnte Daniel auf. Angie hielt ihn nicht zurück, sondern stieg von ihm ab und zog sich mit einem Grinsen zurück. „Wofür war das denn?", fragte Daniel mit einem Stöhnen, als er sich in eine sitzende Position drängte.

„Ich habe nur ein Auge, Idiot", sagte Angie gutmütig. Daniel zuckte zusammen, als er feststellte, dass ihre Tiefenwahrnehmung wahrscheinlich erheblich gestört war. Trotzdem...

„So hart hättest du nicht sein müssen", brummte Daniel, als er aufstand.

„Hättest du dein Training beibehalten, wärst du mir ausgewichen", konterte Angie.

„Ähm. Wir sind aus einem anderen Grund hier", sagte Rob und unterbrach die beiden. Daniel warf dem Zauberer einen Blick zu, bevor er sich an die erwartungsvolle Angie wandte.

„Wir heuern dich für eine Woche an, um uns bei unserer Teamtaktik zu helfen. Das ist Rob Keeton, ein Zauberer, und Tula Perron, eine Rangerin. Sie begleiten uns auf unserer Reise nach Artos." Daniel winkte den beiden abwechselnd zu, während er sprach. „Wir müssen sie zu unseren normalen Formationen hinzufügen, und uns wurde gesagt, du kannst uns helfen, eine Taktik zu entwickeln, die zu uns passen würde."

„Sicher. Aber ich brauche noch ein paar mehr Informationen", sagte Angie und winkte die Gruppe dorthin, wo eine Reihe von Bänken auf sie wartete. Die meisten der Gruppe hatten sich dorthin in Bewegung gesetzt, nur Tula zögerte, bevor sie ihre Hand leicht hob.

„Ja?", sagte Angie, als sie sich umdrehte, um zu sehen, warum die Rangerin so lange brauchte.

„Hast du nicht noch eine Session?" Tula zeigte auf das noch immer kämpfende Paar.

„Nee. Ihr seid interessanter", sagte Angie. Als sie die Grimasse auf Tulas Gesicht bemerkte, lachte Angie leicht und fügte hinzu: „Die haben mich auch nicht bezahlt. Ich habe es nur gemacht, weil mir langweilig war."

„Oh..." Tula nickte und folgte der Aufforderung. Was sie von dieser Offenbarung hielt, behielt sie für sich.

„Also, warum erzählst du mir nicht von deinen Skills. Ich kenne die originalen DAOs, aber vielleicht sollten wir sie noch einmal durchgehen, nur für den Fall", sagte Angie.

Abwechselnd begann die Gruppe, ihre Skills aufzulisten. Das war das zweite Mal, dass sie dies in kurzer Reihenfolge taten, aber keiner vom Team zögerte dabei. Insbesondere listete die Gruppe sowohl ihre wichtigsten Kampfskills als auch ihre für Angie relevanten Skills auf. Andererseits fragte sich Daniel, ob sich jemand zurückhielt – er jedenfalls tat es, indem er seine Gabe nicht detailliert erwähnte.

„In Ordnung, also das hier ist, was wir haben. Auf die größte Entfernung ist nur Tula effektiv. Auf kurze bis mittlere Distanz habt ihr eine begrenzte Anzahl von Fernkampfangriffen zwischen Asin und Omrak. In

Nahkampfreichweite sind fast alle von euch bis zu einem gewissen Grad effektiv – außer Tula, deren bevorzugte Waffe weniger nützlich wird. Das schließt euren Zauberer natürlich nicht ein. Er ist ziemlich nutzlos und nützlich zugleich", sagte Angie mit einer Grimasse. „Er hat eine sehr begrenzte Anzahl von Kampfskills, aber eine große Auswahl an nützlichen verzauberten Gegenständen und ein paar nützliche Hilfszauber. Im Großen und Ganzen würde ich vorsehen, dass er in der Mitte bleibt und als Reserve fungiert und denen hilft, die Unterstützung brauchen. Dort ist er nützlicher als im aktiven Kampf. Klingt das für euch alle ungefähr richtig?"

Daniel schürzte seine Lippen und dachte über das nach, was Angie gesagt hatte. Ausnahmsweise schwieg sogar Rob, während die Abenteurer über ihre Worte nachdachten. Schließlich, nachdem sie ihre widerwillige Zustimmung erhalten hatten, fuhr Angie fort. „Gut. In diesem Fall werden wir mit euch allen eine Reihe von Formationen durchgehen, von Begegnungen aus der Ferne bis zum Nahkampf. Wir werden euch in eurer Grundformation aufstellen, euch in jeder Formation grundlegende taktische Richtlinien erarbeiten lassen und dann eure Formation ändern, um mit verschiedenen Situationen umzugehen, und euch diese Taktiken erneut erarbeiten lassen. Es werden keine exakten Bewegungen sein, aber zumindest werdet ihr alle nach den gleichen Richtlinien arbeiten."

„Richtlinien?", sagte Rob mit einem Stirnrunzeln.

„Richtlinien. Sie unterscheiden sich bei jeder Gruppe. Eine auf Spähern basierende Gruppe mit mehr Fernkampfangriffen würde es mit Treffen und Verteilen versuchen, um ihre Angreifer ausbluten zu lassen. Daniels Gruppe, bevor ihr hinzukamt, unternahm hauptsächlich Gelegenheitsangriffe aus der Distanz, konzentrierte sich aber darauf, die Distanz zu diesen Angreifern schnell zu schließen. Im Moment seid ihr mit Tula in einer etwas traditionelleren Gruppe mit einer Mischung aus Fern- und Nahkämpfern, wobei der Schwerpunkt – wie immer – auf dem Nahkampf liegt. Aber da Omrak ohne Schild ist, könnt ihr euch nicht verstecken und schießen, also solltet ihr lieber aggressiv bleiben", erklärt Angie. „Im Großen und Ganzen wird sich eure Taktik nicht großartig von dem unterscheiden, was DAO bisher hatte – nehmt Fernkampfangriffe auf, wenn es möglich ist, und nähert euch den Fernkämpfern, wenn nicht. Aber der Schwerpunkt wird auf einer höheren Verteidigungsstufe liegen. Aber Worte bedeuten wenig. Lasst uns aufs Feld gehen und ich zeige euch, was ich meine."

***

Stunden später lag das Team auf dem Boden, tief atmend und stöhnend, oder hing an den Zäunen der Arenen. Asin schnaubte leicht, als Omrak seine schmerzende Schulter pflegte, und sich weigerte, Daniel gegenüber die Verletzung zu erwähnen, obwohl die Catkin deutlich das dumpfe Stöhnen gehört hatte, als Angies Hüfte ihn umwarf. Nicht, dass es den anderen viel besser ginge, sie selbst eingeschlossen, dachte die Beastkin. Zusammen mit den anderen inaktiven und gelangweilten Trainern hatte Angie dem Team immer wieder die Gruppenbewegungen beigebracht, die es brauchte, um sich gegenseitig zu koordinieren. Und dann hatte sie die Lektionen in ihre Körper geprügelt.

Im Gegensatz zu den anderen hatte Asin sich gut geschlagen. Es half, dass sowohl ihre Katzenintuition als auch ihre größere Gewandtheit ihr einen fast unfairen Vorteil verschafften. Mit ihrer Intuition und ihren erweiterten Sinnen wusste sie, wo jeder war, und konnte erraten, wohin sie gehen würden. Und wenn das nicht funktionierte, konnte sie um ihre unpassend platzierten Körper herum ausweichen. Das war nicht hilfreich, wenn ihre Teamkollegen sich in den Weg ihrer Messer stellten, aber da es

Daniel und Omrak waren, die in unmittelbarer Nähe kämpften, traten diese Probleme selten auf.

Leider hielt keiner von Asins Vorteilen die Neuankömmlinge davon ab, in die falschen Bereiche zu stolpern oder nicht die richtige Art von Hilfe zu leisten, wenn sie gebraucht wurde. Tula befand sich oft außerhalb ihrer Position, unfähig, die Gruppe mit Deckungsfeuer zu unterstützen, ohne zu riskieren, ihre Teamkollegen zu treffen, während Rob sogar noch nutzloser war. Zumindest konnte Tula manchmal in Nahkampfreichweite gehen, um dem Team zu helfen. Rob war mit seinem begrenzten Arsenal an Fähigkeiten und seinem geringeren intuitiven Gespür für den Ablauf des Kampfes oft völlig nutzlos oder schlimmer noch – eine Gefahr für die Gruppe.

„Daniel, du musst lernen, geduldig zu sein", sagte Angie, während sie auf den zerschundenen und angeschlagenen Heiler zeigte. „Deine Kraft und Skills halten nicht mit den neuen Dungeonmonstern mit, denen du dich in deiner Rolle als Heiler stellen musst. Deine Rüstung schützt dich zwar, aber nicht, wenn du dich überanstrengst. Hör auf, den Kill zu überstürzen, und vertraue darauf, dass deine Gefährten überleben. Und heile sie, wenn sie es nicht tun." Daniel nickte mürrisch, sein Duft brachte kurz den beißenden Geruch von Unmut in Asins Nase, bevor der Abenteurer seine Gefühle unter Kontrolle brachte. Wieder einmal bewunderte Asin, wie kontrolliert ihr Freund sein konnte – es war eine Reife, die seinem Alter nicht gerecht wurde.

„Omrak, du musst lernen, nicht mehr nach vorne zu drängen. Du bist der Dreh- und Angelpunkt der Vorwärtsformation. Wenn du zu weit nach vorne gehst, durchbrichst du die Linie und erlaubst uns, um dich herumzugehen und dein Team anzugreifen. Schlimmer noch, du hast dann Distanzangreifer hinter dir. Im Gegensatz zu Asin kennen sie dich nicht, und solange sie dich nicht kennen, bringst du dich mit deinen Aktionen in Gefahr vor ihren Angriffen", fuhr Angie fort. „Bring das in Ordnung."

„Ja, verehrte Lehrerin", sagte Omrak. Asin schnupperte leicht und nahm den Geruch von Omrak in sich auf. Jung, voller Tatendrang und Hormone. Immer noch eifrig, selbst nach den wiederholten Quetschungen und Verletzungen. Aber unter all dem lag ein Hauch von Säuerlichkeit durch unterdrückten Schmerz. Asin knurrte innerlich, denn sie wusste, dass Omrak wahrscheinlich eine größere Verletzung vor Daniel verbarg. Sie würde Daniel informieren müssen. Bis jetzt hatte der unschuldige und naive Omrak noch nicht bemerkt, dass es Asin war, die seine Versuche, seine Verletzungen zu verbergen, verpetzt hatte.

„Rob. Du musst mehr auf den Ablauf des Kampfes achten und deine Stacheln kontrollieren. Ich denke, du solltest vorerst nur einen einzigen Stachel für Angriffe verwenden. Behalte den zweiten für die Verteidigung. Dein magischer Pfeil – ob mit Mana oder Eis verstärkt – ist mächtig, sollte aber sparsam eingesetzt werden. Und benutze dein Gift nicht ohne Bestätigung."

Robs Lippen verzogen sich und sein Rücken richtete sich auf. Wut kitzelte Asin in der Nase, das Ego des Zauberers war verletzt. Aber er blieb still, was eine Verbesserung gegenüber dem Beginn ihres Trainings war.

„Asin – hör auf, dich auf deine Skills zu verlassen. Du merkst dir nicht die Taktik oder wo deine Teamkameraden sein werden. Du verlässt dich auf deine Fähigkeit, ihre Bewegungen zu lesen", fuhr Angie fort und wandte sich an die Catkin. „Das funktioniert, bis es nicht mehr funktioniert. Normalerweise hat man keine Zeit, die Motivationen der anderen zu lernen, also muss man sich auf die Taktik verlassen." Asin wippte anerkennend mit dem Kopf, aber Angie wandte sich bereits ihrem letzten Mitglied zu und starrte Tula direkt an. „Was dich betrifft, Rangerin, musst du mehr Selbstvertrauen entwickeln. Nimm die Chancen, die dir das Team gibt.“

„Aber sie bewegen sich...“

„Dann ist das ihr Problem. Besonders der große Kerl. Ohne ein paar Pfeile in ihm wird er nicht lernen“, sagte Angie und zeigte auf Daniel. „Du bist in einem Team mit einem Heiler. Nutze das.“

Asin nickte bei den Worten, ihr Schweif peitschte hinter ihr hervor. Es waren alles gute Ratschläge, aber Ratschläge zu erhalten und sie in die Tat umzusetzen, waren zwei völlig verschiedene Dinge. Bevor jemand aus dem Team etwas sagen konnte, deutete Angie auf den Ausgang des Trainingsgeländes und fügte hinzu. „Gut. Jetzt geht etwas trinken und essen, und ab in den Dungeon. Wir haben genug geredet und geübt.“

„Ist das klug?“, sagte Daniel mit einem Stirnrunzeln und Angie zuckte mit den Schultern.

„Ist es klug, einen Dungeon zu betreten? Ist es klug, ein oranges Team in einen neu eröffneten Dungeon zu schicken?“, sagte Angie mit einem Schmunzeln. „Man geht Risiken ein, wenn man die Belohnungen will. Und ihr könnt es euch nicht leisten, diesen Dungeon nicht zu räumen.“

Die Gruppe zog eine Grimasse, nickte aber, und Asin spürte, wie ihr Schwanz hinter ihr herumschwirrte. Ein weiteres Schnuppern brachte ihr den Duft von neuer Entschlossenheit. Auch wenn Angie nicht besonders wortgewandt war, hatte sie ihren Standpunkt klargemacht. Sie waren Abenteurer. Ihr Job war es, Risiken einzugehen. Auch, wenn sie größer waren als gewöhnlich.

Kapitel 4

Daniel seufzte, als er sich die versammelten Gruppen vor der Abenteurergilde ansah. Eine Woche später, und nach zahlreichen anstrengenden Trainingseinheiten hatte sich das Team zusammengefunden. Die Taktiken, die sie mit Angie ausgearbeitet und trainiert hatten, waren zwar immer noch grob, aber die zermürbenden Trainingsstunden hatten eine deutliche Verbesserung ihrer Teamarbeit bewirkt. Rob warf nicht mehr mit seinen verzauberten Giftkugeln herum, ohne die Gruppe vorzuwarnen. Tula konnte mit ihren besseren Bogenschießkünsten das Team nun auch dann unterstützen, wenn die Monster sich ihnen näherten. Und, was Daniel vielleicht am meisten überraschte, Omrak hatte es geschafft, zu lernen, nicht mehr bei jeder Gelegenheit nach vorne zu stürmen.

Im morgendlichen Sonnenlicht stehend, blickte Daniel auf die zahlreichen Teams, die sich ihnen bei der Erforschung von Artos anschließen würden. Die Teams bestanden aus fortgeschrittenen Abenteurern wie sie selbst, aber alle hatten einen höheren Rang. Die ranghöchsten Teams hatten den violetten Rang, Teams, die an der Schwelle zum Meisterabenteurer standen und damit in der Lage waren, die gefährlichsten Dungeons in Brad zu betreten. Und das zeigte sich auch in ihrer Haltung und Ausrüstung, dachte sich Daniel. Jedes der violetten Teams trug mindestens ein Trio von verzauberten Gegenständen, viele führten verzauberte Waffen und Verteidigungsausrüstung mit sich. Diese waren, aufgrund ihrer Größe und Bedeutung, viel teurer als einfache verzauberte Gegenstände.

„Die Flying Tigers, die Trollkiller, die Acht", murmelte Omrak zu Tula, und die beiden tuschelten fröhlich und mit großen Augen über die verschiedenen Gruppen. „So eine große Sammlung von Helden. Wusstest du, dass die Trollkiller ihren Namen durch ihre allererste Quest erhalten haben?"

Daniel ertappte sich dabei, wie er leicht lächelte und seine Teamkollegen liebevoll betrachtete. Die Gruppe hatte sich gut zusammengefunden, aber das war das erste Mal, dass er alle seit einem Tag gesehen hatte. Anstatt sich selbst zu überfordern, hatte die Gruppe den letzten Tag nach einer Heilsitzung mit ihm frei genommen. Jetzt, mit polierter und reparierter Ausrüstung, sahen alle begierig darauf aus, Artos zu betreten. Daniel fragte sich kurz, was jeder getan hatte – obwohl er anhand des selbstgefälligen Gesichtsausdrucks von Asin und Tevik und dem schnellen Aneinanderschmiegen, das er bemerkt hatte, zumindest eine Vermutung über die gestrigen Aktivitäten der Catkin hatte.

Was ihn selbst betraf, so hatte Daniel den Tag damit verbracht, in einer nahegelegenen kostenlosen Klinik zu arbeiten und denen zu helfen, die es sich eine Heilung nicht leisten konnten. Seine Sitzungen in der Klinik waren recht beliebt, auch wenn sie unregelmäßig waren. Er fühlte sich immer noch unwohl dabei, dass so viele seine Handlungen als völlig altruistisch ansahen. In Wirklichkeit nutzte er seine Zeit in der Klinik, um seine eigenen Skills zu verbessern – eine notwendige Voraussetzung, um seine eigenen Heilzauber zu verbessern. Natürlich hätte er das Gleiche tun können, während er für seine Dienste Geld verlangte, aber das war ein Faktor, den er nicht zu sehr in Betracht ziehen wollte.

Abends fand Daniel endlich die Zeit, sein Level zu erhöhen. Mit einem Schnipsen rief Daniel sein Charakterblatt noch einmal auf.

Name: Daniel Chai (Fortgeschrittener Rang Abenteurer)	Rasse: Mensch (Männlich)
Klasse: Level 11 Abenteurer (21 %)	Unterklassen: Level 7 (Bergmann) (2,5 %)
Leben: 311	Ausdauer: 311
Mana: 229	

Attribute	
Kraft: 29	Beweglichkeit: 25
Verfassung: 31	Intelligenz: 24
Willenskraft: 20	Glück: 16
Skills	
Waffenloser Kampf: Level 8 (47/100)	Keulen (Novize): Level 7 (02/100)
Bogenschießen: Level 3 (04/100)	Schutzschild (Novize): Level 6 (82/100)
Ausweichen (Novize): Level 1 (57/100)	Kampf-Sinn (Novize): Level 4 (63/100)
Wahrnehmung (Novize): Level 3 (11/100)	Bergbau: Level 7 (78/100)
Heilen (Novize): Level 4 (08/100)	Kräuterkunde: Level 3 (48/100)
Schleichen: Level 2 (34/100)	Kochen: Level 4 (13/100)
Singen: Level 2 (14/100)	Taktik: Level 3 (02/100)
Skillfertigkeiten	
Doppelschlag	Schildschlag
Perins Schlag	Schwachstelle finden
Kartografie (II)	Inventar (Abenteurer Spezial)
Zaubersprüche	
Kleine Heilung (II)	Zeichen des Heilers (I)
Gaben	
Berührung des Märtyrers – Der Zaubernde kann sich selbst oder andere durch Berührung und Konzentration heilen und opfert dafür einen Teil seines Lebens. Die Kosten variieren je nach Ausmaß der geheilten Verletzungen.	

Während sein Level nicht gestiegen war, freute sich Daniel besonders über die Steigerungen seiner Skills. Da er gezwungen war, zu verstehen, welchen Weg sein Team gehen und welche Taktiken es anwenden würde, stellte er fest, dass er seine Skills *Kampf-Sinn* und *Wahrnehmung* deutlich erhöht hatte und außerdem ein Basis-Skill in *Taktik* erworben hatte. Darüber hinaus hatte sein neues Ziel, sich hinter seinem Schild zu verstecken, sein Skill im Umgang mit der Verteidigungsausrüstung noch weiter erhöht, was ihm einen netten Boost gab. In der Tat war Daniel gespannt, welche neuen Skills er durch die jüngsten Steigerungen erhalten würde. *Schwachstelle finden* war bereits ein mächtiges Skill von ihm, was es ihm erlaubte, den Spieß gegen stärkere, besser gepanzerte Gegner mehrmals umzudrehen.

Ein Rascheln und ein Stimmungswechsel zwischen den Gruppen lenkte Daniels Aufmerksamkeit zurück auf das Team, als eine letzte, in letzter Minute hinzugekommene Gruppe auftauchte. Seine Lippen spitzten sich leicht, als er bemerkte, dass die Falling Leaves, das orangefarbene Team, das Daniel von seinem Platz verdrängt hatte, hier waren. Ein kurzer Blick in die Runde und Daniel stellte fest, dass sein Team neben den Falling Leaves das einzige andere orangefarbene Team war. Er war vorhin zu ehrfürchtig gewesen, um diese Tatsache zu bemerken.

„Was ist hier los?", murmelte Daniel. „Warum sind die hier?"

„Anderes Team. Haben sich getrennt", sagte Asin. „Schlafen miteinander. Drama!"

„Oh ja, das war sehr interessanter Klatsch. Ist erst letzte Nacht passiert", sagte Rob und kicherte leise. „Es scheint, dass ihr Teamleiter den Magier und seine Geliebte dabei erwischt hat, wie sie miteinander schlafen. Zum sechsten Mal! Mit der Erklärung, er könne ‚das nicht mehr tun', stakste der Teamleiter aus der Stadt. Seine Geliebte folgte natürlich, und der Magier huschte zurück zu seinem eigenen Meister."

„Wirklich?" Daniel blinzelte, dann fiel ihm ein, dass die Blackened Blades ein reines Männerteam waren. Das war nicht weiter verwunderlich, denn Frauen waren in Abenteurergruppen in der Minderzahl. Die Härte, die körperlichen Anforderungen und, offen gesagt, die größere Auswahl an

Karrieren, die Frauen zur Verfügung standen, machten es unwahrscheinlicher, dass sie eine so schwierige und gefährliche Laufbahn einschlugen. „Das ist wirklich ein Drama."

Daniel seufzte und beäugte die Falling Leaves. Das verhieß nichts Gutes. Während jede Gruppe, die in den Dungeon ging, allein agieren würde, würden die Teams, die in der orangen oder roten Gruppe waren, gemeinsam auf den unteren Ebenen sein. Im Falle eines Notfalls würden sie sich aufeinander verlassen müssen. Aber angesichts der Feindseligkeit zwischen den Gruppen konnte Daniel nicht anders, als sich vor der Idee zu fürchten, das andere Team um Hilfe zu bitten.

„Nun, da sich alle versammelt haben, möchte ich ein paar Worte sagen", erklang die Stimme des Gildenmeisters über den Platz und lenkte die Aufmerksamkeit der verschiedenen Abenteurer auf sich. Daniel wandte sich an den älteren Mann, der über ihre Karrieren entschied. „Wie viele von euch wissen, ist die Eröffnung von Artos in diesem Zeitintervall beispiellos. Es wird angenommen, dass die Öffnung auf einen unnatürlichen Anstieg der Anzahl der Dungeon-Monster zurückzuführen ist – was einen aktiven Unterdrückungsversuch durch die Teams, die wir hineinschicken, erfordert. Wenn das stimmt, bedeutet das, dass ihr größeren Gefahren ausgesetzt seid als alle bisherigen Teams. Aber Erlis gefährdet nicht, ohne zu belohnen. Es ist wahrscheinlich, dass die Belohnungen für das, was euch bevorsteht, ebenfalls gestiegen sind. Diejenigen, die etwas riskieren, werden triumphieren. Diejenigen, die sich verstecken, werden untergehen."

Überall auf dem Platz nickten die Abenteurer zustimmend. Es war Teil ihres Lebens, ihrer Berufung, alles für ihre Einkünfte zu riskieren. Und für die Zivilisten, die ihr Leben lebten, ohne jemals einen Dungeon zu betreten. Ohne sie würde die Korruption, die Ba'al in die Welt eingepflanzt hatte, überkochen und Monster in die Umgebung schicken. Als Abenteurer war ihre Aufgabe, dafür zu sorgen, dass die Dungeons niemals kaputt gingen.

„Ihr alle habt erhalten, was wir an Hilfe leisten können – einschließlich einer Liste aller Monster, die jemals in Artos angetroffen wurden, sowie Karten des Dungeons. Aber wie ihr wisst, verändert sich Artos jedes Mal, wenn es geöffnet wird, und wir gehen nicht davon aus, dass es anders sein wird", sagte der Gildenmeister und ließ seinen Blick über alle schweifen. „Viel Glück. Und eine gute Erforschung."

Auf seine letzte Äußerung hin sprachen die Abenteurer ihren Dank aus. Daniel berührte seine Gürteltasche, in der sich ein einzelner Heiltrank befand, ein Geschenk der Abenteurergilde. Es war offensichtlich, dass es nicht genug sein würde, aber an sich war es eine großzügige Tat. Heiltränke waren teuer und selten.

Nachdem er seine Ansprache beendet hatte, drehte sich der Gildenmeister um und ging. Bald darauf strömten Aufseher heraus, um jedes Abenteurer-Team zu treffen und sie zum neu eröffneten Dungeon zu führen. Gemeinsam stapfte die Gruppe langsam durch die überfüllten Straßen, die mit Bauern auf dem Weg zum Markt, Bäckern und anderen Frühaufstehern gefüllt waren. Doch als sie die Abenteurer erblickten, machten die Zivilisten Platz für die Gruppe, geflüsterte Gespräche begleiteten ihren Weg.

„Es scheint, dass sogar die Zivilisten sich der Wichtigkeit bewusst sind", sagte Rob, als er einen Blick auf die sich aufteilende Menge warf. „Es wäre ein schweres Verbrechen, wenn wir unseren Anteil nicht abräumen würden."

„Wir werden nicht versagen!", erwiderte Omrak. „Es sind ja nur ein paar Ebenen. Und die zweite Ebene von Porthos haben wir locker geschafft!"

„Mit unseren neuen Freunden ist es einfacher", mischte sich Daniel ein und nickte Tula und Rob zu. Tula lächelte nur leicht und drängte sich tiefer in die Gruppe, als die Menge sie weiter anstarrte, während Rob mit einem Lächeln auf den Lippen nach vorne schritt.

Auf diese Weise gingen die Teams von der Abenteurergilde in Richtung Norden und erreichten schließlich einen ummauerten Teil der Stadt. Ein großes Tor wurde aufgeschwungen, bewacht von den Stadtwächtern, die die Abenteurer hereinwinkten, nachdem sie ihre Anwesenheit bei den Wächtern bestätigt hatten.

Das Team war gezwungen, außerhalb des Geheges zu warten, und plauderte leise vor sich hin.

„Was für ein Dungeon wird es wohl sein? Wieder eine Höhle oder etwas Wilderes?", fragte Daniel leise.

„Ich hoffe, es ist ein Wald", sagte Tula und fuhr abwesend mit den Fingern über die Enden ihrer Pfeile. „Es wäre schön, wieder in einem zu sein."

„Auch wenn er künstlich ist?", sagte Daniel neugierig.

„Besser als nichts."

„Eine bergige Dungeonebene wäre gut", mischte sich Omrak grinsend ein.

„Nicht Wasser", sagte Asin mit einem leisen Aufjaulen. Selbst wenn die Gruppe zusammengelegt und die Wasseratemringe gekauft hatte, war es immer noch kein Boden, auf dem sich jemand von ihnen wohlfühlen würde. Vor allem nicht die wählerische Catkin.

„Die Umgebung ist mir egal, aber humanoide Monster wären am besten", sagte Rob und berührte die kleinen verzauberten Kugeln, die er bei sich trug. „Gegen die wirken meine Gifte am besten."

„Nun, ich bezweifle, dass es Kobolde sein werden", sagte Daniel mit einem Lächeln und brachte seine ursprünglichen Freunde zum Kichern über gemeinsame Erinnerungen.

„DAO!", rief der Gildenbetreuer. Die Gruppe bewegte sich schnell vorwärts und strömte in den Dungeon. Sie entdeckten sofort das einzelne, leuchtende, doppeltürige Portal, das den Eingang zum Dungeon darstellte. Seine wirbelnden Farben gaben keinen weiteren Hinweis darauf, was sich darin befinden könnte.

„Weißt du, ich denke, wir sollten den Gruppennamen ändern", sagte Tula. „Immerhin sind wir jetzt Teil der Gruppe."

„Du willst also lieber als DAROT bekannt sein? Oder vielleicht TAROD?", sagte Rob verächtlich. „Das ziehe ich nicht vor."

„Etwas mit etwas mehr Flair", erwiderte Tula, während die Gruppe auf das Dungeon-Portal zuging. Als Daniel es gerade betreten wollte, griff Omrak nach Daniels Arm und schüttelte den Kopf.

„Das ist meine Ehre", sagte Omrak.

„Nein", sagte Asin und stieß den Nordländer in die Seite. Als Omrak die Stirn runzelte, deutete Asin auf den Aufseher, der damit beschäftigt war, mit einigen Steinen an der Seite zu spielen.

„Ah..." Omrak verstummte und wartete darauf, dass der Aufseher die Konfiguration des Portals beendete. Während sie warteten, traten die Falling Leaves ebenfalls ein. Die Gruppen verfielen in unangenehmes Schweigen und beäugten sich gegenseitig misstrauisch. Schließlich holte Daniel zittrig Luft und ging zu Gerardo hinüber.

„Gerardo, herzlichen Glückwunsch zur Aufnahme. Und, na ja, ich hoffe, du machst dich gut", sagte Daniel und bot seine Hand an.

„Nur jemand wie du würde sich auf diese Weise Zutritt zu einem Dungeon verschaffen wollen", sagte Rita knurrend. „Nimm deine hinterhältige Hand hier weg. Glaube nicht, dass du uns überreden kannst, einfach zu gehen. Wir holen uns den Ebenen-Champion und die Ebenen-Truhe für beide Ebenen!"

Daniel schnitt bei ihren Worten eine Grimasse und war von ihrer Boshaftigkeit verblüfft. Als er zu Gerardo hinüberblickte, sah er nur, wie der korpulente Abenteurer Daniel zurück anstarrte. Besiegt schlich Daniel zurück zum Team.

„Das lief ja gut", sagte Rob sarkastisch.

„Nein", sagte Asin, ihr Schwanz peitschte hinter ihr hervor, während sie erst Rob und dann das andere Team anschaute.

„Fürchte dich nicht, Freund Daniel. Wir werden den Falling Leaves zeigen, dass wir unseren Platz verdient haben", sagte Omrak und klopfte seinem Freund auf die Schulter. Als der Aufseher der Gruppe zunickte, um anzuzeigen, dass das Portal bereit war, schritt Omrak nach vorne, nur um von Farhad, der sich vor ihm hineingeschlüpft war, aufgehalten zu werden. Der gewandete und maskierte Schwertkämpfer starrte einfach zu dem großen Nordländer hinauf, während seine Teamkameraden an ihm vorbei schlüpften. Omrak blickte nach unten, aber ein kurzes Kopfschütteln von Daniel hielt den Nordländer davon ab, weiter zu reagieren.

Als die letzten der Fallen Leaves in das schimmernde Portal eintraten, murmelte Tula: „Jetzt werde ich langsam sauer. Lasst uns ihre hochnäsigen Ärsche verprügeln."

Daniel konnte zu diesen Worten nur nicken, während er darauf wartete, dass der Aufseher das Portal wieder neu konfigurierte. In wenigen Minuten war es fertig, und die Gruppe trat in das Dungeon-Portal ein.

Kapitel 5

Omrak ging als Erster durch das Portal und wusste, dass es seine Aufgabe war, sicherzustellen, dass der Bereich um den Eingang herum frei war. Obwohl es höchst unwahrscheinlich war, dass sich Monster in der Nähe des Eingangs befanden, war es dennoch eine wichtige Vorsichtsmaßnahme. Daher schritt der riesige Nordländer sofort nach vorne und begann, sich nach Problemen umzusehen.

Das Erste, was Omrak auffiel, war, dass sie in einem Bereich mit bemerkenswerter Beleuchtung herausgekommen waren. Tatsächlich war die Lichtquelle nicht die übliche leicht blaue Beleuchtung von managetränkten Steinen, sondern eine natürlichere Lichtquelle, die an die erste Ebene von Porthos erinnerte. Das Zweite war, dass der Nebel den Boden unterhalb des Hügels, auf dem er sich befand, bedeckte und dafür sorgte, dass die Tiefebenen des Moors, die sich vor ihm ausbreiteten, verborgen blieben. Nur ein paar höhere Hügel wie der, auf dem er sich befand, waren sichtbar. In der Ferne konnte Omrak gerade noch den Schimmer von etwas erkennen, das ganz und gar nicht natürlich aussah. Zugegeben, natürlich war ein schwammiger Begriff in einem Dungeon. Das Letzte, was Omrak bemerkte, war die leichte Kühle, die den Boden des Dungeons durchdrang und die den Nordländer zum Grinsen brachte.

„Kalt!", jaulte Asin, als sie den Dungeon betrat und die Vorsprünge der Hügelkuppe abtastete. Ihr Schwanz schlug hinter ihr aus, während sie die Luft schnupperte und den grasbewachsenen Boden musterte.

„Eine perfekte Temperatur!", entgegnete Omrak und streckte sich aus, als er zum Rand des Hügels ging, bevor dieser steil abfiel. Er lachte, während er die Nebelschwaden unter ihm nach Hinweisen darauf absuchte, was ihnen begegnen könnte.

„Ruhe", knurrte Tula, als sie sich zu Omrak in der Nähe des Randes gesellte. Der Blonde bemerkte, wie sie einen anständigen Abstand zu ihm hielt und sich weiter von seiner Linken entfernte, was es ihm ermöglichte, sein Großschwert zu ziehen, ohne sie zu treffen. Er ertappte sich dabei, wie er dankbar nickte. Einige Dinge hatten sich offensichtlich in der vergangenen Trainingswoche eingeprägt.

„Ich bin ruhig, Heldin Tula", sagte Omrak, senkte seine Stimme aber dennoch auf ein Flüstern.

„Sie hat recht", sagte Daniel, als er sich zu der Gruppe gesellte und den Boden unter sich betrachtete. „Nebel wie dieser bedeutet in der Regel, dass wir es mit irgendwelchen hinterhältigen Raubtieren zu tun haben. Wir sollten es ihnen nicht leichter machen, uns zu finden."

„Bilden wir eine enge oder offene Formation?", fragte Rob und blickte stirnrunzelnd in den Nebel. Er berührte seinen Armreif mit einer Hand, den einzigen Verteidigungsgegenstand, den der Magier trug. Abgesehen von dem leichten Kettenhemd, um seinen Körper zu bedecken.

„Tula?", fragte Daniel die Rangerin.

„Für den Moment geschlossen", sagte Tula, nachdem sie die Umgebung ein letztes Mal betrachtet hatte. „Ich kenne die Gegend nicht gut genug, um zu weit vorauszusehen. Die Monster könnten auch in der Lage sein, abzulenken oder sich zu verschleiern, also wäre es eine schlechte Idee, die Gruppe aufzuteilen."

„Einverstanden", sagte Asin und schnupperte erneut an der Luft, bevor sie die Nase rümpfte. Aber sie kommentierte nicht weiter, also wandte sich Omrak von der Catkin ab und zu Daniel, der in die Nebel starrte.

„Richtung?", fragte Daniel und blinzelte, während er nach einem Hinweis auf den Ausgang des Dungeons suchte.

„Ich sehe etwas in der Ferne schimmern", sagte Tula und deutete etwas weiter nach links.

„Also gut. Wir nehmen die übliche enge Formation. Tula, bleib in Sichtweite", befahl Daniel. „Wir bewegen uns in die Richtung, in der Tula etwas gesehen hat. Tula, wir wollen die Hügel hinaufsteigen, bis wir wissen, was auf uns zukommt. Ich will nicht zu lange im Nebel bleiben. Jeder nimmt jetzt eine Peilung vor."

Nachdem er die Bestätigungen von allen erhalten hatte, nahm Omrak seinen Kompass heraus und maß die Entfernung und Richtung. Natürlich zeigte der Dungeon-Kompass, den sie benutzten, nicht nach „Norden", sondern zum Portaleingang. Dennoch, durch das Festlegen und das Einschlagen einer bestimmten Richtung, in welche sie gehen wollten, würden sie im Falle, dass einer der Gruppe von den anderen getrennt würde, immer noch in der Lage sein, sich wiederzufinden.

„Alle bereit?", fragte Daniel ein letztes Mal. Nachdem er ein bestätigendes Nicken von allen erhalten hatte, ging die Gruppe den Hügel hinunter, Tula an der Spitze und Asin am Ende.

Omrak drehte seinen Kopf von einer Seite zur anderen und scannte die Umgebung, während sie vorwärtsgingen. Sobald sie vollständig in den Nebel eingetreten waren, sank seine Sichtlinie auf kaum drei Meter, genau die Entfernung, die Tulas verhüllte Gestalt vor ihrer Gruppe hielt. Die Rangerin bewegte sich durch das dichte farnartige Gestrüpp des Moors, ihren Bogen vor sich gespannt, die Pfeile locker zwischen den freien Fingern haltend, während sie sich vorwärts pirschte. Omrak konnte sehen, wie sich ihr Kopf ständig drehte, um neue Umgebungsmerkmale aufzunehmen, immer auf der Hut vor möglichen Problemen.

Gemeinsam wanderte die Gruppe durch die Ebene des Dungeons und ging von einem Hügel zum anderen. Die Spannung stieg langsam an, da der Mangel an Angriffen die Gruppe immer nervöser werden ließ. Schließlich war eine unbestreitbare Wahrheit aller Dungeons, dass sie immer Monster enthielten – verdorbene Kreaturen, die durch die Austreibung von Ba'als Makel aus Erlis entstanden waren.

Als sie eine tiefe Schlucht in Richtung des dritten Hügels durchquerten, stoppte Tula und hielt eine Hand hoch. Sie ließ die Hand schnell zu ihrem Bogen sinken und spannte mit der freien Hand einen Pfeil an. Doch sie war zu langsam, die Präsenz, die sie bemerkt hatte, stürzte hinter den riesigen Farnblättern hervor und warf die Rangerin um.

Omrak brüllte und stürmte instinktiv nach vorne. Sogar während er das tat, bemerkte er jetzt zusätzliche Bewegung, da andere Monster aus ihrem Versteck hervorstürzten. Eineinhalb Meter große, zweibeinige Monster mit schuppiger Haut, einem Quartett von Hakenkrallen und einem dünnen, balancierenden Schwanz stürzten sich aus dem Dickicht auf die Gruppe. Omrak zog instinktiv sein Schwert und schlug nach einem angreifenden Monster, schleuderte es zur Seite. Hinter ihm vernahm er das Ankommen weiterer Monster.

Quadra-Raptor (Level 9)
HP: 138/140

Omrak verlangsamte seine Schritte für eine Sekunde und hielt das Schwert über seinem Kopf, während er laut brüllte und sein Skill **Herausforderung des Nordens** auslöste. Sofort konnte er hören, wie die Kreaturen die Richtung änderten und sich von seinen Freunden lösten, um ihn anzugreifen. Tief geduckt, die Klinge nahe an seiner Hüfte und nach hinten gewinkelt haltend, wartete der Nordländer.

Das Monster, auf das er seine Aufmerksamkeit am meisten gerichtet hatte – das, das Tula angriff – war bereits von der Frau heruntergesprungen, die Klauenfüße hinterließen tiefe Wunden auf ihrem Körper, als es ihre liegende

Gestalt verließ. Einen Atemzug bevor es ankam, holte Omrak aus, drehte seine Hüften und warf sein vorderes Bein nach hinten, um sich im Kreis zu drehen und die Monster vor ihm und die, die sich von hinten näherten, zu durchtrennen. Ob durch Glück oder Geschick, es gelang ihm, sowohl Tulas Angreifer als auch einen seiner hinteren Angreifer zu verletzen. Nachdem er seine Drehung beendet hatte, hatte Omrak gerade noch genug Zeit, um zu bemerken, dass noch drei Raptoren übrig waren; insgesamt fünf griffen sie an.

Der Raptor, der ihn zuerst angegriffen hatte, erholte sich noch, ein zweiter war noch mit Daniel beschäftigt und ein dritter war seinem langsamen Schlag ausgewichen. Der letzte stürzte sich auf Omrak, seine krallenbewehrten Füße fanden keinen Halt auf seiner Ledertunika, aber die krallenbewehrten Hände rissen an seinen Oberarmen und hinterließen eine kleine Kerbe an seinem Hals. Mit einem Knurren richtete sich Omrak auf, schnitt schräg nach oben und riss die Brusthöhle des Raptors auf. Bevor er ihn erneut angreifen konnte, waren die anderen drei Raptoren auf ihm und er war gezwungen, sein Schwert zu schwenken, um sich vor den Monstern zu schützen.

„Aufstellung!", rief Daniel, seine Stimme leicht atemlos, als er auf Omrak zustürmte.

Während er kämpfte, bemerkte Omrak den Raptor, der kraftlos über den Boden kroch, eine Hand zerquetscht, die Beine gelähmt, während Rob einen Stachel in seine Richtung lenkte, um ihn zu erledigen. In der Nähe von Daniel eilte Asin zu ihm und platzierte sich nur knapp hinter dem gepanzerten Heiler, um ihre Wurfmesser optimal einsetzen zu können.

Omrak machte schnell einen Schritt zur Seite und beugte seinen Körper, während er auf die Ankunft seines Freundes wartete. Die Bewegung öffnete eine Lücke in seiner wehenden Verteidigung, die es einem Raptor erlaubte, zu springen und seine gezackten, doppelreihigen Zähne in seinen Schwertarm zu schlagen. Omrak stöhnte unter dem zusätzlichen Gewicht und dem Schmerz und taumelte, was den anderen Raptoren einen neuen Durchbruch ermöglichte.

Selbst als die Raptoren tief in die Hocke gingen, um zu springen, durchbohrten ein Pfeil und ein Paar Wurfmesser zwei der Kreaturen und lenkten sie ab. Der zweite Raptor wurde von Daniel mit seinem Schild attackiert, sein schwerer Schild und seine Gestalt warfen die kleinere Kreatur um. Daniel stolperte, richtete sich auf und schwang seinen Hammer herum, der den Brustkorb zerschmetterte.

„Du fieses Monster!", knurrte Omrak und hob seine freie Hand, um seinen Daumen in das geschlitzte Auge des Monsters zu stoßen, das immer noch an seinem Arm klammerte. Vor Schmerz öffnete der Raptor sein Maul und fiel um, sodass Omrak das Monster in einen nahen Farn stoßen konnte, wo es sich mühsam aufrichtete. Gerade als es wieder auf die Beine kam, schwang der wütende Riese sein Schwert und köpfte die Kreatur.

„Sie fliehen!", rief Rob, mit seiner Hand gestikulierend, während er einen magischen Stachel kontrollierte, der nach vorne sauste, um einen der Raptoren anzugreifen. Getreu den Worten des Zauberers versuchten die überlebenden Raptoren zu fliehen. Ein letzter Pfeil von Tula erwischte ein zuvor gefiedertes Monster in der Seite, sodass es humpelte und Asin auf seinen Rücken springen konnte, während sie sich mit einem Arm seinen Hals umklammerte und ihr Messer tief in seine Seite stieß, bevor sie sich mit einem Rückwärtssalto davon machte.

„Nein, das wirst du nicht tun", knurrte Daniel, als er den anderen Raptor erreichte und seine Waffe schwang, um ihn abzulenken und auf sich zu lenken. Unfähig, das Monster schnell zu erledigen, fiel Daniel zurück zu seinem Team. Mit einem Blick auf seinen Freund wandte Daniel das

Zeichen des Heilers auf Tula und Omrak an, bevor die Gruppe in ein angespanntes, wachsames Schweigen fiel. Mit der Zeit lösten sich die Körper der Raptoren um sie herum in blaue Lichtmoleküle auf und ließen ihre Manasteine zurück. Einige angespannte Minuten später vergewisserte sich das Team, dass sie nicht mehr angegriffen werden würden.

„Das hätte besser laufen können", sagte Rob in die Stille hinein und betrachtete den Schaden, den Omrak angerichtet hatte. Streifen von Fleisch, die unter den hastig gewickelten Verbänden hervorlugten, wurden aus dem Arm des großen Nordländers gerissen. Der Schaden heilte sichtbar mit jedem Impuls der Magie, aber selbst dann fielen langsame Blutstropfen auf den Boden.

„Omrak, du musst mit uns in einer Reihe bleiben", schimpfte Daniel. „Hättest du deinen Spott dort eingesetzt, wo du warst, hätten wir die Gruppe gemeinsam aufhalten können."

„Ich entschuldige mich, Freund Daniel. Ich habe Heldin Tula fallen sehen und ich fürchte, ich habe ohne nachzudenken gehandelt", entschuldigte sich Omrak und errötete vor Scham. Er hatte so hart daran gearbeitet, diesen Impuls aus seinem System zu trainieren, aber unter der Hitze des Kampfes in einer neuen Umgebung war er in seine übliche Taktik zurückgefallen.

„Es ist in Ordnung. Mach es nur nicht noch einmal", sagte Daniel und schaute dann zu Tula.

„Ich bleibe näher bei euch", sagte Tula mit einer Grimasse, wobei ihre Stimme immer noch leise war. „Ihre Tarnung war gut. Aber ich denke, ich kann sie in Zukunft erkennen. Jetzt weiß ich, wie sie aussehen."

„Gute Steine!", rief Asin zurück und hielt den Stein hoch.

„Was... Das sind B-Zwölfer!", rief Rob aus. Sein Ausruf ließ die anderen Abenteurer aufhorchen, selbst Tula warf einen Blick auf die Steine. „Die sind fast ein halbes Silber pro Stück wert."

Asin stieß einen kleinen Glücksschrei aus, während der Rest des Teams lächelte. Ihr Schwelgen in ihrem neu gewonnenen Reichtum wurde einen Moment später von Tula unterbrochen.

„Wir sollten uns in Bewegung setzen", flüsterte Tula.

„Geh du voran", sagte Daniel und bedeutete der Rangerin weiterzugehen. Trotzdem konnte er sich das Grinsen nicht verkneifen. Dieser Dungeon würde sich wahrscheinlich als ziemlich profitabel erweisen.

***

Stunden später erklomm die Gruppe ihren fünften Hügel des Tages, dankbar für das offene Gelände, was bedeutete, dass sie vor den Angriffen der Raptoren aus dem Hinterhalt sicher waren. Oben angekommen, übernahmen Asin und Rob die Wache, während Tula in die Hocke ging und langsam die Spannung aus ihrem Körper löste. Die Späherin für die Gruppe zu sein, besonders in einem Gebiet voller im Hinterhalt lauernder Raubtiere, war besonders stressig. Nachdem sie sich von der anfänglichen Anspannung befreit hatte, spannte Tula sofort ihren Bogen.

„Was ist das?", murmelte Daniel, während er auf einen Hügel in der Ferne zeigte. Er blinzelte und konnte die Unregelmäßigkeit auf dem Hügel kaum ausmachen.

Tula blickte von der Stelle auf, an der sie begonnen hatte, ihren Bogen zu inspizieren, und ihre Augen verengten sich für eine Sekunde, als sie *Adlerauge* auslöste. Einen Moment später keuchte sie auf.

„Was?", sagte Rob.

„Es ist eine Festung. Hölzerne Wände, nicht sehr groß." Tula zuckte mit den Schultern, ihr Skill ließ nach. Es war unmöglich, durch den Nebel mehr zu erkennen, selbst mit ihrem Skill.

„Und...?", drängte Rob.

„Das werden wir später herausfinden", mischte sich Daniel ein und warf einen Blick auf Tula, die sich wieder der Inspektion ihres Bogens gewidmet hatte. „Lasst uns in Richtung des Bergfrieds gehen. Ich nehme an, das ist unser Ziel."

Tula nickte, dankbar, dass Daniel Rob abgeschnitten hatte, aber verärgert, dass der Heiler danach weiter geredet hatte. Konnte einer von ihnen lernen, still zu sein? Na ja, abgesehen von Asin. Asin war gut. Tatsächlich hätte die Catkin mit ihren erweiterten Sinnen und ihrer Gewandtheit eine hervorragende Rangerin abgegeben. Aber als Tula sich umdrehte und die anspruchsvolle Catkin betrachtete, die sich geistesabwesend pflegte, während sie nach Ärger Ausschau hielt, verwarf sie den Gedanken wieder. Auf keinen Fall würde die Catkin Monate in der Wildnis überleben, ohne richtig zu duschen.

Ihre Finger strichen sanft über den Bogen und Tula seufzte. Es war schlecht für ihren Bogen, ihn so lange gespannt zu halten, aber da sie im Dungeon ständig von lauernden Raubtieren bedrängt wurden, hatte sie keine Wahl. Zum Glück halfen die Verzauberungen auf ihrem Bogen, den Schaden zu verringern, den das lange Spannen verursachte. Sie wusste dennoch, dass sie sich irgendwann einen neuen Bogen würde besorgen müssen. Das war ein Grund, warum sie es hasste, in Dungeons zu arbeiten. Zumindest in der Wildnis konnte ein kluger, talentierter und aufmerksamer Ranger die meisten Kämpfe vermeiden.

„Wie geht es deinen Pfeilen?", fragte Daniel leise, als er sich neben sie hockte.

Tula blickte auf, sah die allzu ernsten Augen des Heilers und konnte nicht anders, als ihre Seite zu berühren, wo sie ein Raptor mit einer Kralle erwischt hatte. Sie schob die Erinnerung an den Schmerz beiseite, der darauf bestand, sich bemerkbar zu machen, und berührte stattdessen die glatte Haut. Heilen – so eine wunderbare Gabe. Vielleicht sollte sie mehr Zeit mit dem Studium ihrer Kräuterkunde verbringen.

„Tula?“

„Gut“, sagte Tula und beantwortete Daniels erste Frage.

„Hast du genug?“, fragte Daniel erneut und erhielt nur ein Nicken als Antwort. Er schürzte die Lippen, stand aber einfach auf, anstatt etwas erneut etwas zu sagen. Als er stand, rief er leise, um das Team zu informieren. „Wir machen eine Mittagspause.“

In wenigen Minuten hatte Daniel ein kleines Feuer am Laufen und eine Pfanne darüber, in der Fladenbrot aufgeweicht wurde. Auf seinem hastig abgewischten Schild begann Daniel, Fleisch- und Gemüsestücke in Scheiben zu schneiden, um sie der einfachen Mahlzeit hinzuzufügen. Tula rümpfte leicht die Nase über seine Handlungen, beschloss aber, sich mit einem Kommentar zurückzuhalten. Dies war der Dungeon und die Abenteurer hatten manchmal eine klarere Vorstellung von den Gefahren. Unter anderem – es war ja nicht so, dass sie versuchten, Monstern auszuweichen. Und sie mochte warmes Essen – eine Seltenheit, wenn sie auf Reisen war.

„Sammeln?“, sagte Asin und deutete auf die Rauchfahne, dann auf ihre Umgebung. Omrak hatte Robs Posten übernommen, während der Zauberer, nachdem er informiert worden war, dass sie hier eine Weile bleiben würden, damit beschäftigt war, zahlreiche verzauberte Fallen aufzustellen.

„Unwahrscheinlich“, sagte Daniel und schüttelte den Kopf. „Sie sind lauernde Raubtiere. Wir haben bis jetzt keine Gruppe gesehen, die aus mehr als fünf Raptoren bestand, also werden sie sich wahrscheinlich auf diese

Anzahl beschränken. Und wenn sie sich sammeln sollten, werden wir sie lange vor ihrer Ankunft sehen.“

„Abgesehen vom Ebenen-Champion“, polterte Omrak. „Er könnte deine Annahmen brechen – wie sie es zu tun pflegen.“

„Stimmt“, sagte Daniel und rieb sich die Nase. „Aber, stärkere erste Ebene hin oder her, es ist immer noch die erste Ebene eines Fortgeschrittenen-Dungeons. Es ist unwahrscheinlich, dass es so gefährlich ist.“

„Tragische letzte Worte“, sagte Rob mit einem Schnauben, als er den Hügel hinaufstieg. „Versucht, den Hügel nicht zu verlassen. Wenn ihr es doch müsst, erinnert euch an die Markierungen.“

Tula hielt einen Moment inne, als sie ihren Bogen mit Bienenwachs einrieb, und überflog in Gedanken die Details, die Rob ihr gegeben hatte, bevor sie den Hügel verließ. Lila Blumen für Eisfallen, gelbe für Stachelfallen und grüne standen für Gift. Allerdings hätte Rob keine der Giftfallen auslegen sollen, denn diese hatten die unangenehme Angewohnheit, sich zu verbreiten.

„Das werden wir“, sagte Daniel, ohne aufzublicken. Bald darauf servierte der Heiler ihr Mittagessen, welches Tula dankbar annahm. Sie setzte sich wieder in ihre Ecke und hörte zu, wie Rob und Daniel leise über die neuen Loot-Drops spekulierten, die die Raptoren abgeworfen hatten – Raptorenkrallen. Bisher hatten sie die Krallen eingesammelt, aber da keiner von ihnen die Drops zuvor gesehen hatte, konnten sie ihren Wert nicht einschätzen. Die Tatsache, dass die Raptor-Klauen nur einmal alle fünf oder sechs Raptoren gedroppt wurden, deutete darauf hin, dass sie wahrscheinlich wertvoll waren. Aber *wahrscheinlich* war nicht *sicher.*

„Geringer Manafluss", sagte Rob und tippte auf die Kralle, die er vor sich gelegt hatte. „Definitiv keine kanalisierende Verzauberung oder ermächtigende."

„Kanalisierend? Ermächtigend?", plapperte Daniel stumm vor sich hin.

„Kanalisierende Verzauberungen erlauben es dir, dein Mana durch das Objekt zu pushen und einen bestimmten Effekt zu erzeugen. Zauberstäbe und meine Stacheln sind gute Beispiele", sagte Rob. „Ermächtigende Verzauberungen ziehen Mana aus externen Quellen und lassen es durch die Verzauberung fließen, um ihre Effekte zu erzeugen. Asins Armschienen sind ein gutes Beispiel dafür."

„Oh... dann?" Daniel blickte wortlos auf den scharfen Reißzahn.

Rob grunzte. „Ich teste nur. Es würde schneller gehen, wenn du mich arbeiten lassen würdest..."

Daniel hielt gehorsam den Mund, da er seine Lektion gelernt hatte, den leicht reizbaren Magier nicht zu stören, während er das Objekt weiter testete.

Nachdem er ein paar Minuten schweigend dagesessen hatte, schaute Tula weg und scannte die Umgebung nach möglichen Problemen ab. Als sie kurz darauf die Hand hob, um einen weiteren Bissen zu nehmen, spürte sie, wie ihre Zähne in der leeren Luft klapperten, was sie vor Verlegenheit erröten ließ, weil sie unwissentlich ihr Essen aufgegessen hatte. Ein kurzer Blick in die Runde zeigte, dass niemand etwas bemerkt hatte, was Tula vor Freude seufzen ließ.

„Ich würde sagen, es ist ein verzauberbares Material auf niedrigem Niveau. Es ist gut geeignet, um feste Verzauberungen aufzubewahren, die dem Gegenstand selbst zugutekommen oder das Material um ihn herum leicht verstärken", sagte Rob.

„Das war's?", sagte Daniel mit einem Stirnrunzeln.

„Verzauberbares Low-Level-Material ist ziemlich selten. Stahl wird nur als Low-Level-Material angesehen“, erklärte Rob. „Obwohl es von Meisterzauberern nicht erwünscht ist, ist Low-Level-Material für die meisten Zauberer das alltägliche Werkstückmaterial.“

„Gute Münze?“, fragte Asin.

„Anständig. Vielleicht ein Silber für jeden“, sagte Rob.

Die Abenteurer grinsten breit, während Rob die Kralle zurück in seinen Beutel schaufelte. Gemeinsam stand die Gruppe auf, das Abendessen war beendet. Daniel beugte sich tief und schaufelte den umliegenden Dreck in das Feuer, um es zu löschen. Tula stand auf, spannte ihren Bogen neu und übernahm unaufgefordert die Führung, nachdem sie bereits den nächsten Hügel auf dem Weg zum Wald angepeilt hatte. Es war Zeit, sich wieder an die Arbeit zu machen und die Ebene zu räumen.

Kapitel 6

Eine geballte Faust ragte aus dem Nebel heraus, wodurch Daniel sofort noch vorsichtiger wurde. Er trat zur Seite, flankierte Omrak auf dem schmalen Hirschpfad, auf dem sie unterwegs waren, und duckte sich tiefer, wobei er seine Augen gerade über seinen erhobenen Schild hielt, während er seine Seite des Pfades nach Schwierigkeiten absuchte. Tula, die die Gruppe gewarnt hatte, winkte ihnen, weiterzugehen, aber langsam. Auf ihre Worte hin bewegten sich Daniel und das Team langsam vorwärts. Asin blieb ein paar Schritte hinter Rob zurück, um die Rückseite zu überwachen.

Als sie den Abstand zu Tula verringerten, achtete Daniel auf zusätzliche Handsignale. Schon bald stellte er fest, dass Tula keine gab, die Irritation fraß an ihm. Die verdammte Rangerin hatte nie das Bedürfnis, mit dem Team zu kommunizieren. Nach einem Moment gab der rationalere Teil von Daniel zu bedenken, dass es sein könnte, dass Tula tatsächlich nicht wusste, was ihre Instinkte ausgelöst hatte. Intuition war ein mächtiges, wenn auch rätselhaftes Hilfsmittel in Dungeons.

Als die Gruppe Tula erreichte, hob sie noch einmal die Hand zur Seite, um sicherzustellen, dass keiner sie überholte. Daniel fühlte wieder einmal einen Anflug von Irritation, blieb aber still, während er versuchte zu erkennen, was ihre Gruppe zum Stillstand gebracht hatte. Er war zwar immer noch nicht so fähig wie Asin oder Tula, die Raptoren auszumachen, aber er hatte in den letzten Stunden einige Fähigkeiten erworben.

„Was ist los?", brummte Rob, als sich die Stille eine Zeit lang ausdehnte und Tula sich nicht bewegte. Tula verlagerte ihr Gewicht bei seinen Worten, bevor sie schließlich ihre Hand hob und signalisierte, dass es eine Falle gab.

Das ließ Daniel überrascht zusammenzucken, und er drehte den Kopf nach hinten. Es dauerte einen Moment, bis er realisierte, was er sah: eine einfache, aber gut versteckte Fallgrube, die mit Schmutz und herabgefallenen Blättern bedeckt war und quer über den Weg gelegt wurde. Doch dieser

Moment der Unachtsamkeit kostete ihn das Leben, als die wartenden Raptoren aus dem nahen Unterholz auftauchten und ihren Angriff starteten.

Instinktiv schwang Daniel seinen Schild nach vorne und löste sein **Schildschlag**-Skill einen Moment zu früh aus, um den Raptor voll zu erwischen. Er traf trotzdem und schickte das Monster spiralförmig nach hinten, zerquetschte die Schnauze der Kreatur und brachte ihr Maul zum Bluten. Der Raptor stieß ein leises Zischen aus, aber Daniel hatte keine Zeit, sich weiter auf ihn zu konzentrieren, da der Rest der Angreifergruppe aus dem Hinterhalt ankam.

Tula, die direkt hinter der Fallgrube in Sicherheit war, spannte einen Pfeil, zog ihn und schoss auf einen der angreifenden Raptoren, der versuchte, über die Fallgrube zu springen. Unmittelbar nach dem Lösen des Pfeils löste Tula ihren Zauber **Pfeilsturm** aus und bildete magische Kopien des Pfeils, die sich eng um den originalen Pfeil gruppierten. Der Schwung des Pfeilhaufens fing den Sprung des Monsters in der Luft ab und ließ es in die Mitte der Grubenfalle stürzen. Die sorgfältig platzierten dünnen Äste, loser Dreck und Blätter gaben unter dem Gewicht des Monsters nach und das Monster fiel in die Grube, wo es von den Stacheln der Falle erledigt wurde.

Auf der anderen Seite von Daniel hielt Omraks Großschwert die beiden Raptoren zurück, die versuchten, sich ihm zu nähern. Sein erster Schwung hatte eines der Monster gerade noch erwischt und eine triefende, blutige Wunde hinterlassen. Auf der Rückseite kümmerten sich Asin und Rob um den letzten Raptor, dessen Körper bereits mit Wunden übersät war, da die Stacheln des Zauberers und die Wurfmesser der Catkin ihn verletzt hatten.

Daniel nahm schnell die Gruppe in Augenschein, stellte fest, dass ihre schwächsten Mitglieder in Sicherheit waren, und machte einen Schritt nach vorne, um die Linie zu durchbrechen und den Raptor zu verfolgen. Schon jetzt hatte ihr Training der letzten Woche seine Nützlichkeit gezeigt. Aber, wie Angie sagte, es gab auch Zeiten, in denen man mutig sein musste. Daniel drängte nach vorne und konzentrierte sich darauf, den perfekten Zeitpunkt zu finden, um seinen Hammer zu schwingen.

Der Raptor stürzte nach vorne, stoppte dann abrupt und schwang seinen Schwanz, um Daniel von den Füßen zu fegen. Nachdem er schon einmal von der plötzlichen Änderung der Taktik überrascht worden war, war Daniel dieses Mal bereit und sprang nach vorne, stieß sich mit den Füßen vom Boden ab und schlug mit seinem Hammer auf den Kopf des Raptors, um seinen Schädel zu zertrümmern.

Als der Raptor zu Boden sackte, als wäre er knochenlos, drehte sich Daniel um, um sein Team zu betrachten, und erkannte den Fehler, sich zu sehr auf seinen eigenen Kampf zu konzentrieren. Er hatte sogar die Rufe seines Teams ignoriert, als ein anderer, größerer Raptor die hintere Linie angriff. Asin lag auf dem Boden in der Nähe des Fußes eines Baumes abseits des Pfades, ihre Schulter blutete von der Stelle, an der der Raptor sie gebissen hatte. Jetzt bedrohte das größere Monster sowohl Tula als auch Rob, die beide mit blutenden Krallenwunden übersät waren und deren dürftige Nahkampfverteidigung das Monster kaum abhalten konnte.

Quadra-Raptor Alpha (Level 12)
HP: 157/180

„Daniel!", rief Tula erneut, als sie einem weiteren Hieb auswich und das große Jagdmesser, das sie zur Nahkampfverteidigung benutzte, hochhielt, um die Augen des Alphas zu attackieren. Er zuckte zurück, wich dem bedrohlichen Messer aus und schwang seinen Kopf in Richtung Rob, dessen Finger sich verrenkten und die Stacheln verschoben, um den Alpha und den anderen verletzten Raptor zu bedrohen. In seiner anderen Hand begann ein sich langsam bildender **Magischer Pfeil** zu wachsen.

Daniel hatte keine Zeit, sich über sich selbst zu ärgern, als er Asin mit dem Zauber **Kleine Heilung II** heilte, während er hinter seinem Schild nach vorne stürmte. Seinem ungeschickten, unaufmerksamen Angriff konnte der Alpha-Raptor leicht ausweichen. Als Daniel näherkam, schlug er mit einer Klaue zu und traf seinen Waffenarm weiter oben. Glücklicherweise fing seine Rüstung den größten Teil des Schlags ab. Dennoch erreichte Daniel sein Ziel, den Alpha-Raptor zurückzudrängen.

Als er sich erholte, sorgte ein Tritt des anderen Raptors dafür, dass er seinen Fuß umknickte, und hinterließ lange Wunden entlang seines Beins zwischen den Lücken in seiner Rüstung. Trotzdem war Daniel auf den Beinen und stöhnte, schwang weiter seinen Hammer, um die Monster zurückzuhalten. Als Rob schließlich den verstärkten **Magischen Pfeil** auf den verletzten Raptor losließ, nutzte Daniel den Moment, um die sich noch immer erholende Catkin mit dem **Zeichen des Heilers** zu belegen. Der mit Eismagie verstärkte **Magische Pfeil** krachte in den Raptor, fror seinen Körper ein und verlangsamte seine Bewegungen.

Mit einem zweiten Dolch bewaffnet, bewegte sich Tula, um Daniel zu flankieren, und konzentrierte ihre Aufmerksamkeit auf den verletzten Raptor, indem sie schnitt und stach, um das Monster zu entwaffnen. Rob drehte sich ebenfalls um und setzte einen weniger starken **Magischen Pfeil** ein, um die Rangerin zu unterstützen, während Daniel sich auf den Alpha konzentrierte.

Brüllend schoss das Alphamonster nach vorne und stieß mit Daniel zusammen. Daniel taumelte nach hinten, die Geschicklichkeit des Alphamonsters drängte den Abenteurer zurück. Mit einem Sprung landete die Kreatur auf Daniels Arm und zog seinen Schildarm mit den Klauen nach unten, während es sich nach vorne bäumte, um ihn zu beißen. Stattdessen wurde es mit einem **_Doppelschlag_** auf die Schnauze getroffen, wobei **_Schwachstelle finden_** Daniel intuitiv informierte, dass die Nasenspitze tatsächlich extrem schwach war. Wieder und wieder schlug der Hammer auf den weichen Knorpel ein, lähmte das Monster und zwang seine krampfenden Arme, seinen Schildarm loszulassen.

Verletzt versuchte das Alphatier, sich zurückzuziehen, wobei es jämmerlich wimmerte. Sofort versuchten die übrigen Raptoren ebenfalls zu fliehen. Nur einer schaffte es zu entkommen, die anderen beiden waren zu stark verletzt, um dem Zorn der Abenteurer zu entkommen. Als das Alphatier in das Dickicht der Bäume eindrang, wurde es von einer verhüllten Gestalt zu Boden gerissen, wobei sich der Dolch wie eine Nähnadel durch sein Fleisch fädelte, während Asin ihre Rache vollzog.

„Aua!", beschwerte sich Asin, als sie aufstand, da ihre impulsiven Angriffe die Wunde an ihrer Schulter wieder aufgerissen hatten. Sie trat noch einmal gegen das Monster und ging dann in die Hocke, um dem Wald zu lauschen, während sie darauf wartete, dass sich die Kreatur auflöste.

„Verdammt, Heiler, dein Job ist es, zu HEILEN", knurrte Rob und hielt seine eigene verletzte Hand fest, während das Adrenalin seinen Körper verließ. Blut tropfte langsam aus der Wunde und ließ Daniel zusammenzucken, als er hinüberging, um einen Zauber auf den verletzten Magier anzuwenden.

„Tut mir leid", sagte Daniel mit einer Grimasse. Er hätte es erklären können, aber Rob hatte recht. Seine Aufgabe war es, wie bei so vielen anderen hier, aufmerksam zu bleiben. Zu heilen, nicht zu kämpfen. Das war der Grund, warum er so viel Rüstung trug – damit er sich auch mitten im Kampf ein paar Momente Zeit nehmen konnte, um nach seinen Freunden zu sehen. Es war nur nicht einfach. „Tula?"

„*Zeichen des Heilers*", antwortete Tula und nickte fest. Daniel beäugte die Rangerin und entdeckte einige kleinere Schnitte, aber nichts Großes. Andererseits deutete die Art, wie sie sich hielt, darauf hin, dass es ernstere innere Verletzungen geben könnte. Gerissene Muskeln, geprellte Innereien. Innere Blutungen waren unwahrscheinlich, dachte Daniel, aber er dachte, er sollte es überprüfen. Als er eine Hand auf Tulas Arm legte, schickte er seine Gabe in ihren Körper.

Seine Gabe war seltsam, einzigartig, wie alle Gaben es waren, aber einzigartig auch unter den einzigartigen. Wenn das Sinn ergab. Denn seine Gabe war eine heilende, eine, die ihm erlaubte, Probleme zu beheben, die selbst die mächtigsten Heiler ermatten würde. Aber wie alle Gaben hatte auch diese ihren Preis – in seinem Fall seine Erinnerungen. Je mehr er sie einsetzte, desto höher waren die Kosten. Da Daniel die Gabe nur benutzte, um den Schaden in Tula aufzuspüren, war der Preis gering, ein paar Sekunden hier und da. Aber die Informationen, die er gewann, waren von unschätzbarem Wert.

„Dir ist klar, dass der Zauber *Zeichen des Heilers* nur deine natürliche Regeneration erhöht?", sagte Daniel leise. „Es ist wie eine kleine Heilung, die ein Problem zwangsweise behebt. Daher sollten Probleme wie tiefe innere Blutungen oder gebrochene Knochen nicht mit dem Zauber *Zeichen des Heilers* geheilt werden, nicht, ohne dass vorher das nötige Blut oder die Knochen repariert werden."

Tula nickte stumm auf Daniels Worte und starrte den Heiler dann einfach an. Mit einem Seufzer beschloss Daniel, einfach den kleinen Heilungszauber anzuwenden. Offensichtlich verstand Tula nicht – oder es war ihr egal –, dass ihre Rippen in ihrer Brust mäßig verschoben waren. Nicht so schlimm, dass es selbst mit dem *Zeichen des Heilers* größere Probleme verursachen würde, aber es würde in der Zukunft ein Problem darstellen. Als der Zauber

Tula traf, keuchte die Rangerin und richtete sich explosionsartig auf, kauerte sich dann nach unten, als ob sie zusätzliche Schmerzen erwartete. Als dieser nicht kam, weiteten sich ihre Augen vor Überraschung.

„Gern geschehen", murmelte Daniel, als er merkte, dass Tula weiterhin schwieg. Er ging zu Omrak hinüber und bereitete einen weiteren Zauber vor, nur um dann mit offenstehendem Mund stehenzubleiben.

„Freund Daniel?"

„Du bist nicht verletzt!", sagte Daniel.

„Bin ich nicht."

„Aber... aber...", stotterte Daniel, bevor er zum Stehen kam und merkte, wie beleidigend seine Reaktion wahrscheinlich war. Zum Glück schien es den gutmütigen Riesen nicht zu stören, er nickte weiterhin fröhlich. Als das Team mit der Heilung und dem Einsammeln der verschiedenen Loot-Drops fertig war, versammelten sie sich wieder vor der Grubenfalle.

„Das wurde nicht von den Raptoren gemacht", sagte Omrak.

„Offensichtlich", antwortete Rob sarkastisch. „Die Frage ist nur, von wem dann?"

„Asin?", fragte Daniel die Catkin. Asin beugte sich tief hinunter, beschnupperte die Falle und beäugte die Ränder, bewegte sich langsam um sie herum, während sie nach Hinweisen suchte. Tula folgte ihr ebenfalls und nahm die Falle in Augenschein, während Daniel und Omrak nach neuen Problemen Ausschau hielten.

„Diese Falle ist eine Dungeon-Replikation einer bestehenden Falle", sagte Tula leise. „Das Original wurde hergestellt und absorbiert, und der Dungeon hat es dann auf diese Ebene repliziert."

„Es gibt noch andere Monster auf dieser Ebene?", sagte Daniel mit einem Stirnrunzeln.

„Oder auf den anderen Ebenen. Eine Anlehnung an das Thema", sagte Rob. „Es ist nicht ungewöhnlich."

„Festung", zischte Asin und zeigte in die Richtung, in die sie gelaufen waren. Nach einem Moment ertappte sich Daniel dabei, zu nicken. Natürlich musste die Festung von jemandem bewacht werden, jemandem, der dazu neigte, große, stachelige Fallen zu bauen. Nun...

„Da lang?", fragte Tula und deutete die Straße hinunter, während Daniel nachdachte. Mit einem Kopfschütteln schob Daniel die Gedanken beiseite. Letztlich war es egal, welche Art von Monstern es gab. Ihre Aufgabe war es, so viele von ihnen wie möglich zu beseitigen, die Ebenentruhe und die Manasteine zu holen und in den dritten Stock zu gelangen, um sich mit dem Ebenen-Champion zu befassen.

Alles andere waren nur Details.

„Los geht's."

***

Stunden später befand sich die Gruppe schließlich auf der Spitze des nächstgelegenen Hügels, der der Festung am nächsten lag, versteckt hinter einer Reihe von Felsbrocken. Die Festung selbst war nun viel deutlicher zu erkennen, ein kleines Holzgebäude, das die Hügel drumherum dominierte. Im Laufe des Nachmittags hatte sie gegen zahlreiche hinterlistige Raptoren-Gruppen gekämpft, zu denen nun auch die Alpha-Raptoren gehörten. Mit dem Auftauchen der Alpha-Raptoren war auch die Zahl der Monster gestiegen, und die Gruppe hatte es mit bis zu neun Raptoren auf einmal zu tun. In diesen hektischen Phasen rückte das Team eng zusammen und stellte sich den Monstern in einer festen Linie entgegen, wobei sogar Rob und seine verzauberten Kugeln zum Einsatz kamen. Glücklicherweise war jeder der

Abenteurer geschickt und stark, und durch den Einsatz ihrer Skills und Taktiken gelang es ihnen, mit den Monstern fertig zu werden, ohne sich ernstere Verletzungen zuzuziehen.

Zusätzlich zur Zunahme der Raptoren bemerkte die Gruppe auch die langsame Zunahme der Fallen, als sie sich der Festung näherten. Fallgruben waren üblich, aber es kamen auch andere fiese Ergänzungen hinzu. Stachelfallen aus gebogenen Ästen, aufgehängten Balken aus spitzen Pfählen, die durch Stolperdrähte ausgelöst wurden, einfache Schlingfallen und sogar einfache Löcher, die in den Boden gegraben wurden und in denen ein einzelner Stachel steckte, waren überall um die Festung herum ausgelegt. Zu diesem Zeitpunkt empfand Daniel Tulas größere Erfahrung in der Wildnis als äußerst hilfreich, denn die Rangerin fand jede einzelne Falle, auf die sie bisher gestoßen waren, ohne Ausnahme. Es war eine erstaunliche Erfolgsquote, obwohl es Omrak nicht davon abhielt, versehentlich eine schwingende Stachelfalle auszulösen, indem er sie zu hart anfasste.

„Eine sichere Festung", kommentierte der besagte Nordländer, betrachtete die hölzerne Struktur vor ihnen und rieb sich an der Brust, wo eine neu entstandene Vertiefung in seiner Rüstung entstanden war. Die Festung bestand aus einem kreisrunden Satz von Holzpfosten mit einem einzelnen, doppeltürigen Holztor als Zugang. Im Inneren konnten sie eine kleinere Holzstruktur sehen, und gelegentlich schien es, als würden Kreaturen auf den Außenmauern patrouillieren. Doch so sehr Daniel auch blinzelte, er konnte die Gestalten nicht genau erkennen.

„Wer sind das für Kreaturen?", murmelte Daniel.

„Unscharf", sagte Tula und blinzelte eine Zeit lang, bevor sie ihre Schultern und Augen entspannte.

„Ich kann auch nichts erkennen", sagte Rob, während er einen kleinen runden Gegenstand von seinen Augen nahm. Auf Daniels neugierigen Blick hin zeigte er ihm das einfache Fernrohr, in das Runen geätzt waren. „Es scheint, dass es eine magische Beeinflussung gibt."

„Das gefällt mir nicht", sagte Daniel.

„Fürchte dich nicht, Freund Daniel. Was auch immer der Dungeon an Schurkenstreichen bringen mag, wir werden sie mit unserer Waffengewalt schlagen", sagte Omrak und klopfte seinem Freund auf die Schulter. „Denn unsere Sache ist richtig."

„Aber sie scheinen auch nicht auf unsere Anwesenheit zu reagieren", sagte Daniel und tippte sich auf die Lippen. „Meinst du, sie sind auf die Festung beschränkt?"

„Das ist möglich. Solche Umstände sind in den Dungeonebenen nicht unbekannt. Es ist möglich, dass sie auch nicht in der Lage sind, unsere Anwesenheit festzustellen, genau wie wir", sagte Rob.

„Lager aufschlagen?", fragte Asin und deutete tiefer in den Felsenring hinein. Dieser Hügel schien der perfekte Lagerplatz zu sein, da er sowohl eine verteidigungsfähige Position als auch eine gute Umgebung bot, um den Wind abzublocken. Als Daniel nach oben schaute, um die Zeit abzuschätzen, wurde ihm wieder einmal klar, dass es in diesem Dungeon keinen Mond und keine Sterne gab, von denen man die Zeit ablesen konnte. Stattdessen beäugte er sein Team und dessen Zustand.

„Lager aufschlagen. Kein Feuer", befahl Daniel schließlich, nachdem er gemerkt hatte, dass die Gruppe müde war. Er war es auch, sein Mana war fast aufgebraucht. Zwar hatten sie es geschafft, die erste Ebene mit minimalen Verletzungen zu durchqueren, aber die Wahrheit war, dass er seine Zaubersprüche mehrmals einsetzen musste, um die Kampfbereitschaft von allen zu gewährleisten. Es war besser, sich heute Nacht auszuruhen und sich morgen der Herausforderung der Festung zu stellen.

Kapitel 7

Nach einem frühen Start dauerte es nur wenige Stunden, bis sie am Fuße des Hügels ankamen, der zur Festung hinaufführte. Gemeinsam schaute das Team einander an und konzentrierte sich anschließend auf Daniel, um auf seine Befehle zu warten.

„Versuchen wir, leise hinaufzugehen", sagte Daniel mit gesenkter Stimme und schaute dabei besonders Tula an. Die Rangerin nickte und beäugte den Hang des Hügels und das Unterholz einen Moment lang durch den Nebel, bevor sie die Gruppe ein Stück zur Seite führte und den Aufstieg begann.

Die Rangerin bewegte sich langsam nach oben und hielt gelegentlich an, um ihre Umgebung abzuschätzen. Während sie aufstiegen, löste sich der umgebende Nebel langsam auf und enthüllte mehr und mehr von dem Hügel, was Tula erlaubte, ihre Wegfindung zu beschleunigen. Als sich der Nebel vollständig auflöste, blieb Tula stehen, verunsichert von einem neuen Phänomen. Als sich das Team schließlich neben Tula versammelte, starrten sie alle auf das leichte Schimmern in der Luft vor ihnen.

„Was ist das?", sprach Daniel schließlich die Frage aus, die ihnen allen im Kopf herumging.

„Das –", sagte Rob langsam, während er sein verzaubertes Fernrohr senkte, „– ist ein Portal. Wahrscheinlich zur nächsten Ebene."

„Schon?", sagte Omrak erstaunt.

„Das ist ein Portal?" Daniel runzelte die Stirn. „Es ist nicht hell und verwirbelt wie die anderen."

„Das liegt daran, dass diese anderen Portale schlecht gemacht sind. Absichtlich", sagte Rob. Als die anderen Abenteurer den Zauberer um Erklärung bittend anschauten, schmunzelte er und richtete sich weiter auf. „Schaut mal, die ursprünglichen Dungeons, die von Panqua erschaffen wurden, beherbergten alle Portale wie diese. Das tun sie immer noch. Aber es schien, dass das versehentliche Durchschreiten eines Portals in eine andere Ebene zu weniger guten Ergebnissen führte. Daher wurden alle Portale seither *abgebaut*, um genügend Spielraum zu haben."

„Portal gut", sagte Asin, während sie nach vorne zeigte. Dann zeigte sie nach oben. „Portal schlecht."

„Ja", sagte Rob bissig, als Asin seinen Standpunkt kurz und bündig erklärte. „Es ist natürlich sehr interessant, warum Panqua hier ein solches Portal erschaffen würde. Ich frage mich, ob er ein Experiment machen wollte, um das Thema des Ortes konstant zu halten. Immerhin ist die Festung eine ausreichende Warnung."

„Vielleicht", sagte Daniel achselzuckend. „Tula?"

Die Rangerin zögerte auf Daniels Frage hin, als sie das Portal erneut betrachtete. Trotz Robs Versicherung, dass es sich wahrscheinlich nicht um eine Falle handelte, sondern nur um etwas, das dort sein sollte, ließ die natürliche Vorsicht der Rangerin die Gruppe zögern.

„Es ist mir eine Ehre, solche Gebiete zuerst zu betreten", sagte Omrak, als er aufstand. Eine Hand auf seinem Arm brachte ihn zum Schweigen, und der riesige Nordländer starrte Daniel verwirrt an. „Ja?"

„Tula, kannst du eine gute Route für Omrak aufzeigen? Bring ihn so nah wie möglich heran, bevor er es betreten kann", sagte Daniel. Die Rangerin nickte schnell und führte Omrak auf einem gewundenen Pfad den Hügel hinauf. Der Pfad, wie alle, die sie bisher gewählt hatte, hielt das Paar so weit wie möglich außer Sichtweite derer, die oben waren. Als sie eine Stelle erreichten, die kaum zwei Meter von der leicht schimmernden Luft entfernt war, die den Beginn des Portals anzeigte, blieb Tula stehen. Omrak tat es nicht, er trampelte direkt hinein und verschwand aus ihrem Blickfeld.

„Oh...", sagte Daniel erstaunt. Dann verfluchte er sich selbst. Natürlich würde es nichts zu sehen geben. Es war ja schließlich ein Portal. Als er erkannte, dass sein Freund nun auf der anderen Seite eines potenziell feindlichen Portals stand, signalisierte Daniel dem Team, aufzustehen und sich in Bewegung zu setzen.

In wenigen Minuten hatte sich die Gruppe auf der anderen Seite des Portals neu gruppiert, ohne dass es einem von ihnen schlecht ging. Tatsächlich war der Übergang selbst angenehmer als alles, was sie bisher erlebt hatten. Nach einem kurzen Überblick über das umliegende Land, das überraschenderweise genau so aussah wie das, welches sie zuvor gesehen hatten, setzte das Team seinen Aufstieg fort.

***

In weniger als einer Stunde führte Tula die Gruppe zu einer kleinen Senke im Hügel, die einen guten Blick auf die Festung bot, ohne ihren Standort preiszugeben. Dort erlebte die Gruppe die erste Überraschung des Tages.

„Orks", sagte Tula leise zu der Gruppe, ihre Augen blinzelten, als sie ihr Adleraugen-Skill aktivierte.

„Das ist neu", murmelte Daniel. Auch heute Morgen konnten sie die humanoiden Figuren an den Wänden nicht einschätzen. Es schien, dass Robs Vermutung, dass das Portal hier nur als eine weitere Verlängerung der Ebene geplant war, richtig war. Daniel runzelte die Stirn und blickte nach oben, um die Monster anzustarren. Aus dieser Entfernung waren es kleine Figuren, aber detailliert genug, dass Daniel erkennen konnte, dass es sich tatsächlich um Orks handelte – muskulös, mit Stoßzähnen und einfachen Lederrüstungen bewaffnet. Interessanterweise waren diese Orks, im Gegensatz zu ihren grünhäutigen Brüdern in der Außenwelt, alle schwarzhäutig. „Tula, kannst du noch etwas erkennen?"

„Zu weit weg, um ein Status-Update über ihre Werte zu bekommen", sagte Tula leise. „Aber sie sind bewaffnet und gepanzert. Lausige Rüstung, ich kann die Abnutzung und mangelnde Pflege sogar von hier aus sehen. Drei..., nein, vier patrouillieren auf den Mauern. Die Tore sind auch geschlossen."

„Ba'als Tränen", sagte Daniel und fluchte leise. Natürlich war das Tor geschlossen. Und da dies ein Dungeon war, war es unwahrscheinlich, dass es sich für Dinge wie Handel, zurückkehrende Späher oder die Beschaffung von Wasser öffnete. Offensichtlich bestand die Herausforderung für diese Ebene darin, herauszufinden, wie man in die Festungen gelangen konnte.

Trotzdem war es Daniel ein Rätsel, warum die Ebene so gebaut war. Warum die Festung durch ein Portal von der ersten Ebene trennen? War die zweite Ebene so klein, dass sie nur eine einzige Festung enthielt? Natürlich konnte die Festung selbst im Inneren räumlich verzerrt werden – innen größer als außen –, aber es ergab wenig Sinn, dass Panqua dafür noch mehr seiner Energie verschwendete. Da er keine Antwort auf seine Fragen fand, schob Daniel den Gedanken beiseite und konzentrierte sich darauf, wie sie sich Zutritt verschaffen würden.

„Vorschläge?", fragte Daniel.

„Nacht. Klettern. Töten. Öffnen", sagte Asin.

„Es gibt vier Wachen", wandte Daniel ein. „Und es ist eine so kleine Festung, dass es für die anderen ein Leichtes wäre, dich zu entdecken, wenn du das Tor öffnest."

„Wir könnten die Türen aufbrechen", sagte Omrak. „Die sehen nicht sehr stabil aus. Es wäre ein Leichtes, einen modifizierten Rammbock zu besorgen."

Stille begrüßte Omraks Vorschlag. Nach einem Moment grinste Omrak sie an und die Gruppe atmete erleichtert aus.

„Das war ein Scherz", sagte Daniel erleichtert.

„Das war es", sagte Omrak. „Das ist nicht einmal ein Plan, den mein zweiter Bruder machen würde."

„Spaß beiseite, wir müssen trotzdem rein. Rob, kannst du das Tor zerstören?", fragte Daniel mit etwas Hoffnung. Immerhin war er ein Magier. Sie verfügten über die Kräfte der Natur.

„Ich bin ein Spezialist für Verzauberung, nicht für Beschwörung", sagte Rob mürrisch. „Selbst, wenn ich meinen *Magischen Pfeil* bis zum Maximum verstärken würde, würde er immer noch nicht mehr als eine Delle im Tor verursachen."

„Verdammt", sagte Daniel. Dann sah er Tula an, die mit den Schultern zuckte.

„Ich könnte einen oder zwei Orks mit meinem Bogen ausschalten, aber das Tor bliebe trotzdem verschlossen", sagte Tula.

„Ah, dabei kann ich helfen", unterbrach Rob. „Mit einer einfachen Anwendung der *Magischen Hand* kann ich die Stange einrasten und zur Seite schieben."

„Sind die Dinger nicht schwer?", sagte Daniel.

„Ja. Aber durchaus innerhalb der Grenzen meines Zaubers", antwortete Rob mit einem Schnauben. „Bei Bedarf kann ich das Tor öffnen – vorausgesetzt, ich bin nah genug dran, um meinen Zauber wirken zu lassen."

„List. Magier. Nicht gut", stellte Asin fest. Rob konnte nicht anders, als dazu zu nicken, bereit zuzugeben, dass seine Fähigkeiten im Schleichen – wie sie sich in den letzten Wochen gezeigt hatten – weniger als spektakulär waren. Miserabel sogar.

„Könnten Tula und Asin mit den Wachen fertig werden? Das gibt dem Rest von uns die Möglichkeit, sich näher heranzuschleichen", sagte Omrak und deutete auf die Festung. „Dann öffnen wir die Tore und töten alle darin."

„Von denen wir nicht wissen, wie viele es sind", meinte Daniel mit einer Grimasse. „Es könnten ziemlich viele sein."

„Und ich würde es vorziehen, nicht in eine voll besetzte Festung zu stürmen", fügte Rob hinzu. Danach wurde es still im Team, während sie darüber nachdachten, was sie tun sollten, während Tula weiterhin die ruhige Festung beobachtete. Ein paar Minuten später blickte Daniel auf und wiederholte aufgeregt seine Idee.

***

In Wahrheit war der Plan sehr einfach. Wenn sie nicht wussten, wie viele drinnen waren, sollten sie es herausfinden. Und der einfachste Weg, dies zu tun, war, die Orks zu ködern. Mit diesem Gedanken im Hinterkopf machte sich das Team auf den kurzen Weg vom Hügel hinunter, um eine Falle aufzustellen, bevor Tula und Asin wieder auf den Hügel gingen. Tula würde den Schuss oder die Schüsse abfeuern und so viele der Wachen wie möglich töten, bevor die Orks alarmiert wurden. Irgendwann, so vermuteten sie, würden die Orks jemanden auf die einsame Rangerin hetzen. Asin würde im Verborgenen bleiben, als Verstärkung und um die Monster zu flankieren, wenn sie ihren Angriff starteten.

Am Fuße des Hügels hinter einem günstigen Baum lauernd, konnte Daniel nur hoffen, dass sein Plan funktionierte. Er basierte auf der Tatsache, dass die Orks bis zu einem gewissen Grad wie ihre Gegenstücke außerhalb des Dungeons reagieren würden – das heißt, mit denkender Anmut und Flexibilität. Keine empfindungsfähige Rasse würde es zulassen, dass eine Bogenschützin, besonders eine so geschickte wie Tula, sie weiterhin provozierte, ohne Vergeltung zu üben. Die Orks könnten vielleicht eigene Bogenschützen oder Armbrustschützen gegen sie losschicken – aber ein einzelner Bogenschütze ihres Könnens würde sie mit Leichtigkeit besiegen und sich aus dem Staub machen, wenn sie diesen Weg wählen würden. Nein. Berittene Kavallerie oder leichte Infanterie wäre die beste Option.

Bald darauf hörte Daniel das wachsende Geschrei von oben. Undeutliche Rufe voller Zorn und Wut drangen auf sie ein, das laute – sehr laute – Knarren der Tore, als sie sich öffneten, und dann das schnelle Getrappel von Füßen, die den Hügel hinunterliefen, als Tula kam. Gelegentlich blieb Tula stehen, und das Klirren eines Bogens, gefolgt von gedämpften Rufen, war zu hören. Kurze Zeit später erschien die Rangerin am oberen Ende des Pfades, leicht joggend und mit einem Lächeln im Gesicht. Sie sprang leichtfüßig über die Blumenreihe und schlängelte sich dann an den anderen Fallen vorbei, bevor sie direkt neben einem Felsbrocken zum Stehen kam, sich tief hockte und einen weiteren Pfeil spannte.

Der Rangerin folgten ein halbes Dutzend Orks, die in Kettenhemdtuniken, gepolsterten Panzerwesten und einen Ringkragen gekleidet waren. Eine gebänderte Schürze aus Metall und Leder schützte ihren Unterkörper, während die meisten Orks Speere trugen. Alle bis auf den Anführer, der eine Keule und einen Schild trug und aus seinem Bauch blutete, aus dem ein Pfeil ragte.

Ork-Sergeant (Level 14)
Gesundheit: 184/210

Ork-Speerkämpfer (Level 11)
Gesundheit: 140/140

In dem Moment, als die Orks den Pfad umrundeten und begannen, sich in Formation zu bringen, schoss Tula ihren ersten Pfeil ab. Diesmal zielte sie nicht auf den Sergeant, der im hinteren Teil der Menge blieb, sondern schickte einen Pfeil in die Wade eines der speerschwingenden Orks, der dadurch in die Knie gezwungen wurde, als der Pfeil ihn lahmlegte. Der Ork-Sergeant brüllte, und die Gruppe ging schnell in ihre Aufstellung und begann einen schnellen Marsch auf Tula zu, während sie einen weiteren Pfeil abfeuerte. Dieses Mal, als sie den Angriff starteten, glühte ein Ork in der Mitte mit einem grünen Licht und der Pfeil wurde in die Luft abgelenkt, als sein Skill einsetzte.

Ohne ihren Fortschritt zu unterbrechen, zog Tula sofort einen weiteren Pfeil und spannte ihn, als die Gruppe auf sie zustürmte. Als sie den Bogen spannte und anvisierte, zögerte sie mit dem Abschuss gerade lange genug, damit die schnell heraneilenden Orks in die erste Reihe von Fallen traten. Der führende Ork trat gegen den aufgereihten Draht und löste damit die Verzauberung aus, die unter ihren Füßen lag und in Eisstacheln aus dem Boden explodierte. Die Orks reagierten instinktiv, sprangen und drehten sich, lösten ihre Formation auf und versuchten, dem Angriff zu entkommen.

In diesem Moment löste Tula ihren Pfeil und spießte einen weiteren auf, während Daniel und Omrak aufstanden und mit ihren eigenen Fernkampfwaffen angriffen. Daniels lange nicht mehr benutzte Armbrust zischte, ihr tödlicher Bolzen flog durch die Luft und traf einen Ork in den Magen, wo der Bolzen mit Leichtigkeit die Kettenglieder durchschlug. Omraks Wurfaxt war weniger erfolgreich, denn sie wurde vom Schaft eines Speers abgewehrt und landete harmlos auf dem Boden. Sofort griff Omrak nach seiner zweiten Wurfaxt, während Daniel seine Armbrust fallen ließ und um den Felsen herumging, um vor Tula Stellung zu beziehen.

„Eindringlinge!", rief einer der weniger erschrockenen und verletzten Orks, während er sich auf die Beine kämpfte, den Speer im Anschlag. In Sekundenschnelle reihte sich der Rest der überlebenden Orks auf. Es waren jetzt insgesamt drei Ork-Speerkämpfer in der Reihe, von denen einer ein lahmes Bein hatte, wo ein Eisstachel durch seinen verstärkten Stiefel gestoßen war. Ein zweiter Ork-Speerkämpfer lag auf dem Boden, doppelt gelähmt von Pfeil und Eisstachel. Hinter ihnen blickte der Ork-Sergeant grimmig auf seine geschrumpfte Truppe.

„Fallen", brummte der Ork-Sergeant und spuckte. Als wäre der Fluch ein Befehl, ging ein weiterer Ork-Speerkämpfer einen Schritt vorwärts über die ausgelöste Eisstachelfalle und rammte seinen Speer in den Boden, angewinkelt zu Tula. Dann zuckte er zurück, als Tulas Pfeil in seine Schulter einschlug und sich dort festsetzte. Verletzt oder nicht, die Geschicklichkeit des Orks schickte eine Welle durch den Boden und löste den Rest von Robs Verzauberungen aus, die ihre gespeicherten Energien nutzlos freisetzten.

„Was für eine Verschwendung!", knurrte Rob, als seine aufgestellten Fallen mit wenig Ergebnis auslösten.

Daniel hätte ihn fast dafür verflucht, dass er seine Anwesenheit preisgegeben hatte, entschied sich aber dagegen und konzentrierte sich auf die nun schnell herannahenden Orks. Sogar Tula hatte sich dagegen entschieden, an der Front zu bleiben. Sie hatte sich ihren Bogen über die Schulter geworfen und kletterte auf einen nahegelegenen Felsen, um einen besseren Blickwinkel für den folgenden Nahkampf zu haben. Omrak ging vorwärts, seine Wurfäxte ausgebreitet, ohne zu viel zu zeigen, und schloss sich Daniel an der Front an.

„Wir greifen auf mein Kommando an", stieß Daniel hervor. Omrak antwortete mit einem leichten Nicken, während er sein Großschwert bereit machte.

„Jetzt!"

Gemeinsam stürmten die beiden auf die vierköpfige Ork-Gruppe zu. Ein weiterer Pfeil zischte an dem Paar vorbei, teilte sich in der Luft, als er sich der Gruppe näherte, und bildete einen **_Pfeilsturm_**. Ohne Schilde konnten die Ork-Speerkämpfer den Angriff nur annehmen und nach vorne stürmen. Selbst die disziplinierten Monster konnten nicht anders, als etwas langsamer zu werden und ihre Formation zu unterbrechen, als die mächtigen **_durchbohrenden Pfeile_** im **_Pfeilsturm_** einschlugen und ein weiteres Paar verletzten. Dann trafen die angreifenden Parteien aufeinander.

Daniel duckte sich im letzten Moment, während er seinen Schild nach oben brachte und den Speer über seinen Kopf ablenkte. Der Luftzug, der über ihm schwebte, ließ Daniels Herz in seiner Brust hämmern. Konzentriert stemmte der stämmige Abenteurer seine Schulter in den Schild, während er sich auf den Ork-Speerkämpfer stürzte, das Monster überrannte und einen wild geschwungenen Hammerschlag auf der Schulter des Orks hinterließ, als er vorbeiging. Daniel drehte sich auf dem Absatz um und schaffte es gerade noch, den Streitkolbenschlag des Ork-Sergeant abzuwehren, bevor er sich hinter seinen Schild stellte, bereit, seinen Freunden Zeit zu verschaffen, um die Orks zu erledigen.

Nicht, dass der Ork-Sergeant ihm viel Zeit geben würde, um den Rest seiner Gruppe zu beobachten, die einen Angriff nach dem anderen auf Daniel startete. Ein plötzliches Flackern im Körper des Ork-Sergeants war die einzige Warnung, die Daniel erhielt, bevor dieser plötzlich beschleunigte und mit dem ersten Schlag seinen Schild aus der Position brachte. Der zweite und dritte schlugen in Daniels Brust ein, der letzte wurde leicht abgelenkt, als er spürte, wie sich sein Brustpanzer verformte und sein Atem aus seiner Brust gepresst wurde.

Bevor der Sergeant einen weiteren Vorteil aus Daniel ziehen konnte, blitzte ein Wurfmesser nach vorne und traf seine Schulter, wobei es unter der Wirkung von Asins Geschicklichkeit seine Rüstung durchschlug. In der Zwischenzeit griff Daniel automatisch mit seiner Gabe nach innen, um den

Schaden, der ihm zugefügt wurde, zu heilen. Die Catkin stürmte vorwärts und schleuderte weitere Wurfmesser, um die anderen Ork-Speerkämpfer, die gegen Omrak kämpften, zu bedrängen. Zusammen mit dem Zauberer und der Rangerin hatte der Nordländer es bereits geschafft, einen seiner Gegner auszuschalten, und wehrte die Angriffe der anderen beiden ab.

Als er sah, dass seine Freunde die anderen Orks im Griff hatten, konzentrierte sich Daniel auf den Ork-Sergeant. Sein **_Schwachstelle-finden_**-Skill brüllte ihn an, bot aber amüsanterweise wenig zusätzliches Wissen, das er nicht bereits kannte – Schläfe, Achselhöhle, Leiste, Knie – alles Bereiche, in denen das Monster weniger Panzerung trug. Stattdessen wartete Daniel, bis der Ork-Soldat gezwungen war, ein Wurfmesser in sein Gesicht zu blocken, bevor er handelte. Mit dem Schild des Monsters im Gesicht konnte es nichts tun, als Daniel den **_Schildschlag_** auslöste, um das beleidigende Stück Verteidigungsausrüstung in die Schnauze des Orks zu rammen. Als es nach hinten taumelte, schwang Daniel seinen Hammer mit voller Kraft schräg nach oben, traf die Niere des Monsters und zertrümmerte seine Rüstung, während er **_Perins Schlag_** auslöste. Der kraftvolle Angriff hob das Monster von den Füßen, bevor es betäubt zu Boden krachte. Mit einem schnellen Schritt verlagerte Daniel sein Gewicht auf den Streitkolben des Monsters und begann, auf das am Boden liegende Monster einzuschlagen, das sich hinter seinem Schild zu verstecken versuchte.

Ein paar Schläge später, darunter einer, der den Scheitel des Ork-Sergeants traf, tötete Daniel seinen Gegner schließlich. Natürlich hätte er es schon etwas früher beenden können, aber er hatte sich die Zeit genommen, nach seinen Freunden zu sehen, wie es sich für einen guten Heiler gehörte. Dass seine Freunde es gut im Griff hatten – ihre kombinierten Angriffe hatten die Orks erst verletzt, und dann getötet –, hatte es dem Abenteurer erlaubt, sich auf seine eigenen Angriffe zu konzentrieren.

Daniel schluckte etwas Luft hinunter, der Helm blockierte wieder einmal seine Atmung. Er blickte stirnrunzelnd den Weg hinauf und warf dann einen Blick auf Tula, die eine bessere Sicht hatte. Sie schüttelte verneinend den Kopf. In diesem Moment begann der Heiler, sich zu entspannen und seine Freunde zu betrachten. Nach einem Moment lächelte er, als er feststellte, dass niemand verletzt war. Nun, abgesehen von ihm.

„Das war eine glorreiche Schlacht!", sagte Omrak und grinste breit. „Und was jetzt?"

„Nun..." Daniel hielt inne und überlegte. „Wir machen es noch einmal. Rob?"

„Ich lade meine Verzauberungen wieder auf. Nicht, dass es darauf ankäme", grummelte Rob, während er zu seinen Fallen ging. Asin rannte fröhlich herum und sammelte die Manasteine von den verstreuten Monsterleichen auf und steckte sie nach einer kurzen Inspektion ein. Zu diesem Zeitpunkt waren die überdurchschnittlich guten Drops bereits zur Routine geworden.

„Schürze?", sagte Asin, als sie zurück trabte und eine der gepanzerten Schürzen für die Gruppe hochhielt. Nach einem Moment wurde Daniel klar, dass die Verzögerung, mit der Asin dem Kampf beigetreten war, darauf zurückzuführen war, dass sie den verletzten Orks in den Rücken gefallen war und sie getötet hatte. Unangenehm, aber effektiv.

„Verflucht?", schoss Daniel zurück. Asin zuckte mit den Schultern und ging zu Rob, um den Zauberer zu befragen. Eine Minute später war die Catkin zurück und grinste breit.

„Nein. Nicht verzaubert", sagte Asin und bot sie Daniel erneut an.

„Nicht für mich. Omrak?", sagte Daniel. Die Schürze würde wenig zu seiner Verteidigung beitragen und ihn nur durch das zusätzliche Gewicht verlangsamen.

„Hmm…“ Omrak nahm sie von Asin entgegen und beäugte das gesamte Ensemble, bevor er mit den Schultern zuckte und es anzog. Er posierte eine Weile, klopfte und schlug auf die Schürze, und justierte seinen Gürtel, um sicherzustellen, dass er seine Taschen in Reichweite hatte. „Danke.“

Asin nickte grinsend und hockte sich wieder hin, während sie darauf wartete, dass Rob fertig wurde.

„Irgendetwas zu sehen?“, rief Daniel zu Tula hinauf.

„Nichts. Sie scheinen nur zu warten“, sagte Tula.

„Also gut. Wir nehmen das Geschenk an“, sagte Daniel. „Sobald Rob fertig ist, schlagen wir noch einmal zu und sehen, ob wir noch mehr von ihnen herauslocken können.“

Kapitel 8

„Nichts?", brummte Daniel als Tula zurückkam. Es schien, als hätten die Orks beschlossen, sich nicht ein zweites Mal ködern zu lassen, selbst als Tula auf sie geschossen hatte. Sie hatten sich ihrerseits entschieden, ihre Leute von den Mauern abzuziehen. Ohne ein Ziel hatte Tula schließlich beschlossen, sich auf den Weg zurück zum Team zu machen, um Bericht zu erstatten, und ließ Asin zurück, um die Festung auf Veränderungen zu beobachten.

Tula nickte, und Daniel seufzte. Er hatte gehofft, dass die Orks „freundlich" genug gewesen wären, ein paar weitere Leichen für die Sache zu spenden, aber ein einzelner Trupp schien das Ausmaß dessen zu sein, was sie erwarten konnten. Die Entscheidung war gefallen, und Daniel winkte die Gruppe den Hügel hinauf, wo sie an der gleichen Stelle hockten, an der sie früher am Tag bereits gewesen waren. Als sie die scheinbar verlassene Festung betrachteten, konnte Daniel nicht anders, als die Stirn über den sich langsam verdunkelnden „Himmel" zu runzeln.

„Wir müssen das beenden, bevor es dunkel wird", erklärte Daniel. „Wir werden Robs Plan verwenden."

„Es ist nicht...", begann Rob zu protestieren, aber der Rest der Gruppe hatte sich bereits auf den Weg gemacht. „Mein Plan", beendete Rob in die Leere sprechend, bevor er seufzte und der Gruppe folgte.

Während Tula über sie wachte, erklomm Asin schnell und lautlos die Mauer der Festung, während sich das Team am Fuße der Mauer in der Nähe der Tore versteckte. Rob hatte bereits begonnen, seinen Zauber *Magische Hand* zu kanalisieren, um den Torriegel zu entfernen. Als Asin knapp unter dem Mauerrand war, nickte Daniel Rob zu, damit er seinen Zauber auslöste.

Eine riesige, schwebende Hand erschien, die mit ätherischer Kraft glühte. Mit einem Grunzen schob Rob die Hand in das Tor selbst, die halbfeste Hand passierte das hölzerne Tor mit Widerstand. Aus dem Inneren der

Festung ertönten überraschte Rufe angesichts des Eindringens. Ein Ork beschloss, seinen Kopf über die Festungsmauern zu strecken, nur um dann mit einem Pfeil im Auge rückwärtszufallen. Asin nahm die plötzliche Anwesenheit des Orks als Zeichen, sich zu bewegen, und kletterte den Rest der Mauer hinauf, um eine zusätzliche Ablenkung zu bieten, während Rob sich abmühte, die Tore zu öffnen.

Gedämpfte Rufe und Schreie drangen weiterhin durch die hölzernen Mauern, bevor ein lauter Knall des herunterfallenden Torriegels die Gruppe auf Robs Erfolg aufmerksam machte. Als der Zauberer seine Hände zurückzog und das Tor aufriss, huschten Omrak und Daniel aus ihrem Versteck hervor, die Fernkampfwaffen bereit.

Als die Türen weit aufschwangen, begrüßten sie eine Reihe von Orks und Raptoren. Nur waren diese Raptoren größer als die zwei Meter großen Kreaturen, die sie anfangs getroffen hatten, mit größeren Köpfen, aber seltsam proportionierten winzigen Armen. Sie waren sogar so groß, dass ein Trio von Orks auf den Raptoren saß, und als sich die Türen öffneten, traten sie die Raptoren, um die beiden anzugreifen. Hinter dem Trio der angreifenden Orks stürmte ein Quartett von Ork-Speerkämpfern hinterher, angestachelt von einem weiteren Ork-Sergeant.

Lomak-Raptor (Level 14)
Gesundheit: 190/190

Ork-Raptoren-Reiter (Level 13)
Gesundheit: 160/160

„Ba'als Fluch!", rief Daniel, als er zur Seite sprang. Omrak hingegen entschied sich, auf seiner Position zu bleiben, und bewegte sich erst im letzten Moment, um mit seinem Großschwert den Fuß des Lomak-Raptors beim Vorbeistürmen zu treffen. Seine Bewegung war wunderschön ausgeführt, perfekt zeitlich aufeinander abgestimmt, und brachte den Raptor ins Taumeln, wobei sein Reiter gezwungen war, sich mit einer Rolle abzuwerfen, um nicht zerquetscht zu werden. Diese Aktion machte jedoch Omrak verwundbar für die Ork-Speerkämpfer, die hinterher stürmten. Einer von ihnen schaffte es, einen Speer in die obere linke Brust des Nordländers zu versenken.

Der blutende Nordländer wurde blockiert von seinem Angreifer und zurückgedrängt, während die anderen Speerkämpfer begannen, den Riesen zu bedrängen und mit ihren Speeren auf ihn einzustechen. Jeder Schlag, der mehr Blut nach sich zog, verstärkte das rote Glühen um Omrak. Mit einem Knurren packte Omrak die Speerspitze mit seiner linken Hand und nutzte seine größere Kraft, um sie aus der Schulter zu ziehen, während er sich auf die Füße stemmte. Als der Ork-Speerkämpfer versuchte, die Kontrolle über seinen Speer zurückzuerlangen, schlug Omrak nach unten und trennte dessen Hand ab auf Kosten eines weiteren Speerschlages, der sich in seinem Torso vergrub. Als Omrak stöhnte und einen weiteren Speer wegschlug, überflutete ihn eine weiße Welle der Macht, die einige seiner Wunden sichtlich heilte. Einen weiteren Moment später durchflutete ihn ein Puls von heilender Energie.

Daniel kauerte wieder hinter seinem Schild, als das verbliebene Paar Ork-Raptoren-Reiter für einen weiteren Angriff vorbeikam, auf seinen Schild einhämmerte und versuchte, den stämmigen Abenteurer umzuwerfen. Zum Glück für Daniel waren die Raptoren selbst weniger daran interessiert, den Abenteurer gewaltsam zu überrennen, sondern begnügten sich damit, an ihm vorbeizulaufen und sich an seinem gepanzerten Körper festzubeißen. Obwohl er durch Schild und Plattenpanzer geschützt war, erlitt Daniel ein paar oberflächliche Schnittwunden und erhebliche Prellungen, als die Feinde an ihm vorbeirannten. Er wusste, dass er einen weiteren solchen Angriff nicht überstehen würde.

Glücklicherweise brauchte er das nicht, denn Tula und Rob konzentrierten sich auf einen der Raptoren-Reiter, als dieser davonritt, und schossen Pfeile und Stacheln auf ihn ab. Ihre Angriffe lenkten den Ork von Daniel ab, der daraufhin seine Aufmerksamkeit auf Rob lenkte, der vor ihm stand und einen ermächtigten Eismagiepfeil schwang. Der Ork hatte nur einen kurzen Moment Zeit, um zu erkennen, dass der Zauberer leicht grinste, bevor der Lomak-Raptor, auf dem er ritt, die vorbereitete Stachelfalle traf, das Monster lähmte und es von der Bestie warf, um neben Rob zu landen. Als der Ork-Reiter auf die Beine kam, wurde er von einem magischen Pfeil ins Gesicht getroffen, wobei sich die verstärkte Eisverzauberung auf seine Nase und seinen Hals ausbreitete und das Monster erstickte.

Als Daniel aufstand und beobachtete, wie der andere Lomak-Raptor sich umdrehte, um ihn anzugreifen, warf er kurz einen Blick auf den Kampf um ihn herum. Asin hatte sich von hinten in die nun verlassene Festung fallen lassen und war in einen Zweikampf mit dem Ork-Sergeant verwickelt. Die schnelle Catkin wich den Angriffen des Monsters mit Leichtigkeit aus, begnügte sich damit, das Monster zu *kiten* und gelegentlich ein Wurfmesser in das angespannte Handgemenge um Omrak herumzuwerfen.

Es war Omrak – der nun sowohl gegen die verbliebenen Speerkämpfer als auch gegen den unbewaffneten Reiter kämpfte –, dessen Position am gefährlichsten war. Gegen die Speerkämpfer wurde die größere Reichweite des Riesen außer Kraft gesetzt, sodass er sich ständig zurückziehen musste, um nicht umzingelt zu werden. Selbst dann strömte Blut aus dem Abenteurer, Muskeln und Fleisch hingen aus aufgerissenen Wunden. Das dunkelrote Glühen seiner Wut-Fähigkeit umgab Omrak, ein Beweis für die Menge des bereits angerichteten Schadens.

„Omrak!" Daniels Augen weiteten sich, Furcht zeigte sich, als ein Speer in den Fuß des Nordländers stürzte und ihn festnagelte. Bevor er einen weiteren Zauber sprechen konnte, war der Raptor-Reiter wieder da. Die momentane Ablenkung reichte aus, damit der Reiter seinen Säbel in Daniels Helm rammte und ihn zum Klingeln brachte.

„Ich. Werde. Nicht. FALLEN!", brüllte Omrak, während er einen Speer abfing und einen weiteren blockte, bevor er sein Skill **Ruf des Blitzes** auslöste. Das rote Glühen um Omrak verschwand in seinem Körper und wurde durch Blitze ersetzt. Überrumpelt konnten die Speerkämpfer und der Reiter dem schnellen, schockierenden Angriff nicht ausweichen, der sie erschütterte und betäubte. Omrak sackte nach dem Angriff zu Boden und warf den gestohlenen Speer weg, um blind nach einem Heiltrank zu greifen.

„Dummkopf!", knurrte Asin, als sie aus den Toren stürmte, dicht gefolgt von dem Ork-Sergeant.

So stark der Sergeant auch sein mochte, er war nicht in der Lage, mit der schnellfüßigen Catkin mitzuhalten, die zu einem sich erholenden Ork-Reiter hinübersprang und ihn von hinten niederstach, indem sie ihr Messer in die Lücke zwischen dem Hals und der Rumpfpanzerung des Monsters stieß. Die Klinge glitt mühelos den ganzen Weg hinein, der kritische Treffer durchtrennte Muskeln, Knochen und Arterien mit Leichtigkeit. Mit einem leichten Sprung sprang die Catkin in die Luft und wirbelte herum, ihr Wurfmesser blitzte auf, als ein **Messerfächer** aufblühte, um den ihr folgenden Sergeant anzugreifen. So beeindruckend ihr Angriff auch war, Asin landete mit einem heftigeren Aufprall als normal, ihr Atem ging schwer, da ihre Ausdauer durch den großzügigen Gebrauch ihrer Skills erschöpft war.

„Konzentriere dich auf die Heilung", sagte Tula, während sie hinübereilte, um Daniel auf seine schwindelnden Füße zu heben. Gleich darauf zog die Rangerin einen Pfeil aus ihrem Köcher, spannte ihn an und beäugte den rasenden Raptor und den Reiter. Daniel bemerkte abwesend, wie Blut von ihrer Bogenhand auf den Boden tropfte, während er seine Gabe dazu zwang, seinen schmerzenden Kopf zu heilen. Daniel war wieder einmal dankbar, dass er seinen eigenen Körper so gut kannte, dass er seine Gabe während des Kampfes an sich selbst anwenden konnte – ein Kunststück, das bei anderen fast unmöglich und höchst gefährlich war.

Als sich sein Kopf klärte, sah Daniel, wie Rob direkt von seinem ehemaligen Gegner weg auf Omrak zu rannte, einen kleinen Ball in der Hand. Mit weit aufgerissenen Augen begann Daniel, eine weitere *Kleine Heilung* auf Omrak anzuwenden, als der nun geworfene Giftball vor den Füßen des Riesen explodierte. Innerhalb von Sekunden hatte sich die violette Giftwolke durch die Gruppe verbreitet und vergiftete sowohl die nun wieder genesenen Speerkämpfer als auch den Nordländer.

„Vergifte nicht unsere Leute!", knurrte Daniel leise. Doch als Rob zum Stehen kam und sein Stachelpaar zu Omraks Hilfe schickte, wusste er, dass der Zauberer richtig gewählt hatte. In der Tat hatte er wahrscheinlich mehr richtig gemacht als Daniel. Ein weiterer Zauber überflutete Omrak und brachte den Nordländer von der gefährlichen Nähe des Todes in ihre unmittelbare Nähe.

„Reiter", warnte Tula. Daniel blickte zurück und erkannte, dass Tula ihren Pfeil losgelassen hatte und dem Raptor einen *Durchbohrenden Schlag* in die Brust versetzte, der ihn dazu brachte, von ihnen wegzugehen. Statt seinem Ross zu folgen, war der Raptor-Reiter abgesprungen und rannte auf die beiden zu.

„Zusammen", sagte Daniel zu Tula, während Asin und Rob sich bewegten, um Omrak zu unterstützen, als er aus der sich schnell ausbreitenden Giftwolke humpelte. Daniel packte seinen Hammer und konzentrierte sich auf den Schlagabtausch mit dem Reiter. Nach einigen Momenten des Kampfes informierte ihn seine Gabe **_Schwachstelle finden_** über eine überraschende Schwäche. Als der Ork erneut ausholte, löste Daniel seinen **_Schildschlag_** aus und konterte den Säbelschwung mitten im Angriff. Die unerwartete Bewegung und eine Schwäche im Griff des Orks ließen den Säbel in der Luft herumwirbeln, eine Bewegung, die den Reiter überraschte. Lange genug für Tula, um hinter Daniel hervorzutreten und ihm einen Pfeil in die Kehle zu jagen.

Noch während die beiden jubelten, bahnten sich der zunächst gelähmte Raptor und der reiterlose Raptor schließlich ihren Weg zu Daniel und Tula und er griffen das Paar an. Daniel knurrte und erkannte, dass dieser Kampf noch nicht zu Ende war.

***

„Es tut mir leid", sagte Daniel leise zu Omrak und dann wieder laut zu seinen Freunden. Mit der Hand auf dem Körper des Riesen wirkte er abwechselnd seine **_Kleine Heilung_** auf den Nordländer und nutzte seine Gabe, um Omraks Körper zu steuern, um die Heilung zu beschleunigen. Noch während er dies tat, spürte Daniel, wie ein Teil seiner Erinnerungen – ein Kuscheln mit seinem Großvater, eine Lektion in Rechtschreibung, ein Kampf im Dungeon – ihm entglitten. Dennoch konnte Daniel sich des Gefühls nicht erwehren, dass es ein würdiger Tausch war, eine unzureichende Buße.

„Was tut dir leid?", fragte Tula stirnrunzelnd, während sie ihre wiedergefundenen Pfeile inspizierte.

„Ich habe die Grenze überschritten", sagte Daniel. „Wäre ich bei Omrak geblieben, wäre er nicht so schwer verletzt worden."

„Oder ihr wärt beide überrannt worden", sagte Rob. „Die Raptoren haben sich zwar dagegen gesträubt, aber wenn du ihnen den Weg komplett versperrt hättest, wären sie wahrscheinlich über dich hinweggeritten. Und deine Rüstung ist zwar gut, aber so gut nun auch wieder nicht."

Daniel grunzte, schüttelte dann aber den Kopf. „Ich hätte mich wenigstens gleich danach wieder mit Omrak zusammenfinden sollen, anstatt herumzustehen und gegen die Raptoren und ihre Reiter zu kämpfen."

„Versucht. Zu viele", sagte Asin, während sie sich das Bein rieb. Daniel notierte sich, dass er bald nach ihr sehen würde, obwohl er ziemlich sicher war, dass es nur eine Muskelzerrung war. Eine, die sein *Zeichen des Heilers* bald heilen würde. Tatsächlich musste Daniel zugeben, dass zwar alle mit Verletzungen davongekommen waren, aber außer Omrak war keine davon lebensbedrohlich. Na ja, bis auf das Aneurysma, das er sich selbst zugefügt hatte. Aber das brauchten sie nicht zu wissen.

„Besorgniserregender ist die schiere Anzahl der Feinde, denen wir gegenüberstanden", sagte Rob und blickte dann auf die immer noch offenen Tore. „Wenn überhaupt, dann war unser Versagen diesmal auf mangelnde Aufklärung zurückzuführen."

„Ja", sagte Tula und schnitt eine Grimasse. „Ich hätte darauf bestehen sollen."

„Warum hast du es nicht getan?", fragte Daniel neugierig. Nicht, dass er ihrer einstigen Späherin vorwerfen wollte, dass er nicht darauf bestand, ihren Job richtigzumachen.

Tula schwieg so lange, dass Daniel dachte, sie würde nicht antworten. Als sie es tat, war ihre Stimme leiser als sonst. „Ich wollte, dass wir als Erste die Ebene räumen."

„Konkurrenzfähig", sagte Asin.

Tula sah auf, wollte protestieren und sah dann das breite Grinsen auf Asins Gesicht. Die Rangerin errötete leicht, bevor sie schließlich nickte.

„Gut, den gleichen Fehler werden wir nicht noch einmal machen", sagte Daniel, als er mit Omrak fertig war. „In Ordnung, wer ist der Nächste?"

***

Die Festung selbst war für die Abenteurer enttäuschend, da es bei der Erkundung leer und karg wirkte. Aus Holz und Lehm gebaut, bestand das Erdgeschoss der Festung aus einer großen Versammlungshalle, die offensichtlich auch als Speisesaal diente. Von der Haupthalle gingen Räume für die – nun karge – Waffenkammer und die Küche ab. Die Küche selbst bot überraschenderweise eine Fülle an Fleisch, frischem Gemüse und einer gelblich-orangenen Kartoffel, die die Abenteurer mitnahmen, um ihre Vorräte aufzustocken. Die Räume im Obergeschoss bestanden aus einer Reihe von einfachen Schlafquartieren. Neben dem Bett in einer Ecke des größten Zimmers stand eine Truhe.

„Was ist da drin?", fragte Rob ungeduldig.

„Pssst...", zischte Asin, während sie sanft mit den Fingern an der Truhe entlangfuhr. Sie hatte sie bereits mit einer Feder und dann mit einem Dietrich geprüft, aber jetzt überprüfte sie sie mit ihren Fingern.

„Geduld", wiederholte Daniel gegenüber Rob. „Es sei denn, du meldest sich freiwillig, um sie zu öffnen."

„Das ist die Aufgabe der Catkin", sagte Rob mit einem Schnauben. „Obwohl ich mir überlegt habe, einen Öffnungszauber zu lernen."

„Warum tust du es nicht?", fragte Omrak.

„Neue Zaubersprüche zu lernen ist ein bedeutendes Unterfangen. Sowohl in Bezug auf die benötigten Mittel als auch auf die benötigte Zeit. Ich könnte genauso gut in der gleichen Zeit mein Wissen über Zaubersprüche erweitern, anstatt mich in solch profane Themen zu vertiefen."

„Warum erwähnst du es dann?", fragte Daniel.

„Weil es immer so lange dauert!", brummte Rob. Die anderen Abenteurer rollten alle mit den Augen, sogar Tula, die außerhalb des Raumes stand und den Korridor beobachtete. Nur für den Fall aller Fälle.

„Sicher", erklärte Asin schließlich, bevor sie ihre Dietriche herauszog. Sie beugte sich tief hinunter und betrachtete noch einmal das Schlüsselloch, bevor sie ein Paar Dietriche herauszog. In ein paar Minuten – und nachdem Daniel Rob und Omrak geschickt hatte, um die Suche „fortzusetzen" – öffnete sie die Truhe.

„Nicht", sagte Daniel, als Asin sich bewegte, um die Truhe zu öffnen. „Holen wir alle hierher."

Asin nickte nur und lehnte sich zurück, als Daniel nach den anderen rief. Als sich schließlich alle versammelt hatten, schob Asin die Truhe ohne Fanfare auf. Mit großen Augen tauschten die Abenteurer Blicke aus, bevor Rob die enttäuschte Stille brach.

„LEER!", fuchtelte der Zauberer mit den Händen herum. „Sie ist *leer*!"

„Das können wir auch sehen", sagte Daniel und warf einen Blick zu Asin. Die Catkin nickte und begann, an der Innenseite der Truhe herumzustochern.

„Ah! Ein Geheimfach. Natürlich", sagte Rob und ließ sich nieder. Doch als die Catkin sich nach einiger Zeit zurücksetzte und den Kopf schüttelte, knurrte er. „Du musst etwas übersehen haben. Es gibt keinen Grund, warum eine Truhe leer sein sollte!"

„Leer."

„Du irrst dich. Brich sie auf!", sagte Rob und griff nach seinem eigenen Messer. Als Asin einen Blick auf Daniel warf, zuckte er mit den Schultern und winkte sie zur Seite. Die Catkin schnüffelte und hüpfte rückwärts auf ein Bett, ohne hinzusehen, während Rob vorrückte und in das rote Futter stach, wodurch die Truhe auseinandergerissen wurde. Minuten später lehnte sich der Zauberer enttäuscht zurück.

„Das ergibt keinen Sinn", beschwerte sich Rob. „All das, für nichts? Warum eine Truhe hier aufstellen, wenn es keine Belohnung gibt? Will Panqua uns verarschen?"

„Vielleicht", sagte Omrak. „Oder vielleicht gibt es keinen Manastein, weil es keinen Champion gibt."

„Champion...", sagte Tula leise und beäugte dann das Einzelbett, bevor sich ihre Augen weiteten. „Der Ebenen-Champion. Vielleicht hat er noch nicht gespawnt!"

„Oder er hat gespawnt und wurde vom anderen Team getötet", sagte Daniel achselzuckend. „Es könnte sein, dass die Respawn-Rate von normalen Monstern schneller ist als beim Champion."

„Erlis' Tränen", fluchte Rob, stand dann auf und schob sein Messer zurück in die Scheide. „Gut. Lasst uns gehen. Wo ist die Treppe zur nächsten Ebene?"

Stille hallte durch die Gruppe, als ihnen klar wurde, dass keiner von ihnen so etwas bemerkt hatte. Die Festung hatte nicht einmal einen Keller, was bedeutete, dass die einzige Treppe in der Nähe nach oben führte. Nachdem die Gruppe ein letztes Mal durch die Festung gegangen war, um nach versteckten Räumen oder Treppen zu suchen – was, wenn man bedenkt, dass die Festung buchstäblich nur zwei Sätze von Innenwänden hatte, unglaublich unwahrscheinlich war –, gaben sie auf. Zu diesem Zeitpunkt bewegten sie sich alle in der relativen Dunkelheit der Nacht.

„Bleiben wir hier und riskieren einen Respawn direkt auf uns oder gehen wir raus?", fragte Daniel sein Team.

„Respawns an Orten, die aus Abenteurern bestehen, sind Ereignisse mit geringer Wahrscheinlichkeit", sagte Rob.

„Hm?" Omrak sah Rob verwirrt an.

„Keine Respawns wahrscheinlich", übersetzte Daniel für Omrak.

„Bleiben", sagte Asin und zeigte nach oben. „Bett."

„Wir sollten trotzdem eine Wache haben. Und die Tore schließen", sagte Tula.

„Okay. Rob, schließ die Tore. Asin, du machst Abendessen. Omrak, du hast die letzte Schicht", begann Daniel, bevor er den Rest der Schichten für die Wache auflistete. Als Tula sich für die erste Schicht meldete, gab Daniel sich im Stillen die mittlere Schicht der Nacht. Seine Gabe konnte sein Schlafbedürfnis zwar nicht ganz beseitigen, aber die Auswirkungen auf ihn reduzieren.

Und vielleicht konnten sie morgen, bei Tageslicht, herausfinden, wo der Eingang für die dritte Ebene war.

Kapitel 9

„Das ist neu", sagte Daniel, während er in die Ferne blinzelte.

Ein ruhiger Abend hatte dazu geführt, dass die Gruppe am Morgen aufgewacht war und das Rätsel des fehlenden Weges nach unten mit Nachdruck angegangen war. Eine gründliche Überprüfung der Festung hatte keine zusätzlichen Hinweise geliefert, und so hatte das Team seine Suche auf den gesamten Hügel ausgeweitet. Stunden später musste die Gruppe widerwillig akzeptieren, dass der Weg nach unten nicht auf diesem speziellen Hügel lag. Gemeinsam waren sie durch das fast perfekt durchsichtige Portal hinausgegangen. Als sie sich auf der Suche nach ihrem nächsten Ziel umsahen, hatte Daniel die Anomalie entdeckt.

„Das war vorher definitiv nicht da", sagte Tula.

Daniel konnte der Rangerin nur zustimmen, als er die kleine Karte betrachtete, die sein Skill **_Kartografie II_** erstellt hatte. Wenn die Festung, die jetzt auf dem Hügel existierte, schon vorhanden gewesen wäre, bevor sie die zweite Ebene betreten hatten, wäre sie auf seiner Karte zu sehen gewesen.

„Hinten", zischte Asin.

Von ihrem Tonfall aufgeschreckt, drehte sich die Gruppe um, nur um von einem weiteren verblüffenden Geheimnis begrüßt zu werden. Die Festung, die sie gerade verlassen hatten, war nun spurlos verschwunden und hinterließ einen leeren Hügel.

„Ba'al!", fluchte Omrak, während er sein Schwert zückte. Nach einer Weile, als keine Bedrohung aus dem Nebel oder von hinten auftauchte, schob der große Nordländer sein Schwert verlegen zurück in die Scheide.

„Rob?", fragte Tula ihren ansässigen Besserwisser.

„Das..." Rob hielt inne, verstummte und strich sich über das Kinn. Nach einer Weile sah er mit einem wissenden Grinsen auf. „Ja, natürlich. Es ist eine neue Einrichtung. Panqua testet wohl ein neues Format für die Dungeons."

„Aber was soll das bedeuten?", zischte Daniel frustriert. „Müssen wir jetzt wieder zu dieser Festung reisen und gegen sie kämpfen? Und warum?"

„Wenn ich spekulieren darf, würde ich annehmen, dass es so ist. Es scheint, dass die zweite Ebene nicht aus einem einzigen Ort besteht, sondern aus miteinander verbundenen Festungen. Ich würde annehmen, dass wir eine ausreichende Anzahl solcher Gebäude zerstören oder räumen müssen, bevor wir den Weg nach unten finden können."

„Vielleicht nicht nach unten", fügte Asin hinzu.

„Ja. Gut angemerkt. Vielleicht gibt es keine dritte Ebene. Der nächste Standort könnte einfach eine andere Landschaft sein", sagte Rob.

„Ah. Wir müssen also mehr Orks erschlagen, um weiterzukommen", grummelte Omrak und sein Grinsen wurde breiter. „Gut. Ich habe das Gefühl, dass ich bei unserer letzten Begegnung nicht auf mich selbst Rücksicht genommen habe. Ich freue mich darauf, diesen Orks wieder zu begegnen."

Da es wenig brachte, stillzuhalten, winkte Daniel die Gruppe weiter zum nächsten Hügel. Wie üblich würde die Gruppe von Hügel zu Hügel wandern, um die Zeit zu verkürzen, die sie im Nebel verbrachte und den Angriffen der Raptoren ausgesetzt war.

✳✳✳

Als Daniel sich auf dem Hügel ausruhte, bevor die Gruppe die nächste Festung in Angriff nehmen sollte, betrachtete er die Benachrichtigung, die nach ihrer letzten Begegnung mit den Raptoren erschienen war.

Level-Aufstieg!
Abenteurer Level 12

Du hast 5 Attributspunkte und 1 Skillfertigkeit gewonnen.

„Ist noch jemand aufgelevelt?", fragte Daniel und sah sich in der Gruppe um.

„Gestern", sagte Asin.

„Vor ungefähr zwei Stunden", sagte Omrak zustimmend. Daniel konnte nicht anders, als eine Grimasse zu ziehen, denn er wusste, dass ihre schnellere Leveling-Geschwindigkeit mehr mit dem ständigen Gebrauch seiner Gabe zu tun hatte als mit einem Unterschied in der Erfahrung.

„Rob? Tula?"

„Nein", sagte Rob knapp.

„Bald", fügte Tula hinzu.

„Wie bald? Bekommst du einen Skill-Punkt?", fragte Daniel Tula. Anhalten und zurückkehren, um Monster zu bekämpfen, um ihr das nächste Level zu geben, könnte sich lohnen, wenn Tula einen weiteren Klassen-Skill erhalten könnte.

„Nein", schüttelte Tula den Kopf. „Level 15 als Nächstes."

„Oh..." Daniel zog eine Grimasse, als er sah, wie groß der Unterschied war. „Rob, Tula. Ihr haltet Wache. Dann verteilen wir unsere Punkte."

Nachdem er ein bestätigendes Nicken erhalten hatte, holte Daniel sein Charakterblatt hervor und überlegte sich seine nächsten Schritte. Zuerst musste er seine Attributspunkte zuweisen. Als Erstes fügte er seiner Verfassung einen Punkt hinzu. Er wurde immer wieder verprügelt, besonders als er in ihren Kämpfen mehr Rollen übernahm. Es war besser, sicherzustellen, dass er eine geringere Chance hatte, zu sterben, indem er seine Verfassung erhöhte, selbst wenn es nur um einen kleinen Betrag war.

Als Nächstes fügte er zwei Punkte zu seinem Intelligenzwert hinzu. Das würde von nun an eine kleine Erhöhung der laufenden Gewinne für seinen

Mana-Pool bedeuten, was wichtig war, da er seine Rolle als Heiler ausbaute. Tatsächlich war Daniel fast versucht, mehr Punkte in die Fähigkeit zu stecken, aber er wollte auch sein Glück und seine Willenskraft erhöhen. Diese erhöhte er um jeweils einen Punkt.

Glück war eine notwendige Komponente für jeden Abenteurer. Zu viele Dinge konnten beim Erforschen schiefgehen, und ohne Erlis' Finger auf der Waage war es für einen Abenteurer zu einfach zu sterben. Auch wenn er nicht viel darauf gab, waren Abenteurer wie Husa Leichtfuß ein perfektes Beispiel dafür, was ein Glücks-Aufbau bewirken konnte. Natürlich wurden die meisten Schüler davor gewarnt, seinem Beispiel zu folgen, da es sich in den frühen Perioden um einen extrem schwachen Aufbau handelte.

Was die Willenskraft betrifft, so war dies eine Absicherung für zukünftige Ebenen. Jeder Abenteurer wusste, dass mentale Angriffe etwas waren, mit dem Abenteurer der Meisterklasse in ihren Dungeons zu tun hatten. Selbst in den tieferen Ebenen eines fortgeschrittenen Dungeons war es durchaus möglich, gelegentlich auf einen Mentat zu treffen. Ein Abenteurer mit unzureichender Willenskraft war zu diesem Zeitpunkt nichts weiter als ein Hindernis für seine Gruppe.

Nachdem er seine Punkte verteilt hatte, überprüfte Daniel sein Charakterblatt, um zu sehen, wo seine Skills standen.

Name: Daniel Chai (Fortgeschrittener Rang Abenteurer)	Rasse: Mensch (Männlich)
Klasse: Level 12 Abenteurer (0 %)	Unterklassen: Level 7 (Bergmann) (2,4 %)
Leben: 327	Ausdauer: 327
Mana: 242	
Attribute	

Kraft: 29	Beweglichkeit: 25
Verfassung: 32	Intelligenz: 26
Willenskraft: 21	Glück: 17
Skills	
Waffenloser Kampf: Level 8 (52/100)	Keulen (Novize): Level 7 (11/100)
Bogenschießen: Level 3 (04/100)	Schild (Novize): Level 6 (98/100)
Ausweichen (Novize): Level 1 (83/100)	Kampf-Sinn (Novize): Level 4 (69/100)
Wahrnehmung (Novize): Level 3 (14/100)	Bergbau: Level 7 (78/100)
Heilen (Novize): Level 4 (23/100)	Kräuterkunde: Level 3 (48/100)
Schleichen: Level 2 (39/100)	Kochen: Level 4 (13/100)
Singen: Level 2 (14/100)	Taktik: Level 3 (21/100)
Skillfertigkeiten	
Doppelschlag	Schildschlag
Perins Schlag	Schwachstelle finden
Kartografie (II)	Inventar (Abenteurer Spezial)
Zaubersprüche	
Kleine Heilung (II)	Zeichen des Heilers (I)
Gaben	
Berührung des Märtyrers – Der Zaubernde kann sich selbst oder andere durch Berührung und Konzentration heilen und opfert dafür einen Teil seines Lebens. Die Kosten variieren je nach Ausmaß der geheilten Verletzungen.	

Daniel konnte nicht anders, als bei seinen Punkten zu seufzen. Es war offensichtlich, dass er durch den Einsatz seiner Gabe bei sich und Omrak ziemlich viele Punkte verloren hatte, Erinnerungen, die seine Skill-Levels nach unten zogen. Er konnte sich beim besten Willen nicht vorstellen, warum sonst seine Skills nicht weiter fortgeschritten waren, wenn man bedachte, wie viele Kämpfe sie in den letzten paar Tagen bestritten hatten. Nach einem Moment verwarf er sein übliches Jammern und konzentrierte sich auf seinen verfügbaren Skillpunkt, neugierig darauf, was ihm angeboten werden würde.

Zuerst waren seine alten Entscheidungen an der Reihe.

Powerschlag

Mächtiger Einzelschlag, der zusätzlichen Schaden am Gegner verursacht.

Skill: Aktiv

Effekt: Der Powerschlag des Anwenders verursacht 50 % mehr Schaden + 2 % pro Stufe des Keulen-Skills.

Kosten: 15 Ausdauer

Stärke des Märtyrers

Ein einzigartiger Skill, der durch die ständige Anwendung von Berührung des Märtyrers auf dem Körper des Anwenders entsteht. Kombiniert ein angeborenes Verständnis für den Körper des Besitzers mit der einzigartigen Gabe des Anwenders, um die Regenerationsraten zu erhöhen.

Skill: Passiv

Effekt: Der Benutzer hat eine permanente Erhöhung der Gesundheits- und Ausdauerregeneration um 10 %.

Kosten: N/A

Dann gab es natürlich noch die Upgrades für seine bestehenden Skills und seine Zaubersprüche. Aber seine Augen wurden von zwei neuen Optionen angezogen:

Titan-Schild

Verbessert einen bestehenden Schild, erweitert Größe und Dichte und reduziert gleichzeitig das tatsächliche Tragegewicht des betroffenen Schildes. Titan-Schild negiert auch jeden einzelnen Treffer.

Skill: Aktiv

Effekt: Größe und Gewicht des vorhandenen Schildes um 20 % erhöhen. Schild kann einen aktiven Angriff ohne Fehler blockieren. Abklingzeit bei aktivem Block – eine Stunde.

Kosten: 20 Ausdauer + 10 Mana pro Minute der Aktivierung

Als er den Namen sah, konnte Daniel nicht anders, als vor Neid zu seufzen. Titanious Domak, der große Titan. Eines Tages, so schwor sich Daniel, würde auch er Erlis dazu bringen, ihn anzuerkennen und einen Skill nach ihm zu benennen.

Mäßige Heilung (I)

Heilt kleinere und mittlere Wunden bei Berührung.

*Effekt: Heilt Intelligenz + 2 * Heilungs-Skill-Level der Wunden*

Kosten: 30 Mana

Beide neuen Optionen faszinierten Daniel sehr. Seine vorherige andere Hauptoption, **Stärke des Märtyrers**, schien zunächst eine gute Wahl zu sein – und war es vielleicht sogar auf lange Sicht. Aber für einen unmittelbaren Beitrag zur Stärke der Gruppe brachte sie wenig. Immerhin konnte eine zehnprozentige Erhöhung der Regeneration die Dauer eines Knochenbruchs um eine Woche verkürzen, aber es brachte nichts, wenn er verblutete.

Auf der anderen Seite gab ihm **Titan-Schild** ein signifikantes Upgrade für seinen Schutz. Eine zwanzigprozentige Erhöhung der Schildgröße und des Gewichts schien nicht viel zu sein, aber die vergrößerte Oberfläche würde es einfacher machen, sich zu schützen. Das erhöhte Gewicht würde auch sein Schildschlag-Skill mächtiger machen, während die einzelne, aktive Blockoption sein Leben in einem kritischen Moment retten könnte. Da die Monster immer stärker wurden und die Fähigkeit erlangten, Skills oder mächtige Angriffe einzusetzen, machte ein Skill, welcher diese Angriffe zielsicher blockieren konnte, Sinn. Daniel konnte sich sogar vorstellen, wie er durch den Einsatz des Blocks einen schlecht positionierten Schild langfristig wieder ins Spiel bringen konnte.

Aber es war teuer in Bezug auf Ausdauer und Mana. Als ihr Heiler benötigte Daniel sein Mana, um Zauber anzuwenden. Tatsächlich hatte der Abenteurer fast Angst, dass es ihm ausgehen könnte und er nicht in der Lage wäre, jemanden in Not zu heilen. Hinzu kam die Tatsache, dass ein größerer Schild eine Anpassung seines Kampfstils erfordern würde – wenn auch nur, um sicherzustellen, dass er nicht seine eigene Verteidigung traf – und der Titan-Schild schien ein Skill für ein anderes Mal zu sein.

Mäßige Heilung war fast eine Selbstverständlichkeit, die er lernen musste. Unter anderem bedeutete die deutlich bessere Heilungsfähigkeit, dass er jemanden wie Omrak schneller und effizienter vom Tod zurückholen konnte. Da es sich um das erste Level des Zaubers handelte, war er natürlich berührungsbasiert, im Gegensatz zu seiner verbesserten **Kleinen Heilung II**. Es würde voraussetzen, dass Daniel näher als je zuvor bei seiner Gruppe bleiben musste, um den Zauber während des Kampfes voll nutzen zu können. Aber da es sich um einen mit Skills entwickelten Zauber handelte, würde Daniel automatisch die volle Beherrschung des Zaubers erlangen, was ihm erlauben würde, ihn auch im Eifer des Gefechts schnell einzusetzen. Ein nicht zu unterschätzender Vorteil.

Seine Wahl war getroffen, und Daniel wählte mental den Zauberspruch aus. Ein warmes Glühen durchflutete seinen Geist, als das Wissen in ihn eindrang und sein Mana während des Prozesses abfloss. Als sein Mana halb leer war, fühlte Daniel, wie der Abfluss zusammen mit dem Wissensgewinn verschwand. In seinem Geist befand sich nun der vollständige Zauberspruch. Mit einer leichten Beugung seines Geistes beschwor er den Zauber in seinem Geist und beobachtete, wie das Mana zu seiner Hand floss und er wartete, bevor er den Zauber auflöste. Schließlich benötigte im Moment niemand Heilung.

„Daniel?", fragte Rob neugierig und starrte auf Daniels Hand.

„Neuer Zauberspruch. *Mäßige Heilung*. Berührungsbasiert", sagte Daniel und warf Omrak ein Grinsen zu. „Dann kann ich den Lappen hier schneller wieder in Ordnung bringen."

„Ah. Komplikationen?", sagte Rob.

„Das Übliche. Benutze ihn nicht zu oft. Der Zauber kann bei übermäßigem Gebrauch zu Mana-Vergiftung, größerer Resistenz gegen Heilung in der Zukunft und heilungsspezifischen Krankheiten und Mutationen führen", sagte Daniel achselzuckend. „Was die Nebenwirkungen angeht, ist er etwas besser als *Kleine Heilung*, aber natürlich schlechter als *Zeichen des Heilers*."

„Neues Skill. *Verkrüppeln*", meldete sich Asin und grinste alle an.

„Und ich auch", sagte Omrak. „*Knochen des Nordens*. Es ist ein defensives Skill, was es schwieriger macht, mich zu verletzen."

„Wird sich das nicht auf deinen Wut-Skill auswirken?", fragte Daniel mit einem Stirnrunzeln.

„Das wird es", sagte Omrak. „Aber die Kombination ist bei meinem Volk durchaus üblich, denn sie erlaubt uns, länger zu leben. Unser Geschick hängt nicht nur von den Wunden ab, die wir erhalten, sondern auch von der Zeit."

„Oh", sagte Daniel und bestätigte Omraks Erklärung. Er warf einen Blick auf das Team und hatte nicht das Bedürfnis, weitere Erklärungen von Asin zu erhalten. Ihre Skill-Wahl war eine übliche unter Kämpfern, die eine hohe Agilität und Wahrnehmung hatten. Und im Gegensatz zu Omraks blumigen Skill-Namen, beschrieb Asins Skill wirklich perfekt, was er tat. „Wenn wir dann so weit sind, sollten wir loslegen."

Augenblicke später stand die Gruppe auf und stieg den Hügel hinauf, während Asin und Tula voraus huschten, um einen geeigneten Platz zu finden.

***

Ähnlich wie beim letzten Mal, als sie in der zweiten „Ebene" waren, lockte die Gruppe eine Patrouille heraus, mit der sie sich zuerst befassen musste. Dieses Mal hatten die Orks ihre Raptor-Reiter losgeschickt, um Tula zur Strecke zu bringen, als sie ihre Pfeile auf die Bogenschützen abfeuerte. Glücklicherweise war Asin in der Nähe, um sie in einen Hinterhalt zu locken und ihre Aufmerksamkeit abzulenken, sodass Tula Zeit hatte, sich zu der Gruppe durchzuschlagen. Danach ging der Hinterhalt ohne Probleme über die Bühne und die Festung wurde ihrer Kavallerie beraubt.

Statt ihren vorherigen Fehler zu wiederholen, hatte die Gruppe ihre Pläne für den Umgang mit der Festung geändert. Die Tatsache, dass Omrak fast gestorben war – und ziemlich wahrscheinlich wären noch mehr von ihnen gestorben, wenn er gefallen wäre –, bedeutete, dass sie ihre Pläne ändern mussten. Diesmal arbeiteten Tula und Rob zusammen, um seine verzauberten Giftkugeln auf die Festung zu werfen, während der Rest des Teams auf eine Reaktion wartete. Die bekamen sie auch bald, als sich eine andere, größere Gruppe aufmachte, um die beiden zu verfolgen.

Anstatt sich der viel größeren und gefährlicheren Gruppe direkt zu stellen, zog sich das Team immer weiter zurück, sodass Daniel und Tula ihre Gegner aus der Entfernung beschießen konnten. Natürlich hatten die Orks dieses Mal auch ihre Bogenschützen mit in den Kampf gebracht. Glücklicherweise hatten weder die Bogenschützen noch der Sergeant oder die Speerkämpfer Schilde, die die Abenteurer davon abhalten konnten, deutlich mehr Schaden anzurichten. Was natürlich dazu führte, dass sie ihre Angreifer in die wartende Falle jagten.

Als die Orks schließlich in die wartenden Eisfallen stolperten, griff der Rest des Teams die durchbrochene Linie an. Omrak griff von der Seite an, sein Großschwert schlug in gepanzerte Torsos ein und hinterließ eine Spur schmerzhafter, offener Wunden. Asin tauchte von hinten auf, setzte ihr Skill **Rückenstich** bei einem der Bogenschützen ein, bevor sie sich dem nächsten zuwandte und ihr Skill **Verkrüppeln** auslöste. Ein letzter Schwall von Angriffen ließ den Sergeant taumeln, als sie den Griff ihres Dolches in einen erhobenen Schild schlug, der dadurch zerbrach, während sie ihr Skill **Knochenbrecher** auslöste. In der Zwischenzeit bekämpften Tula und Rob die vorderen Reihen des Ork-Trupps mit ihren Fernkampfpfeilen und Zaubern. Nur Daniel, der sich mit dem Laden seiner Armbrust beschäftigte, trug nicht direkt zum Kampf bei.

„Aufbrechen!", rief Daniel, als er feststellte, dass sich das Ork-Team von seiner anfänglichen Überraschung erholt hatte. Asin und Omrak lösten sich sofort von der Gruppe, wobei Asin ihre größere Gewandtheit nutzte, während Omrak einfach zurücksprang, bevor er sich umdrehte und rannte. Selbst als die Speerkämpfer auf Omrak zielten, schickte Tula einen

Pfeilsturm auf seine Angreifer, der sie zum Zucken und Innehalten zwang. Als sie sich erholten und der Sergeant einen Befehl an seine Männer bellte, warf Rob eine Kugel auf sie, die in einem leuchtenden Schauspiel aus Farbe und Klang explodierte.

In wenigen Augenblicken hatten alle bis auf Tula und Daniel die Umgebung verlassen, sodass die Orks die Wahl hatten, entweder den sich schnell bewegenden Abenteurern hinterherzurennen und ihre Gruppe weiter aufzuspalten oder Daniel und Tula zu verfolgen. Die beiden luden in aller Ruhe nach und schickten weitere Fernkampfgeschosse auf sie.

Der Sergeant knurrte die beiden an, sein Blick schweifte zu seinen Männern, als er bemerkte, dass sowohl Omrak als auch Asin sich darauf konzentriert hatten, zu verletzen und zu verkrüppeln, anstatt zu töten. Abgesehen von dem unglücklichen Bogenschützen, den Asin von hinten erstochen hatte, war keiner der Orks tot. Noch nicht.

„Los!", brüllte der Sergeant und drückte einem der Speerkämpfer auf den Rücken. In wenigen Augenblicken stürmten die Orks nach vorne. Einen Moment später glühte der Sergeant auf und ein blassgelbes Licht überflutete die Gruppe. Die gesamte Gruppe beschleunigte plötzlich und überraschte Tula und Daniel.

Glücklicherweise hatte das Team dies eingeplant und eine letzte Verteidigungslinie erwachte zum Leben. Einen Moment später stolperten die beschleunigten Ork-Speerkämpfer, als sich der Boden unter ihren Füßen öffnete und sich mit magischer Geschwindigkeit eine flache Grube bildete. Anstatt die momentane Überraschung der Gruppe auszunutzen, machten sich Tula und Daniel auf den Weg, um die Gruppe zur nächsten Reihe von Fallen zu führen.

Erst eine Minute später bemerkten sie, dass der Sergeant sie ausgetrickst hatte und seine Leute zurückzog. In dem Moment, in dem die beiden es bemerkten, begannen sie, zurückzueilen. Selbst als Tula sich von Daniel trennte und auf einen hohen Punkt zusteuerte, der den Pfad überblickte, konnte Daniel nicht anders, als eine Grimasse zu ziehen, während er rannte. Kluge Monster waren lästig.

Zum Glück waren die Orks nicht *so* schlau. Wären sie es, wären sie vielleicht nicht auf die anfängliche Provokation hereingefallen. Während er joggte, konnte Daniel nicht umhin, sich zu fragen, ob es sich um ein Rassenproblem handelte – Orks waren selbst in der Oberwelt nicht für ihre Weisheit bekannt – oder ob der Dungeon selbst seine Bewohner verkrüppelte. Für eine zweite Ebene eines fortgeschrittenen Dungeons waren diese Orks auf jeden Fall schwierig.

Die Träumereien wurden kurz darauf unterbrochen, als der Abenteurer die sich schnell zurückziehende Gruppe von Orks erreichte. Daniel beugte sein Knie und hielt für eine Sekunde inne, um seinen Atem zu beruhigen und zu zielen, während er die Armbrust nach oben brachte. Ein Warnschrei des Ork-Sergeants alarmierte seine Männer, aber keiner von ihnen hielt den Rückzug an – auch nicht, als Daniels Bolzen über die dazwischenliegende Distanz flog und in das Bein eines der Speerkämpfer einschlug und ihn zum Humpeln brachte.

„Glück gehabt." Daniel atmete aus. Die Tatsache, dass er auf den Ork rechts von dem, den er getroffen hatte, und auf einen Brustschuss gezielt hatte, sagte alles. Noch während er fertig war, griff Daniel nach einem weiteren Pfeil aus dem kleinen Köcher, den er an seinen Gürtel hing, und fand ihn leer vor. Im Gegensatz zu Tula, die zwanzig Pfeile in ihrem Köcher trug, enthielt sein viel kleinerer Köcher nur fünf. Nach kurzer Überlegung nahm sich Daniel die wenigen Sekunden, die er benötigte, um sich zu konzentrieren, und legte seine Armbrust zurück in sein Inventar, bevor er seinen Hammer und sein Schild bereit machte.

„Zeit, sich die Hände schmutzig zu machen", sagte Daniel leise zu sich selbst, während er joggte, um aufzuholen. Bald darauf sah er Asin und Omrak zurückkehren, die sich ihm anschlossen, um die Gruppe einzuholen. Sie erledigten den lahmenden Ork-Speerkämpfer, der zurückgeblieben war, schnell, wobei Daniel den Speer des Orks mit seinem Schild abfing, während Omrak ihn erledigte.

„Wo ist Rob?", fragte Daniel.

„Er holt auf", sagte Omrak mit einem Schnauben. Natürlich würde der Zauberer mit seinen geringeren körperlichen Eigenschaften nicht mit dem Tempo mithalten können, das vorgegeben wurde. So wie es aussah, fanden sogar die drei Abenteurer das Tempo, das die Orks vorlegten, zäh.

„Wo ist sie?" Daniel atmete auf. Der Abenteurer, der eine Plattenrüstung trug und schon ein Stück gelaufen war, merkte, wie er schwächer wurde. Hätte er nicht das *Zeichen des Heilers* benutzt, um einen Teil der aufkeimenden Müdigkeit zu vertreiben, wäre er jetzt schon zurückgefallen. So wie es aussah, kam die letzte Kurve, bevor die Orks in Sichtweite der Festung sein würden, schnell heran.

Wie gerufen fiel ein Schwarm Pfeile vom Himmel und landete mitten unter der überraschten Ork-Truppe. Überrascht von dem plötzlichen Angriff fiel der verbliebene Bogenschütze zu Boden, ein Pfeil steckte in seiner Schulter. Ein weiterer Ork-Speerkämpfer stolperte, zwei Pfeile steckten im Rücken seiner Rüstung. Der Sergeant knurrte, als er seine Männer packte und schubste und sie dazu brachte, wieder loszulaufen. Sie machten noch ein paar Schritte, bevor ein weiterer Pfeil durch den Himmel flog und sich in den Brustpanzer des Sergeanten bohrte, wobei seine Spitze vor Kraft glühte.

Als der Sergeant umkippte, blieben die zuvor disziplinierten Speerkämpfer stehen, ihre Moral bröckelte. Ein paar warfen ihre Speere weg und ließen den Sergeant und den verbliebenen Speerkämpfer allein zurück. Mit einem Aufjaulen startete Asin einen Sprint, kletterte seitwärts den steilen Hügel hinauf, während Daniel und Omrak auf der Hirschfährte weitergingen. Bald fanden die beiden den verbleibenden Speerkämpfer und den verletzten, aber genesenen Sergeant, der ihnen gegenüberstand.

Daniel konnte nicht anders, als zu grinsen, als er sah, dass sich die Chancen so viel günstiger zu ihrem Vorteil entwickelten. Als er in einiger Entfernung zum Stehen kam, hob er seinen Schild und versuchte, zu Atem zu kommen. Sein Gegner sah jedoch keinen Grund, ihn ausruhen zu lassen, und schrie wütend auf, während er mit erhobenem Speer nach vorne stürmte. Noch während die beiden sich gegenüberstanden, tat Omrak das Gleiche mit dem Sergeant.

Als Daniel den Speerstoß lässig abblockte, konnte er nicht anders als vorfreudig zu grinsen. Das war zu einfach.

Kapitel 10

Drei Tage später starrte die Gruppe aus dem Schutz des Baumhains auf die imposante Festung. Nachdem sie den Trupp erledigt hatten, war die Räumung der zweiten Festung einfach gewesen. Mit deutlich weniger Leuten wiederholte die Gruppe ihren früheren, dreisten Angriff auf das Eingangstor der Festung. Anstatt das Team am Tor zu treffen, hatten sich die verbliebenen Orks dazu entschieden, ihren letzten Widerstand in der Festung zu leisten. In beiden Fällen änderte dies das Ergebnis nur wenig. Wieder einmal fand die Gruppe in der Festung selbst nichts von Interesse, nachdem sie geräumt worden war, was sie dazu veranlasste, die Festung zu verlassen und zur dritten Festung zu reisen.

„Irgendetwas?", fragte Daniel Tula. Von ihrem Aussichtspunkt aus konnten sie sehen, wie die Vordertür der Festung offenstand und das bisschen Boden darin leer war.

„Nein."

„Seltsam", sagte Daniel und rieb sich das Kinn. Er sah zu seinen Teamkameraden hinüber; sie waren deutlich schmutziger, müder und stanken mehr als zuvor. Ein zerrissener Ärmel hier, ein tief beflecktes Paar Lederrüstungen dort waren alles Hinweise darauf, wie hart sie die letzten Tage gekämpft hatten. Je tiefer die Gruppe in die Ebene des Dungeons vordrang, desto größer wurde die Zahl der Angriffe und desto heftiger wurden die Kämpfe mit den Raptoren.

Und nun das.

„Was sollen wir tun?", fragte Omrak und klopfte mit den Fingern auf den Griff seines großen Schwertes.

„Späher", sagte Asin.

„Wir könnten meine Sphären benutzen", sagte Rob. „Ich habe die Giftkugeln so modifiziert, dass sie mit meinen Eiszaubern funktionieren. Es ist vielleicht nicht so effektiv, aber es wird trotzdem verletzen."

„Ruhe", entgegnete Asin.

„Ja, wir wissen, dass es ruhig ist", sagte Daniel. „Deshalb sind wir –"

„Nein. Ruhe", sagte Asin und unterbrach Daniel. Sie tippte sich an die Ohren und wiederholte. „Leise. Späher."

„Ich glaube, Asin spricht von ihren stärkeren Sinnen", sagte Omrak. „Das sehe ich auch so. Dies scheint anders zu sein."

„Als ob man das merken würde", sagte Rob mit einem Schnauben. „Aber es liegt mir fern, unseren selbstmörderischen Spähern im Weg zu stehen."

Asin blitzte Rob mit einem zähnefletschenden Lächeln an, bevor sie aufstand und zur Festung hinüberschlich. Eine lange, angespannte halbe Stunde verging, bevor sich die Catkin endlich auf den Rückweg machte.

„Weg."

„Was meinst du mit weg?", fragte Daniel.

„Weg."

Daniel seufzte über den Mangel an Informationen, stand aber auf, um einen besseren Überblick zu bekommen. Da er keine Reaktion sah, winkte er die Gruppe, ihm zu folgen. Als Asin unverhohlen vorwärts schlenderte, ohne sich um Tarnung oder Täuschung zu kümmern, fand sich Daniel dabei, der unverfrorenen Catkin zu folgen. Es dauerte nicht lange, bis sie die leere Festung erreichten.

„Frostschaden", sagte Rob, als er in der Nähe des Tores hockte und die beschädigten Holzpfosten betrachtete. Er neigte den Kopf zur Seite, spähte hinein und starrte auf die verbrannten Pfosten in der Festung selbst. „Feuerschaden. Sieht aus wie ein anständig großer Feuerball-Zauber."

„Casey", sagte Tula leise und hielt das Ende eines abgebrochenen Pfeils hoch, damit alle die Befiederung sehen konnten. Daniel warf einen Blick auf den Pfeil, sah die bunte Befiederung am Ende und nickte nur zustimmend.

Es war nicht so, dass er den Unterschied kannte, aber offensichtlich hatte die Rangerin auf die Pfeile des rivalisierenden Bogenschützen geachtet.

„Magie?", fragte Daniel und runzelte die Stirn. Die ursprüngliche Teamzusammensetzung der Fallen Leaves hatte keinen Magier enthalten. Als Daniel sich an die Szene auf dem Platz vor der Abenteurergilde erinnerte, bestätigte er sich selbst, dass die Fallen Leaves tatsächlich drei weitere Mitglieder für den Dungeon hinzugefügt hatten. Offensichtlich hatten sie es sogar in letzter Minute geschafft, die Plätze zu besetzen.

„Das wurde von den Leaves geräumt?", sagte Omrak mit einem Stirnrunzeln. „Aber warum sollte uns der Dungeon zu einer geräumten Festung schicken?"

„Vielleicht ist er nicht in der Lage, das zu erkennen?", sagte Tula, während sie um die Festung herumging und den Schaden mit geübtem Blick betrachtete.

„Höchstwahrscheinlich", sagte Rob. „Wahrscheinlich gibt es eine bestimmte Anzahl solcher Festungen innerhalb der zweiten Ebene. Eine davon wird die Treppe nach unten enthalten. Es wird wohl eine Frage des Glücks sein, die richtige zu finden."

„Und es scheint, dass der Dungeon einige Zeit benötigt, um neue Orks zu spawnen", sagte Daniel. Es dauerte nur einen Moment, um zu erkennen, dass es Sinn ergab – schließlich schloss Artos immer nach einer gewissen Zeit, wenn die Abenteurer, die mit der Räumung beauftragt waren, ihre Aufgaben erledigt hatten. Es dauerte Jahre, bis er sich wieder öffnete. Wenn der Dungeon Monster in der üblichen Rate wie andere Dungeons hervorgebracht hätte, hätte es jedes Mal, wenn er wieder geöffnet wurde, einen Ausbruch gegeben.

Das führte natürlich zu der Frage, warum der Dungeon so anders als alle anderen war. Aber, wie die meisten Fragen, die sich um Dungeons drehten, blieb das Warum weiterhin ein Rätsel.

„Was nun?", sagte Rob nach einiger Zeit.

Daniel hielt inne, sah sich in der Gruppe um und grinste dann. „Na ja, die Betten sind wohl noch intakt..."

***

Eine Woche später stapfte die Gruppe einen weiteren Hügel hinauf, als sich das Licht über ihnen verdunkelte, um eine echte Überraschung zu erleben. Auf dem Hügel sitzend, ein Feuer bereits entzündet, waren die Mitglieder der Fallen Leaves. Casey, der frühere Späher der Leaves, hatte sie offensichtlich bereits entdeckt, hielt sie aber für eine unzureichende Bedrohung, als dass er den Rest seines Teams hätte alarmieren müssen, sodass diese genauso überrascht waren wie Daniels Gruppe.

„Ähm, Abend", sagte Daniel und begrüßte die Gruppe mit einem unbeholfenen Lächeln.

„Was macht ihr hier?", fragte Gerardo, eine Hand auf seinem Schwert.

„Wir sind auf dem Weg zur Festung", sagte Daniel und deutete in dessen Richtung.

„Dort gibt es keine Festung", schnaubte Rita. Die kleine Helbing schnüffelte und zeigte weiter nach Süden. „Da ist die Festung. Bist du blind?"

„Nein..."

„Offensichtlich ein Artefakt der geografischen Manipulation des Dungeons", sagte Rob. Eine Frau in einfacher Lederrüstung, die ruhig am Feuer saß und ein Buch vor sich liegen hatte, sah bei Robs Worten auf. Ein einzelner Finger wurde in das Buch gesteckt und hielt ihren Platz, während sie es leicht schloss und Daniels Gruppe mit mehr Vorsicht betrachtete.

„Es verzerrt unsere Sicht?", sagte Omrak mit einiger Sorge.

„Wie dachtet ihr, dass er die vorherigen Festungen versteckt?", sagte Rob mit einem Schnauben.

„Oh." Omrak kratzte sich am Kopf und zuckte dann mit den Schultern, um die Besorgnis abzutun. „Es scheint, als müssten wir uns diesen Hügel heute Nacht teilen."

„Es scheint so", sagte Gerardo. Er wies auf eine kurze Entfernung von ihrem eigenen Feuer. „Dort könnt ihr euch einrichten."

Asin ärgerte sich leicht über Gerardos Tonfall, gab aber nach, als Daniel eine Hand auf ihren Arm legte. Er überlegte kurz, ob er vorschlagen sollte, dass die Gruppen sich die Nachtwache teilen sollten, verwarf den Gedanken aber wieder. Irgendwie erwartete er nicht, dass Gerardo bereit war, diesen Gedanken zu erwägen.

„Danke", sagte Daniel. Das Team bewegte sich zu dem aufgezeigten Ort, einem einfachen und meist flachen Platz in der Nähe der anderen Gruppe, wenn auch nicht zu nahe.

Inzwischen hatte sich das Team daran gewöhnt, sich für den Abend einzurichten, und verschiedene Gruppenmitglieder kümmerten sich um die notwendigen Abendaufgaben. Rob und Omrak säuberten den Boden von großen und zerklüfteten Steinen, während Daniel eine kleine Mulde in den Boden grub und sie mit größeren Steinen auskleidete. Dann begann er mit der mühsamen Arbeit, Feuer zu entfachen, indem er etwas von dem Moos, das er in einem Beutel aufbewahrte, herauszog, um den Boden für den ersten Funken vorzubereiten. Tula und Asin bewegten sich um die Lichtung herum und stellten leise ein paar nicht-tödliche Fallen auf, um sie zu alarmieren, falls irgendeine Kreatur versuchen sollte, sich an die Gruppe heranzuschleichen.

Sobald Rob und Omrak ihre Suche beendet hatten, ging Omrak los, um eine flache Latrine für die Gruppe zu graben, während Rob Wasser holte. Nachdem die einfachen Schlafsäcke ausgebreitet waren, ließ Daniel das Feuer brennen und einen Topf mit frischem Wasser zum Kochen bringen.

„Schon wieder Eintopf?", sagte Tula als sie neben Daniel Platz nahm.

„Aye", antwortete Daniel ohne Reue. Tula nickte nur und sah zu, wie Daniel einige Zwiebeln herauszog, die er grob hackte und hineinwarf, und dem Eintopf auch ein paar Handvoll Gerste hinzufügte, um ihn zu verdicken. Einfaches Pökelfleisch, in dünne Streifen geschnitten, war bereits hinzugefügt worden, da das zähe Protein die meiste Zeit benötigen würde, um weich zu werden.

„Glaubst du, dass sie Ärger machen werden?", sagte Tula und blickte zu der anderen Gruppe.

„Das bezweifle ich", sagte Daniel. „Sie mögen uns vielleicht nicht, aber wir sind alle Abenteurer."

„Bist du sicher? Man hört Geschichten..." Tula unterbrach sich und zuckte bei dem Blick, den Daniel ihr zuwarf, zusammen.

„Ich bin mir sicher", sagte Daniel und hielt dann nachdenklich inne. „Vielleicht mögen sie uns nicht. Gerardo würde mich vielleicht sogar verprügeln, wenn er die Gelegenheit dazu hätte oder betrunken genug wäre. Aber so sehr wir uns auch streiten mögen, wir sind alle auf der gleichen Seite. Das heißt, wir Abenteurer. Der Dungeon – Ba'al – ist unser wahrer Feind. Hier drin ist die einzige andere Person, die bereit oder in der Lage ist, dir zu helfen, ein anderer Abenteurer. Mit Bergleuten ist es das Gleiche. Du magst den Mistkerl, der neben dir arbeitet, hassen, aber wenn es einen Einsturz gibt, wirst du dein Bestes tun, um ihn herauszuholen. Und er dich."

Tula hielt inne und dachte über Daniels Worte nach, bevor sie leicht zusammenzuckte.

„Ist das nicht auch so in der Wildnis?", sagte Daniel neugierig.

„Nein." Tula schüttelte den Kopf. „Fremde sind gefährlich. Du vertraust dir selbst und deinen Freunden. Die in der Wildnis – sie kommen aus einem bestimmten Grund. Oft aus einem schlechten."

Daniel zog eine Grimasse, nickte aber langsam. Es ergab Sinn. An den Rändern der Zivilisation waren diejenigen, die beschlossen, dorthin zu reisen, oft die Ausgestoßenen, die Räuber und diejenigen, die aus dem einen oder anderen Grund alle Brücken zur „zivilisierten" Gesellschaft abgebrochen hatten. Die wenigen, die sich freiwillig für ein Leben an den Rändern entschieden, schlossen sich oft Gilden wie Tulas Western Ivy an. Diejenigen, die das nicht taten, waren definitiv verdächtig.

„Hier, wenn du sich setzen willst. Schneidest du ein paar der Pilze, ja?", sagte Daniel, griff in sein Inventar und holte die Tüte mit Pilzen heraus, um sie Tula zu reichen. Als sie sich eine große Handvoll schnappte, räusperte sich Daniel. „Vielleicht nicht so viele."

Tula seufzte nur, entspannte sich aber ein wenig, bevor sie eines ihrer Messer herauszog.

***

In ein paar kurzen Stunden hatte sich die Gruppe auf ihren Bettrollen niedergelassen, da sie auf ein Zelt verzichtet hatten. Die Gruppe hatte zwar ein paar mitgebracht, da sie nicht wussten, was sie erwarten würde, aber das Fehlen von Regen oder überhaupt von nennenswertem Wetter, abgesehen von den allgegenwärtigen Nebeln, bedeutete, dass die Gruppe es bequemer und angenehmer fand, ohne eines zu schlafen. Als Daniel langsam die Umgebung ihres Lagers abschritt, den Blick auf die tiefe Dunkelheit gerichtet, die außerhalb des Lagers lag, konnte er nicht umhin, einen Blick auf das Lager des anderen Teams zu werfen.

In Wahrheit sah das Lager der Fallen Leaves kaum anders aus als ihres. Ein einziges Lagerfeuer erhellte das Lager, die Gruppe lagerte sich um die Wärmequelle herum, die Waffen griffbereit, während ein einziger anderer Späher die Umgebung absuchte. Neugierig starrte Daniel auf seinen Mitwächter, einen Neuling bei den Fallen Leaves.

Groß, breit, mit einem gemeißelten Kiefer und einer Narbe, die seinen Hals entlanglief, sah der Wächter aus, als sei er wie Daniel selbst Anfang zwanzig. Er trug eine interessante mehrschichtige Rüstung, die aus zahlreichen zusammengenieteten Teilen bestand und im Licht leicht schimmerte. Im schwindenden Abendlicht hatte Daniel bemerkt, dass die seltsame Rüstung fast wie Schuppen aussah, aber einheitlicher und rechteckiger. An seinen Hüften trug der Mann zwei Messer und ein Kurzschwert, ein einfacher Hinweis auf den Kampfstil des Mannes mit zwei Waffen. Aber diese beiden Nahkampfwaffen lagen in der Scheide, ersetzt durch eine große, gespannte Armbrust.

Als er Daniels interessierten Blick sah, lächelte der Wächter und ging hinüber, die Armbrust in seinen Armen. Daniel verkrampfte sich leicht, bevor er sich selbst ermahnte – es gab keinen Grund zu glauben, dass der andere Abenteurer die gleiche Feindseligkeit hegte wie die ursprünglichen Fallen Leaves.

„Daniel, nicht wahr? Eiju Walnar", begrüßte Eiju ihn und reichte ihm die Hand. Daniel schüttelte sie und bemerkte abwesend die Stärke, die der andere Abenteurer zeigte. Bei genauerem Hinsehen konnte Daniel auch einen kleinen Stift sehen, der rot schimmerte und ein brennendes Feld zeigte, das in der Nähe seiner Kehle angebracht war.

„Du bist ein Mitglied der Burning Fields?", sagte Daniel.

„Ja", sagte Eiju. „Und du bist bündnisfrei."

„Ich habe mich gewundert..."

„Über meine Rüstung. Sie ist aus Stahl, mit einer Unterschicht aus Leder. Aber der Glanz kommt vom Lack", sagte Eiju.

„Lack?"

„Ein Saft von einem Baum. In vielerlei Hinsicht ähnlich wie Wachs, aber härter", sagte Eiju und hielt inne. „Es schützt den Stahl vor Regen."

„Natürlich", sagte Daniel. Rost war eine Qual, besonders bei feuchtem Wetter wie diesem. Selbst unter den besten Umständen war seine Rüstung ständig mit den Körperflüssigkeiten der Monster befleckt, die er getötet hatte. Es war eine ärgerliche Tatsache, dass das Blut und andere Eingeweide, die auf ihm vergossen wurden, in engen Kontakt mit seiner Aura kamen und noch lange nach dem Tod des Monsters bestehen blieben. Genug, um sein Kettenhemd zu verrosten, das Daniel dann abschrubben musste. „Würde es...?"

„Wahrscheinlich. Allerdings ist es teuer in der Anschaffung und erfordert ständige Pflege. Nur auf eine andere Art und Weise", sagte Eiju. Daniels Gesicht verzog sich leicht, was Eiju zum Kichern brachte. „Die Rüstung ist aber viel leichter. Natürlich ist das Schuppenhemd weniger nützlich gegen stumpfe Angriffe wie deinen Hammer."

„Und, sind alle anderen...?" Daniel blickte zurück zu den Fallen Leaves und ihren schlafenden Formen.

„Ja, das werden sie, wenn sie nicht versagen. Den Fields beitreten. Dieser Dungeon wird ein Probelauf für die Leaves sein. Natürlich wäre es ohne Heiler nicht fair, also sind ich, Kelly und Camilo hier, um die Zahlen auszugleichen. Und sicherzustellen, dass die neuen Möchtegern-Rekruten nicht sterben."

„Seid ihr so gut?", sagte Daniel leise und neigte den Kopf zur Seite. Gewiss, Eiju hatte eine gewisse Ausstrahlung, die er nur bei älteren, erfahreneren Abenteurern spürte.

„Das sind wir. Wir waren leider zu spät dran, um am Arenakampf teilzunehmen, sonst hättet ihr es selbst gesehen. Eine Quest hat uns vor der Ankündigung aus der Stadt gebracht", sagte Eiju und zuckte dann mit den Schultern, um die Sache abzutun.

„Sie haben mir einen Platz angeboten...", murmelte Daniel und dachte still nach. Nicht, dass man ihm nicht auch angeboten hätte, sich den Fields anzuschließen. Er kämpfte immer noch mit der Tatsache, dass er sie abgelehnt hatte – aber seine Gabe, sein Geheimnis, war zu gefährlich, um es einfach zu teilen.

„Nur Dummköpfe beschweren sich darüber, mehr Heiler zu haben", antwortete Eiju grinsend. „Und trotz seines Temperaments ist Gerardo kein Narr."

„Nur wütend", sagte Daniel unglücklich.

„Na ja, du hast seinen Platz eingenommen", sagte Eiju. „Und unseren."

„Aber du bist nicht wütend darüber", betonte Daniel.

„Wir sind hier, nicht wahr?", sagte Eiju achselzuckend. „Und ich muss zugeben, dass ich ein wenig beeindruckt bin. Die Fields abzulehnen und uns von unserem Platz zu vertreiben, ist etwas, womit nur wenige prahlen können. Oder würden."

„Ich habe nicht..."

„Ja, ja. Du wolltest es nicht. Aber es ist trotzdem passiert."

Daniel seufzte und erkannte, dass Eiju trotz seiner anfänglichen Freundlichkeit einen kleinen Groll hegte. Oder vielleicht war er einfach generell so herablassend.

„Habt ihr irgendwelche leeren Festungen gefunden?", fragte Daniel und beschloss, das Thema zu wechseln.

„Ein paar", bestätigte Eiju. „Wir haben bis jetzt sieben geräumt."

„Sechs."

„Der Champion?"

„Nein. Auf beiden Ebenen nicht."

„Ah, wir haben den Champion dieser Ebene vor zwei Tagen ausgeräumt." Daniel zuckte bei den Worten zusammen, die Bewegung ließ Eiju ein wenig lächeln. „Ein anspruchsvoller Kampf. Stark. Und groß."

„Wie groß?" Daniels Neugierde veranlasste ihn zu fragen.

„Etwa dreimal so groß wie ein durchschnittlicher Raptor."

Daniel zuckte wieder zusammen, als er sich die Größe der Kreatur vorstellte. Von diesem Monster gebissen zu werden, könnte auf der Stelle tödlich sein.

„Ich bin froh, dass keiner von euch getötet wurde."

„Danke." Eiju wippte mit dem Kopf und blickte dann von dem Abenteurer weg, bevor er hinzufügte: „Wir sollten unsere Runden fortsetzen. Es ergibt wenig Sinn Wache zu halten, wenn wir an der gleichen Stelle stehen und reden."

„Aye", bestätigte Daniel. „Gute Nacht."

Als Eiju wegging, konnte Daniel nicht anders als zu seufzen. Verdammt noch mal. Sie mussten sich beeilen. Er würde nicht zulassen, dass die Leaves mit den beiden Manasteinen des Champions davonkamen.

***

Beim Frühstück am nächsten Tag erzählte Daniel dem Rest des Teams, was er herausgefunden hatte. Als seine eigene Gruppe zur Abreise bereit war, hatten die Fallen Leaves bereits gepackt und waren abgereist, um schnell zu „ihrer" Festung zu gelangen.

„Keine Hügel mehr, außer nachts. Wir suchen uns die Richtung aus und gehen weiter, bis wir zur nächsten Festung kommen", sagte Daniel. „Wir steigen nur nachts auf die Hügel."

Die Gruppe tauschte einen langen Blick aus, jedes Mitglied prüfte die Entschlossenheit der anderen. Als er sah, dass niemand vor der viel härteren und schwierigeren Reise zurückschreckte, winkte Daniel Tula heran.

„Lasst uns den Champion finden."

Kapitel 11

Zwei Wochen. Zwei Wochen, in denen sie von Festung zu Festung reisten und diese immer öfter bereits geplündert und leer vorfanden. Sogar die Angriffe der Raptoren hatten abgenommen, als die Teams langsam die Ebene aufräumten und die Monster töteten, die in den nebelverhangenen unteren Tälern umherstreiften. Die Reisen zwischen den Festungen hatten sich seit dem Rückgang der Überfälle beschleunigt und erlaubten es dem Team, immer mehr Orte zu besuchen und zu räumen.

Doch nun hatten sie endlich das wahrscheinliche Ende der zweiten Ebene gefunden. Vor ihnen erhob sich eine viel größere, imposantere Festung. Anstatt der kurzen, drei Meter hohen Holzwände, die sie zuvor erklommen hatten, war diese Festung aus Stein mit Mauern, die sechs Meter in die Luft ragten und sich gegen den Hügel, auf dem sie gebaut worden war, richteten. Die Festung selbst war doppelt so groß wie das, mit dem sie es zu tun gehabt hatten, soweit sie es erkennen konnten, und hinter den Räumen, die sie sehen konnten, hätte es sogar noch größer sein können.

All das bedeutete, dass das Team die Sache viel ernster nahm und sich im nahegelegenen Waldrand versteckt hatte. Dass diese Vorsicht gerechtfertigt war, wurde deutlich, als eine zweite berittene Patrouille sie passierte. Eine Zeit lang herrschte Stille in den Bäumen, bevor die Patrouille weiterzog und das Team wartete.

„Hier", sagte Tula leise, als sie sich der Gruppe näherte. Einen Moment später teilte sich das Gebüsch und die Rangerin trat hindurch, wobei sie ihrem Team ein kurzes Nicken zuwarf. Die Finger entspannten sich und die Waffen wurden zur Seite gelegt, nachdem die Rangerin Entwarnung gab. Anstatt weiterzusprechen, führte die Rangerin das Team den Hügel hinunter, weg von den umherstreifenden Patrouillen. Erst als sie am Rande der Begrenzung der nächsten Ebene waren, sprach Tula. „Vier Bogenschützen. Eine Patrouille von sechs Reitern. Schichtwechsel alle sechs Stunden."

„Zwei? Drei? Vier Gruppen?", sagte Daniel und grübelte über die Zahlen nach, während er sprach. Ein Schichtwechsel alle sechs Stunden könnte einen Ein-Aus-Zeitplan für zwei Gruppen bedeuten, aber das ergab wenig Sinn. Wahrscheinlicher waren entweder drei oder vier Gruppen von Wachen. Das bedeutete... „zwölf oder sechzehn Bogenschützen? Und achtzehn oder vierundzwanzig Reiter. Und eine unbekannte Anzahl von Speerkämpfern. Aber bei den alten Verhältnissen – weitere vierzig Speerkämpfer oder so?"

„Das scheint ungefähr richtig zu sein, obwohl deine Zahlen für die Speerkämpfer wahrscheinlich niedrig sind", sagte Rob.

„Das ist unmöglich", sagte Daniel. Sicher, die Orks waren einzeln viel schwächer als jeder Abenteurer. Selbst Rob konnte sich gegen einen Bogenschützen behaupten. Durch die verstärkte Teamarbeit, die flüssige Taktik und das Wissen über die Gewohnheiten der Orks war die Gruppe viel kompetenter als zuvor. Tatsächlich, so war sich Daniel sicher, könnten sie es jetzt direkt mit einer kleinen Festung aufnehmen und gewinnen. Aber das war gegen vierzehn oder fünfzehn Orks insgesamt. Nicht gegen viermal so viele.

„Wir müssen sie aufteilen", sagte Omrak. „Ein oder zwei Hinterhalte auf ihren Patrouillen würden ihre Zahl reduzieren."

„Ich bin überrascht, dass ein Nordländer mit Hinterhalten einverstanden ist. Nicht sehr ehrenhaft, oder?", sagte Rob mit einem Schnauben.

„Ehrenhaft?" Omrak runzelte die Stirn und schenkte Rob ein breites Grinsen. „Oh, aber du vergisst. So gewinnen wir gegen euer Reich. Hinterhalte sind eine altehrwürdige Taktik, um gegen einen überlegenen Gegner zu gewinnen."

Rob schnaubte, sagte aber nichts, während Daniel zurück zur Festung starrte. „Hinterhalte sind gut. Mit der Patrouille einzeln fertig zu werden, ist gut. Aber was ist, wenn sie die anderen Patrouillen hinter uns herschicken?"

Seine Worte ließen die anderen in der Gruppe verstummen. Wenn die Orks sofort einen zweiten Raptoren-Reitertrupp aus der Festung schickten, würde es für das Team schwer werden zu gewinnen. Wenn die Festung dann noch einen Infanterietrupp als zusätzliche Verstärkung hinzufügte, würden sie sich nicht mehr zurückziehen können, es sei denn, sie könnten die Raptor-Reiter schnell besiegen. An diesem Punkt würden sie gegen mindestens zwanzig oder fünfundzwanzig Orks kämpfen. Und die Raptoren.

Nachdem er sich kurz umgesehen hatte, ging Daniel zu einer kahlen Erdfläche hinüber, hockte sich hin und skizzierte schnell eine grobe Karte der Festung und ihrer Umgebung. Tula gesellte sich kurz darauf zu ihm, hockte sich neben ihn und fügte ein paar bemerkenswerte Geländemerkmale hinzu. Mit einer Handbewegung fügte Daniel eine Linie hinzu, um die Grenze der Reiterpatrouille zu markieren, bevor er auf die grobe Karte starrte.

„Können wir das machen?", fragte Daniel und zeichnete langsam mit dem Finger eine Route von einem Abschnitt zum anderen. Eine Route, die an einer Reihe von Felsbrocken vorbeiführte, die neben einem kleinen Fluss lagen. Nicht tief genug, um einen am Durchwaten zu hindern, aber ausreichend, um auszubremsen.

„Nein", sagte Tula, schüttelte den Kopf und deutete. „Ein Pfad, hier. Die Raptoren würden uns überrennen."

„Ah..."

Als Daniel wieder auf die Karte starrte, versammelte sich die Gruppe um ihn und warf ihre eigenen Vorschläge ein. Trotz aller Schwächen des Hinterhalts war es die einzig praktikable Taktik, die sie hatten.

***

Als die Patrouille am weitesten vom Eingang der Festung entfernt war, begannen sie ihren Hinterhalt. Tula versteckte sich und verwendete einen **Pfeilsturm**, überschüttete die Raptor-Reiter, verletzte und alarmierte die Gruppe. Wie das Team befürchtet hatte, hob der führende Reiter sofort ein Horn an seine Lippen und blies hinein, um die Festung zu warnen. Für seine Mühen erhielt der Hornbläser einen Pfeil in die Kehle, sodass er zu Boden stürzte und sich an seinen Hals fasste.

Als die Patrouille auf ihr Versteck zustürmte, drehte sich Tula um und rannte ins Unterholz, duckte sich um die spärlichen Bäume. Die flinken Raptoren folgten ihr, ihre Krallen gruben sich in die weiche Erde, während sie auf ihre schwer fassbare Beute zustürmten. Schwer atmend, den Bogen fest in der Hand, rannte Tula, ohne sich umzuschauen, im Vertrauen auf ihr Team.

„Noch einer!", rief ein Reiter, kurz bevor Asins Wurfmesser seinen Brustpanzer durchbohrte. Als die verzauberten Blitze aus ihren Armschienen den Ork schockten, versteifte er sich und fiel vom Raptor, der verwirrt zum Stillstand kam. Als die Augen des Monsters Asins Gestalt erblickten, zischte es und stürzte vorwärts, darauf bedacht, die Angreiferin seines Besitzers zu verletzen. Asin hingegen riss ruhig ihre Hand zurück und warf ein weiteres Messer, wobei sie den **Messerfächer** in Gang setzte. Die neu geschaffene Reihe von Klingen klapperte gegen die zähe geschuppte Haut des Raptors, aber ein Paar schaffte es, sich zwischen den Schuppen in

Brust und Kehle festzusetzen. Der Schaden reichte jedoch nicht aus, um die Kreatur zu stoppen, weshalb Asin gezwungen war, hinter einen geeigneten Baum zu springen, bevor sie losstürmte. Angelockt durch den Schrei des ersten Reiters, löste sich ein weiterer Raptoren-Reiter von der Hauptgruppe und winkelte sein Reittier an, um der nun fliehenden Catkin zu folgen.

Tula konnte all das im Laufen sehen. Der Weg, auf dem sie sich befand, hatte sich leicht gekrümmt und bot ihr die Möglichkeit, Asin dabei zu beobachten, wie sie die Reiter voneinander trennte. Da sie ihre Rolle in dem Plan kannte, riskierte Tula einen kurzen Blick zurück und bestätigte, dass die restlichen drei Reiter und vier Raptoren direkt hinter ihr waren. Als sie zurückblickte, sah sie das einsame Seil, das in der Mitte des Weges herunterhing. Die Rangerin zog ihre Beine unter sich zusammen, warf sich auf das Seil und schwang sich über den Boden, wobei sie den Schwung des Seils nutzte, um sich um die Ecke zu schwingen.

Natürlich würden diese seltsamen Aktionen ausreichen, um die Reiter zu erschrecken. Anstatt zu riskieren, in eine wahrscheinliche Grubenfalle zu laufen, hielt die Gruppe hastig an, wobei die Raptoren auf der mit Blättern übersäten Erde ins Schleudern und Rutschen gerieten.

„Jetzt!", rief eine Stimme, als die Gruppe zum Stehen kam. Von oben fiel ein Netz herab, in dem sich zwei Reiter und ihre Raptoren verhedderten. Augenblicke später wurden kleine Kugeln, gefüllt mit verzauberten Eisfallen, in die Mitte der Gruppe geworfen, um die Monster einzufrieren und zu verlangsamen. Zusammen mit den Angriffen flogen eine Axt und ein Bolzen von beiden Seiten des Weges und zermalmten und spießten den nicht berittenen Raptor auf.

„Stirb!", brüllte Omrak, als er losstürmte, sein Schwert in der freien Hand, während die Orks darum kämpften, sich zu befreien. Daniel ließ auch seine Armbrust fallen und machte sich auf den Weg, während er seinen

Hammer aus dem Gürtel zog und mit seinem Schild auf das verwickelte Paar einschlug, um sie abzuschütteln.

Inmitten des Kampfes rannte Tula weiter, in Richtung ihres nächsten Aussichtspunktes. Als das verrückte Gerangel auf dem Pfad mit dem Knirschen gebrochener Knochen und den Schreien blutender Kreaturen erfüllt war, betete Daniel, dass sie das richtige Timing erwischt hatten.

„Sklaven!", spuckte der Raptor-Reiter aus, als er auf dem Boden lag, ein Bein unter seinem gestürzten Reittier zerquetscht und der Arm zerschmettert, aus dem Knochensplitter ragten und Blut spritzte. Der muskulöse Ork – mit einem erstaunlich vollen und gut frisierten Bart – starrte Daniel an, als der Abenteurer ein letztes Mal seinen Hammer hob. Für eine kurze Sekunde zögerte Daniel, bevor er den Hammer niedergehen ließ.

„Was sollte das denn?", keuchte Daniel auf, während er sich unter den Erschlagenen umsah. Das letzte Wort war auf eine Weise verstörend gewesen, von der er nicht sicher war, ob sie ihm gefiel.

Omrak ignorierte Daniels Worte und wandte sich dem schnell näher kommenden Geräusch eines Raptorenpaars zu. In Sekundenschnelle brach Asin aus den Bäumen hervor, die restlichen Mitglieder der Ork-Patrouille auf den Fersen.

„Runter", befahl Omrak der Catkin, die sich prompt fallen ließ und abrollte. Ihre Bewegungen erlaubten es ihr, einem schnappenden Maul knapp auszuweichen, auch wenn der Raptor unter der Führung seines Reiters zur Seite rutschte. Der Reiter lehnte sich über die Seite und hob seinen Säbel, um auf die sich erholende Beastkin einzuschlagen. Hinter ihm stürzte sich der letzte Raptor von der anderen Seite auf Asin.

Bevor sie den Angriff beenden konnten, kanalisierte Omrak den kleinen Wutstau, den er erreicht hatte, in Asins Angreifer. Die Blitze zuckten aus ihm heraus und trafen die Reiter und Raptoren. Als der Ork und die Raptoren sich erholten, stürzte sich Daniel mit seinem Schild auf sie und nutzte seine größere Masse und seinen niedrigeren Schwerpunkt, um die beiden umzuwerfen. Danach war es einfach, die restlichen Mitglieder der Gruppe zu erledigen.

„Lasst uns gehen", befahl Daniel der Gruppe, als der letzte Raptor unter Asins Messern fiel. Jeder Gedanke an die Worte des vorherigen Orks war im Kampfgetümmel verschwunden. Daniels Freunde nickten im Gegenzug, und gemeinsam stürmte das Trio ins Unterholz.

***

Tula rannte und knurrte leise, als sie den kleinen Hügel fand, den sie ausgekundschaftet hatte, und den steilen Abhang hinaufkletterte. In der Hocke kämpfte sie darum, ihre Atmung zu kontrollieren, während sie auf die üppige Vegetation hinunterblickte. Zum Glück waren sie hoch genug, dass der tief liegende Nebel, der die Täler bedeckte, größtenteils verschwunden war. Leider versperrte die Vegetation den größten Teil ihrer Sicht. Das meiste.

Dort.

Schnell zog sie ein Trio von Pfeilen und legte sie neben sich ab, bevor sie einen aufhob und ihn in ihren Bogen legte. Die Rangerin spannte noch nicht, sondern beobachtete die sich bewegende Pflanze, die das Vorrücken der Ork-Verstärkung markierte. Tula ließ ihren Blick weiter nach hinten schweifen und zog eine Grimasse, als sie sah, wie die sich langsam bewegende Infanterie die geräumte Zone überquerte, die das Niemandsland vor den Mauern abgrenzte. Im Gegensatz zu den kleineren Festungen war der gerodete Boden vor den Mauern so groß, dass selbst Tulas mächtiger

Rundbogen Schwierigkeiten haben würde, die Mauern aus der Sicherheit der Bäume zu erreichen.

Die Anwesenheit sowohl der Infanterie- als auch der Kavallerie-Verstärkung war fast die schlimmste Möglichkeit, die die Gruppe eingeplant hatte. Wenn sie nicht in der Lage waren, die Kavallerie aufzuhalten, war es sehr wahrscheinlich, dass keiner der anderen entkommen konnte. Den Einsatz gut im Kopf, zog Tula den Pfeil an ihre Wange und konzentrierte sich, atmete einmal schwer und fadenscheinig aus, bevor sie den Pfeil abfeuerte.

Der Pfeil wirbelte durch die Luft, sauste durch die Vegetation und verschwand aus dem Blickfeld. Tula zögerte nicht, nahm den zweiten Pfeil und feuerte ihn an der gleichen Stelle ab, wobei sie ihn nur leicht anpasste. Die Pflanzen wuchsen so dicht, dass sie nur erahnen konnte, wo sich die Ork-Reiter aufhalten würden. Wenn sie es schaffte, tatsächlich einen ihrer Gegner zu verletzen, wäre das ein Wunder.

Aber das war nicht der Punkt.

Zügig hob Tula den letzten Pfeil auf und wartete. Schon konnte sie sehen, wie sich die Blitze der schwarzen Haut und der braunen Lederrüstung verschoben hatten, wie sich die Vegetation nun auf sie zubewegte. Ein leichtes Lächeln flackerte über ihr Gesicht, selbst als das leise Singen des neu eingetroffenen, leicht atemlosen Zauberers unter ihrem Stand ihre Ohren erreichte.

Gut.

Sie ließ den Pfeil los, diesmal mit dem Skill **_Pfeilsturm_**. Sie sah zu, wie die Pfeile die Vegetation vor ihr zerfetzten. Ein glücklicher Pfeil schaffte es sogar, sich in den Arm eines Raptors zu bohren.

Tula drehte sich um und rannte den Hügel hinauf und auf der anderen Seite hinunter, während sie einen weiteren Pfeil aus ihrem Köcher zog. Für eine Sekunde glaubte Tula, eine Bewegung an den Grenzen des Waldes vor den Mauern zu sehen, aber sie verwarf es aus ihrem Gedächtnis. Jetzt war es an der Zeit zu rennen. Jetzt hing alles von Rob ab.

***

„-ima ja lars!", spuckte Rob aus, atmete aus und starrte auf den frostigen, mit Steinen übersäten Boden. Er beäugte ihn noch eine Sekunde lang, dann zog er ein paar weitere seiner verzauberten Stachelfallen heraus und warf sie lässig zwischen die Felsen, nachdem er ihren Auslöser mit einem Schwall Mana aktiviert hatte.

„Ich hätte einen Extraanteil verlangen sollen", murmelte Rob vor sich hin, als er sich umdrehte, um zurückzulaufen. Als er sich dem Wald näherte, machte er einen leichten Hüpfer und sprang über die gelben Blumen, die sich auf dem kleineren Boden ausgebreitet hatten. Als er landete, spürte er, wie sein Fuß tiefer in den Boden einsank, und er verzog das Gesicht, als er den Schlamm zerdrückte.

„Draußen. Warum musste dieser Dungeon ausgerechnet im Freien sein?", beschwerte Rob sich bei niemandem direkt. Wäre da nicht die Tatsache, dass Tula ständig diejenigen anglotzte, die Lärm machten, wusste Rob, dass er zufrieden gewesen wäre, mehr Lärm zu machen. Nicht so viel wie Omrak, natürlich, aber er fand keinen Grund, sich jetzt zurückzuhalten. Es war ja nicht so, als wäre es ein Problem, wenn die Raptoren hinter ihm her waren.

Solange Daniel und der Rest des Teams ihre Ziele tatsächlich rechtzeitig fertigmachten.

Wenn nicht, nun ja.

Rob tastete wieder an seiner Halskette herum. Es war ja nicht so, als hätten er und sein Meister eine solche Eventualität nicht eingeplant. Es wäre eine Schande, im Dungeon zu versagen, aber sein Leben war wesentlich wichtiger als irgendeine dumme Richtlinie der Abenteurergilde.

Und was sein Team angeht, nun ja. Sie waren Abenteurer. Sie kannten das Risiko.

Schreie und zischendes Gekreische brachen hinter Rob hervor, als er den Weg entlang joggte. Der Zauberer konnte bereits spüren, wie sein Atem kürzer wurde und ein Stechen in seiner Seite aufkeimte. Anstatt es zu ertragen, griff Rob in eine Tasche und zog einen kleinen violett-gelben Trank heraus, den er in einem schnellen Zug hinunterschluckte. Sekunden später spürte er, wie Energie durch seinen Körper strömte und es ihm ermöglichte, das Tempo wieder zu erhöhen.

Besser leben durch Alchemie.

Welchen Weg würden die Reiter nun einschlagen?

***

Omrak kauerte hinter den Felsbrocken neben dem Bach und tastete noch einmal nach der Schneide der Wurfaxt. Das Warten war immer der schwierigste Teil eines Hinterhalts, besonders bei einem mehrstufigen Hinterhalt wie diesem. Von Ort zu Ort zu rennen, mit kurzen, explosiven Kämpfen dazwischen, hatte die Tendenz, seine Herzfrequenz und sein Adrenalin in kurzen Schüben zu erhöhen. Es erforderte Disziplin und Erfahrung, um das zu kontrollieren,...

„Stopp!", schnauzte Asin Omrak an, während sie die Luft einatmete.

Omrak schnitt eine Grimasse, zog seinen Daumen von der blutigen Wurfaxt zurück und saugte an der Wunde. Die Sinne der Beastkin waren unglaublich scharf, um das Blut zu bemerken, das er bereits durch zu starkes Drücken vergossen hatte. Dennoch nahm Omrak nach einiger Zeit seinen Daumen aus dem Mund, wo er unbewusst zur Schneide der Axt kroch. Er hörte erst auf, als die Catkin sich aufrichtete.

„Kommst du?", sagte Omrak.

„Ja." Asin nickte. Sie warf einen Blick hinunter zu Daniel, der nickte und begann, mühsam seine Armbrust zu laden. Ihre Hand zuckte leicht und zog zwei Wurfmesser aus ihrem Inventar, bevor die Beastkin wieder verstummte.

„Wie viele?", fragte Omrak. Konnte sie es sagen? Er war sich nie sicher, wie viel genau die Catkin wahrnehmen konnte. Ein Achselzucken war alles, was er erhielt, und Omrak seufzte. Gut, es spielte keine Rolle. Nicht wirklich.

„HILFE!" Rob kam aus dem Wald gestürzt, mit einem panischen Gesichtsausdruck, während er den kleinen Abhang hinunterrannte, der den Bach säumte. In Sekundenschnelle schätzte Rob seine Position ein und änderte die Richtung leicht, um auf die Felsenreihe weiter flussaufwärts zuzusteuern, die es ihm ermöglichen würde, den Bach zu überqueren. Unglücklicherweise waren dem Zauberer die Mitglieder der Kavalleriepatrouille dicht auf den Fersen.

„Daniel...", flüsterte Omrak und musterte die Entfernungen. Nach Omraks Einschätzung gab es für den Zauberer keine Möglichkeit, den Strom zu erreichen, bevor die Raptoren ihn erwischten.

„Ba'al!", fluchte Daniel und stand dann auf. Auf das Zeichen ihres Anführers hin standen die beiden ebenfalls auf, und gemeinsam griffen die drei Abenteurer die Kavalleriepatrouille über den Fluss hinweg an.

Erneut kam es zu einem Tumult, als magisch erschaffene Messer, eine Wurfaxt und ein schlecht gezielter Armbrustbolzen in der dicht gedrängten Gruppe der Raptoren-Reiter landeten. Daniel und Omrak überließen Asin den führenden Raptor und nahmen den zweiten in der Reihe ins Visier, wobei sie von einem gemeinsamen Verständnis ausgingen, das sich durch jahrelange Zusammenarbeit entwickelt hatte. Natürlich flog Daniels Schuss direkt an der Schulter des Reiters vorbei, um sich in einem Baum weiter hinten zu vergraben, aber Omraks Wurfaxt bohrte sich in sein Bein.

Rob nutzte den Moment der Verwirrung, den ihm seine Freunde boten, und hoppelte, hüpfte und sprang über den Bach, bevor er es mit einem nassen Stiefel und ohne Verletzungen hinüberschaffte. Rob blieb jedoch nicht stehen, sondern steuerte auf das Abenteurer-Trio zu. Omrak kicherte, als er eine weitere Axt warf und sah, wie diese durch einen zeitlich gut koordinierten Schnitt aus der Luft abgelenkt wurde.

Eine Zeit lang kämpften die Raptoren-Reiter um die Kontrolle über ihre Reittiere, bevor ein gebellter Befehl ihres Anführers die Gruppe zum Umdrehen veranlasste. Omraks letzte Wurfaxt flog und bohrte sich in den Rücken eines der sich zurückziehenden Orks, wodurch der Ork von seinem Raptor stürzte, bevor die Gruppe davonritt.

„Neeein!", fluchte Daniel, als er seine endlich wieder gespannte Armbrust auf die schwankenden Äste richtete. Fluchend änderte er das Ziel seines Armbrustbolzens und schickte ihn spiralförmig in den Rücken des nicht entblößten Orks. Der Bolzen senkte sich tief in seinen Rücken und ließ den Ork zu Boden stolpern. Als er sich wieder nach oben kämpfte, beendeten ein **Magischer Pfeil** und ein Wurfmesser sein Leben.

„Das waren sie alle, oder?", sagte Daniel und musterte die schwankende Vegetation.

„Ja. Keiner von ihnen ist Tula gefolgt", sagte Rob. „Ihr sollte es gut gehen."

„Dann sollten wir gehen. Bevor der Rest der Verstärkung eintrifft", sagte Daniel und winkte die Gruppe heran. Schnell sammelte sich die Gruppe und machte sich joggend auf den Weg zum nächsten Sammelpunkt. Es war zwar ein Fehlschlag, die zweite Kavalleriegruppe nicht zu erledigen, aber es wurde niemand verletzt. Das war letztlich das beste Ergebnis, das sie sich wünschen konnten. Jetzt mussten sie sich nur noch einen neuen Plan ausdenken, wie sie mit dem Rest der Orks umgehen wollten.

Kapitel 12

Einen Tag später machte sich das Team langsam auf den Weg zurück zur Festung. Als sie an dem von ihnen gewählten Aussichtspunkt ankamen, wartete Tula bereits und runzelte die Stirn.

„Was ist los?", fragte Daniel leise.

„Keine Kavallerie", sagte Tula. „Tore sind beschädigt."

„Beschädigt?"

Tula nickte und zeigte darauf. Daniel blinzelte, konnte aber keinen Unterschied erkennen und gab schließlich auf. Ohne Tulas Skill waren Details in dieser Entfernung einfach nicht möglich. Selbst für die Rangerin war es offensichtlich, dass sie sich anstrengte, was man an ihrem Stirnrunzeln erkennen konnte.

„Was für ein Schaden?", sagte Rob.

Tula zuckte mit den Schultern und Daniel tippte mit den Fingern und überlegte, was sie noch tun sollten. Asin, die zwischen der Gruppe hin und her blickte, versteifte sich plötzlich und drehte ihren Kopf zur Seite, wobei sie leicht schnupperte. Ihr Schwanz peitschte, und Omrak verkrampfte sich sofort, als er in die Richtung schaute, in die Asin blickte, wobei eine Hand auf den Griff seines Schwertes fiel. Einen kurzen Moment später entspannte sich Asin leicht, ihr Schwanz hörte auf, sich ruckartig zu bewegen.

„Leaves." Asin zeigte in den Wind.

„Die Leaves? Warum sollten..." An dieser Stelle verstummte Rob, bevor er seufzte. „Wir haben uns zu viel Zeit gelassen, um unsere Fallen aufzustellen. Sie haben uns eingeholt."

„Gestern habe ich einen Blitz gesehen", gab Tula leise zu. „Das müssen sie gewesen sein. Sie haben wahrscheinlich die Festung angegriffen, während wir die anderen abgelenkt haben."

„Aber das Tor ist noch geschlossen", sagte Omrak.

„Sie hatten also keinen Erfolg?", sagte Daniel, mit einem aufsteigenden Ton der Hoffnung in seiner Stimme. „Dann haben wir noch eine Chance."

„Was für eine?", sagte Rob ätzend. „Es sind immer noch über fünfzig Orks da drin, mindestens."

Robs Worte brachten wieder Stille in die Gruppe. Mit den geschlossenen Toren und den Bogenschützen auf den Mauern würde eine Annäherung bestenfalls schwierig sein. Nach zwei Wochen des Kämpfens war sogar Tulas überfüllte Reisetasche mit ihren Pfeilen zur Neige gegangen. Ein Fernkampf kam nicht infrage, vor allem, wenn man bedachte, dass noch eine Ebene übrig war.

„Wir können mit den Leaves zusammenarbeiten", sagte Daniel schließlich.

„Warum sollten sie mit uns zusammenarbeiten?", fragte Omrak.

„Ihr Versagen beim Durchbrechen des Tores könnte ein Grund sein", sagte Rob.

„Ah, ein Zweckbündnis?" Omrak nickte. „Aber der Champion...?"

„Darum werden wir uns kümmern, wenn wir mit ihnen reden", sagte Daniel fest. Nachdem die Gruppe langsam nickte, schaute er zu Asin, die ein Grinsen aufblitzen ließ und sich in Richtung des Geruchs schlich.

✳✳✳

„Ihr könnt jetzt rauskommen", rief Rita. Wenige Augenblicke später kam Asin mit dem Rest des Teams aus dem Laub heraus und winkte mit einer Hand zur Begrüßung. Die Gruppe schaute sie und den Rest des Teams nur stumpf an.

„Guten Tag", sagte Daniel. „Asin hat bemerkt, dass ihr hier seid."

„Genau wie wir bei eurem kleinen Stunt", sagte Gerardo. Unausgesprochen blieb die Tatsache, dass die Leaves es für angebracht gehalten hatten, sich nicht mit ihnen zu treffen.

„Wir haben die Schäden an den Toren gesehen", sagte Daniel. „Es scheint, dass sie sich vorerst in die Festung zurückgezogen haben."

„Für den Moment", sagte Gerardo. „Sie werden herauskommen."

„Und wenn sie es nicht tun?", fragte Daniel.

„Dann gehen wir rein", sagte Rita achselzuckend und grinsend. „Sich in so ein großes Haus einzuschleichen, ist nicht schwer."

„Für dich. Und Asin. Aber was ist mit dem Rest von uns?", sagte Daniel und schüttelte den Kopf. „Es ist unmöglich, dass wir es nach oben schaffen, ohne Aufmerksamkeit zu erregen. Und dann würden wir über vierzig Orks finden."

„Achtundvierzig", sagte Eiju. Gerardo knurrte, aber der Nahkämpfer lächelte nur zurück. „Es gibt andere Möglichkeiten, mit ihnen umzugehen, aber sie sind alle riskant. Die Zusammenarbeit mit DAO ist unsere beste Chance."

„Ich mag den Namen immer noch nicht", murmelte Tula.

„Wir werden nicht mit diesen hinterhältigen, Ork-liebenden, Schaf-schwingenden Degenerierten arbeiten!", sagte Casey.

„Du solltest dich nicht zurückhalten mit dem, was du denkst, Casey", sagte Rita mit einem Lachen in ihrer Stimme.

Farhad starrte die Gruppe nur an, sein Blick war flach. Hinter ihm blickte die Frau in der leichten Rüstung zwischen der Gruppe hin und her, schnaubte und kehrte zu ihrer Lektüre zurück, während der andere, ein voll bewaffneter und gepanzerter Speerkämpfer, an der Schneide seines Speers arbeitete, während er neben dem Magier saß. Offensichtlich kümmerten sich die beiden Neuankömmlinge auf dem Feld wenig um den Streit.

„Wir haben uns nicht ausgesucht…" Daniel ertappte sich und hielt inne, zwang sich zu einem kräftigen Ausatmen, um sich zu beruhigen. Er hatte nicht vor, sich noch einmal zu verteidigen. „Ihr müsst uns nicht mögen. Aber wir sind hier nur in der zweiten Ebene, und das ist schon über zwei Wochen her. Erlis weiß, wie groß die dritte Ebene sein wird. Wir können entweder zusammenarbeiten oder herumsitzen und beten, dass die Orks aufhören, sich zu verstecken, bevor unsere Rationen zu Ende gehen."

„Dann warten wir", sagte Gerardo und verschränkte die Arme.

„So ein logischer und gut durchdachter Plan", sagte Rob mit einem Schnauben.

„Weißt du, mein Bogenarm wird langsam müde", sagte Casey und zuckte untätig mit dem Bogen, den er in der Hand hielt.

„Es ist nicht einmal gespannt–" Omrak hielt inne, als der Bogenschütze der Fallen Leaves seinen Bogen zurückzog und einen Pfeil spannte.

„Gehen", sagte Asin leise, drehte sich um und ging davon.

Daniel starrte die Gruppe ein letztes Mal an, bevor er schließlich sprach. „Wir werden warten."

***

Beim Frühstück ein paar Tage später stellte Daniel Asin und Tula zur Rede. Offensichtlich wollten sie nicht nur darauf warten, dass etwas passierte, sondern sie hatten die Festung beobachtet. In der letzten Nacht hatten Asin und Tula den Auftrag erhalten, sich in die Festung zu schleichen und zu sehen, was sie erfahren konnten.

„Hart. Mauerpatrouillen. Fünf Minuten. Fackeln angezündet. Überall", sagte Asin und tippte auf ihre Finger. „Raptoren im Innenhof. Geruch."

„Hast du es überhaupt geschafft, dich reinzuschleichen?", sagte Daniel und runzelte die Stirn. Er wusste, dass der Großteil der Nacht damit verbracht worden war, die beiden in die Nähe der Mauer selbst zu bringen. Und natürlich, zurückzukommen, bevor der ‚Tag' begann.

„Klein. Tor verriegelt. Kein Fallgatter", sagte Asin. „Stallungen für Raptoren. Halb draußen", fügte sie hinzu und schüttelte den Kopf. „Schnell gegangen."

„Hört sich an, als wäre es schwierig, uns hineinzuschmuggeln", mischte sich Rob ein. Daniel musste nicken und dachte an die hohe Mauer. Wenn die Patrouillen alle fünf Minuten vorbeikamen, wäre es unmöglich, das ganze Team die Mauer hinauf und an einen ruhigen, versteckten Ort zu bringen. Vor allem, wenn der Innenhof von Raptoren bewacht wurde.

„Kann man sich irgendwo an der Wand festhalten?", fragte Daniel als Nächstes. Nach weiteren Fragen und kurzen, etwas kryptischen Antworten von Asin verwarf Daniel die Idee, irgendeine Art von Befestigung an der Festung zu verankern. Es gab keine Türme auf der Mauer, die man betreten und sichern konnte, und Daniel war nicht bereit, das Risiko einzugehen, eines der kleineren, frei stehenden Gebäude innerhalb der Mauern zu betreten. Schließlich hätten sie, wenn sie die Orks nicht besiegen konnten, keinen Rückzugsort mehr.

„Tja, was nun, Mr. Lee?", sagte Rob, die Arme vor dem Körper verschränkt. Als das Frühstück beendet war, saß das Team um das schwache Feuer herum und überlegte, was zu tun sei. Gut, alle außer Omrak, der über ihnen saß, um nach möglichen Problemen Ausschau zu halten.

„Ich bin mir nicht sicher", sagte Daniel. Dies war eine Belagerungssituation, und er war kein General. Es war nicht so, dass er als Bergmann viel Wissen über Belagerungstaktiken gehabt hätte. Während er über das Thema nachdachte, brach Asin in ein herzhaftes Gähnen aus und deutete auf ihre Bettrolle.

„Mach ruhig. Du auch, Tula. Und danke", sagte Daniel.

„Für was?", sagte Tula und schlich sich missmutig davon. Daniel sah der Rangerin einen Moment lang nach, entschied sich aber, nichts Tröstendes zu sagen – schließlich wusste er, wie sie sich fühlte. Tagaus, tagein auf die Festung zu starren und nichts tun zu können, war entmutigend. Besonders für Abenteurer wie sie, die eher an Action gewöhnt waren.

Daniel schwieg eine Zeit lang und dachte über ihre Möglichkeiten nach. Mit einer schnellen Bewegung rollte er eine Karte aus, die er von der Umgebung gezeichnet hatte, und sah sich die Details noch einmal an. Sosehr er es auch hasste, es zuzugeben, die Festung vor ihnen war ein bedeutendes Problem. Da sie zahlenmäßig unterlegen waren, konnten sie es nicht direkt angreifen. Die Bewohner der Festung selbst brauchten sie nicht zu verlassen – sie waren keine Wache oder eine Projektion von Gewalt, im Gegensatz zu echten Königreichen. Selbst der Gedanke, den Bewohnern des Dungeons das Wasser zu entziehen, könnte problematisch sein. Dungeon-Kreaturen beschafften sich ihre Nahrung nicht unbedingt auf normale Weise, sondern ernährten sich von dem Mana, das ihnen über den Manastein in ihrem Körper zugeführt wurde.

In jedem normalen Dungeon-Durchlauf wäre die Lösung für dieses verwirrende Problem einfach. Die Abenteurer würden abreisen und ein anderes Mal wiederkommen, um an anderen Orten weitere Raptoren und Orks zu beseitigen, bis sie genug Kraft gesammelt haben, um sich der Dungeonfestung direkt zu stellen. Oder sie würden sich die nötige Ausrüstung besorgen, um dies zu tun – Armbrüste mit Wiederholfunktion, eine große Menge an Flächenzaubern, vielleicht Öl und Feuer, um den Hof niederzubrennen. Es gab sicher eine ganze Reihe von Möglichkeiten, aber keine davon stand ihnen in dieser Sekunde zur Verfügung.

Was vielleicht, so überlegte Daniel, der Sinn des Dungeons war. Manchmal musste man einfach mit dem auskommen, was man hatte. Auch wenn der Dungeon ein künstliches Konstrukt war, betonte der Geistliche von Panqua oft, dass seine Aktionen die Menschheit stärken sollten. Ein Dungeon, der zu einfach war, wäre das Gegenteil davon.

Natürlich half das alles Daniel nicht, eine Lösung zu finden.

„Wir werden mit Gesellschaft beehrt", sagte Omrak ruhig. Da der Riese nicht nach seinem Schwert griff, war es klar, dass die Gesellschaft freundlich war. Und in diesem Dungeon bedeutete „freundlich" offensichtlich die Fallen Leaves.

Bald darauf waren die Mitglieder der Fallen Leaves zu sehen. Daniel war etwas überrascht zu sehen, dass das gesamte Team hier war, eine Tatsache, die den Heiler etwas aufhorchen ließ. Wenn sie hier waren, um zu reden, schien es ein wenig extravagant, alle mitzubringen.

„Mr. Chai?", sagte Gerardo, stapfte auf Daniel zu und blieb vor ihm stehen.

„Gerardo." Daniel neigte den Kopf. „Fallen Leaves."

„Mir gefällt das nicht, aber es scheint, wir haben kaum eine andere Wahl. Ich bin mit euren Methoden oder eurer Anwesenheit hier nicht einverstanden, aber wir haben einen Job zu erledigen", sagte Gerardo.

„Hatten wir das nicht vorhin gesagt?", flüsterte Tula nicht gerade leise zu Asin. Die gähnende Catkin, die es gerade geschafft hatte, sich ins Bett zu legen, konnte nur nicken, während sich Gerardos Gesicht bei den Worten der Rangerin kurz anspannte, bevor er wieder locker wurde.

„Werdet ihr mit uns arbeiten?", fragte Gerardo.

„Ja, natürlich!", erwiderte Daniel lächelnd. Er bot seine Hand an, ließ sie aber nach einem Moment fallen, als Gerardo keine Anstalten machte, sie zu schütteln.

„Dann lasst uns beginnen. Rita und Asin werden für den Erstangriff benötigt. Tula und Casey werden im Nordosten für Deckungsfeuer sorgen...", sagte Gerardo, schritt vorwärts und zeigte mit der Spitze seines Schwertes auf die Stellen, von denen er auf der Karte sprach, die Daniel durchforstet hatte. Gerardo bellte die Befehle, während die Abenteurer sich bewegten, um zuzuhören.

Die ganze Zeit über biss Daniel die Zähne zusammen. Obwohl die andere Gruppe erfahrener war, waren sie auch keine Schwächlinge. Doch angesichts der plötzlichen Verhaltensänderung und der Notwendigkeit, den Dungeon zu räumen, hielt Daniel seinen Mund. Sein Ego konnte eine kleine Brüskierung verkraften, solange der Plan sicher war.

Und wenn nicht, gut, dann würde er Einspruch erheben.

***

Daniel rannte neben Tula und Casey her und hielt seinen Streitkolben neben seinem Körper und seinen Schild kampfbereit nach vorne gehalten. Ein Teil von ihm bedauerte es wirklich, dass er das Titan-Schild-Skill nicht gleich genommen hatte, besonders in Anbetracht seiner derzeitigen Rolle. Aber, wenn Wünsche Steine wären, wäre jeder König. Auf der gegenüberliegenden Seite lief der schweigsame dunkelhäutige Speerkämpfer – Camilo – neben Casey, seinen Speer locker in einer Hand haltend, während er mit der anderen einen großen Drachenschild trug.

„Hier!", bellte Casey, und Tula und er schlitterten zum Stehen. Als ob sie die Bewegungen geübt hätten, zogen die beiden ein halbes Dutzend Pfeile und stachen sie in den Boden. Noch während die Bogenschützen sich bereit machten, schritten Daniel und Camilo vorwärts und platzierten ihre Körper vor und seitlich der Bogenschützen, ihre Schilder im Anschlag. Nicht einmal ihr schneller Vormarsch reichte aus, um die Orks lange zu überraschen, und die Pfeile begannen um die Gruppe herum zu fallen.

„Bereit?", fragte Casey. Tula hob gerade ihren Bogen leicht an, der Pfeil war bereits eingespannt.

„Feuer!" Auf das Kommando hin schwang Daniel seinen Schild zur Seite und machte den Weg für Tula frei. Die Rangerin zielte schnell und schoss ihren Pfeil ab, noch während Daniel seinen Schild wieder aufstellte. Er bemerkte abwesend, dass einer der Bogenschützen riesig war, größer als die anderen. Keinen Moment zu früh, denn ein Pfeil schlug in seinen Schild ein und ließ den Heiler grunzen.

„Bereit."

„Feuer!"

Mit der Zeit kam die Gruppe in den Rhythmus des Angriffs, als Pfeile um die Gruppe herum landeten. Jedes Mal, wenn Daniel den Schild wegschob, nahm er sich die Zeit, abwartend auf das Tor zu schauen. Selbst als sich das Pfeilfeuer verstärkte, weil mehr Bogenschützen eintrafen, konnte Daniel nicht umhin, einen Blick auf das Tor zu werfen.

Ein langer Schlag, eine Pause und drei weitere Pfeile landeten. Caseys Lippen verzogen sich zu einem wölfischen Grinsen, denn der Abenteurer hatte die Einschätzung der Orks zu ihrem Timing vorausgesehen.

„Feuer!"

Wieder flogen Pfeile und ein Schild knallte zurück in die Position. Ein ersticktes Grunzen von der Seite erregte Daniels Aufmerksamkeit. An der Seite hockte Casey weiter, während die Kante eines Pfeils neben seinem Bein lag und die Seite seines Körpers gestreift hatte, bevor er seinen Flug beendet hatte.

„Bereit!"

„Feuer!"

Daniel schnaubte leicht, als das laute Knarren ungepflegter Scharniere ihn über die Öffnung der Tore informierte. Kein Grund, darauf zu achten, selbst ein schlafender Drache würde von diesem Lärm aufwachen.

„Hoch! Wir ziehen uns gemeinsam zurück", befahl Casey. Tula stand schnell auf und nahm drei Pfeile in die Hand, um zwei weitere in ihren Bogen zu spannen. Auf Caseys Blick hin zog sie die Pfeile an ihre Wange und wartete auf seinen Befehl.

„Feuer."

Pfeile wirbelten durch die Luft, die drei Pfeile blitzten durch den Himmel auf die gruppierten Bogenschützen zu. Tula setzte sofort **Pfeilsturm** ein, wodurch sich ihre Pfeile verdoppelten. Ihr Gesicht wurde blass, als das Skill ihr Mana und ihre Ausdauer aufbrauchte. Neben ihr summte Caseys verzauberter Pfeil, während er flog, ein Schrei, der immer lauter wurde und die gegnerischen Bogenschützen dazu brachte, sich die Ohren zuzuhalten. Daniel riskierte einen Blick zu den Toren, wo die Kavallerie gerade auszureiten begann.

„Zurück!" Casey machte einen Schritt zurück, und Camilo folgte seiner Bewegung sofort. Tula und Daniel waren weniger koordiniert, aber gemeinsam wich die Gruppe langsam zurück. Ein lauter Knall hallte einen Moment später durch das Feld, gefolgt von einem Schwall aus heißer Luft, Schmutz und Blättern.

„Was war das?", fragte Daniel und zwang sich, nicht an seinen Augen zu reiben.

„Kelly", sagte Camilo mit einem Grinsen.

„Feuer!" Daniel riss seinen Schild wieder zur Seite. An der Vorderseite der Tore war ein kleines Loch, um das die Raptoren kämpften, um es zu kontrollieren. Neben dem Loch konnte Daniel die reglosen Formen von Raptoren und Orks sehen, während noch mehr aus Verletzungen bluteten.

Automatisch hob Daniel den Schild wieder an, um Tula zu decken. Als er zurücktrat, spürte er das harte Klopfen eines Pfeils, der bündig auf seiner Beinpanzerung landete, bevor der Schmerz einsetzte. Ein Blick nach unten zeigte, dass der Pfeil getroffen hatte, aber der Schmerz sagte ihm, dass er nicht tief war. Entschlossen ignorierte Daniel die Angelegenheit und zwang sich, mit der Gruppe einen weiteren Schritt zurückzugehen.

Er hoffte nur, dass der Rest des Plans gut ging.

***

„Was für ein mächtiger Zauber", sagte Rob und strich sich über seinen glatten Bart. Er beäugte Kelly, die Magierin des Burning Fields, die ihn blass anlächelte. Es war offensichtlich, selbst für die untrainierten, unkultivierten Abenteurer, dass dies kein Zauber war, den sie oft anwenden konnte. Als Rob das Ergebnis betrachtete, fügte er das mental hinzu.

„Sie gruppieren sich neu", knurrte Omrak, der neben Rob stand. Die Augen des großen Nordländers blitzten zwischen der kleinen, sich zurückziehenden Gruppe von Bogenschützen und der nun neu organisierten Kavallerie auf und fügten hinzu: „Sie werden es nicht mehr rechtzeitig schaffen."

„Niemand hat das erwartet", sagte Gerardo mit einem Schnauben. Neben dem Anführer der Leaves starrte Farhad Omrak nur an, bevor er sich wieder seinem Blick zuwandte, die Hände an den Griffen seines Schwertes. „Nicht ohne Hilfe."

Omrak schnaubte, verstummte aber, wofür Rob nur dankbar war. Der große Nordländer konnte manchmal nervtötend laut sein, und gerade jetzt war Stille gefragt. Wenn auch nur, um ihm die Zeit zu geben, sich auf seinen eigenen Zauberspruch zu konzentrieren. Es wäre peinlich, von einem anderen Magier so völlig in den Schatten gestellt zu werden.

Zugegeben, **Mana-Manipulation** war nicht gerade ein Zauberspruch. Es war ein Skill, das ihm eine größere Kontrolle über sein Mana gab als den meisten Magiern. Insbesondere erlaubte ihm das Skill, die Manafäden, die er webte, in die Mitte des Feldes zu verlängern. Dort begann er, einen **Magischen Pfeil** zu weben, einmal, zweimal und dann noch einmal, wobei er jeweils an der letzten Kreuzung anhielt.

„Jetzt!", rief Gerardo. Nicht, dass Rob das Signal gebraucht hätte. Als er ein letztes Mal auf das Mana drückte, rasteten die Zaubersprüche ein, formierten sich in der Mitte des Feldes und schossen nach vorne und nach oben, direkt in die Körper von drei verschiedenen Raptoren. Nur ein Ruck eines Raptors im letzten Moment rettete ihn, sodass zwei verletzte Kreaturen und ein Reiter ohne Raptor übrigblieben.

Wieder einmal wurde die Kavalleriegruppe in Verwirrung gestürzt, als sie nach ihrem versteckten Angreifer suchten. Gerade als Rob zu grinsen begann, sprach Omrak.

„Zweite Kavallerie-Gruppe", sagte Omrak.

Gerardo fluchte. Die Orks bewegten sich schneller als erwartet. Schlimmer noch, es gab einen Raptor-Reiter in der zweiten, der eine Lederrüstung mit violetten Highlights trug und einen größeren Raptor ritt, der mit seinem Arm winkte, um die andere Gruppe zu befehligen. Auf diese Entfernung war es nicht möglich, Details über den Raptor-Reiter zu erkennen, aber der Instinkt sagte Rob, dass der Reiter kein normaler war.

Sogar die anfängliche Gruppe von Kavallerie-Reitern hatte ihren Gleichgewichtssinn wiedergefunden und war bereit, die Gruppe zu stürzen. Das war die Gefahr eines Bogenschützenduells – von der Kavallerie auf offenem Feld erwischt zu werden, gezwungen zu sein, gegen ungleiche Chancen zu kämpfen. Die ganze Zeit über wurden sie von den Bogenschützen auf den Mauern in Schuss gehalten.

„Sind wir bereit?", rief Gerardo und musterte die Entfernung zwischen Daniels Gruppe und der Baumgrenze. Zu weit, als dass sie es bis zu den Bäumen schaffen könnten. Wenn sie zur Hilfe eilten, könnte die gesamte Gruppe in Gefahr sein. Als die Raptoren kreischend auf Daniel zustürmten, leckte sich Rob mit trockenem Mund die Lippen in angespannter Erwartung.

Kapitel 13

Asin zog sich an der Mauer hoch, ließ sich auf den hölzernen Wall fallen und hielt sich bedeckt. Einen Moment lang blieb sie angespannt, während sie auf Empörungsschreie oder eine andere Bestätigung lauschte, dass die Orks sie bemerkt hatten. Rita, die sich bereits auf dem Steg befand, schüttelte den Kopf und winkte die Catkin heran.

Mit gebeugtem Körper lief Asin neben der Helbing her, die kleine Abenteurerin brauchte sich nicht einmal zu ducken, um verborgen zu bleiben. Es war ein etwas unfairer Vorteil für diese Art von Aktivitäten. Wenn man bedachte, dass die beiden direkt über der kochenden Masse an Ork-Infanterie den Wall entlangliefen, konnte Asin nicht anders, als sich zu wünschen, dass sie so klein wäre.

Gemeinsam setzten die beiden ihren Lauf fort und eilten um die Mauer herum auf die Seite, wo sich die Bogenschützen versammelt hatten. Lausige Disziplin oder Übermut, in jedem Fall war der Rest der Mauer derzeit leer. Sogar während sie rannten, konnten sie die Schreie, das Grunzen und das Klirren des Kampfes auf dem Feld hören. Ein kurzer Blick, während sie rannte, informierte Asin darüber, dass die anfängliche Kavalleriegruppe es geschafft hatte, Daniels Gruppe einzuholen, und sie einkesselte, während sie um sie herumritt und die Bogenschützen weiterhin die festgefahrene Gruppe beschossen.

Asin ertappte sich dabei, wie sie knurrte und ungewollt schneller wurde. Wenn sie nicht bald in Position kamen, würden die Abenteurer sterben. Ihre längeren Beine erlaubten es ihr zunächst, Rita zu überholen, aber die Helbing legte einen Geschwindigkeitsschub hin und kam im nächsten Moment Seite an Seite mit Asin. In Sekundenschnelle waren die beiden in der Nähe der Bogenschützenlinie, wo Asin den größeren Bogenschützen und den hübscheren Bogen bemerkte. Ein Blick genügte, um ihr die Statusinformationen mitzuteilen.

Ork-Bogenschütze Sergeant (Level 14)
Gesundheit: 170/170

Gemeinsam stürmten die beiden Abenteurer ohne Vorwarnung auf die Bogenschützen zu. Anstatt ihre Wurfmesser zu benutzen, schwang Asin ihre langen Dolche und flitzte durch die Gruppe, während sie eines ihrer Skills nach der anderen auslöste. **Rückschlag**, **Verkrüppelung**, **Knochenbrecher.** Jeder Schlag verkrüppelte die Gruppe und warf sie durcheinander, während die Blitzaura ihrer verzauberten Armschienen ihr eine eigene Dosis Schmerz zufügte.

Neben ihr griff auch Rita an. Die kleinere Abenteurerin führte zwei Messer, die in ihren Händen groß genug waren, um Kurzschwerter zu sein. Mit ihnen schlug sie auf ungepanzerte Unterkörper ein, schnitt Achilles- und Kniesehnen, und ließ die Klingen an den Innenseiten der Oberschenkel entlanggleiten. Jeder Angriff hinterließ kränklich grüne Haut, Venen und Arterien verdunkelten sich fast sofort, als Ritas Giftstachel-Skill seine Wirkung zeigte.

Verwirrung und Schmerz. Die Bogenschützen reagierten langsam, überrascht von dem plötzlichen Auftauchen der beiden Abenteurer in ihrer Mitte. Als sie sich dem Bogenschützen-Sergeant näherte, schwang er seinen Bogen nach Asin, die zur Seite fiel und eine Hand auf dem Boden landen ließ, um sich abzufangen, während sie sich mit den Füßen gegen die nahe gelegene Wand stemmte. Einen Moment später, nachdem der Schlag über ihren Kopf hinweggegangen war, stieß sich Asin von der Wand ab und warf ihr Gewicht gegen ihren Angreifer. Der Sergeant taumelte für eine Sekunde, erholte sich direkt an der Kante, nur um umzukippen, als die winzige

Helbing in sein Knie stach. Der Sergeant verlor das Gleichgewicht und fiel mit einem Schrei zurück auf den Hof.

Schreie von unten begleiteten den Aufprall, aber keine der Abenteurerinnen hielt inne. Ihre Aufgabe war es, die Bogenschützen zu verletzen, zu verkrüppeln – wenn möglich zu töten. Aber vor allem mussten sie sie lange genug für die Teams ablenken.

Der Atem explodierte aus ihrer Nase, der Schwanz rollte sich an ihren Körper, die Catkin tanzte.

***

Daniel knurrte, als er den Säbelhieb abwehrte, der auf seinen Kopf traf. Seine Verteidigung ließ ihn jedoch offen für den Angriff des Raptors, einen Krallenhieb, der an seinem Brustpanzer entlangschrammte. Das Kreischen der Klaue auf Metall ließ Daniel zusammenzucken, aber er duckte sich tiefer, um sein Gleichgewicht wiederzufinden. Selbst als er das tat, landete ein weiterer Pfeil auf dem Schild, den er immer noch erleichtert über Tulas zusammengekauerte Gestalt hielt.

„Stirb, Eidechse", knurrte Tula und löste den Zug an ihrem Bogen. Der Pfeil schnellte nach vorne, durchschlug dicke Schuppen und durchbohrte die Brust des Raptors. Der Raptor hüpfte rückwärts, nahm seinen Reiter mit und brüllte vor Wut.

„Danke", keuchte Daniel und bewegte den Schild leicht, um nach weiteren Angreifern Ausschau zu halten. Leider kreisten die vier Reiter weiter und zwangen Daniel und Camilo dazu, ihre Verteidigung ständig zu verändern. Trotz des anhaltenden Feuers der Bogenschützen bedrängten die Reiter sie weiter. Selbst auf die Gefahr hin, Pfeile in den Schwanz oder die Schulter zu bekommen.

„Sie haben angehalten", sagte Casey mit einem Grinsen. Anstatt auf die Raptoren und ihre Reiter zu feuern, die sie umzingelten, feuerte Casey einen flammengefüllten Pfeil auf die zweite Gruppe der Kavallerieverstärkung ab. Sein brennender Pfeil bohrte sich in die Brust eines Reiters, der daraufhin zu Boden stürzte und schrie, während das Fleisch des Orks verbrannte. Selbst dann schien die angreifende Verstärkung nicht aufzuhalten zu sein.

Daniel sog einen weiteren Atemzug ein und senkte den Schild leicht, um den Schmerz in seinem Arm zu lindern. Gerade rechtzeitig, um zu sehen, wie ein anderer Raptor-Reiter sich duckte und einen Säbel nach seinem Körper schwang. Kurz bevor er treffen konnte, lenkte ein Brüllen aus der Baumkrone den Raptoren-Reiter ab, was Daniel Zeit gab, seinen Schild zu heben und mit **_Perins Schlag_** zuzuschlagen, um die Brust des Raptors zu zerschmettern und seinen Reiter abzuwerfen.

„Omrak", hauchte Daniel erleichtert. Er brauchte sich nicht umzudrehen, um zu wissen, dass das Team, das sich am Rande versteckt hatte, nun herbeieilte, um ihm zu Hilfe zu kommen. Als der Raptor sich aufrappelte, holte Daniel mit dem Fuß aus und stieß ihn erneut zu Boden. Er ließ seinen Fuß auf das sich windende Monster fallen und schleuderte den Stachel seines Hammers in den Schädel der Kreatur. Der benommene Raptor-Reiter setzte sich langsam auf, nur um von der lauernden Tula einen Pfeil in sein Gesicht zu bekommen.

„Heilen!", rief Camilo, was Daniel dazu brachte, sich umzudrehen, während er sich zurückzog, um ihre Linie zu verstärken. Tula sprang ebenfalls zurück und spießte einen weiteren Pfeil auf, als Daniel sich umdrehte.

„Verdammt! Wache!", sagte Daniel. Als Camilo seinen Speer bereit machte, um beide Seiten zu decken, duckte sich Daniel und legte seine Hand auf Caseys freiliegendes Bein, während er den Zauberspruch in seinem Kopf formte. ***Mäßige Heilung*** brauchte länger als ***Kleine Heilung***, aber sie hatte den Vorteil, dass sie größere und schlimmere Wunden heilte. Wie der Schnitt, der sich von Caseys Hals bis hinunter zu seiner Hüfte erstreckte und die leichte Rüstung, die er trug, durchtrennte, als wäre die Lederrüstung selbst Stoff gewesen.

Die Kraft pulsierte durch den Körper des Bogenschützen und ließ ihn erschaudern. Zuerst hörte das Blut für einen kurzen Moment auf zu pumpen, als sich die Wunde zu schließen begann und mit einer sichtbar erhöhten Geschwindigkeit heilte. Geführt von Daniels Wissen, verbanden sich zuerst Nerven, Venen und Arterien, bevor die Muskeln, die alles miteinander verbanden, zu wachsen begannen. Die Wunden nähten sich selbst zusammen, als sich neue Zellen verbanden und schwache, neu geheilte Muskeln bildeten. Mit einem Schaudern begann Casey wieder zu atmen, als das Blut durch seinen Körper floss. Daniels Lippen wurden schmal, er betrachtete die Wunde professionell und unzufrieden und warf ein ***Zeichen des Heilers*** auf den Bogenschützen, bevor er wieder aufstand, um sich ihren Gegnern zu stellen.

An seiner Seite keuchte Tula, ihre Arme zitterten, als die Erschöpfung sie überkam. Zahlreiche Pfeile übersäten den Bereich vor ihnen, ein Beweis für die Überbeanspruchung ihrer Skills und die verzweifelte Verteidigung, die sie in der kurzen Zeit, in der Daniel abgelenkt war, geleistet hatte.

„Ruh dich aus. Ich mach das schon", sagte Daniel, als er nach vorne trat und das verbliebene Reitertrio musterte. Wenn das so weiterging, musste er vielleicht seinen letzten Trick anwenden.

***

Omrak brüllte, als er angriff, seine Füße stampften auf der weichen Erde, als er sich der Kavalleriegruppe näherte. Der Sergeant knurrte und gestikulierte schnell. Sofort änderten ein paar von ihnen ihre Richtung und stürmten direkt auf den Nordländer zu, der den Rest des Teams überholt hatte. Er wusste, dass der Rest der Fallen Leaves hinter ihm her war, aber der Nordländer weigerte sich, langsamer zu werden. Wenn die Kavallerieverstärkung es bis zu seinen Freunden schaffte, wäre es vorbei. Es war besser für ihn, verletzt zu werden, als das geschehen zu lassen.

Sekunden verstrichen, und innerhalb weniger Augenblicke fand Omrak die Raptoren fast auf sich zukommen. Ein schneller Seitwärtssprung brachte ihn aus der Reichweite des ersten, stellte aber sicher, dass er nirgendwo hin konnte, als der Säbel des zweiten Raptoren-Reiters nach ihm schwang. Ein hastiger Block ließ ihn nach hinten stolpern, eine Klaue riss eine blutige Wunde an seinem Arm auf, als der Raptor vorbeiritt. Glücklicherweise hatte sein neues Skill seine Haut gehärtet, sonst wäre die Verletzung größer und er möglicherweise verkrüppelt gewesen.

„Nah genug. **Kämpfe mit mir!**", brüllte Omrak, nachdem er die Entfernung ausgemessen hatte. Ein Puls der Macht trug seine Worte durch alle Umstehenden und zog die Aufmerksamkeit der restlichen Mitglieder der Kavallerie auf sich, die sofort ihre Raptoren wendeten. Selbst die paar Orks, die sich der Provokation widersetzten, konnten wenig ausrichten, als die geistlos aggressiven Raptoren ihre Körper in Richtung des Nordländers schwangen.

Die Raptoren umgaben ihn, und Omrak spürte, wie sich sein Herzschlag beschleunigte und Adrenalin seinen Körper durchflutete. Sogar der Schmerz der anfänglichen Wunde verblasste, und der blonde Abenteurer musste lächeln.

„Kommt. Lasst uns die heiligen Hallen aufsuchen." Omrak atmete aus, während er sein Großschwert in einem Überhandblock schwang, bevor er es zu einem schnellen Gegenschlag zog.

***

„Sind die alle wahnsinnig?", knurrte Gerardo. Schnell hob er sein Schwert zur Seite und schlug dann nach unten, wobei eine Sichel aus blauem Licht aus dem Schlag floss und auf einen überraschten Raptor zuflog. Der Raptor wurde quer über den Rücken getroffen und bäumte sich nach hinten auf, weshalb sein Reiter Mühe hatte, das Gleichgewicht zu halten.

Der Anführer der Fallen Leaves beschleunigte sein Tempo, sobald sein Skill beendet war, und eilte auf Omrak zu. Noch während er das tat, sah er, wie der Nordländer von einer Welle der Macht umspült wurde und seine sich schnell ansammelnden Wunden leicht heilten, als Daniels ***Zeichen des Heilers*** ausgelöst wurde. Einen Moment später winkte Eiju mit der Hand, beendete seinen eigenen Segenszauber und überzog den Nordländer mit einem Stärkungszauber für seine Verteidigung.

„Einfach nur Omrak", antwortete Rob.

Gerardo ließ sich nicht herab, zu antworten, ebenso wenig wie Farhad. In einer Sekunde war der Krieger in seinen fließenden Gewändern aufgesprungen und ging mit ***Blitzlichtschritt*** auf den nächstgelegenen Raptoren-Reiter zu. Anstatt einen geraden Schnitt zu führen, sprang Farhad in die Luft und drehte sich. Sein Schwert hielt er gerade von seinem Körper weg und schnitt quer über den Körper des Raptoren-Reiters, während er sich drehte. Die zweite Klinge schnitt quer über den Körper des Raptors, als er landete. Ein Bein fiel ab und Farhad drehte sich weiter, tanzte an den Rändern der Umzingelung entlang.

Als Farhads erstes Opfer fiel, erreichten Gerardo und der Rest des Teams die Gruppe. Gerardo löste **_Schildschlag_** bei dem Raptor aus und warf den bereits instabilen Raptoren-Reiter zu Boden, bevor er seine Klinge in die Kreatur stach, um ihn zu erledigen. Eiju, der sich neben ihnen befand, duckte sich zur Seite des duellierenden Paares, um den Reiter ohne Raptor zu erledigen, als dieser sich auf die Beine kämpfte.

Rob und Kelly hatten hinter ihnen in sicherem Abstand zu den Reitern angehalten, ihre Hände webten geringere Zauber, um sie abzulenken und zu verletzen. Und im Zentrum des Kampfes stand Omrak, rot glühend und blutend, sein Großschwert in Kreisen schwingend, um die Raptoren zu treffen und zu verletzen, wenn sie sich ihm näherten.

***

Dieser hier. Omrak grinste, als er den Schnitt abblockte und den Säbel über seine rechte Schulter gleiten ließ, bevor er seine Handgelenke verdrehte und einen Gegenhieb gegen den Reiter führte. Der Reiter duckte sich leicht aus dem Weg, aber seine Bewegung blockierte einen weiteren Ork, der sich näherte, was Omrak erlaubte, leicht zur Seite zu hüpfen.

„Komm!", brüllte Omrak und zog sein Schwert mit der falschen Schneide voran in Richtung linke Schulter zurück. Er wollte, nein, musste den Reiter-Sergeant erledigen. Sowohl er als auch sein Raptor unterstützen die gesamte Kavalleriegruppe, machten sie stärker, schneller und koordinierter. Den Sergeant zu töten, würde den größten Nutzen bringen. Und Omrak würde in der Lage sein, sich selbst mit dem Sergeant zu messen.

Omraks Herausforderung annehmend, stürmte der Raptor direkt auf den Nordländer zu, bevor er sich auf die Beine stellte und sprang. Fluchend warf sich Omrak zurück, während er zu Boden ging, nur um sein Schwert von dem Sergeant blockieren zu lassen. Als er landete, wurde sein Rückwärtsschwung durch einen Schlag auf seinen Rücken gestoppt.

„Aaargh!", schrie Omrak, selbst als er spürte, wie der über seine Schulter geschlungene Gürtel von seinem Körper rutschte, der Riemen wurde durchtrennt.

Der Sergeant gab Omrak keine Zeit zum Ausruhen, als der Raptor nach vorne stürmte. Mit einem schnellen Ausweichmanöver konnte Omrak vermeiden, umgeworfen zu werden, aber er konnte nichts tun, um die Klauen zu stoppen, die an seiner Brust zerrten, seine Rüstung zertrümmerten und sofortige Blutergüsse darunter hinterließen. Ebenso wenig konnte der Nordländer dem Schlag ausweichen, der ihn an der Wange traf und die Haut über seinem Jochbein aufriss. Dennoch war es ein guter Tausch, verglichen mit dem Schwert auf der anderen Seite.

Omrak hatte seine Verteidigung für eine Gelegenheit geopfert, und verletzt oder nicht, er würde sie nicht verstreichen lassen. Seine linke Hand schnellte hervor und griff nach der Rückseite des Gürtels des Sergeants. Mit einem mächtigen Ruck riss der hünenhafte Nordländer ihn von dem Raptor herunter. Noch während er das tat, schrie er auf, als er spürte, wie seine Rücken- und Schultermuskeln rissen. Der Sergeant knallte auf den Boden, seine abrupte Veränderung der Höhe und Richtung stieß ihm die Luft aus den Lungen.

Eine Sekunde lang taumelte Omrak, als er sich neu orientierte. Der Schmerz überflutete ihn und verblasste dann, als ein Puls vom *Zeichen des Heilers* durch seinen Körper lief. Omrak hob sein Schwert zum Schutz und bereitete sich auf einen weiteren Angriff vor, als er bemerkte, dass die anderen Reiter beschäftigt waren und sich nicht mehr auf ihn konzentrierten.

Mit einem Grinsen stürzte sich Omrak auf den Sergeant, sein Großschwert sauste nach vorne.

„Zeit, das zu beenden!", knurrte Omrak.

***

„Aieeee!", schrie Asin, als sie fiel. Die zwölf Meter zwischen ihr und dem Boden rauschten mit jeder Sekunde auf sie zu.

„Wooohooo!", schrie Rita neben ihr, die Helbing fiel mit Asin. Einen Moment, bevor die beiden landeten, schoss ein Energiestrahl durch ihre Körper, der sich gegen die Schwerkraft stemmte. Der Trank des Luftpolsters aktivierte sich, als die ausgedehnte Aura um ihren Körper den Boden berührte und den Zauber auslöste.

Trotzdem landete das Paar schwer. Asin ging bei der Landung in die Hocke, ihre Beine spreizten sich leicht, als der Fall auf ihre Gelenke und die federnden Muskeln ihrer Beastkin-Form traf. Im Gegensatz zu Menschen war die Catkin tatsächlich leichter, als man es für ihre Größe erwarten würde, mit einer größeren Anzahl von langen Muskelfasern, was ihr etwas von der katzenhaften Fähigkeit gab, aus großen Höhen zu springen und zu landen. Rita hingegen knallte auf den Boden und rollte sich ab, wobei sie sich auf die Fersen stemmte und den Aufprall auf diese Weise abfederte.

Als die beiden aufstanden, begannen die verbliebenen Bogenschützen von oben, Pfeile auf die beiden Abenteurer abzufeuern. Nicht, dass die Angriffe genau waren. Winkel und Verletzungen behinderten die Bogenschützen ebenso wie der Verlust ihres Sergeants. Trotzdem, so dachte Asin, war es nicht klug, hier zu warten. Die beiden stürmten vorwärts und gingen in Richtung ihrer Freunde, die immer noch kämpften, obwohl die Kämpfe selbst schon zu Ende zu sein schienen. Aus den Augenwinkeln bemerkte Asin die Anwesenheit einer Reihe von Infanterietruppen, die sich in die Schlacht stürzten. Zu wenig, zu spät.

***

Der Schock eines Schnittes lief Daniels Arm entlang, der kraftvolle Angriff brach fast durch seine Verteidigung. Daniel wehrte den Angriff ab, machte einen Schritt nach vorne und schwang seinen Hammer tief, sodass er die Oberseite des Oberschenkels des Orks traf. Daniel grunzte und hasste die Tatsache, dass er das Knie verfehlt hatte, aber er wandte seine Aufmerksamkeit ab, als der Ork-Reiter sich zurückzog.

Tula machte ihre Sache gut und arbeitete mit ihrem Messer an den Hälsen und Sehnen der gefallenen Raptoren. Sie und Camilo wurden von Casey gedeckt, dessen Bogen keine elementar verstärkten Pfeile mehr schoss. Dennoch ließen die ständige Belästigung und ihre anfänglichen Verluste nur einen einzigen anderen Reiter und einen einzigen Raptoren am Leben. Als Camilo seinen Speer drehte und einen Schnitt vortäuschte, bevor er den Schlag umkehrte, um den Raptor quer durch die Kehle zu erwischen, sank diese Zahl wieder.

Noch wichtiger war, dass keiner der drei mehr als kleinere Wunden aufwies. Omrak hingegen trug zahlreiche Schnittwunden am ganzen Körper davon, als er in seinem Kampf gegen den Reiter-Sergeant nach vorne humpelte. Daniel stieß seinen Schild nach vorne, um seinen eigenen Gegner zurückzudrängen, sprang zurück und hockte sich hinter seinen Schild, während er seinen Zauber **_Kleine Heilung II_** auf seinen Freund anwandte. Dass keiner der anderen Kämpfer der Fallen Leaves schwer verletzt war, war ein Beweis für ihren Stil, ihre Geduld und die überwältigende Zahl, die sie gegen die Kavallerie aufgebracht hatten.

„Vorsicht!", sagte Casey, als er einen Pfeil direkt an Daniels Nase vorbeischoss. Der Heiler zuckte zurück und konnte seinen Zauber kaum unterdrücken, als sich der Pfeil in die Wange des Orks bohrte, der nach vorne gestürmt war. Der Kopf wurde von der Wucht des Pfeils zurückgerissen, der Ork landete auf dem Boden, wo Daniel ihn mit der Kante seines Schildes zerquetschte, während er den Zauber beendete.

„Danke!", sagte Daniel. Er hob an und brachte die Schildkante wieder herunter, diesmal auf den Hals des Orks, um ihn zu erledigen.

„Zeit zu gehen", sagte Casey und drehte sich in Richtung des ankommenden Infanteriezuges. Ein gestärkter Feuerpfeil verließ seinen Bogen, nur um auf einem erhobenen Schild zu landen. Es schien, dass die Speerkämpfer in dieser Festung die nützliche Verteidigungsausrüstung trugen und wussten, wie man sie einsetzt.

„Aber..." Daniel blickte besorgt zu Omraks Gruppe, nur um zu sehen, wie der Reiter-Sergeant stolperte, als sich zwei Pfeile in seinen Rücken bohrten. Diese Ablenkung reichte aus, damit Omrak sein Großschwert schwingen konnte und ihm mit einem mächtigen Schlag den Kopf abschlug.

„Kann er rennen?", fragte Casey. Es war nicht nötig zu sagen, wer.

„Wahrscheinlich", sagte Daniel und begutachtete den Nordländer mit seinen Augen und dem Gewicht seiner Erfahrung. Omrak war stark und hartnäckig genug, um durchzuhalten.

„Dann sollten wir das auch", schnauzte Casey. Gemeinsam schnappte sich die Gruppe eilig die wenigen Manasteine, die aufgetaucht waren, und rannte in Richtung Wald. Dem Infanterietrupp gerade jetzt zu begegnen, war nicht Teil des Plans.

Kapitel 14

Eineinhalb Stunden später hatten sich die Teams am unteren Teil des Hügels neu gruppiert. Mit der Rückkehr von Asin und Rita – die die Infanteriepatrouille beobachtet hatten, sich erholten und zur Festung zurückkehrten –, empfand Gerardo schließlich, dass es Zeit war, ein weiteres Treffen einzuberufen.

„Das lief gut", sagte Gerardo schlicht.

„Gefährlich", sagte Daniel mit einer Grimasse. Er war gerade damit fertig geworden, alle zusammenzuflicken, nachdem er den größten Teil seines Manas für **Zeichen-des-Heilers**-Zauber aufgebraucht hatte. Im Moment war es eine Notwendigkeit, eine kleine Reserve zu halten, für den Fall, dass die Orks beschlossen, sie zu verfolgen. Obwohl er hoffte, dass die vorher durchgeführten Hinterhalte sie auf der Hut hielten.

„Wir haben niemanden verloren. Und abgesehen von eurem Barbaren hat keiner von uns schwere Verletzungen erlitten", sagte Gerardo.

„Ich bin kein Barbar. Das ist eine Klasse, die ich nicht erreicht habe", sagte Omrak.

Gerardo winkte Omraks Einwand ab, bevor er fortfuhr. „Laut Rita gibt es sowohl einen Bogenschützen-Sergeant als auch einen Infanterie-Sergeant. Mini-Bosse, um die man sich kümmern muss."

„Bogenschütze hat überlebt?", sagte Asin mit einem Schnauben.

„Das hat er. Oder er hat sich zumindest bewegt", bestätigte Rita. „Auf den Mauern habe ich ihn allerdings nicht gesehen. Aber sie haben sowieso den Großteil der Wache gegen Infanterie ausgetauscht."

„Klug", kommentierte Tula. Als Omrak ihr einen verwirrten Blick zuwarf, lächelte sie und erklärte. „Wir haben ihre Bogenschützen verkrüppelt und verletzt. Wenn sie die Bogenschützen da draußen ließen, könnten Casey und ich sie mit genügend Zeit erledigen." Tula warf einen neidischen Blick auf Caseys Bogen, bevor sie fortfuhr: „Auf diese Weise können sie auf uns aufpassen und riskieren nur ihre zahlreichere Infanterie."

„Und können mit ihren versteckten Bogenschützen auf uns schießen", fügte Casey hinzu. „Wir müssen nachsehen, ob sie sich außerhalb des Waldes verstecken, bevor wir erneut etwas versuchen."

Gerardo nickte, bevor er mit den Fingern tippte. „Wir haben es geschafft, ihre Bogenschützen und ihre Kavallerie lahmzulegen. Ich sage, wir greifen sie weiter an."

„Und wenn sie sich weigern, wieder herauszukommen?", sagte Daniel. Ohne ihre Kavallerie war es unwahrscheinlich, dass die Orks bereit sein würden, erneut zu versuchen, Tula und Casey zu überrennen. Die Tatsache, dass sie bereit gewesen waren, es beim ersten Mal überhaupt zu versuchen, war auf Überheblichkeit zurückzuführen, die dadurch entstanden war, dass jede Festung völlig unabhängig voneinander zu operieren schien. Andernfalls wären sie wahrscheinlich gescheitert, die gleiche Taktik immer und immer wieder anzuwenden.

Gut, das und Caseys Bogen. Von einem verzauberten Bogen angegriffen zu werden, dämpfte wahrscheinlich ihre Begeisterung darüber, beschossen zu werden.

„Wir werden sie festnageln und hochklettern", sagte Gerardo. „Wir sind genug, wenn wir einen Teil der Mauer einnehmen können, sollten wir sie auch halten können."

Daniel nickte langsam. Das war wahr genug. Die größte Sorge beim Halten der Mauer waren die Bogenschützen, die ohne Angst auf sie zielen konnten, und der ständige Druck der Infanterie. Auf den schmalen Gängen würden die Chancen zusammen von zehn zu eins auf fünf zu eins sinken. Mit überlegenen Skills und Levels sollten sie in der Lage sein, die Mauer zu halten.

„Irgendwelche Einwände?" Als keine zur Sprache kamen, nickte Gerardo. „Dann fangen wir morgen an."

***

Einen Tag später fand sich die Gruppe am Rande der Lichtung sitzend wieder und beobachtete die Festung. Statt Orks, die über die Mauern wachten, starrten sie auf eine trostlose, leere Festung. Selbst Tula und Casey konnten mit ihren jeweiligen Weitsicht-Skills keine Monster ausmachen.

„Was denkst du?", sagte Gerardo und runzelte die Stirn.

„Sie haben sich zurückgezogen", sagte Rob.

„Aber warum?", fragte Gerardo.

„Ein aussichtsloses Unterfangen", sagte Daniel leise und betrachtete das Gebäude. Es ergab Sinn, zumindest für ihn. Mit zwei Bogenschützen und den beiden Schildträgern konnte die Gruppe jeden Bogenschützen oder jede Infanterie, die auf den Mauern stand, ausschalten. Mit diesem Wissen und ohne ihre Kavallerie war es für die Orks besser, sich von den Mauern fernzuhalten. Sie könnten sich sogar dazu entschließen, in der Festung selbst zu bleiben, um ihren Bogenschützen ein Schussfeld auf den Hof und die Mauern zu geben, während sie die Abenteurer dazu zwangen, sich mit Mauern herumzuschlagen, die sich weigern nachzugeben.

„Gehen wir rein?", sagte Omrak, während er sein Schwert aus der Scheide zog, bevor er es erneut wegsteckte.

„Wir gehen rein", stimmte Daniel zu. Gerardo öffnete seinen Mund, um zu protestieren, schloss ihn dann aber und schüttelte nur leicht den Kopf. Letzten Endes hatten sie keine andere Wahl, unabhängig davon, was sie persönlich von dem Risiko hielten, das damit verbunden war.

Natürlich hatten sie nicht vor, einfach direkt hineinzugehen. Es waren Sicherheitsvorkehrungen erforderlich, die es der Gruppe ermöglichten, sich im Falle einer überwältigenden Kraft oder eines unerwarteten Widerstands zurückzuziehen. Es mussten Pläne gemacht werden, wer zuerst reingeht, wie sie reingehen und welche Ziele sie erfüllen sollten. Und, am wichtigsten, sie mussten entscheiden, wie sie die letzte Verteidigung durchbrechen wollten — die Tore der Festung selbst.

Dafür sollten Rob, Kelly, Eiju und Casey ihr magisches Fachwissen und Caseys Bogen einsetzen, um eine Lösung zu entwickeln.

Die Pläne waren geschmiedet, die Gruppe machte sich an die Arbeit.

***

Zunächst beschloss die gesamte Gruppe, zur Mauer hinaufzugehen. Während der Rest des Teams unten wartete, kletterten Asin und Rita wieder auf die Mauer. Tula und Casey behielten in einiger Entfernung sowohl die Mauer als auch das vordere Tor im Auge, für den Fall, dass die Orks sich entschließen würden, vorzustürmen. Ein paar angespannte Minuten später waren die beiden leise die Mauer hinaufgeklettert und fanden die Rampe und den Innenhof leer vor. Da sie für diesen Fall vorgesorgt hatten, begaben sich die beiden sofort zu den vorderen Toren, nachdem sie der Gruppe unten ihre Erkenntnisse mitgeteilt hatten.

Als die beiden auf die vorderen Tore zusteuerten, tat dies auch die Gruppe unten. Sie bewegten sich schnell und reibungslos und koordinierten ihr Tempo so gut sie konnten. Selbst wenn es am Torhaus eine Falle für ihre Späher geben sollte, würden die Abenteurer ihr gemeinsam entgegentreten.

Zumindest war das der Gedanke, den sie im Vorfeld hatten. Leider spielte das alles keine Rolle, als die beiden zum Torhaus kamen und weder Orks noch Fallen vorfanden. Verwirrt überprüfte das Duo noch einmal alles, bevor sie schließlich die Kurbel betätigten, um die schwere Stange, die ihnen den Weg versperrte, anzuheben. Ob absichtlich oder aus purer Unachtsamkeit, die Kurbel und ihre Ketten knarrten und ächzten, als sie daran arbeiteten, und alarmierten die Orks in der Festung. In Sekundenschnelle fielen Pfeile um die beiden.

„Ich gebe dir Deckung, du kurbelst weiter!", sagte Rita nach einem Moment. Dass die Helbing wenig taugte, um die Kurbel zu bedienen, war ziemlich offensichtlich. Die kleine Abenteurerin musste in die Luft springen und mit ihrem Körpergewicht helfen, die Kurbel in den erforderlichen Abständen zu drehen.

Die Entscheidung war gefallen, und die Helbing zog einen großen Drachenschild hervor, eine Verteidigung, die buchstäblich ihren Körper verzwergte und mit der sie die Catkin abschirmen konnte. Selbst dann bedeutete ihre kleine Statur und die Anzahl der fallenden Pfeile, dass Asin mit Sicherheit irgendwann getroffen werden würde. Asin blutete bereits aus ein paar oberflächlichen Wunden.

„HILFE!", rief Rita laut. „Hilfe!"

Ein paar Sekunden später wurden ihre Hilferufe erhört, als eine geisterhafte, magische Hand erschien. Die Hand griff schnell nach der Stange und half sie anzuheben, die zusätzliche Hebelwirkung erleichterte Asins Arbeit. Allerdings konnte die Catkin nicht anders, als leicht zu knurren, als sich ein Pfeil in ihrer Schulter vergrub und sie fast den Halt an der Kurbel verlor.

„Verdammt! Tut mir leid!", sagte Rita. Nachdem sie den Schaden begutachtet hatte, zog die Helbing eine Grimasse und sagte. „Halt dich fest. Das wird wehtun."

„Wa – AAARGH!“, schrie Asin vor Schmerz auf, als Rita den Pfeil herauszog, bevor sie einen Heiltrank auf ihren Arm goss.

„Zurück an die Arbeit“, sagte Rita.

Knurrend schlug der Schwanz der Catkin hinter ihr aus, bevor ein Beinahe-Fehlschuss die Catkin dazu brachte, den Schwanz erneut hinter ihrem Körper zusammenzurollen. Sie konzentrierte sich auf die Kurbel und drehte sie schneller, bis die Stange vollständig angehoben war.

„Erledigt!“

„Wird auch Zeit“, sagte Rita. Den Schild aufrecht schiebend, drehte sich Rita herum, packte die Eisenstange, die die Kurbel in Position hielt, und schlug sie zu. Als ein Pfeil neben der erneut freigelegten Helbing in den Boden krachte, fügte sie hinzu: „Zeit zu rennen!“

„Ja!“, sagte Asin und trottete bereits ohne Aufforderung los.

***

Draußen bibberte Daniel, während er dem ständigen Aufprall der landenden Pfeile lauschte, den Aufschreien und gelegentlichen Schmerzensschreien seiner Freunde. Neben ihm hatte Rob seine Augen geschlossen, während er sich auf den Zauber der **Magischen Hand** konzentrierte, nur um sie nach einer Sekunde wieder zu öffnen.

„Erledigt!“, schrie Rob.

„Schieben!“, befahl Gerardo. Gemeinsam stemmte sich die Gruppe mit dem Rücken gegen das Tor und drückte, um die Tore zu öffnen. Nur Kelly stand an der Seite, ihre Augen glühten vor Kraft, während sie die Kräfte ihres Zaubers zusammenhielt und wartete.

„Ich bin dran“, sagte Kelly, als sich die Lücke zwischen den Toren weit genug öffnete. Als sie die gebotene Distanz sah, löste sie ihren Zauber aus.

Feuer wütete vor der Festung, Hitze und Flammen tanzten kurz in der Luft. Anders als beim ersten Mal, als sie den Zauber angewandt hatte, bemerkte Daniel, dass dieser mit einem größeren Maß an Flammen und Lärm erfüllt war, aber er erlosch auch schneller.

Als sich die Bogenschützen von dem plötzlichen Angriff erholten, öffnete die Gruppe schließlich den Spalt in den Toren weit genug. Daniel und Gerardo duckten sich hinein und hievten ihre Schilde in Position, um ihre Freunde vor den Bogenschützen zu schützen. In der Zwischenzeit drückten die restlichen Mitglieder des Teams das Tor weiter auseinander, um sicherzustellen, dass sie eine weit offene Rückzugslinie hatten.

„Wo ist sie?", sagte Daniel, während seine Augen von einer Seite zur anderen huschten und er nach der Catkin suchte. Ein leises Jaulen erregte seine Aufmerksamkeit und Daniel entdeckte die Catkin, die sich hinter einem Wasserfass versteckt hatte. Dicht neben ihr hielt sie die verletzte Helbing, in deren Körper zwei Pfeile steckten.

„Rita!" Entsetzen erfüllte Gerardos Stimme, als er den Zustand der Helbing sah. Er blickte zu Daniel hinüber, seine Augen weiteten sich und in ihnen lag eine stumme Bitte.

„Bin schon dabei!", sagte Daniel und kanalisierte bereits einen **Kleine Heilung II**. Auch wenn es sich um einen sehr minderwertigen Zauber handelte, war der Vorteil, den Zauber aus der Entfernung wirken zu können, zu groß, um ihn zu ignorieren, besonders in Momenten wie diesen. Als der Zauber aus seiner Hand strömte, spürte er ein paar harte Schläge auf seinem Schild und einen weiteren auf seinen Beinschienen. Wieder einmal dankte Daniel Erlis, dass er es geschafft hatte, diese Quests zu finden. Ein Nahkampfheiler ohne Rüstung zu sein, wäre sonst selbstmörderisch gewesen.

„Los!", befahl Camilo Daniel, während Tula und Casey, befreit von ihrer Aufgabe, das Tor zu schieben, das Feuer auf die Bogenschützen erwiderten. Sofort sanken die Feuerrate und die Genauigkeit der Ork-Bogenschützen, als sie begannen, um ihr eigenes Leben zu bangen. Während Camilo seinen Platz einnahm, rannte Daniel los und kam neben den beiden Verletzten zum Stehen.

„Wird auch Zeit", sagte Asin. Eine Mullbinde wurde gegen die Wunden an Ritas Körper gedrückt, aber die Binde selbst war durchnässt. „Ziehen?"

„Auf mein Zeichen. Alle beide", sagte Daniel und legte seine Hand auf Ritas Körper. „Jetzt!" Während die Pfeile gezogen wurden, sprach Daniel seinen Zauber **_Mäßige Heilung_** aus und legte den Zauber wiederholt übereinander. Die Wunden begannen sich zu schließen, aber er zog eine Grimasse, als er feststellte, dass beide Pfeile wichtige Arterien verletzt hatten. Zum Glück hatten sich beide Enden zusammengerollt, was den Blutverlust verringerte. Aber seine Zaubersprüche reichten trotzdem nicht aus. Es sei denn...

Daniel sah auf, seine Augen weit, als er die von Asin traf. Sie schenkte ihm ein knappes Nicken, und er griff tiefer, selbst als sie wegglitt, um Wache zu halten. Seine Gabe entfaltete sich in seinem Körper und wickelte sich um die Helbing.

Jede zerschnittene Arterie, eine Erinnerung. Jede gerissene Ader, eine Erfahrung. Gerissene Muskeln, ein Abend mit Khy'ra. Eine durchtrennte Sehne, eine Stunde in den Minen. Jede vorübergehende Wunde, ein Teil seines Lebens, seiner Erinnerung. Es füllte seinen Geist mit Lücken, mit Löchern. Manchmal fühlte es sich an, als könnte alles, was er gewesen war, alles, was er war, durch seine Finger in ein anderes übergehen. Seine ‚Gabe'.

Ein zitternder Atemzug, ein Husten. Daniel zog sich zurück und ließ sich wieder von seiner Gabe umhüllen, während er sich wieder seinen

Zaubersprüchen zuwandte. Diesmal funktionierte der Zauber **Mäßige Heilung** noch besser als zuvor. Denn dieses Mal kannte er ihren Körper, kannte ihre Physiologie genau.

„Das tat weh!", beschwerte sich Rita, als sie die noch rohen Wunden berührte.

„Halte still und versteck dich. Ich werde dich mit einem **Zeichen des Heilers** zusammenflicken, aber jede größere Bewegung wird dich wieder verletzen", befahl Daniel.

„Kann ich machen! Aber bist du okay? Du siehst etwas blass aus", sagte Rita und blinzelte Daniel durch die Schlitze in seinem Helm an.

„Mir geht's gut." Daniel wischte ihre Besorgnis weg, als er aufstand. Ihm ging es gut. Es war ja nicht so, dass er nicht schon früher seine Erinnerungen für andere geopfert hätte. Er wünschte nur, er wüsste, was es war, das er verloren hatte...

Seine Grübeleien wurden durch den schmerzhaften Aufprall eines Pfeils, der direkt auf seiner Rüstung landete, unterbrochen. Er taumelte nach hinten und schaute lange genug nach unten, um zu sehen, dass der Pfeil nicht durchgedrungen war. Daniel hob seinen Schild und entschied sich, mit ihm nach vorne zu laufen, wobei er die Szene des Kampfes beobachtete.

Es war nicht wirklich eine Kampfszene, da Tula das Feuer mit den beiden verbliebenen Bogenschützen austauschte. Jetzt, da Daniel wieder aufmerksam geworden war, richteten die Bogenschützen ihre Aufmerksamkeit wieder auf die Magier, die sich hinter Omrak versteckten.

„Wie hast du eine Tür gefunden?", rief Daniel aus, als er seinem Freund zu Hilfe eilte.

„Stall", grunzte Omrak und hielt das Stück Holz vor den Magiern hoch. Als Omrak zu Ende gesprochen hatte, krachte ein Pfeil durch das Holz und ließ seine Spitze nur Zentimeter vor Omraks Gesicht herausragen. „Schneller bitte, Heldenmagier!"

Die Magier ignorierten Omrak, hockten schweigend hinter ihm und konzentrierten sich auf ihre Zaubersprüche. Daniel blickte auf die kleine verzauberte Kugel hinunter, die auf den Pfeil aufgepfropft worden war und in die die beiden Magier ihr Mana gossen, um Zauber und Verzauberung zu verweben. Es war zwar unpraktisch, es jetzt zu formen, aber noch unpraktischer wäre es gewesen, die hoch flüchtige und explosive Kugel mit sich herumzutragen. Neben den Magiern stand Eiju, der ebenfalls sein Mana einfließen ließ, obwohl seine Zauber nach eigener Aussage eher in Richtung Verstärker gingen. Dennoch schien es keine Rolle zu spielen.

„Tula? Jederzeit...", rief Daniel, während der Rest des Teams in der wenigen Deckung, die es gab, Schutz suchte – meist hinter den verschiedenen Personen mit Schilden.

„Ich versuch's!", sagte Tula, nachdem sie einen weiteren Pfeil abgeschossen hatte. Dieses Mal folgte bald darauf ein Schrei. Die Rangerin grinste, bevor sie einen kleinen Aufschrei ausstieß, als ein Pfeil vom Boden absprang und seine Spitze in ihrer Wade verankerte.

„Verdammt", fluchte Gerardo, als er sah, wie der Pfeil seine Verteidigung umging. Egal, wie geschickt, es wurde genug darauf geschossen, irgendwann würde die Verteidigung versagen. Deshalb waren die Magier und ihr Plan so wichtig.

„Fertig!", rief Rob, als die Mana-Lieferanten ihre Hände aus der Nähe der Pfeilspitze nahmen. Casey nickte und hob seinen Bogen an, wobei er leicht summte, als er ihn aktivierte.

„Bewegung... jetzt!", brüllte Omrak, drehte seinen Körper zur Seite und rammte die Tür aus dem Weg. Seine Sicht war frei, und Casey ließ die mehrfach verzauberte Pfeilkugel los. Sie flog durch die Luft, schnitt so schnell durch den Raum, dass sie eine glühende Energielinie hinter sich ließ, bis sie auf die Tür traf. Und stecken blieb.

„Ähh...", sagte Daniel und starrte ungläubig auf den leuchtenden Pfeil. Dann bemerkte er es. Die Art und Weise, wie sich das Glühen über der Tür auszubreiten begann, wie es sich langsam verstärkte, während die Ranken aus Gold und Rot die Oberfläche des Eingangs bedeckten.

„Gebt uns Deckung!", rief Rob. Omrak reagierte sofort und zog die Tür wieder zur Gruppe hinüber. Daniel bewegte sich ebenfalls und stützte die Tür mit seinem Schild in einer Ecke ab, bevor er seinen Kopf wegdrehte. Instinktiv öffnete er seinen Mund, kurz bevor die Explosion kam.

Feuer und Wut, ein Aufprall, der sich anfühlte, als wäre man von einem Wagen überrollt worden. Die Tür zerbrach, Holzsplitter flogen durch die Luft, um Muskeln und Haut zu zerfetzen, zu zerreißen und zu verletzen. Omrak schrie auf, sein Körper hatte die Hauptlast des Schadens zu tragen. Daniel auch, aber seine bessere Rüstung, seine bessere Position rettete ihn. Und hinter ihnen suchten die verwundbaren Magier Schutz.

„Bewegung, Bewegung, Bewegung!", brüllte Gerardo, als die Explosion endete. Daniel schaute auf und sah, wie die Orks, die die Hauptlast der Explosion hinter den Türen abbekommen hatten, langsam auf die Beine kamen. Dann drehte er sich um und seine Augen weiteten sich, als er den mit Holzsplittern gepolsterten, blutigen Nordländer neben sich sah. Seine Hand streckte sich aus, seine Gabe griff nach dem Nordländer, während er seine ***Mäßige Heilung*** anwandte.

„Ich lebe, Freund Daniel", sagte Omrak, Blut tropfte über ein Auge. Er wischte es weg, und Daniel bemerkte, dass der Nordländer sich nicht von seiner Hand bewegte. Er zog sogar einen Gesundheitstrank aus seinem Gürtel und stürzte den kostbaren Trank hinunter, während seine Wunden heilten. „Und mein Geschick hat mich vor dem Schlimmsten bewahrt."

„Idiot", knurrte Asin, während sie nach vorne hüpfte. Als sie nah genug war, um zu zielen und zu werfen, sprang die Catkin erneut in die Luft, bevor sie ihren *Messerfächer* auf die sich langsam erholende Gruppe von Orks warf. Ihre Wurfmesser wurden von einem Sturm von Pfeilen auf die Orks verstärkt, die einige verletzten und töteten. Asins Messer trugen ebenso zur Zahl der Toten bei wie Caseys glühende Pfeile. Aber es waren so viele.

Farhad und Gerardo kamen im Laufschritt herein, und Eiju, der sich erholt hatte, folgte bald darauf. Sein Freund war so gut wie möglich geheilt, und Daniel warf noch ein *Zeichen des Heilers* auf Omrak, bevor er neben dem Nordländer nach vorne eilte. Natürlich war der große Nordländer bald schneller als Daniel, aber es gab mehr als genug Ork-Speerkämpfer für sie alle.

„Brecht sie auf. Lasst sie sich nicht formieren!", rief Gerardo der Gruppe zu, während er Farhad hinterherlief, um seinen Teamkollegen zu entsenden und in Sicherheit zu bringen. Sein Schwert schlug aus, sein Schild blockte und immer, immer, bewegte sich das Paar vorwärts.

So schnell sie auch waren, Asin war ihnen voraus. Sie tanzte durch die Gruppe, die Klingen in der Hand, während sie immer wieder schnitt, stach und schlug. Jede Bewegung traf, manchmal zog sie Blut mit sich, manchmal prallte sie von der Rüstung ab. Aber jeder Schlag brachte eine Ladung von Elektrizität mit sich, die die Orks schockte und ihre Erholung störte.

Und dazwischen fielen weitere Pfeile.

In der Eingangshalle der Festung angekommen, ließ sich Daniel Zeit und erledigte einen Ork nach dem anderen. Ihre längeren Speere waren von geringerem Nutzen, vor allem in der Enge des Ganges und wenn ihre Linie unterbrochen war. Immer wieder hob und senkte sich sein Hammer, schlug schwache Verteidigungsanlagen beiseite und zermalmte Knochen und Haut.

Omrak hingegen stürmte nach vorne und bildete mit Farhad und Eiju den dritten Strang des Angriffs. Zusammen schnitt das Trio in die Orks ein, während Gerardo sein Bestes tat, um sie in Sicherheit zu bringen. Asin war inzwischen zurückgefallen, ihr anfänglicher Schwung reichte nicht mehr aus, um mit der sich erholenden Gruppe fertig zu werden. Dahinter stürmten Tula und Casey nach vorne, um einen besseren Winkel zur Unterstützung der Gruppe zu bekommen, während die Magier draußen ihr Mana wiederherstellten.

Parieren. Treffer. Parieren. Treffer. Schlagen. Ausweichen.

Der Rhythmus des Kampfes ergriff Daniel, als er vorwärtsdrängte, nur gelegentlich unterbrochen, als er nach seinen Freunden sah. Inzwischen hatten sich die Orks neu formiert und ließen fast die Hälfte ihrer Zahl am Boden liegen. Doch angesichts der Menge an Speeren und Schilden befanden sich die Abenteurer in einer Sackgasse. Eine, die nicht zu ihren Gunsten war, als ein Brüllen hinter der Gruppe die Abenteurer vor noch mehr Schwierigkeiten warnte.

„Das ist ein großer Kerl", sagte Rita und erschreckte Daniel, der gerade seinen letzten Gegner erledigt hatte. Er stand da und keuchte, während er versuchte, mehr Luft in seine Lungen zu saugen, als er den letzten Neuzugang im Kampf anstarrte.

Ork-Lord (Ebenen-Champion Level 19)
Gesundheit: 430/430

Selbst größer als Omrak muss der Ork-Lord mindestens drei Meter groß gewesen sein. Er war eine Kreatur aus Muskeln und Wut und schritt in einem fast vollständigen Plattenpanzer mit einem großen Schwert vorwärts. Er brüllte erneut und die schwarzhäutigen Orks trennten sich, sodass der Ork-Lord ihnen gegenübertreten konnte.

„Farhad, Omrak. Der Lord", schnauzte Gerardo. „Eiju, Asin und ich werden euch beschützen, so gut wir können. Daniel, sorge dafür, dass wir geheilt werden!"

Daniel zog bei diesen Worten eine Grimasse und starrte auf seinen Mana-Balken. Nach all dem Schaden und den Zaubern, die er gewirkt hatte, war kaum noch genug Mana übrig, um eine einzige *Mäßige Heilung* zu wirken. Er überlegte, ob er ein *Zeichen des Heilers* benutzen sollte, verwarf es aber. Dieser Kampf würde vorbei sein, bevor der langsam heilende Regenerationszauber fertig sein würde.

„Komm, Monster. Ich fordere dich heraus!", sagte Omrak, eine Hand bewegte sich zu seinem Gesicht, um sich das Blut abzuwischen, das langsam in Richtung seines Auges sickerte, sein ganzer Körper glühte rot, als die Wut ihn durchdrang und stärkte. Der Ork-Lord knurrte als Antwort, sprang aber plötzlich nach vorne und ließ sein Schwert sinken.

Die Hand noch in der Luft, um das Blut wegzuwischen, war Omrak nicht in der Lage, den Schlag zu blocken. Zum Glück reagierte Farhad rechtzeitig, warf sich nach vorne und blockte den Angriff mit seinen gekreuzten Schwertern. Von dem größeren Gewicht getragen, sackte Farhad auf die Knie, während er das Großschwert zur Seite warf. Omrak, der das Schwert in der Hand hielt, brüllte und schwang sein Schwert und schloss sich Farhad im Kampf an.

Zur gleichen Zeit stürmten neben dem Hauptkampf die Speerkämpfer nach vorne. An jeder Ecke arbeitend, konnten Gerardo und Eiju die Speere nur abwehren, indem sie die Angriffe blockten und parierten. Glücklicherweise hatten Tula und Casey neue Winkel gefunden und schickten ihre Pfeile in die Ferne, was für eine dringend benötigte Ablenkung sorgte. Ebenso wie Robs magisch kontrollierte Stacheln und der gelegentliche flammende Pfeil von Kelly.

Was Daniel betraf, so fand er sich als Außenseiter wieder. Seine Waffe war zu kurz, um im dicht gedrängten Kampf gegen den Ork-Lord zu helfen. Er konnte es sich jedoch nicht leisten, sich von einem der Nahkämpfer wegzubewegen, da sein mächtigster Heilzauber auf Berührungsreichweite ausgelegt war. Und sich in den Kampf mit den tödlichen Speerkämpfern zu stürzen, würde wahrscheinlich bedeuten, dass er die Gelegenheit verpassen würde, ein Leben zu retten.

„Ba'als Tränen", fluchte Daniel, als er sich hinter den beiden wiederfand und wartete. Er würde eingreifen, wenn es nötig war, mit Schild und Hammer. Er stand da, in perfekter Position, um zu beobachten, wie der Ork-Lord auf seinen nordischen Freund und den Abenteurer mit der doppelten Waffe und dem Gewand einschlug.

„Ich werde ihn festhalten!", keuchte Omrak laut zu Farhad. Daniel sah, wie sich die Augen des Ork-Lords bei Omraks Worten verengten, aber bevor er seinen Freund warnen konnte, hatte Omrak einen schweren Schlag nach dem anderen geworfen. Anstatt den Schlag zu parieren, trat der Ork-Lord zur Seite, wich aus und schlug Omrak zurück.

Omrak grinste breit und warf seinen ganzen Körper nach vorne, während er den Griff seines Schwertes nach oben brachte und den Schlag an seiner Querwange abfing. Schlecht, denn Omraks Schwung und die Kraft des Ork-Lords drückten den Schnitt in Omraks Arm und hinterließen eine tiefe, blutende Wunde.

„Jetzt!", brüllte Omrak, stieß gegen den Ork-Lord und klemmte sein Schwert gegen seinen Körper. Farhad duckte sich tief, schnitt in die Beine des Ork-Lords und hinterließ blutende Wunden. Doch das reichte nicht aus, denn das Monster brüllte und warf Omrak mit einem Schwall an Kraft zurück. Ein Fuß hob sich und trat nach außen, erwischte Farhad im Gesicht und schleuderte ihn zurück.

In die Lücke stürzte Daniel nach vorne. Sein Schild blockierte den nächsten Schlag, der auf Omraks Kopf abzielte, seine Augen verengten sich, als er seinen Hammer gegen eine Hand schwang. Sein Skill **Schwachstelle finden** schrie ihn an und verriet ihm die wenigen Schwächen des Monsters. Zu wenige, aber die Finger waren eine davon.

Zu dumm nur, dass der Ork-Lord es schaffte, sein Schwert zur Seite zu drehen, den Schlag zu blockieren und Daniels Rücken zu zerkratzen. Grunzend setzte Daniel **Schildschlag** bei dem Monster ein, während er nach vorne taumelte und laut keuchte, als er sich einen Moment Ruhe gönnte.

„Ich bin noch nicht fertig!", brüllte Omrak, seine letzte Heiltrankflasche vor dem Körper des Abenteurers. Farhad schlich zur Seite und griff einen Speerkämpfer an, der mit Eiju eine Lücke gefunden hatte. Gemeinsam griffen Daniel und Omrak den Ork-Lord an, wobei das Trio kleinere Wunden austauschte.

„Kann. Ihn. Nicht. Schlagen", keuchte Daniel heraus. Er hatte ein Skill nach dem anderen ausgelöst und versucht, ihnen einen Vorteil zu verschaffen. Aber bis jetzt war er gescheitert. Der Ork-Lord war stärker, schneller und, was noch wichtiger war, nicht schon vorher durch einen Kampf erschöpft. An seiner Seite war Omrak noch müder, seine Angriffe waren sichtlich verlangsamt.

„Nutze die Chance", antwortete Omrak. Als der Ork-Lord einen weiteren Hieb nach Daniel warf, blockte Omrak ihn mit seinem eigenen Schwert und schob das Monster nach hinten. Das drängte ihn tiefer in die Reihen der Ork-Infanterie und setzte seine Seite einem strafenden Nierenschlag aus. Aber selbst als Omrak zusammensackte, spaltete ein

Grinsen sein Gesicht, als er die Skill-Aktivierung ausstieß: „**_Der Ruf des Blitzes_**".

All den Schmerz, all die Verletzungen, all die Wut, die sich in ihm aufgestaut hatte, kanalisierend, entfesselte Omrak den Angriff inmitten der Gruppe. Obwohl er tief in den Linien stand, schlug der Blitz immer noch aus und in seine Freunde ein. Eiju, der inmitten eines Blocks stand, merkte, wie sein Arm zitterte, als die Elektrizität durch seinen Körper schoss. Der Schmerz war so rein, dass er nicht einmal den Speer bemerkte, der sein Schulterblatt aufriss. Aber am schlimmsten traf es Daniel. Der Abenteurer, gekleidet in ein eisernes Kettenhemd, war ein Stein des Anstoßes für die Blitze, ein Leuchtfeuer für die Angriffe.

Der Abenteurer schrie auf, als der Schmerz seinen Körper überfiel und ihn in die Knie zwang. Blut füllte Daniels Mund, als er sich auf die Zunge biss, sein Körper zitterte, als die Elektrizität sich durch ihn hindurch bohrte. Aber, wie Omrak wusste, hatte Daniel einen Vorteil. Eine Gabe. Der Abenteurer griff nach innen, zwang sich, den Schmerz zu verdrängen, versiegelte seine schreienden Nerven und gönnte sich einen Moment der Ruhe und Konzentration.

„Ich. Rufe. Dich", hauchte Daniel aus und schlug den Griff seines Hammers in den Boden. Der Aufprall brachte den Hammer zum Glühen, seine Beschwörungsfunktion war endlich aktiviert. Daniel trug diesen Boss-Kobold schon seit Monaten mit sich herum, weigerte sich aber, ihn zu benutzen, da die Wahrscheinlichkeit, dass der „Fang"-Effekt des Hammers ausgelöst wurde, gering war. Aber jetzt hatte er keine Wahl mehr.

Als der Heiler zu Boden sank und seine Gabe Überstunden machte, um ihn langsam wieder zu reparieren, stieg eine Wolke aus rotem Rauch um den Hammer auf. Aus der Wolke war eine große, muskulöse rote Gestalt zu sehen, die eine Peitsche schwang. Der Boss-Kobold grinste, seine nadelscharfen Zähne weiteten sich, als er die Monster um ihn herum betrachtete.

„Endlich frei!", brüllte der Boss-Kobold und schwang seine Peitsche nach dem nächsten Ork-Speerkämpfer, wickelte das Ende um seinen Hals und zog die arme, kaum genesene Kreatur zu sich. Die Enden der Peitsche greifend, drehte der Boss-Kobold seine Hüften und hob das Monster an seinem Hals in die Luft, bevor er den schwarzhäutigen Ork auf den Boden knallen ließ.

„Nicht das, was ich geplant hatte", murmelte Daniel, als er zu sich kam und sich umsah. Er schob seine Gabe zurück an ihren Platz, als sein Körper aufhörte zu krampfen, und erkannte, dass der Boss-Kobold mit dem Speerkämpfer beschäftigt war, anstatt sich auf den Ork-Lord zu konzentrieren, wie er es geplant hatte.

Tatsächlich erkannte Daniel, als sich seine Augen weiteten, dass der Ork-Lord auf den sich schwach verteidigenden Körper von Omrak einschlug, da der Ork-Lord irgendwo in der Zwischenzeit sein Schwert verloren hatte. Während Daniel sich auf die Beine kämpfte, warf Eiju seinen Speer auf den Rücken des Lords. Der glühende Speer durchbohrte den Rücken des Monsters und hinterließ eine kränkliche grüne Färbung.

Eine kurze Sekunde später schlugen zwei Pfeile, ein rot glitzernder und ein blauer, in schneller Folge in den Rücken des Monsters ein. Der blaue Pfeil ließ die Rüstung erstarren, bevor der rote Pfeil sie zerschmetterte und Metallsplitter in den Rücken der Kreatur schickte. Als das Monster brüllte, tauchte Rita aus den Schatten auf. Die winzige Helbing sprang in die Luft und stieß ihren Dolch tief in den Körper des Monsters, bevor sie ihr Körpergewicht einsetzte, um die Wunde aufzureißen.

Blutend und verwundet wich das Monster von Omraks liegender Gestalt zurück, nur um von Daniel getroffen zu werden, als dieser nach vorne stürmte. Kurz bevor er mit dem Monster zusammenstieß, löste er **Schildschlag** aus, und Daniel und der Ork-Lord fielen rückwärts durch die Flurtür. Ein Schlag des Ork-Lords nahm Daniel den Hammer weg, und die beiden begannen, sich ernsthaft zu malträtieren.

Alte Lektionen von Angie kamen Daniel wieder in den Sinn und der stämmige Abenteurer begann, sich in Position zu manövrieren. *Zieh die Hand vom Ork-Lord weg, verwende zwei Gliedmaßen und verlagere Körpergewicht auf eine Hand.* Egal, wie stark der Ork-Lord war, wie groß, er konnte die kombinierte Kraft von Daniels ganzem Körper nicht gegen ein Glied einsetzen. *Halte das Gewicht unten, lass nicht zu, dass das Monster ihn blockt.* Fast wäre er an Letzterem gescheitert, hätte nicht Rita rechtzeitig eingegriffen. Die Helbing war durch den Gang nach vorne gehuscht und hatte dem Ork ihren Dolch in die Wade gerammt, was ihn dazu zwang, sich zu verkrampfen und sie zur Seite zu treten, um gegen die Wand zu prallen.

Schließlich, als der Arm eingeklemmt war, begann Daniel mit dem mühsamen Prozess des Verdrehens. Der Ork-Lord war humanoid, und obwohl sein Körperbau etwas anders war als der eines Menschen, hatte er doch die gleichen Tendenzen – einschließlich eines maximalen Grades, den sein Arm in eine bestimmte Richtung drehen konnte. Konzentriert, wie er war, hatte Daniel keine Zeit, auf die anderen zu achten, und konnte nur hoffen, dass es dem Rest des Teams gut ging. Nicht, dass er noch Mana übriggehabt hätte, um ihnen zu helfen.

Mit einem Knacken und Schnappen gab der Arm des Ork-Lords schließlich nach. Daniel grinste wild, als das Monster aufschrie, und gab dem beschädigten Glied einen weiteren Ruck, während er auf den Körper der großen Kreatur zusteuerte. Die beiden wälzten sich und kämpften, wobei der Ork-Lord immer schwächer wurde, während er ausblutete und von Daniel zerquetscht wurde. Dahinter erhaschte Daniel endlich einen Blick auf den Gang, in dem die Abenteurer nach Omraks Opferattacke langsam die Oberhand gewannen.

Die Hand um den Hals des Ork-Lords gelegt, beobachtete Daniel, wie das Team die Speerkämpfer in Schach hielt. Gelegentlich brach einer aus, um zu seinem Anführer zu gelangen, aber ein Pfeil oder Wurfmesser traf sie immer. In einer Ecke kämpfte der Boss-Kobold mit zwei verschiedenen Speerkämpfern. Er hatte seine Peitsche abgelegt und schlug mit seinen Klauen um sich, während er wiederholt gestochen wurde.

Mit der Zeit hörte der Ork-Lord langsam auf, sich zu wehren, und Rita bahnte sich ihren Weg hinüber zu dem bewusstlosen Monster, um ihm einen Dolch in die Brust zu stoßen. Das Monster gab ein letztes krampfhaftes Zucken von sich, bevor es verstummte, und Daniel kletterte mühsam unter dem Ungetüm hervor.

Als ob der Tod des Ork-Lords das Signal gewesen wäre, brach die letzte Verteidigung der Nachzügler zusammen. Als die beiden zur Tür der Eingangshalle humpelten, war der Kampf darin bereits beendet. Eiju hockte über einem flach atmenden Omrak und goss langsam eine Phiole mit Heiltrank in den Mund des größeren Abenteurers.

„Verletzungen?", rief Daniel. Fast geschlossen hob das gesamte Team die Hand. Daniel zuckte zusammen, ließ seinen erfahrenen Blick über die Gruppe wandern und sortierte schwere Verletzungen. Er klatschte die Hände zusammen, und Daniel humpelte hinein. „Also gut, machen wir uns an die Arbeit."

Kapitel 15

„Ebenenstein!", krähte Asin und warf den Manastein grinsend von einer Hand in die andere. Der faustgroße Manastein hatte eine verblüffende Klarheit, wie sie Daniel nur in der Gilde selbst als Beispiel gesehen hatte. Er konnte nicht umhin, ein wenig zu sabbern bei der Münze, die sie erhalten würden, wenn sie es zurückschafften.

„Dasselbe!", rief Rita, woraufhin Asin ihren Kopf zur Seite riss.

„Und hier auch", rief Camilo, seinen Speer zur Seite gestützt.

„Dito", fügte Rob hinzu, als er allen seinen Fund zeigte.

„Das ergibt keinen Sinn", sagte Daniel.

Die Schatzkammer, die sie gefunden hatten, enthielt vier Truhen, von denen die größte von Asin geöffnet worden war. Bald hatte die Gruppe ihre Funde vor Gerardo und Daniel niedergelegt. Vier große Manasteine, der von Asin der mit Abstand größte, und dann drei kleinere, aber immer noch große Steine aus den anderen Truhen. Außerdem war in Asins Truhe überraschenderweise ein kleines Amulett enthalten – eine Medaille, die Rob und Kelly sofort für magisch erklärten. Anstatt zu riskieren, dass sich die Medaille an einen von ihnen bindet oder womöglich verflucht wird, legte die Gruppe die Medaille beiseite. Es war zwar unwahrscheinlich, dass Panqua einen Gegenstand verfluchen würde, aber die allgemeine Weisheit besagte, dass es besser war, alle magischen Gegenstände vor dem Gebrauch zu überprüfen. Gelegentlich konnte Ba'als Korruption in Panquas Design eindringen.

„Es ergibt vielleicht mehr Sinn, als du denkst", sagte Rob und strich sich über den Bart. „Wir haben bisher weder eine zweite Treppe noch ein Portal gefunden. Ich könnte sogar vermuten, dass es einen solchen Ort nicht gibt."

„Du denkst, wir sind in der dritten Ebene?", sagte Kelly und machte große Augen.

„Ja."

„Aber wir haben den Ebenen-Champion noch nie gefunden", sagte Gerardo und blickte dann zu Daniel, der verneinend den Kopf schüttelte.

„Wir haben allerdings gegen drei Sergeants gekämpft. Mini-Champions, wenn du es so nennen willst", sagte Rob und hielt seine Finger hoch. „Wir haben auch gegen den Ork-Lord gekämpft, der zweifelsohne der Champion dieser Ebene ist."

„Also hat Panqua eine einzige große Ebene geschaffen?", sagte Kelly langsam und lehnte sich dann nachdenklich zurück. „Aber durch unsichtbare Portale getrennt, damit mehr Abenteurer sie erkunden konnten. Trotzdem sind wir am Ende oft durch die gleichen Festungen gereist."

„Ein Test", sagte Rob.

„Wovon? Geduld?", fragte Gerardo mit einem Schnauben.

„Nicht von uns. Von der Ebene", sagte Rob und wedelte mit der Hand herum. „Jeder gute Zauberer weiß, dass man seine Formeln testen muss. Ein Dungeon-Entwurf für Panqua ist vielleicht dasselbe, was ein Pfeil-Entwurf für uns wäre. Nur eine weitere Tagesarbeit."

„Und Artos ist bekannt dafür, sich zu verändern", fügte Kelly langsam hinzu. „Und das sind lange Ruheperioden."

„Genau", sagte Rob.

„Was bedeutet das dann für uns?", unterbrach Gerardo sie ungeduldig. Während die beiden Magier sich damit begnügten, über die Verzweigungen des Dungeon-Designs zu streiten, war der Rest des Teams damit beschäftigt, die Festung noch einmal zu erkunden, um die fehlende Treppe oder das Portal genauer zu untersuchen.

„Wir werden es wissen, wenn die anderen zurückkommen", sagte Kelly.

„Aber wenn ich eine Vermutung anstellen müsste, würde ich sagen, dass wir nicht in der Lage sein werden, irgendetwas zu bestätigen, bis wir die Festung verlassen", fügte Rob hinzu.

„Dann lasst uns mit der Suche beginnen", sagte Daniel und stand auf, hob den großen Manastein auf und warf ihn Asin zu. Die Catkin schnappte ihn sich und legte ihn weg, während die anderen die ihnen zugewiesenen Steine nahmen und jeweils beiseitelegten. Da der gesamte Kampf gemeinsam absolviert worden war, hatte die Gruppe bereits beschlossen, die gesammelten Manasteine und andere Ausrüstungsgegenstände zusammenzulegen und sie als Gruppe an die Abenteurer zu verkaufen, bevor sie den Endgewinn gleichmäßig zwischen den beiden Gruppen aufteilten.

In Wahrheit konnte Daniel nicht anders, als ein wenig dankbar zu sein, als er den Rest herumführte, um bei der Überprüfung der Festung zu helfen. Er wusste, dass die Fallen Leaves mehr Mitglieder hatten, und daher war eine gleichmäßige Aufteilung eigentlich vorteilhafter für ihr Team. Dennoch hatte Gerardo ohne zu zögern sofort die gleichmäßige Aufteilung angeboten. Sogar das allgemeine Auftreten des Mannes hatte sich seit der Schlacht etwas abgekühlt.

Als Asin an der Wand entlang hüpfte und mit dem Griff ihres Messers gegen den Stein klopfte, wobei ihr Schwanz träge hinter ihr winkte, lächelte Daniel. Vielleicht war es nur die Münze im Geldbeutel, die andere immer entspannen ließ.

***

An diesem Abend fand sich die Gruppe an ihrem üblichen Platz ein. Die Teams hatten einvernehmlich beschlossen, dass der Aufenthalt in der nun leeren Festung zu gruselig war. Auch wenn die Betten viel zu bequem aussahen. Dennoch, nachdem die Bedrohung durch die Orks besiegt war, war das Essen an diesem Abend fröhlicher und feierlicher als je zuvor. Auch wenn sich alle vorsichtshalber noch zurückhielten, war die Stimmung in der Gruppe auf jeden Fall fröhlicher.

Es war später in der Nacht, als Daniel an einem bequemen Felsen lehnte und in die mit Nebel gefüllte Dunkelheit starrte, als Gerardo ihn fand.

„Abenteurer Chai", sagte Gerardo.

„Gerardo", grüßte Daniel. Gerardo setzte sich neben Daniel, der erwartungsvoll zu dem befreundeten Abenteurer-Anführer hinüberschaute.

„Ich bin gekommen, um mich zu entschuldigen. Und um dir zu danken", sagte Gerardo schließlich. „Dein Team hat es verdient, hier zu sein. Vielleicht sogar mehr als meins. Ihr seid gut, wenn auch roh. Und mutig."

„Manchmal zu mutig", sagte Daniel leise und erinnerte sich an einen blutenden Omrak. Er rieb sich die Nase, eine Erinnerung an die umfangreichen inneren Verletzungen, die der verdammte Nordländer sich zugezogen hatte, kam ihm in den Sinn. Die erzwungene Heilung durch die Heiltränke war gefährlich, und durch seinen ausgiebigen Gebrauch in kurzer Zeit hatte Omrak es geschafft, eine Reihe von tiefen, anhaltenden Verletzungen zu entwickeln. Verletzungen, die Daniel meist mit seiner Gabe behoben hatte. Dennoch konnte er es nicht in sich finden, sich zu beklagen – ohne Omraks Tapferkeit und Aufopferung hätten sie niemals gewonnen.

„Abenteurer?", sagte Gerardo und Daniels Aufmerksamkeit wanderte zurück zu dem Mann.

„Tut mir leid."

„Nicht nötig. Es war ein langer Ausflug", sagte Gerardo. Er hielt eine Sekunde inne, bevor er hinzufügte: „Danke für das, was du mit Rita gemacht hast. Und für unsere Verletzungen."

Daniel konnte nicht anders, als mit den Schultern zu zucken. In der Folge des Kampfes hatte Daniel nicht viel tun können, um alle magisch zu heilen, seine grundlegenden Heilungs-Skills waren von Nutzen gewesen. Das, und er hatte seine Gabe im Stillen bei ein paar der schlimmeren Verletzungen eingesetzt. Verletzungen, die selbst mit magischer Heilung nicht richtig zu beheben gewesen wären, vor allem, wenn sie nicht früh genug behandelt wurden. Immerhin konnten Zauber wie ***Mäßige Heilung*** Wunden magisch vernähen, aber ihre Effektivität wurde bis zu einem gewissen Grad durch das Basiswissen des Zaubernden diktiert. Der Zauber war auch weniger gezielt und heilte oft den ganzen Körper auf einmal, anstatt sich auf Problembereiche zu konzentrieren. Seine Gabe hingegen erlaubte es ihm, Probleme direkt zu beheben.

„Es ist schade, dass es so schwierig ist, einen Heiler zu finden. Vielleicht ist es an der Zeit, dass ich mehr Zeit damit verbringe, dieses Skill zu erlernen", fügte Gerardo mit einem halben Lächeln hinzu. Nach einer Sekunde blickte er zu der Gruppe hinüber, seine Stimme wurde leiser. „Ich habe mir Ritas Wunden angesehen. Und was sie beschrieben hat."

„Oh?"

„Die Heilung..." Gerardo hielt inne, dann schüttelte er den Kopf. „Es sollte nicht möglich sein. Aber es ist passiert."

„Ich musste den größten Teil meines Manas aufwenden..."

„Das meiste", sagte Gerardo, wobei seine Lippen leicht zuckten. „Aber nicht alles. Was du getan hast, ist nichts, was ein fortgeschrittener Abenteurer tun könnte." Einen Moment lang schwieg Gerardo, bevor er auf den Boden klatschte und sich nach oben drückte. „Ich weiß nicht wirklich, was du getan hast. Ich bin mir nicht sicher, ob ich das wissen will. Aber ich bin froh, dass du hier warst und dass du einer von uns bist. Wir werden dein Geheimnis bewahren." Dabei warf Gerardo einen Blick zu den Mitgliedern der Burning Fields, die sich leise miteinander unterhielten. „Aber ich würde vorsichtig sein."

Daniel starrte Gerardo eine Sekunde lang an, seine Augen verengten sich, bevor der Abenteurer schließlich nickte. Erst als Gerardo gegangen war, sackte er leicht zusammen, und in seinen Augen wuchs die Sorge. Es war etwas, wovor er sich immer gefürchtet hatte: dass seine Gabe nach außen dringt. Eines Tages würde es nicht mehr möglich sein, sie zu verstecken. Zum Glück schien Gerardo bereit zu sein, die Dinge auf sich beruhen zu lassen. Aber früher oder später...

Früher oder später würde Daniel sich zwischen seiner Privatsphäre und dem Zulassen des Todes von jemandem entscheiden müssen. Und Daniel wusste, welche Entscheidung er treffen würde. Am Ende gab es für ihn eigentlich nie eine Entscheidung. Schon seit langer Zeit nicht mehr.

***

„Das war's?", sagte Gerardo mit großen Augen. Daniel fand sich neben dem Anführer wieder, die beiden standen am Eingang des kleinen Gebäudes, das das Portal des Dungeons umschloss. Die beiden runzelten die Stirn, drehten sich um und stießen mit den aussteigenden anderen Abenteurern zusammen. Reumütig glucksend entfernten sich die beiden, auch wenn Ausrufe der Überraschung durch den Raum schallten.

„Wir haben gerade erst den Hügel verlassen...", murmelte Omrak laut vor sich hin.

„Welcher Hügel, Abenteurer?", fragte der Gildenmeister, der mit hinter dem Rücken verschränkten Händen am Eingang stand. Die angespannten Abenteurer, die gerade einen Dungeon verlassen hatten, reagierten vorhersehbar mit einigen Flüchen und Knieschüben, die sie zogen oder anvisierten, bevor sie merkten, wer es war, und innehielten.

„Gildenmeister", grüßte Daniel.

„Gut. Das sind zwei Gruppen", sagte der Gildenmeister und ließ seinen Blick über die Abenteurer schweifen. „Und keine Verluste. Macht euch sauber, wir haben das Gasthaus auf der anderen Straßenseite. Berichtet anschließend, was ihr gefunden habt."

Die Gruppe sah sich um und starrte den Gildenmeister stirnrunzelnd an. Nach einem kurzen Moment ergriff Gerardo schließlich das Wort. „Gildenmeister, stimmt etwas nicht?"

„Viele Dinge. Aber die Gruppen Gelb und Grün müssen noch zurückkehren", antwortete der Gildenmeister mit angespannter Miene.

Seine Äußerung ließ die Gruppe vor Schreck tief einatmen. Wenn von einer Gruppe ein Scheitern zu erwarten war, dann war es ihre. Und schlimmer noch, sie wussten, wie schwer ihre eigenen Ebenen gewesen waren. Welche Veränderungen, welche Schwierigkeiten hatten die anderen Gruppen zu bewältigen? Und was bedeutete dieses Versagen für sie und für Silverstone?

Die Stille des Waldes

Buch 6 der Abenteuer von Brad

Kapitel 1

Daniel saß am Tisch im zweiten Stock einer Taverne und starrte auf das Tor, das ihn und seine Gruppenmitglieder einst in einen Dungeon geführt hatte. Ein paar Wochen später versperrten hölzerne Barrikaden den Eingang, und hinter den provisorischen Barrikaden bildeten sich schnell Steinmauern. Abenteurer standen stramm hinter den Holzbarrikaden, während sogar noch mehr Stadtwachen warteten.

Daniel fuhr sich mit der Hand durch sein schwarzes Haar, seine braunen Augen verengten sich bei der Erinnerung an die letzten Wochen. Die hölzernen Barrikaden waren als Erstes eingetroffen, aber bald darauf hatte die Abenteurergilde damit begonnen, Indigo- und Violett-Teams zur Bewachung des Dungeoneingangs abzubestellen. Mithilfe der Stadtwachen sollten eventuelle Angriffe abgewehrt werden.

„Irgendetwas?", fragte Asin, ihr bestialisches Knurren brach in einem leisen Schnurren aus ihrer Kehle hervor. Die Catkin setzte sich neben Daniel, die langen Ohren zuckten, als sie aus dem Fenster schaute. Krallen wurden ausgefahren und zogen sich in ihre pelzigen Handflächen zurück. Daniel sah weg, um Asins jadefarbenen Augen zu begegnen, und schüttelte den Kopf.

„Mach dir keine Sorgen. Sie sind eine starke Mannschaft", sagte Omrak und setzte sich. Doch selbst die übliche gute Laune des großen Nordländers war gedämpft, und seine Worte trugen wenig Überzeugungskraft in sich. In Wahrheit machte sich niemand mehr Hoffnungen, dass die Teams den Dungeon verlassen würden. Es war zu viel Zeit vergangen. Nahrung war aufgebraucht, Heiltränke und das Mana ebenso. Wenn sie noch am Leben wären, hätte sich jedes vernünftige Team zurückgezogen.

Die Abenteurergilde hatte daraufhin gehandelt. Es war ihre Aufgabe, sich um die Dungeons zu kümmern. Wenn sie das nicht taten, würde es zu einem Ausbruch kommen – besonders in Artos. Der Dungeon tauchte nur ab und zu auf und ließ eine kleine Anzahl von Teams hinein, bevor er sich wieder schloss. Doch jetzt war er früher als sonst erschienen und noch nicht geräumt worden. Die Gilde konnte sich nicht mehr auf die bisherige Praxis verlassen. Und so beobachteten sie und warteten.

Ein Klopfen neben Daniel lenkte seine Aufmerksamkeit vom Tisch weg. Tula stellte ihren Teller mit dem Essen neben Daniel ab – geröstetes Gemüse, frisches Brot und ein mit Fleisch gefüllter Eintopf ließen seinen Magen knurren. Daniel sah auf und schenkte Tula ein knappes Lächeln. Die Rangerin erwiderte das Lächeln, wobei ihre ruhigen braunen Augen durch die kleine Narbe, die eine Augenbraue halbierte, einen unheimlichen Ausdruck erhielten. „Beachtet mich nicht. Ich musste nur einen Happen essen, als ich das Essen gerochen habe."

„Ich verstehe nicht, wie man das essen kann", sagte Rob und schnupperte leicht. Das dunkle, fettige Haar des Selkies fing das Licht ein, als er sich zu der Gruppe gesellte und mit seinen schwieligen Händen einen Becher mit Bier umklammerte. „Ihre Getränke sind kaum akzeptabel."

„Mir schmeckt es", sagte Tula nach einem Bissen. „Habe unterwegs schon viel Schlimmeres gegessen."

„Igitt. Ranger", schnaubte Rob, doch dann wandte er seinen Blick zum Fenster. „Irgendeine Veränderung?"

In der Taverne um sie herum herrschte so reger Betrieb wie seit Jahren nicht mehr. Die Taverne und die auf der anderen Straßenseite waren zu inoffiziellen Treffpunkten für viele Abenteurer geworden, die nichts Besseres zu tun hatten. Ein gemeinsames Gefühl von Verlust und Hoffnung, von Verantwortung und Last hielt sie in der Nähe, falls das Schlimmste eintreten sollte. Und doch...

„Nein." Daniel schüttelte den Kopf und kippte einen Schluck Bier hinunter. Rob hatte recht – das Bier hier war kaum akzeptabel. Bei Weitem nicht so gut wie das von Erin. Aber sie waren nicht zum Essen hergekommen.

„Ich dachte, wir sollten es als Nächstes mit Aramis versuchen", sagte Rob und beugte sich vor. „Wir sitzen gerade in der vierten Ebene von Portos fest, also sollten wir uns Aramis vornehmen. Neue Monster bedeuten mehr Erfahrung. Das könnte uns über die Hürde bringen, die wir zum Aufleveln brauchen."

„Wir haben die vierte Ebene nur fünfmal durchlaufen", polterte Omrak. „Es reicht nicht aus, die richtigen Methoden zu finden, um die Ebene zu räumen. Man muss nur ausdauernd sein!"

„Sicher, sicher. Das verstehe ich", sagte Rob. „Aber ich meine ja nur, wir könnten Aramis laufen lassen und ein paar Ebenen tiefer gehen. Ein paar Münzen verdienen. Dann können wir Portos in einer besseren Situation wieder angreifen."

„Ich gebe nicht gerne auf."

„Rob sagt nicht, dass du aufgeben sollst, sondern nur, dass du eine Pause machen sollst. Und..." Tula hielt inne, legte den Kopf schief und nippte an ihrem Eintopf. Daniel neigte den Kopf zur Seite und war überrascht, dass die Rangerin plötzlich aufgehört hatte zu reden. Das war sehr seltsam.

„Au!", rief Daniel aus und starrte Asin an, die ihn unter dem Tisch getreten hatte. Aber er verstand, worum es ging. „Was ist los, Tula?"

„Nichts. Gut, im Moment nichts..." Tula hielt inne, sichtlich zögernd, und seufzte dann. „Aber ich muss bald gehen. In einer Woche oder so. Es gibt eine neue Expedition, die Silverstone verlässt, und man hat mich gebeten, ihr beizutreten."

„Was?", sagte Daniel.

„Beim Sternenbart von Luz!", rief Omrak aus.

„Oh...", sagte Rob.

„Ja. Tut mir leid. Ich habe euch gesagt, dass dies ein kurzfristiger Auftrag ist. Ich habe gerne mit euch allen zusammengearbeitet, wirklich. Aber Städte? Das ist nicht mein Ding, wisst ihr?", sagte Tula. „Ranger sind für den Wald bestimmt. Und diese Expedition führt mich zurück in mein altes Dorf. Es wäre schön, meine Familie wiederzusehen."

„Das ergibt Sinn. Familie ist wichtig", sagte Daniel, auch wenn ihn ein Anflug von Bedauern durchfuhr. Er hatte jetzt keine mehr, was ihn zu einem weiteren Abenteurer-Waisen machte. Es gab erstaunlich viele von ihnen. Vielleicht war das auch gar nicht so überraschend, wenn man bedachte, was für einen Job sie ausübten. Es war einfacher, sein Leben zu riskieren, wenn man nichts hatte, was einen an sich band.

„Gut, wenn du gehst, ist das ein Grund mehr, Aramis zu machen!", sagte Rob und schlug mit der offenen Hand auf den Tisch. „Sonst hat Tula keine Chance, es zu sehen. Oder die Erfahrung mit den neuen Monstern zu erleben."

Dieses Argument schien Omrak zu überzeugen, der seine Zustimmung grummelte. Asin freute sich nur, während Daniel sich am Kopf kratzte und den Zeitplan ausrechnete. „Wann?"

„Morgen?"

„Das geht nicht. Ich habe meine Hilfe im Krankenhaus versprochen", sagte Daniel und ging seinen eigenen Zeitplan durch. Seit ihrem erfolgreichen Lauf war Daniel mit Angeboten überhäuft worden, seine Heilzauber zu nutzen. Anstatt ständig abzulehnen, hatte Daniel eine Teilzeitbeschäftigung in einem der Krankenhäuser von Silverstone angenommen. Dort erhielt er ein regelmäßiges Gehalt für seine Arbeit, und die Abenteurer und Gilden waren gezwungen, das Krankenhaus direkt zu bezahlen. Seitdem sein Dienstplan öffentlich bekannt gegeben wurde, gab es keine Streitigkeiten mehr über die Verwendung seiner begrenzten Zauber und seines Manas. Das hat die Einladungen zwar nicht gestoppt, aber es hat den Strom zumindest etwas eingedämmt.

„Gut. Einen Tag später", sagte Rob.

Gemurmelte Zustimmung wurde am Tisch geäußert. Als das erledigt war, begann Daniel damit, der Gruppe Aufgaben zuzuweisen und sicherzustellen, dass sie zusammenarbeiteten, um sich nicht nur auf den neuen Dungeon vorzubereiten, sondern auch alle möglichen Informationen zu sammeln. Nachdem man sich darauf geeinigt hatte, sich am nächsten Abend wieder zu treffen, um den Lauf zu planen, löste sich die Gruppe in fröhlichem Gezänk und Erinnerungen auf.

Doch hin und wieder schaute der eine oder andere aus dem Fenster und starrte auf das stille Dungeontor. Wartend.

Kapitel 2

Aramis war einer von drei Dungeons in Silverstone. Eigentlich einer von zwei, da Artos nur selten geöffnet war. Einige Neuankömmlinge hatten vor der jüngsten Ankündigung nicht einmal gewusst, dass Artos existierte. Da dieser nur selten geöffnet wurde, waren Portos und Aramis die Hauptdungeons der Stadt und die, über die am meisten Informationen verfügbar waren. Portos galt als der einfachere Dungeon. Die ersten drei Ebenen waren eine ständige Wiederholung der gleichen Hindernisse – fliegende Kobolde und schwebende Plattformen. Gefährlich, wenn man Pech hatte und unvorsichtig war, aber nicht tödlich.

Aramis hingegen wurde Anfängern und fortgeschrittenen Abenteurern nicht empfohlen. Das lag nicht am gefährlichen Terrain – auch wenn die schwach beleuchteten Steinkorridore beim Navigieren und Kämpfen eine Qual waren. Das eigentliche Problem waren die Dämonen, die die Katakomben bevölkerten. Jeder der Zarask war ein kleinerer Dämon, der für seine große Stärke und seine Fähigkeit zu schreien bekannt war. Selbst mit Ohrstöpseln waren die Schreie dafür bekannt, die Kämpfer zu verwirren und sie dazu zu zwingen, die harten Schläge zu ertragen, während sie noch verhindert waren. Zu viele fortgeschrittene Abenteurer fielen solchen einfachen Schlägen zum Opfer und wurden unter den Füßen zermalmt, sodass die Gilde die erste Ebene nur noch für fortgeschrittene Abenteurer mit gelber Kennzeichnung und höher zugänglich machte.

Daniel schaute sich ein letztes Mal in der Gruppe um, die sich vor dem Eingang zu Aramis versammelt hatte. Als er sah, dass alle da waren, erhob der Heiler seine Stimme.

„Haben alle ihre Ohrstöpsel dabei? Ersatzteile? Essen und Wasser für einen zusätzlichen Tag? Ersatzhosen und -socken?" Als alle nickten, lächelte Daniel. „Also gut. Ein letztes Mal. Folgt alle Tulas Zeichen."

Das war eines der anderen Probleme bei der Reise nach Aramis. Da Ohrstöpsel vorgeschrieben waren, mussten die Teams eine stille Kommunikationsmethode lernen. Die große Mehrheit der Teams lernte aus diesem Grund Handzeichen. Es gab drei gängige Arten von Handzeichen – die von der Abenteurergilde gelehrten, die von der Armee und die von den Rangern verwendeten. Offensichtlich gab es erhebliche Überschneidungen zwischen den Handzeichen, obwohl die verschiedenen Gruppen oft unterschiedliche Aspekte betonten.

Gemeinsam folgte die Gruppe Tulas Handzeichen und gesprochenen Worten und wiederholte sie mit meist flüssigen Bewegungen. Immerhin hatten sie lange genug mit der Waldläuferin zusammengearbeitet, um die Grundlagen zu lernen, und sich in der Gilde weitergebildet.

„Die sind gut", sagte Tula. Daniel lächelte und berührte die Pfeife, die er unter seinem Hemd trug. Für den Fall, dass alles andere versagte, hatten sie sich auf einen einzigen, scharfen Pfiff geeinigt, um den Rückzug anzutreten. Es gab natürlich noch mehr Signale, die über die Metallpfeife gegeben werden konnten, aber keiner aus dem Team hatte sie gelernt. Oder die Lichtsignale, die einige andere Teams zu bevorzugen schienen.

„Gehen wir", sagte Daniel und winkte alle nach vorne. Als sich die Gruppe den Wachen vor den Toren näherte, ignorierte er das wissende Lächeln der Wachen und zeigte ihnen stattdessen seine Abenteurer-Karte. Er wusste, wie albern sie ausgesehen hatten, als sie kurz vor dem Einlass geübt hatten, aber besser albern als tot.

„Komm", grummelte Omrak und klopfte Daniel auf die Schulter. „Ich werde dich führen."

„Nein. Ich tue das", sagte Tula, rollte mit den Augen und schubste den großen Nordländer gutmütig mit der Schulter. Der Riese lenkte ein, trat zurück und verschränkte die Arme, als die Waldläuferin durch das wirbelnde

Portal hüpfte, das in die ersten Ebene von Aramis führte. In dem Moment, in dem sie das Portal durchquerte, bewegte sich der Nordländer jedoch vorwärts und gab ihr ein paar Sekunden Zeit, den Eingang zu verlassen, bevor er hindurchsprang.

Daniel war der Nächste, seine Position in der Mitte der Gruppe ermöglichte es dem Heiler, sowohl seine schwere Rüstung und seinen Schild als auch seine Heilfähigkeiten optimal einzusetzen. Hinter Daniel kam Rob, der Zauberer. In der einen Hand trug er seine magischen Stacheln, in der anderen seinen neu erworbenen Zauberstab. Asin, ihre frühere Späherin, blieb zurück, um die Nachhut zu bilden und ihnen den Rücken zu decken. Nicht, dass das am Eingang so wichtig gewesen wäre, aber es war trotzdem eine gute Übung.

Als Daniel durch das Portal trat und den Eingang mit einem kleinen Sprung zur Seite automatisch freigab, schweifte sein Blick über die Umgebung des Dungeons. Sofort stellte der Abenteurer fest, dass er sehr enttäuscht war. Unter anderem bot der Dungeon keine großartigen Aussichten oder beeindruckende Anblicke, sondern nur eine weitere Reihe von heruntergekommenen Katakomben. Durch eine der fünf aufgestoßenen Türen konnte Daniel die schwach beleuchteten Korridore der ersten Ebene sehen.

Ob schwach beleuchtet oder nicht, die Gänge leuchteten immer noch mit diesem schwachen blauen Licht, das ein Kennzeichen des mit Mana durchtränkten Steins war, der Teil der Umgebung eines Dungeons war. Daniel schnaubte, hakte seinen verzauberten Kriegshammer ab und überprüfte die angelehnte Tür. Seltsam...

„Tula?", rief Daniel der Waldläuferin zu. Sie schlich sich heran und warf Daniel einen finsteren Blick zu, weil er im Dungeon seine Stimme erhoben hatte, bevor sie in die Hocke ging und die Tür betrachtete. Nach wenigen

Augenblicken gesellte sich Asin zu der Waldläuferin, und sie begannen ein geflüstertes Gespräch, das aus einzelnen Worten, Mimik und Gesten bestand. Daniel trat zurück und hielt hinter den beiden Wache, während er wartete. Am Ende war es Tula, die aufschaute.

„Tür sicher. Türöffnung nicht. Magisch", sagte Tula und zuckte dann mit den Schultern. „Rob?"

Der Zauberer brummte, als er endlich gerufen wurde. Während er hinüberging, brach Asin vorsichtig das Holz um den Türpfosten auf und legte die Runenschrift dahinter frei. Rob ging in die Hocke und rief nach mehr Licht, das Asin mit einer verzauberten Lichtmünze spendete, bevor er verstummte und gelegentlich etwas murmelte. In der Zwischenzeit gingen Asin und Tula im Raum umher und untersuchten sorgfältig die anderen Türen und Türpfosten.

„Fallen am Eingang des Dungeons?", sagte Omrak, die Arme über seiner dünn gepanzerten Brust verschränkt. „Das ist ungewöhnlich, nicht wahr, Freund Daniel?"

„Das ist es", stimmte Daniel zu. „Ich kann mich nicht erinnern, dass eine der anderen Gruppen das jemals erwähnt hätte." In Wahrheit hatte die Gilde zwar Bücher, die man einsehen konnte, aber nur wenige Abenteurer machten sich die Mühe, die Gildenbücher zu prüfen. Die Gildenbücher waren nicht nur trockene Lektüre, sondern ein großer Teil der Abenteurer waren auch Analphabeten. Daher versorgte die altehrwürdige Tradition des Klatsches die Abenteurergruppen mit dem größten Teil ihres Wissens über andere Dungeons. „Asin, war das Teil der Aufzeichnungen?"

Asin sah auf und schüttelte den Kopf, bevor sie sich wieder der Tür zuwandte. Mit der Zeit kamen die Catkin und Tula zu Daniel zurück, der weiterhin über dem murmelnden Zauberer stand.

„Keine Fallen mehr", sagte Tula schließlich. „Nur diese Tür."

„Warum wird das nicht aufgezeichnet?", sagte Daniel und starrte stirnrunzelnd zurück auf die eingeschlossene Tür.

„Das liegt daran, dass es keine Falle ist", sagte Rob, als er endlich aufstand. „Außerdem ist es nicht aus dem Dungeon. Auch wenn es vielleicht so aussieht. Und es ist relativ neu."

„Wie neu?"

„Nur etwa einen Tag", sagte Rob und rieb sich das Kinn. „Ich nehme an, dass das mit Stacheln versehene Tor dazu dient, die Rückgewinnung des Tors durch den Dungeons zu verlangsamen."

„Was bewirkt es?", fragte Omrak.

„Es ist ein Ortungszauber. Das magische Äquivalent eines Schnurknäuels", sagte Rob. „Es gibt auch ein Warnsignal, das sicherstellt, dass der Magier alarmiert wird, wenn jemand durch die Tür geht."

„Warum nicht einfach den Boden benutzen?", sagte Daniel mit einem Stirnrunzeln. Es erschien ihm nicht sinnvoll, nicht nur die Tür zu verzaubern, sondern diese Verzauberung auch noch zu verstecken.

„Eine Türöffnung deshalb, weil, wenn ich den Manafluss richtig deute, heilt der Dungeon den Schaden erst, wenn sich die Tür schließt. Ein Kachelstein hingegen beginnt seinen Heilungsprozess fast sofort", sagte Rob. „Was das Verstecken angeht..." Rob zuckte mit den Schultern. „Das weiß ich nicht. Wenn Tula und Asin nicht so paranoid wären, hätten wir die kleine Verzauberung wohl kaum bemerkt."

Asin reagierte bei Robs Worten mit einem breiten Grinsen, wobei sie sich bei dieser Aussage ein wenig aufplusterte. Währenddessen sah sich Daniel in der Gruppe um und stellte das Team vor die Wahl. „Durch diese Tür oder durch eine andere?"

„Es ist eine große Ebene. Wir sollten in eine andere Richtung gehen“, sagte Rob sofort. „Wer auch immer das getan hat, ist offensichtlich misstrauisch gegenüber anderen. Am besten, wir machen keinen Ärger.“

„Mehr Monster in unberührtem Gebiet“, sagte Omrak und stimmte zu. Asin nickte Omrak zustimmend zu, womit sie die Mehrheit hatten. Natürlich hätte Daniel sich über ihre Entscheidung hinwegsetzen können – aber wenn er das vorgehabt hätte, hätte er sie nicht einmal zur Wahl gestellt.

„In Ordnung. Also, Ohrenstöpsel für alle. Tula, such dir eine Route aus.“

Die Waldläuferin grinste, nickte und steuerte sofort auf eine weitere Tür zu, die sich an der Südwand befand, direkt hinter dem Portaleingang. Sie untersuchte die Tür noch einmal genau, bevor sie sie aufzog, einen Pfeil bereits in ihrem Bogen gespannt. Doch wie der vorherige Korridor war auch dieser leer und nur schwach beleuchtet.

Mit einer Handbewegung führte Tula die Gruppe aus dem sicheren Bereich in den eigentlichen Dungeon.

Schweigend bewegte sich die Gruppe durch die schwach beleuchteten Steinkorridore, wobei Tula zehn Meter vorausging, während der Rest des Teams ihr folgte. Die Waldläuferin bewegte sich langsam und suchte den Boden, die Wände und die Decke nach versteckten Gefahren ab. Die Tatsache, dass diese Ebene dafür bekannt war, einige Fallen zu beherbergen, führte dazu, dass selbst der energische Omrak seine Ungeduld über ihr langsames Vorankommen zurückhielt. Als sie sich der ersten Tür näherten, verlangsamte Tula ihr Tempo noch mehr und lauschte aufmerksam, bevor sie sich anschlich und in die Hocke ging, damit sie um den Türrahmen herumspähen konnte. Als sie sicher war, dass keine Feinde dahinter lauerten, winkte sie die anderen nach vorne, während sie den Korridor überblickte.

Asin bewegte sich sofort vorwärts und tauschte den Platz mit Rob, der nach weiteren Gefahren Ausschau hielt, während die Catkin den neuen

Raum betrat. Dieser Raum war noch schwächer beleuchtet, die von Mana durchtränkten Wände boten kaum einen Schimmer von Licht. Das störte die Catkin natürlich wenig, und ihre Augen weiteten sich, als sie das spärliche Licht aufnahm. Die schwarze Catkin schlich hinein, den Schwanz eng um den Körper gekrümmt, und durchstöberte den Raum auf der Suche nach Ärger. Omrak trat hinter ihr ein und blieb direkt am Eingang stehen, bereit, Asin bei Bedarf zu unterstützen.

Der Raum selbst beherbergte staubige Regale, zerbrochene Töpfe und einen Esszimmertisch, der mit einem Messer gezeichneten Graffiti und ein paar verlassenen Tellern übersät war. Auf den Tellern befanden sich die Überreste eines alten Abendessens, das wie die Ecken des Zimmers selbst mit Spinnweben bedeckt war. Asin durchstöberte den Raum, wobei sie ihr Bestes tat, um die Spinnweben nicht zu berühren, was ihr manchmal nicht gelang. Daniel musste sich ein leichtes Lächeln verkneifen, als er sah, wie die hauchdünnen weißen Spinnweben an dem schwarzen Fell der Catkin klebten. Nach kurzer Zeit kam Asin mit ein paar Kupfermünzen in der Hand heraus. Daniel runzelte beim Anblick der Münzen leicht die Stirn, ihr Design war uralt und nicht mehr im Umlauf. Die Münzen selbst waren sogar etwas größer als die heute gebräuchlichen. Daniel hatte zwar schon von der seltsamen Beute gehört, die Aramis anfertigte, aber er fand die Erfahrung trotzdem beunruhigend. Wozu war ein Dungeon mit verlassenen, mit Spinnweben übersäten Räumen und uralten Münzen gut? Abgesehen davon, dass es Abenteurer verunsicherte.

Daniel schüttelte die Gedanken und Panquas seltsame Perversionen ab, und winkte die Gruppe weiter. Tula machte sich sofort auf den Weg, während die Gruppe vorwärtsging. Zwei weitere Male hielt die Gruppe an verlassenen Räumen an und kam mit einer weiteren Kupfermünze und einer Tafel süßen, unverfaulten Kakaos heraus. Als sie sich dem dritten Raum näherten, hob Tula ihre Hand, um der Gruppe zu signalisieren, langsamer zu werden. Sie schlich langsam vorwärts, während Omrak ihr folgte und sein riesiges Schwert entsicherte, um sich auf den Kampf vorzubereiten. Daniel atmete tief durch, holte seinen Hammer hervor und überprüfte noch einmal die Riemen seines Schildes, während er wartete. Seine aus Eisen gefertigte Plattenrüstung war stark und bot ihm großen Schutz, aber sie machte auch eine Menge Lärm, wenn er sich bewegte. Sein mittelmäßigers Tarnkappen-Skill war dabei nicht gerade hilfreich.

Tula ging ihrer üblichen Routine nach, bevor sie sich leicht zurückzog, ihre Hand von der Sehne ihres Bogens nahm und die Hand hochhielt. Schnell blitzten ihre Finger auf, während Daniel die Bewegungen für die Hinteren wiederholte, nur für den Fall, dass sie sie übersehen würden.

„Drei Feinde. Einer in der Nähe der Tür. Zwei weit weg." Daniel hielt inne, überlegte, was sie tun konnten, dann bewegte er seine Finger und gab weitere Anweisungen. *„Asin hoch. Ich Nachhut. Rob Unterstützung."*

Wieder formierte sich die Gruppe neu, wobei sich vor allem die beiden nach vorne bewegten, während Daniel sich weiterhin zurückhielt. Auf Tulas Kommando hin machte sich die Gruppe bereit, bevor die Waldläuferin an der Tür vorbeischritt, den Pfeil an ihre Wange zog und in einer einzigen fließenden Bewegung löste. Der Pfeil glühte, kleine Energiewirbel sammelten sich um die Spitze, als Tula ihr Skill **Durchdringender Pfeil** auslöste. Die Waffe blitzte auf und vergrub sich in einem Feind. Noch während Daniel zusah, stürzte sich Omrak mit einem Schrei auf das nächstgelegene Monster, Asin schlich sich heran, um es mit ihren Messern aus der Distanz zu unterstützen.

Einige Sekunden später begannen Rob und Daniel, sich der Tür zu nähern. Diese Annäherung und die nachfolgenden Angriffe ihrer Teammitglieder wurden jedoch unterbrochen, als die Monster ihren berüchtigten Angriff starteten und aufheulten. Die Schreie ertönten in dem kleinen Raum und verstärkten den Angriff, bevor sie in die steinernen Korridore hinausgingen. Staub zitterte und fiel herab, während der Schrei in Daniels Ohren dröhnte, sodass sein Kopf schmerzte und sein Gleichgewicht ins Wackeln geriet.

Immer wieder ertönten die Schreie, bevor Asin und Tula sich wieder aufrappeln konnten. Die beiden setzten ihre Flächeneffekt-Skills **Pfeilsturm** und **Messerfächer** ein und vervielfachten ihren einzelnen Pfeil und ihr Messer auf jeweils drei oder mehr davon. Einen kurzen Moment später verstummten die Schreie, und das Abenteurerteam kam wieder auf die Beine. Rob näherte sich schnell dem Eingang, sein Zauberstab glühte, während Daniel den Korridor nach weiteren Problemen absuchte.

Glücklicherweise traf diesmal keine weitere Verstärkung ein. In kürzester Zeit gelang es dem Team, die Zarask zu töten, sodass Daniel einen kurzen Blick auf ihre Angreifer werfen konnte, bevor sie sich in blaues Licht auflösten. Jeder Zarask war zwei Meter groß, übermäßig muskulös, hatte rote Haut und winzige Hörner, die aus dem Kopf ragten. Die Zarask hatten zwei Mäuler – eines auf dem Kopf und ein größeres, von den Elementen durchdrungenes Maul in der Brust. Aus diesem drangen die Schreie.

Sobald die Körper verblasst waren, fielen die Manasteine von den Körpern der Kreaturen zu Boden, wo Asin sie einsammelte. Sie reichte einen der Kristalle an Rob weiter, der ihn in einen dafür vorgesehenen Beutel steckte, bevor er die anderen beiden einsteckte. Nach der Erkundung würden sie die Steine zusammenlegen, bevor sie sie in der Abenteurergilde zum Verkauf anboten.

Wieder einmal wurde Daniel von der Seltsamkeit des Dungeons überrascht. Manasteine waren der Samen, den Erlis benutzte, um die Verderbnis zu entfernen, die Ba'al in ihren Adern verbreitete. Die Dungeons waren die Gebiete, die Erlis als die Bereiche auswählte, in denen er die Verderbnis vertreiben wollte. Die Steine selbst hatten eine Vielzahl von Verwendungsmöglichkeiten, da sie Mana enthielten — den verfestigten Lebenssaft von Erlis selbst. Doch mehr als ein Tavernenphilosoph hatte sich effizientere Methoden ausgedacht, wie Erlis sich von Ba'als Verderbnis reinigen konnte. Es war zweifelsohne ziemlich ineffizient, Abenteurer in die Dungeons zu schicken, um die verdorbenen Monster zu säubern. Und auch gefährlich, wenn sie versagten.

Nur die Tempel boten eine wirkliche Erklärung, indem sie betonten, dass die Dungeons eine Prüfung seien, der Grund für die Entwicklung von Erlis' Kindern — der Menschheit, der Beastkin, der Zwerge und mehr. Das warf natürlich Fragen über die Bedeutung von Abenteurern und kampffreien Klassen auf, und darüber, wie Erlis über Personen dachte, die sich nicht der „Prüfung" des Dungeons unterzogen. Bei diesen Fragen und Antworten war sich Daniel weniger sicher. Er wusste, dass Priester allgemeine Plattitüden von sich gaben und dass Abenteurer und Dungeons nicht die einzige Möglichkeit waren, Erlis' Segen zu erhalten, aber...

Es galt, dass Erfahrung, Erlis' Segen, am meisten in den Dungeons gesammelt wurde.

***

Stunde um Stunde stapften die Abenteurer durch die erste Ebene von Aramis. Als die Gruppe die Sicherheit des ursprünglichen Eingangs verließ, trafen sie auf immer mehr Zarask. Die großen Dämonen standen nicht nur in den verlassenen Räumen herum, sondern patrouillierten auch durch die Gänge der Katakomben und erwischten die Gruppe gelegentlich, wenn sie in die Tiefe stiegen.

In der fünften Stunde ihrer Erkundung stieß das Team schließlich auf seine erste echte Herausforderung. Eine Patrouille von vier Zarask war gerade um die Ecke eines kurzen Korridors gebogen, als Tula aus ihrer Deckung herausgetreten war. Überrascht hatte die Rangerin aus Reflex ihren Pfeil losgelassen und ihn tief in der Schulter eines Monsters versenkt, doch das reichte nicht aus, um das verletzte Monster und ein weiteres zu stoppen, das schreiend durch die Gruppe taumelte. Während sich das Team erholte und zu reagieren begann, griff das andere Paar Zarask-Dämonen Tula an und verwickelte die Rangerin in einen Nahkampf.

Omrak stürzte sich auf eines der Monster und warf es mit der Schulter um, wobei er sein Skill **Herausforderung des Nordens** einsetzte, um die Aufmerksamkeit der anderen Monster auf sich zu ziehen. Dann zog er sich sofort zurück und schwang sein Großschwert im Kreis, während er versuchte, die Monster zu sich zu locken.

Hinter ihm stürmte Daniel nach vorne, um die Gruppe zu unterstützen. Leider wich Omrak, der in seinem Kampfrausch gefangen war und Daniels Annäherung nicht hören konnte, nicht zur Seite, um dem Heiler zu erlauben, ihn zu unterstützen. Daniel knurrte frustriert, als er sich duckte und sich an die linke Seite von Omrak drängte, in der Hoffnung, sich so gut wie möglich vorbeizudrücken. In der Zwischenzeit lieferte sich Omrak einen Schlagabtausch mit den Monstern, bei dem mehr Schwert und Klauen aufeinanderprallten und Blut floss, als schlecht geblockte Angriffe stattfanden. Leider war der Korridor nicht breit genug, um allen Monstern die Möglichkeit zu geben, Omrak anzugreifen, und der langsamste Dämon zog sich zurück, um seine Aufmerksamkeit auf Tula zu richten, die immer noch hinter den feindlichen Linien gefangen war.

Rob rannte nach vorne, die Kugeln aus verzaubertem Eis in der Hand. Der Zauberer duckte sich nach rechts und warf die beiden Kugeln weg. Die

Kugeln fielen nach vorne und lösten ihre Ladung zwischen den Füßen des roten Zarask aus. Eisstacheln explodierten, froren die Zarask ein, verletzten sie und verlangsamten ihr Vorankommen, sodass Omrak einem von ihnen ein Körperteil abhacken konnte. In der Lücke fand Daniel schließlich einen Platz, an dem er sich weit genug nach vorne schieben konnte, um Tula zu finden.

„Erlis' Tränen", fluchte Daniel und schlug eine bohrende Klaue weg, während er in die Ferne blickte. Tula hatte ihren Bogen fallen lassen, ein Arm hing nutzlos an ihrer Seite herab, während sie mit der rechten Hand ihr großes Messer schwang, um ihren Angreifer zurückzustoßen. Der Zarask hatte jedoch den Vorteil der Reichweite und der Stärke, und jeder Angriff ließ die kleinere Rangerin taumeln. Daniel holte tief Luft, duckte sich hinter seinem Schild und sah seine Freundin an, während er sein Mana aufzog, um eine **Kleine Heilung II** auf Tula zu wirken.

„Omrak!", rief Daniel so laut er konnte, in der Hoffnung, dass der Riese ihn hören konnte. Er konnte bereits sehen, wie der Umriss von Omraks Körper in rotem Licht aufleuchteten, als sein Wut-Skill ausgelöst wurde, das dem blonden Nordländer Kraft gab, während er blutete.

Zuerst setzte Daniel einen **Schildschlag** ein und wehrte einen Klauenhieb ab. Dann trat er vor und löste **Doppelschlag** aus, wobei er die Klauen wegschlug, während er vorwärts rückte. Ein Schlag ließ Daniel zur Seite taumeln, aber er ignorierte es und drängte sich vorwärts, wobei er schwer atmete, da seine Ausdauer durch den wiederholten Einsatz seiner Skills schwand. Trotzdem ging er hinein, duckte sich dicht vor seinem Angreifer und drehte seine Hüften, als er den Zarask mit seinem Rückstoß-Skill **Perins Schlag** am Oberkörper erwischte. Der Schlag erwischte das Monster und hob es von den Füßen, sodass es in seine gefangenen und erstarrten Freunde taumelte.

Als die Lücke frei war, stürzte Daniel nach vorne, um Tula zu helfen. In der Zwischenzeit warf Omrak einen überhohen **Kraftstoß** und setzte die ganze Kraft seines muskulösen Körpers in den Schnitt ein. Unterstützt von seinem eigenen passiven Skill **Geringe Stärke** riss der Schnitt durch Brust und Gliedmaßen und tötete ein Monster. Ein zweites verendete, als Rob die schwebenden Stacheln, die er als Verteidigungswerkzeug benutzte, in seinen Hals und Rücken rammte.

Gerade als Daniel Tulas Angreifer erreichte, wurde er von hinten durch eine Reihe lauter Schreie erschüttert. Tula war unaufmerksam, verpasste einen Block und bekam ihre Brust aufgerissen. Sie flog einen Meter nach hinten, bevor sie gegen die Wand prallte und bewusstlos zu Boden sank.

Noch während Daniel sich aufrichtete, stürzten sich der Zarask auf den Abenteurer, mit weit aufgerissenen Mäulern, aus denen die rosafarbene, nasse Schleimhaut hervorlugte. Schreiend stürzten sich die beiden aufeinander und lieferten sich einen Schlagabtausch. Gedanklich fragte sich Daniel, woher diese neuen Schreie stammten. Und wo Asin steckte.

Allein waren diese Monster nicht besonders stark. Ihr Spezialangriff war zwar lästig und ihre Stärke übermächtig, aber Daniel wusste, dass er diesen Kampf gewinnen konnte. Bessere Rüstung, bessere Waffen und mehr Skills waren ein großer Vorteil. Doch in seiner Eile, näher zu kommen und den Kampf zu beenden, verpasste Daniel eine Finte, ließ seinen Schild zu tief fallen und erhielt den angepassten Schlag auf die Rüstungsbänder. Daniel taumelte zu Boden, eine Klaue war irgendwie zwischen die Platten gerutscht und hatte sich in seine Schulter gebohrt, wodurch die Klaue selbst hängen blieb.

Auf dem Boden starrte Daniel entsetzt den Korridor hinunter, aus dem er gekommen war. Dort kämpfte Asin, um einen Zarask davon abzuhalten, sie zu zerquetschen, während Rob hinter einer Eiswand kauerte, die langsam unter den Angriffen eines anderen Zarask zerbrach. Nur Omrak schien es gut zu gehen, obwohl er von zwei Dämonen schwer bedrängt wurde. In die Ecke gedrängt, konnte Omrak sein Schwert nicht richtig einsetzen und war gezwungen, seine Waffe in der Mitte der Klinge zu halten und mit beiden Händen zu blocken und zuzustechen.

Ein Fuß erschien in Daniels Sicht und bewegte sich schnell auf sein Gesicht zu. Der Abenteurer zog seinen Kopf eng an die Brust, ließ den Schlag auf die Unterseite seines Kinns und die Helmriemen prallen und spürte, wie sich sein Körper vor Schmerz krümmte. Aber der Schmerz, gegen eine Metallplatte zu treten, bremste den Dämon für eine Sekunde. Lange genug für Daniel, um sich umzudrehen und das Knie des Monsters zu zertrümmern, als **Perrins Schlag** das Glied in eine Richtung zwang, während das Gewicht der Kreatur in eine andere ging.

Als Daniel sich aufrappelte und zögerte, ob er die verletzte Tula retten oder sich dem Kampf anschließen sollte, schrie Omrak laut auf. **Blitzruf**, das Verteidigungsskill des Nordländers, explodierte aus seinem Körper. Rote Blitze sprangen vom Nordländer auf die beiden Monster in seiner Nähe über, dann wieder auf die reglosen Körper und danach auf Robs Angreifer und Daniel. Der Schmerz verschlang die Getroffenen, Zähne wurden zusammengebissen, und in Daniels Nase stieg der Geruch von verbranntem Haar und knusprigem Fleisch auf.

Nach einer Verschnaufpause warf Rob eine Reihe kleiner Kugeln, die das Fleisch des Zarask trafen und daran haften blieben. Die Kugeln begannen dann Hitze auszustrahlen, während sie sich drehten und sich in das hitzeresistente Fleisch des Monsters bohrten. Ob widerstandsfähig oder nicht, der Ärger und der anfängliche Schaden brachten das Monster lange genug aus dem Gleichgewicht, damit Rob seine schwebenden Verteidigungsstacheln kontrollieren und das Monster verletzen konnte.

Nachdem Omrak seinen Angriff beendet hatte, holte er mit einem Fuß aus und kickte einen Zarask zur Seite. Der Nordländer hielt sein Schwert hoch und warf es wie einen verkürzten Speer, wobei er die Klinge in dem Dämon versenkte, der gegen Asin kämpfte, sodass die Catkin sich von dem Monster wegwinden konnte. In diesem Moment erlangte Daniel endlich wieder die Kontrolle über seine Muskeln, sodass er einem sich erholenden Dämon einen Schlag in den unteren Rücken versetzen konnte, bevor er sich umdrehte und auf die verletzte Rangerin zulief.

Der Instinkt eines Heilers trieb Daniel dazu an, und der kleine Heilungszauber floss in seine Hand, als er ihn auf die Rangerin wirken ließ, bevor er sie erreichte. Dieses Mal bewirkte der Zauber sogar noch weniger, die klaffende Wunde in ihrer Brust schloss sich leicht, bevor noch mehr Blut austrat. Mit zusammengepressten Lippen beugte sich Daniel über sie und betrachtete die bewusstlose Rangerin.

Zähneknirschend schlug Daniel mit der Hand auf ihre Wunde, drückte die aufgeschnittenen Eingeweide wieder an ihren Platz und richtete die gebrochenen Rippen neu aus. Während er das tat, griff Daniel in seinen Körper und zapfte seine Gabe an. Ein unglücklicher Schlag, ein schlechter Ausrutscher und ein kritischer Treffer hatten die Rangerin an den Rand des Todes gebracht. Einfache Heiltränke und Magie nützten wenig, nicht wenn so viel Schaden angerichtet worden war. Und so tat Daniel, was nur er tun konnte.

Daniel griff mit seiner Gabe in den Körper der Rangerin, fand die aufgeplatzte Haut und die beschädigten Arterien, und nähte Blutgefäße und Muskeln zusammen. Ein Schwall der Kraft seiner **Kleinen Heilung** floss erneut in die Frau, zusammen mit dem **Zeichen des Heilers**, aber beides wurde von seiner Gabe gesteuert. Die Behebung des unmittelbarsten Schadens verlangsamte die Todesspirale, sodass seine grundlegende

Heilmagie Zeit hatte, den Rest zu beheben. Innerhalb von Sekunden war die Rangerin stabilisiert und ihre Wunden begannen zu heilen, während Daniel diese fest zusammenpresste.

Aber es hatte seinen Preis. Für Wunder gab es immer einen Preis. Die Gabe war ein Fluch für diejenigen, die sie trugen. Jede Gabe von Erlis, die ihm bei der Geburt zufällig zugeteilt worden war, hatte auch ihren Preis. Ein Meister konnte gezwungen sein, mit dem Schmerz derer zu leben, die er befehligte, und ihre Wunden ungesehen zu tragen. Ein Großmeister der Schmiedekunst könnte nicht in der Lage sein, Mana zu nutzen. Ein Barde mit einer Engelsstimme, der wochenlang nicht mehr sprechen kann, nachdem er seine Stimme eingesetzt hat. Oder ein Heiler, der seine Erinnerungen geopfert hat.

Alltägliche Erinnerungen. Als Kind im Wald hocken und eine Grimasse ziehen, wenn die Stachelbeeren ihrem Namen alle Ehre machen, wenn sie herauskommen. Ein Lagerfeuer, spät in der Nacht, beim Aufwachen das Heulen eines Wolfs in der Ferne. Ein Heulen, das von... etwas beantwortet wurde.

Andere Erinnerungen, weniger alltäglich und wichtiger. Der Teil eines Zaubers, den er studiert hatte, verblasste. Ein Abend, an dem er mit einer Frau in den Minenlagern getrunken hatte. Schön und braunhaarig, ein Mädchen, von dem er sicher war, es zu kennen. Lachen. Ein gemeinsames Lachen.

Kleine Erinnerungen. Große. Sie verschwanden in Windeseile, als Daniel seine Gabe einsetzte. Als er sicher war, dass seine Freundin stabilisiert war, löste der Heiler den Griff um sie mit seiner Gabe und ließ sie in seinen Körper zurückfallen, wo sie ruhig verweilte. Wartend. Hungrig.

„Geht es ihr gut?", fragte Rob und humpelte herüber. Irgendwie, irgendwo hatte sich der Zauberer eine Verletzung am Oberschenkel zugezogen, obwohl Daniel abwesend feststellte, dass er nicht blutete und aufrecht stand. Wahrscheinlich eine üble Prellung.

„Sie wird es überleben", sagte Daniel und runzelte die Stirn. „Sie hat es nicht geschafft, auszuweichen. Es hat sie aufgerissen." Daniel sah auf und überprüfte den Rest seiner Freunde. Er stellte fest, dass sie den Angriff überlebt hatten – beide seiner anderen Freunde trugen zahlreiche kleinere Schnittwunden und in Asins Fall eine schnell anschwellende Beule über einem Auge davon. Daniel seufzte, stand auf und legte Rob beiläufig eine Hand auf die Schulter, während er das **Zeichen des Heilers** anwandte. „Kannst du auf sie aufpassen?"

„Natürlich", sagte Rob und nahm Daniels Platz ein. „Deine Skills sind erstaunlich. Ich habe in meinem Dorf schon mal eine weniger schwere Wunde sterben sehen."

„Glück gehabt", murmelte Daniel, der den Kopf gesenkt hielt und sich weigerte, Rob anzusehen, als dieser wegging. Schuldgefühle überfluteten Daniel. Schuldgefühle, weil er seinen beiden Teamkollegen noch nichts von seiner Gabe erzählt hatte. Aber die Gefahr, dass andere das volle Ausmaß seiner Fähigkeiten erfahren könnten, lastete auf ihm. Es machte Daniel Angst, was die Gilden, das Königreich von ihm verlangen würden, wenn sie es wüssten. Also log er. Und er heilte seine anderen Freunde.

Dreißig Minuten später wachte Tula endlich auf; ihr Körper war weitgehend geheilt. Sie war immer noch schwach, denn die magische Heilung reichte nicht aus, um sie auf den Höhepunkt ihrer Leistungsfähigkeit zu bringen. Anstatt eine weitere unglückliche Begegnung zu riskieren, ging die Gruppe zurück und kämpfte sich durch zufällige Patrouillen, bevor sie die Katakomben verließ.

Als sie in der späten Nachmittagssonne standen, blickte Tula mit blassem Gesicht zu den anderen hinüber. „Tut mir leid. Ich habe euch alle im Stich gelassen."

„Keineswegs, Freundin Tula", grummelte Omrak und klopfte der Rangerin auf die Schulter. Die kleine Rangerin stolperte, wurde aber von Asin aufgefangen, die Omrak anfauchte. Der Nordländer errötete leicht, fuhr aber in seinem üblichen ungestümen Ton fort. „Jede Erkundung, die man überlebt, ist eine gute Erkundung. Und wir haben viele Manasteine gewonnen."

„Nicht so viele, wie wenn wir nach Artos gegangen wären", sagte Rob und verschränkte die Arme.

„Aber wir haben neue Monstererfahrung", widersprach Daniel. „Das wolltest du doch. Und ich habe genug bekommen, um aufzuleveln."

„Ich auch", stimmte Asin zu und grinste breit.

Tula grinste schwach und nickte, dass auch sie es geschafft hatte, ein Level zu gewinnen. Rob brummte leicht und murmelte etwas von ein paar fehlenden Hundert, während Omrak mit den Schultern zuckte. Dass der große Nordländer nicht aufgelevelt war, war nicht überraschend – er war es erst vor ein paar Tagen.

„Also kein kompletter Fehlschlag. Lass uns die Manasteine und die Münzen abgeben und dann etwas essen. Du brauchst viel Fleisch und eine ordentliche Portion Ruhe. Morgen früh werde ich die Heilung beenden", wies Daniel Tula an, während die Gruppe unter großem Jubel loszog.

Wie Omrak schon sagte – jede Erkundung, bei dem niemand starb, war eine gute Erkundung. Mit diesem Gedanken drehte sich die Gruppe leicht um und starrte auf die Stelle, an der Artos stand.

Ja. Jede Erkundung.

Kapitel 3

Daniel lag am nächsten Morgen im Bett und fühlte sich erschöpft und energielos. Nach dem erschütternden Kampf am Vortag konnte er sich nicht dazu motivieren, sein Bett zu verlassen, zumal er wusste, dass es an diesem Tag nichts Wichtiges gab, das seine Aufmerksamkeit erforderte. Nein. Gestern Abend hatte er grob einen Tag mit Training und Leveling eingeplant.

Zumindest, so dachte Daniel, könnte er sich um sein Leveling kümmern. Daniel konzentrierte sich und rief die Benachrichtigung auf, die in seinem Blickwinkel lag, und holte die Ankündigung von Erlis hervor.

Levelaufstieg!
Abenteurer Level 13
Du hast 5 Attributspunkte gewonnen.

Daniel seufzte und starrte auf die mageren Gewinne. Es war wirklich so, dass es viel schwieriger war, neue Level zu erreichen, nachdem man die ersten zehn erreicht hatte. Es half auch nicht, dass Daniel zusätzlich die Klasse des Bergmanns hatte, die ihn zwang, noch mehr Erfahrung zu sammeln als ein Abenteurer mit nur einer Klasse. Es gab nicht viele Menschen, die Abenteurer als erste Klasse wählten. Nur wenige hatten die Möglichkeit, geschweige denn den Wunsch dazu.

Daniel schob diese Gedanken beiseite und wandte sich seinem Charakterblatt zu. Vielleicht war Daniels größte Frustration die Art und Weise, wie seine Punkte verteilt werden mussten. Im Gegensatz zu Omrak oder Asin, deren Rollen in der Gruppe klar waren, war seine etwas unklarer. Er war natürlich ihr Heiler, aber er fungierte auch als zweiter Frontkämpfer. Als Heiler konnte er dank seiner Intelligenz- und Willenskraftwerte schneller neue Zauber lernen und mehr davon anwenden, während er sich schneller regenerierte. Da sich die Manapools aber nur etwa alle sechs Stunden füllten, war die Regenerationsrate recht niedrig.

Das ließe sich mit erheblichen Investitionen in **Weisheit** bewerkstelligen. Daniel kannte einen Heiler in der Stadt, der den größten Teil seiner Attributssteigerungen in **Willenskraft** steckte. Das bedeutete, dass er eine viel größere Anzahl von Heilzaubern anwenden konnte als seine Brüder, wodurch er schneller aufleveln konnte. Zumindest behauptete er das. Das Problem bei dieser Strategie war, dass die Heiler ab einem bestimmten Punkt immer schwierigere Krankheiten bekämpfen und heilen mussten, um voranzukommen. Ohne Investitionen in die **Intelligenz** war die Fähigkeit, die Mana-intensiven mittel- und hochrangigen Heilzauber zu verstehen und anzuwenden, erheblich beeinträchtigt. Andererseits kannte Daniel diesen Heiler persönlich. Wie viele andere begnügte er sich damit, seine Tage mit den grundlegenden Zaubern und Heilungen zu verbringen, immer und immer wieder – schließlich wiederholten sich die meisten Krankheiten und Verletzungen. Abenteurer wurden geschnitten, gestochen, zerquetscht und aufgespießt. Es war selten, dass man hochgradige Krankheiten oder Seuchen sah. Daher war es sinnvoll, sich auf niedrige und mittlere Zaubersprüche zu beschränken.

Für Daniel bestand das Problem natürlich darin, dass er auch seine drei körperlichen Eigenschaften verbessern musste. Ursprünglich hatte Daniel aufgrund seines Hintergrunds als Bergmann einen erheblichen Vorteil bei **Stärke**. Die Steigerung seiner **Beweglichkeit** war daher sinnvoll, um sicherzustellen, dass er seine Gegner treffen konnte. Aber jetzt bedeutete die Aufteilung seiner Levelpunkte, dass Daniel für einen Frontkämpfer schnell zu schwach wurde. Daniel wusste zum Beispiel, dass Omrak vierzig Punkte in **Stärke** und noch mehr in **Verfassung** hatte. Nur seine **Beweglichkeit** war niedriger, und diese war nicht viel niedriger als von Daniel. Asin hingegen hatte – nach der letzten Diskussion – allein fünfzig Punkte in **Beweglichkeit**, was die Catkin zu einer äußerst schwer zu fassenden Gegnerin machte, da sie ihre Angriffe beschleunigte. Im Gegensatz dazu war Daniels höchstes körperliches Attribut eine Zweiunddreißig in **Verfassung** – und das war sein höchstes Attribut.

Daniel wusste, dass er mit der Zeit nicht mehr in der Lage sein würde, das Team an der Front oder als Heiler zu unterstützen, wenn er seine Attribute weiterhin so breitflächig aufteilen würde. Es war an der Zeit, dass Daniel ernsthaft darüber nachdachte, wie er sich im Team positionieren wollte. Zwar konnte er sich im Kampf immer noch behaupten, aber die vierte Ebene in beiden Dungeons war allmählich Daniels Grenze im Einzelkampf. Um das zu ändern, musste Daniel mehr Zeit auf seine Hammer- und Schildtechniken verwenden und ein weiteres Kampf-Skill erlernen.

Oder... Daniel berührte sein Portemonnaie. Vielleicht gab es eine andere Möglichkeit, das zu umgehen. Einer der Nebeneffekte, einer der wenigen Heiler in der Stadt zu sein, war die hohe Nachfrage nach seinen Skills. Auch wenn er sein Gehalt im Krankenhaus nicht energisch ausgehandelt hatte, verdiente er immer noch ein beträchtliches Gehalt. Daniel öffnete sein Portemonnaie und starrte auf seine Einkünfte.

In dem Beutel befanden sich etwas mehr als sechzig Goldmünzen mit verstreutem Silber und Kupfer. Es war ein wahres Vermögen. Genug für eine Familie, um fünf Jahre oder so zu leben. Und man schuldete ihm noch ein weiteres Dutzend Gold für die letzte Arbeitswoche. Bei so viel Geld gab es keinen Grund, warum Daniel seine Rüstung und Ausrüstung nicht verbessern konnte.

Nachdem er sich Klarheit verschafft hatte, wandte Daniel seine Aufmerksamkeit seinen Eigenschaften zu. Sosehr es ihm auch widerstrebte, seine Rolle als Heiler anzunehmen, erkannte Daniel, dass dies auch eine gute Tarnung für seine Gabe war. Je besser er sich mit „normaler" Heilung auskannte, desto weniger Fragen würde es geben, wenn er eine Wunderheilung vollbrachte. Solange er in der Lage war, seine Gabe im Schatten seiner „normalen" Heilkunst zu verstecken, würde ihn wahrscheinlich niemand von der Abenteuertour abhalten. Schließlich waren Heiler zwar selten, aber alle Expertenteams hatten mindestens ein auf Heilung spezialisiertes Mitglied. Anders war es einfach nicht machbar.

Entschlossen und mit einem leichten Unbehagen in der Brust, etwas, das Daniel gemeinsam mit der Erinnerung an die sterbende Tula beiseiteschob, konzentrierte er sich wieder auf sein Blatt und verteilte seine Punkte. Er teilte die Punkte zu gleichen Teilen auf **Intelligenz** und **Willenskraft** auf und ließ den restlichen Punkt für Konstitution übrig. Ein toter Heiler war ein nutzloser Heiler.

Nachdem er seine Attribute bestätigt hatte, wandte sich Daniel als Nächstes den zahlreichen Benachrichtigungen über Skill-Verbesserungen zu, die er bisher ignoriert hatte. Da die Entwicklung der Skills unabhängig davon stattfand, ob Daniel die Benachrichtigungen las oder nicht, nahm sich der Abenteurer oft die Zeit, die Informationen zu lesen, bevor er seine Trainingsstrategien plante, um seine Entwicklung zu optimieren. Im Moment gab es einige Benachrichtigungen, die besonders interessant waren.

Skill Levelaufstieg

Keulen-Skill wurde auf Novize Level 8 erhöht. +9 % Schaden für alle Keulenwaffen.

Skill Levelaufstieg

Schild-Skill wurde auf Novize Level 7 erhöht. +8,5 % Schadensminderung für alle Schildblöcke. +4,25 % für Schaden, der mit dem Schild verursacht wird.

Skill Levelaufstieg

Kampfsinn wurde auf Novize Level 5 erhöht. Erhöhte Wahrnehmung von Feinden und Verbündeten gewonnen. Erhöhte Wahrnehmung von erlittenem und erhaltenem Schaden. Erhöhter Kampfablauf.
Neue Skillfertigkeit verfügbar.

Skill Levelaufstieg

Heilungs-Skill wurde auf Novize Level 5 erhöht. +7,5 % Erhöhung des Schadens, der durch magische und nicht-magische Mittel geheilt wird. +3,75 % Erhöhung der nicht-magischen Heilungsgeschwindigkeit der Behandelten.
Neue Skillfertigkeit verfügbar. Neuer Zauberspruch verfügbar.

Die Erhöhung des Heilungs-Skills war besonders interessant. Daniel hatte zwar schon früher neue Zauberoptionen erhalten, aber dies war das erste Mal, dass er die Möglichkeit einer Skillfertigkeit erhielt. Einen Moment lang träumte Daniel von der Art, die ihm zur Verfügung stand, bevor er den Gedanken beiseiteschob. Es gab nichts zu tun, bis er das nächste Level erreicht hatte. Stattdessen rief Daniel seinen neuen Status auf, um die Veränderungen an seinem Körper zu bewundern, die er seit dem letzten Mal, als er sein Sheet betrachtet hatte, vorgenommen hatte.

Name: Daniel Chai (Fortgeschrittener Rang Abenteurer)	Rasse: Mensch (männlich)

Klasse: Abenteurer Level 13 (0,9 %)	Unterklassen: Level 7 (Bergmann) (2,4 %)
Leben: 343	Ausdauer: 343
Mana: 257	
Attribute	
Stärke: 29	Beweglichkeit: 25
Verfassung: 33	Intelligenz: 29
Willenskraft: 23	Glück: 17
Skills	
Waffenloser Kampf: Level 8 (94/100)	Keulen (Novize): Level 8 (32/100)
Bogenschießen: Level 3 (24/100)	Schild (Novize): Stufe 7 (14/100)
Ausweichen (Novize): Level 3 (21/100)	Kampf-Sinn (Novize): Level 5 (14/100)
Wahrnehmung (Novize): Level 3 (77/100)	Bergbau: Level 7 (58/100)
Heilen (Novize): Level 5 (13/100)	Kräuterkunde: Level 3 (98/100)
List: Level 2 (42/100)	Kochen: Level 4 (18/100)
Singen: Level 2 (14/100)	Taktik: Level 4 (12/100)
Skillfertigkeiten	
Doppelschlag	Schildschlag
Perins Schlag	Schwachstellen finden
Kartografie (II)	Inventar (Abenteurer Spezial)
Zaubersprüche	
Kleine Heilung (II)	Zeichen des Heilers (I)
Gaben	

> Berührung des Märtyrers – Der Zaubernde kann sich selbst oder andere durch Berührung und Konzentration heilen und opfert dafür einen Teil seines Lebens. Die Kosten variieren je nach Ausmaß der geheilten Verletzungen.

Gestärkt durch die Veränderungen schwang Daniel seine Füße vom Bett und wusch sich schnell. Unten angekommen, stellte er fest, dass sich sein Team bis auf Tula bereits aufgeteilt hatte. Eine schnelle Heilung stellte sicher, dass seine Teamkollegin wieder in Topform war.

„Ich muss mich melden", informierte Tula Daniel, während sie zum Abschied winkte und aus dem Gasthaus hüpfte.

Daniel setzte sich allein hin und frühstückte in aller Ruhe. Es war besser, das jetzt zu tun und dann einkaufen zu gehen, wie es sein neuer Vorsatz vorsah. Da alle seine Waffen und Ausrüstungsgegenstände in seinem Inventar aufbewahrt wurden, war Daniel sicher, dass er die verschiedenen Händler aufsuchen und, falls nötig, seine Ausrüstung direkt verzaubern lassen konnte. Obwohl...

„Ich frage mich, ob Rob es tun könnte?", sagte Daniel und tippte auf seine Lippen. Das sollte man auf jeden Fall in Betracht ziehen. Der Zauberer hatte zwar ein niedriges Level, aber Daniel konnte auf diese Weise vielleicht einen billigeren Zauber erhalten. Natürlich würde Daniel dafür bezahlen. Aber es war interessant, dass Rob noch kein Angebot gemacht hatte. Vielleicht dachte der Selkie, dass es das Team stören würde? Oder dass seine Skills nicht ausreichten?

Es stimmte, dass Rob wie der Rest des Teams immer noch relativ niedrige Level hatten. Dennoch war es einen Versuch wert, wenn er sich das nächste Mal mit ihm traf. Abwesend vor sich hin summend, beendete Daniel schnell sein Frühstück und bedankte sich bei dem lächelnden Gastwirt, bevor er ging.

***

Ein weiterer Vorteil der Arbeit als Heiler war die Möglichkeit, sich schnell und einfach zuverlässiges Wissen anzueignen. Die meisten Arbeiten, die Daniel im Krankenhaus erledigte, waren zwar ernsterer Natur, aber die meisten Krankheiten, die in dem großen Gebäude behandelt wurden, waren nicht lebensbedrohlich. Tatsächlich war der Großteil der Arbeit, die Daniel verrichtete, nicht lebensbedrohlich. Daher verbreiteten sich Klatsch und Tratsch im Krankenhaus in einem angemessenen Tempo. Das bedeutete, dass es nur einen kurzen Zwischenstopp brauchte, bis Daniel mit drei Namen in der Tasche unterwegs war.

Daniels erste Anlaufstelle war ein bekannter Waffenschmied, der sich mit Verzauberung beschäftigte. Leider weigerte sich der Waffenschmied rundheraus, an Daniels vorhandener Eisenplattenrüstung zu arbeiten, und spuckte fast vor Wut, als er gebeten wurde, seine Arbeit an „schlampigem, von Orks hergestelltem Schrott" zu verschwenden. Daniel fühlte sich ebenso wie seine Rüstung ein wenig beleidigt und ging zum nächsten Schmied auf der Liste. Dieser Schmied war auf Waffen spezialisiert, aber nachdem er einen Blick auf Daniels verzauberten Kriegshammer geworfen hatte, erklärte er, dass er keine weitere Hilfe anbieten könne. Er versuchte dann aber, Daniel eine Reihe anderer Waffen zu verkaufen, von denen Daniel insgeheim eine haben wollte.

Ifrit-Dolch der Dritten Flamme

Wirkung: Der Dolch der Dritten Flamme ist so verzaubert, dass er den Dolch in Flammen hüllt. Diese Waffe verursacht Feuer- und Brandschaden (20-30 Punkte), wenn sie mit dem Ziel in Kontakt kommt.

Lebensdauer: 50/50

Gegenstandsklasse: Verzaubert

Qualität: Ausgezeichnet (+5 auf Verzauberungsschaden)

Anstatt den Gegenstand spontan zu kaufen, schob Daniel die Entscheidung auf, bis er den letzten Laden besucht hatte. Die Waffe selbst war wesentlich mächtiger als die Armschienen, die Daniel einst getragen hatte, aber die Armschienen waren schließlich für einen Anfänger-Abenteurer gemacht worden. Außerdem hatten sie den Vorteil, dass sie Daniels Aura verzauberten, was bedeutete, dass alle seine Schläge verzaubert waren. Diese Waffe hingegen war der einzige verzauberte Gegenstand.

Als Daniel die Straße entlangging, achtete der Abenteurer genau auf die Passanten. Selbst jetzt, Monate nach seiner Ankunft, empfand Daniel die schiere Größe der Stadt immer noch als einschüchternd. Da Daniel den größten Teil seines Lebens damit verbracht hatte, von Mine zu Mine zu ziehen, hatte er die Städte, die an die Berge grenzten, in denen er gearbeitet hatte, nur selten besucht. Nur gelegentliche Ausflüge mit seinem Großvater hatten Daniel den nötigen Überblick verschafft, um nicht völlig überwältigt zu sein. Es half auch nicht, dass die Geschäfte mit verzauberten Waren alle in den reicheren, wohlhabenderen Vierteln der Stadt angesiedelt waren. Daher war Daniel erleichtert, als er endlich am Eingang des letzten Ladens ankam. Der Laden selbst hatte sogar Glasfenster, und das größtenteils klare Glas zeugte davon, wie wohlhabend der Zauberer war, der sich darin aufhielt. Im Schaufenster waren zahlreiche Accessoires ausgestellt, von Halsketten und Ohrringen bis hin zu den allseits beliebten Ringen.

Im Laden begrüßte eine lächelnde Verkäuferin mit Grübchen und kastanienbraunem Haar Daniel fröhlich. Doch trotz ihres Lächelns bemerkte Daniel, wie sie den Abenteurer kurz musterte und ihr Blick auf seinem Kriegshammer am Gürtel verweilte.

„Wie kann ich dir helfen, Abenteurer?"

„Daniel", sagte er und stellte sich vor, während er in den Laden ging. „Ich bin auf der Suche nach, nun ja, verzauberten Accessoires." Als er merkte, wie unsinnig das klang, wenn man bedenkt, wo er sich befand, fuhr Daniel fort. „Ich habe ein Problem. Ich muss anfangen, mehr Schaden anzurichten, aber ich kann nicht viele Punkte in meine körperlichen Attribute stecken."

„Kaylee", sagte die Angestellte und berührte ihre Brust. „Und das ist ein interessantes Problem. Ich habe ein paar Gedanken dazu, aber wenn du mir das etwas mehr erklären könntest?"

„Natürlich", sagte Daniel und hielt dann inne. „Ähm, ich will nicht unhöflich sein, aber bist du die Zauberin? Nur, dass du ein bisschen, ähh...."

„Jung bist?" Kaylees Lächeln schwand keinen Millimeter.

„Hübsch", sagte Daniel und versuchte, sich von seinem Fauxpas zu erholen. Als er merkte, was er gesagt hatte, errötete er noch mehr und hustete.

Kaylee sagte nichts zu seiner unhöflichen Antwort, obwohl ihre Augen ein wenig kälter wurden, als sie sprach. „Ich bin eine Zauberin Level siebzehn. Die Arbeiten hier gehört mir, meinen Mitlehrlingen und meinem Meister. Heute bin ich an der Reihe, den Laden zu hüten."

„Richtig. Entschuldigung", sagte Daniel, kratzte sich am Kopf und schenkte der Frau ein halbes Lächeln. Kaylee gestikulierte nur, und Daniel atmete langsam aus, während er überlegte, was er sagen sollte. „Ich bin ein

Heiler. Ich habe früher an vorderster Front gekämpft. Gut, das tue ich immer noch. Aber ich muss härter zuschlagen. Und ein bisschen besser verteidigt werden. Nicht viel. Ich bin ein Schildträger."

„Verstehe", sagte Kaylee und warf noch einmal einen Blick auf Daniel. „Gibt es einen Grund, warum du keine verzauberten Verteidigungsmittel gekauft hast?"

„Na ja, nicht wirklich", sagte Daniel. „Ich habe erst jetzt daran gedacht. Oder besser gesagt, ich hatte jetzt das Geld dafür. Und ich habe es ein bisschen eilig mit einem Upgrade. Und ein kompletter Anzug ist sowohl teuer als auch zeitaufwendig."

Kaylee konnte dazu nur nicken. Sie wussten beide, dass die Verzauberung eines kompletten Panzeranzugs extrem teuer sein würde. Stattdessen tippte Kaylee mit einem Finger auf ihre Lippen und begann gedankenverloren auf einem Fingernagel zu kauen, bevor sie ihn mit einem Ruck aus dem Mund zog. Die Verkäuferin warf Daniel einen Blick zu, und als sie sah, dass er ihre ganze Aktion gesehen hatte, errötete sie leicht.

„Dann ist unser Zubehör wohl die beste Option. Dein Hammer wird fürs Erste ausreichen, obwohl er in ein paar Level aufgerüstet werden muss", sagte Kaylee. „Aber das können wir mit dem richtigen Zubehör aufschieben. Kennst du dich mit Verzauberungen aus?"

Daniel schüttelte den Kopf, und Kaylee lächelte leicht. „Das ist eigentlich gut. Die meisten Abenteurer denken, sie wüssten Bescheid, und dann machen sie später doch Fehler. Es ist besser, eine richtige Ausbildung zu bekommen."

„Okay."

„Fangen wir mit den Grundlagen an. Die erste Art der Verzauberung ist Materialverzauberung. Sie vergrößert und verstärkt die Eigenschaften eines Materials. Viele Verzauberungen sind von dieser Art, weil sie am einfachsten herzustellen sind. Nicht unbedingt am billigsten – denn das Material kann teuer sein –, aber am einfachsten. Daher kommen Waffen wie Feuerzahndolche oder Eiskrallensäbel." Daniel nickte und erinnerte sich, solche Waffen in dem anderen Laden gesehen zu haben. „Aber sie sind selten herzustellen und haben eine miserable Haltbarkeit."

„Die zweite Art der Verzauberung sind zaubergetriebene Verzauberungen. Dein Kriegshammer ist eine davon. In diesem Fall wird ein Zauberspruch in die Waffe selbst verzaubert. Diese sind komplizierter herzustellen, weil man nur einen Zauberspruch verzaubern kann, den man kennt – oder den ein Magier zum Zeitpunkt der Verzauberung sprechen kann. Deshalb sind sie oft entweder sehr häufig – wie eine Flammen- oder Eiswaffe – extrem selten. Dazwischen gibt es nicht viel."

„Oh", sagte Daniel und berührte seinen Kriegshammer. „Sind Zaubersprüche wie der, den ich habe, so weit verbreitet?" Oder hatte er etwas sehr Seltenes?

„Nein. Käfigzauber sind weit verbreitet, aber einen für eine unbekannte Zeit in einer Waffe zu halten..." Kaylees Lippen schürzten sich leicht. „Nein, ganz und gar nicht. Das ist ein Dungeon-Drop, oder?" Auf Daniels Nicken hin lächelte Kaylee leicht und ihre Stimme wurde fester. „Dungeon-Waffen unterscheiden sich von denen, die wir herstellen. Zaubersprüche, die zum Gebrauch und zur Wiederverwendung aufbewahrt werden, haben drei Komponenten. Erstens, die Wiederaufladung. Das ist kompliziert, schwierig herzustellen und hängt oft von den Materialien ab. Zweitens, der Zauber selbst. Je mächtiger der Zauber ist, desto mächtiger muss auch die dritte Komponente sein. Das Behältnis für den Zauber. Alle drei müssen vom Zauberer ausbalanciert werden – und diese Balance zu finden und zu entwickeln ist das, was Zauberer mit höherem Level besser macht. Aber die Dungeonwaffen verändern die Gleichung ein wenig, indem sie verändern, was als mächtiger Zauber gilt. Während ich die erste und die dritte Komponente leicht reproduzieren kann – und dies auch tue –, ist der Zauber selbst ein göttlicher Zauber. Ein göttlicher Zauber von niedrigem Level. Aber nichtsdestotrotz ein göttlicher Zauber."

„Oh...", sagte Daniel leise und berührte die Waffe unbewusst. Ihm war nie bewusst gewesen, dass seine Waffe so mächtig gewesen war. Es schien seltsam, dass ein so mächtiger Zauber auf einer – relativ gesehen – schwachen Waffe zu finden war. Aber wie Kaylee bereits erwähnt hatte, war ihr Schöpfer Panqua. Was ein Gott als mächtig ansah oder nicht, war wahrscheinlich nicht dasselbe wie bei Abenteurern wie ihnen.

„Gut. Also, wir sprachen über die Arten von Verzauberungen. Das erste Material, der zweite Zauberspruch. Die dritte Art sind glyphenartige Zaubersprüche. Anstatt einen Zauber zu verzaubern und zu speichern, kommen die verzauberten Effekte direkt von den Glyphen selbst. Natürlich sage ich Glyphen, aber es gibt eine Vielzahl unterschiedlicher kultureller Praktiken, die alles von Runen über Glyphen bis hin zu Hieroglyphen verwenden. Die Auswirkungen sind letztlich die gleichen. Die Glyphen schöpfen aus dem umgebenden Mana und laden die Verzauberung auf, die ihrerseits die Wirkung entfaltet. Der große Unterschied ist, dass bei einer glyphenartigen Verzauberung nichts gespeichert wird – das Mana wird sofort umgewandelt."

Daniel runzelte die Stirn. „Ich verstehe die Glyphenzauber, aber was, ähm, bewirken sie?"

„Die häufigste Art sind die, die sich direkt auf die Aura auswirken", sagte Kaylee. Sie winkte Daniel zu einer Vitrine hinüber, auch als sich sein Gesicht zu erhellen begann. Immerhin hatte er direkte Erfahrung mit einer solchen Verzauberung.

„Siehst du das hier? Diese Ringe oben sind alle mit Glyphen versehen. Das sind meistens Aura-Verbesserer – die Edelsteine zeigen die Art der Verstärkung deiner Aura an. Also, blau für Kälte, rot für Feuer, weiß für heilig, schwarz für Energieentzug", erklärt Kaylee. „Wir empfehlen natürlich, dass ihr sie nicht außerhalb des Dungeons tragt."

„Ich hatte einen Armreif, der Auren verstärkte", warf Daniel ein. „Ich konnte ihn nicht unter meiner jetzigen Rüstung tragen."

„Gut, deshalb bevorzugen wir Accessoires", sagte Kaylee lächelnd. „Die zweite Reihe sind die mit Zaubern gewebten. Diese halten und enthalten Zaubersprüche, wobei das Knotengeflecht um die Steine anzeigt, dass sie mit Zaubern gewebt sind."

„Das ist schlau", sagte Daniel und verstand, dass der einfache Designunterschied die Schrift deutlich machen würde.

Kaylee freute sich ein wenig über Daniels Worte, und ihre braunen Augen tanzten, als sie hinzufügte: „Also, die Steine sind dieselben, aber die meisten unserer mit Zaubern gewebten Ringe basieren auf Projektilen. Sie sind bei unseren Magiern sehr beliebt, da sie keine Handschuhe benötigen. So können sie zusätzlichen Schaden anrichten, der nicht von ihrem eigenen Mana abhängt. Aber ich würde das nicht unbedingt für dich empfehlen."

Daniel nickte, da er nicht wirklich eine schwächere Zauberversion des Feuerblitzes eines Magiers wollte. „Und die dritte Art, die stoffgewebten Ringe, sind unten." Das war keine Frage, sondern eine Feststellung, denn diese Ringe waren nicht aus Stahl oder Gold, sondern weniger zahlreich und in einer anderen Vielfalt. Es gab einen in Stein gemeißelten Ring, mindestens drei, die aus verschiedenen Arten von Knochen gemacht zu sein schienen, einen anderen, der ein ausgehöhlter Fingerring zu sein schien, und einen weiteren, der aus getrockneter Haut zu bestehen schien.

„Ja. Das sind die Spezialgegenstände unseres Meisters", sagte Kaylee stolz. „Der Ring des größeren Lebensentzugs", ein Finger zeigte auf den ausgehöhlten Fingerring, „ist wahrscheinlich die effektivste Verzauberung, um Schaden zuzufügen. Solange dein Gegner noch lebt und getroffen wird, stiehlst du ihm garantiert fünf Prozent seines Lebens. Und gewinnst etwa zehn Prozent dessen, was deiner eigenen Gesundheit entzogen wurde."

Daniels Augen weiteten, dann verengten sie sich, als sein Wissen als Heiler sich daran machte, sich vorzustellen, wie das funktionieren könnte. Wahrscheinlich handelte es sich um einen Massenregenerationseffekt wie bei den meisten Gesundheitstränken, der die Heilungsgeschwindigkeit eines Körpers wahllos erhöhte und vielleicht auch ein wenig Energie spendete. Das war nett, aber gefährlich, wenn man es unter bestimmten Umständen übertreibt. Falsch ausgerichtete Knochen, durchstochene Organe und Ähnliches konnten den Heilungsprozess erheblich beeinträchtigen.

„Selbst dann. Das ist erstaunlich", sagte Daniel. Fünf Prozent garantierter Schaden am Leben war beachtlich. Aber es überraschte nicht, dass der verzauberte Ring auch seinen Preis hatte, was seine Wirksamkeit betraf. Daniel schüttelte den Kopf und verwarf jeden Gedanken an einen Kauf des Rings. Selbst wenn er alle Gelder, die er je verdient hatte, zusammentragen würde, käme er nicht einmal annähernd auf die erforderliche Summe. „Ich habe nicht die Mittel dafür. Auch nicht die meisten materiellen Mittel."

„Wie hoch ist dein Budget?"

Daniel zögerte und überlegte, was er antworten sollte. Schließlich entschied er sich, der lächelnden Zauberin zu vertrauen. „Fünfzig Gold ist mein Limit."

„Das reicht", sagte Kaylee und lächelte. „Ich würde dir sogar empfehlen, zwei Verzauberungen zu nehmen – wenn du die Slots hast – statt einer starken Verzauberung. Das gibt dir mehr Flexibilität und ist ein besseres Geschäft.“

Daniel nickte, und Kaylee lächelte und führte den Mann durch den Laden, während sie ihm die Waren zeigte. Gemeinsam schränkten die beiden Daniels Auswahl ein, bis er vier Gegenstände hatte, die er für akzeptabel hielt. Das Erste war das teuerste – ein Amulett, das allein fast fünfundvierzig Gold kosten würde.

Amulett der geringeren Wahrnehmung

Wirkung: Erhöht die Aura des Benutzers, um seine Wahrnehmung um +12 % zu verbessern.

Lebensdauer: 35/35

Gegenstandsklasse: Verzaubert

Qualität: Durchschnittlich

Das Amulett selbst schien auf den ersten Blick wenig nützlich zu sein. Aber Kaylee hatte ihm erklärt, dass die gesteigerte Wahrnehmung zahlreiche Skills wie das Auffinden von Fallen, Taktik, Kampfsinn und sogar sein Skill **Schwachstellen finden** verbessern würde. Als Kaylee Daniel das Amulett kurz anprobieren ließ, spürte er, wie sich sein Bewusstsein erweiterte. Auch ohne den aktiven Teil seines Skills Schwachstellen finden zu aktivieren, spürte Daniel, wie er von der Schwäche in Kaylees Körperbau angezogen wurde – die Art und Weise, wie sie im Stehen eine Hüfte vorwölbte, und die Vertiefung in ihrer Kehle, der Moment, in dem sie ausatmete. Daniel konnte den Blick eine Zeit lang nicht abwenden, er war fasziniert vom Fallen ihrer Brust und davon, wie eine leichte Brise ihr Haar zum Tanzen brachte.

„Hm.“

„Tut mir leid.“

„Es ist okay. Das passiert bei erhöhter Wahrnehmung. Es wird ein paar Tage dauern, bis du dich an die Steigerung gewöhnt hast. Aber im Gegensatz zu vielen deiner anderen Möglichkeiten ist es eine Verzauberung, die du die ganze Zeit über tragen kannst."

„Richtig", sagte Daniel und nahm das Amulett ab. Es war zu ablenkend, um es jetzt zu tragen, besonders wenn er versuchte, eine kluge Entscheidung zu treffen. Seine nächsten beiden Wahlmöglichkeiten waren Variationen desselben Typs.

Kleiner Ring der Flamme

Wirkung: Der Kleine Ring der Flamme verleiht der Aura des Trägers ein Flammenelement. Verursacht 8 - 10 Punkte Feuerschaden pro erfolgreichem Angriff.

Lebensdauer: 20/20

Gegenstandsklasse: Verzaubert

Qualität: Durchschnittlich

Kleiner Ring der Kälte

Wirkung: Der Kleine Ring der Kälte durchdringt die Aura des Trägers mit dem Element Kälte. Verursacht pro erfolgreichem Angriff 5-8 Punkte Kälteschaden. 10 % Chance, dem Ziel einen Verlangsamungseffekt zu verleihen. Der Verlangsamungseffekt ist nur teilweise kumulativ.

Lebensdauer: 20/20

Gegenstandsklasse: Verzaubert

Qualität: Durchschnittlich

Beides waren Angriffe mit direktem Schaden. Tatsächlich war der Grundschaden des Feuerrings genauso groß wie der seines Hammers, obwohl dies natürlich nicht seine Stärke und sein Können berücksichtigte.

Dennoch war der Schadenszuwachs beträchtlich. Der Kältering hingegen sorgte zwar nicht für einen direkten Schadensschub, aber für einen Sekundäreffekt. Und nach Daniels Erfahrung konnte der Sekundäreffekt recht nützlich sein.

„Du verstehst natürlich, dass diese Angriffe bei bestimmten Monstern eine geringere Wirkung haben können. Zum Beispiel ist der Feuerring in den ersten drei Ebenen der beiden – pardon, drei – Dungeons nicht so effektiv. Die Dämonen haben eine feuerdurchdrungene Aura, und deshalb macht zusätzliches Feuer bei ihnen kaum einen Unterschied", warnte Kaylee.

„Natürlich." Daniel legte die Ringe ab und wandte sich dem letzten Stück zu. Dieser war ein Ohrring. Daniel wusste zwar, dass Ohrringe ein übliches Accessoire für Männer und Frauen waren, aber er hatte sich nie als Ohrringträger gesehen. Aber die Vorteile waren zu groß, um sie aus modischen Gründen zu vernachlässigen.

Kleiner Ohrring der Rache

Wirkung: Der Kleine Ohrring der Rache verleiht der Aura des Trägers eine zerstörerische Wirkung gegen Personen mit bösen Absichten. Die Aura fügt dem Angreifer 5-10 Punkte Schaden zu. Die Höhe des Schadens hängt davon ab, wie lange der Angreifer mit der Aura in Kontakt war und wie viel Schaden er erlitten hat.

Lebensdauer: 17/17

Gegenstandsklasse: Verzaubert

Qualität: Durchschnittlich

Der Ohrring war ein interessantes verzaubertes Stück. Insbesondere griff seine Wirkung direkt die Aura des Gegners an und umging so viele gängige Verteidigungsmaßnahmen wie Rüstungen oder eine harte Haut. Das machte den geringen Schaden, den er verursachte, mehr als wett, zumal der Angriff aus seiner Aura heraus erfolgte. Einen Angriff abzublocken, würde dem Monster genauso viel Schaden zufügen wie ein Treffer, was ein großer Vorteil war. Das bedeutete auch, dass der Ohrring gegen mehrere Angreifer effektiver war als die Ringe.

Aber seine geringe Lebensdauer gab Anlass zur Sorge. Es war zwar unwahrscheinlich, dass er beschädigt wurde, solange er unter seinem Helm steckte, aber Daniel war dennoch etwas besorgt. Außerdem kostete der Ohrring selbst fünfunddreißig Gold, während jeder der Ringe nur fünfundzwanzig kostete. Wenn er wollte, könnte er beide Ringe kaufen, aber das würde sie unwirksam machen – schließlich sind Kälte und Feuer ein direkter Gegensatz.

Der Kauf eines Rings und eines Ohrrings hingegen würde seine Mittel aufbrauchen. Und Daniel wusste, dass er sein Schild bald aufrüsten musste. Oder ihn zumindest ersetzen. Auch wenn ein einfacher Schild nicht so teuer war, so war er doch eine Ausgabe.

„Willst du sie auf Kompatibilität testen?", fragte Kaylee, als sie sah, dass Daniel zögerte. Auf Daniels Nicken hin nahmen sich die beiden die nächsten zwanzig Minuten Zeit, um die verschiedenen Accessoires anzulegen und auf versteckte Unverträglichkeiten zu testen. Das Problem bei Verzauberungen, die die Aura beeinflussen, war, dass sie unbekannte Nebenwirkungen haben konnten. Natürlich waren einige – wie Feuer und Kälte – wohlbekannt, aber viele andere waren nur für eine Person spezifisch.

„Hm", sagte Daniel schließlich. Sosehr er den kalten Ring auch mochte, es schien, dass er erhebliche Probleme mit seiner Aura hatte. Die Verwendung des Rings und jedes anderen verzauberten Gegenstands – abgesehen von seinem bestehenden Erfahrungsring – verursachte Konflikte.

Sogar der Ring der Erfahrung kam mit dem Kältering nicht zurecht. „Ich schätze, ich bin kein kalter Mensch."

„Es scheint so", sagte Kaylee. Sie schob den Feuerring und den Ohrring nach vorne. „Das scheint eine gute Kombination für dich zu sein. Sie übersteigt zwar dein Budget, aber ich bezweifle, dass du in deiner Preisklasse ein passenderes Paar finden würdest."

„Ja…" Daniel kratzte sich am Kopf, die Lippen fest zusammengepresst, bevor er zu Kaylee aufsah. „Vielleicht gibt es ja einen Rabatt?"

„Vielleicht…", sagte Kaylee und klopfte auf den Ohrring. „Ich könnte das ganze Paar um zwei Goldstücke billiger machen. Und das nur, weil ich das gemacht habe."

„Zwei Gold?" Daniel kratzte sich an der Nase, nickte dann aber entschlossen. „Okay. Erledigt."

Kaylee lächelte, und schon bald hatte Daniel seine Taschen für die beiden Gegenstände geleert. Er verstaute den Ring schnell in seinem Inventar, um nicht aus Versehen jemanden in Brand zu setzen. Was den Ohrring anging, half Kaylee Daniel sofort, sein Ohr durchzustechen. Im Gegensatz zu den anderen verzauberten Gegenständen war der Ohrring auf Absichten ausgerichtet – sowohl auf Daniels als auch auf die seiner Angreifer. Es war ein komplizierterer Gegenstand, weshalb es auch teurer war.

„Das sieht gut aus", sagte Kaylee, während Daniel seine Hand nach unten zog und sich zwang, sein Ohr nicht zu berühren. Es war… nun ja, seltsam. „Komm wieder, wenn du mehr Sachen brauchst."

Daniel konnte Kaylee nur ein angestrengtes Lächeln schenken, bevor er ging. Als er aufblickte und die Sonne betrachtete, stellte Daniel fest, dass es später war, als er erwartet hatte. Der Abenteurer beschleunigte seine Schritte und machte sich auf den Weg zur Gildenhalle, um sein Training fortzusetzen. Auf keinen Fall durfte er mit dem Training nachlassen, auch nicht mit den neuen verzauberten Teilen.

Kapitel 4

Zwei Tage später versammelte sich die Gruppe erneut vor dem Eingang von Aramis. Diesmal war die Gruppe etwas düsterer gestimmt, da sie sich der Gefahr bewusst war. Die Monster im Inneren waren zäh und, noch wichtiger, sie waren geneigt, große Schäden zu verursachen. Ein unvorsichtiger Moment der Gruppe genügte, um einen von ihnen zu töten. Deshalb gingen sie dieses Mal mit ungewohnter Ernsthaftigkeit durch die Prozeduren vor dem Einlass.

Nach kurzer Zeit sah sich die Gruppe erneut einem Paar Zarask gegenüber gestellt. Diesmal war die Gruppe etwas anders ausgerüstet und probierte einige neue Taktiken aus. Tula begann das Gefecht, indem sie einen neuen Pfeil abfeuerte, der direkt auf das Brustmaul des Zarask flog. Die Kreatur schloss ihre Lippen automatisch, was die Wirkung ihres Pfeils jedoch nur noch verstärkte. Beim Aufprall explodierte die kleine Kristallspitze, und verteilte den flüssigen Klebstoff und das Spinnenseidenextrakt, wodurch das Maul der Kreatur vorübergehend versiegelt wurde.

Omrak schleuderte hinter Tula eine Wurfaxt auf das andere Monster, noch während es nach vorne stürmte. Anstatt nach seinem Schwert zu greifen, rammte Omrak den Zarask mit der Schulter, als die Kreatur seiner Axt ausweichen konnte. Gemeinsam fielen die beiden zu Boden, wobei der riesige Nordländer sich sofort abrollte, während der Zarask sich wieder auf die Beine kämpfte. Inzwischen hatte der Rest des Teams aufgeholt und feuerte auf das am Boden liegende Monster mit Wurfmessern und verzauberten Metallstacheln, während Tula das erste Monster mit ihrer Bogenspitze abwehrte.

Daniel bewegte sich schnell nach vorne, nahm seinen Platz in der Reihe ein und wartete, bis Tula weit genug zurückfiel. Er wartete, bis Tula weit genug zurückgewichen war, und stieß mit seiner Bewegung sanft gegen ihren

Rücken, um sie wissen zu lassen, dass er da war, bevor die beiden schnell die Plätze tauschten und Daniel den nächsten Schlag des Zarask mit seinem Schild abfing. Gemeinsam arbeiteten die beiden daran, das wütende Monster zu bändigen, dessen anfänglicher Enthusiasmus nachließ, als Daniels neuer Ohrring nach jedem erfolgreichen Block seinen Tribut forderte.

Hinter seinem Helm ertappte sich Daniel dabei, wie er grinste. Auch wenn die Wirkung durch seinen Schild deutlich gedämpfter war, zischten die Klauen der Kreatur durch den Kontakt mit seiner Aura. Er konnte bereits erkennen, dass der Zarask Angst vor seinem Schild bekam und zurückwich, als Daniel vorwärtsdrängte. Ein zeitlich gut kalkulierter Pfeil traf den Zarask in die Schulter und erschuf eine Lücke, die Daniel aggressiv nutzte. Er trat vor, die Schulter hinter seinen Schild geklemmt, und stieß ihn nach vorne, wobei er beobachtete, wie der Zarask zurückwich. Als es seinen Körper zu ihm drehte, löste Daniel seinen **Doppelschlag** aus, und zermalmte Brust und Arm in kurzer Zeit.

Als Daniel und Tula ihren Gegner erledigt hatten, blickten sie auf und sahen, wie Omraks neu verzaubertes Schwert dem anderen Zarask den Kopf abschlug.

„Was war das?“, fragte Daniel. Niemand bewegte sich, ihr Gehörsinn war wie blockiert, und er stöhnte vor sich hin, stapfte hinüber und winkte Omrak zu, um seine Aufmerksamkeit zu erregen. Er zeigte auf das Schwert, der blonde Nordländer grinste und hielt es Daniel vor die Nase.

Das übergroße Schwert war gereinigt und poliert; die Kanten waren in der Zeit, in der sie weg waren, gesäubert worden. Aber noch interessanter war, dass auf beiden Seiten des Schwertes eine Reihe von Runen eingraviert war. Daniel streckte seine Hand in Richtung der Kante aus und spürte, wie der Wind über die Kante des Schwertes strich und sich kräuselte. Er neigte den Kopf in Richtung seines Freundes und murmelte das Wort „Wind“.

Omraks zufriedenes Nicken reichte aus, um Daniels Vermutung zu bestätigen. Es schien, dass Omrak sein Schwert mit einer Wind- oder Luftrune verzaubern ließ, was der Klinge eine neue, schärfere Schneide verlieh. Den Anzeichen nach schien die neue Verzauberung sehr effektiv zu sein.

Tula tippte den anderen auf die Schulter, um ihre Aufmerksamkeit zu erregen, und deutete dann den Korridor hinunter. Daniel errötete leicht und nickte zustimmend, während er seine Neugierde beiseiteschob. Später. Er würde sich die neue Waffe später ansehen.

***

Vier Stunden später starrte die Gruppe auf eine potenziell zufällige Begegnung. In einer großen Halle mit mehreren Eingängen, flankiert von imposanten Statuen von vier Meter großen Zarask, stand vor ihnen eine einzige große Truhe. Die Ebenentruhe, die den überdurchschnittlich großen Manastein enthielt. Neben der Ebenentruhe befanden sich natürlich auch der Ebenen-Champion und seine vier Gefährten, die durch die Hallen streiften und sich an den weggeworfenen Resten eines Abenteurer-Rucksacks labten. Der ehemalige Besitzer war nicht zu sehen.

Zarask-Champion (Level 18)
HP: 270/270

Während die Gruppe auf ihre letzte Begegnung zurückblickte, gab Daniel dem Team das Zeichen zum Rückzug. Leise zogen sie sich von den Monstern zurück, bis sie in sicherer Entfernung und außerhalb deren

Hörweite waren. Zusammengekauert riskierte Daniel, den Ohrstöpsel aus einem Ohr zu ziehen, und gab dem Team ein Zeichen, es ihm gleichzutun.

„Wollen wir das tun?", fragte Daniel und sah die Gruppe an. Die letzten vier Stunden waren gut verlaufen. Mit der neuen Ausrüstung und der neuen Taktik hatte das Team dieses Mal eine anständige Leistung mit wenigen Verletzungen erzielt. Daniel hatte sein Mana bisher kaum verbrauchen müssen, sodass er fast vollständig gefüllt und bereit zum Heilen war. Trotzdem war ein Champion immer viel stärker. Schon allein die Größe von drei Metern machte deutlich, dass dies kein einfacher Kampf werden würde.

„Du willst einen Champion und einen Ebenenstein zurücklassen?", sagte Rob ungläubig.

„Das ist also ein Ja von Rob", sagte Daniel.

„Nein", sagte Tula.

„Ich würde meine Familie nicht beschämen, indem ich einen so ehrenvollen Kampf ablehne", grummelte Omrak.

Asin zögerte einen Moment, dann schaute sie in die Runde. Ihr Blick fiel besonders auf Tula, die sich weigerte, ihr Votum zu erklären. In einer ihrer Hände kreiste ein Wurfmesser von Finger zu Finger, und drehte sich in nervöser Gewohnheit um ihre Hand.

„Daniel?", jaulte Asin.

„Ein Champion. Vier Zarask", dachte Daniel laut. „Ich denke, mit dem Champion werde ich allein fertig. Zumindest eine Zeit lang. Dann bleiben noch die anderen vier. Asin und Omrak können wahrscheinlich mit je einem der Zarask fertig werden und sie zu Fall bringen. Aber dann bleiben noch die anderen beiden."

„Ich kann einen weiteren aufhalten", sagte Rob. „Ich habe eine Reihe von Eis- und Wasserfallen aufgestellt und aufgeladen. Sie werden mein Ziel verlangsamen, besonders wenn ich mich nur auf es konzentriere."

„Tula?“ Daniel wandte sich der Rangerin zu.

„Nein“, sagte Tula und schüttelte den Kopf. „Keine guten Aussichten.“

„Bah“, sagte Rob und verschränkte die Arme. Als Daniel seinen Mund öffnete, um seine Stimme abzugeben, fügte Rob hinzu. „Wenn ich meine Verzauberungen aufteile, kann ich beide verlangsamen. Aber für eine viel kürzere Zeit. Asin oder Omrak müssen ihr Ziel schneller erreichen.“

„Meine“, sagte Asin. Dann zeigte sie auf Tula. „Hilfe.“

„Zusammen?“, murmelte Daniel und überlegte. Omrak war auch schnell mit seiner neuen Waffe, was der Grund für die Aufteilung war. Omrak konnte zwar mit dem Champion fertig werden, aber es war besser, wenn er gegen die anderen vier kämpfte und möglicherweise diejenigen angriff, die Robs Fallen entkommen. Wenn er seine Waffe in den Kampf einbrachte, würde er auch die Schergen schneller erledigen können.

„Drei.“

„Hm?“, sagte Daniel und sah Asin verwirrt an.

„Die Catkin meint, dass es jetzt drei Stimmen dafür gibt. Deine Stimme ist unwichtig“, sagte Rob.

Daniel runzelte bei den Worten des Zauberers die Stirn und drehte sich zu Tula um, um ihr Gesicht nach ihren Gefühlen zu dieser Sache zu entschlüsseln. Die Rangerin zuckte nur mit den Schultern und rückte die Lagen ihres Umhangs zurecht.

„Ich denke, wir gehen rein“, sagte Daniel. Nachdem er sich vergewissert hatte, dass jeder seine Rolle kannte, forderte der Heiler alle auf, ihre Ohrstöpsel wieder einzusetzen. Mit festem Griff um seinen Hammer winkte Daniel alle nach vorne.

***

Als die Gruppe wieder in die Halle eintrat und tiefer ging, teilte sie ihre übliche Linienformation in eine breitere Formation. Hinter ihnen wurden eine Reihe von einfachen Stolperdrahtfallen und Fackeln aufgestellt, um sie vor Verstärkung von hinten zu warnen. In diesem Kampf waren sie schließlich alle gefragt.

Der Zarask bemerkte die Gruppe, als sie sich aufteilten, und stieß ein Knurren und Jaulen aus, das von den Abenteurern nicht gehört werden konnte. Der Champion stand auf, die Hände fielen auf seine Brust, und sein Maul öffnete sich zu einem Schrei. Ein Pfeil flog nach vorne und wurde von einem seiner Lakaien abgewehrt, der den Pfeil aus der Luft schlug. Zu allem Übel wurde sein Arm von dem klebrigen Gemisch verschmiert und seine Finger klebten zusammen.

Ununterbrochen heulte der Champion, bald darauf gesellte sich auch der andere Zarask zu dem Lärm. Der kombinierte Schallangriff ließ die Abenteurer taumeln, durchdrang ihren Gehörschutz, ließ ihre Knochen erzittern und ihre Organe schmerzen. Daniel hustete und spürte, wie sich sein Mund mit Blut füllte, während er sich auf die Zunge biss, um sein Gleichgewicht wiederzufinden und die Wirkung abzuschütteln.

Als er sich umsah, bemerkte er, dass seine Freunde unter dem Angriff taumelten. Daniel fasste einen Entschluss und begann schnell, das Zeichen des Heilers anzuwenden. Er klopfte Rob auf die Schulter, legte den Heilzauber auf den Zauberer und half dem Selkie, sich aufrecht zu halten, als sich die Lautstärke verflüchtigte.

Omrak stürmte wütend nach vorne und durchbrach die Linie ihrer vorsichtigen Gruppe. Hinter ihm flüchtete Asin, während Tula die Gruppe weiter flankierte, ihr Bogen sang, als weitere Pfeile nach vorne flogen. Diesmal zielte sie auf die Schergen und schaffte es, zwei Mäuler zu treffen, bevor Omrak mit der Gruppe zusammenstieß. Mit dem windverzauberten

Schwert in der Hand führte der Nordländer große, geschwungene Schläge aus, um seine Angreifer abzuwehren.

Der Champion, der vorhin zum Schutz hinter seine Schergen gedrängt wurde, stapfte um die Gruppe herum. Während Rob geheilt wurde, rannte Daniel los, um den Champion abzulenken, bevor er sich dem Kampf gegen Omrak und der inzwischen eingetroffenen Catkin anschloss.

Als der Champion es endlich schaffte, sich einen Weg um die Gruppe herum zu bahnen, kam auch Daniel an und warf sich mit einem improvisierten Schulterangriff und **Schildschlag** ins Getümmel. Er löste das Skill aus, während er durch die Luft flog, sein Arm schoss nach vorne, um den Champion zu treffen und das Monster zu erschüttern. Nachdem er die Aufmerksamkeit des Monsters auf sich gezogen hatte, wurde Daniel getroffen und taumelte zur Seite, als er wieder am Boden ankam.

Winzige Kugeln rollten über den Boden und setzten Wasserströme frei. Diese Ströme griffen zu und formten sich zu Ranken, die sich an den Beinen festhielten. Die Zarask hielten inne, als sie die beiden Kämpfer in ihrer Umzingelung umschwärmten, und ließen für einen kurzen Moment von ihrem Angriff ab, während sie versuchten, sich zu befreien. Einige Sekunden später landeten noch mehr verzauberte Waffen, die zerbrachen und eine Wolke aus gefrierendem, mit Mana beladenem Gas freisetzten. Bei Kontakt mit dem Wasser gefroren die zuvor leicht zu zerbrechenden Ranken des Wassers und hafteten an der Haut. Für einen kurzen Moment waren die Zarask gefangen, unfähig, sich zu bewegen, und Tula nutzte dies voll aus. Ein **Pfeilsturm** landete inmitten der Gruppe, jeder Pfeil eine verstärkte Version, gefüllt mit einem kraftraubenden Gift. Als die Zarask sich befreiten, befiedert und verletzt, rissen sie die Haut auf und hinterließen klaffende Wunden aus erfrorenem Fleisch.

In der Zwischenzeit fand Daniel seinen Halt und schlug mit **Perrins Schlag** auf den Champion ein. Der kraftvolle Schlag, der auf die untere, Rippe abzielte, die Daniel als Schwachstelle des Champions erkannte, warf das Monster aus dem Hauptgetümmel heraus. Nachdem er die volle Aufmerksamkeit des Champions auf sich gezogen hatte, kauerte Daniel unter seinem hölzernen Schild und seiner Plattenrüstung und konzentrierte sich darauf, die erderschütternden Schläge mit seinem Schild und seiner Waffe in einem Winkel abzuwehren. Selbst dann merkte Daniel schnell, dass seine Arme unter den wiederholten Angriffen taub wurden. Wenn er gekonnt hätte, hätte er um Hilfe gerufen, aber niemand konnte ihn hören.

Die Zeit verlangsamte sich, jeder Klauenschlag war eine weitere gesparte Sekunde, ein weiterer Moment, den seine Freunde nutzen konnten, um ihren Kampf zu gewinnen. Sein Skill **Schwachstellen finden** informierte Daniel immer wieder über mögliche Angriffspunkte gegen den Champion, aber Daniel konnte es sich nicht leisten, ein Risiko einzugehen. Bei der brutalen Abwägung von Ausdauer und Geschwindigkeit, die Daniel vornehmen musste, wurden selbst potenzielle Chancen verworfen, da er sich weigerte, einen zufälligen Schlag gegen verschwendete Kraft einzutauschen.

Ein weiterer Schlag, diesmal etwas zu langsam, ließ seinen Hammer aus der Hand gleiten. Die Schlinge um sein Handgelenk riss seinen ganzen Arm aus seiner Position, ein Fehler, der seine Brust für einen brutalen Tritt öffnete. Daniel wurde nach hinten geschleudert, der Fuß des Champions rauchte noch. Daniel landete auf seinem Gesäß und kämpfte darum, aufzustehen, während der Champion den Kopf zurückwarf und aufheulte.

Erneut spürte Daniel, wie der Schallangriff in seinen Knochen vibrierte. Jetzt war der Angriff noch brutaler und kam näher. Doch statt eines allgemeinen Flächenangriffs blickte der Champion zu Daniel, ballte seine

Hände und konzentrierte den heulenden Angriff. Er traf Daniel direkt und versetzte dem Heiler einen heftigen Schmerz.

So plötzlich wie der Schrei begann, verstummte er auch wieder. Bleich und mit rot gefärbter Sicht sah Daniel ein Wurfmesser in der Kehle des Monsters stecken. Als der Champion rückwärts taumelte und versuchte, das funkensprühende Messer aus seinem Maul zu ziehen, kam ein Pfeil hinzu. Dann noch einer.

Ein quälender Husten zwang Daniel, auf die Seite zu rollen und Blut aus seinem Mund zu spucken, als er versuchte, sich zu räuspern. Er krampfte an seinem Helmverschluss und befreite schließlich sein Gesicht, während er die dringend benötigte Luft hinunterschluckte und für einen Moment den Kampf um sich herum vergaß. Als er wieder zu Atem kam, griff Daniel nach seinem Mana und wirkte zuerst eine einfache **Kleine Heilung II** auf sich selbst, bevor er ein **Zeichen des Heilers** auflegte. Als er wieder auf die Beine kam, wandte er sich erneut dem Kampf zu, nur um zu sehen, dass er bereits fertig war.

Um ihn herum waren nur noch die Manasteine des erschlagenen Zarask und der gefallene Körper des Champions zu sehen. Über dem Leichnam stand ein nicht mehr leuchtender Omrak, sein Schwert direkt in die Brust des Monsters gestoßen, wo sein Herz sein sollte.

„Oh. Ich schätze, ich hätte noch warten können", sagte Daniel.

Er runzelte die Stirn, berührte sein Ohr und stellte fest, dass er nicht einmal sich selbst hören konnte. Seufzend ließ er sich auf den kalten Boden sinken und legte sich einfach hin, um die kühle Behaglichkeit zu genießen. Später würde er alle anderen heilen. Aber im Moment war er der am meisten Verletzte der Gruppe, und auf Anweisung eines Heilers sollte er sich ein wenig hinlegen.

Kapitel 5

Das Aufräumen nach dem Dungeon-Durchgang war einfach genug. Als Daniel sich und den Rest des Teams geheilt hatte, wollte niemand mehr weitermachen, und so hatten sie vorsichtig den Weg in die nächste Ebene erkundet und gefunden. Über die Treppe brachten sie sich dann zum Ausgang. Tula war dankbar genug, dass sowohl Asin als auch Rob bereit waren, sich um das Eintauschen ihrer Loots zu kümmern. Einen Dungeon zu beenden war immer anstrengender als eine Tagesreise durch die Außenwelt. Tula glaubte, dass es daran lag, dass man in einem Dungeon wusste, dass man irgendwann gegen Monster kämpfen würde. In den Außenlanden konnte man tagelang ohne eine gewalttätige Begegnung auskommen.

Tula seufzte und schüttelte den Kopf. Ob es nun anstrengend war oder nicht, sie würde Silverstone und dessen Dungeons bald verlassen. Die Expedition in den Westen von Brad war kein Neuland, aber jede Expedition, die in die Nähe des wilden Landes kam, wie die Expedition es plante, brauchte einen Ranger. Auch wenn sie nicht gehen wollte, waren ihre Befehle von den Western Ivys eindeutig.

Und in der Tat würde es guttun, aus der Stadt herauszukommen und ihre Familie zu sehen. Nur weil sie gerne redete, hieß das nicht, dass sie Menschenmassen mochte. Und die Stadt war nun einmal voller Menschen. Sie alle redeten zu laut, drängten sich zu dicht aneinander und weigerten sich, regelmäßig zu baden.

Tula fuhr sich noch einmal mit der Hand durchs Haar, nahm die kleine Bürste, die sie geschenkt bekommen hatte, und bürstete ihr kurzes Haar noch einmal. Heiße Bäder waren ein Luxus, den sie vermissen würde. Als sie ihr vernarbtes Antlitz im Spiegel betrachtete, zuckten ihre Lippen leicht zusammen. Bäder und ihre dummen Gruppenmitglieder. Dennoch war die gemeinsame Zeit mit ihnen hilfreich gewesen. Nach all den Abenteuern, die sie unternommen hatten, war sie nun zu zwei Dritteln auf Level 16 angelangt.

„Ich sollte mich beeilen", sagte Tula und schüttelte den Kopf. „Wenn ich es nicht tue, wird Asin Erin dazu bringen, uns zu stark gewürztes Fleisch zu geben."

Tula legte ihre Bürste weg und sah sich in ihrem Zimmer um. Das Bett war gemacht, und ihre Sachen waren alle in ihrer Tasche verstaut. Sie könnte jetzt gehen und nie mehr zurückkommen, ohne etwas zu vermissen. Als Tula nach ihrem Bogen griff und ihn aufhob, nickte sie. Gut.

Ein kurzer Weg führte Tula von ihrem Gasthaus zu Erin, wo sich die Gruppe treffen wollte. Das Essen war gut und reichlich, und Erin war dafür bekannt, Ärger fernzuhalten. Das machte das Gasthaus bei den Abenteurern sehr beliebt, besonders nach einem Tag voller Erkundungen.

„Hier drüben!", brüllte Omrak, als er Tula entdeckte, die direkt vor der Tür stand und das Gasthaus nach ihnen absuchte. Sie trabte hinüber, während Omrak einen anderen Tisch um einen Hocker erleichterte und ihn mit einem dumpfen Schlag fallen ließ. „Das hat aber lange gedauert, Freundin Tula. Alle anderen sind schon da!"

„Ich wollte ein Bad nehmen", sagte Tula und schnupperte in Omraks Richtung. „Du hast offensichtlich eine andere Wahl getroffen."

„Ich habe vor zwei Tagen gebadet", sagte Omrak. „Und gestern Abend habe ich mich mit Öl abgewischt."

„Das hilft in deinem Fall nicht weiter", sagte Daniel.

Neben Daniel und gegenüber von Omrak beugte sich Asin vor, um Rob einen Stoß in die Seite zu geben. Als er aufheulte und sich aufsetzte, warf sie ihm ein breites Grinsen zu und stupste ihn erneut an.

„Was? Sprich, du verfluchte Raubkatze!", fauchte Rob.

„Tauschen." Pieks.

„Was tauschen?", sagte Rob.

„Tula."

„Schön", sagte Rob und schlug ihren krallenbewehrten Finger weg. Unfreundliche Worte über scharfe Nägel murmelnd, tauschte Rob den Platz mit Tula.

„Danke", sagte Tula zu Asin, als sie Platz nahm. „Habt ihr alle schon bestellt?"

„Nur die ersten paar Teller", sagte Daniel. „Aber es kommen noch ein paar weniger würzige Fleischsorten."

„Gut", sagte Tula. Sie schnappte sich einen Gemüsespieß und biss in das gekochte Zwiebel-Paprika-Gericht.

„Teilen." Ein kleiner Beutel fiel neben Tula, die mit dem Spieß, ihrem Beutel und dem Inhalt des kleineren Beutels jonglierte, bevor sie alles wegschob.

„Zählst du es nicht?", fragte Rob und zog missbilligend die Brauen zusammen.

„Ich vertraue euch."

„Vertrauen ist gut. Aber man sollte es trotzdem überprüfen", sagte Rob.

„Meine Entscheidung", sagte Tula. „Wie wir es besprochen haben."

„Ich würde mich besser fühlen, wenn du es überprüfen würdest. Wie ich bereits gesagt habe."

„Hartnäckig", sagte Tula und streckte ihre Zunge heraus, bevor sie einen weiteren Bissen von ihrem Spieß nahm. Dann schnappte sie sich drei weitere Spieße, als eine von Erins Kellnerinnen einen neuen Teller mit aufgespießtem Fleisch auf den Tisch stellte. Dieser hatte nicht das verräterische rote Glühen der anderen Spieße.

Die Gruppe trank und aß, und ihre Gespräche drehten sich um die Kämpfe des vergangenen Tages. Es war eine altbewährte Tradition, die

Angst und den Schrecken, den sie alle erlebt hatten, zu besprechen. Ein Erfahrungsaustausch, der ihrem Geist und ihrer Seele half, mit dem Geschehenen fertig zu werden. Es war ein gutes Ritual, eines, von dem Tula wusste, dass es auch von den Rangern durchgeführt wurde. Wenn man bedenkt, wie wortkarg so viele ihrer Mitglieder waren, sagte das viel über die Wirksamkeit der Gespräche aus. Am Ende beendete die Gruppe die Nachbesprechung, ihre Gedanken und Gefühle waren so ruhig wie das Essen in ihren Mägen.

„Was habt ihr morgen vor?", fragte Tula neugierig. Morgen würde sie abreisen. Trotzdem war sie neugierig, was das Team plante. Zurück nach Artos? Oder würden sie Aramis erneut aufsuchen, um sich mit ihm vertraut zu machen?

„Morgen?" Omrak sah verwirrt aus, als er sprach. „Wir kommen mit dir mit, nicht wahr?"

„Was? Nein. Das ist meine Expedition", sagte Tula und runzelte die Stirn. Omrak mochte manchmal ein wenig naiv sein, aber er war nicht dumm. Allerdings hatte er die Tendenz, nicht zuzuhören, wenn sie sprachen.

„Ja", sagte Asin.

„Das ist richtig." Sowohl Omrak als auch Tula stimmten Asins Worten zu. Als Tula sah, wie Asin über die Verwirrung grinste, die sie auslöste, als beide Abenteurer erkannten, dass ihre zweideutige Antwort auf sie beide zutraf, griff Tula hinüber und gab der verspielten Catkin einen freundschaftlichen Klaps.

„Das ist nicht hilfreich."

„Ja."

„Genug, Asin. Hör auf, sie zu ärgern", sagte Daniel. „Omrak hat recht. Wir kommen mit dir."

„Was!", jaulte Tula auf.

„Gut, wir haben im Team abgestimmt und beschlossen, dass wir genug von Dungeons haben. Und eine Expedition, die von einer echten Rangerin geleitet wird, klang nach einem tollen Erlebnis", sagte Daniel. „Also haben wir uns der Expedition angeschlossen."

„Das könnt ihr nicht machen!", sagte Tula.

„Ist Freundin Tula böse auf uns?" Omrak beugte sich vor und flüsterte in seiner gewohnt lauten Art zu Rob. „Wollten wir uns nicht Freundin Tula anschließen?"

„Ich glaube, sie ist nur ein bisschen überrascht", sagte Rob. „Stimmt's, Tula?"

„Entschuldigung. Entschuldigung. Du hast ja recht. Ich sage ja nicht, dass ihr nicht kommen dürft. Ich habe nur nicht erwartet, dass ihr kommt. Versteht ihr, was ich meine? Das war nicht der Plan."

„Aber du bist doch froh, dass wir kommen, nicht wahr?", sagte Daniel und lehnte sich von Asin gegenüber vor.

Tula verstummte, als sie Daniels intensivem Blick begegnete. Sie hielt inne und musste überlegen, was sie von der Ankündigung hielt. Wollte sie, dass ihr Team – ihr ehemaliges oder zuvor ehemaliges Team – mitkam? Nach kurzem Überlegen wurde Tula klar, dass sie froh war, sie zu haben. Ein Team, das sie kannte, dem sie vertraute, das sie unterstützte? Das war etwas, wonach sich die meisten Ranger sehnten. Zu oft endeten sie als Fremdenführer, was zu Konflikten und erhöhter Gefahr führte. Es war nur so, dass die Expedition nach Hause führen würde. Dass ihre Freunde das sahen, dass...

„Nein. Es ist in Ordnung", sagte Tula und schenkte Daniel ein halbes Lächeln. Es würde in Ordnung sein. Sie waren schließlich ihre Freunde.

„Gut. Denn einen Rückzieher können wir jetzt sowieso nicht mehr machen", sagte Rob. „Der Schaden für unser Ansehen wäre enorm."

Tula schnaubte, während Asin nur ein kleines Lachen von sich gab.

„Gut, jetzt, wo du unser Geheimnis kennst. Lass uns über die Ausrüstung sprechen", sagte Daniel ernst. „Das ist, was wir gekauft haben. Wenn wir noch etwas brauchen, haben wir morgen früh ein paar Stunden Zeit, es zu besorgen. Aber ich denke, wir haben alles."

Tula beugte sich vor, um zuzuhören, und neigte den Kopf zur Seite, als der Heiler begann, die Vorbereitungen aufzulisten, während sie gleichzeitig die sich windende Masse an Bedenken in ihrem Magen unterdrückte. Es würde schon gut gehen.

***

„Erinnert einen irgendwie an unsere erste Wachenanfrage, nicht wahr?", sagte Daniel am nächsten Morgen zu Asin. Das Abenteurerteam hatte sich auf einem kleinen Platz an der Hauptstraße versammelt und beobachtete, wie sich die Expedition zusammenfand. Mehrere Kutschen wurden an die Seite gezogen, wo der Sekretär des Karawanenmeisters den Zustand der Kutschen und Lasttiere überprüfte und sich vergewisserte, dass sie alle den Anforderungen der Expedition entsprachen. Gleichzeitig befragte der Karawanenmeister die Kutscher – Viehtreiber und Wagenmeister, die gezwungen wurden, Angaben zu ihren Skills zu machen. In den meisten Fällen wäre das nicht wichtig, aber ein guter Karawanenmeister würde trotzdem sicherstellen, dass er das ganze Ausmaß der Skills seiner Leute kennt.

„Teamleiter", sagte Asin und ruckte mit dem Kopf zu der Stelle, an der ein Abenteurerteam hereinkam.

Daniel drehte sich um und starrte auf die Gruppe, das einzige andere Abenteurerteam auf dieser Expedition. Während Daniel die Gruppe nach vorne laufen sah, überprüfte er, was er über das Team wusste. Es handelte sich um ein fortgeschrittenes Abenteurerteam der gelben Stufe, das seinem eigenen Team an Dienstalter überlegen war, und dessen Anführer das Kommando gehörte. Das Team selbst war eines der vielen gesponserten Teams der Seven Stones, und Daniel konnte nicht umhin, ihre Ausrüstung zu bewundern. Alle sieben Mitglieder des Abenteurerteams trugen einen hellen, dunkelgrauen Mantel, dessen Innenfutter die maßgeschneiderten Zauberrunen enthielt, die ihre Träger warm, trocken und kühl hielten. Die „Abenteurerumhänge" waren sehr begehrt und kosteten mindestens dreißig Goldstücke.

„Daniel Chai? Von DAO?", fragte der Gruppenleiter, als er sich näherte. Der hochgewachsene blonde Mann trug den grauen Mantel mit lässiger Leichtigkeit über seiner glänzenden Plattenrüstung. Zu Daniels Überraschung gab der Mann kein Geräusch von sich, wenn er sich bewegte, und der Stahlpanzer schien ihn auch nicht zu belasten. Daniel hingegen trug nur seinen eisernen Brustpanzer und verzichtete aus Bequemlichkeit auf den Großteil seiner Rüstung.

„Das bin ich", sagte Daniel. „Du bist Craig Morris von den Seven Stones."

„Das bin ich. Du hast deine Hausaufgaben gemacht", sagte Craig. „Das sind Vivian, Bjarne, Uppulu, Hjalmar, Elisa und Sumuhan."

Daniels Blick schweifte über die Gruppe, die jedes Mal nickte, wenn Craig sprach. Eines der ersten Dinge, die Daniel auffielen, war die Art und Weise, wie sich einige Mitglieder der Gruppe bewegten, wobei sie alte – oder vielleicht frische – Verletzungen vorzogen. Eingewickelte Verbände, ein hinkender Schritt. Das sprach den Heiler in Daniel an, aber er machte kein Angebot, ihre Schmerzen zu lindern. Er hatte keine Lust, sich wieder von geizigen Abenteurern anpöbeln zu lassen.

Vivian war in hellem, unbehandeltem grünen Leder gekleidet, an dem noch die Schuppen des Monsters, von dem es stammte, waren. Soweit er sich erinnerte, war sie keine Magierin, sondern eine Hexenmeisterin. Sie wurde nicht in der Kanalisierung von Magie durch eine offizielle Schule ausgebildet, ihre Zaubersprüche stammten alle aus ihren Skills. Das bedeutete, dass sie viel weniger vielseitig war als ein echter Magier, aber sie hatte den Vorteil, dass sie schneller zaubern konnte, da sie nur ihre Skills aufrufen musste. In gewisser Weise ähnelte es Daniels eigener Anwendung der Kleinen Heilung. Gut, bevor er sie durch Lernen weiterentwickelt hatte.

Bjarne war größer und mit einem Kettenhemd bekleidet, das ansonsten mit Leder und Stoff gepolstert war. Daniel bemerkte, dass die Stoffpolsterung, die er unter dem hellen Leder an seinen Armen trug, leicht glühte, wobei goldene Nähte durch den Stoff darauf hindeuteten, dass er wahrscheinlich verzaubert war. Bjarne trug ein Kurzschwert an seiner Hüfte, aber hinter seinem Schild trug er eine Hellebarde.

Uppulu war ähnlich bewaffnet und gepanzert wie Bjarne, nur dass der dunkelhäutige Krieger statt einer Hellebarde einen Speer mit Blattspitzen trug. Ansonsten schienen die beiden eine leichtere Rüstung und einen größeren Schild zu bevorzugen als Craig. Auffällig für Daniel war Uppulus Schuhwerk, das aus Schnürsandalen mit winzigen Flügeln am Ende bestand.

Hjalmar war anders als seine Vorgänger, er war dünner, schmaler und insgesamt kleiner. Der Bogenschütze war in eine leichte Lederrüstung gekleidet und trug einen einfachen Recurvebogen, den er ungespannt in einer Hand hielt. Selbst im Stand knackte Hjalmar immer wieder mit dem Nacken, zuckte mit den Schultern und streckte sich auch sonst.

Elisa war die andere Fernkämpferin des Seven-Stones-Teams, und die junge Frau führte ebenfalls einen Recurvebogen. Daniel konnte erkennen, dass ihre Waffe verzaubert war, die Vergoldung an der Bogenkante war ein deutliches Anzeichen dafür. Als Daniel zu ihr hinübersah, schenkte sie dem jungen Heiler ein strahlendes Lächeln, was Uppulu die Stirn runzeln ließ.

Sumuhan war der letzte des Teams, der vorgestellt wurde, und er war auch der einzige Beastkin. Sumuhan war ein seltenerer Beastkin, eine Ziegen-Variante, im Gegensatz zu den meisten Raubtier-Beastkin. Sumuhans Schnauze war länger als die von Asin, und er hatte einen langen, weißen, wuscheligen Bart, der ihm aus dem Gesicht fiel, sowie gut polierte Hörner auf seinem Kopf. Der Goatkin überragte die Gruppe mit einer Größe von etwa zwei Meter und trug drei Wurfspeere auf seinem Rücken. Als Hauptwaffe trug der Goatkin einen einfachen Hammer.

„Dein Team sieht sehr kompetent aus", sagte Daniel, nachdem er seinen Blick ein letztes Mal über die Gruppe hatte schweifen lassen.

„Genau wie deines", sagte Craig und nickte Daniel über die Schulter zu. Daniel drehte sich um und lächelte leicht, als er sah, dass sein Team endlich eintrat, allen voran Omrak. In kurzer Zeit stellten sich die Gruppen einander vor.

„Als leitendes Team werden wir die Verantwortung übernehmen und die Rollen verteilen", sagte Craig. „Ist das ein Problem?"

„Überhaupt nicht", sagte Daniel.

„Es sei denn, ich sage etwas anderes", sagte Tula. Die Rangerin trat vor, um sich an dem Gespräch zu beteiligen. „Wenn es darum geht, neue Wege zu erforschen, die Zeit zu stoppen und sich mit neuen Monstern auseinanderzusetzen, habe ich die letzte Autorität."

„Wir befinden uns auf einer kartierten Straße", sagte Hjalmar und verschränkte die Arme. „Dein Ranger-Müll wird nicht gebraucht."

„Ob es sich um eine kartierte Straße handelt oder nicht, es ist immer noch das Außenland", sagte Tula. „Wenn es nicht so wäre, wäre ich nicht verpflichtet, euch zu begleiten. Gemäß der Gildenvereinbarung 1.9.3 über

Expeditionen hat die Autorität eines Rangers bei allen Expeditionen Vorrang."

„Da haben wir es wieder. Die Rangerin wirft mit ihrem Status um sich", sagte Hjalmar und rollte mit den Augen. „Nur weil sie eine *bessere* Klasse haben. Ich wette, sie hat noch nicht einmal Level 20 und denkt, sie kann uns herumkommandieren."

„Hjalmar...", sagte Craig.

„Nein. Das ist die Art von bürokratischem Müll, die Abenteurer umbringt", sagte Hjalmar.

„Es sind Abenteurer wie du, die sich weigern, die Befehle der Ranger zu befolgen, die dafür sorgen, dass Menschen auf Expeditionen getötet werden", sagte Tula und trat einen Schritt vor, während sie den Mann anstarrte.

„Können wir darüber reden?", sagte Daniel und versuchte, die Situation zu schlichten.

„Mach dir keine Sorgen, Abenteurer Chai. Es wird hier keine Probleme geben", sagte der Karawanenmeister, als er das sich anbahnende Problem bemerkte und herüberkam. „Teamleiter Craig. Kümmere dich um deinen Mann. Die Regeln der Gilde sind eindeutig, ebenso wie die Regeln meiner Expedition. Die Rangerin hat das Kommando, wenn eine eindeutige und offensichtliche Bedrohung durch Monster im Außenland besteht. Haben wir uns verstanden?"

Craig errötete und nickte. Als Hjalmar wieder zu sprechen versuchte, ging Craig so weit, seinen Freund anzufauchen.

„Gut. Rangerin Tula, danke, dass du dich der Expedition angeschlossen hast", sagte der Karawanenmeister.

„Mit Vergnügen", sagte Tula.

„Wenn ihr bereit seid, wird die Karawane jetzt aufbrechen."

„Fahrt los. Auf den ersten fünfzehn Kilometern gibt es wenig zu bedenken", sagte Tula mit teilnahmsloser Miene. „Ich werde euch trotzdem den Weg weisen."

„Natürlich." Noch einmal nickte der Karawanenmeister Tula zu, bevor er ging, bald gefolgt von Craig, der die Gruppe verteilte. Der mürrische Hjalmar blieb allein zurück, um hinten Wache zu halten.

Als die Karawane aus der Stadt herausrollte, beugte sich Rob, der Daniel zur Seite gestellt worden war, vor und flüsterte: „Das war ein verheißungsvoller Start."

Daniel konnte daraufhin nur schief lächeln.

Kapitel 6

Eine sanfte Brise wehte, stieß gegen Asins Schnurrhaare und zerzauste ihr Fell. Sie trabte neben der Kutsche her, froh, aus der Stadt zu sein. Auch wenn die Catkin in der Stadt aufgewachsen war, bedeuteten ihre erweiterten Sinne, dass sie den Gestank des Stadtlebens immer ein wenig zu intensiv empfand. Nicht, dass es in der freien Natur keine unangenehmen Gerüche gäbe, aber sie waren oft weniger konzentriert. Als Asin tief einatmete, nahm sie die Gerüche von Straßenstaub, Kies und Pferdeäpfeln wahr, die sich mit dem Gras, den Blättern und der verrottenden Vegetation der angrenzenden Wiesen vermischten. Der Wind brachte einen leichten Geruch von Pilzen und verrottetem Holz mit sich, aber es war der Geruch von frischem Kaninchen, der ihr das Wasser im Mund zusammenlaufen ließ. Zu schade, dass es sich im Wald befand, wo es vom Karawanenzug nicht gesehen werden konnte. Und neben ihr war der Geruch von Ziege und Mensch, denn der Beastkin hatte einen ganz anderen Geruch als echte Tiere.

„Ich bin überrascht, deine Gruppe hier zu sehen", sagte Sumuhan und brach das Schweigen, während er sich an einem bandagierten Arm kratzte. Jetzt, wo sie außerhalb der Stadt waren, war das Reden viel einfacher und leichter.

„Warum?", sagte Asin.

„Ihr habt einen Heiler. Wenn wir einen hätten, wären wir jeden Tag im Dungeon", sagte Sumuhan. Die Stimme des Ziegenbocks war rauer und höher als die eines normalen Menschen und neigte dazu, beim Sprechen zu schwanken, ähnlich wie bei einem echten Tier.

Asin konnte nur mit den Schultern zucken, und ihr Schwanz winkte bei Sumuhans Aussage. Was Sumuhan erwähnte, ähnelte sehr ihrer normalen Vorgehensweise bei Raids. Das war der größte Unterschied zwischen ihrem Team und vielen anderen. Ein normales Abenteurerteam musste extrem vorsichtig sein, was Verletzungen anging, und war gezwungen, jedes Level mit Vorsicht zu genießen. Die meisten Gruppen betraten den Dungeon verletzt, Abenteurer bevorzugten gerissene Muskeln oder Sehnen, Schmerzen und Prellungen von früheren Kämpfen und gelegentlich gebrochene Knochen. Kleinere Verletzungen behinderten die Abenteurer zwar, hielten sie aber nicht davon ab, weiterzumachen.

Aber eine einzige größere Verletzung – ein gebrochener Knochen, ein Stich oder ein Schnitt, der Torsos oder tiefe Wunden öffnete – konnte das Vorankommen einer Gruppe aufhalten. Schlimmer noch, wie Asin wusste, hatten Verletzungen die Tendenz, sich in einem Kampf zu verschlimmern. Ein Fehler, und ein Abenteurer würde zu Boden gehen. In einem fortgeschrittenen Dungeon bedeutete das oft, dass die zahlenmäßig unterlegenen Abenteurer gezwungen waren, noch mehr Monster allein zu bekämpfen. Das würde zu mehr Risiken und Verletzungen führen. Ein einziger Fehler und zwei bis drei Mitglieder könnten verletzt werden.

An diesem Punkt muss sich eine Abenteurergruppe entscheiden, ob sie verletzt weitermachen, wertvolle und teure Heiltränke verbrauchen oder sich zurückziehen und ausruhen. Viele Gruppen, wie die von Sumuhan, taten das Klügste und ruhten sich aus. In gewisser Weise war es besser, wenn es mehrere Verletzte gab, denn so konnte sich die gesamte Gruppe ausruhen, heilen und dann als Ganzes weitermachen. In einigen Fällen, wenn die Verletzungen halbwegs geheilt waren, nahmen die Gruppen Quests an, die ihnen Münzen einbrachten, sie aber nicht so sehr in Gefahr brachten.

Wie Expeditionen.

Die Expeditionen selbst wurden oft damit ausgezeichnet, dass sie Abenteurergruppen mit einer höheren Auszahlung als normal anlockten. Die langen, langweiligen Reisen erforderten oft, dass die Gruppen ihre Heimatbasis verließen, was die Zeit, die eine Gruppe für den Level aufwenden konnte, reduzierte. Im Gegensatz zu Wachquests, die zwischen bevölkerten Orten stattfanden, führten Expeditionen von der Bevölkerung in die Außengebiete, und zwangen die Gruppe, die ganze Zeit bei der Expedition zu bleiben. Die Länge der Reisen und die variablen Gefahren der Expeditionen bedeuteten, dass sie besser bezahlt werden mussten als für normale Quests.

Aber nur in Bezug auf normale Quests für ein „durchschnittliches" Dungeon-Team. Für Gruppen wie die von Asin, die sich heilen und etwa alle zwei Tage in den Dungeon zurückkehren konnten, waren die Verdienstmöglichkeiten viel geringer. Tatsächlich, brummte Asin vor sich hin, hatte sie selbst bei dieser Reise gezögert. All die Münzen aufzugeben... Das war ihr nicht geheuer gewesen. Zögernd oder nicht, da der Rest der Gruppe von der Idee begeistert war, als Rob sie vorschlug, hatte sie sich darauf eingelassen.

„Warum bist du dann gekommen?", sagte Sumuhan, nachdem er es aufgegeben hatte, darauf zu warten, dass sie ohne Aufforderung antwortete.

„Erfahrung", sagte Asin. „Expedition. Ranger."

„Alle Expeditionen haben Ranger."

„Nicht alle", sagte Asin. „Verfügbarkeit."

„Stimmt. Wir haben Glück...", sagte Sumuhan. „*Wir können auf Beastkin sprechen, wenn du magst.*"

„*Ja, es ist einfacher zu sprechen*", sagte Asin. Sie drehte sich nach hinten und entdeckte eine einsame, stapfende Gestalt. „*Nicht alle deine Freunde sind glücklich.*"

„*Hjalmar? Er ist nie glücklich. Nicht, seit wir Craig zum neuen Parteivorsitzenden gewählt haben*", sagte Sumuhan.

„*Warum?*"

„*Gruppenprobleme.*" Sumuhan wandte seinen Kopf von Asin ab und starrte auf das Waldstück, dem sie sich näherten, bevor er entschied, dass es dort keine Bedrohung gab. Nicht, dass so nahe an der Stadt eine Bedrohung wahrscheinlich wäre. Nicht bei dem hohen Verkehrsaufkommen auf der Straße. Der Verkehr auf der viel befahrenen Straße war so langsam, dass viele Mitglieder der Karawane zu Fuß unterwegs waren, um ihre Rücken zu schonen. Gefederte Stahlfedern hin oder her, es war nicht angenehm, längere Zeit auf den Wagen zu sitzen. *„Behandeln sie dich gut, Junges?"*

„So alt bist du nicht", sagte Asin. Obwohl sie zugeben musste, dass Sumuhan für einen fortgeschrittenen Abenteurer mit Ende zwanzig recht alt war. Für einen Goatkin, die selten älter als fünfzig wurden, war er schon mehr als halb da. Und das Abenteuerspiel war zum größten Teil das Spiel der jungen Männer. *„Aber sie sind gut. Viele von uns sind schon seit über einem Jahr zusammen. Tula und Rob sind neuer, aber sie behandeln mich gut."*

„Gut." Unausgesprochen blieb die Tatsache, dass sie, da sie bestialischer waren als viele ihrer Verwandten, mit noch mehr Vorurteilen zu kämpfen hatten. Es gab Gilden und Abenteurergruppen, die sich weigerten, Beastkin aufzunehmen, die so bestialisch aussahen wie sie, da die Sorge, dass ihre „animalische Natur" im Dungeon versagen könnte, immer noch weit verbreitet war. Auch wenn das nicht stimmte.

Danach wurde das übliche Gespräch zwischen Abenteurern geführt – über Waffen und Zaubersprüche, Taktiken und Monster. Das Fachsimpeln von Leuten, die regelmäßig mit Gewalt zu tun haben. Auch wenn das, anders als die Allgemeinheit es sich vorstellt, nicht so häufig vorkommt.

***

Vier Tage später gähnte Daniel, als er in der führenden Kutsche saß und die Umgebung an sich vorbeiziehen sah. Nachdem sie die Hauptstraßen, die die großen Städte Brads miteinander verbanden, verlassen hatten, war die

Gruppe nach Norden und Westen ausgeschert und hatte sich auf das Außenland und das endgültige Ziel der Expedition zubewegt. Sobald sie ihr Ziel in zwei Wochen erreicht hatten, war geplant, einen Monat in den Außenbezirken zu verbringen, um dort zu jagen, zu sammeln und auf andere Weise die Früchte der Wildnis zu ernten. Im Laufe der Expedition verkaufte oder tauschte der Expeditionsleiter die zahlreichen lebensnotwendigen Gegenstände an die Jäger, Fallensteller, Außenweltler und Dorfbewohner gegen die gesammelten Waren. Im Laufe der Zeit entwickelten sich durch die kontinuierliche Einwanderung von Bürgerlichen und den zivilisatorischen Einfluss von mehr Menschen größere Dörfer und neue Städte.

Das heißt, wenn die Orks, die weiter südlich in den nordwestlichen Wäldern lebten, nicht eine Kriegspartei schickten, um mit den eindringenden Dorfbewohnern fertig zu werden. Als Binnenvolk konnte Brad nicht weiter nach Osten expandieren, da es auf das größere Reich von Kobyzcha stieß. Im Südosten grenzte die Beastkin-Nation Garhwa an das Reich – ein Halbvasallenstaat, der in einem bevölkerungs- und abwechslungsreichen Land lebte. Im Süden hatte sich Brad so weit wie möglich ausgedehnt, bevor es an das Niemandsland der Wüste von Esenbey stieß. Die dort lebenden Nomadenstämme beanspruchten die Wüste so sehr für sich, wie es nur irgend möglich war. Die Wüstenstämme überfielen die Dörfer zwar hin und wieder, aber im Großen und Ganzen war es eine friedliche Beziehung. Und natürlich gab es im Südwesten und Westen die sich ausbreitenden Orknationen. Wenn Brad einen Grund hatte, gegen das größere Reich von Kobyzcha zu überleben, dann deshalb, weil das Reich den Schutz von Brad genoss. Das hielt das Imperium nicht davon ab, seine berühmten Festungsstädte entlang der Grenze dazwischen zu errichten.

„Warum lächelst du, junger Mann?", sagte der Fahrer, der sich als Grey vorgestellt hatte, als er sah, dass Daniel schief vor sich hinlächelte.

„Geschichte. Früher haben wir diesen Kontinent beherrscht. Wir haben ihn sogar nach uns benannt. Und jetzt geht es uns gut." Daniel zuckte mit den Schultern.

„Wir sind immer noch hier, nicht wahr?", sagte Grey und beugte sich dann vor, um einen Strahl Betelsaft zur Seite zu spucken. „Viele Völker können das nicht behaupten. Selbst die, die uns später unser Land weggenommen haben."

„Stimmt. Zwei Jahrtausende sind eine lange Zeit", sagte Daniel. Brads glorreiche Zeiten lagen lange zurück. Das einst mächtige Reich war durch die Innenpolitik und zwei Dungeonbrüche der Meisterklasse und vier der Fortgeschrittenenklasse inmitten eines dreihundertjährigen Bürgerkriegs zu Fall gebracht worden. Hinzu kamen die ständigen Kämpfe mit den eindringenden Orks aus Übersee während der Friedenszeiten im Bürgerkrieg, das Reich war geschrumpft und wieder geschrumpft. Jeder dieser Kämpfe hatte die Kraft des einst mächtigen Reiches geschwächt und es langsam gezwungen, seinen effektiven Herrschaftsbereich zu verkleinern. In dieser Lücke hatten Monster und andere Völker das Land für sich beansprucht.

In Wahrheit wussten nur wenige Abenteurer viel über die Geschichte von Brad. Auch Daniel selbst wäre weitgehend unwissend gewesen, hätte er nicht mit Khy'ra im Bett gesprochen. Ihrer Meinung nach war das auch gut so. Wenn man sich zu sehr um den einstigen Ruhm der Vergangenheit kümmerte, würde das zu einem weiteren verschwenderischen Eroberungskrieg führen. Diese Kriege waren nach Khy'ras Ansicht einer der Hauptgründe für den Niedergang des Reiches – die Ablenkung der Abenteurer von der wichtigen Aufgabe, Dungeons zu säubern.

„Zwei? Du meinst drei, oder?", sagte Grey.

Daniel schüttelte den Kopf. „Zwei."

„Nein, das ist nicht richtig. Meine Ma hat immer gesagt, es sind drei", wiederholte Grey. „Du solltest es mir glauben. Sie war großartig erzogen."

Daniel öffnete den Mund, um den Mann erneut zu korrigieren, und starrte dann in Greys mürrisches Gesicht. Nach einem Moment beschloss er, die Angelegenheit nicht weiterzuverfolgen. Schließlich stammte auch seine Information aus zweiter Hand. Selbst wenn sie von einer alten Elfe stammten. „Warst du jemals dort? In die Hauptstadt?"

„Nein. Silverstone reicht mir", sagte Grey. „Groß genug, um sich darin zu verirren, aber nicht so groß, dass man zu viele von der falschen Sorte um sich hat."

Daniel versteifte sich, aber seine Stimme blieb neutral, als er sagte: „Falsche Sorte?"

„Adel."

„Oh", entspannte sich Daniel, und lehnte das Angebot von in Minze eingewickelten Betelnüssen ab, als Grey sein altes Set ausspuckte und ein neues hinzufügte. „Ich habe eigentlich keine getroffen."

Vor ihnen hielt Tula inne und signalisierte der Gruppe, langsamer zu werden. Eine Hand fiel herab, Daniel holte seine Armbrust hervor und betätigte den Spannmechanismus.

„Gibt es Ärger?", fragte Grey. Der Fahrer klopfte sich auf die Brust, wo ein goldenes Amulett lag.

„Ja." Daniels Augen verengten sich.

Gut. Es war ein bisschen zu viel verlangt, dass die gesamte Expedition ruhig verlaufen sollte.

***

„Was haben wir, Rangerin Tula?", fragte Sava, der Karawanenmeister, Tula, als die Gruppe die kauernde Rangerin erreichte. Sie ging schräg, den Körper zur rechten Straßenseite gewandt.

„Spligo", sagte Tula und wandte sich ab, um sich der Bedrohung zuzuwenden, während sie sprach. Der Pfeil, den sie locker an ihrem Bogen hielt, zeigte weiterhin in die Richtung der Erhebung, die die Monster verbarg.

Sava zischte, während Daniel das Gesicht verzog, und ein weiteres Paar Armbrustbolzen aus seinem Köcher sowie seinen Hammer hervorzog. Er überlegte kurz, ob er seinen Schild nehmen sollte, verwarf die Idee dann aber wieder, weil er lieber die Hand frei hatte, um sich am Wagen festzuhalten.

„Wie viele?", fragte Sava.

„Ein ganzes Rudel", sagte Tula. „Neun Erwachsene. Sechs Kinder. Sie haben einen Bison kurz hinter dem Kamm erlegt."

„Gut", sagte Sava. „Empfehlungen?"

„Geht langsam. Seid bereit zu rennen", sagte Tula. „Wenn sie essen, sollten sie zufrieden sein. Die Bogenschützen werden feuern, wenn ich es tue. Wir werden nur angreifen, wenn wir angegriffen werden."

„Spligo sind Schädlinge", sagte Craig, der sich dem führenden Wagen zu Fuß angeschlossen hatte. „Es sind nur fünfzehn von ihnen. Wir können es mit ihnen aufnehmen."

„Das ist nicht unsere Aufgabe", sagte Tula und schüttelte den Kopf. Sava sah erleichtert aus, als Tula sprach. „Wir werden eine Botschaft schicken, wenn wir uns sicher sind."

„Das Kopfgeld auf Spligo beträgt fünf Silber pro Stück. Und ihre Zähne und Drüsen sind sehr wertvoll", sagte Craig. „Wenn man sie allein lässt, wird sich ein so großes Rudel aufteilen, wenn die Welpen erwachsen sind."

„Das ist nicht unsere Aufgabe." Tula drehte sich um, und starrte Craig an, ihre Stimme wurde fester. „Wir bringen den Karawanenmeister zu seinem Standort und zurück. Unversehrt."

Craigs Lippen spitzten sich, aber er nickte kurz. Sava lächelte, als er Craig weggehen sah, und neigte den Kopf in Richtung Tula. „Danke, Rangerin. Deshalb bevorzugen Expeditionsleiter wie ich es, Ranger an der Spitze zu haben. Abenteurer sind ein wenig... enthusiastisch." Daniel rutschte in seinem Sitz, und Sava lächelte den jungen Mann kurz an. „Nicht böse gemeint."

„Nichts für ungut", sagte Daniel. Er konnte Craigs Wunsch verstehen. Fünf Silberstücke waren eine anständige Summe für ein Monster.

In kürzester Zeit war die gesamte Karawane informiert worden. Abgesehen von einer symbolischen Truppe auf der linken Seite verlagerten die regulären Wachen und Abenteurer ihre Aufmerksamkeit auf die rechte Seite. Grey schnalzte mit der Zunge, schnippte mit den Zügeln und trieb seine Pferde im langsamen Trab vorwärts. Als sie die Hügel hinter sich gelassen hatten, erblickte Daniel den Spligo.

Der Spligo existierte in dieser nebulösen Leere von Plage und Bedrohung. Ein einzelner Spligo war nicht gefährlich. Ein Rudel Spligo hingegen war gefährlich genug, um ein Knochenbison zu erlegen. Schlimmer noch, in einer einzigen Saison konnte der Spligo drei- oder viermal gebären.

Was den Spligo selbst betrifft, so sah das Monster aus wie ein dünner, flacher Wolf mit einem ovalen Gesicht. Anstelle eines einzelnen Kiefers war das Maul des Spligo wie eine Blume geteilt, messerscharfe Zähne säumten die Schnauze, in der sich ein bewegliches Zungententakel wand, dessen mit Widerhaken versehenes Anhängsel dazu diente, Körper und Gliedmaßen einzuwickeln und zu sich zu ziehen. Soweit Daniel sich erinnerte, war der

Speichel des Monsters ein mildes Lähmungsmittel, während seine Klauen überraschend stumpf waren.

„Wir sollten es langsam angehen lassen", flüsterte Daniel, während er die Armbrust auf die Monster richtete. Die Gruppe kauerte über dem Kadaver des Knochenbison, ihre langen Zungen wickelten sich um das tote Fleisch, um es zu zerreißen und in ihre Mäuler zu zerren. Es war ein ekelerregender Anblick, vor allem, als die Monster ihre Zungen in den Torso des Monsters tauchten, um die Eingeweide herauszureißen und zu fressen.

„Langsam. Ich bin langsam." Grey griff nach dem massiven Stahleisen, das zwischen den beiden lag. „Ich hoffe nur, dass sie mit ihrem Essen zufrieden sind."

„Ja. Langsam. Wir können ihnen nicht entkommen, also gehen wir langsam", murmelte Daniel. Neben den beiden ging Tula mit einem Paar Pfeile in der einen Hand und einem weiteren Pfeil, der bereits gespannt war, einher. Sie blickte zurück und starrte die beiden an, sodass Daniel verlegen den Kopf einzog. Nach all der Zeit wusste er, dass die Rangerin Lärm nicht mochte – sie nannte es einen unnötigen zusätzlichen Faktor.

Als die Karawane direkt gegenüber vom Rudel stand, blieb Tula stehen und machte einen großen Schritt von der Straße weg. Dann stand sie einfach da, den Bogen tief und bereit, während sie die Monster anstarrte. Die Spligo, die die Gruppe entdeckt hatten, waren alle auf den Beinen, ihre dunklen Augen folgten den Bewegungen der Karawane, bevor sie die stille, winzige Rangerin erblickten. Ein Windhauch streifte die Spitzen ihres braunen Haars, das von einem grün-braunen Hut mit Krempe gehalten wurde, und spielte mit ihm und den Säumen ihrer Kleidung. Es war das Einzige, was sich zu bewegen schien, während die Rangerin auf die Monster starrte.

Als der Wagen an der Gruppe vorbeirumpelte, drehte sich Daniel auf seinem Sitz um und richtete seinen Blick auf das größte Mitglied des Rudels.

Der Spligo hatte sich an der zerschmetterten Brust des Bisons gütlich getan, doch nun richtete er seine Aufmerksamkeit auf die Gruppe. Mit gerecktem Kopf öffnete sich der Rachen der Kreatur und zeigte die Reihen scharfer Zähne auf jedem Teil der Schnauze des Monsters. Aus dem zweiten Wagen, in dem Hjalmar saß, stieß der Fahrer einen unwillkürlichen Schrei aus. Die Ungeheuer drehten ihre Köpfe wie ein einziger auf den Fahrer.

„Ba'al", fluchte Hjalmar, hob seinen Bogen und spannte einen Pfeil. Eine Hand ruhte auf seiner Wange, als er ausatmete. Der Abenteurer war einer von vielen, die sich anspannten und sich auf den bevorstehenden Angriff vorbereiteten.

„Halt!" Tulas geflüsterte Worte ließen die Gruppe erstarren. Die Rangerin war eine der wenigen, die ihren Bogen nicht erhoben hatten. Sie machte sogar einen Schritt nach vorne und begegnete den Blicken des Rudels furchtlos, als diese sich wieder auf die Rangerin konzentrierten.

Als Daniels Wagen den nächsten Hügel hinaufrollte und ihn schnell aus dem Blickfeld der Gruppe brachte, wandte sich der Abenteurer widerwillig von der Konfrontation hinter ihm ab. Als neuer Anführer wusste Daniel, dass es an ihm lag, dafür zu sorgen, dass sie nicht einfach auf eine weitere Gruppe von Monstern trafen. Mit zusammengebissenen Zähnen suchte Daniel die Gegend vor ihm ab, um nach Problemen Ausschau zu halten.

Es war ein quälendes Warten, als die Karawane an den Spligo vorbeizog. Eine Karawane nach der anderen erklomm den Hügel, bevor sie außer Sichtweite der Ungeheuer kamen. Ungeduldig schaute Daniel ab und zu nach hinten, zählte die Anzahl der Karawanen und spitzte die Ohren, um die Anzeichen eines Kampfes zu hören.

Aus den Minuten wurde eine Stunde, und Daniel entspannte sich, als er feststellte, dass es keine Anzeichen für eine Verfolgung gab. Doch der Heiler konnte sich nicht ganz entspannen, da Tula nicht zurückkehrte, um ihren

Platz einzunehmen und den Weg auszukundschaften. Mit der Zeit ritt Sava vorwärts und gab Grey ein Zeichen, eine Lichtung zu suchen. Auf der Lichtung machten die Karawanentreiber eine kurze Pause, um ihre Pferde zu tränken und zu striegeln, ihre Ladung zu überprüfen und sicherzustellen, dass sich nichts verschoben hatte.

„Sava?", rief Daniel dem Karawanenmeister zu, als er Tula immer noch nicht sehen konnte.

„Ja, Abenteurer Chai?", sagte Sava und wandte sich ab, um sich um ein Problem mit einem Kutscher zu kümmern.

„Tula?"

„Die Rangerin steht hinter uns. Sie wollte sichergehen, dass die Spligo uns wirklich gehen lassen", sagte Sava.

„Wir warten auf sie?", sagte Daniel.

„Natürlich", sagte Sava.

Erleichtert machte sich Daniel auf den Weg, während Craig den Rest der Gruppe herumkommandierte. Nach etwa fünfzehn Minuten tauchte eine kleine Gestalt in Tarnkleidung auf, die sich in rasantem Tempo auf die Gruppe zubewegte. Daniel atmete aus und spürte, wie die Anspannung in seinem Körper verschwand, als seine Teamkollegin eintraf.

Das lief so gut, wie man es erwarten konnte. Wenn nicht sogar besser. Vielleicht hat die Anwesenheit einer Rangerin wirklich einen Unterschied gemacht.

Kapitel 7

„AUFSTEHEN! Aufstehen, ihr verdammten Abenteurer. Zu den Waffen!"

Das Gebrüll ließ Daniel aus seinem Schlafsack schießen, seine Hand schloss sich sofort um seinen verzauberten Hammer. Daniel rollte sich auf die Füße, und griff mit der anderen Hand nach den Riemen seines Schildes, während er sich den Schlaf aus den Augen blinzelte. Er war gerade eingeschlafen, seine Nachtwache war zu Ende. Zumindest hatte es sich so angefühlt, als wäre es erst ein paar Minuten her, aber so wie die Holzscheite im Feuer heruntergebrannt waren, konnte es auch etwas länger her sein.

„Wo?", rief Daniel und drehte den Kopf, während er nach den Monstern Ausschau hielt.

„Süden", sagte Uppulu. Der Speerträger schlug eine Brosche an seine Seite, und Daniel sah, wie der Mann von einem hellen blauen Lichtschein umgeben wurde. Er machte sich auf den Weg zu den Grunz- und Knurrgeräuschen, die Daniel nun als aus dieser Richtung kommend bemerkte.

Daniel sprang auf die Beine und fand Rob und Asin, die sich ihm anschlossen. Ein paar Sekunden später schloss sich Craig dem Großteil seiner Leute an. Ein paar Pfeile flogen über ihre Köpfe hinweg und verschwanden in der Dunkelheit.

„Vivian, Licht!", rief Craig seine Befehle. „Daniel, formiere dein Team und nehmt die linke Seite. Wir nehmen die rechte."

Ein Lichtschein erhellte ihre Umgebung, sodass Daniel das Gemetzel vor ihm sehen konnte. Zwei Karawanenwachen standen neben Omrak und Uppulu und wehrten ihre Angreifer ab – ein Rudel Spligo. Selbst als das Licht die Luft erhellte, konnte Daniel sehen, wie Omrak aus seinen Seiten blutete, als er sich drehte, um einer greifenden Zunge auszuweichen, und einen anderen aufschlitzte. Die schlaffe, schleimige Masse blutete aus zahlreichen

Schnitten, aber selbst ein kräftiger Schlag des Nordländers schaffte es nicht, die krause Masse aus elastischem Muskel zu durchtrennen.

Ein weiterer Pfeil blitzte auf und traf einen der Spligo an der Seite seines Mauls, sodass der nach hinten gebogene Teil seiner Schnauze an seinem Körper hängen blieb. Er heulte auf und schüttelte Kopf und Zunge, sodass der sich windende Tentakel sein Ziel verfehlte. Der Schaden war jedoch nicht tödlich, und der Spligo nutzte die neu erleuchtete Umgebung, um sich von den Verteidigern zu entfernen.

„Omrak ist vergiftet", sagte Daniel mit Erkenntnis dämmernd. Er beobachtete, wie eine Wache stolperte, als er nach vorne und aus dem improvisierten Schildwall herausgezerrt wurde. Es war in der Tat die gesamte Gruppe von Verteidigern. „Asin. Du übernimmst das Kommando. Ich muss sie heilen!"

„Ja." Die beiden flitzten weiter nach links, Asin zog ein Messer aus ihrem Schulterholster und warf es auf den ersten Spligo, der als Ziel erschien. Das Messer explodierte in zahlreiche Exemplare, als Asin **Messerfächer** auslöste. Die glitzernden, funkensprühenden Messer betäubten die Kreatur, während der elektrische Schaden ihrer Aura es beim Aufprall ihrer Messer durchfuhr. Eine Sekunde später prasselte ein Paar verzauberter Stacheln auf die Kreatur vom Himmel herab, und ließ den Spligo auf die Knie fallen.

„**Kleine Heilung**", stimmte Daniel an, während er auf die Wachen zustürmte. Der erste Stromstoß, der sich aus der Zauberformel in seinem Kopf bildete, schoss aus seiner Hand und traf die am schwersten verletzte Wache. Der plötzliche Energiestoß führte dazu, dass die Wache einen Angriff verpasste, als sein Kurzschwert in den Boden einschlug.

„Verdammt", knurrte Daniel. Aber er hatte keine Zeit für so etwas. Er näherte sich der Linie und legte eine Hand auf Omraks Rücken, während er das **Zeichen des Heilers** in den größeren Körper des Nordländers einschleuste. Gleichzeitig streckte er seine Gabe in den Körper des Mannes, um nach dem Gift zu suchen. Bevor Daniel die Sache in den Griff bekommen konnte, stürmte Omrak vor und brach den Kontakt ab, wobei das Schwert des Nordländers hervorschnellte, um den Zungententakel abzutrennen, der die Wache nach vorne zog.

„Omrak...", knurrte Daniel. Aber jetzt war nicht die Zeit, sich über solche Dinge Gedanken zu machen. An der Seite waren Craig und der Rest seines Teams dem Spligo zahlenmäßig überlegen, der versucht hatte, die Gruppe dort zu flankieren. Als er in den Kampf eintrat, löste Craig ein Skill aus, indem er mit seinem vorderen Fuß hart auf den Boden stampfte und eine Kraftwelle aus der Erde strömen ließ. Dadurch wurde der Spligo zum Stolpern gezwungen, sodass Bjarne seine blau leuchtende Waffe nach unten schwingen und eines der Monster töten konnte. Sumuhan stürmte mit seiner Schnauze nach vorne, ignorierte eine greifende Zunge, um sich seinem Gegner zu nähern und ihn in den Boden zu rammen. Und hinter der Gruppe tauchte irgendwie Hjalmar auf, der mit zwei langen Messern in den Rücken eines Monsters direkt hinter dessen Kiefer stach und ihm fast den Kopf abtrennte, während seine Hände blitzten.

Daniel wandte sich von der Gruppe ab, da er erkannte, dass sie seine Hilfe nicht brauchten. Auf der gegenüberliegenden Seite hatte Rob ein Paar seiner verzauberten Eiskugeln ausgeworfen und damit zwei schräge Eiswände geschaffen, die den Monstern den Weg versperrten. Von oben pfiffen und glühten Pfeile, bevor sie die gefangenen Ungeheuer trafen. Elisas verzauberte Pfeile schienen sich einzugraben und zu verbrennen, während Tulas Pfeile sich nur vervielfachten und die Gruppe noch mehr verletzten. Aber nur Asin hielt die Gruppe auf, ihre beiden Langdolche vor sich haltend, um den einzigen Ausgang zu verteidigen.

„Verdammt noch mal…" Daniel zögerte, hin- und hergerissen zwischen der Hilfe für die Catkin und dem Abschluss seiner Heilung. Er sah zu, wie Omrak ein weiterer Streifen Fleisch aus dem Arm gerissen wurde und die verbliebene Wache auf ein Knie stolperte, unfähig, weiterhin zu stehen.

Noch während er zögerte, strömten die übrigen Karawanenwachen von hinten heran. Ein paar schlossen sich Daniel an, die anderen Asin. Als die Hilfe eintraf, hatte Daniel die Möglichkeit, sich zu der ursprünglichen Wache zu begeben und ihn zurückzuzerren, während er seine Gabe durch den Körper der Wache jagte.

„Zeichen des Heilers", murmelte Daniel. Er brauchte die Worte nicht auszusprechen, aber in der Verwirrung hatte Daniel keine Zeit, sich darum zu kümmern. Das Murmeln davon ermöglichte es Daniel, seinen Geist zu fokussieren, die Zauberformel auszulösen und sein Mana zu zwingen, so zu fließen, wie es für den Zauber nötig war. Gleichzeitig machte seine Gabe das Gift ausfindig.

„Igitt…" Daniel schüttelte den Kopf und ließ den Mann los, nachdem er die Leiche hinter die neuen Frontlinien gezogen hatte. Er betrachtete den Kampf erneut, während er sich die blutigen Hände am Boden abwischte, seine Finger kribbelten bereits vom Kontakt mit dem Lähmungsmittel. Als Daniel sich umsah, stellte er fest, dass der Kampf mit dem Eintreffen der meisten Wachen einseitig geworden war. Anstatt sich in den Kampf einzumischen, widmete Daniel seine Aufmerksamkeit der Heilung der anderen Wache. Das war das Mindeste, was er tun konnte.

∗∗∗

„Ich habe dir gesagt, du sollst deine Leute nach links bringen", sagte Craig, als er nach dem Kampf vor Daniel stand. Der ältere Abenteurer hatte Daniel zur Seite geschleppt, hinter eine nahe Karawane, während er den Heiler beschimpfte.

„Omrak und die Wachen sind gefallen", protestierte Daniel. „Ich hielt es für das Beste, sie zu heilen."

„Sie mussten nur noch eine kurze Zeit durchhalten. Wenn du auf mich gehört hättest, hätten wir die Spligo festnageln und sie alle erledigen können. Stattdessen laufen die Überreste des Rudels herum", sagte Craig. „Was hat deine Heilung gebracht?"

„Nicht viel", gab Daniel zu. „Das Gift bildet sich einfach mit einem normalen Heilzauber zurück. Das Zeichen des Heilers hilft, aber..."

„Aber es dauert zu lange. Ich weiß", sagte Craig und knurrte. „Deshalb wollte ich den Spligo tot sehen. Dein Hammer wäre viel nützlicher gewesen."

„Das weiß ich jetzt auch", sagte Daniel. Wenn er gewusst hätte, dass er den Gelähmten nicht so einfach heilen konnte, hätte er vielleicht nicht dieselbe Entscheidung getroffen. Seine Gabe war nicht etwas, das er mitten im Kampf einsetzen konnte. Sie verlangte von ihm, komplizierte, mikroskopisch kleine Veränderungen in einem Körper vorzunehmen. Das war einer der Gründe, warum sie so mächtig war – aber sie erforderte auch, dass er sich konzentrierte und ständig in Kontakt blieb. Alles, was über eine schnelle Einschätzung hinausging, lag außerhalb von Daniels Fähigkeiten. Zumindest im Moment.

„Dann darf ich dich daran erinnern: Ich habe hier das Sagen. Du befolgst meine Anweisungen", sagte Craig. „Hast du verstanden?"

„Ja", sagte Daniel und neigte den Kopf.

„Gut. Jetzt muss ich eine verdammte Rangerin zurechtweisen", sagte Craig, als er sich umdrehte.

„Zurechtweisen?", sagte Tula, die aus dem Schatten auftauchte. Die Rangerin in ihrem dunklen Tarnanzug schien einfach aus der Dunkelheit aufzutauchen, als sie herüberkam. „Wofür?"

„Ich habe dir gesagt, wir hätten sie töten sollen", sagte Craig und sah sie an. „Deine Unentschlossenheit hätte fast jemanden umgebracht."

„Das denkst du, ja?", sagte Tula emotionslos.

„Ich weiß es."

„Folgt mir", sagte Tula und ging an der Gruppe vorbei. Die Rangerin führte die Gruppe in die Mitte des Lagers, wo die Treiber und Abenteurer den Spligo gefesselt hatten. „Ist das die Gruppe, die du angreifen wolltest?"

„Ja", sagte Craig.

„Zähle."

„Was?"

„Zähle, wie viele es sind", sagte Tula. Craig, der ahnte, was passieren würde, presste die Lippen zusammen, drehte sich aber dennoch zu den gefesselten Leichen um, die gehäutet und geschlachtet wurden.

„Elf", sagte Craig.

„Wie viele Erwachsene?"

„Sieben. Vier Kinder", sagte Craig. „Und bevor du fragst, es waren mindestens acht weitere, die entkommen sind."

„Ja", sagte Tula und drehte sich zu Craig um. Sie sprach immer noch mit demselben monotonen Tonfall, als sie fortfuhr. „Nicht dasselbe Rudel."

„Ja", sagte Craig mit zusammengepressten Lippen, bevor er seufzte und den Kopf senkte. „Es tut mir leid."

„Akzeptiert. Ich war auch überrascht", gab Tula zu. „Es gibt zu viele Spligo-Rudel. Irgendjemand hat seine Aufgabe nicht erfüllt, die Straße freizuhalten."

„Könnte es eine Migration sein?", fragte Daniel.

„Nein. Spligo reisen nur, wenn die Nahrung knapp ist", sagte Tula. „Zwei Rudel mit erwachsenen Tieren dieser Größe deuten darauf hin, dass ein Rudel im letzten Jahr den ganzen Sommer überlebt haben muss."

„Die örtliche Gilde hätte informiert werden müssen. Und der örtliche Lord. Aber es gab keine Benachrichtigung", sagte Craig mit Spuren von Wut in der Stimme.

Daniel zuckte zusammen und fügte der Liste der Dinge, die er bei einer Expedition tun musste, das Überprüfen von Routenhinweisen hinzu. Das war sinnvoll, aber er hatte nicht daran gedacht, es zu tun.

„Ich werde eine zweite Nachricht schicken, wenn es hell ist", sagte Tula und gestikulierte um das immer noch schwirrende Lagerfeuer herum. „Du solltest dich darum kümmern."

Nach dem Angriff war niemandem nach Schlaf zumute. In der Ecke, in der der Kampf stattgefunden hatte, standen die Ehefrauen von zwei Karawanenwachen und hielten ihre Hände auf den blutgetränkten Boden. Als sie ihre Skills kanalisierten, schwebten das Blut und die Eingeweide in ihren Händen und sammelten sich zu einer Kugel, bevor sie in einem Eimer landeten.

„Ja, natürlich." Craig sah sich um und deutete dann, als er Daniel entdeckte, auf den Heiler. „Sieh nach, ob es weitere Verletzungen gibt. Schöpfe dein Mana nicht voll aus, aber wir sollten einen rotierenden Heilungsplan aufstellen." Daniel nickte, aber Craig war bereits auf der Suche nach anderen, die er herumkommandieren konnte.

„Bist du okay?", fragte Daniel und sah zu Tula hinüber, die laut ausgeatmet hatte, als Craig gegangen war.

„Das ist unser Job", sagte Tula, und die Rangerin blickte eine Weile auf ihre Füße, bevor sie seufzte. „Aber danke, dass du gefragt hast. Jetzt muss ich mit Sava sprechen."

Daniel nickte und sah der kleinen Rangerin hinterher. Der Heiler schüttelte den Kopf, und wandte sich dann ab, um nach der Krankenstation zu suchen, zu der er sich aufmachte. Zu seiner Überraschung leitete Sumuhan zusammen mit einer der Wachen die Krankenstation – er verarbeitete Tücher, kochte Wasser und fügte Wunden Alkohol hinzu, bevor er sie mit einigen gepressten Blättern umwickelte.

„Ah, Heiler!", sagte Sumuhan. „Gut. Ich habe keine genähten Wunden in der Nähe. Wenn du genug Mana hast..."

„Das habe ich", sagte Daniel. Seine Augen tanzten über die Gruppe und schätzten den Schaden ein, bevor er zu den am meisten Verletzten ging und ihnen die Hände auflegte, um das **Zeichen des Heilers** anzuwenden. Das Skill würde im Laufe einer halben Stunde vierundvierzig Trefferpunkte heilen und die schlimmsten Wunden zusammenflicken. Für einen erfahrenen Abenteurer wie Daniel war das nur ein Fünftel seiner auf das Level gepufferten Gesundheit. Aber für die Wachen der unteren Level würde es mindestens ein Fünftel bis ein Viertel ihrer Gesundheit wiederherstellen. In einigen Fällen, das wusste Daniel, würde er den Zauber erneut anwenden müssen, aber keiner war in unmittelbarer Gefahr.

Als Daniel fertig war und weiteres Essen für die ausgehungerte Gruppe von Heilern und Helfern bestellt hatte, wandte er seine Aufmerksamkeit einer der schlafenden Gestalten zu. Er legte eine Hand auf den Arm des Mannes und schickte seine Gabe hinein, um das Gift, das sich noch im Körper befand, erneut zu untersuchen.

Das Gift selbst war eine fremde Substanz, ein Eindringling im Körper. Es betäubte die Muskeln und verlangsamte die Nerven, während der Blutfluss das Gift zur Leber transportierte, wo das Organ das Gift abbaute. Da es sich um ein organisches Gift handelte, konnte der Körper das Gift mit der Zeit extrahieren, aber das würde im Fall dieser Wache etwa vier Stunden dauern.

Gut genug. Jetzt, da er eine bessere Vorstellung und ein besseres Gefühl für das Gift hatte, wusste Daniel, dass er es mit seiner Gabe aus seinem eigenen Körper säubern konnte. Oder, wenn es sein musste, aus dem Körper eines anderen. Aber da er seine Gabe geheim halten wollte, würde er das lieber vermeiden. Zumindest im Moment. Daniel öffnete die Augen, und nahm seine Hand weg, nur um von einem neuen Anblick überrascht zu werden.

Skill hinzugewonnen!
Gift-Identifikation: Level 1 (02/100) +2

„Hm...", sagte Daniel. Tja. Das könnte nützlich sein.

„Daniel, komm. Iss!", rief Omrak von seinem Platz neben dem Feuer. Der große Nordländer lag ausgestreckt neben dem Feuer, ein Bein bandagiert und ausgestreckt, während er ein Stück Fleisch verschlang. „Die Spligo sind sehr gut. Natürlich würzig!"

„Das ist eigentlich das Gegengift im Körper", sagte Elisa und grinste zu dem blonden Nordländer hoch. „Die Beastkin zahlen gutes Geld für die Drüsen."

An Elisas Seite nickte Asin mit dem Kopf, während sie ebenfalls auf einem Stock kaute und sich ab und zu eine Wunde am Arm rieb. Nach getaner Arbeit, zumindest für den Moment, gesellte sich Daniel zu seinen Freunden. Es sah so aus, als würde heute Nacht niemand mehr schlafen können.

Kapitel 8

Die Gruppe brach ihr Lager am Morgen ab, und müde und gähnend machten sich Viehtreiber und Abenteurer wieder auf den Weg. Kurz bevor die Gruppe aufbrach, tauchte Tula wieder auf und sprach mit Sava und Craig im Flüsterton. Die Gruppe schaute grimmig auf das, was Tula sagte, aber sie teilten ihr Wissen nicht mit dem Rest der Karawane.

Stattdessen schritt Tula zur Hauptstraße hinüber und ließ ein Trio gefalteter Papiervögel los, wobei die in den Botenbriefen eingebetteten Kurierzauber auf die Unterschrift der Gilde ausgerichtet waren. Aus früheren Gesprächen wusste Daniel, dass jeder dieser Zettel einen Silberling kostete. Zuvor hatte Tula eine der vielen Kuriertauben, die die Karawane mitgebracht hatte, benutzt, um die örtliche Gilde über das erste Rudel Spligo zu informieren, aber dieses Mal schien es der Rangerin ernst zu sein.

In den nächsten zwei Tagen bekam die Karawane ein weiteres Spligo-Rudel zu Gesicht. Es war das größte Rudel mit insgesamt über neunzehn Mitgliedern. Das Rudel lag in einem mit Höhlen gefüllten Feld, das Alphatier und die anderen Rudelmitglieder standen und beobachteten die Karawane auf der Straße. Ob es nun an der reichhaltigen Nahrung lag, die das Feld bot, oder an der Entfernung, das Rudel beschloss, der Gruppe nicht zu folgen, und Craig schlug es auch nicht vor.

Nachdem er die Führungsposition verlassen hatte, saß Daniel mit Uppulu in der Mitte auf einem Fass, und der dunkelhäutige Abenteurer bearbeitete sorgfältig die Schneide seines Speers mit einem Schleifstein. Anstatt dem knirschenden Gleiten von Stein und Stahl eine weitere Stunde lang zuzuhören, ergriff Daniel das Wort.

„Was wird mit den Spligo passieren?", sagte Daniel.

„Drei Rudel, die alle gebären? Wenn sie nicht gestoppt werden, kommt es zu einer Epidemie. Bald haben sie alles aufgefressen oder vertrieben und werden das nächste Dorf angreifen", sagte Uppulu. „Auf sie wird ein

Tötungskopfgeld ausgesetzt. Und die Gilde wird den örtlichen Gildenverband untersuchen."

„Ich verstehe nicht, wie es so schlimm werden konnte", sagte Daniel und presste die Lippen zusammen. „Sie müssen gewusst haben, dass das passieren würde."

„Vielleicht ist es nicht ihre Schuld", sagte Uppulu. „Nur weil es ein Kopfgeld gibt, heißt das noch lange nicht, dass Abenteurer es annehmen werden. Oder dass sie es annehmen dürfen."

„Aber dafür ist doch der Lord vor Ort zuständig, oder?", sagte Daniel. „Er bietet ein erhöhtes Kopfgeld, um Abenteurer anzulocken. Oder er kümmert sich selbst um die Sache mit seiner Leibwache."

Uppulu zuckte mit den Schultern, doch der Fahrer meldete sich zu Wort. „Wir fahren jetzt durch das Land von Lord Sade. Er ist acht Jahre alt."

„Acht?", sagte Daniel.

„Aye. Seine Mutter ist die Regentin, aber sie ist eine Lady", fügte der Kutscher hinzu. „Trotzdem gibt es keinen Grund, warum sie das Kopfgeld nicht erhöht haben, aber ich würde nicht erwarten, dass sie hier draußen sind."

Daniel drehte seinen Hammer in der Hand und betrachtete den leeren Verzauberungsschlitz, während er über ihre Bemerkung nachdachte. Das war eine Schwäche des Regierungssystems. Brads stehendes Heer war klein und hatte alle Hände voll zu tun mit Orküberfällen, größeren Banditengruppen und der Verstärkung von Grenzgarnisonen. Um Probleme im Land, wie etwa Monsterpopulationen, kümmerten sich die örtlichen Lords und Abenteurer. Meistens funktionierte dies, aber gelegentlich traten Lücken auf.

Wie diese hier.

Andererseits, war irgendein System perfekt? Wenn es eines gab, dann kannte Daniel es nicht.

***

Zwei Tage später stand Sava vor der müden Gruppe und stapfte herum, um die morgendliche Kälte zu vertreiben. Der für die Jahreszeit ungewöhnlich kalte Frühlingsmorgen hatte einen Reif auf allem hinterlassen und eine angespannte und mürrische Atmosphäre geschaffen. Als Stille eintrat, ergriff der Karawanenmeister das Wort.

„Die Rangerin sagt, wir seien nicht mehr im Gebiet der Spligos. Wir haben es gestern Nachmittag verlassen", sagte Sava. Ein gedämpfter Jubel brach in der Gruppe aus, denn die Anspannung wegen möglicher nächtlicher Angriffe und überfüllter Schlafplätze hatte alle noch weiter deprimiert. „Das bedeutet, dass wir das Tempo erhöhen werden." Ein Stöhnen ging durch die Gruppe, aber es gab keine Proteste. „Wir haben drei Tage Zeit, um die Zeit aufzuholen, bevor wir unser Treffen verpassen, und wir sind einen Tag im Rückstand, weil wir langsamer fahren. Macht euch also auf eine lange Reise gefasst."

Mit einem Klatschen in die Hände schickte Sava die Gruppe los und winkte Craig und Daniel heran. Die beiden schlossen sich zusammen mit Tula dem Karawanenführer an. Neugierig fragte sich Daniel, welche weiteren Neuigkeiten Sava zu berichten hatte.

„Ich habe heute Morgen per Kuriertaube eine Nachricht erhalten", sagte Sava und hielt eine kleine Papierrolle in die Höhe. „Die Gilde hat das Kopfgeld für die Spligo auf das Doppelte ihres normalen Satzes erhöht. Einschließlich derer, die wir gemeldet haben." Die Abenteurer konnten sich ein Grinsen nicht verkneifen, aber Tula war ungerührt. „Was den Lord betrifft, so wurde ein königlicher Ermittler entsandt."

„Gut", sagte Tula.

Als sich die Gruppe auflöste, um die gute Nachricht zu überbringen, sprach Daniel Craig an. „Was ist ein königlicher Ermittler?"

„Das weißt du nicht?", sagte Craig. Dann lächelte er verschmitzt. „Es gibt keinen Grund, warum du es wissen solltest, schätze ich. Sie sind die, die mit Lords und ihresgleichen zu tun haben. Wenn der Regent von Lord Sade keinen guten Grund für ihr Versagen hat, erwarte ich, dass es einen Wechsel in der Führung geben wird."

Daniel bedankte sich bei Craig und machte sich auf den Weg, um seinen Freunden die neuesten Nachrichten zu übermitteln, während die Karawane sich auf den Weg machte. Während er ging, konnte der Heiler nicht anders, als über die sich erweiternde Welt nachzudenken, der er ausgesetzt war. Als fortgeschrittener Abenteurer waren sie Neulinge im Spiel der Politik. Ihre Handlungen, ihre Entscheidungen konnten sogar die Herren beeinflussen, wie es schien.

***

Der Rest des Tages verging wie im Flug. Ein Tag ging in den nächsten über. Je weiter die Expedition in die Wildnis vordrang, und zwar in einem Tempo, das nur durch die passiven Bewegungsfähigkeiten des Karawanenführers möglich war, der die gesamte Expedition unterstützte, desto mehr verblassten die Zeichen der Zivilisation. Selbst die gelegentlichen Gehöfte oder alten, abgenutzten und verlassenen Steinmauern wichen einer ungezähmten Wildnis. Die Entfernungen zwischen den Dörfern vergrößerten sich, während die Pioniere die besten Standorte für ihr neues

Leben auswählten – sie suchten nach Wasserwegen, unberührten Wäldern und Mineralien, um ihre Erfolgschancen zu erhöhen.

In jedem Dorf würde die Expedition anhalten und Handel treiben. In diesen Zeiten hatten die Abenteurer Zeit, sich auszuruhen und zu entspannen. Je nach Art der Gruppe entspannten sich die Abenteurer, holten Schlaf nach, spielten und tranken oder erkundeten in einigen Fällen die Städte. Nicht, dass diese Dorfbewohner oft wirklich etwas Interessantes zu bieten hätten, aber die Dorfoberhäupter hatten oft kleinere Quests im Angebot.

„Schon wieder Teufelsratten?", stöhnte Daniel über die enthusiastische Antwort des Dorfoberhauptes. Als er sah, dass der Mann die Stirn runzelte, winkte er mit einer Hand. „Tut mir leid. Es ist nur so, dass wir dieselbe Aufgabe schon das letzte Mal…"

„Drei Dörfer", sagte Omrak. „Habt ihr keine anderen Probleme?"

„Aber wir müssen uns um die Teufelsratten kümmern. Sie haben bereits vier unserer Getreidesäcke verdorben", murmelte das Dorfoberhaupt.

„Und wir werden mit ihnen fertig. Aber es braucht sicher nicht alle von uns", sagte Daniel.

„Gut, wir haben nicht genug, um für etwas anderes zu bezahlen."

„Sag es uns einfach", sagte Omrak.

„Flussaufwärts. Die Belhu-Krokodile haben gelaicht und wachsen", sagte das Dorfoberhaupt. „Wir versuchen, ihre Population einzudämmen."

„Perfekt", sagte Omrak. „Das ist eine angemessenere, ruhmreichere Aufgabe. Ich werde deine Krokodile erschlagen, ihnen die Schuppen abziehen und ihr Fleisch zurückbringen, damit sich alle daran laben können. Komm, Held Craig. Lass uns beginnen!"

Der ältere Abenteurer schaute zwischen Omrak und seinem Team hin und her, dann wieder zu seiner faulenzenden Gruppe, von der einige schon halb betrunken waren, und schüttelte den Kopf. „Nein. Ich denke nicht. Ich wünsche euch viel Spaß."

„Aber das Dorf braucht uns!", sagte Omrak.

„Sie brauchen dich", sagte Craig. „Es gibt nicht genug bezahlte Arbeit. Wir wollen uns auch nicht mit Teufelsratten abgeben. Das sind Aufgaben für Anfänger-Abenteurer."

„Aber die Arbeit ist notwendig", sagte Rob und spitzte die Lippen. „Dennoch glaube ich, dass Asin für diese Arbeit am besten geeignet wäre."

Asin stieß ein neugieriges Miauen aus, obwohl sie mit einem Wurfmesser hantierte.

„Selkie. Wasser", sagte Rob und deutete auf sich selbst. Dann änderte er die Richtung seines Fingers und zeigte auf Omrak. „Riesenschwert." Dann auf Asin. „Kleine Dolche." Rangerin Tula ruhte auf dem Dach einer Karawane und genoss die Sonne und einen Moment der Ruhe. Von allen hatte die Rangerin die meiste Arbeit geleistet, sie war immer hin und her geritten, um die Route auszukundschaften und Probleme zu überprüfen.

„Daniel?", sagte Asin und stupste ihren Freund an.

„Ich hatte gehofft, dass ich..." Als er die großen Augen von Asin sah, seufzte er. „Dir helfe. Na gut."

„Ihr werdet uns helfen?", sagte das Dorfoberhaupt, und schaute zwischen der Gruppe hin und her. Zu diesem Zeitpunkt war Craig bereits gegangen.

„Das ist es, was wir tun!", sagte Omrak, klopfte dem Dorfoberhaupt auf die Schulter und ließ ihn taumeln. „Komm, Freund Rob. Wir haben Ungeheuer zu erschlagen!"

***

Daniel stöhnte, hob einen weiteren Sack mit Getreide auf und schob ihn so, dass Asin die Ratten sehen konnte. Teufelsratten waren groß, fast so groß wie eine Hauskatze. Aufgrund ihrer Knochenstruktur konnten sie sich trotzdem durch Lücken zwängen, und so suchten die beiden Abenteurer nicht nur nach den Ratten selbst, sondern auch nach dem Weg, auf dem sie in die Getreidescheune gelangt waren. Dazu mussten sie nur die Getreidesäcke umstellen.

Während Asin herumstocherte, lehnte sich Daniel gegen einen Getreidestapel. „Du wolltest nur Hilfe beim Tragen der Säcke, nicht wahr?"

Nachdem sie sich vergewissert hatte, dass es keine Ratten gab, trat Asin einen Schritt zurück und drehte ihr Wurfmesser um. Sie sah Daniel an, als sie antwortete, und warf ihm große Katzenaugen zu. „Nein."

Als Asin ihm antwortete, bemerkte Daniel, wie ihr Schwanz für eine kurze Sekunde in seinem trägen Schwingen erstarrt war. „Sicher."

„Freund. Zusammen", sagte Asin und deutete zwischen den beiden hin und her.

„Hm", sagte Daniel, als er zum nächsten Stapel Getreidesäcke hinüberging. Dank ihrer Level war das Tragen dieser Getreidesäcke einfacher, als er erwartet hatte. Manchmal vergaß man leicht, dass er in der kurzen Zeitspanne von einem Jahr so viele Level aufgestiegen war. Er hatte insgesamt 20 Level. Ein Bergmann mit 20 Leveln konnte einen hohen Preis verlangen, da er mit seinen Skills und Eigenschaften doppelt bis dreimal so effizient war wie ein Anfänger. Und die wenigen Bergleute, die Level 40 erreichten, galten als Spitzenexperten, als Personen, deren bloße Anwesenheit einem Unternehmen eine gute Rendite garantierte. Viele dieser Bergleute leiteten sogar ihre eigenen Unternehmen oder Bergbau-Gangs. „Wir sind wirklich nicht viel allein unterwegs gewesen, oder?"

„Nein", sagte Asin. Sie stieß ein zufriedenes Schnurren aus, als eine Teufelsratte unter Daniels Füßen hervorsprintete, als er den nächsten Stapel Getreidesäcke umstellte. Als sie sich auf die Füße des Heilers stürzte, warf Asin ihre vorbereiteten Messer, deren Klingen sich tief in den Körper der Kreatur bohrten und sie durch die Wunden und Blitze sofort töteten.

Daniel ließ sich nicht beirren, stellte die Getreidesäcke ab und deutete auf das Loch im Boden, das sie gefunden hatten. „Ich habe es gefunden."

„Vielleicht mehr."

„Ich weiß", sagte Daniel. Die Teufelsratten zu töten, war für sie gar nicht so schwer. Wie Craig erwähnt hatte, war dies eine Arbeit, die man am besten Anfängern überlässt – oder einer Gruppe von gut bewaffneten und einsatzbereiten Dorfbewohnern. Da aber keine Anfängerabenteurer in der Nähe waren, blieb es ihnen überlassen, dies zu erledigen. „Trotzdem. Ich wette, es gibt kein weiteres Loch."

„Wetten?"

„Einsatz?"

„Ein Silberstück."

„Erledigt."

Durch die Wette motiviert, begann Daniel, die Getreidesäcke schneller zu bewegen. Die Catkin schnappte sich die Teufelsratte und warf den toten Körper nach draußen, damit sich die Bauern darum kümmern konnten, aber nicht bevor sie ihr Messer geholt hatte. Nachdem sie wieder eingetreten war, hüpfte Asin auf einen Sack und setzte sich auf einen Balken, die Dolche immer noch in einer Hand, während sie ihre kleine Turnübung machte. Selbst wenn sie die Löcher in der Scheune fanden, mussten sie immer noch das Versteck der Monster finden.

***

Es war schon spät am Abend, als sich die Gruppe wieder auf dem Dorfplatz versammelte. Dort wurde eine improvisierte Feier abgehalten, ein Zeichen der Dankbarkeit für die Ankunft der Karawane und die Hilfe der Abenteurer. Neben einem Trio von Kochfeuern drehten sich drei acht Fuß lange Krokodile auf Spießen, die den Mittelpunkt der Feier bildeten. Neben dem größten der Krokodile hielt Omrak Hof und schwenkte ein abgesägtes Hinterbein als behelfsmäßiges Schwert.

„Dann, als Rob von· dem Ungeheuer gefressen werden sollte, schwang ich mein Schwert und hackte ihm die Schnauze ab!" Omrak schwang den Knüppel nach unten.

„Ich war nicht in Gefahr", sagte Rob und schnaubte. „Ich wusste, dass du da warst. Als ob ein dummes Krokodil einen Selkie im Wasser fangen könnte."

„Du bist ein Selkie? Ich dachte, ihr seid Robben?", sagte ein dürrer Bauer und sah Rob misstrauisch an.

„Es ist eine unserer Gestalten."

„Gestalten? Ich dachte, ihr seid wie die Beastkin", sagte derselbe Bauer.

„Nein", schnaubte Rob. „Anders als die Beastkin haben wir zwei Gestalten. Wir haben unser Erbe nie aufgegeben."

„Diese alte Lüge?", sagte Sumuhan, der in einiger Entfernung saß, mit einem Knurren. „Du hast dich geweigert, Erlis zu helfen, als sie es brauchte. Und so warst du dazu verflucht, jedes Mal wählen zu müssen."

„Lügen!", brüllte Rob. Er trat nach vorne und zeigte mit dem Finger auf Sumuhan. „Lügen, die ihr Beastkin erzählt, um zu erklären, warum ihr eure wahren Gestalten aufgegeben habt. Lügen, um zu erklären, warum ihr verflucht seid, in diesen absurden Gestalten zu stehen."

„Sag das noch einmal." Sumuhan stand auf, seine Hand fiel auf den Hammer, der auf dem Stuhl ruhte, auf dem er gesessen hatte. „Na los. Sprich diese Lüge noch einmal aus."

„Du denkst, ich habe Angst vor dir?", sagte Rob knurrend. Hinter sich ließ er ein Paar seiner schwebenden Stacheln aus seiner Jacke fallen, die vor dem Zauberer herschwebten.

„Hört auf damit. Alle beide!", sagte Craig und stellte sich zwischen die beiden. „Was glaubt ihr, was ihr da tut?"

„Er hat uns beleidigt!"

„Er verbreitet seine Lügen!""

„Das ist mir egal", knurrte Craig. „Das ist eine Feier. Ihr seid fortgeschrittene Abenteurer. Benehmt euch auch so."

Daniel erschien neben Rob und stieß ihn in die Seite, bis der Mann den Heiler anschaute. Dann zeigte er auf die schwebenden Stacheln, bevor er sprach. „Leg die Waffen weg."

„Sonst was?"

„Sonst schlägt dich Omrak mit dem Schlagstock, und dann wälzen wir dich im Schlamm, bis du dich beruhigt hast", sagte Daniel.

„Schlamm?", schauderte der anspruchsvolle Selkie. „Gut. Aber wenn er weiterhin diese Lügen verbreitet..."

„Ihr haltet beide die Klappe", sagte Craig, der das Gespräch mitgehört hatte. Sumuhan knurrte, löste aber seinen Griff um den Hammer und setzte sich. Omrak, der die ganze Sache beobachtet hatte, verdrehte nur die Augen und biss in seine Keule.

Eine Stunde später, als Daniel sicher war, dass die Gruppe sich niedergelassen hatte und er sich von Rob beim Dorfoberhaupt hatte entschuldigen lassen, fand Daniel Asin und stieß sie an. Die Catkin stieß ein unzufriedenes Knurren aus.

„Was sollte das denn?", sagte Daniel.

„Alte Geschichten", sagte Asin. „Wut."

„Da gibt es offensichtlich eine Menge. Ich habe noch nie gesehen, wie du und Rob euch gestritten habt", sagte Daniel.

„Ist mir egal", sagte Asin und zeigte auf sich selbst.

„Das klingt aber nach einer ziemlich wichtigen Geschichte", sagte Daniel. Nachdem er sich eine Stunde lang den Kopf zerbrochen hatte, musste Daniel zugeben, dass er tatsächlich nicht wusste, welche Geschichte wahr war. Tatsächlich erinnerte er sich daran, einige andere Geschichten über die Erschaffung der Beastkin gehört zu haben – fehlgeleitete Schöpfungen von Magiern, verlassene Kinder eines der niederen Götter... Selbst wenn die Götter die Wahrheit kannten, sagten sie sie nicht. Oder vielleicht wussten sie sie, und die Priester weigerten sich, sie zu erzählen.

Asin seufzte und hob dann ihre Hände. „Zu viele Geschichten. Zu lange her. Keine Aufzeichnungen. Götter erzählen Lügen." Ein Rumpeln am Nachthimmel ließ Asin aufblicken und den Kopf einziehen, als sie hinzufügte. „Oder sie werden belogen. Neue Götter wissen es nicht. Alte Götter reden nicht. Oder reden schlecht."

Auch das war wahr. Die Kommunikation zwischen den Göttern und dem Klerus war schwierig und aufgrund der unterschiedlichen Stärke und des unterschiedlichen Status der beiden anfällig für Missverständnisse. Ein Gott, ein echter Gott, stand so hoch über den Sterblichen, dass nur diejenigen mit den höchsten Ebenen eine echte Kommunikation aufrechterhalten konnten.

„Es ist dir also egal?"

„Macht das einen Unterschied?", sagte Asin und deutete auf sich selbst. „Asin. Verflucht. Gesegnet. Immer noch Asin."

Daniel öffnete den Mund und schloss ihn dann wieder. Das war wahr. Wenn es eine Wahrheit in all ihren Lehren gab, dann die, dass das Leben nicht urteilt. Es würde dich gleichermaßen brechen und beschenken, egal, woran du glaubst. Alles, was man tun konnte, war weiterzumachen.

„Essen", sagte Asin und winkte mit ihrem leeren Teller. Und dann, nachdem sie mit dem Philosophieren fertig war, ging sie weg und ließ Daniel zurück, der der jungen Catkin auf den Rücken starrte.

Kapitel 9

Der Große Wald von Pirin erstreckte sich kilometerweit, als die Gruppe den nächsten Hügel erklomm, ein Meer aus Grün, das von einer Lichtung mit den braunen, strohgedeckten Häusern eines Dorfes unterbrochen wurde. Die unbefestigte Straße, auf der sich die Expedition in den letzten zwei Tagen durch Schlamm und ausgewaschene Kiesbänke geschoben hatte, führte hierher – in das Dorf Olyne. Olyne war der letzte Außenposten der Zivilisation des Königreichs Brad in diesem Teil der Welt und der letzte Halt für die Expedition, bevor sie in den Wald eindrang.

Als die Expedition den Hügel erklomm, ging Omrak zu Tula hinüber, die knapp hinter dem Hügel am Straßenrand stand, sodass sie sich nicht gegen den Himmel abzeichnete. Die Rangerin biss sich nachdenklich auf die Lippen, ihr Blick war in einer Weise auf das Dorf gerichtet, wie es der Nordländer noch nie gesehen hatte.

„Dein Zuhause?", fragte Omrak als er neben der kleinen Frau zum Stehen kam.

„Ja", sagte Tula. Überraschenderweise sprach sie weiter, ganz im Gegensatz zu ihrer sonst so verschlossenen Art. „Es ist drei Jahre her, seit ich das letzte Mal hier war. Es hat sich nicht verändert, nicht viel. Noch ein paar Häuser, ein größeres Sägewerk. Mehr Bäume wurden gefällt..."

„Es ist schwer, nach Hause zu kommen", brummte Omrak. „Ich war nicht mehr zu Hause, seit ich vor vier Jahren weggegangen bin."

„Vier?", sagte Tula erstaunt. Sie drehte den Kopf, um Omrak anzusehen, und ließ den Blick über den Körper des jugendlichen Riesen gleiten.

„Ja. Ich ging, als ich vierzehn war", sagte Omrak und beantwortete damit ihre Frage. „Bei meinem Volk ist es üblich, dass ein Junge nach seiner ersten Tötung als Mann gilt. Bei mir war es mit dreizehn. Meine Mutter weigerte sich jedoch, mich gehen zu lassen, bevor ich vierzehn war." Bis zum letzten

Satz klang Omrak weiterhin gekränkt. „Aber mein Vater hat darauf bestanden, dass ich meinen Weg gehen darf."

„Bereust du es?"

„Was bereuen?"

„Wegzugehen."

„Nein", sagte Omrak und schüttelte den Kopf. „Zu Hause ist kein Platz für mich. Meine älteren Brüder haben den Hof. Wenn ich mein Geld verdient und mir einen Namen gemacht habe, werde ich zurückkehren. Ich werde das Land unterhalb von dem meines Bruders kaufen und dann Schafe züchten. Und dann werde ich einen Knecht einstellen, der die Schafe hütet, während ich in den Bergen jage."

Tula schnaubte. „Das ist ein schöner Traum."

„Aye. Das Dorf lebt also vom Holz?"

„Holz und Viehzucht sind die wichtigsten Standbeine", sagte Tula. „Aber es sind Expeditionen wie diese, die uns das Geld geben, damit wir uns verbessern."

Omrak nickte. In seinem Dorf war es nicht viel anders. Wenn man am Rande des Nirgendwo lebte, gewöhnte sich die Gemeinschaft daran, den Großteil ihres Bedarfs selbst zu decken. Aber einige Dinge konnten in einem kleinen Dorf einfach nicht hergestellt werden, und so sorgten die gelegentlichen Händler und Expeditionen für das Nötigste. In mancher Hinsicht, so dachte Omrak, war dieses Dorf besser dran als sein eigenes, denn es hatte die Garantie, dass regelmäßig Händler auf der Suche nach Monsterteilen kamen. Im Hochland, aus dem er stammte, gab es dasselbe, aber die Monster waren viel seltener und viel gefährlicher.

„Rangerin", sagte Sava, als er von seinem Wagen sprang und sich zu den beiden gesellte, die das Dorf beobachteten. „Gibt es ein Problem?"

„Nein", sagte Tula.

„Gut." Sava entspannte sich, schaute sich im Wald um und blickte dann nach oben in die Mittagssonne. „Wir sollten das Dorf rechtzeitig erreichen. Wir werden uns drei Tage lang ausruhen und dann die eigentliche Expedition beginnen."

Tula neigte bei Savas Worten den Kopf.

Der Expeditionsleiter hielt inne und blickte nervös von einer Seite zur anderen, bevor er sprach. „Die Esman-Schlucht..."

„Ist gefährlich", schaltete sich Tula ein. „Dies ist nur eine Expedition für Fortgeschrittene mit orangenem Status. Wir haben keine Erlaubnis, die Schlucht zu betreten."

„Wenn wir nur ein paar Späher losschicken würden..."

„Nein."

„Natürlich, Rangerin", sagte Sava und nickte mit dem Kopf. Er überlegte mit geschürzten Lippen, bevor er wieder sprach. „Dann werden wir zum Rybachly-See gehen."

„Annehmbar. Ich werde die Bedingungen überprüfen, bevor wir aufbrechen", sagte Tula.

Sava nickte, verabschiedete sich von der Gruppe und eilte hinüber, um seinen Wagen einzuholen. Die beiden standen eine Weile schweigend da, und ließen weitere Wagen und Sava abfahren, bevor Omrak das Wort ergriff.

„Was ist die Sman-Schlucht?"

„Esman", korrigierte Tula. „Ein gefährlicher Ort. Die Ranger haben ihn als fortgeschrittene grün-blaue Gefahrenlevel eingestuft. Aber er enthält auch die Eier des Nizhnye-Raptors, die sowohl für die Tierzähmung als auch für die Küche sehr wertvoll sind."

Omrak nickte. „Nun, dann ist es gut, dass wir nicht dorthin gehen. Ich kann nicht gut mit Raptoren umgehen."

„Die meisten können das nicht", sagte Tula. „Komm, wir sollten aufholen. Und ich sollte das Dorf wissen lassen, dass wir bald ankommen."

Nachdem sie das Gespräch beendet hatten, verschwand Tula, und Omrak musste zusehen, wie seine Freundin im halbhohen, kilometerfressenden Galopp den Hügel hinunter verschwand. Schon bald verlor er ihre Gestalt aus den Augen, da ihre getarnte Kleidung und die Fähigkeit des Rangerin, kleine Unebenheiten und Kurven des Hügels zu erkennen, ihre Gestalt zu verdecken begannen.

„Was für ein wunderbarer Tag, um am Leben zu sein. Wenn es jetzt ein Monster gäbe..."

„Beschwöre es nicht herauf, du Idiot!" Vivian, die auf einem vorbeifahrenden Wagen saß, schnauzte Omrak an, der ihr ein breites Grinsen entgegnete.

***

Die Expedition brauchte den Rest des Nachmittags, um das Dorf zu erreichen, das titelgebende Dorfoberhaupt zu begrüßen, ein provisorisches Lager aufzuschlagen und sich mit neugierigen Dorfbewohnern auseinanderzusetzen. Als die Expedition fertig war, ging die Sonne bereits unter, und es wurden Lagerfeuer entfacht. Nachdem die Expedition abgeschlossen war, machte sich Tula auf den Weg, um ihre letzten Aufgaben zu erledigen, und ging zu dem großen Baumhaus mit dem Treppeneingang, das den Ranger-Außenposten des Dorfes bildete.

Sie ergriff die einfache Strickleiter, die zum Außenposten führte, und kletterte mit geübter Leichtigkeit die schwankende Konstruktion hinauf. Die Außenposten der Ranger waren im ganzen Königreich gleich – wo immer es möglich war, hoch gebaut, um die Sichtverhältnisse und die natürliche

Verteidigung zu maximieren. Es war nicht ungewöhnlich, dass das Dorf dann um den Außenposten herum gewachsen war und den riesigen Baum und die Ranger in seinem Inneren in Ruhe ließ.

„Tula", begrüßte sie der rothaarige Ranger, der den Außenposten betreute, bei ihrer Ankunft.

„Rangerlehrling Tula, zweite Klasse, meldet sich mit einer Expedition aus Silverstone", sagte Tula und schritt zum Schreibtisch, den der Ranger bemannte. „Darf ich beginnen, Ranger Luke?"

„Erlaubnis erteilt, Lehrling Tula", sagte Luke.

Tula sprach schnell und schilderte die Erlebnisse der Expedition. Während sie sprach, machte der ältere Ranger Notizen auf Papierhüllen in einer Kurzschrift, die eher aus gekritzelten Buchstaben und Hieroglyphen als aus ganzen Wörtern bestand. Im allgemeinen Sprachgebrauch war dies die Rangerschrift, die alle Ranger von Beginn ihrer Ausbildung an zu lesen lernten. Sie sparte nicht nur Papier, sondern ermöglichte es den Rangern auch, ihre Geheimnisse zu bewahren und sie weiterzugeben, oft vor den Augen anderer.

„Und ein Nest von sieben Kappa, zehn Kilometer nördlich vom Wegpunkt elf bei dem kleinen See in Form eines J", beendete Tula ihren Bericht. „Nicht erledigt."

„Zu weit weg von der Straße", sagte Luke und schürzte die Lippen. „Aber das Nest könnte ein Problem sein. Ich werde einen Suchtrupp danach einrichten."

„Ja, Sir", sagte Tula.

„Wenn das alles ist", sagte Luke, und nachdem Tula es bestätigt hatte, legte er seine Feder ab und breitete die Papiere aus, um sie an der Luft trocknen zu lassen. In diesem Moment brach Luke in ein breites Grinsen aus, ging um den Tisch herum und umarmte Tula, wobei er die kleine Rangerin herumwirbelte.

„Schön, dich zu sehen, Sprössling!"

„Mmpphfff...." Das Gesicht an Lukes Brust gepresst, rang Tula nach Luft und Sprache.

„Ach, sei still. Ich habe dich seit Jahren nicht mehr gesehen. Wenn man bedenkt, dass du jetzt ein Lehrling zweiter Klasse bist!", sagte Luke und grinste breit. „Erstaunlich."

Als sie endlich losgelassen wurde, nachdem sie auf Lukes Fuß getreten hatte, knurrte Tula ihren alten Herrn an, bevor sie ihn in die Arme schloss. „Du Idiot. Arbeitest du hier immer noch allein?"

„Du weißt ja, wie das ist", sagte Luke achselzuckend. „Viel Talent, aber wenig Interesse."

„Oder ihr Interesse wird missbilligt", sagte Tula, wobei sich eine Spur von Bitterkeit in ihre Stimme einschlich. Luke schnaubte und klopfte ihr auf die Schulter.

„Was, willst du jemanden, der den Job hasst, an deiner Seite arbeiten lassen?", sagte Luke. „Nein. Du weißt, warum wir die Dinge so machen, wie wir sie machen. Würdest du es ändern?"

„Ich würde..." Tula hielt inne, dann sackten ihre Schultern niedergeschlagen zusammen. „Ich würde nichts ändern. Die Ranger nehmen die, die auserwählt werden, nicht die, die interessiert sind."

„Genau", sagte Luke. „Also. Der Rybachly-See?"

„Ja, aber er hat auch die Schlucht erwähnt", sagte Tula. Luke verdrehte bei ihren Worten die Augen.

„Bleibt weg. Sie hatten ein gutes Jahr, seit ich die Wyvern-Familie erlegt habe, die das Dorf belästigt hat", sagte Luke. „Es wird ein paar Jahre dauern, bis sich die Nizhnye-Raptoren wieder eingependelt haben. Vielleicht siehst du sogar ein paar herumfliegen, wenn du zum See gehst."

„Dann besorg mir am besten die Details", sagte Tula. Auf Lukes Geste hin gingen die beiden zu einem anderen Tisch hinüber, an dem eine Karte der Umgebung hing, auf der kleine Schnitzereien zu sehen waren. Als sie die Karte erreichten, begann Luke, auf jede Einritzung zu zeigen und die Bedrohungen zu beschreiben, die jede Markierung darstellte. Tula hörte aufmerksam zu, denn sie wusste, dass solche Informationen über Tod und Überleben entscheiden konnten.

***

Am späten Abend stand Tula vor der Hintertür eines kleinen Hauses am Rande des Holzzauns des Dorfes. Der Zaun selbst war seit ihrem letzten Besuch mehrfach repariert worden, eine ständige Notwendigkeit, um die Sicherheit des Dorfes selbst zu gewährleisten. Natürlich würde eine einfache hölzerne Barriere niemals ausreichen, aber dafür gab es ja die zahlreichen Dorfhunde. Einer von ihnen, der eine alte Freundin erkannt hatte, stieß gegen Tulas Hand und wollte gekrault werden.

Tula seufzte, starrte wieder auf die imposante Tür und kraulte die Ohren des Hundes, um sich in der liebevollen Geborgenheit zu trösten. Tief durchatmend nahm Tula ihren Mut zusammen und klopfte an. Als ihre erhobene Faust zum dritten Mal klopfte, flog die Tür auf.

„Nun, komm herein. Klopfen, als ob du eine Fremde wärst. Ernsthaft. Und das hat ja auch lange genug gedauert." Die kleine, stämmige Frau im Inneren schnupperte an Tula, als sie zurück in die Küche schlenderte. „Ich habe dein Essen warmgehalten, aber es ist schon so spät, dass es schon ganz ausgetrocknet ist."

„Ich bin mir sicher, dass es gut ist, Mati", sagte Tula, als sie hereinkam und die Tür hinter dem mitleidig aussehenden Hund schloss. „Dein Essen ist immer gut."

„Nicht gut genug, um dich hierzubehalten. Drei Jahre und wir bekommen kaum einen Brief!", schimpfte Tulas Mutter.

„Ich schicke immer einen, wenn ich kann", protestierte Tula. „Ich kann nichts dafür, dass es keine Händler gibt, wenn ich auf einer Expedition bin."

„Bah! Du solltest mit diesem ganzen Expeditions-Unsinn aufhören. Sei eine richtige Abenteurerin, wenn du herumlaufen musst", sagte Tulas Mati. „Wenigstens hast du die Briefe richtig verschickt, als du in diesem Dungeon warst."

„Du weißt, dass ich es hasse, an einem Ort festzusitzen", sagte Tula und stemmte ihre Hände in die Hüften.

„Har! Als ob ich nicht wüsste, warum mein eigenes Baby mich verlassen hat."

„Mati!"

„Oh, gut, gut. Du hast dein eigenes Leben zu leben. Nicht, dass irgendetwas, was ich sage, jemals einen Unterschied gemacht hätte. Es ist ja nicht so, dass deine Schwester nicht glücklich ist, weil sie mit Laust verheiratet ist und ihr drittes Kind unterwegs ist, oder?", murmelte Tulas Mati weiter, während sie den einfachen Eintopf in eine Schüssel löffelte, dann Bratenscheiben und Bratkartoffeln auf einen Teller legte, bevor sie ihn vor Tula stellte.

„Ein drittes Kind?", fragte Tula und stach in eines der Fleischstücke. „Schon?"

„Ja, ein drittes. Die anderen beiden wachsen gut heran, obwohl wir im letzten Winter einen Schreck mit dem kleinen Anders hatten, als er sich erkältete. Wir hätten ihn fast verloren..." Erfolgreich abgelenkt, begann Tulas Mati, die Mühen und Schwierigkeiten des Dorflebens zu schildern.

Tula wiederum hörte mit einem offenen Ohr zu, um einige Details zu erfahren, die in den sporadischen Briefen nicht weitergegeben worden waren. Es war beruhigend, zu Hause zu sein und das vertraute, zu fettige Essen zu essen. Aber es war auch anstrengend, da die ständigen, liebevollen Beschwerden ihrer Mutter auf sie einprasselten. Doch als sie eine weitere Kartoffel aufspießte, spürte die Rangerin, wie sich der Knoten in ihren Schultern löste. Nach Hause konnte man immer zurückkehren, auch wenn man es nie wollte.

Kapitel 10

„Es war wirklich ein sehr schönes Dorf", sagte Daniel. Zwei Tage später setzte sich die Expedition in Bewegung. Auf dem Weg in den überwucherten Wald bewegte sich die Expedition hauptsächlich zu Fuß, wobei die Vorräte auf ein halbes Dutzend Packpferde verladen wurden, die von den Wagen getrennt waren. Die Abenteurer hatten alle ihre eigenen Waren dabei, von denen die meisten in ihrem **Inventar** gelagert waren. Natürlich verfügten die Kaufleute und Händler über die entsprechenden Skills, doch viele zogen es vor, Skills wie **Erleichterte Last** oder **Perfekte Passform** zu verwenden, mit denen sie den Platz für ihre Transportmittel und Taschen maximieren konnten. Immerhin war eine einzige Kutsche um ein Vielfaches größer als das **Inventar** eines Abenteurers.

Als Antwort auf Daniel gab Asin ein leises Schnurren von sich.

„Und Tulas Mutter war sehr nett. Ein bisschen gesprächig, aber sehr nett", fuhr Daniel fort. Ein weiteres Schnurren von Asin. „Sie hat uns sogar eine warme Mahlzeit für heute mitgegeben."

„Mmmmrrmmm."

„So ist das also mit Müttern?", fragte Daniel. Da seine eigene vor so langer Zeit gestorben war, dass er sich nicht einmal mehr an ihr Gesicht erinnern konnte, und an seinen Vater, als er noch ein Kind war, war die ganze heimelige Atmosphäre ein kleiner Schock für den Abenteurer.

„Die meisten."

„Wir sind jetzt im Wald. Sei still", sagte Bjarne, der neben den beiden Abenteurern ging.

Daniel schenkte Bjarne ein kurzes Lächeln, bevor er schwieg. Nicht, dass er den Grund dafür verstanden hätte. Zwischen den Pferden, ihrem Geschirr und Gepäck und dem Getrampel der zahlreichen Expeditionsmitglieder war es nicht so, dass ihre kleine Gruppe leise war. Auch wenn sie einen großen Teil der Händler zurückgelassen hatten, die kein Talent darin hatten, sich lautlos zu bewegen, waren sie keine leise Gruppe. Jedes Monster, das sie suchte, würde sie leicht finden.

Andererseits ging es wahrscheinlich eher darum, dass die Wachen eine mögliche Gruppe aus dem Hinterhalt hören konnten, als darum, dass die Gruppe nicht auffiel. Oder ein bisschen von beidem, denn der Lärm der Gespräche zwischen den zehn Mitgliedern der Expedition würde sich noch weiter ausbreiten.

Wenn er so weit in seinen Gedanken war, musste Daniel zugeben, dass es gute Gründe gab, ruhig zu sein. Es war ja nicht so, dass der Wald sicher war. Monsterangriffe waren so gut wie vorprogrammiert. Auch die Zahl der Pflanzen, die als gefährlich galten, war hoch – von hängenden Lianen, die auf Körperwärme reagierten und ihre Beute einwickelten, bis hin zu giftigen Baumgruppen, die Reisende unter ihren Ästen in den Schlaf wiegen konnten.

Trotz allem gab es auch Schönheit. Als ehemaliger Bergmann war Daniel mit den Tiefen eines Berges vertrauter als mit den Weiten des Waldes, aber er hatte schon so einiges gesehen. Doch der Große Wald von Pirin hatte seinem Namen alle Ehre gemacht. Die Vegetation war üppig und prächtig, und Blumen, die so groß wie sein Kopf waren, verströmten zusammen mit faustgroßen Früchten den herrlichsten Blütenduft. An seiner Seite hatte Asin die Schale einer Mangsteen gefunden und schälte sie ab – eine mutierte Pflanze, die einer Mango ähnelt, aber eine dickere, pelzige Schale hat. Das Fruchtfleisch der Mangsteen löste sich in festen Scheiben, während Asin ihre Klauen mit großer Wirkung einsetzte und das süße Fruchtfleisch ohne Pause in den Mund steckte.

„Könnte giftig sein", murmelte Daniel zu seiner Freundin.

Asin schnupperte und zeigte dann auf Sumuhan. „**Gifterkennung**."

„Wirklich?", sagte Daniel und zog eine Augenbraue hoch. Das war ein interessantes und einzigartiges Skill. Es war keiner, der unter Abenteurern, die in Dungeons gingen, von großem Nutzen war. Kluge Abenteurer trugen einfach eine Menge Giftresistenztränke bei sich und gingen davon aus, dass die meisten Dinge vergiftet sein würden – aber hier draußen konnte er sehen, wie nützlich sie sein konnte. Natürlich stellte sich dann die Frage, welche Art von Skill man üben musste, um diesen zu erlangen.

Asins Antwort bestand darin, dass sie Daniel eine ungeschälte Frucht hinhielt. Es gab ein kurzes Zögern, bevor Daniel die Frucht in die Hand nahm und sein Messer zückte, um sie zu schälen. Natürlich hörte er nicht auf, ihre Umgebung zu beobachten, aber im Moment hatten die beiden keinen Wachdienst.

Die Mangsteen war leicht zäh und extrem süß, der Geschmack der Frucht erfüllte seinen Mund. Jeder Bissen erfrischte den Geschmack, eine schöne Erleichterung, während er die Gegend absuchte. Gelegentlich hörte Daniel das Zwitschern der Vögel in der Ferne und das unaufhörliche Summen der Insekten. Aber insgesamt war es ein friedlicher Spaziergang – bis jetzt. Nicht, dass Daniel etwas anderes erwartet hätte – so nahe am Dorf hätten die meisten großen Raubtiere gelernt, die Gruppe zu meiden. Nein, die wirkliche Gefahr würde erst später auftauchen, in den wahren Tiefen des Waldes.

***

Spät in der Nacht kroch Rob aus dem feuchten Zelt, in welchem er versucht hatte, einzuschlafen, und stöhnte, als er sich aufrichtete. Als Zauberer konzentrierten sich seine Attribute hauptsächlich auf Intelligenz und Willenskraft. Sicher, als Abenteurer hatte er ein paar seiner zusätzlichen Skillpunkte in Verfassung gesteckt, aber es war nicht so, als wäre das auch nur von untergeordneter Bedeutung gewesen. Das bedeutete, dass der ständige, nicht enden wollende Spaziergang, der dieser Tag gewesen war, ihn mit ständigen Schmerzen in den Füßen und im Hintern zurückließ. Statt in einem bequemen Bett musste er nun in einem feuchten, stickigen Zelt mit einer schimmeligen Bettrolle schlafen.

„Entweder bist du nass oder trocken", brummte Rob vor sich hin. Der Selkie verbarg ein Gähnen und humpelte zum nächsten Kamin hinüber. „Diese Feuchtigkeit ist lächerlich."

„Da sind wir uns einig", sagte Vivian. „Ich wünschte, ich hätte einen Kühl- und Trocknungszauber."

„Mmmm..." Robs Augen verengten sich in Gedanken. Nach einem kurzen Moment der Überlegung schüttelte der Selkie den Kopf. „Das ist es nicht wert. Du müsstest mindestens vier Ankerpunkte und eine zentrale Verzauberung verwenden..."

„Du bist der Zauberer, richtig?", sagte Vivian. „Ich bin Vivian. Wir hatten noch nicht viel Gelegenheit, uns zu unterhalten."

„Ja, das bin ich. Und du bist die Hexenmeisterin", sagte Rob.

„Du hast nicht gespottet."

„Sollte ich?"

„Die meisten Magie tun das."

„Ich bin kein Magier", sagte Rob. Als Vivian ihn weiterhin neugierig anstarrte, lenkte Rob ein und fügte hinzu: „Bei den Selkies gibt es nicht viele Magier. Die meisten, die die Skills und den Wunsch haben, in einer strukturierten Form zu lernen, werden Zauberer wie ich. Diejenigen, die magisch begabt, aber weniger akademisch veranlagt sind, werden entweder Schamanen oder Hexenmeister wie du."

„Oh", sagte Vivian. „Das habe ich nicht gewusst. Aber..."

„Frag, wenn du vorhast zu fragen."

„Warum Zauberer?" Vivian deutete auf Robs Körper. „Wenn du, du weißt schon..."

„Verwandelt bist.“

„Genau, das. Du kannst doch nicht wirklich, du weißt schon, deine Verzauberungen mit dir herumtragen, oder?“

Als Antwort schnippte Rob mit den Fingern. Von hinten und um seine Robe herum schwebten seine verzauberten Stacheln, drehten sich und schwebten neben seinem Körper. Vivians Augen weiteten sich und verengten sich dann, als sie über die Auswirkungen nachdachte.

„Aber aurische Verzauberungen...“

„Sie können so erschaffen werden, dass sie mit Selkie-Häuten verschmelzen und sich verwandeln“, sagte Rob. „Die Gesten und Beschwörungen eines Magiers sind viel komplizierter und einschränkender. Verzauberungen, richtig erschaffene Verzauberungen, erlauben es dir, mehrere Effekte zu überlagern. Ein Zauberer kann, wenn er genug Zeit und Mittel hat, jeder Bedrohung begegnen.“ Vivians Lippen kräuselten sich leicht, als sie sah, wie Rob leidenschaftlich wurde. Als Rob merkte, was er tat, errötete er und senkte dann den Kopf. „Tut mir leid.“

„Nicht nötig. Es war irgendwie süß.“

Rob wurde noch röter und wandte den Blick von der Hexenmeisterin ab. „Und du? Warum hast du dich entschieden, eine Hexenmeisterin zu werden?“

„Geld“, sagte Vivian schlicht.

„Geld?“

„Zauberbücher sind teuer. Zauberunterricht ist sogar noch teurer. Ich habe genug gelernt von meinem... nun ja... ich habe genug gelernt, um meinen ersten Zauber zu sprechen. Und das hat mir gereicht, um die erste Ebene des Alanora-Dungeons zu überwinden. Dann bin ich aufgestiegen und habe die als Skilloption für Zauberer bekommen und, na ja, das hat mir einen zweiten Zauber ermöglicht.“ Vivian zuckte mit den Schultern. „Ich brauchte das zweite Level, und niemand wollte einen Magier mit einem Zauber. Aber ein Zauberer mit zwei? Das war nützlich."

Rob neigte den Kopf zum Dank für ihre Geschichte. Allzu oft waren die Dungeons die Müllhalde der Städte. Es war keine direkte Politik, aber wenn man arm und hungrig war und die Anmeldegebühr aufbringen konnte, schien der Dungeon ein Leuchtfeuer der Hoffnung zu sein. Es gab sogar Raubtiere, Geldverleiher und Ausbilder, die die Verzweifelten ausbeuteten, indem sie ihnen gerade so viel beibrachten und liehen, dass ihre Opfer in den Dungeon gehen konnten. Die hohen Zinssätze führten dazu, dass sich diese Unglücklichen oft gezwungen sahen, immer tiefer in die Dungeons einzutauchen, und zwar schneller, als sie mit ihren dürftigen Skills mithalten konnten. Auf diese Weise lösten sich die Probleme der Überbevölkerung und der Obdachlosen von selbst, insbesondere in einigen der rücksichtslosesten Städte.

Als die beiden verstummten und Rob versuchte, ein Gähnen zu verbergen, wurde ihre Aufmerksamkeit auf ein Licht gelenkt, das auf sie zuhielt. Es bewegte sich hin und her, glitzerte in allen Schattierungen von Purpur und Blau, einem sich verändernden, lebendigen Violett und einem sich verändernden Himmel. Kurz darauf gesellte sich ein zweites Licht dazu, das flammende Rot einer Rose bis hin zu den sanfteren, freundlicheren Farben eines Sonnenuntergangs. Dann ein drittes, aber dieses glitzerte in den Schattierungen von Gold und reifem Getreide. Als immer mehr Lichter auftauchten und sich zu den ersten gesellten, wurde der einst dunkle Lagerplatz lebendig und hell.

„Scheiße... Das sind Monster", sagte Rob, als ihm die Erkenntnis dämmerte, als er aus seiner Starre wachgerüttelt wurde. Er streckte eine Hand nach einem seiner verzauberten Bälle aus, um die Monster mit einem Flächeneffekt anzugreifen. Doch dann fiel eine Hand auf seine.

„Stopp“, sagte Tula.

„Was...?“

„Sie sind harmlos.“

„Bist du sicher?“, sagte Rob mit Zweifel in seiner Stimme. Seiner Erfahrung nach war alles, was so schön, so fesselnd war, nur das Vorspiel für einen Angriff.

„Die Sylphina-Engel sind natürliche Kreaturen, die sich durch den Aufenthalt im Großen Wald verändert haben. Diese Art erscheint nur hier, in diesem Wald“, sagte Tula. Sie streckte die Hand aus, und eines der Lichter leuchtete auf ihrer Hand, seine Flügel flatterten auf ihren Fingern. „Ihre Lichter sind völlig harmlos.“ Tula hielt inne, ihre Stimme wurde leiser, als sie die Schmetterlinge anstarrte, bevor sie hinzufügte: „Als ich jünger war, gab es Hunderte, Dutzende von ihnen. Eine zufällige Mutation, verursacht durch Mana. Aber es ist eine gutartige Mutation, eine nutzlose Mutation. Und es macht sie leichter zu essen, also...“

„Sie sind ausgestorben“, sagte Vivian mit leiser, trauriger Stimme. Tula schaute zu dem anderen Mädchen hinüber, das die Hand ausstreckte und den Schmetterling anstarrte, der auf ihrer Hand gelandet war und so schön glitzerte und glänzte. Und verhängnisvoll.

„Ja“, antwortete Tula leise. So leise, dass Rob sie kaum hören konnte.

Gemeinsam beobachteten die drei die Schmetterlinge, die schweigend um das Lager flogen. Die Wachen waren von Tula gewarnt worden, und so griff keiner von ihnen ein. Doch schon bald, zu bald, wie es schien, flogen die Schmetterlinge ab und verließen den Lagerplatz auf der Suche nach Nahrung. Sie ließen ein Trio von Abenteurern zurück, die etwas Schönes und Tragisches gesehen hatten. Etwas Vergängliches.

„Rob?“, sagte Vivian und sah den Selkie an.

„Nichts", sagte Rob, wandte sich von den Frauen ab und wischte sich über sein Gesicht. Blöde menschliche Gestalt. Er winkte ihnen zu und verabschiedete sich von der Gruppe. Nicht, weil er sich für seine Tränen schämte. Nicht unbedingt. Aber ein Teil von ihm erinnerte sich an die Quallenwolken, an das schöne, tödliche Schauspiel, das sie darstellten. Und es tat ihm weh, wieder zu Hause zu sein. Das Meerwasser auf seiner Haut zu spüren, zu treiben und zu schwimmen und zu tanzen. Er wusste, dass er das nicht konnte. Nicht jetzt. Vielleicht nie wieder.

Und so kroch Rob lieber in ein zu heißes, zu feuchtes Zelt, als es zuzugeben.

***

Eineinhalb Tage später erreichte die Gruppe den Fluss, der in den Rybachly-See mündet. Der von einem Gletscher gespeiste Fluss aus dem Tatra-Gebirge würde schließlich das Meer erreichen, allerdings nicht, bevor er sich mit einem anderen Fluss vereinigte. Um den kalten, kobaltgrünen Fluss herum wuchsen Erlen und Weiden, die so tief hingen, dass sie oft das Wasser berührten und das Flussufer beschatteten.

„Rangerin?", sagte Sava, als Tula zu der Gruppe hinüberkam.

„Vor uns gibt es eine geeignete Stelle, um Wasser aufzufüllen und sich für das Mittagessen auszuruhen", sagte Tula. Sava nickte, und in kurzer Zeit machte sich die Gruppe auf den Weg zu dem kleinen, natürlichen Strand, den Tula gefunden hatte. Während die Träger und die designierten Köche das Lagerfeuer vorbereiteten, beobachteten die Abenteurer abwechselnd den Fluss und den Wald, bevor sie ihre Wasserflaschen auffüllten.

Als Daniel mit seiner Flasche am Fluss kniete, behielt er die plätschernde Flüssigkeit genau im Auge. Eine der gängigsten Verzauberungen, die jeder

Langzeitreisende kaufte, war eine verzauberte Wasserflasche, um die lebensspendende Flüssigkeit von den schmutzigen und verunreinigten Wasserquellen zu reinigen. Abgesehen von so banalen Dingen wie Krankheitserregern waren die zahlreichen Parasiten, die im Wasser lebten, das größere Problem. Viele von ihnen waren so klein, dass sie mit bloßem Auge nicht zu erkennen waren, aber sie konnten, sobald sie sich in einem Magen-Darm-Trakt festgesetzt hatten, wachsen und sich vermehren. Zunächst nahmen sie nur Nährstoffe auf, aber mit der Zeit wuchsen sie so stark, dass sie begannen, sich aus ihrem Wirt herauszufressen. Viele dieser Monster waren aufgrund ihrer besonderen Wachstumsbedingungen sogar mächtiger als normale Monster. Als Heiler hatte Daniel mit mehr als einem dieser Fälle zu tun, wobei der anschaulichste Fall der war, als er dabei half, ein neunjähriges Kind aufzuschneiden, um ein sich windendes, vielbeiniges Monster herauszuholen. Nur durch die Kombination mehrerer Heilzauber und einen Hauch seiner Gabe war es ihnen gelungen, das Mädchen zu retten.

Kaltes Wasser rauschte über seine nun tauben Finger, und Daniel erwachte aus seinen Erinnerungen. Während er die Flasche verschloss und sich vergewisserte, dass die Verzauberung noch funktionierte, fragte sich der Abenteurer, warum die Schrecken, die er als Heiler sah, lebendiger und dringlicher waren als die, die er auf seinen Abenteuern erlebte. Lag es daran, dass er die Monster im wirklichen Leben einfach weghauen konnte, während die Schrecken des Alters, versehentliche Amputationen und doppelt infizierte Verletzungen bestenfalls durch Zauber und Gabe geheilt werden konnten? Und in den meisten Fällen konnten sie nur verbunden, dosiert und langsam behandelt werden.

„Etwas kommt!" Craigs raue Stimme unterbrach Daniels Grübeleien. Eine Bewegung ließ die Wasserflasche in sein Inventar gleiten, während Daniel seine Hand zu seinem verzauberten Hammer sinken ließ und seinen

Schild abnahm. Verzaubert vielleicht, aber bis jetzt hatte er noch kein zweites Monster „gefangen". Die geringe Wahrscheinlichkeit eines Fangs machte die Waffe nicht gerade ideal.

Als Elisa und Sumuhan mit Bogen und Speer ankamen, folgte Daniel ihren Blicken zu der Bedrohung, die Craig entdeckt hatte. Die Ungeheuer sahen aus wie verzerrte Baumstämme, dunkelbraun mit grünen Reflexen, und man konnte sie nur am trägen Flattern der Flossen erkennen. Als ob sie merkten, dass ihr Überraschungsangriff entdeckt worden war, beschleunigten die Monster, und die Flossen schlugen Wellen, während das führende Monster gähnte.

Lange, kantige Schnauzen verbreiterten sich, während sich die Kiefer immer weiter voneinander entfernten, und gezackte Zähne auf einem schlanken, fischartigen Körper präsentierten. Als sie sich weiter bewegten, erkannte Daniel, dass diese Rückenflossen zu stämmigen, muskulösen Beinen gehörten, die jetzt ausschlugen, um das Monster näher zu bringen.

Erwachsener Cipactli (Level 16)
HP: 170/170

Informationen blitzten vor Daniels Augen auf, als er das Monster richtig sah. Er nahm seinen Schild ab und wich etwas vom Wasser zurück, als die anderen zu feuern begannen. Ein Pfeil zischte vorbei und prallte an den Schuppen ab, bevor ein schwerer Speer die Haut des führenden Monsters durchbohrte. Er blieb kurz im Fleisch stecken, bevor sich das Cipactli umdrehte, den Speer abwarf und seinen Kameraden erlaubte, es zu überholen.

Im flachen Wasser bekamen die Cipactli nun die Beine und stießen nach oben, um sich in den Himmel zu stürzen. Als ein ehemals unaufmerksamer

Pförtner vor Schreck aufschrie, flogen Pfeile und ein verzauberter Stachel auf die Monster zu.

„Zurück! Überlasst sie den Abenteurern", befahl Sava und trieb seine Leute zurück.

Daniel grunzte und eilte zu den beiden hinüber, die es geschafft hatten, ohne Schaden zu nehmen zu landen. Am Boden waren die Cipactli eine seltsame Mischung aus Krokodil, Fisch und Kröte, von brauner Natur. Was er einst für die Ränder von Schuppen gehalten hatte, öffnete sich in der Luft und enthüllte zahlreiche, schreiende Mäuler.

„Sie spucken Gift!", rief Tula warnend.

Nicht einen Moment zu früh, denn die zahlreichen Mäuler begannen, Flüssigkeit auszuspritzen. Daniel hielt seinen Schild vor sich, während er hinter dem hölzernen Schutz kauerte. Selbst als die Flüssigkeit auf den Boden fiel, tränten Daniels Augen von den giftigen Gasen, die sie ausströmte.

„Kämpft gegen sie aus der Ferne!", rief Craig.

Hinter Daniel ertönte das Geräusch des letzten Cipactli, das an der Küste landete. Doch dafür hatte er keine Zeit, denn das Monster, das es auf ihn abgesehen hatte, beschloss, sich auf den Heiler zu stürzen.

„Warum ich?", schrie Daniel wütend und frustriert, während er sich zurückzog. Da sie sich mit hoher Geschwindigkeit bewegten, hatte Daniel nur den Brustpanzer seiner Plattenrüstung getragen; der Rest seiner Rüstung gehörte zu seinem Lederset. Sie war völlig unpassend, aber unpassend war besser, als in einer stickigen und schweren Eisenplatte in brütender Hitze zu sterben. Vielleicht würde er bei seinem nächsten Aufleveln endlich die Chance bekommen, ein dringend benötigtes Komfort-Skill für schwere Rüstungen zu erwerben. Bis dahin musste er einen Kompromiss zwischen Verteidigung und Zweckmäßigkeit eingehen.

Hinter seinem Schild kauernd, warf Daniel gelegentlich einen Blick über den Rand des Schildes. Jedes Mal entging er nur knapp einem Giftspritzer und zwang den Heiler, immer wieder auszuweichen. Als ein Fuß auf einer Wurzel landete, zögerte Daniel, um sein Gleichgewicht wiederzufinden. Diese kurze Pause genügte dem Cipactli, um sich in Bewegung zu setzen, wobei winzige Krallenflossen an den Rändern seines Schildes krabbelten und ihn herunterzogen.

Über den Rand seines Schildes hinweg begegnete Daniel dem Blick des Cipactli, dessen tiefliegende, bösartige Augen den Heiler zurückstarrten. Das Monster öffnete sein Maul und unterbrach den Blickkontakt, als es sich darauf vorbereitete, Daniel direkt mit Gift zu bespucken. Instinktiv warf Daniel seinen behelmten Kopf nach vorn und zerschmetterte das Maul des Monsters mit seinem eigenen Giftspray, während er der Kreatur einen Kopfstoß versetzte.

Leider wurde nicht alles von dem kräftigen Sprühnebel zurückgehalten, und Teile der Flüssigkeit und Dämpfe trafen Daniels Augen. Im Augenwinkel, in seinem Kopf, blitzte eine Meldung auf.

Du bist vergiftet.
-5 HP pro Sekunde für 4 Minuten.
Du bist teilweise blind.

Der Heiler taumelte knurrend nach hinten und schlug mit der eingeklemmten Hand zu, während er sein **Schildschlag**-Skill abrief. Das Cipactli, das sich auf dem Schild befand, wurde nach vorne geschleudert und verlor seinen Halt, nahm aber durch den Angriff kaum Schaden. Es erlaubte Daniel, sich zurückzuziehen und auf die Knie zu fallen, wobei er sich mit der Hammerhand über die tränenden Augen wischte. Schmerz pulsierte durch sein Gesicht, drang von den Nerven um sein Gesicht und seinen Atemwegen ein, blitzte nach unten und zwang Daniels Körper, sich zusammenzuziehen, während er das Gift abwehrte.

Ein fleischiger Aufprall vor Daniel erinnerte den Heiler daran, dass der Kampf noch im Gange war. Als Daniel versuchte, sich zu erheben, legte sich eine Hand auf seine Schulter.

„Bleib unten, Heiler. Heile dich selbst. Ich werde dich beschützen", sagte Uppulu, dessen Stimme von Daniels Seite kam. „Du wirst bald gebraucht werden."

Daniel senkte zustimmend den Kopf und zwang sich, sich zu beruhigen und den Schaden zu begutachten. Brennende Haut und Nerven, also kein betäubendes Gift. Es schien die Haut zu durchdringen. Die Art und Weise, wie es in seiner Kehle schmerzte, zeigte, dass es sich auch leicht in der Luft verbreiten konnte. Eine Hand zauberte seine Wasserflasche herbei, und Daniel hob den Kopf, während er sich das Wasser über das Gesicht goss, um einen Teil des Giftes wegzuspülen.

Giftwirkung und -dauer reduziert
Teilweise Erblindung reduziert.
-3 HP pro Minute

„Benutzt Wasser. Feuchte Tücher über den Mund", krächzte Daniel und gab einen Ratschlag. Während er sich die Tränen wegblinzelte, schielte Daniel durch verschwommene Augen, um den Kampf zu beurteilen. Von den beiden Cipactli lag einer auf dem Boden, aufgespießt von einem Speer, und zuckte, unfähig, sich zu bewegen. Der zweite kämpfte noch immer, aber sein Hinterbein war zerschmettert worden und ein Trio von Pfeilen ragte aus seiner Seite heraus, die ihn langsam töteten. Der Leichnam des ehemaligen Hauptmonsters trieb den Fluss hinunter.

Noch während Daniel sich auf die Beine kämpfte, sah er, wie Vivian einen Flammenpfeil in ein offenes Maul schickte, der es versengte und das Monster dazu brachte, sich verzweifelt zu winden. Die Ablenkung genügte Craig, um der Kreatur den Garaus zu machen, indem er nach vorne sprang und sie mit seiner Waffe aufspießte.

„Oder, ihr wisst schon, es töten", sagte Daniel. Er nahm einen Schluck Wasser und gurgelte, bevor er die kontaminierte Flüssigkeit ausspuckte und einen weiteren Schluck nahm. Er spürte wieder einen Schmerzimpuls, als das Gift an seinen Nerven fraß, aber er schüttelte ihn ab, während er nach dem Verletzten suchte.

Dort.

„Reinige die Wunden mit Wasser", befahl Daniel dem Mann, während er nach vorne taumelte. Als Uppulu nach seinem Arm griff, bemerkte Daniel eine weitere Nebenwirkung – eine Störung des Gleichgewichts. „Oder wo auch immer er getroffen wurde..."

„Daniel?", sagte Rob, der sich von der Seite näherte. „Kann ich irgendetwas tun?"

„Nein", sagte Daniel und schüttelte den Kopf. „Zeit. Das ist alles. Glaube ich."

„Heilungszauber?", sagte Sava. Er sah besorgt aus, denn die beiden anderen Verletzten waren Händler wie er und hatten im Vergleich zu den härteren Abenteurern nur wenig Gesundheit.

„Warte", sagte Daniel. Er hustete, drehte sich zur Seite und spuckte einen Klumpen Blut und Speichel aus, bevor er einen weiteren Schritt nach vorne machte. „Heilzauber mit Gift heilen um das Gift herum. Manchmal verlängert sich dadurch die Dauer des Schadens."

„Was sollen wir dann tun?", fragte Sava.

Anstatt Sava zu antworten, ließ sich Daniel neben den beiden verletzten Händlern nieder. Seine Hände bewegten sich, schoben die Körper hin und her, sein Blick fuhr über die gerötete Haut, sein Atem ging flach und schnell. Er runzelte die Stirn, als ihm klar wurde, dass der Schmerz in seinem Hals und seiner Brust nicht nur von dem ersten Angriff herrührte.

„Bewegt sie. Wir. Es liegt Gift in der Luft", sagte Daniel. Die Konzentration war zu gering, um mehr zu bewirken, als die Gesunden und Unversehrten zu irritieren. Aber bei denen, die bereits vergiftet waren, würde es wahrscheinlich nicht viel nützen. Es war besser zu gehen.

„Rangerin!", rief Sava.

„Hier entlang", sagte Tula, als sie aus dem Wald auftauchte. Im Gegensatz zu den anderen war die Rangerin unterwegs, um den besten Weg zu finden.

In kürzester Zeit wurden die Verletzten zur Seite geschoben und weggetragen, anstatt sie gehen zu lassen. Daniel lehnte zusätzliche Hilfe ab und blieb stattdessen bei den Verletzten. Selbst als er ging – eine Hand auf der improvisierten Trage, die andere von Uppulu gehalten – schickte Daniel seine Gabe in sich hinein.

Gift. Es war leicht zu spüren, leicht zu finden. Es war ein böses Gift, aber zum Glück eines, das der Körper abbauen konnte. Daniel konnte bereits sehen, wie die Nieren und die Leber hart arbeiteten, um die Spuren des Giftes, auf die sie trafen, aufzunehmen und ihnen entgegenzuwirken. Glücklicherweise neutralisierte sich auch das Gift selbst, während seine Konzentration abnahm. Daniel überlegte kurz, dann schickte er seine Gabe tiefer in sich hinein und spürte, wie eine Erinnerung verschwand, während er die Schäden um seine Augen herum beseitigte.

„Also, Heiler. Prognose?", fragte Sava. Daniel neigte den Kopf zur Seite und beobachtete, wie Sava eine blaue Flasche an seiner Seite streichelte.

„Zeit", sagte Daniel. „Zwei bis vier Stunden, bis das Gift abklingt. Sie sollten überleben. Sobald das Gift weg ist, werde ich sie alle mit Heilzaubern belegen. Danach brauchen sie zu essen und zu trinken und vorzugsweise Ruhe."

Sava klopfte Daniel zum Dank auf die Schulter, bevor er zu den Verletzten hinüberging und den beiden tröstende Worte zusprach. Uppulu, der das Gespräch mitgehört hatte, blickte Daniel an.

„Du läufst schon ein bisschen besser", sagte Uppulu.

„Ich habe mich selbst geheilt", sagte Daniel. Dann, auf Uppulus hochgezogene Augenbraue hin, fuhr er fort. „Ich kenne meinen Körper. Ich kann den Zauber leichter in mich hineinführen, weil ich es selbst bin."

„Interessant. Können das alle Heiler tun?", fragte Uppulu.

„Ja. Außerhalb unseres Körpers müssen wir uns auf den Zauber selbst verlassen, um die Heilung durchzuführen. Zumindest auf meinem Level." Daniel hielt inne, dann lächelte er reumütig. „Bessere Heiler, echte Heiler, sind darauf trainiert, Heilzauber langsam auseinanderzunehmen und die Anteile zu manipulieren. Mit der Zeit können sie sogar einen einfachen Heilzauber doppelt oder dreifach so effektiv machen."

„Interessant. Das ist also der Grund, warum die erfahreneren Heiler mehr für die gleichen Zaubersprüche verlangen."

„Meistens. Man muss sich auch über die Regenerationsraten Gedanken machen", sagte Daniel. Das war, wie immer, die größte Sorge. Ein kleiner Zauberspruch war kein Problem und konnte in zehn oder zwanzig Minuten regeneriert werden. Aber die Kranken und Verletzten nahmen kein Ende und die Manapools auch nicht. Irgendwann würden selbst *kleine* Zauber einen Heiler völlig auslaugen, sodass er nicht mehr in der Lage war, die mächtigeren und wirksameren Zauber anzuwenden. Daher bewerteten viele Heiler ihre kleineren Heilzauber als einen Teil der mächtigeren Zauber, um deren Einsatz zu rechtfertigen.

„Pass auf, wo du hintrittst", warnte Uppulu Daniel, der sich mit einem Grunzen bedankte und über eine ziemlich große Fäkalienablagerung stolperte. Daniel sparte sich den Atem und folgte schweigend, während er im Geiste den Zauber und mögliche Anpassungen, die er vornehmen konnte, aufzeichnete. Er war zwar kein echter Heiler, aber er kannte sich mit dem Zauber und dem Gift aus. Eine kleine Optimierung hier und da würde helfen.

Kapitel 11

Drei Tage nach dem Angriff der Cipactli erreichte die Gruppe den See. Der Rybachly-See war groß und von einem ruhigen Blau, das auf der einen Seite von Lotusblumen und auf der anderen Seite von steilen Felswänden begrenzt wurde. Tula führte die Gruppe zu einer Lichtung in einiger Entfernung vom See, wo sie sich ausruhen konnten, ohne dass es zu weiteren Angriffen kam. Im Laufe einiger Tage hatten sich die Verletzten zwischen Schichtzaubern und Ruhe vollständig erholt.

Nachdem das Lager errichtet und Schutzwälle und Fallen aufgestellt worden waren, berief Sava eine Versammlung ein, um die Ziele der Gruppe für die nächsten Wochen festzulegen. Sie würden den See als einfache Wasserquelle nutzen und in dieser Zeit auch Monster und Tiere jagen, die aus dem See tranken. Die Erntehelfer würden die Flüsse und das Lager umrunden und nach seltenen Kräutern und Pflanzen suchen, die sie mitbringen sollten.

„Zum Schluss, Prek. Du und Ger baut das Boot auf. Ihr werdet unseren Proviant mit eurem Fang aufstocken, also achtet darauf, dass ihr viel fangt“, sagte Sava.

„Ihr habt ein Boot?“, sagte Omrak und sah sich auf dem Lagerplatz um.

„In meinem Lager“, sagte Prek, ein älterer, pummeliger Kaufmann, der erstaunlich gut mit der Gruppe Schritt gehalten hatte. **„Klein – Fischerhafen** lässt mich ein Boot lagern, um es zu schützen.“

„Du bist ein Fischer?“, sagte Craig und runzelte die Stirn, als er Prek betrachtete.

„Level 14“, sagte Prek stolz.

„Wenn er mehr Zeit mit dem Verkaufen verbringen würde, wäre er ein besserer Händler“, sagte Sava und schüttelte den Kopf.

„Ah, aber dafür bist du doch da, oder?“, sagte Prek und schnaubte. „Außerdem, wer will sich schon mit all dem Ärger herumschlagen?“

„Und deshalb sitzt du immer noch fest", sagte Sava mit einem Naserümpfen. „Nun zu den Abenteurern. Wir werden eure Gruppen aufteilen müssen. Wir haben drei Gruppen, von denen wir euch zur Bewachung brauchen, das Basislager nicht mitgerechnet. Also, wir haben uns Folgendes überlegt..."

Daniel lehnte sich vor und spitzte die Ohren, als er Craigs Vorschlag hörte. Bei den Jägern wollte Sava, dass die Fernkämpfer, also diejenigen mit Bogen und Magie, ihre Beute in kurzer Zeit jagen und erlegen. Ansonsten sollten die Nahkämpfer relativ gleichmäßig auf die Sammler und das Basislager verteilt werden, und nur ein einziger Abenteurer sollte auf dem Boot sein.

„Und das wären dann abwechselnd ich, Rob, Omrak und Sumuhan auf dem Boot", sagte Craig.

„Ich fürchte, das ist nicht klug, Held Craig", sagte Omrak.

„Warum?", sagte Craig.

„Ich kann nicht schwimmen", gab Omrak zu.

„Oh. Hm. Ähm... Daniel?", sagte Craig.

„Ich kann das übernehmen. Ich muss zwar meine Rüstung wechseln, aber das sollte kein Problem sein", sagte Daniel.

„Gut", sagte Craig und sah zu Sava hinüber, um sich zu vergewissern, dass der Händler zufrieden war, bevor sie zustimmten. Rob, der neben Omrak saß, runzelte die Stirn und bedrängte seinen Freund.

„Wie kannst du nicht schwimmen können?", sagte Rob ungläubig.

„Weil ich es nie gelernt habe." Als er sah, dass Rob immer noch verblüfft war, fuhr Omrak fort. „Ich habe doch in den Bergen gelebt, oder?"

„Aber, Seen? Flüsse?"

„Eiskalt. Du bist eingetaucht und hast dich gewaschen, aber du bist nicht geschwommen."

„So kalt ist es nicht.“

„Für euch vielleicht“, meinte Omrak. „Aber wir sind keine Selkie. Wir haben kein Fell und sind nicht so kälteresistent wie ihr.“

„Aber...“

Bevor Daniel das Gespräch weiter belauschen konnte, war Craig schon zu ihm herübergekommen. „Für den ersten Tag würde ich es vorziehen, im Lager zu sein, um mit unerwarteten Problemen fertig zu werden. Wir werden am ersten Tag mehr Leute im Basislager brauchen.“ Tula erschien neben den beiden und sah zwischen ihnen hin und her. „Ja, Rangerin?“

„Ich gehe auf Erkundungstour“, sagte Tula. „Nicht weiter als drei Kilometer vom Lager oder dem See entfernt. Bleibt nur an der Seeoberfläche.“

„Klar“, sagte Daniel.

Craig zog eine Grimasse, aber er nickte ihr kurz zustimmend zu. Nachdem die beiden genickt hatten, ging Tula zu Sava hinüber, um ihr Vorhaben zu bestätigen, bevor sie das Lager verließ, den Bogen auf dem Rücken und einen kleinen Rucksack dabei. Daniel sah ihr stirnrunzelnd nach, bevor er den Kopf schüttelte. Wenn er heute mit Prek zusammenarbeiten wollte, legte er am besten seine Rüstung ab.

***

Das Boot, das Prek herausholte, als sie einen geeigneten Strand fanden, war ein großes Ruderboot, groß genug, dass drei Personen auf ihren eigenen Bänken sitzen konnten. Daniel wurde in die Mitte geschickt, wo die Ruder lagen, nachdem er sich freiwillig gemeldet hatte, dass er tatsächlich rudern konnte. Sobald sie bereit waren, legten die drei ab, wobei Prek Daniel zu einem geeigneten Platz führte, der von einer überhängenden Felswand beschattet wurde.

„Gut, behaltet uns vorerst hier und wir machen uns an die Arbeit. Was meinst du, Ger, Krabbenfallen?", sagte Prek, als er das Fischernetz aus dem Stauraum holte, in dem es sich befand. In kürzester Zeit überprüfte der Fischer das Netz und bereitete es für das Einwerfen vor.

„Krabbenfallen", stimmte Ger zu. Noch während er sprach, bereitete er die Krabbenfallen vor, indem er Stücke von Innereien hineinlegte und sie mit Haken am Boden der Falle befestigte, bevor er die Falle mit einem leichten Wurf ins Wasser beförderte. Zu Daniels Überraschung ließ Ger tatsächlich das Seil los und die gesamte Falle davonfliegen. Erst als später ein kleiner Schwimmer auftauchte, der zeigte, wo sich die Falle befand, entspannte sich Daniel.

In der Zwischenzeit hatte Prek seine Vorbereitungen beendet, stand auf und balancierte auf dem leicht schwankenden Boot, bevor er das Netz ins Wasser warf. Er ließ das Seil in seiner Hand auslaufen, als das Netz sank, das sich beim Auswerfen gekonnt geöffnet hatte.

Daniel beobachtete dies alles mit Interesse, obwohl er sich gelegentlich misstrauisch nach weiteren Bedrohungen umsah. Sie hatten in Erwägung gezogen, Netze gegen die Kobolde einzusetzen, aber die Erfahrung hatte gezeigt, dass es schwieriger war, Netze zu werfen und sie zu treffen, als sie gedacht hatten. Letztendlich war der Einsatz des Steinbogens viel praktischer gewesen. Dennoch gab es vielleicht kleine Tipps für das Werfen dieser Waffen, die man lernen konnte, wenn man jemandem mit so viel Erfahrung zusah.

In kurzer Zeit holte die Fischergruppe den ersten Fang ein. Da sich zahlreiche Krabbenfallen in der Nähe befanden, wies Prek Daniel an, sich von diesen Fallen zu entfernen und an den Rändern der selbst auferlegten

Grenze nach neuen Fischen zu suchen. Die Ausbeute war üppig. Die Gruppe verbrachte so viel Zeit damit, die Beute zu sortieren und zu lagern, wie mit dem Fisch.

„Noch ein Skill?", fragte Daniel neugierig, während Ger einen weiteren Fisch aus seinen Händen verschwinden ließ.

„**Beute des Fischers**", bestätigte Ger. „Prek hat seine Lagerkompetenz auf dem Boot benutzt. Ich habe meinen für den Schleppzug benutzt. So funktioniert es am besten."

„Das kann ich sehen", sagte Daniel. „Ich könnte etwas einlagern, wenn du willst?" Seine **Inventar**fähigkeit war begrenzt, aber abgesehen von einigen zusätzlichen Waffen und Überlebensausrüstung hatte Daniel seine gesamte Abenteuerausrüstung im Basislager deponiert, sodass ihm eine Kiste mit freiem Platz zur Verfügung stand.

„Nein. **Abenteurer-Inventare** halten den Geschmack nicht aufrecht. Zu warm", sagte Ger.

„Vergiss das nicht, Ger. Wenn wir ihm die Vorräte des Lagers überlassen, können wir mehr für den Verkauf einlagern", sagte Prek.

„In Ordnung. Also gut, du lagerst die, die ich dir gebe", sagte Ger. Kurzerhand reichte Ger Daniel einen rosa gestreiften Fisch, der etwa so groß war wie sein Arm. Daniel beobachtete, wie sich das Maul der Kreatur bewegte, als sie nach Luft schnappte, bevor er mit den Schultern zuckte und den Fisch wegwinkte.

Es dauerte zwei weitere Fischzüge, bis die erste größere Verzögerung eintrat. Das Netz war gebrochen, und ein großes Loch an einer Seite zeigte, dass ein aggressiverer Fisch entkommen war. Beide Fischer waren nicht sonderlich überrascht, und Prek machte sich sofort daran, das Netz zu reparieren, indem er Garn aus einem kleinen Beutel an seiner Seite hervorholte.

„Hier können wir den Anker werfen", sagte Ger, während er ein Paar Angeln suchte und fand. „Wir werden ein bisschen hier sein, bis Prek das Netz repariert hat."

„Was machst du da?", fragte Daniel, nachdem er den Anker geworfen hatte. Als er fertig war, hatte Ger den Köder ausgelegt und den Angelhaken im Wasser versenkt, bevor er Daniel die Angelrute anbot.

„Angeln. Mit den Ködern, die ich habe, kann ich vielleicht etwas Gutes fangen", sagte Ger.

„Aber..." Daniel hielt inne.

„Wir sehen und spüren jeden Ärger, lange bevor er kommt", sagte Ger und tippte sich mit einem schleimigen Finger an den Kopf. „**Meeressinn.** Wir haben ihn beide."

„Wozu braucht ihr mich dann?"

„Man kann nicht ohne Unterbrechung fischen. Und es ist schön, ein drittes Paar Hände zum Rudern zu haben", antwortete Ger, während er seine eigene Rute auswarf. Nachdem er ein wenig damit gespielt hatte, fügte er hinzu. „Entspann dich. Unser Job ist der einfachste, den es gibt. Und bevor du fragst: Klar, wir haben ein Ersatznetz. Wir haben zwei. Aber ich bin schon zu zwei Dritteln voll. Mit dem Krabbenfang sind wir in einem Tag fertig. Es ergibt keinen Sinn, sich mit dem Fischzug zu beeilen. Es ist besser, etwas Gutes zu bekommen, als nur das Nichts aufzufüllen, verstehst du?"

„Nicht wirklich", gab Daniel zu. Es schien eine andere Art zu sein, die Dinge zu erledigen, aber der Abenteurer musste zugeben, dass das Fischen auf einer Expedition wahrscheinlich ganz anderen Zwängen unterlag, als wenn er Bergbau betrieb. Ein kleiner Bergbaubetrieb bestand immer noch aus Dutzenden von Bergleuten. „Also, was jetzt?"

„Jetzt fischen wir", sagte Ger grinsend, während er sich zurücklehnte. Er holte eine Flasche hervor, knallte den versiegelten Korken auf und nahm einen Schluck. Selbst aus einem Meter Entfernung konnte Daniel den Alkohol in der Flasche riechen. „Drink gefällig?“

„Nein. Ich glaube... nein.“ Daniel schüttelte den Kopf. Seine Aufgabe war es, für die Sicherheit der beiden zu sorgen. Als Daniel jedoch sehnsüchtig zusah, wie die beiden sich die Flasche teilten und sie untereinander austauschten, wünschte er sich, er wäre nicht so verklemmt. Nur ein bisschen. Aber Expeditionen waren gefährlich. Und er wollte nicht, dass ein anderer wegen seiner Unachtsamkeit verletzt wurde.

***

Im Lager schlich Asin um die kleine Vertiefung herum, die die Gruppe für ihren Lagerplatz gewählt hatte. Die Beastkin ließ sich von den eingestürzten Steinen abprallen und kletterte schnell auf die Spitze des abgenutzten Steins, um ihren Platz als Lagerwache einzunehmen. Vom zerstörten Mauerwerk aus betrachtete sie den steilen Abgrund, der sich daraus ergeben hatte, bevor sie etwas in ihrer Gürteltasche suchte. In kürzester Zeit hatte sie ein einfaches Warnsystem aus Schnur und Glocke aufgestellt und dann eine zweite, fiesere Falle direkt über dem Rand der Klippe angebracht. Zufrieden ließ sich die Catkin wieder ein paar Meter hinunterfallen.

In kürzester Zeit fand Asin einen bequemen Sitzplatz unter dem obersten Teil des umgestürzten Mauerwerks, nicht weit von ihrer Falle entfernt. Nachdem sie es sich bequem gemacht hatte, spannte Asin Daniels Armbrust aus und legte den Köcher neben sich, bevor sie sich hinunterbeugte, um ihre Uhr zu nehmen.

Rangerin hin oder her, Asin war sich nicht ganz sicher, ob sie mit der Wahl des Lagerplatzes einverstanden war. Sicher, die Vertiefung und das seltsam zerbröckelte Mauerwerk waren ein leicht zu verteidigender Ort – es gab nur zwei einfache Zugänge zum Lagerplatz, ohne dass man über dorniges und bröckelndes Mauerwerk klettern musste. Das machte den Lagerplatz äußerst verteidigungsfähig und sorgte außerdem dafür, dass der Schein ihrer nächtlichen Lagerfeuer nicht so weit zurückgeworfen wurde. Zusammen mit den Bäumen, die die Ränder der Lichtung bedeckten, waren sie relativ gut versteckt.

Aber es bedeutete auch, dass es nur zwei Möglichkeiten gab, wegzulaufen. Das schien Asin eine schreckliche Idee zu sein, aber als die Catkin darüber nachdachte, seufzte sie.

„Bestie." Sie stieß einen Schrei aus, als sie das Problem erkannte. Sie dachte an Todfeinde, an empfindungsfähige Ungeheuer wie die listigen Kobolde oder die Echsenmenschen. Sie schlossen sich zusammen, liefen weg, stellten Fallen und kämpften geschickt. Aber ihre größte Sorge galt nicht den empfindungsfähigen Monstern, sondern den Bestien. Raubtiere, die vielleicht aggressiv waren und sogar ein wenig schlau waren, aber nicht die Fähigkeit besaßen, zu jagen und zu planen. In diesem Fall waren zwei Ausgänge wahrscheinlich von Bedeutung.

Das gefiel Asin allerdings immer noch nicht. Die Catkin betrachtete ihre Umgebung und kratzte abwesend mit einer Klaue über den zerstörten Stein. Für einen kurzen Moment flammte das Interesse der Abenteurerin auf, als sie auf den harten Stein hinunterblickte. Selbst jetzt, Jahrhunderte später, weigerte sich der Stein, unter ihren scharfen Nägeln nachzugeben. Was hatte man hier gebaut? Ein ehemaliger Außenposten des Imperiums? Vor Jahrhunderten war das Imperium untergegangen. Doch davor hatte es seine Ranken über monsterverseuchte Länder ausgebreitet, den Höhepunkt der Zivilisation.

Die menschliche Zivilisation. Asins Lippen kräuselten sich leicht, als sie den unglücklichen Gedanken aussprach. Alte Geschichte, aber erst nach dem Untergang hatten sich die Beastkin aufgerappelt. Nicht, dass die Geschichte der Beastkin nur einseitig gewesen wäre. Einst waren sie sogar die stärksten Mitglieder der Armee gewesen.

Alte Geschichten. Tote Geschichten.

Asin schnaubte und verwarf die nutzlosen Gedanken. Das Hier und Jetzt war wichtig. Und die Zukunft. Die Vergangenheit war tot und konnte es auch bleiben. Besser, sie überlegte, was sie tun konnte, um sicherzustellen, dass sie nicht auch tot waren – falls die Erwartungen der Rangerin nicht erfüllt wurden.

***

Drei Tage später musste Daniel zugeben, dass die Expedition einen seltsamen Anfang genommen hatte. Nicht nur, dass die Zeit wesentlich friedlicher verlief, als er erwartet hatte, auch die Anzahl der Kämpfe, die die Gruppe auszufechten hatte, ließ sich an einem Finger abzählen. Das heißt, wenn man die Jagden nicht mitzählte.

„Ist das normal?", fragte Daniel Tula an diesem Abend, als sie zurückkam.

„Was meinst du?", antwortete die Rangerin und starrte den kräftigen Abenteurer an.

„Das Fehlen von Schlachten", erklärte Daniel.

„Wenn man einen Ranger hat, ja", sagte Tula mit einem Schnauben. „Unsere Aufgabe ist es, euch lebend zurückzubringen. Das bedeutet, dass wir die richtigen Routen finden, euch in den richtigen Gebieten lagern lassen und dann Fallen und Köder aufstellen, um Raubtiere fernzuhalten."

„Ist es das, was du getan hast?", sagte Daniel erstaunt. „Ich dachte, du wärst auf Auskundschaften."

„Das ist Auskundschaften. Ranger-Auskundschaften", sagte Tula und klopfte sich auf die Brust. „Wie auch immer. Das ist nur ein Ort vom Rang Orange."

„Was soll das heißen?", sagte Daniel mit einem Stirnrunzeln.

„Hmm... gut, es gibt ganz gewöhnliche Orte, Wälder ohne Rang und dergleichen. Dorthin reisen die meisten Dorfbewohner und Abenteurer", sagte Tula und tippte mit den Fingern. „Das heißt nicht, dass es keine Monster gibt, aber die Monster sind selten und werden im Allgemeinen von Abenteurern und Wachen in Schach gehalten. Dann gibt es die Basis-, Fortgeschrittenen- und höheren Wildnisgebiete. Wir ordnen sie auf dieselbe Weise wie die Gilde, um es einfacher zu machen. Aber ein einfacher Ort ist das, was man in den tieferen Teilen der nicht klassifizierten Wälder findet. Die Art von Gefahren, mit denen man normalerweise zu rechnen hat."

„Wir haben einmal gegen einen Schattenleoparden gekämpft", bot Daniel an.

„Genau. So ist es. Eine Art von Raubtier, nichts Großes. In fortgeschrittenen Gebieten gibt es ein breiteres Spektrum an Monstern, wobei das Raubtier mit der höchsten Bedrohung die Grenze der Gefahr markiert", sagte Tula. „In diesem Fall werden wir wahrscheinlich Monster der Klasse Orange sehen, wenn nicht sogar noch mehr."

„Warum sind wir dann so viele?", sagte Daniel und gestikulierte zu der großen Gruppe.

„Weil es die Wildnis ist", sagte Tula. „Noch etwa zehn Kilometer in diese Richtung und wir erreichen die Esman-Schlucht. Dort gibt es eine große grün-blaue Bedrohung. Und nur weil sie zehn Kilometer entfernt sind, heißt das nicht, dass die Raptoren nicht auch hierherkommen."

„Blau..." Daniel leckte sich über die Lippen.

„Grün einzeln, blau in der Gruppe", erläuterte Tula. „Die Nizhnye-Raptoren sind natürlich fliegende Kreaturen, daher erhalten sie einen höheren Rang. Sie sind halbwegs intelligent und verfügen über eine niedrige Gerissenheit, die sie nur diejenigen angreifen lässt, die verletzt sind oder von denen sie glauben, dass sie sie besiegen können. Außerdem verfügen sie über ein gewisses Maß an Luftelementarismus, der es ihnen ermöglicht, Luftpanzer und Windklingen zu bilden. Die Rüstung macht es schwierig, sie mit Fernkampfwaffen zu treffen. Magie und mächtige, einmalige Angriffe sind die Empfehlungen."

„Bist du eine Enzyklopädie oder ein Mensch?", fragte Hjalmar, dem es irgendwie gelungen war, sich an die beiden heranzuschleichen.

„Diese Informationen sind das Minimum, die ein Ranger wissen muss", sagte Tula mit einem Schnüffeln. „Ich könnte dir auch etwas über ihre Paarungsgewohnheiten und ihre bevorzugte Beute erzählen, aber für einen *Abenteurer* halte ich das für unnötig."

Als Hjalmar aufbrauste, hustete Daniel in seine Hand, bevor er die Kontrolle über das Gespräch übernahm. „Du willst damit sagen, dass die meisten Expeditionen einfach sind, bis sie es nicht mehr sind?"

Tula schnupperte an Daniel, musste aber widerwillig seine Worte anerkennen. „Es gibt Schlimmeres als eine einfache Expedition."

„Und jetzt hast du es geschafft", sagte Hjalmar. „Idiotische Rangerin. Sag niemals, dass es schlimmer sein könnte. Niemals!" Als der Gauner davonstapfte, um die Idiotie der Rangerin an seine Freunde weiterzugeben, musste Daniel im Stillen zustimmen. Wenn er vielleicht etwas Salz finden würde, das er über seine Schulter werfen könnte...

Kapitel 12

Unheilvolle Ankündigung hin oder her, die Expedition setzte ihre ereignislose Reise fort. Tag für Tag befand sich Daniel entweder auf den Booten oder, in seltenen Fällen, arbeitete er mit den Sammlern zusammen. Als Craig feststellte, dass Daniels Treffsicherheit mit seiner Armbrust lächerlich war, durfte der Abenteurer sich nie der Jagdgruppe anschließen. Die Gruppe hatte keine Verwendung für einen Abenteurer, der nicht einmal ein Scheunentor auf fünfzig Schritte Entfernung treffen konnte.

Im Laufe der Tage wurde das Lager immer größer und es kamen Gerbereien, Pökel- und Räucherstationen hinzu. Jedes Stück Haut, jedes Stück Fleisch, das gepökelt oder geräuchert wurde, verstauten Sava und die anderen Händler in ihren Taschen. Jeder Beutel war mit dimensionalen Speichereigenschaften versehen, die das Volumen verdoppelten oder verdreifachten. Danach wurde das Volumen durch die individuellen Skills des Händlers und Savas Expeditionsleiter-Skill aufgestockt. Nur aufgrund der höheren Level der Händler und von Sava machte diese ganze Expedition überhaupt einen finanziellen Sinn. Dennoch hatten die Händler bereits in der dritten Woche, in der sie sich im Wald aufhielten, damit begonnen, weniger teure Waren auszusortieren, um sie durch wirtschaftlichere Produkte zu ersetzen.

Daniel gähnte und arbeitete wieder etwas Lederöl in die Beinschienen seiner Lederrüstung ein. Am Nachmittag eines Ruhetages nahm sich Daniel die Zeit, seine Ausrüstung zu pflegen. Mit kleinen kreisenden Bewegungen arbeitete er den geölten Lappen stellenweise in das Leder ein und betrachtete die Kratzer und Verfärbungen. Die Rüstung befand sich noch in einem relativ guten Zustand, obwohl das jederzeit enden konnte. Aber die Bewegung der Pflege, des langsamen Einmassierens der Rüstung war meditativ und erholsam.

„Es kommt etwas!"

Daniel zuckte zusammen und ließ die Beinschienen los, als sie ihm fast aus den Händen fielen und der Lappen zu Boden flatterte. Daniel griff nach seinem Hammer und Schild und schaute in die Richtung, aus der der Schrei kam. Ein paar Sekunden später stürmte das Ernteteam heran. Als die Richtung der Bedrohung bestätigt war, ging Daniel vor dem Eingang in Stellung, während die anderen Mitglieder des Teams ebenfalls ihren Platz einnahmen.

„Asin!", rief Daniel, als er sich aufrichtete und nach seiner Freundin rief, die heute wieder Wache hielt.

„Orks", rief Asin. „Vier... fünf?"

Daniel grunzte, kauerte sich unter seinen Schild und zwang sich, seine angespannten Muskeln zu entspannen. Es gab keinen Grund, angespannt zu bleiben und Energie zu verbrauchen, wenn die Gefahr noch nicht da war. Er würde sie hören, wenn der Rest kam.

„Was ist passiert?", rief Daniel, in der Hoffnung, eine Antwort zu bekommen. Es gab keinen Grund für Orks, hier draußen zu sein. Sie lebten meist im Westen in den Ebenen und wagten sich nur selten in diese Wälder.

„Keine Ahnung. Wir waren unterwegs und haben gesammelt, und dann bumm, haben sie Uwe erschossen. Omrak und Bjarne halten sie in Schach, aber wir mussten fliehen", rief eine vertraute Stimme zurück, dieselbe, die zuerst eine Warnung gerufen hatte.

„Packt zusammen!"

Daniel drehte den Kopf und sah Sava, der vom anderen Eingang zurückkam. Als er sich umdrehte, sah er zu seiner Überraschung, dass die Händler bereits dabei waren, ihre Taschen zu packen und alles mit geübter Leichtigkeit reinzustopfen. „Macht euch bereit zum Aufbruch."

„Zurück, ihr widerlichen Bestien! Ich bin Omrak, Sohn von Losin, ein fortgeschrittener Abenteurer mit dem orangen Rang und. Ihr. Werdet. Nicht.

Gewinnen!", brüllte Omrak, kurz bevor die verräterische Entladung von Elektrizität aus Omraks Skill heraus explodierte. Das Knistern und Zischen von Blitzen, das Zischen von Blättern und Ästen, die verbrannten, und die Schreie seltsamer Monster ertönten.

„Komm schon, du blonder Trampel!", rief Bjarne.

In kurzer Zeit stolperten die beiden hinein, wobei Omrak von Bjarne nach hinten gezogen wurde. Als sie auf die Lichtung stolperten, wurden die verzauberten Kugeln von Vivian ausgelöst. Die Hexenmeisterin drehte ihre Hände und stellte die vorbereiteten Fallen auf. Einem leisen Aufschrei folgte ein leiser Schrei, als sich eine schattenhafte Gestalt in eine Rolle warf und den neu aufgestellten Fallen knapp auswich.

„Pass auf, Viv!", knurrte Hjalmar, als er sich drehte, seinen Recurvebogen in der Hand und einen Pfeil im Anschlag, während er in die Richtung zurückstarrte, aus der er gerade kam.

„Tut mir leid!", sagte Vivian, die Augen der Hexenmeisterin fest geschlossen.

Daniel ignorierte den Aufruhr und ging hinüber, um Bjarne zu helfen, Omrak zurückzuhalten und ihn hinzulegen. Bjarne verabreichte dem Nordländer gerade einen Trank, als Daniel seine Hand über den Mann legte und die zahlreichen Schnitte betrachtete, die den Körper des Teenagers durchzogen. Ein besonders fieser Schnitt hatte die gehärtete, verzauberte Lederweste, die Omrak trug, zerrissen, sodass Haut und Muskeln darunter zum Vorschein kamen, und Knochen und Teile seiner Innereien sichtbar wurden.

__Omrak, Sohn des Losin (Level 16)__
HP: 161/532 (Blutung -8)

„Kannst du ihn heilen?", fragte Bjarne.

„Ja", sagte Daniel. Er wandte bereits eine **Kleine Heilung II** auf seinen Freund an und legte den Zauber in kurzer Zeit immer wieder auf, wobei er einen Hauch seiner Gabe nutzte, um die Wunden, die sich geschlossen hatten, zu vernähen.

„Dann werde ich dich allein lassen", sagte Bjarne.

Daniel hörte die Worte kaum, er konzentrierte sich auf seinen Freund. Der allgemeine Heilungszauber heilte alles, von den beginnenden Prellungen an den Armen des Mannes bis zu der riesigen Wunde, aus der das Blut pulsierte, aber mit seinen Händen, die das Fleisch zusammendrückten, konnte Daniel einen Teil der Heilung lenken. Ein Blitz des Schmerzes, ein Teil seines Geistes verdrehte sich, als er durchtrennte Blutgefäße verband. Dann strömte die heilende Magie aus dem Trank und seinen eigenen Zaubern über die Wunden und nähte sie zusammen.

„Bleib liegen. Der Zauber soll dich heilen", befahl Daniel Omrak, dessen trübe Augen sich langsam aufhellten. **„Zeichen des Heilers."**

Der zeitverzögerte Heilungszauber überflutete Omrak und sandte Impulse von Heilenergie in den Nordländer.

„Ich kann immer noch kämpfen...", sagte Omrak und schloss die Faust um sein Zweihandschwert.

„Keine Bewegung, du Idiot", sagte Daniel und stieß seinen Freund nicht gerade sanft zu Boden. Auf der Lichtung konnte Daniel bereits die Geräusche des Kampfes hören, als Schwert und Schild aufeinandertrafen und eiskalte Zauber einfroren und verlangsamten. „Sie haben es im Griff. Und ich habe dich gerade geheilt. Wenn du das Schwert noch einmal in die Hand nimmst, wirst du dir nur die Wunden wieder aufreißen."

Omrak knurrte, blieb aber liegen, obwohl er sich mit schmerzhaftem Grunzen genug bewegte, um seinen Kopf herumzudrehen und den Kampf zu beobachten. In der Gewissheit, dass sein Freund liegen bleiben würde, nahm Daniel seinen Hammer und stakste zum Eingang hinüber.

Beeinträchtigt durch die lahmgelegten Körper ihrer Freunde, die die Eisstachelfallen ausgelöst hatten, hatten die Orks Mühe, auf die Lichtung zu gelangen. Bjarne stand an der Spitze des Kampfes, stach und hieb mit seiner Hellebarde, wobei er den kleinen Schild, den er am Arm trug, nur gelegentlich benutzte, um Hiebe abzuwehren, auf die er nicht rechtzeitig mit dem Griff seiner Langwaffe reagieren konnte. Seitlich hatte Hjalmar seinen Bogen gegen ein Paar Kurzschwerter getauscht, mit denen er Arme und Beine abwehrte und zerschnitt, die ihm zu nahe kamen. Und hinter ihnen allen ließ Vivian Feuerblitze los, während Asin mit der Armbrust auf die hinteren Reihen schoss.

„Achtung, links", rief Daniel Bjarne zu, als er seinen Platz in der Reihe einnahm. Gemeinsam konzentrierten sich die beiden darauf, die Linie zu halten. Ein schneller Block mit seinem Schild gab Daniel genug Zeit, um einen **Doppelschlag** auszuführen, der erst einen Ellbogen brach und dann beim Rückschwung einen Stachel in einen Oberschenkel jagte. Sofort wich Daniel ein wenig zurück und gab seinem Gegner Zeit, nach hinten zu stolpern, während er durch eine gerissene Arterie verblutete.

„Wir halten hier die Stellung", befahl Daniel der Gruppe. „Und töten sie langsam."

Als ob Daniels Worte eine Beleidigung wären, stürzte sich das halbe Dutzend Orks, das noch stand, auf die Abenteurer. Nach einem halben Dutzend Angriffen zogen sich Daniels Augen vor Überraschung zusammen. Er fing einen weiteren Schlag von einem wild geschwungenen Streitkolben ab, lenkte ihn zur Seite und gab der Ablenkung einen leichten Stoß, um den Ork weiter zu verletzen. Einen Schlag später fing Daniel einen Schwerthieb mit dem Stiel seiner Axt ab und wehrte ihn mit einer leichten Drehung zur

Seite ab, bevor er den Stachel mit einem Rückwärtshieb im Schild des ersten Orks versenkte. Ein Ruck ließ den Ork nach vorne stolpern und senkte den Schild so weit, dass Daniels waagerecht gehaltener Schildrand Nase und Wangenknochen zerdrückte, als der Abenteurer **Schildschlag** auslöste. Dann ging es nur noch darum, den nächsten Angriff zu blocken. Die ersten paar Sekunden der Halteaktion ließen die Orks taumeln, denn jeder Kontakt mit der verstärkten, schädlichen Aura des Abenteurers versetzte ihnen einen Schock. Selbst ein geblockter Angriff verursachte Erschütterungen, wenn nicht sogar Schaden.

Die Orks waren stark und aggressiv. Selbst mit seiner eigenen verbesserten Kraft fiel es Daniel schwer, jeden Schlag direkt zu empfangen. Aber ob stark oder nicht, die Kreaturen, die früher eine so gefährliche Bedrohung darstellten, waren erstaunlich leicht zu besiegen. Ihre Levels mochte dem seines eigenen Abenteurer-Ranges entsprechen, aber sie waren spezialisiert. Und unerfahren. Ungeschickt. Roh und aggressiv, aber ohne den Hauch von Feinschliff, den die Abenteurer hatten. Sie besaßen nicht einmal die Disziplin eines Soldaten.

Er holte mit **Perrins Schlag** aus und traf mit einem kurzen, scharfen Schlag aus der Hand direkt auf den Kopf des verbliebenen Orks. Der Schlag zertrümmerte den Kopf und drückte den Schädel der Kreatur in den Nacken, wobei das Blut spritzte und das Licht um den Hammer herum aufblitzte. Eine Meldung erschien – eine, die Daniel seit Ewigkeiten nicht mehr gesehen hatte.

Ork-Krieger (Level 9) Gefangene beschwören

Noch während das Monster nach hinten taumelte, tauchte Hjalmar hinter ihm auf, rammte ihm Kurzschwerter in den Rumpf und drehte es. Das

Monster trat kraftlos um sich, bevor es zusammenbrach und der Gauner den Leichnam zur Seite schob. Die drei vordersten Kämpfer keuchten und starrten mit großen Augen um den Eingang der Lichtung herum, als ihnen klar wurde, dass der Kampf vorbei war.

„Orks!" Eine weitere Stimme erklang, dieses Mal von der anderen Lichtung.

Daniel riss den Kopf nach oben und drehte sich zur anderen Lichtung. Er konnte bereits Elisa, Sumuhan und Uppulu sehen, die Wache hielten, denn die drei waren irgendwann während ihres Kampfes zurückgekommen. In wenigen Augenblicken traf die letzte Gruppe von Jägern ein und stolperte herein.

„Heiler!" Stimmen erhoben sich und riefen nach Daniel.

„Geh, wir behalten die Lichtung im Auge", befahl Bjarne.

Daniel zögerte und sah zu Asin auf, die die Armbrust spannte. Die Catkin saß in der Hocke, die Krallen des Hinterbeins waren ausgefahren und griffen nach dem Stein, während ihr Schwanz hinter ihr auspeitschte. Sie fing Daniels Blick auf und nickte ihm knapp zu, während sie nach weiteren Problemen Ausschau hielt.

„Heiltrank. Komm schon, komm schon!"

Daniel sah zu den verletzten Händlern hinüber, zu dem ausgeweideten Mann, der im Sterben lag und dessen Verletzungen für einen einfachen Zaubertrank zu fortgeschritten waren. Er biss sich auf die Lippen, aber Daniel rannte nach vorne, um seine Aufgabe zu erfüllen: Zu heilen, während seine Freunde töteten.

***

„Ich wusste, dass das eine schlechte Idee war. Wusste, dass es dumm war. Dumme Rangerin. Dumme Orks", knurrte Asin unter ihrem Atem in Catkin, als sie die Armbrust spannte und auf ihre Schulter legte. Die Catkin visierte die Waffe an, atmete aus und drückte dann sanft auf den Abzug. Der Rückstoß erschütterte kurz ihre Schulter, bevor sie die Armbrust wieder spannte, den Blick immer noch auf ihr Ziel gerichtet.

Der Armbrustbolzen flog durch die Luft und zeichnete eine schöne Parabel, bevor er die dünne Lederrüstung durchschlug und den Ork-Krieger aufspießte. Er taumelte zurück, gurgelte wegen seiner durchstochenen Lunge und verschaffte den fliehenden Abenteurern Zeit. Craig und die übrigen Mitglieder der Jagdgesellschaft zogen sich zurück, wobei die Jagdhändler die Gruppe mit einem Pfeilhagel unterstützten. Asin knurrte leise und starrte auf die Armbrust in ihren Händen. Ihr Skill **Messerfächer** oder die Aura ihres Armreifs waren auf diese Entfernung nutzlos.

Als sie sich aufrichtete, drehte die Catkin den Kopf zur Seite, und die dünnen, aber drahtigen Muskeln spannten sich an, als die Sehne zurückgezogen wurde. Asin drehte den Kopf zur Seite, suchte nach weiteren Problemen und fand sie. Ein lautes Gejaule ließ die Abenteurer zu ihr aufblicken.

„Patrouille! Sieben", knurrte Asin der Gruppe zu und deutete mit dem Finger auf die Orks, die sich dem ersten Eingang näherten. Verdammt noch mal. Sie würden in die Zange genommen werden.

Als sie aufstand, schlug der Schwanz der Beastkin weiter hinter ihr aus, während sie den Wald absuchte, in der Hoffnung, Hinweise auf das zu finden, was noch kommen könnte. Doch das dichte Blattwerk versperrte der Beastkin die Möglichkeit, mehr zu sehen, obwohl ihr Instinkt ihr sagte, dass die beiden Gruppen, die sich näherten, nicht die einzigen waren. Es war unmöglich, dass es nur ein paar Patrouillen waren, nicht wenn es so viele waren. Es stellte sich allerdings die Frage, warum und wie so viele Orks hier sein konnten. Und, was am wichtigsten war, als Asin den Lagerplatz noch einmal absuchte... Wo war Tula?

***

Pfeilsturm! Das Skill wurde in der Stille ausgelöst, und die Rangerin, die sich oben im Laub versteckt hielt, sah zu, wie sich ihr einzelner Pfeil in ein halbes Dutzend weiterer verwandelte. Sie regneten von den Lehmspinnen auf die Ork-Patrouille herab und landeten mitten in der eiligen Gruppe; sie töteten einen und verletzten drei weitere. Noch während die Gruppe knurrte und nach ihrem Angreifer suchte, zog sich die Rangerin zurück und verschwand wieder im Wald.

Vier. Die vierte Patrouille. Tulas Lippen kräuselten sich zu einem Knurren, noch während sie davoneilte und sich gegen einen Baum presste, als die schwerfälligen Geräusche der Ork-Patrouille, die sie verfolgte, sie einholten. Sie verlangsamte ihre Atmung und strapazierte ihre Sinne bis zum Äußersten, während sie abwartete, ob sie entdeckt werden würde.

Die Orks rannten vorbei und übersahen die verstohlene Rangerin, die weiterhin stillhielt und wartete. Ihre Vorsicht erwies sich bald als lebenswichtig, als ein letzter Nachzügler auftauchte, der sich langsam vorbeischlich. Tula wartete und sah zu, wie das Monster vorbeiging, bevor sie sich bewegte, ihren Pfeil anlegte und **Durchdringender Pfeil** auslöste. Der Ork zuckte zusammen, als das Geräusch der sich lösenden Sehne ihn einholte, der Pfeil bohrte sich in seine Kehle und in sein Genick und ließ das Monster lautlos zu Boden fallen.

Schnell eilte Tula zu der Leiche hinüber, zog sie beiseite und versteckte sie im Unterholz, bevor sie sie abtupfte. Sie warf die Feder- und Steinfetische beiseite, nachdem sie einen kurzen Blick darauf geworfen hatte, steckte die wenigen Münzen ein, die das Monster bei sich hatte, und betrachtete das einzelne, verfaulte Stück Fleisch in seinem Beutel.

Hungern.

Tula schauderte, denn ihr Verdacht hatte sich endlich bestätigt. Die zu dünnen Orks, die ungewöhnlichen Bewegungen des Stammes und ihr Auftauchen im Großen Wald. Dies war ein unterlegener Stamm. Einer, der von einem mächtigeren Stamm aus seiner Heimat vertrieben wurde. Einem, mit dem sie große Feindschaft hegten, denn sonst wären sie einfach untergegangen. Nun wanderten sie umher und hofften, einen Platz zum Ausruhen zu finden. Wanderten und hungerten.

Mit bedecktem Körper stand die Rangerin auf und überlegte, wie sie weiter vorgehen sollte. Als sie von den Bewegungen der Orks erfuhr, waren die schnell vorrückenden Ork-Patrouillen bereits auf die erste Jagdgruppe gestoßen. Sobald das geschah, war eine Begegnung garantiert. Pech, dass sie gerade die Fallen auf der anderen Seite des Geländes überprüfte, als sie eintraten.

Die einzige Frage war nun, wie man den Schaden verringern konnte. Tula stand schweigend da, überlegte und verwarf ihre Pläne in schneller Reihenfolge. Die Orks würden hinter den Jägern her sein und das Lager finden. So viel war sicher. Sie würden wissen, dass jede Expedition Nahrung haben würde – mehr als sie derzeit hatten. Die beste Option für die Gruppe war also zu fliehen. Tula verzog das Gesicht und schaute in Richtung des Lagerplatzes.

Die meisten Ork-Patrouillen befanden sich jedoch zwischen ihr und dem Lager. Es würde eine Weile dauern, bis sie den Rückweg antreten konnte. Und es wäre fast unmöglich, sich in das Lager selbst zu schleichen. In diesem

Fall konnte sie nur hoffen, dass der zweite Fluchtplan der Catkin funktionierte.

Kapitel 13

Daniel verband die Wunde am Bein des Händlers und sah sich dann nach Wasser um. Er fand den Eimer, den ein anderer Händler bei ihm abgestellt hatte, und tauchte seine Hände ein, um das Blut abzuwaschen, bevor er das überschüssige Wasser wegschüttelte. Der Geruch von Blut und Erbrochenem vermischte sich mit dem von verbranntem Fleisch und Holz, und erinnerte Daniel an den Kampf, der immer noch auf der Lichtung tobte. Mit trockenen Händen wandte sich Daniel dem nächsten Patienten zu.

Anstelle eines weiteren verletzten Händlers ließ sich Craig neben Daniel fallen und stützte einen aufgeschlitzten Unterarm. Ohne nachzudenken, betrachtete Daniel die Wunde und spritzte Wasser darüber, um die blutende Wunde auszuspülen und den Schaden zu begutachten. Kein Fremdkörper, kein Leder steckte drin. Der Verband, den Daniel in die Hand nahm, wickelte sich immer wieder um die Gliedmaße, während er die Zauberformel in seinem Kopf begann.

„Wie läuft es?", fragte Daniel und blickte zu den Lücken in der Lichtung hinauf. Die Handelskämpfer hatten ihre Speere in die Hand genommen und sich dem Kampf aus der Ferne angeschlossen, um den unterbesetzten Abenteurern dabei zu helfen, die Orks in Schach zu halten. Zwanzig Minuten nach Beginn des Kampfes hatte sich Daniel immer noch nicht von der improvisierten Versorgungsstation entfernt, die sie für ihn eingerichtet hatten.

„Wir bleiben dran", sagte Craig. „**Zeichen des Heilers** ist ausreichend. Ich habe ein regeneratives Skill."

Daniel hielt inne, bevor er nickte und die Beschwörung beendete. Seine Hände, die gerade dabei waren, den Verband zu wickeln, hielten inne, als sie aufleuchteten und den Zauber auf den Mann legten, bevor Daniel den Verband fertig band. „Du bist fertig."

„Ich schicke den nächsten her", sagte Craig.

Daniel konnte nur stumm nicken und beobachtete sein Mana, während Craig zurück an die Front trottete. Auch wenn der Mann sich nonchalant verhielt, erinnerte sich Daniel daran, das raue Atmen gehört zu haben, und er spürte den erhöhten Herzschlag und die Ansammlung von Milchsäure in den Muskeln des Mannes. Es war schwer, Dinge vor einem Heiler zu verbergen, besonders wenn dieser gerade einen Heilzauber auf einen gewirkt hatte.

Als Sumuhan herüberjoggte, verdrängte Daniel die Gedanken aus seinem Kopf, während er sein Mana überprüfte. Nach ein paar Zaubern von **Kleine Heilung II**, wenn ein Abenteurer oder Händler zu stark verletzt worden war, und nach mehreren Zaubern von **Zeichen des Heilers** war sein Mana zur Neige gegangen. Jetzt sehnte sich Daniel wirklich nach einem Upgrade seiner Heilzauber. Wenn er gewusst hätte, dass er als Heiler festsitzen würde...

Mana: 157/257

„Wie viele Heiltränke haben wir noch?", fragte Daniel seinen Gehilfen. Der Mann schaute auf den kleinen Stapel von Tränken in ihrem Behälter und zählte sie, bevor er antwortete.

„Sechs hohe, vier mittlere und acht niedrige Grade, Heiler."

„Kein Heiler", korrigierte Daniel. „Aber danke." Natürlich wusste Daniel, dass diese Zahl nicht die einzelnen Tränke umfasste, die einige der Abenteurer mit sich führten. Das waren nur die Tränke der Expedition – diejenigen, die für Notfälle gekauft worden waren. Da hochwertige und mittelmäßige Tränke jahrelang haltbar waren, konnte man den Kauf dieser Tränke als eine Investition betrachten. Die billigeren Tränke konnten bei Bedarf leicht weiterverkauft werden. Kluge Expeditionsleiter – wie Sava –

stellten sicher, dass sie für die meisten Situationen mehr als genug vorrätig hatten.

Die meisten, wenn man von einem Frontalangriff eines Ork-Clans absieht.

Und dann blieb keine Zeit mehr, als Hjalmar neben Daniel auftauchte, humpelnd und sein Bein verletzend.

***

Eine Stunde später schlug Daniel ein letztes Mal mit seinem Hammer auf einen Ork ein und vergewisserte sich, dass dieser einen ordentlichen Rückzieher machte, bevor er ebenfalls zurücktrat und seinen Hammer senkte. Die Orks zogen sich zurück und verschwanden in der Deckung des Laubes und hinter ihren Schilden, während sie sich ausruhten und auf weitere Verstärkung warteten. Die Abenteurer und kämpfenden Händler machten eine Pause, tranken Wasser und verbanden ihre Wunden. Daniel ließ seinen Hammer an der Handschlaufe fallen und drehte sich zu seinen Kameraden um, um zu prüfen, ob sie verletzt waren und was er tun konnte. Überraschenderweise ertönten keine „Heiler"-Rufe, was Daniel erleichterte. Er hatte noch ein paar Zaubersprüche übrig, aber sein sich langsam regenerierendes Mana sollte er nur für absolute Notfälle einsetzen.

„Wie viele?", fragte Daniel Sava, als dieser vorbeikam und einen Wassersack anbot. Als Sava antwortete, wusch sich Daniel mit einer Handvoll Wasser das Gesicht, bevor er ein gutes Viertel der Flasche trank. Kämpfen war harte und durstig machende Arbeit.

„Asin sagte, dass mindestens zwei weitere Patrouillen hinzugekommen sind. Also, dreißig? Vierzig?", sagte Sava.

„Sie haben ihre Orkjäger und Krieger mit höherem Level mitgebracht", polterte Omrak. Der große Nordländer hatte sich auskuriert und zusammen mit Daniel seinen Platz in der vordersten Reihe eingenommen, und die beiden Abenteurer bildeten nach so langer Zeit der Zusammenarbeit eine beachtliche Streitmacht. Unterstützt von ein paar Händlern mit ihren Speeren und Rob mit seinen Zaubern hatte die Gruppe eine Lichtung ganz allein gehalten, während Craigs Team die andere Seite eingenommen hatte und sich in der Zwischenzeit heilte und ausruhte. „Die Kämpfe werden immer schwieriger."

„Stimmt", sagte Daniel und runzelte die Stirn. Der stille Eingang zur Lichtung schien immer bedrohlicher zu werden, während Daniel darauf starrte, und sein Atem stockte, als er an ihre Zukunft dachte. Die Heiltränke waren weniger geworden, das Mana war geschwunden, und selbst Asins Bolzen von oben fielen nicht mehr so oft. Selbst jetzt zogen die nicht kämpfenden Händler Pfeile und Bolzen aus den Leichen und schoben die Körper herum, um eine Blockade zu errichten. Daniel wusste, dass sie diese Pfeile und Bolzen zu den Bogenschützen zurückbringen würden, aber viele waren nicht mehr zu retten.

„Können wir warten?", fragte Sava leise und senkte seine Stimme, als er näher an Daniel herantrat.

Daniel blickte zur Seite und sah, dass einige der Händler ihre Tätigkeit unterbrochen hatten, um seiner Antwort zuzuhören. Daniel zögerte eine Sekunde lang, bevor er antwortete: „Ja." Aber dieses Zögern war bezeichnend. Eines, das Sava dazu veranlasste, seine Lippen vor Unzufriedenheit zusammenzuziehen. „Wir sollten mit Craig sprechen."

Sava nickte, und Daniel winkte den ruhenden Abenteurern zu, damit sie seinen Platz einnehmen konnten. Als er sicher war, dass die Lichtung halten würde, führte Daniel Sava zu dem anderen Abenteurer-Kapitän hinüber, und das Trio traf sich auf einer Lichtung in der Mitte zwischen den beiden Eingängen.

„Was?", sagte Craig.

„Die Orks bekommen immer wieder Verstärkung", sagte Daniel.

„Ich weiß. Wir haben mindestens zwanzig ihrer Männer getötet", sagte Craig. Er presste die Lippen zusammen und betrachtete die schmalen Eingänge zur Lichtung, dann das zerbrochene Mauerwerk, das von der Vegetation überwuchert war und den Rest ausmachte. „Es mag schwieriger sein, außerhalb der Lichtung hineinzukommen, aber irgendwann werden es auch Orks versuchen. Zu diesem Zeitpunkt..."

„Wir können nicht warten", sagte Sava.

„Ich würde nicht sagen, dass wir das nicht können", entgegnete Craig.

„Aber es wäre schwierig", sagte Daniel und schüttelte den Kopf. „Wir müssten die, die sich gerade ausruhen, in Alarmbereitschaft halten. Wir müssten unsere Front weiter ausdehnen."

„Und dann, was, brechen wir durch?", sagte Craig und blickte auf die Lichtung. „Selbst wenn wir das schaffen würden, wären wir gezwungen, im Wald zu kämpfen. Und wo sollen wir dann hin?"

„Weiter raus. Da oben", sagte Asin und unterbrach die Gruppe. Die Catkin lächelte und deutete auf ihren Wachposten. Die Gruppe runzelte die Stirn und starrte auf den steilen Aufstieg zu den Ruinen.

„Was dann? Dann wären wir immer noch im Wald", sagte Craig schnaubend.

„Nein", sagte Asin. Sie schlug ihre Hand fest nach unten. „Klippe. Wald. Schlucht."

„Die Esman-Schlucht?", sagte Sava und Asin nickte. „Das... ich war schon früher bereit, es zu riskieren, aber die Orks würden sicher die Raptoren aufstacheln."

„Ja. Ablenkung", nickte Asin schnell.

„Ich weiß nicht. Die Rangerin..."

„Geredet. Einverstanden", sagte Asin und warf Sava ein breites Lächeln zu. „Verstärkung."

„Ja, die Rangerin, die jetzt nicht hier ist. Die wir brauchen, um sicher durch die Schlucht zu kommen", sagte Craig und ballte seine Faust vor Frustration fest.

„Tula wird uns finden", versicherte Daniel Craig. Er sah zu Asin hinüber, und die Catkin schenkte Daniel ein zuversichtliches Lächeln, bevor er tief einatmete. „Schau. Unsere Überlebenschancen sind gering, besonders dann, wenn noch mehr Orks kommen. Ich weiß nicht, wie viele es sind, aber dass sie sich so zurückziehen, lässt mich vermuten, dass es mehr sind. Und wahrscheinlich höherstufige Anführer. Wenn wir einen Kampf vermeiden können..."

Craig wippte mit dem Fuß und schaute zwischen der Lichtung und den Ruinen hin und her, das Zögern stand ihm ins Gesicht geschrieben.

„Ich vertraue der Rangerin, wenn ich ein Wörtchen mitzureden habe", sagte Sava. Jetzt, da der Kampf begonnen hatte, lag das eigentliche Kommando über die Expedition bei der Rangerin und den Abenteurern. Ohne Tula hatte nun Craig das Kommando.

„Ihr vertrauen...", sagte Craig, dann seufzte er niedergeschlagen. „Na schön. Wenn wir sterben, werde ich euch den ganzen Fluss entlang anschnauzen."

„In Ordnung", sagte Daniel. „Und was jetzt?"

Craig runzelte die Stirn, während er offensichtlich die Optionen durchspielte. Kurzerhand begann er, Sava und Daniel Befehle zu erteilen. Asin wurde aufgefordert, noch mehr Informationen zu liefern, was dazu führte, dass Sumuhan herüberkam, um die Konzepte der Catkin zu übersetzen und zu erweitern. Die ganze Zeit über konnte Daniel nicht umhin, zur Lichtung zurückzublicken und sich zu fragen, wann der nächste Angriff kommen würde. Und ob sie es noch rechtzeitig schaffen würden.

***

„Hoch!", rief Asin den Händlern zu. Die Gruppe hatte die Ruinen erklommen und schleppte ihre müden Körper und ihr Gepäck hinauf. Elisa, die neben Asin saß, half den Händlern hoch, reichte ihnen die Hand und führte sie zur Spitze des Bergrückens, wo ein paar Seile auf sie warteten.

„Da kommen sie", sagte Elisa und entfernte sich von den Händlern, um ihre Schusslinie freizumachen. „Ich habe zwei."

„Omrak, denk daran, dich zurückzuziehen, wenn wir es dir sagen", warnte Daniel seinen großen Freund. Der Nordländer schnaubte als Antwort, die Spitze seines Schwertes ruhte auf dem Boden, während er Energie sparte. Daniel warf seinem schweigsamen Freund einen besorgten Blick zu, bevor er die Bedenken beiseiteschob. Er konnte nichts dagegen tun, nicht im Moment. „Rob, bist du bereit?"

„Die Kugeln sind fertig. Danach werde ich nur noch zwei geladene Sphären haben", sagte Rob. „Ich hasse es, sie hierzulassen..."

„Besser deine Sphären als unsere Köpfe."

„Das stimmt", sagte Rob. „Was machen sie auf der anderen Seite?"

Daniel zuckte mit den Schultern, da er nicht wusste, wie das andere Team den Kontakt abbrechen wollte. Man hatte ihm gerade versichert, dass sie ihre Wege hatten.

Als die Orks den Eingang erreichten, griffen sie nicht an, sondern bewegten sich in einer langsamen, stetigen und bewachten Formation. Wie die vorherigen Patrouillen trugen die Orks eine Reihe von Waffen, von

Keulen über Schwerter bis hin zu Schilden. Erstaunlicherweise trugen nur wenige der Orks Speere, Bögen oder Armbrüste. Als sie die Lichtung erreichten, starrten sie die Gruppe an und stießen ein leises Knurren aus. Als ein Armbrustbolzen im Brustbein eines der wenigen ungeschützten Orks in der vordersten Reihe stecken blieb, heulten sie auf und warfen sich nach vorne, als sei der Angriff ein Signal.

Daniel wappnete sich und schätzte die sich schnell nähernde Entfernung ab, bevor er einen Schritt nach vorne machte, als sie sich näherten, und sein Skill **Schildschlag** auslöste. Der Angriff traf den Schild eines angreifenden Orks, prallte ab und warf Daniel zurück, als die kombinierte Wirkung von **Blutrausch-Angriff** und **Schildschlag** ihn überwältigte. Während er versuchte, sich auf den Beinen zu halten, stürzte sich der nächste Ork auf ihn und schlug mit einer Stachelkeule nach ihm, welche Daniel gerade noch abblocken konnte. Bevor der Ork seinen Angriff fortsetzen konnte, trat Omrak vor und holte mit seinem Schwert zu einem beidhändigen Überhandhieb aus, der den Fellhelm spaltete und den Schädel des Monsters halb durchbohrte. Omrak reagierte sofort, trat nach vorne und stieß den sterbenden Ork mit einem Tritt zurück, um ihn von sich zu stoßen.

Als sich ein anderer Ork nach vorne bewegte, um den Platz des Toten einzunehmen, fand Daniel endlich seinen Halt und sein Timing wieder, blockte einen Schlag ab und erwiderte einen gegen seinen ursprünglichen Gegner. Er hielt seinen Schild hoch, um sich vor Angriffen zu schützen und nur gelegentlich zuzuschlagen. Wie Omrak neben ihm kämpften die beiden vorsichtig, mehr darauf bedacht, sichere Schläge zu landen und sich selbst in Sicherheit zu bringen, als ihre Gegner zu töten. Schon bald erkannten die Orks den Unterschied und begannen, aggressiv nach vorne zu drängen.

Rob stand hinter ihm, hob die Hände und ließ einen **Magischen Pfeil** los. Der aus Mana geformte Angriff durchschlug die Rüstung und verletzte einen Ork, als dieser nach vorne trat. Daniel nutzte die Situation aus, beugte sich hinunter und zerschmetterte das Knie des taumelnden Monsters, wodurch er rückwärts fiel und den Eingang wieder verstopfte.

Sekunden wurden zu Minuten, während die beiden Abenteurer weiterhin vorsichtig kämpften. Selbst als es den Orks schließlich gelang, ihre verletzten Kameraden herauszuziehen, drängten die beiden nicht nach vorne, sondern begnügten sich damit, ihre Gegner zu verletzen und zu verlangsamen. Und währenddessen hörte Daniel mit einem halben Ohr zu.

„Nordost!", rief Sava warnend aus.

Daniel knurrte, unfähig, den Blick abzuwenden, aber er wusste, dass die Orks versuchen mussten, den Kreis auf andere Weise zu durchbrechen. Das war einer der Gründe, warum sie Elisa auf den Wachposten gesetzt hatten, um der Gruppe eine weitere Fernkämpferin zu geben. Als er einen weiteren Angriff abwehrte, tauchte ein verzauberter Stachel über seiner Schulter auf und stürzte auf den Ork zu, um ihn zu blenden. Das Monster stolperte zurück und hielt sich das verletzte Auge.

„Warum brauchen sie so lange?", keuchte Omrak, ein neuer Schnitt an seinem Arm blutete unaufhörlich und bildete eine klebrige Sauerei unter seinen Fingern. Daniel beäugte seinen Freund, besorgt über den anhaltenden Blutverlust, aber unfähig, in diesem Moment etwas dagegen zu tun. Um den Nordländer herum leuchtete ein schwaches rotes Licht, ein Zeichen für die wachsende Fähigkeit der Wut.

„Es sollte bald so weit sein...", sagte Daniel.

„Südosten!", rief Sava.

„Verdammt noch mal...", fluchte Rob hinterher.

Doch Daniel und Omrak hatten keine Zeit mehr zu reden, denn die Orks stürzten sich mit neuer Wut auf die beiden. Wieder kämpften sie, wobei sie darauf achteten, keine ihrer ausdauernden Skills auszulösen. Sie mussten einfach nur durchhalten. Durchhalten…

„Sauber!“, rief Sava.

Sofort löste Daniel **Perrins Schlag** aus, der in einem Winkel einschlug, um seinen Gegner an der Waffe zu erwischen und sie von der eigenen Brust des Monsters abprallen ließ. Der Ork war gezwungen, einen Schritt zurückzutreten, um den Aufprall abzufangen, und musste sich weiter nach hinten bewegen und ducken, als Omrak mit seinem riesigen Schwert einen weiten Oberhandhieb führte.

Entnervt wich Daniel zurück, als Rob in die Hände klatschte. Unter der aufgewühlten Erde explodierten vergrabene verzauberte Kugeln, und eine Wolke giftigen Gases strömte nach oben. Daniel und Omrak zogen sich beide sofort zurück, während das grünlich-violette Gas weiter aus den Kugeln herauskochte. Überraschenderweise bewegten sich die Wolken nicht viel von ihrem ursprünglichen Standort weg, sondern blieben konzentriert, während sie weiter aufstiegen.

„Lasst uns gehen. Es wird nur noch ein paar Minuten halten“, sagte Rob. Hinter der Rauchwolke beobachteten die Orks, wie sich die Abenteurer zurückzogen. Ein Blick zum anderen Eingang zeigte, dass der Eingang mit klebrigen Spinnweben bedeckt war, und in einer dieser Spinnweben war der schwache, sich windende Körper eines Orks gefangen. Als die Abenteurer sich umdrehten und zu den zerfallenen Ruinen rannten, stießen die Orks ein Wutgeheul aus.

Als Gruppe erreichten die Abenteurer den Fuß der zerbröckelten Steine, wo die Kaufleute oben standen und nur noch einige wenige darauf warteten, sich auf den Weg nach unten zu machen. Sava, der „Sauber“ ausgerufen hatte, war bereits auf halber Höhe der Ruinen, als Daniel den Boden erreichte. Der Heiler drehte sich um und machte sich bereit, den Rückweg anzutreten. Als Omrak zum Stillstand kam, knurrte Daniel.

„Los!"

„Ich sollte..."

„Wir brauchen einen Kämpfer am anderen Ende. Los!", schnauzte Daniel.

Omrak zögerte noch eine Sekunde, bevor er nickte und sich aufmachte, dem Selkie hinterherzuklettern, der nicht einmal stehen geblieben war. Daniel lächelte kurz, während die andere Gruppe von Abenteurern es schaffte, sich einen Weg hinüberzubahnen. Die schwammigen Zauberer machten sich zuerst auf den Weg, während Craig und die Nahkämpfer warteten, bis sie an der Reihe waren.

„Du solltest gehen", sagte Craig zu Daniel.

„Ich habe einen Schild..."

„Und du bist der Heiler", sagte Craig barsch. Daniel zögerte, zog eine Grimasse und hielt nur lange genug inne, um seine Hand und einen Zauber auf den verletzten Bjarne zu schlagen, bevor er sich umdrehte, um zu warten, bis er an der Reihe war. Als er sich neben Hjalmar wiederfand, musterte er den Gauner.

„Mir geht es gut. Nichts, was meine Heiltränke nicht in Ordnung bringen könnten", sagte Hjalmar.

Bevor Daniel antworten konnte, lenkte ein Schrei der Orks seine Aufmerksamkeit zurück. Anstatt zu warten, bis sich die Wolke auflöste, hatten sich die Monster durch sie hindurchgeworfen und das Gift aufgenommen, während sie auf die Gruppe losgingen. Auf der anderen Seite war das klebrige magische Netz in Brand gesetzt worden, und der Körper des gefangenen Orks zuckte kraftlos.

„Scheiße. Die sind verrückt!", sagte Craig. „Elisa, Vivian!"

Als Antwort fielen magische und weltliche Pfeile, die die heranstürmenden Monster verfolgten. Hjalmar schlug Daniel auf die Schulter und ließ seinen Kopf auf die Trümmer fallen, bevor er begann, nach oben zu klettern. Daniel seufzte und machte sich auf den Weg, um schnell nach oben zu kommen. Als er oben ankam, blickte er nach unten und sah, wie Craig und Uppulu in einen Kampf verwickelt waren und die beiden Abenteurer kämpften, um die wimmelnden Orks zurückzuhalten.

„Wir müssen Platz schaffen", sagte Hjalmar. Er streckte die Hand aus, und zog seinen Köcher und seinen Bogen aus dem Inventar, bevor er auf die Gruppe schoss.

„Daniel!", schnaubte Asin und ließ den Abenteurer zu ihm hinüberschauen. Er drehte sich um und fing die Armbrust auf, die ihm zugeworfen worden war, dann den fast leeren Köcher. Noch während er zusah, griff Asin nach ihren Messern und zog ihre Füße unter sich zusammen.

„Asiiiin!", rief Daniel, zu spät, denn die Catkin stieß sich von den Felsen. Die Catkin stürzte mit den Messern in der Hand und landete direkt auf zwei Orks, die beide zu Boden stürzten, während sich ihre Messer in ihre Körper bohrten. Wie ihr Namensvetter sprang die Catkin im Gegensatz zu ihren Opfern sofort wieder auf und zog neue Messer aus ihren Scheiden, während sie in die Fesseln der überraschten Monster schnitt.

„**Flammenschlange!**", rief Vivian aus. Aus ihrer Hand formte sich eine lebende Schlange aus Flammen und Rauch und flog herab, duckte sich und tanzte durch die Gruppe. Die Hexenmeisterin taumelte, ihr Gesicht war so weiß wie das Blütenblatt einer Babyatem-Blume, als sie bei diesem Angriff ihr Mana verbrauchte. In Kombination mit Asins Ablenkung gelang es den beiden Abenteurern, ihre Angreifer auszuschalten und schnell zu klettern, während Asin einen **Messerfächer** warf und dann die Felsen hinaufsprang.

Als der sich am schnellsten erholende Ork begann, nach oben zu klettern, spannte Daniel schließlich seine Armbrust und feuerte ab. Der Bolzen flog in einem Bogen nach unten, verfehlte sein Ziel und zerschmetterte den Felsen direkt vor dem Ungeheuer. Die explosive Zerstörung ließ den Ork zurückweichen, wobei ein Splitter ein Auge verletzte und das Monster nach hinten fallen ließ. Rob, der oben stand, fuchtelte mit den Händen herum und schickte seine verzauberten Stacheln los, um die Orks ebenfalls zu verletzen, die versuchten, nach oben zu klettern.

„Ich bin raus!", sagte Elisa, während sie ihren Bogen verstaute.

„Geh!", befahl Daniel der Frau. Daniel sah zu Vivian hinüber, die immer noch blass aussah, und deutete dann auf sie, als Bjarne sich aufrappelte. „Runter mit ihr."

Während er die Gruppe anleitete und seinen letzten Bolzen vorbereitete, starrte Daniel auf die Orks hinunter und dankte den Sternen, dass sie weiterhin keine Fernkampfwaffen besaßen. Trotz der hartnäckigen Angriffe von Asin, ihm selbst und Hjalmar bahnten sich die Orks weiter ihren Weg nach oben, knapp drei Meter unter den anderen.

„Los!", sagte Daniel, als Craig und Uppulu sich auf seine Höhe begeben hatten.

„Ich sollte bleiben...", protestierte Craig.

„Ich habe einen Plan. Und jetzt geh!", schnauzte Daniel. Ein Anflug von Verlust durchfuhr Daniel, als er auf die Seile starrte. Einst, vor langer Zeit, wusste er, wie man sich abseilt, wie man Knoten abbindet und sich sicher bewegt. Aber diese Zeit war vorbei, weggenommen von seiner Gabe. Brüchige Erinnerungen wohnten in ihm, Teile von Erinnerungen, die nicht nur aus seinem Geist, sondern auch aus seinem Körper genommen wurden. Dennoch wusste er theoretisch, wie man sich abseilt.

Craig zögerte noch einen Moment, bevor er sich in die Seile stürzte und es dem Heiler ermöglichte, seinen letzten Bolzen auf den führenden Ork abzufeuern und schließlich einen Treffer zu landen. Die Wucht des Bolzens warf das Monster zurück, sodass es den Hügel hinunterstürzte, was Daniel ein wildes Grinsen entlockte. Inzwischen war Asin neben ihm aufgesprungen und löste einen letzten **Messerfächer** aus, bevor sie keuchend innehielt.

„Runter", befahl Daniel.

Die Catkin zögerte nicht einmal, griff nach dem nächstgelegenen Seil und kletterte mit Leichtigkeit hinunter. In kürzester Zeit rutschte die Beastkin das Seil hinunter und ließ Daniel allein auf der Spitze der Ruine zurück. Als die Orks weiter nach oben kletterten, grinste er und ließ sein letztes Geschenk los.

Der beschworene Ork-Krieger, der neben ihm auftauchte, blickte Daniel kurz an, bevor er sich umdrehte und in die Hocke ging, um darauf zu warten, dass seine lebenden Brüder sich auf den Weg nach vorne machten. Während die Orks durch die Beschwörung abgelenkt waren, prüfte Daniel das erste leere Seil und schnitt es durch, bevor er sich das zweite schnappte. Er stützte sich mit den Füßen an der Felswand ab und warf sich die Leine hinunter, wobei er das Seil in Abständen ergriff und wieder losließ, während er die Klippe hinunterfiel. Auf den letzten Metern wurde sein Schwung zu groß, und er merkte, dass seine Finger den Halt verloren, sodass er unglücklich auf dem Rücken landete und ihm der Atem wegblieb. Der Abenteurer stöhnte auf und war froh, dass er sich keine Gehirnerschütterung zugezogen hatte. Noch während er auf dem Boden lag und wieder zu Atem kam, winkte Rob mit der Hand. Ein verzauberter, magischer Stachel bewegte sich, durchtrennte das Seil am oberen Ende und ließ das nun lose Ende auf die Füße des überraschten Abenteurers fallen.

„Was zum Teufel?“

„Keine Zeit“, sagte Rob und zeigte nach oben, damit Daniel die finsteren Gesichter der Orks sehen konnte, die es geschafft hatten, seine Beschwörung zu töten. „Kommt schon. Zeit zu gehen.“

Daniel stöhnte und ergriff Asins angebotenen Arm, als er nach oben taumelte. Er konzentrierte sich, schickte einen Schwall heilender Magie durch sich selbst und ließ einige der blauen Flecken verschwinden, bevor er das Seil in seinem Inventar verstaute. Da der einfache Zugang nach unten abgeschnitten war, konnten die Orks den Abenteurern nur noch nachstarren, als sie sich auf den Weg machten. So weit, so gut.

Kapitel 14

Daniel schloss sich schnell dem Hauptteil der Gruppe an und reihte sich ein, während er das Team mit einem geübten Auge beobachtete. Der Heiler suchte nach Verletzungen und versah diejenigen, die den Zauber am dringendsten brauchten, zweimal mit dem **Zeichen des Heilers**, um dem Heilzauber Zeit zu geben, seine Wirkung zu entfalten. Es war nicht so effektiv, wie die Gruppe sich bewegte, aber es war besser als nichts.

„Die Seile sind durchgeschnitten?", sagte Craig, als Daniel fast bis nach vorne vorgedrungen war.

„Ja", sagte Daniel. „Wer führt uns an?"

„Catkin und Sava wissen beide, wo wir hinmüssen", sagte Craig. „Ich habe Hjalmar und Sumuhan an der Nachhut, und dein Freund Omrak gibt ihnen Rückendeckung."

Daniel nickte, die Lippen fest zusammengepresst, während er die Gruppe überprüfte. Da nur ein Viertel der Händler an den Kämpfen teilgenommen hatte, waren die Nichtkombattanten größtenteils in guter Verfassung. Doch die Kämpfer waren alle verletzt, viele von ihnen trugen hastig gewickelte Verbände und halb verheilte Wunden. Mit kaum noch fünfzig Mana wusste Daniel, dass er darauf achten musste, sein Mana regenerieren zu lassen, egal wie gerne er ihre Verletzungen versorgen wollte.

„Was glaubst du, wie lange wir haben?", fragte Daniel schließlich.

Craig zuckte mit den Schultern, bevor er sagte: „Das ist eher eine Frage für unsere nicht anwesende Rangerin. Lauf einfach. Unser Vorsprung wird nicht so groß sein."

Daniel nickte und verstummte, um seinen Sauerstoff zu sparen, während er nebenher lief.

Mehr als eine Stunde verging, ohne dass sie verfolgt wurden, eine überraschende Tatsache, die Daniel noch mehr Sorgen bereitete. Sie joggten und machten alle zwanzig Minuten eine Pause, um langsamer zu werden und sich auszuruhen. So wie er es verstanden hatte, hatten sie noch vier Stunden Zeit, bis sie die Schlucht erreichten. Und obwohl Daniel die Verfolgung fürchtete, wusste er, dass sie sie auch brauchten.

„Schneller", sagte Tula und tauchte aus dem Unterholz auf. Craig, der neben Daniel gelaufen war, zuckte zusammen, als die Rangerin sich bemerkbar machte.

„Wo bist du gewesen?", fragte Craig die Rangerin.

„Ich hatte es mit Patrouillen und Spähern zu tun", sagte Tula. Sie neigte leicht den Kopf und verdeckte für einen kurzen Moment ihre Augen, bevor sie hinzufügte. „Es ist gut, dass ihr entkommen seid. Aber es kommt ein ganzer vertriebener Clan."

„Verdammt", knurrte Craig. „Ich wusste es."

„Sie sind im Lager und nehmen sich, was sie kriegen können, um ihre Leute zu ernähren. Sie waren am Verhungern", sagte Tula. „Es ist gut, dass ihr etwas von dem Essen für sie übrig gelassen habt. Das sollte uns etwas Zeit verschaffen."

„Ich habe es nicht mit Absicht getan", sagte Sava mürrisch.

„Ich weiß. Aber es funktioniert trotzdem", sagte Tula.

„Warum sind sie in einem solchen Zustand?", sagte Daniel. „Sollten sie nicht Jäger haben?"

„Viele sind wahrscheinlich gestorben, als sie vertrieben wurden", sagte Tula. „Die wenigen, die sie noch haben, werden nicht ausreichen, um den verbliebenen Stamm zu ernähren."

„Rangerin, wie lautet der Plan?", fragte Sava. „Gehen wir noch in die Schlucht?"

„Ja", sagte Tula mit einem Nicken. „Ich werde uns hineinführen. Folgt meinen Anweisungen. Wir werden die Schlucht betreten und uns am besten schleichend hindurchbewegen. Wenn alles gut geht, werden die Raptoren von den Orks angezogen, sollten sie uns folgen."

„Und wenn nicht?", sagte Craig misstrauisch.

„Dann habe ich auch einen Ersatzplan", sagte Tula. „Aber wir müssen weiter."

Unter den misstrauischen Blicken von Craig und Sava setzte sich Tula an die Spitze der Gruppe und übernahm die Führung. Fast augenblicklich änderte sich die Richtung leicht, als die weitgereiste Rangerin die Führung übernahm.

***

Weitere zwei Stunden vergingen, während Daniels Mana langsam wieder anstieg. Er betrachtete das dritte Mana, das in dieser Zeit zugenommen hatte, und überlegte, ob er etwas davon jetzt einsetzen oder warten sollte. Die Heilung einiger seiner Gefährten würde ihre Flucht beschleunigen, aber es würde die Menge an Mana verringern, die er hatte, wenn die Dinge schiefgingen. Nach kurzem Abwägen der Risiken beschloss Daniel, sein Mana erst einmal zu behalten. Vielleicht später.

Als Daniel seine Gedanken verdrängte, ließ ihn eine Stimme hinter ihm aufhorchen. Er runzelte die Stirn, als er erkannte, dass das Gemurmel von der Nachhut stammte. Er wurde etwas langsamer, bevor er sich daran erinnerte, dass er seine Position beibehalten musste. Seine Aufgabe war es, nach Problemen Ausschau zu halten, die von den Seiten her kamen. Selbst wenn es einen Angriff gab, ohne dass ein Hilferuf ertönte, sollte er auf seiner Position bleiben. Es könnte ja auch eine Finte sein.

Kurz darauf verstummte der Kampfeslärm von hinten. Daniel drehte den Kopf und betrachtete die Wachen, die hinter ihm herliefen, viele von ihnen taten dasselbe. Es gab kein Signal, kein Anzeichen dafür, dass es noch etwas zu befürchten gab, und so rannte Daniel mit gesenktem Kopf weiter. Zum Glück für seine strapazierten Nerven meldete sich bald ein Händler, der sich als Läufer zu erkennen gab. Die Nachhut war mit Orkspähern zusammengestoßen und hatte mindestens einen übersehen. Möglicherweise waren es auch mehr, wenn die Späher sich bei ihrer Suche gesammelt hatten. In jedem Fall aber waren sie gefunden worden.

Die Nachricht war ein Adrenalinstoß, der sich in der gesamten Gruppe verbreitete und einen Energieschub auslöste, der zu einem schnelleren Tempo führte. Leider konnte das schnellere Tempo nicht lange gehalten werden, und die Gruppe wurde langsamer, da die Marathonsitzung ihren Tribut von den Kaufleuten und Abenteurern forderte. Omrak griff in eine Gürteltasche und holte einen orangefarbenen Flachmann heraus, aus dem er einen Schluck nahm. Als er die fragenden Blicke sah, die ihm zugeworfen wurden, ergriff Omrak das Wort.

„Ausdauer-Trank", sagte Omrak. Seine Worte riefen eine Reihe von Bitten der Händler hervor. Der Nordländer zögerte sichtlich, aber schließlich bot er den Umstehenden ein paar Schlucke an. Während er aufmerksam beobachtete, wie sein kostbarer Trank herumgereicht wurde, sagte Omrak zu Daniel. „Ich bin überrascht, dass Sava keine solchen Tränke hat."

„Er hatte ein paar. Aber Sava hat stattdessen minderwertige Heiltränke verwendet", sagte Daniel. Er konnte die Argumentation nachvollziehen. Ein minderwertiger Heiltrank war nicht viel teurer als ein spezieller Ausdauertrank, und beide waren in ihrer Wirkung letztlich ähnlich. Er wusste zwar nicht, wie sie hergestellt wurden, aber er wusste, dass Ausdauertränke im Grunde einen Nährstoffschub bewirkten und den Stoffwechsel eines Menschen beschleunigten, vor allem im Bereich der Muskeln, des Herzens und der Lunge des Trinkenden. Heiltränke bewirkten das Gleiche, allerdings mit dem Schwerpunkt auf der Durchblutung und der Produktion von heilenden Chemikalien und Zellen. Das bedeutete immer noch, dass sich die Menschen besser fühlten und als Nebeneffekt ihre Ausdauer steigerten, nur nicht so effektiv. Für einen Händler, der wahrscheinlich nur geringfügige Verbesserungen benötigte, war es jedoch genauso gut.

„Und jetzt müssen wir sie retten für... SCHLANGE!", rief Omrak warnend, woraufhin einige der Händler ins Straucheln gerieten. Bevor irgendjemand das Monster ausfindig machen konnte, hatte der Nordländer seine Wurfaxt auf die Kreatur geworfen, die sich gerade auf einen ahnungslosen Händler stürzte, ihn am Körper erwischte und von ihrer hölzernen Sitzstange wegriss. Als das verletzte Ungeheuer zu Boden fiel, zog Omrak sein beidhändiges Großschwert und begann es zu zerhacken, wobei er dem Ungeheuer nicht erlaubte, im Kampf wieder in Schwung zu kommen. Selbst als es eine eisige Kälte durch die Umgebung ausstrahlte, ließ der Nordländer nicht locker und sprang erst zurück, als das Monster in mehrere Teile zerlegt war. Daniel wurde etwas langsamer, bevor er sich vergewisserte, dass sein Freund die Sache gut im Griff hatte, und beschleunigte, um seinen Posten wieder einzunehmen.

„Gute Arbeit", sagte Craig von hinten zu Omrak. „Jetzt geht weiter."

Daniel drehte den Kopf und hielt nach Problemen Ausschau. Früher oder später würden die Orks oder weitere Ungeheuer auftauchen.

***

Die Felswände der Schlucht türmten sich vor der Gruppe auf, während sie weiterliefen. Der einst so prächtige Fluss war geschrumpft und hinterließ eine von Gestrüpp überwucherte Passage. An den kahlen Felswänden wuchsen widerspenstige Bäume und Sträucher auf jedem freien Platz, die nur von den braunen Nestern der Raubvögel verdrängt wurden. In der Mitte der Schlucht plätscherte ein kleiner Fluss, der die letzten Regenfälle abführte.

Als die Gruppe sich der Schlucht näherte, versammelte Tula alle um sich und begann, kleine Beutel zu verteilen. Aus den Beuteln strömte ein ranziger, verwesender Geruch, der so stark war, dass er die Empfänger schon beim Zuziehen der Beutel erstickte.

„Was ist das?"

„Kupferkönigaffenkot", sagte Tula. Daniel schluckte und das Grauen füllte seinen Magen, als Tula den Inhalt erwähnte. Er hatte eine Ahnung, worum es sich handeln könnte, aber er wollte unbedingt, dass seine Vermutung falsch war. Leider sollten sich seine Erwartungen erfüllen und seine Hoffnungen zunichtegemacht werden. „Reibe das auf deine Kleidung. Nicht auf die Haut! Die fermentierten Fäkalien werden deine Haut reizen."

„Was? Nein!", protestierte Hjalmar.

„Die Kupferkönigsaffen ziehen in Rudeln durch die Schlucht, stehlen und fressen die Eier und Küken der Nizhnye-Raptoren. Wenn sie die Affen wittern, weichen die Nizhnye zur Seite. Aber da die Raptoren einen schwachen Geruchssinn haben, ist der vergorene Kot ein Muss", sagte Tula. „Jetzt schnell. Bevor die Orks uns finden."

Unter dem massiven Murren der Gruppe wurden Kordelzüge auseinandergezogen und ihr übelriechender Inhalt auf Kleidung und Schuhe aufgetragen.

„Das sind verzauberte Gewänder. Und mein bestes Paar...", sagte Rob, während er die Fäkalien auf dem ehemals dunkelblauen Stoff verteilte. „Das muss ich extra bezahlen, um es reinigen zu lassen."

„Sei froh, dass du ein Inventar hast, in dem du es später aufbewahren kannst", sagte ein Händler in der Nähe. „Ich werde meins einfach wegschmeißen."

„Weniger jammern, mehr machen", befahl Daniel den beiden.

„Du scheinst nicht so betroffen zu sein", sagte Vivian mit verkniffenem Gesicht, als sie einen weiteren Finger in den Beutel tauchte und den Inhalt vorsichtig auf ihre Kleidung verteilte. „Du bist fast so unbeeindruckt wie die Rangerin."

„Ich bin ein Heiler. Das ist nicht das Schlimmste, was ich erlebt habe", sagte Daniel. Vor allem war es das Schlimmste, ein Heiler in einer Abenteurerstadt zu sein. Fleisch, das aufgrund eines Fluchs langsam verfaulte und sich auflöste, aufgerissene Bäuche, die pulsierten und sich wandten, während Parasiten vom Level Sieben darin wuchsen und fraßen. Nein, vergorene Fäkalien waren das Geringste, womit er zu tun hatte.

Sobald die Gruppe bereit war, führte Tula sie in einem viel langsameren Tempo vorwärts, wobei die Rangerin gelegentlich zum Himmel blickte. Gemeinsam konzentrierte sich die gesamte Gruppe darauf, in die gefährliche Schlucht vorzudringen und ihren Verfolgern hoffentlich die Möglichkeit zu geben, die Angriffe der Bewohner abzuwehren.

***

Bei näherer Betrachtung war die Schlucht eine Mischung aus braunen, orangefarbenen und grauen Wänden, gemischt mit dem kräftigen Grün der Pflanzen und gelegentlichen – und gefährlichen –Farbspritzern. Nach so vielen Wochen im Großen Wald wusste Daniel, dass die meisten Pflanzen, die in lebhaften Farben leuchteten, giftig waren oder nur versuchten, ein

Ungeheuer anzulocken. Nur sehr wenige waren ungefährlich und nutzten die Tarnung der gefährlichen Pflanzen, um zu überleben.

Die Gruppe schlich näher heran, bewegte sich durch das Unterholz und versuchte, dem scharfen Blick der Raptoren zu entgehen. Natürlich war das ein Fehlschlag, denn die meisten der Kreaturen konnten die Landwirte leicht ausmachen. Selbst mit einem Blick konnte Daniel erkennen, wie viele der Raubtiere sie beobachteten, während sie sich auf dem Boden bewegten. Doch irgendwie griffen sie nicht an.

Als die Gruppe schließlich die Schlucht betrat, erhob sich erst einer, dann ein Schwarm der Raptoren in die Lüfte. Ohne dass es eines Signals bedurft hätte, erstarrte die Gruppe und kauerte tiefer, während die Expeditionsmitglieder den Angriff erwarteten. Doch zu ihrer Überraschung flogen die Raptoren stattdessen an der Gruppe vorbei.

Erst als die letzten Raptoren über sie hinweggezogen waren, setzte sich die Expedition in Bewegung. Doch die Neugier trieb Daniel immer wieder dazu, nach hinten zu schauen, um zu sehen, warum und wohin der Schwarm geflogen war. Kurz darauf begann die Gruppe von Raptoren abzutauchen, ihr Ziel im Laub versteckt.

„Was...?", murmelte Daniel. Könnten es die Orks sein? Wenn ja, dann waren sie viel näher, als er erwartet hatte.

Eine Zeit lang beobachtete Daniel die Vögel, die ein- und ausflogen, während sie tiefer in die Schlucht eindrangen, und erhaschte einen Blick auf die stürzenden Vögel, bevor sie wieder durch Laub und die Windungen des Geländes versperrt wurden.

„Sind sie immer noch an der gleichen Stelle?", sagte Daniel zu Elisa, die etwas weiter oben auf dem Hang hockte und das Treiben hinter ihnen beobachtete.

„Sieht ganz so aus. Aber es gibt weniger Raptoren... Ah!", sagte Elisa und hauchte das letzte Wort aus.

„Was?", sagte Daniel und reckte den Hals.

„Die Raptoren sind weg."

„Verdammt." Daniel presste nachdenklich die Lippen aufeinander und seufzte dann. Sich darauf zu verlassen, dass die Raptoren – zumindest dieser Schwarm – die Orks zurückhalten würden, war wohl zwecklos. „Glaubst du, dass sie trotzdem weiter kommen?"

„Warum nicht?", sagte Elisa. „Nizhnye-Raptoren mögen nicht so gut schmecken, aber wenn man Hunger hat, ist es ein gutes Essen."

„Du klingst... erfahren", sagte Daniel.

„Monsterfleisch ist durchaus essbar, auch wenn es manchmal seltsam schmeckt", sagte Elisa. „Meine Eltern waren Questoren, und so bin ich ihnen auf ihren Missionen gefolgt, als wir aufwuchsen. Oft war das Einzige, was wir zu essen hatten, Monsterfleisch."

„Hm", sagte Daniel und sah Elisa mit neuem Interesse an. Abenteurer-Familien waren keine Seltenheit – so wie manche Leute aufgrund ihrer familiären Herkunft Heiler, Händler oder Bauern wurden, wuchsen manche Abenteurer aufgrund ihrer Eltern in diesen Beruf hinein. Natürlich waren sie seltener, denn die schiere Zahl der Todesfälle bei den Abenteurern hat langen Dynastien einen Dämpfer versetzt. Aber im Allgemeinen waren Abenteurerfamilien von Anfang an besser ausgebildet und ausgerüstet, was ihre Verluste verringerte.

„Überrascht?", sagte Elisa.

„Nein. Na ja, irgendwie schon." Daniel zuckte mit den Schultern. „Ich habe nie wirklich darüber nachgedacht. Muss schön sein, abenteuerlustige Eltern zu haben."

„Es gibt gute Argumente. Sie sind sehr stolz darauf, dass ich schon fortgeschritten bin", sagte Elisa, dann kniff sie die Augen dem stillen Abenteurer gegenüber zusammen. „Und sie würden sich wirklich freuen, wenn ich es nach Hause schaffe. Also mach dich auf den Weg."

Daniel senkte anerkennend den Kopf, bevor er sich den Händlern wieder anschloss. Wenn er sich an die Karte erinnerte, verlief die Schlucht kilometerweit, bevor sie die Kluft zwischen den Bergen verließen und sie viel breiter wurde. In der verbreiterten Schlucht gab es eine Reihe von Ausgängen, die sie nutzen konnten, um zum Dorf zurückzukehren. Um dorthin zu gelangen, würden sie natürlich einige Stunden brauchen.

***

Eine Hand hob sich, und die Gruppe wurde langsamer, als sie sich unter einem Handüberhang verstecken wollte. Die Expeditionsmitglieder ließen sich gegen die Felswände plumpsen, während ein paar Abenteurer am Rande des Geländes Stellung bezogen. Als Daniel in die Gruppe hineinjoggte, konnte er nicht anders, als dankbar auszuatmen, als seine schwachen Beine endlich zum Stillstand kamen.

„Essen. Wasserflaschen auffüllen. Ruht euch eine halbe Stunde lang aus", sagte Tula.

Sava verzog das Gesicht, als er zu der Rangerin hinüberging, und senkte seine Stimme, als er sprach. „Du setzt uns zu sehr unter Druck."

„Noch eine Stunde", sagte Tula. „Wir sind nicht sicher, solange wir in der Schlucht bleiben."

„Warum?", fragte Daniel und ließ seinen Blick auf die gegenüberliegende Klippenwand fallen. „Deine... Lösung für die Raptoren hat funktioniert."

„Da ist noch etwas anderes", sagte Tula und berührte ein Stück getrockneten Kot auf ihrer Kleidung. „Normalerweise würden die Affen die Zahl der Raptoren in Schach halten, aber sie sind überhaupt nicht da. Etwas anderes muss sie vertrieben haben."

„Oh...", sagte Daniel und rieb sich die Schläfen. Natürlich war da noch etwas anderes. Und bei ihrem Glück waren sie gezwungen, darauf zu stoßen. So ist das nun mal. Niemals einfach. Daniel atmete tief ein und langsam wieder aus und betrachtete sein größtenteils wiedergewonnenes Mana. Am besten heilte er alle anderen.

Nach der Rast, dem Essen und dem erneuten Auftragen der Fäkalien stand die Gruppe auf und machte sich bereit, den letzten Teil ihrer Reise anzutreten. Während Daniel seine Rüstung und Waffen überprüfte, ließ er seinen Blick über seine müden, von der Straße abgekämpften Gefährten schweifen. Selbst die tapferen Omrak und Uppulu sahen müde aus, ihre Waffen hingen ihnen in den Händen. Asin schenkte Daniel ein müdes Lächeln, ihr Fell war verfilzt von Schweiß und anderen Unreinheiten, als sie in einer Ecke kauerte und zusah. Und Tula, die Rangerin, war vielleicht die erschöpfteste von ihnen allen. Stirnrunzelnd ging Daniel zu Tula hinüber und griff nach ihrer Hand.

„Was?", sagte Tula und errötete, als Daniel ihre Hand hob und sie in seine beiden nahm.

„Zauberspruch", sagte Daniel. Der Heiler konzentrierte sich tief im Inneren, zog an seiner Gabe und schickte sie durch sie hindurch. Zuerst das Blut, eine einfache Reinigung und Erfrischung, um ihr mehr Sauerstoff zu geben und die meisten Unreinheiten zu entfernen. Dann ihre Muskeln, die dem Blutfluss folgten, um die Milchsäureansammlungen in ihren Muskeln zu berühren und einen Teil davon wegzuspülen. Es war ein ähnlicher

Vorgang wie der, den er zuvor für sich und sein Team durchgeführt hatte, eine einfache Reinigung, die sie in den Dungeon in bester Verfassung hielt.

Und damit spürte er, wie eine weitere Erinnerung, ein weiteres Stück von ihm selbst verschwand. Nicht viel, ein paar Sekunden, ein paar Minuten. Überhaupt nichts... Es sei denn, es war eine Umarmung, ein Lächeln, eine Lektion.

Tula erschauderte, bevor sie sich unbewusst aufrichtete und Daniel mit zusammengekniffenen Augen ansah. „Was war das?“

„Zauberspruch“, sagte Daniel und ließ ihre Hand los. Und egal, wie misstrauisch die Rangerin Daniel ansah, er weigerte sich, näher darauf einzugehen.

„Wenn ihr beide fertig seid, sollten wir uns auf den Weg machen“, sagte Craig. „Ihr könnt später herumturteln.“

Daniel schnaubte bei Craigs Worten, während Tula erneut errötete. Aber sie winkte die Gruppe energischer weiter, ihr Körper war erfrischt. Doch die Spuren der Erschöpfung waren immer noch zu sehen, wenn man wusste, worauf man achten musste. Daniel konnte ihren Körper heilen, aber ihr Geist war eine andere Sache.

Kapitel 15

Wenige Kilometer von ihrer Abzweigung entfernt breitete sich in der Esman-Schlucht eine solche Stille aus, dass selbst das leise Schnattern der Tiere und die gelegentlichen Schreie der Raptoren verschwunden waren. Bis auf das Rauschen des Windes am Tage herrschte eine unnatürliche Stille im Wald.

„Was ist los?", murmelte Daniel leise vor sich hin, aber niemand hatte eine Antwort für ihn. Die Gruppe sammelte sich instinktiv, Elisa und Asin gingen beide den Hang hinauf, um einen besseren Überblick zu bekommen, während die Magier ihre Zaubersprüche für eine schnelle Zerstreuung sammelten. Tula drehte ihren Kopf von einer Seite zur anderen, auf der Suche nach dem Problem, nach der Ursache, bis sich ein Finger von einem der Kaufleute erhob.

„Da!", rief er.

Alle Augen richteten sich auf den neuen Anblick, und mehr als einem fiel die Kinnlade herunter, als er erkannte, was er da sah. Zuerst war es nur ein einzelner Vogel, braun und weiß vor dem wolkenverhangenen grau-weißen Himmel, der mit Regen drohte. Doch dann lösten sich andere, kleinere Schatten am Himmel auf, Schatten, die doppelt, dreimal so klein waren.

„Ein mutierter Nizhnye-Raptor", hauchte Tula. „Das ist es, was mit den Affen passiert ist."

Daniel wusste von diesen Mutanten. Kreaturen, die sich durch den Verzehr anderer Monster oder durch eine Begegnung mit einer übernatürlichen Gelegenheit oder Katastrophe weiterentwickelt hatten. Die Mutation wurde nie kontrolliert und konnte die mutierten Monster ebenso leicht töten oder verletzen. Aber wenn ein Mutant überlebte, war er oft größer, stärker und gefährlicher als seine nicht mutierten Brüder. Es war nicht ungewöhnlich, dass das Level an Bedrohung von Mutanten um zwei, drei Level, manchmal sogar mehr, anstieg.

„Alle! Wascht die Fäkalien ab. Schnell!", sagte Tula, die Rangerin ließ den Worten bereits Taten folgen. Die Gruppe zögerte, der Befehl kam viel zu plötzlich.

„Der Mutant hat die Affen vertrieben. Er jagt sie!", sagte Tula und wischte mit ihren Fingern über die schmutzige Rüstung. „Verdammt noch mal. Wir brauchen Säuberungszauber."

„Wird das funktionieren?", fragte Craig, der ältere Abenteurer mit einer Flasche alkoholischen Weins in der Hand, mit der er sich anstelle von Wasser wusch. In Daniels Augen war das eine seltsame Wahl, aber er ignorierte sie, während er sich eilig sauber wusch.

„Ein bisschen", sagte Tula. „Wenn wir den Duft durch unseren ersetzen..."

„Können wir ihn nicht besiegen?", grummelte Omrak, während der große Abenteurer den sich schnell nähernden Raptor und den Schwarm, der mit ihm flog, betrachtete. „Wir sind so viele."

„Es ist keine Frage, ob wir ihn besiegen können", antwortete Craig. „Es geht eher um die Orks, die hinter uns her sind."

„Wie nah sind sie?", fragte Daniel und richtete seinen Blick auf ihren hinteren Weg. Um ihre Leute zusammenzuhalten, hatten sie ihre Nachhut zurückgezogen, sodass es keine gute Möglichkeit gab, zu erkennen, wie nah die Orks waren. Oh, es gab ein paar Gelegenheiten, bei denen ein Schwarm Raptoren gestört worden war und sich auf die Orks gestürzt hatte, aber es schien, dass sogar die Raptoren lernen konnten. Der letzte Angriff war vor einer Stunde erfolgt, und zu diesem Zeitpunkt waren die Orks schätzungsweise einen Kilometer entfernt.

„Wer weiß? Aber wir müssen davon ausgehen, dass sie nahe dran sind", sagte Craig.

Daniel nickte und holte tief Luft, bevor er seine Säuberung beendete. Tula winkte die Gruppe schnell nach vorne, nachdem sie Sumuhan und Bjarne, die die Kolonne anführten, Anweisungen gegeben hatte, während sie eine Reihe von Beuteln aus ihrem Lager holte, die ihr nur allzu vertraut waren.

„Was machst du da?", sagte Daniel.

„Ablenkungsmanöver", sagte Tula. „Geh, ich komme nach."

Daniel zögerte, aber die Rangerin schüttelte den Kopf und winkte ihn weiter. Widerwillig machte sich Daniel auf den Weg, denn er wusste, dass er wenig tun konnte, um ihr zu helfen. Dies, die Wildnis, war mehr ihr Platz als seiner. Dennoch konnte er nur hoffen, dass das, was sie plante, ausreichend war. Und wenn nicht. Gut. Das würden sie später klären.

***

Die Gruppe hatte nur wenige hundert Meter zurückgelegt, als Tula neben ihnen auftauchte und nebenherlief, während die Gruppe vorwärts eilte. Hinter ihnen ertönte der schwere Flügelschlag und das Kreischen des riesigen Mutantenraptors. Die Gruppe zuckte bei dem Kreischen zusammen und kauerte sich instinktiv tiefer zusammen, während sie rannte. Ein paar der Händler erstarrten, und wurden dann von den mutigen Abenteurern gepackt und nach vorne gezogen.

„Was hast du getan?", sagte Daniel, als er sich ein wenig zurückfallen ließ, um mit Tula zu sprechen.

„Köder ausgelegt", sagte Tula und blickte zurück. „Die Raptoren werden noch eine Weile dort sein und fressen."

Daniel nickte und war dankbar, dass wenigstens das zu funktionieren schien. Anstatt sich weiter zu unterhalten, rannten die beiden los, wobei Tula gelegentlich langsamer wurde oder die Richtung wechselte, um einen Blick auf das zu werfen, was hinter ihr geschah. Schließlich machte sie sich auf den Rückweg, signalisierte der Gruppe, das Tempo zu erhöhen, und gab Daniel ein Zeichen, ihr zu folgen, als sie Craig und Sava einholte.

„Problem?", fragte Craig in dem Moment, als sie aufholte.

„Orks. Es kommt ein Jagdtrupp", sagte Tula. „Mindestens dreißig."

„Verdammt noch mal. Und der Vogel?"

„Immer noch abgelenkt."

„Wie weit sind wir entfernt?", fragte Sava.

„Zu weit. Aber es gibt einen anderen Ausgang", sagte Tula. „Der ist näher, aber schwieriger zu erreichen. Und den Raptoren stärker ausgesetzt."

„Dann sollten wir uns besser beeilen", sagte Sava und verengte die Augen gedankenverloren. Eine Gruppe von dreißig Orks, die sie auf offenem Feld erwischte, war gefährlich, vor allem, wenn sie am Ende auch noch gegen die Raptoren kämpfen mussten. In jedem Fall wären sie zu viele, um sie vollständig abzuschirmen, sodass die Kaufleute gezwungen wären, sich am Kampf zu beteiligen. In diesem Fall würde es mit Sicherheit Verluste geben.

Tula nickte, beschleunigte und übernahm die Führung. Zunächst liefen sie in dieselbe Richtung, doch bald schon wandte sich die Gruppe der Felswand zu und durchbrach das dichte Laubwerk. Kurz danach stießen sie auf eine steile Schieferklippe. Fast außer Sichtweite auf der Spitze des Schieferfelsens konnten sie eine kleine Öffnung in der Felswand erkennen, die kaum groß genug für eine einzelne Person war.

Tula kletterte die Schieferklippe hinauf, wobei die zerbrochenen Felsen unter ihren Füßen rutschten und nachgaben. Nachdem sie zehn Meter hinaufgestiegen war, drehte sie sich um und griff nach ihrem Bogen, während sie den Rest der Gruppe weiterwinkte. Die Gruppe hatte natürlich nicht auf sie gewartet, sondern den Aufstieg begonnen. Aber die tückischen

Schieferfelsen, die sich beim geringsten Druck zu lösen drohten, machten die ganze Reise zu einer Qual.

Als Daniel den Fuß der Klippe erreichte, runzelte er die Stirn. Der Heiler blickte nach oben, betrachtete den langen Aufstieg zum Gipfel und dann die langsame, krabbelnde Gruppe. Nach einem kurzen Moment zauberte er sein Seil aus seinem Inventar und winkte Asin zu sich.

„Nimm den Rest des Seils und binde es oben an, so schnell du kannst", sagte Daniel. Die größere Gewandtheit und der leichtere Knochenbau der Catkin bedeuteten, dass sie den Aufstieg mit der geringsten Mühe bewältigen konnte.

Asin nickte, winkte ein paar der anderen Abenteurer heran und wedelte mit dem Seil, während sie hinüberjoggte. In kürzester Zeit hatte die Catkin die Seile von vier anderen Abenteurern in ihrem Inventar verstaut, bevor sie zur Seite joggte und mit ihrem schnellen Aufstieg begann. Die sich abmühenden Händler und Abenteurer konnten die junge Catkin nur anstarren, die den instabilen Hang hinaufkletterte, als wäre er fester Boden unter ihr.

„Gute Entscheidung", sagte Craig. „Daniel, wir brauchen dich unten, wenn es dir nichts ausmacht. Du, Omrak, Uppulu, Bjarne und ich werden den Boden halten. Hjalmar, Elisa und Vivian werden mit den Kaufleuten aufsteigen und sich geeignete Kampfpositionen suchen. Rob, hast du noch andere deiner Fallen?" Rob schüttelte den Kopf, und Craig seufzte. „Dann musst du auch nach oben gehen."

In kürzester Zeit schüttelte sich das Team und machte sich bereit für die Orks. Es dauerte zehn angespannte Minuten, bis Daniel die ersten Anzeichen der anrückenden Orks hörte – das nicht unauffällige Trampeln von gestiefelten Füßen auf dem Boden, das durch die Schlucht hallte. Als die Orks schließlich in Erscheinung traten, waren ihre grüne Haut und ihre massigen, hauerartigen Gestalten noch zerfledderter und zerlumpter als die Abenteurer selbst. Kein einziger Ork war unverletzt – Risse und noch immer blutende Wunden zeugten von der Art von Reise, die sie hinter sich hatten. Doch als sie die versammelte Expeditionsgruppe sahen, brüllten sie aufgeregt, sodass diejenigen, die zurückgeblieben waren, aufgeregt genug waren, um sich denen anzuschließen, die vor ihnen waren. Bei diesem Anblick konnte Daniel nur schlucken und seine Waffe hochhalten und beten, dass der Rest seines Teams den Weg nach oben finden und ihn unterstützen würde.

***

Die Orks breiteten sich vor Daniel aus, schnaubten und knurrten, während sie sich zum Angriff aufrafften. Daniel zwang sich, sich zu entspannen, in der Absicht, den Wechsel im Temperament, in der Stimmung zu erfassen, kurz bevor sich die Monster nach vorne stürzen würden. Er hätte sich nicht die Mühe machen sollen, denn das Signal zum Angriff war alles andere als subtil. Der führende Ork-Kriegsführer brüllte und schwang seine Hand nach unten, bevor er sich nach vorne warf, um den Abstand zwischen den beiden zu verringern. Die Abenteurer gingen in der Hocke und versuchten, das richtige Timing für den Rückstoß zu finden, um sicherzustellen, dass sie genügend Schwung hatten, aber auch nicht zu weit von der Mauer entfernt waren.

Während Daniel wartete, ließ er seinen Blick über die Informationen schweifen, die ihm angezeigt wurden, und blieb zunächst bei dem Kriegsführer stehen, bevor er weiterging. Ein Ork-Kriegsführer Level Zwei, ein Kriegsjäger Level Neun, ein Krieger Level Vier – die Level der Orks waren sehr unterschiedlich. Es war überraschend, obwohl ihre Gesundheits-

und Manalevel darauf hindeuteten, dass viele von ihnen, einschließlich des Kriegsführers, mehrere Klassen besaßen. Es war wahrscheinlich, dass diejenigen mit niedrigem Level vor Kurzem die Klasse gewechselt hatten — ein Beweis für die Bedürfnisse des Stammes. Das war gut, denn niedrige Level bedeuteten weniger kampfbezogene Skills.

Das war alles, wofür Daniel Zeit hatte, bevor die Gruppe auf sie losging. Gemeinsam stürmten die Abenteurer vorwärts und kauerten sich hinter ihren Schilden zusammen, während sie den Ansturm mit ihren Skills abfingen. Kurz vor dem Zusammentreffen der Gruppe fielen Pfeile und Zauber, die die Orks, die Schilde hatten, dazu zwangen, diese über ihren Kopf zu heben und sie so für Vergeltungsangriffe ungeschützt zu lassen. Als die Orks stolperten, schlugen die Abenteurer auf sie ein und drängten ihre Gegner gezielt nach hinten.

Natürlich bedeutete die große Unterzahl, dass jeder Abenteurer mehr als einem Ork gegenüberstand. Die wenigen Abenteurer, die eine Stangenwaffe trugen, waren viel sicherer, denn ihre längeren Waffen zwangen ihre Gegner dazu, mit ihren Schritten zu zögern und den bedrohlichen Waffen auszuweichen. Diejenigen, die keine Stangenwaffen hatten, konnten sich nur zusammenkauern und die Angriffe auf ihre Rüstung abfangen.

Daniel stöhnte auf, als ein Schnitt von der Armschiene abprallte, nachdem er das Metallteil getroffen und verbeult hatte. Er taumelte zur Seite und stützte seinen verletzten Arm, der das Gefühl verloren hatte, während er darum kämpfte, seine geschwächten Finger um den Griff seiner Waffe zu halten. Stöhnend taumelte er zurück und öffnete eine Lücke in ihrer Reihe, während er verzweifelt weitere Angriffe mit seinem Schild abblockte und seinen Arm ruckartig bewegte, um wieder Gefühl zu bekommen. Überall um ihn herum konnte er das Grunzen und Klirren des Kampfes hören, der plötzliche Geruch von ungewaschenen Körpern und frisch vergossenem Blut erfüllte seine Nase.

Ein weiterer Schlag schlug seinen Schild zur Seite und machte ihn frei für einen Stich. Anstatt auszuweichen, warf sich Daniel nach vorne und spürte, wie die Klinge an der Seite seines Brustpanzers abprallte, während er seinen Gegner an den Rändern seines Kragens packte und sie nach unten zog. Er drehte sich um und schleuderte den Ork mit sich, während er sich zurückzog, wobei er das Monster mit sich zog, um andere abzuwehren. Selbst als der Ork versuchte, ihn mit seinem Schwert zu treffen, hielt Daniel seine Hand dicht an der anderen und riss sie herum, sodass die meisten Schläge an seiner Rüstung abprallten.

In dem Moment, in dem seine Hand stark genug wurde, um den Hammer richtig zu greifen, stieß Daniel den fliehenden Ork ein letztes Mal zu Boden, bevor er **Perrins Schlag** auslöste, um seinen Gegner in den Boden zu rammen. Selbst als er sich zurückzog, um sicherzustellen, dass das schwach kämpfende Monster nicht nach seinen Beinen griff, konnte Daniel sehen, dass es dem Rest der Expeditionsgruppe nicht viel besser ging. Die Pfeile von oben fielen viel seltener, und die Abenteurer hatten kaum noch Wurfgeschosse. Nur Vivian, die ihr Mana wiedererlangt hatte, konnte viel tun, und selbst dann konnten die flammenden Pfeile, die sie abfeuerte, nur ablenken und stören. Von seinen Freunden konnte Daniel vor allem sehen, dass es Omrak am schlechtesten ging, denn ein besonders schwerer Treffer hatte einen seiner Oberschenkel aufgerissen. Der Nordländer war schwer aus dem Gleichgewicht geraten und befand sich vor der nun zusammengebrochenen Linie, wo er ständig Schläge auf seinen Körper einstecken musste.

„Omrak!", rief Daniel überrascht aus. Der Heiler schob seinen Schild in einer Finte vor sich her, während er begann, die Zauberformel zusammenzustellen, um seinem Freund zu helfen, und verfluchte sich dafür, dass er vergessen hatte, sich neben seinen oft verletzten Freund zu stellen.

„Zurück!", brüllte Omrak.

Instinktiv wusste Daniel, was der Nordländer vorhatte, aber die anderen Abenteurer wichen nicht zurück. Anstatt sie zu gefährden, stürzte sich der Nordländer nach vorne in die Mitte der Orkgruppe und erhielt für diese riskante Aktion einen weiteren Schnitt ins Gesicht. Im Gegenzug setzte er die aufgestaute Wut, den roten Nebel, der sich bei jedem Angriff um seinen Körper sammelte, mit seinem Skill, dem **Ruf des Blitzes,** frei. Elektrizitätsbögen schossen aus seinem Körper, sprangen von Gegner zu Gegner und ließen sie rückwärts fallen.

In der Unterbrechung zertrümmerte Sumuhans Hammer einen Kopf, Craig erledigte einen weiteren betäubten Ork, und Daniel beendete seinen Zauber, indem er seinem Freund eine **Kleine Heilung II** schickte. Unmittelbar darauf begann er einen weiteren Zauber.

„Wechseln!", rief Daniel zu Bjarne hinüber, der neben ihm stand. Der Hellebardenkämpfer schwang seine Waffe ein letztes Mal, verletzte einen Gegner und trat nach vorne und zur Seite, um eine Lücke für Daniel zu schaffen, der hinter ihm herumhüpfte. Von oben prasselte ein Regen von Pfeilen auf die Orks ein und nutzte ihre schwache Verteidigung, um sie zu verletzen, während Omrak zurücktaumelte und aus mehreren Wunden blutete.

„Ich bin raus!", rief Elisa aus.

„Ich auch!", sagte Tula.

„Los!", antwortete Craig, während er sich nach vorne drängte, um Omrak zu bewachen. „Omrak, geh zurück!"

„Ich kann immer noch kämpfen." Der Nordländer ließ seinen Worten Taten folgen und schlug einen hastigen Block weg, um seine Klinge in die

Brust eines Orks zu rammen. Er bewegte sich, um den Ork wegzutreten, verlor dabei aber leicht das Gleichgewicht und verpasste seine Chance, da ihm sein Schwert von dem zusammenbrechenden Monster aus der Hand gerissen wurde. Als ein weiterer Ork ihn mit einem Angriff bedrohte, hatte Omrak keine andere Wahl, als sich zurückzuziehen.

„Idiot!", sagte Daniel, legte seine Hand auf Omrak und übertrug das **Zeichen des Heilers** auf ihn, bevor er seinen Freund von der Front wegzog, während die Orks sich ein wenig zurückzogen, als sie ihre verletzten Mitglieder von der Front wegzogen. „Trink einen Heiltrank und geh!"

Omrak schnappte sich seinen letzten Heiltrank und trank ihn, bevor er zur Seite griff und ein kürzeres Schwert aus seinem Inventar zog. „Ein Held lässt seine Freunde nie im Stich!"

„Idiot!"

„Seile!", rief Asin, nachdem sie sie endlich gesichert hatte. Die Catkin begann, die Seile umherzuschieben, damit die Händler sie so gut wie möglich festhalten konnten. Sobald die Händler einen Halt hatten, beschleunigte sich ihr Aufstieg erheblich.

„Wir müssen abbrechen", sagte Daniel, während er seinen Hammer in der Hand drehte und sich auf einen weiteren Heilzauber konzentrierte, während die Gruppe wieder zurückging, fast bis an den Rand des Klippenbereichs.

„Ich bin offen für Vorschläge", sagte Craig.

„Ich..." Daniels Worte wurden unterbrochen, als ein Kreischen von oben ihre ganze Aufmerksamkeit auf sich zog. Die Bewegung war instinktiv, eine übrig gebliebene Reaktion aus einer Zeit, als Menschen und Orks noch in Höhlen lebten und die Nacht und die Monster fürchteten, die neben ihnen existierten. Für ihre gedämpften, zivilisierten Sinne sagte das Kreischen alles – etwas Größeres, Schlimmeres war im Anmarsch.

Von oben stürzte der mutierte Nizhyne-Raptor herab, die Flügel an den Körper gepresst, während er seine Beute anvisierte. Neben ihm flogen kleinere Monster, jeder der kleineren Raptoren von der Größe eines großen Hundes, der mutierte Raptor ein Monster, das selbst ein Nilpferd zum Wanken bringen würde. Er stürzte sich vom Himmel, um seine Beute zu suchen. Und wie die Beute auf der ganzen Welt zerstreuten sie sich und kauerten sich zusammen, in der Hoffnung, dass sie nicht ausgewählt wurden.

Zu spät, der Raptor im Sturzflug hatte seine Beute ergriffen und riss einen der Händler in die Luft. Er schlug mit den Flügeln und trug den Händler und seine Taschen mit sich, als er nach oben flog und den Mann in die Luft nahm, dessen Brust von Krallen durchbohrt war, die so groß waren wie Daniels Unterarme. Schon kreiste er in der Luft, und die kleineren Raptoren, die in der Gegenwart ihres größeren Bruders mutig waren, griffen nacheinander Händler, Abenteurer und Orks an, bevor auch sie abflogen.

„Weg da!", sagte Daniel, als er den Raptor zur Seite schob. Er setzte seinen Fuß in Bewegung und schickte **Perrins Schlag** in einen erschrockenen Ork, bevor er den Rest der Abenteurer nach oben winkte. „Lasst uns gehen!"

Die Abenteurer reagierten als Erste, drehten sich um, rannten den Hang hinauf und griffen nach den Seilen. Über ihnen warfen Vivian und Rob den letzten ihrer Zaubersprüche, um ihre Verfolger abzulenken und zu behindern, während die Abenteurer den Hang hinaufkletterten. Unter Daniels Fingern tanzte und drehte sich das grobe Seil, während die anderen vor ihm kletterten und seine Füße auf dem losen Schiefer ausrutschten. Wolken von erstickendem Staub stiegen auf und brachten ihn zum Husten, während er das Seil hinaufkletterte. Einst, so wusste Daniel, hatte er ein gewisses Geschick beim Klettern gehabt. Teile dieses Skills, dieses Wissens, lagen noch in ihm, zerbrochene Erinnerungen daran, wie er an Seilen hing und sich am nassen Seil hinunterschlängelte, während Wasser auf sein Gesicht spritzte. Wie er sich gegen die Felsen drückte, um sich nach oben zu winden. Eine Erinnerung. Zerbrochen und zerschmettert durch seine Gabe.

Daniel schüttelte den Kopf und verdrängte die Gedanken, während er sich auf den Aufstieg konzentrierte. Jetzt war nicht der richtige Zeitpunkt, nicht mit den wütenden Orks, die sich unter ihm erholt hatten, und den Kaufleuten über ihm. Der starke Abenteurer schwang sich das Seil hinauf, zog sich mit aller Kraft hoch und stellte fest, dass er bald den letzten Händler in der Reihe überholt hatte. Von oben warfen die anderen Abenteurer aus der Ferne Steine den Abhang hinunter, die auf die krabbelnden Orks niederprasselten.

„Raptoren!"

Der Schrei von oben ließ Daniel sich umdrehen und seinen Schild zum Einsatz bringen. Er knurrte, als er sah, dass der mutierte Raptor seine blutige Beute irgendwann abgeworfen hatte und nun zurückkam, um den Rest der Expedition zu erledigen. Als er sich näherte, ging Daniel seine Möglichkeiten durch. Er hatte keine Fernkampfwaffen, keine Zaubersprüche, die das Monster verletzen konnten. Keine Möglichkeit, es abzulenken.

„Nicht!", sagte Daniel und drehte sich zu Omrak um. Der Nordländer, dessen Augen auf die ankommende Herde gerichtet waren, entspannte sich und warf einen Blick auf Daniel, der erneut den Kopf schüttelte, während er in Gedanken einen Heilzauber formte. Der Nordländer war in Rot gehüllt, ein blasser rötlich-rosa Nebel überzog seinen Körper, da die Verletzungen, die er erlitten hatte und aus denen er immer noch blutete, seine Wut anheizten. Es gab Omrak Kraft und erlaubte ihm, den Schaden zu ignorieren und sogar den Schaden, den er erlitten hatte, zu mindern, aber es tat nichts, um den Schaden, den er bereits trug, zu lindern. Der Nordländer konnte keine weiteren Schläge mehr einstecken, und selbst Daniels wiederholte

Heilungen taten kaum mehr, als den Mann am Leben und in Bewegung zu halten.

Als die Raptoren ihren letzten Sturzflug begannen, wurde jemand anderes aus ihrer Gruppe aktiv. Tula erhob sich von oben, schwang ihre Arme und warf kleine, ausgefranste Beutel den Abhang hinunter. Sie schlugen auf dem Boden, den Felsen und den Orks auf und verbreiteten ihren stinkenden und schleimigen Inhalt. Daniel könnte schwören, dass er sah, wie sich die Augen des mutierten Raptors veränderten und seine Aufmerksamkeit auf die neue Geruchsquelle, auf seine Beute, gelenkt wurde. In Windeseile änderte die Kreatur ihre Flugbahn, und ihre Artgenossen folgten ihr.

Die Orks brüllten vor Wut und Überraschung über den stinkenden Angriff, der Kriegsführer blickte nach oben, hob dann die Hand und stieß einen weiteren Schrei aus. Dieser ließ alle erstarren, und die Raptoren auf ihrem letzten Weg nach unten erstarrten oder drehten ab, als das Skill wirkte. Sogar die Händler und Abenteurer erstarrten, ihre Körper waren unter dem Angriff des Skills wie erstarrt.

Einigen der Raptoren, einschließlich des mutierten Nizhnye-Raptors, gelang es, das Skill abzuschütteln, aber sie waren zu nahe am Boden und mussten mit ausgebreiteten Flügeln landen. Die Orks, die durch den Angriff verärgert waren, lenkten ihre Aufmerksamkeit auf die Vögel und schlugen mit Skills zu oder griffen einfach nach ihnen, um die am Boden liegenden Vögel zu zerschlagen. Einige der Vögel schafften es nicht, die Skills rechtzeitig abzuschütteln, sondern schlugen mit voller Geschwindigkeit auf den Boden auf und starben. Der Rest kreiste nach oben und schlug mit den Flügeln, als er sich für einen weiteren Angriff in die Luft erhob.

„Danke Erlis", sagte Prek, als die meisten Raptoren unter ihnen landeten. Daniel, der neben ihm kauerte und seinen Schild bereithielt, um die Monster abzuwehren, schaute hinüber und sah den Händler zum ersten Mal wirklich. „Ich dachte, ich würde nie wieder fischen gehen."

„Fisch..." Daniels Augen weiteten sich und er drehte sich um, um nach unten zu sehen. Unter ihnen hatten die Orks eine weitere Gruppe Verstärkung erhalten, als der mutierte Raptor seinen Schnabel schwang und seine Angreifer zurückdrängte, während er sich bereit machte, davonzufliegen.

„Schnell. Gebt euer Boot frei", sagte Daniel und gestikulierte zu der Gruppe unten.

„Was?", sagte Prek.

„Lass dein Boot auf den Raptor fallen. Wenn wir ihn verletzen können, wird er gezwungen sein, gegen die Orks zu kämpfen", sagte Daniel. „Das gibt uns Zeit zu fliehen."

„Aber mein Boot..."

„Tu es!", blaffte Daniel und starrte den Händler an. Prek schluckte, hob die Hand und rief sein Skill und das Boot, das an einem anderen Ort gelagert war, hervor. Es entstand ein Loch, aus dem das Boot herauskam und auf den Boden fiel. Unter dem Gewicht des hölzernen Schiffes rutschte der wackelige Schiefer ab und stürzte zusammen mit dem Schiff hinunter. Das hölzerne Schiff polterte den Abhang hinunter und löste beim Fallen Felsbrocken und Staub. Die flinkeren Orks warfen sich zur Seite, aber der mutierte Raptor, der auf seinen Klauenfüßen hüpfte, konnte gerade noch ausweichen, bevor es einen Flügel traf, der Knochen brach und das Monster zu Boden warf. Beim Aufprall auf den Boden und das Ungeheuer gab das Boot schließlich nach, wobei das Holzdeck auseinanderbrach und überall Holzsplitter verteilt wurden.

„Gut gemacht!", rief Craig und winkte dann mit der Hand. „Und jetzt los!"

Prek stöhnte, als er die zerstörten Überreste seines Bootes sah.

„Komm schon. Ich bin sicher, Sava wird dir ein neues kaufen", sagte Daniel und stieß Prek an die Schulter. Der Händler stieß ein weiteres leises Stöhnen aus, aber er griff nach den Seilen und huschte die Klippe hinauf. Hinter ihm warf Daniel einen letzten Blick nach unten, wo die Orks und die Raptoren kämpften und in ein Scharmützel verwickelt waren, aus dem sich keiner von beiden völlig befreien konnte.

***

„Daniel!" Tula packte den Heiler am Arm, als er das Seil hinaufkam, und die übrigen Abenteurer holten die restlichen Kletterhilfen und halfen den Händlern, sich zu erholen. Unten neigte sich der Kampf zwischen den Orks und dem mutierten Raptor dem Ende zu, da die Orks in der Überzahl waren und den Sieg davontrugen. Unter den Füßen des Raptors lagen jedoch zahlreiche Leichen, die von der Stärke und Grausamkeit der Kreatur zeugten.

„Ja?", sagte Daniel und ging hinter Tula her. Sie führte ihn zu dem kleinen Eingang, durch den sich die Händler und Abenteurer zwängten, und zeigte auf den niedrigen Abhang dazwischen und auf Sava, der dort stand.

„Du warst früher ein Bergmann, nicht wahr?", sagte Sava.

„Du willst, dass ich die Mauern niederreiße?", fragte Daniel und verstand fast sofort. Er drehte seinen Kopf, betrachtete den Stein und schüttelte dann den Kopf. „Ich habe keine Spitzhacke. Und das hier ist Granit. Wenn ich Bergbau-Skills hätte..."

„Du willst nicht?", sagte Sava stirnrunzelnd.

„Ich habe sie nie angenommen", sagte Daniel. Schließlich mag ein Skill, welches mehr Gestein bricht oder Risse im Stein für optimale Schläge findet, für einen Bergmann nützlich sein, aber für ihn als Abenteurer wäre er nutzlos. Zumindest hatte Daniel das gedacht. Jetzt überlegte er es sich anders.

„Aus dem Weg!", blaffte einer der Händler, als er sich vorbeidrängte und den kleinen Tunnel betrat.

„Verdammt", presste Sava die Lippen zusammen und schüttelte dann den Kopf. „Ich werde es wohl benutzen müssen."

„Es benutzen?", sagte Tula mit zusammengekniffenen Augen.

Als Antwort holte Sava einen einfach aussehenden Tonblock aus seinem Beutel, der mit Runen gefüllt war. Tula schnappte nach Luft, während Daniel nur verwirrt dreinschaute.

„Es ist ein temporärer Aufenthaltszauber", sagte Sava. „Es wird ein Lehmzelt erschaffen. Nützlich, wenn das Wetter sehr schlecht wird."

Daniel schaute zwischen Sava und dem Eingang hin und her, dann auf die vorbeiströmenden Abenteurer und nickte. Auf Savas Geste hin traten Tula und er ein, während Sava die Nachhut bildete. In kurzer Zeit waren sie etwa drei Meter drin, und der Händler hatte sich umgedreht, die Verzauberung auf den Boden gelegt und ausgelöst. Dann eilte er zurück und winkte auch den neugierigen Daniel zurück.

Zuerst glühte der verzauberte Block, dann begann er zu wachsen. Zuerst langsame, kleine Verschiebungen, dann explodierten sie in ihrer Größe. Erst verdoppelte es sich, dann verdoppelte es sich wieder, dann wurde es immer größer. Die kleinen Lücken zwischen den Wänden des Felsens waren bald gefüllt, die magisch verzauberten Wände des Lehmblocks formten sich und zerbrachen, als sie mit den unnachgiebigen Kanten in Berührung kamen. Der einst leere Raum füllte sich, als der Stein zerbrach und wuchs und die Lücke zwischen den Wänden füllte, während die Magie weiterwirkte, auch wenn die ursprüngliche Verzauberung gebrochen war. Innerhalb von Sekunden war der verzauberte Lehm fast zwei Meter hoch, und er wuchs weiter, füllte den Raum und bewegte sich auf die beiden Beobachter zu.

„Wann soll das denn aufhören?", sagte Daniel und wich langsam zurück, während er die immer noch wachsende Verstopfung betrachtete.

„Ich... weiß es nicht", antwortete Sava.

Ein weiterer Riss, und der Tonpfropfen wölbte sich erneut. Der Lehm wuchs explosionsartig und nahm fast die Hälfte des Platzes ein, den sie noch hatten. Mit offenem Mund drehte Daniel Sava um und rief: „Lauf!"

Hinter ihnen ertönte das Knarren und Ächzen von unter Druck stehendem, verzaubertem Lehm und Granit, als die beiden einen eiligen Rückzug antraten und den Rest des Teams weiterwinkten. Wenigstens, dachte Daniel, während er um sein Leben rannte, war die Lücke gründlich geschlossen worden.

###

Epilog

Zwei Wochen später stolperte die Gruppe in das Dorf, in dem sie die Expeditionswagen abgestellt hatte. Müde und erschöpft, aber ohne weitere Verluste, brachen die Kaufleute und Abenteurer vor Erschöpfung zusammen. Die wenigen Wachen und Dorfbewohner wurden aktiv und halfen der müden und erschöpften Expedition, sich auszuruhen und zu heilen. Auch wenn Daniel sein Mana und seine Gabe eingesetzt hatte, um sich um die Mannschaft zu kümmern, hinterließ das ständige Heilen und Reparieren seine eigenen Narben und einen erschöpften Geist und Körper.

Von den Orks war nichts mehr zu sehen. Ob sie nun den Clan verloren hatten oder ob der Clan so viel Schaden genommen hatte, dass er sich absetzen musste, die Expedition wurde von den Orks nicht mehr belästigt. Andererseits hatten sich Sava und Craig geweigert, die Expedition zu verlangsamen, und waren fast eine Woche lang in einem guten Tempo weitergegangen, bevor die Erschöpfung schließlich eine Pause erzwungen hatte.

Im Lager brach Tula auf, um dem älteren Ranger Bericht zu erstatten, während der Rest des Teams sich ausruhte, wobei viele sofort einschliefen, als sie in die Zelte und andere provisorische Unterkünfte gingen, die für sie bereitgestellt worden waren. Daniel nahm am Lagerfeuer Platz, und der großzügige Einsatz seiner Gabe ermöglichte es dem Heiler, aufzubleiben. Daniel saß am Lagerfeuer des Dorfzentrums, wo ein Koch einen Braten platziert hatte, und starrte ins Feuer, bis Asin sich neben ihn fallen ließ und ihre leichte Gestalt an den Heiler lehnte.

„Das war interessant", sagte Daniel zu seinem ältesten Freund.

Asin schnurrte als Antwort und ließ die Augenlider fallen.

„Glaubst du, sie wird uns verlassen?", sagte Daniel und schaute dorthin, wohin die Rangerin verschwunden war.

Asin zuckte mit den Schultern, aber dann wurde sie wach genug, um hinzuzufügen: „Dungeon ist besser."

„Für uns, vielleicht. Das... das ist ihre Welt, nicht wahr?", sagte Daniel, als er über die letzten Wochen nachdachte. Ganz abgesehen von ihrem Pech, auf die Orks zu stoßen, hatte die junge Rangerin recht gehabt. Bei Expeditionen bestand immer die Gefahr, dass etwas Schlimmes passierte. Ohne das Wissen der Rangerin über die Umgebung, ihr Verständnis für die Monster und ihre Tapferkeit hätte keiner von ihnen den Rückweg geschafft. Sicher, es gab eine Reihe brenzliger Situationen. Und sie hatten einige der Händler verloren. Aber...

Aber es war klar, zumindest für Daniel, dass dies der Ort war, an dem sich das Jugendliche wirklich auszeichnete. Nicht im Dungeon, sondern hier draußen, wo Monster und Orks, wo die Gefahren wild und unkontrolliert wuchsen. Und was sie betraf...

„Ich glaube, ich mag Dungeons auch lieber", sagte Daniel schließlich.

Asin schnaubte amüsiert, und Daniel drehte sich um – nur um festzustellen, dass das Schnauben eigentlich ein Schnarchen war. Er starrte seine kleine Catkin-Freundin an, die an ihm lehnte, und gluckste, zufrieden damit, sie schlafen zu lassen. Sie waren in Sicherheit. Und bald würden sie zurück sein und Dungeons erkunden.

Ein Tausend Li

Kann Wu Ying die flüchtige Chance auf Unsterblichkeit ergreifen?

Long Wu Ying hatte sich nie vorstellen können, einer Sekte beizutreten oder ein richtiger Kultivator zu werden. Er verbrachte seine Tage mit Lernen, dem Reisanbau auf den Feldern seiner Eltern und mit seinen Freunden. Das Schicksal jedoch hat andere Pläne für Wu Ying und als die Armee in seinem Dorf eintrifft, werden er und viele andere Dorfbewohner rekrutiert.

Als er die Möglichkeit erhält, der Sekte des Sattgrünen Wassers beizutreten, muss Wu Ying sich zwischen seinem Leben als gewöhnlicher Bürger und dem aufregenden, blutbefleckten Leben eines Kultivators entscheiden.

Begleitet Wu Ying bei seinen ersten Schritten seiner Reise über ein Tausend Li, um ein unsterblicher Kultivator zu werden.

Der erste Schritt ist der erste Band der *Ein Tausend Li* Reihe über Kultivation, Unsterblichkeit, fantastische Kampfkünste und Seelenbestien. Fans von Wuxia- und Xianxia-Romanen werden dieses Buch nicht mehr aus der Hand legen. Ein Buch aus der Feder des SciFi- und Fantasy LitRPG Autors Tao Wong, dem Autor von *Die System-Apokalypse, Abenteuer in Brad* und *Verborgene Wünsche.*

Lest mehr über *Ein Tausend Li: Der erste Schritt*

https://readerlinks.com/l/2408699

Verborgene Wünsche

Ein übernatürlicher Ausschnitt aus dem Leben eines Gamers, dem alles gegeben wird, was er sich je erträumen könnte – Magie, ein Statusbildschirm und übernatürliche Organisationen, die nach seinem Wunschring trachten.

Henry Tsien hätte niemals erwartet, dass der Aktenkoffer, den er erworben hatte, sein Leben für immer verändern würde. Der passionierte Gamer erhält die einmalige Chance, seine Träume durch einen gefangenen Dschinn wahr werden zu lassen. Und das mit nur einem einzigen Wunsch. Mit der Fähigkeit beschenkt, Magie zu wirken, und dem angeborenen Wissen, das wahre Magier zum Erlernen erst studieren müssen, kann Henry es mit dieser neuen Möglichkeit in seinem Leben weit bringen. Henry, der als Magier auf Level 1 mit einem Statusbildschirm beginnt, den nur er sehen kann, muss die verborgenen Geheimnisse und die Geschichte der übersinnlichen Welt erlernen und mit aggressiven, übernatürlichen Organisationen umgehen, die nach dem Ring des Dschinns verlangen. Und all das, während er seine magischen Fähigkeiten verbessert, Miete bezahlt und lernt, wie man überlebt.

Eines Gamers Wunsch ist ein GameLit-Roman mit einigen spieltypischen Elementen, Magie in Hülle und Fülle, einem hilfreichen Dschinn und geheimnisvollen, übernatürlichen Organisationen. Ohne Romanzen und ohne Harem.

Lest mehr über *Eines Gamers Wunsch*
https://readerlinks.com/l/2588327

Anmerkung des Autors

Wenn dir das Buch gefallen hat, hinterlasse bitte eine Rezension und eine Bewertung. Es ist nicht nur ein großer Ego-Schub, sondern hilft auch den Verkäufen und überzeugt mich, mehr von der Serie zu schreiben!

Folge Daniels Abenteuern im nächsten Buch weiter:

- Die Anforderungen der Gilde (Buch 7 von Die Abenteuer in Brad)
  https://books2read.com/u/bOJDYE

Weitere tolle Informationen über LitRPG-Serien findest du in den Facebook-Gruppen:

- Deutschsprachige LitRPG
  - www.facebook.com/groups/deutsche.litrpg
- Progression Fantasy-, Kultivations- und LitRPG-Romane auf Deutsch
  - www.facebook.com/groups/891113055086052

Über den Autor

Tao Wong ist ein begeisterter Fantasy- und Sci-Fi-Leser, der seine Zeit mit Arbeiten und Schreiben im Norden Kanadas verbringt. Er hat viel zu viele Jahre damit verbracht Kampfsport in vielen Formen zu betreiben und nachdem er sich zu oft etwas gebrochen hatte, verbringt er nun seine Zeit damit, über Fantasy-Welten zu schreiben.

Wenn du ihn direkt unterstützen möchtest, hat Tao jetzt eine Patreon-Seite, auf der Previews all seiner neuen Bücher zu finden sind!

- Tao Wong's Patreon: www.patreon.com/taowong

Für Updates zur Serie und seinen weiteren Büchern (und speziellen One-Shot-Geschichten), besuche bitte die Website des Autors:

www.mylifemytao.com

Weitere Bücher von Tao Wong auf Deutsch:

www.mylifemytao.com/foreign-language-editions/german

Abonnenten von Taos Mailingliste erhalten exklusiven Zugang zu Kurzgeschichten aus den Universen Thousand Li und System Apocalypse.

Oder besuche die Facebook-Seite von Tao:

www.facebook.com/taowongauthor

Über den Herausgeber

Starlit Publishing ist in vollem Besitz von Tao Wong und wird von ihm betrieben. Es ist ein Science-Fiction- und Fantasy-Verlag, der sich auf die Genres LitRPG und Kultivierung konzentriert. Der Fokus liegt auf der Förderung neuer, aufstrebender Autoren des Genres, deren Schreiben die bestehenden Stereotypen herausfordert und gleichzeitig eine rasend gute Lektüre bietet.

Für weitere Informationen über Starlit Publishing
https://www.starlitpublishing.com/

Du kannst dich auch in die E-Mail Liste von Starlit Publishing eintragen, um über neue, spannende Autoren und Buchveröffentlichungen informiert zu werden.

www.ingramcontent.com/pod-product-compliance
Lightning Source LLC
Chambersburg PA
CBHW050842210726
48290CB00004B/1041